中國文學史

臺靜農 著

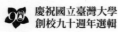
慶祝國立臺灣大學
創校九十週年選輯

臺大出版中心
NATIONAL TAIWAN UNIVERSITY PRESS

「慶祝國立臺灣大學創校九十週年選輯」
總序

國立臺灣大學的前身,是成立於1928年的台北帝國大學,今年（2018）適逢台大創校九十週年。九十年,於個人而言,是高壽;但對一所大學來說,應屬「年輕」。回顧台大過往的九十年,校園外大環境的政治、社會變遷極為鉅大;校園內的建制、組織、空間也隨著時空變化,有延續也有更替。台大從初始的文政與理農兩個學部、第一屆學生59人,在數個世代、全校師生的共同耕耘之下,逐步茁壯發展。一代代的莘莘學子,在傅鐘聲裡入學,於椰林樹影中畢業,如今的台大已成為11個學院、3個專業學院的綜合型研究大學,學生3萬3千多人,不僅是台灣第一學府、高等教育的代表,也是國際知名大學,更是引領台灣社會發展的動力源頭。

作為台大一級行政單位的出版中心,要如何慶祝本校創校九十週年?

很自然地,我們會從出版的角度來思考這件事。我們認為,大學存在的兩大目標,一是追求真理,一是作育英才;反映在出版品上,前者是學術研究的成果——學術著作,後者是教學必備工具——教科書。因而,我們特別從這兩個角度,精選自1928年迄今具有代表性、屬經典之作的學術著作與具創新、影響力的教科書共10種,以「慶祝國立臺灣大學創校九十週年選輯」為套書名稱（以下簡稱「選輯」）,予以出版,以資慶祝。選輯的作者,限於現任或曾任台大的教師或畢業之校友。

　　九十年來的台大，曾醞釀出無數優秀的學者、名師，也為國家社會培養出眾多傑出人才。他們的著作，在各自的學術領域中稱得上是重要者，多不勝數。要從中選出具「代表性」、「影響力」的作品，並不容易。為慎重起見，出版中心敦請校內各領域的學者，成立一專責的編輯委員會。編輯委員會成員有：高涌泉（理學院物理學系教授、科學教育發展中心主任）、張育森（生物資源暨農學院園藝暨景觀學系教授）、郭瑞祥（管理學院工商管理學系教授、管理學院院長）、陳光華（文學院圖書資訊學系教授、圖書館館長）、陳為堅（公共衛生學院公共衛生學系教授）、陳弱水（文學院歷史學系教授）、謝尚賢（工學院土木工程學系教授、系主任）、蘇國賢（社會科學院社會學系教授、社會科學院院長），以及擔任出版中心主任的本人（法律學院科技整合法律學研究所教授）。

　　選書的程序，分為兩個階段。第一階段，確定推薦書單，主要是透過三種方式蒐集：一、請本校各學院推薦其學院所屬領域符合上揭期待的學術著作或教科書，至多三本；二、出版中心就各重要學術領域，從歷年出版及代銷的書目中，羅列出符合前述要求者；三、編委會的編委，亦可補充推薦。有了推薦書單之後，進入第二階段，由編委們從推薦書單中挑選出最終的10種書。第一階段產生出的推薦書單共計43種，其中各學院及出版中心推薦者39種，編委補充推薦者4種。接著，由出版中心召開編委會議，委員們共聚一堂，選出最終書單。因選輯著重在作者與著作本身對台大及該學術領域的「經典之作」，編委們第一步就先排除了圖鑑、工具書、事典等形式的著作，再就所剩書單逐一討論，最終選出10種書，依各書之初版日期可排列如下：

- 《增補水稻耕種法講演》（磯永吉著，日文）
- 《沒有顏色的思想：殷海光與自由主義讀本》（殷海光著）

- 《管理學》（許士軍著）
- 《經濟學：理論與實際》（張清溪、許嘉棟、劉鶯釧、吳聰敏著）
- 《公共衛生學》（王榮德、江東亮、陳為堅、詹長權編）
- 《程序制度機能論》（第一卷　民事程序法之理論與實務）
- *Semiconductor Devices: Physics and Technology* (2nd Edition)（施敏著）
- 《華人心理的本土化研究》（楊國樞著）
- 《中國文學史》（臺靜農著）
- 《跨國灰姑娘：當東南亞幫傭遇上台灣新富家庭》（藍佩嘉著）

上述10種書，皆在各自的學術領域有其重要性與深遠影響力。書單中，學術著作5種，文集1種，教科書4種；部分教科書因有分冊，故選輯總數是10種13冊。在編輯上，選輯皆保留各書的原有內容，重新裝幀設計出版，有幾種因授權緣故為限量發行。要特別說明的是：磯永吉的《增補水稻耕種法講演》，是作為台北帝大時期的代表作收入選輯，以日文複刻方式出版，為選輯中唯一的直排書。臺靜農的《中國文學史》，之前曾收入「臺大出版中心20週年選輯」，這次編委們一致認為臺老師的著作不應在這個重要的選輯中缺席，出版中心在編輯上特別把它上下冊合而為一，且配合晚近學界的習慣採取橫排的方式，內容雖同但版本有異，提供讀者另一選擇。殷海光的著作，原本列在推薦書單上是他的《中國文化的展望》，但經討論，決議選錄殷海光關於自由主義的重要文章輯為一冊，以彰顯這位1950、1960年代台灣自由主義的開山人物。藍佩嘉的《跨國灰姑娘》是編委們討論的另一熱點，主因它是最近的出版品（2008），最後仍決定收入選輯以彰顯學術傳承之意義。

　　這套選輯中，有的是作者自行出版的書，有的則是其他出版社擁有出版權。對出版中心而言，最大的困難處是取得作者或出版社的同意，讓我們收入選輯。出乎意料的是，洽談過程極為順利，不論是作者或是出版社，都非常願意並隨即同意授權給出版中心，讓我們得以出版發行。在此，我要代表出版中心向選輯的作者及同意授權的出版社（單位），致上最誠摯的謝意。他們是：磯永吉學會；臺益公先生；邱聯恭教授；楊國樞及居中聯絡的瞿海源兩位教授，以及桂冠出版社；藍佩嘉教授及行人出版社；殷海光基金會；施敏教授及 John Wiley & Sons 出版社；許士軍教授及東華出版社；張清溪、許嘉棟、吳惠林（劉鶯釗著作財產權繼承人）、吳聰敏等四位教授；陳拱北基金會。沒有他們的熱心幫忙與慨允，這套選輯不可能在台大九十週年校慶時順利出版。

　　透過這套書的出版，我們期盼：它能呈現九十年來台大在學術研究及教學上，對人類知識及社會國家的貢獻。同時，它也是對獻身於研究、教學的作者個人成就的最佳禮讚。當然，對出版中心本身而言，這套書的出版另具有「標竿出版品」的意義。它不只是我們的出版目標，也展現了努力與堅持的方向！

王泰升　謹誌
臺大出版中心主任
2018 年 5 月 10 日

導讀：文學史書寫的典型

前言

　　臺先生《中國文學史》自二〇〇四年經我們整編，臺大出版中心印行後，引起海內外學界普遍的注意，同時也有學校開始將此書作為教本用於授課。其後於二〇〇九年再版，二〇一二年上海古籍出版社經授權出版簡體字版，我們本著力求完善的初衷，乃藉這二次機會，重新校對加以補正。今年適逢臺大出版中心成立二十週年，臺先生《中國文學史》被選為紀念套書之一即將印行三版，一如既往，我們再次進行校對，此次補正合二〇一二年所作補訂共約二百五十餘處，將一併修勘於三版。訂正處多為標點符號與錯字，比較重要且需說明者有三：㈠二版時，未能找到的引文用書小川琢治〈山海經考〉與葉玉華《院本考》均已尋獲，覆校後已做改正。㈡〈魏晉篇〉第二章第二節討論曹丕《典論・論文》處，有段文字為：「如書論宜理，而當時『書記翩翩』的作品，卻一味的取媚死者。」因覺行文有異，覆查手稿，確定漏了三句（手稿一行），應為：「如書論宜理，而當時『書記翩翩』的作品，未嘗以理勝；又如銘誄尚實，而漢末大手筆蔡邕的作品，卻一味的取媚死者。」㈢〈唐代篇〉第二章第三節論柳宗元處，與臺先生論文〈柳宗元〉對勘後，補得一段文字，迻錄書中並加編者註。校補一事雖頗繁瑣，但有機會能將臺先生此書以更完善的面目現世，終復欣然而喜。

　　此次再版，出版中心鑑於此書已有學校用於授課，故建議撰寫一篇導讀，以供青年學子參照。但仔細想來，此書全文俱在，何需

導讀？導讀多少有點疊床架屋、嚼飯餵人之嫌，善讀者本當自有體會。但基於對此書能嘉惠後學之企望，乃不揣淺陋，勉力覆命，謹將研閱過程中所得所感略述於下，雖名為導讀，實冀拋磚引玉，切磋於大雅君子也。

自覺的文學史方法論

從本書的附錄〈中國文學史方法論〉來看，臺先生對於該如何進行文學史的撰述，有其省思與主張，其開宗明義云：

> 文學史之作，不外乎以歷史為經，以作家作品為緯，故文學史的方法應注意研究作家、分析作品。

看似只將作家與作品的研究擺在首位，而「以歷史為經」不過是「以世代為先後」之意，但在接下去的第一講中，藉由檢討舊有的文學相關典籍，指出原有的文學研究方法有三個錯誤傾向：

> 一、太偏重形式而忽略內容；二、不注意文學與社會之關係；三、不注意作者之文學環境及心理之發展。

這三項基本上即對應了作品、歷史與作者三者，而且如果合觀後面其餘六講，即可知所謂內容、文學環境、作家心理之發展其實皆與「歷史」息息相關。由此而言，「作家」、「作品」與「歷史」實不可偏廢，而在文學史研究方法或文學史書寫的實際操作層面上來說，「歷史」或許尤須著力。臺先生在討論孟子「以意逆志」，「頌其詩，讀其書，不知其人，可乎？是以論其世也」時如此解釋：

> 「知人論世」是「以意逆志」的客觀條件，兩者合而用之，則成因果，詩人之真意，始可得之。蓋詩人之為詩，必有其

　　外緣的社會因素，及成為詩，而此社會因素又成為內在的思
　　想，故能論其世始能逆其意也。

此一解釋相當簡要明確。「能論其世始能逆其意」正透露了臺先生文
學史研究的方法要領。

　　要言之，文學史的「作家・作品・歷史」即是「人・文・世
界」的圖景，然應注意的是，對文學史讀者來說，閱讀時最直接接
收到的是作家作品的述評，而對「能論其世始能逆其意」為原則的
文學史作者來說，「論其世」乃其不得不先處理的課題；換言之，讀
者閱讀文學史時印入眼簾的主要內容不外乎作家與作品，但文學史
家「如何論其世」則是文學史書寫的深層結構。明乎此，或許對臺
先生這本文學史能有不同的體會與視野。

「史識」

　　魯迅曾有書簡給臺先生，信中論及鄭振鐸的《中國文學史》：

　　見其關於小說者數章，誠哉滔滔不已，然此乃文學史資料長
　　編，非「史」也。但倘有具史識者，資以為史，亦可用耳。
　　（〈致臺靜農〉一九三二年八月十五日）

　　顯然就魯迅看來，鄭振鐸的《中國文學史》不過是資料收羅宏
富的「長編」，真正的「史」作需有史識；有史識方知如何從龐大
的資料中加以甄別去取，以完成歷史敘述。對師從魯迅的臺先生來
說，這番討論應有不少啟發。

　　文學史家所面對的「歷史」至少有兩個層次：一個是作者作
品的時代，一個是作品本身的流變傳統。雖說文學史所處理的似乎
主要是後者——即以作品為主，但一如前揭，「能論其世始能逆其

意」，故必先處理「論其世」，亦即必須判斷哪些歷史素材或外緣社會因素對文學史來說是重要的，而這時文學史家的史識就顯得相當關鍵。例如論漢賦的興盛或唐詩的流行，一般均歸因為帝王的提倡，這樣的解釋並非不正確，但總予人簡單、寬泛之感，無形中削弱了解釋的效力。而從「如何論其世」的角度切入，則多少可見出文學史家的史識，就此而論，臺先生文學史無疑是一部史識高明之作，以下簡單舉例說明：

首先，從較大範圍來看，臺先生對不同時期歷史背景的緒說（多為各篇第一章），其所論述的重點有所不同。例如臺先生在〈漢代篇〉一開始討論的主題是漢代政體，到了〈魏晉篇〉則偏重在思想帶來的影響；南北朝主要談的是帝王貴族生活及宗教思想下偏重形式的文學風尚；到了唐代所論重點則已是士風。當然，不是論析宗教就不談政治，而是輕重主從有別地談，較之於每個階段都從政治看文學或都只從經濟階級、物質基礎看文學表現，豈不高明許多？

其次，舉範圍較小的例子來看。臺先生論述漢代文學，一開始卻是在交代漢初政體從郡縣、封建並行到漢武時封建制的瓦解。乍看之下，似乎只是普通政治背景的陳述，但進一步思考即可知封建制的興衰，關乎漢初文人的去處；封建制下的諸侯王國，正是漢初賦家的舞臺；王國中的富裕生活，正是其筆下題材——觀諸枚乘、相如等人，莫不如是。相對地，封建制的削弱，不僅宣告了武帝權力的鞏固，同樣也呈現出文人賦家去向的集中，於是武帝的獨尊儒術及以倡優畜之看待文士的態度，方能真正地影響當時及其後的文學走向。

復次，可舉一個更小更具體的事例來看。一般談及韓愈寫碑傳文的原因，大抵以為韓愈是「隨順世俗，因變為新」地來「倡為古

文」（錢穆〈雜論唐代古文運動〉），也就是說，有意藉由碑誌之作張大其古文運動的聲勢。臺先生對古文家用力於碑傳文的原因，則更細緻確切地提出一個歷史解釋：其先引章學誠「史學廢而文集入傳記」一語，並解釋「史學廢而文集入傳記」其實正因隋文帝時開始禁止私家修史，唐代因之，由此淵源於史傳文手法的古文家，在不能從事私史著作的狀況下，只好轉於碑誌上一展長才了。

　　臺先生對歷史的透視與史料的掌握處理，當然不僅上述三例，其餘如談魏晉玄風、論唐代士風等等，早為學界所稱譽；而在文學史中關立專章或專節論漢代方士儒生合流與神異故事的關係、佛典翻譯文學、隋煬帝與楊素等，均顯示其學養之深廣與目光之高明。劉知幾認為良史需才、學、識三者，史識尤其重要。上文略舉三例之用意，不過藉此指出書中如此洞察歷史、善敘事理之處仍所在多有，值得我們多加留意與探索。

作品的詮解與對形式的看法

　　上文提及，文學史家面對的「歷史」課題，尚有以作品為主的文學流變這一層次，而此亦需「具史識者」方能處理得宜。臺先生這方面的精彩可謂遍布全書，例如從漢代方士儒生合流影響神異故事的形成，其後加上佛道宗教思想流衍成六朝小說的整個過程；再如以文之內容言，談先秦史傳文（「事」）與戰國策士文（「言」），演變至漢代成為與學術分立的文士文；又從漢代《史記》、《漢書》的分析中，引出單筆複筆之論以統論後世文章二元的修辭傾向──而這顯然已是以文的形式來說的了。如此綜理各面融一爐而冶之，將無比繁複的狀況精準切要表之，令人嘆服！復以詩而論，例如從句法形式（長短句漸至整齊）以析論吳歌為絕句之發源；再如阮瑀

〈七哀詩〉與淵明〈自挽詩〉的承啟關係；左思寓自家感慨之詠史手
法實始於阮瑀；或點出吳均樂府影響唐人歌行，其五言影響唐人近
體；或析論王維與孟浩然分受陶淵明與謝靈運影響；或指出黃庭堅
詩詞「以俗為雅，以故為新」之法開啟後來散曲小令作法；乃至即
或對頗有微詞的宮體仍清楚指出，宮體之作乃欲以清新一洗典重晦
澀的摹古詩風等等。諸如此類的見解與述論，無論是承自前人或屬
臺先生一己創見者，均能在錯綜複雜的文學史材料中，理出一個鮮
明深刻的歷史敘事。

　　文學史家在條理文學傳統的沿革源流之際，同時必然也是位
作品鑑賞或文學批評者，因為唯有體會作品並予以解釋、鑑賞、批
評，方能對所謂的沿革變遷做出更精準的判斷。一如美國學者韋勒
克（René Wellek）與華倫（Austin Warren）在其名著《文學論》中
所指出的：文學史中所談論的作品具有恆常的當下性，因為這些作
品仍為今人、文學史家所閱讀評賞。換言之，除了體察臺先生對文
學傳統所做的歷史敘述外，亦可留意臺先生詮解評賞作品的靈光與
慧見，就此而言，此書可謂處處閃耀著熠熠光采。例如討論干寶
《搜神記》，特別指出其書作法頗以史書體例為之，按，干寶被劉惔
推為「鬼之董狐」，臺先生此說或受其啟發，但確實見人之所未見；
再如析論江淹〈恨賦〉、〈別賦〉，臺先生先引江淹自序：「學不為
人，交不苟合，又深信天竺緣果之文，偏好老氏清淨之術」而後討
論〈恨賦〉、〈別賦〉時則言：

> 〈恨賦〉末謂：「已矣哉！春草暮兮秋風驚，秋風罷兮春草
> 生，綺羅畢兮池館盡，琴瑟滅兮丘壟平。自古皆有死，莫不
> 飲恨而吞聲。」自然的歲月無盡，而人生的壽命有限，以有
> 限的人生處於無盡的宇宙中，便是人生的大恨。能參透這
> 一點，則人生之恨雖多端，亦隨虛無而泯滅。〈別賦〉所謂

「有別必怨，有怨必盈」，也是同樣的道理。於此可知他所深信的「天竺緣果之文」與「老氏清淨之術」，在此兩賦中自然反映出來。

此段文字含藏情感，固不待言，尤可注意的是，江淹此二賦為其名作，歷來詮解不知凡幾，而研究江淹佛道思想者亦復不少，但用佛道析論這二篇賦裏的情感思想，且舉重若輕地給了一個適切詮解，則似乎未見。此外，臺先生論歐陽修詞時有言：「即使沉重的情感，往往表現得極自然而無酸寒之態。乍一讀過，似乎無甚悲苦之感，可是稍一玩味，其悲苦之情頗能動人心魄。」類似這樣的鑑賞領會，書中所在多有，構成本書濃厚的「敘史詠懷」色彩，非常動人！

在作品這個面向上，除了作品的詮解之外，作品的選擇也值得留意。文學史多半會於述論中提及作家之作品，或於文末抄錄作品以供印證參考，此時文學史家決定擇取哪些作品，背後用意或情志的認同，值得我們進一步玩味。例如陶淵明一節文末錄了四首詩，包括了〈歸園田居〉「少無適俗韻」、〈飲酒〉「結廬在人境」、〈擬古〉「種桑長江邊」、〈挽歌辭〉「荒草何茫茫」等四首，四詩旨趣各自不同，其中〈擬古〉「種桑長江邊」一詩歷來並不如其他三詩如此的膾炙人口，特加選錄似意在指出淵明對當代政治現實的關注與感懷。

此外，我們也需注意臺先生對形式的看法。臺先生在〈中國文學史方法論〉中指出過去文學研究太過偏重形式而忽略內容，故於書中，對重修辭、偏形式傾向的作品、流派甚或評論，臺先生均會特意點出並加以批判。不過，臺先生〈中國文學史方法論〉中，又把形式放在第二講，並清楚指出「形式是有美術價值的」。這兩個立場看似相反，其實並不矛盾。簡單來說，臺先生批判的是「太偏

重」形式的傾向，而不是不重形式。換言之，若從「評價」角度來說，臺先生對形式毋寧是採取一個比較批判的立場，例如談永明聲律，雖指出聲律的講求對詩之發展並非無功，但仍特別強調「聲律之於詩，只是有助於內在情志的表現之一部分，其本身卻不是詩」；而若從「研究」角度來說時，形式其實仍是理解文學傳統的重要環節，臺先生論散文傳統中的單筆複筆即為其例。

主體境界與價值引領

上述不論是對時代背景的穿透或作品的深刻體會，最後多半仍是聚焦在作者身上，所謂「能論其世始能逆其意」之「意」，實乃作家主體之「意」。從臺先生〈中國文學史方法論〉來看，作家的文學環境、社會環境、傳記、年譜此四講，幾乎全從「人」的角度立論，顯見臺先生相當注重作家的研究，其於第五講〈傳記的研究〉中言：

> 作品與作者人格因果的聯繫：作者因為是作品的創造者，所以我們研究作品，不能只顧作品的本身，還得要注意作者的人格。

然則何以了解其人格？作家之作品，以及上述環境、傳記、年譜所勾勒出的「作家全部的生活」，這兩個面向應即是臺先生認同的藉以認識作家人格的材料與方法。為了強調應注重「作家全部的生活」，臺先生甚至細緻地提點我們應注意作者生平前後期的變化，例如指出應以安祿山之亂為界，將杜甫生平視為前後二個不同階段。當然，這樣的研究法則他人未必未曾警覺或運用，然而臺先生除了將其表述為研究原則外，也在書中加以實踐，例如不惜花費篇幅詳細說明曹植生平前後期處境之異，以及指出隋煬帝奪位前後詩

風好尚的差別與影響。

　　值得一提的是，臺先生認為在「確定作者生活中所發生的事態」後，仍是要確定「這種事態與作品之關係」，意即回過頭來闡釋作品。於是「作者」、「作品」、「歷史」三者之間，交互往復，形成一個施萊爾馬赫（Schleiermacher）式的詮釋循環，理解即在此往復詮釋中逐步深化。例如臺先生藉由李白行跡、作品及相關歷史背景的往復分析，闡析李白詩中所流露的指責、諷刺與悲憤，見證李白之「節士風概」，由此反對昔人揚杜抑李的傳統觀點。

　　無庸諱言，臺先生強調作家人格與作品的因果聯繫，與傳統「文如其人」或「人品即詩品」的觀念相當接近，但也只能說是接近或受傳統影響，因為在實際批評上，臺先生其實並不會機械地以「人」廢「言」，對照兩處臺先生的評論即可知之：

臺先生析論潘岳之〈秋興〉、〈閑居〉二賦：

> 兩賦之作，前後相隔達二十年。前一篇是他初入仕途之感，後一篇是他困躓仕途之慨，同是因不得意而寄興於閒適。一個奔競權門，希望顯達的朝市詩人，偶發林野之思，祇足以反映其侘傺的情懷，不足作為內心的真實表現。像他這一類的作品，要是稱之為「淺」，倒是恰當的。

　　談楊素，稱其詩「每首俱佳，辭藻高華，風骨遒勁，一洗齊梁以來綺靡之習。」並云：

> 人的性格本是多方面的，一個壞人，不論壞到如何程度，但真實的情感總是有的，而且會時時流露出來。像楊素這種人，儘可以陰險毒辣的手段取富貴，而與朋友以詩敘心時，自然會吐出他真實的情感。……可以看出他這人才情高，即使終日沉溺於淫惡的官僚生活中，有時也還有超世的情懷，

故能寄興於高遠。

這兩人均是奔競官場、追逐富貴權力的士人，同是臺先生所批判的文人類型，但在作品的評價上卻有雲泥之別，可見臺先生雖認同傳統「人品即詩品」觀點，但並不會無條件、機械式地套入他的實際批評。

換言之，「人品」與「詩品」不能簡單地劃上等號。因為文學史撰述畢竟不是歷史傳記的人物評論，所以勢必有所變化調整，上述對潘岳與楊素作品做出不同評價即為其例。進一步來看臺先生的分析，其之所以對二者給出不同評價，顯然二者情感的「真實」與否是個重要因素。臺先生曾如此論及中國文學史上的作者：

> 雖然，真實的寫出內心的哀樂並表現了時代的明暗，沒有失去個性的作者，在中國文學史上每個時代都有，只是不多；中國文學史也就依賴有這樣不多的作者，才不致黯然無色。（〈中國文學由語文分離所形成的兩大主流〉《靜農論文集》頁一二六）

「真實的寫出內心的哀樂」、「表現了時代的明暗」以及「沒有失去個性」，大抵即是臺先生權衡作家的三個標準。在這部文學史中，我們確實常常看到臺先生從作品中分析作家之胸次懷抱、情感的真實性，以及作家為人行事、為文書寫的獨立性與創造性。而在這些標準的衡量分析下，最終所呈現的，其實不外乎就是作家的主體境界。

我們可以觀察到，對作家主體境界的掌握與闡論，無疑是臺先生文學史書寫中極為重要的一環，不論是從批判的角度或者是站在揄揚的立場，臺先生均於有限的篇幅中極力為之。然則，何以如此？或許，在臺先生的觀念裏，「文學史」不僅是一系列過去文學傳

統的客觀知識或一種學術領域，它同時也是一門課程、一種人文教育，因而其所呈現的是明是考非、善善惡惡的歷史敘事，毋寧正是一種人文教育下的價值引領。

冷筆與熱筆的交織

上文大抵是分就作家（人）、作品（文）、歷史（世界）三個面向來談，在這三個面向之外，臺先生行文的筆調也可稍做討論，而這部分可分從體例與遣詞用字兩方面來觀察。

一般來說，為了讓讀者對作家先有一梗概認識，文學史在介紹作家處，多半會從作家生平及過去史家給予的定評談起，也就是從舊有的歷史文獻材料開始說起。至於撰述方式，常見的大致有二種：一種是從史傳資料的直接節錄開始，甚至注上史書出處，而後或以按語、或另起話頭以進行述評；另一種雖也利用史傳文獻資料，但會將其化成自己的語言說出，故而行文基本上是一致的（無傳記資料可援用的作家，當然也是運用這種方式）。在目前習見的文學史著作中，後者似乎更為常見。

臺先生的文學史基本上是以上述第一種撰述方式為主，但偶爾會看到第二種寫法；換言之，體例並不統一。可是如果我們細加玩味，或許可看出一些有意思的地方：首先，雖然臺先生多運用第一種方式撰寫大部分的作家，然而在某些作家處，臺先生所採取的撰述方式似乎更加自由──或許也會引用少許史傳文字，卻多半不會放在開頭，也就是說，比較接近上述的第二種方式，如曹植、陶淵明、王維、杜甫、辛棄疾等等皆是，而這些作家大致上都是臺先生較為賞愛、推重的重要作家。其次，不論是在舊有的歷史文獻材料部分，或是文學史家進一步的述評研究部分，一般文學史家大抵都

是以客觀冷靜的筆調來進行討論，例如葉慶炳先生的《中國文學史》即是如此。然而臺先生文學史則不時地會有所逸出，尤其在上述所謂「進一步的述評研究」部分，往往流露出一種較為主觀的、帶有情感溫度的筆調。借用林文月先生論《洛陽伽藍記》時所創術語：「冷筆」與「熱筆」，臺先生這些地方的筆調其實即是「熱筆」，而其撰述即在冷筆與熱筆的交織轉換中進行。放大來看，在討論整個時代背景的地方，往往也會見到臺先生以冷筆書寫歷史，而以熱筆流露看法。

　　如果我們更細一點地來看其遣詞用字，就可以更容易地體察臺先生的「熱筆」：例如論司馬相如「儘可用無賴的手段而不以為無行」；論沈約「足見他對文學的嗜好，有如他對於作官的嗜好一樣」；論兩晉文人「奔競貪斂」為「無恥」；論曹操「不惜用卑鄙的手段」將孔融、禰衡、楊修等人置於死地；批評司馬氏是「以狼顧狐媚、猜忌殘忍的伎倆」進行政治傾軋；論陸機〈百年歌〉為「庸俗的人生觀」；論處於漢廷政府腐敗衰落時期的揚雄，則出之以同情的理解而云「自非木石，能無憤懣？」論左思，認為嚴羽「惟左太沖高出一時」之語，「說是他的詩品，也可以說是他的人品吧！」論魏收與邢劭「由於兩人互相攻擊，互相翻出了老底子」；而論佛經文學則稱賞其「想像力之偉大及意趣之飛動」。

　　此外，用「大君」、「大皇帝」一詞代稱君王，甚至以「李三郎」稱唐玄宗，這樣的用語多少帶有一點譏諷味道。而透過行文中的轉折語如「居然」或「竟然」等等，有時也能體會到臺先生的批判意味，諸如：論六朝用典風尚云：「既同抄書，還有什麼性情之表現。可是追蹤而行的，竟有無數的文人，不惜浪費生命，以從事於此。」或論唐初宮廷士風：「宋之問、沈佺期兩大詩人，竟恬然自居於弄臣之列，此唐初詩人猶在六朝士風影響之下，故不以較優劣

於妃妾之前為可恥。」類似上述這些例子，書中可謂俯拾即是。

　　臺先生的「熱筆」，大抵皆出現在這些深有感觸之處——或為正面揄揚，或為反面批判；或含藏悲痛，或略帶諧趣。很明顯的，上述這些例子多少都已滲進主觀的情感成分，臺先生曾這麼說陶淵明的詩：

　　　　隨時流露真情，有時沉痛，有時風趣，時或直率，時或婉愜。

適足以移來評臺先生自己的筆調。

　　熱筆與冷筆的交織穿插，雖然可能被人視為體例不純，但無形中造成了一種變化與節奏感，讓如此的學術文章增加無限可玩味之處，尤其書中的「熱筆」，往往由此見出作者的性情，讓人體會其所寄寓的懷抱。

結語

　　臺先生這本文學史並非完帙，下冊只寫到金元，且現有的章節結構中，也缺少一些通行文學史常見的內容，例如未論及毛詩序與漢代詩教，亦未論宋代話本、姜白石詞等。換言之，若以「齊備」求之，可謂不無遺憾。然則同樣的，若真以「齊備」求之，亦可謂失之交臂，蓋臺先生此書之佳處，固不在此矣。

　　如上文所述，臺先生以其自覺的文學史方法，敘寫文學傳統中的「人・文・世界」。其洞識歷史，述論與文學密切相關的歷史因素；積長年體悟，對作品及文學流變，提出獨到見解；重士風，評騭其行，從作品中闡論主體境界，令讀者批閱有感之際，心生賢賢賤不肖的祈嚮與認同；而字裏行間，又往往流露其性情，映照出其胸襟意態。如此的文學史書寫，確實是「通古今之變，成一家之言」的「敘史」；而所謂「一家之言」，也不僅僅是高明的歷史敘事，同

時更是蘊含臺先生個人情志襟抱的「詠懷」了。[1]

　　總之，作為一個讀者，進入這本文學史的方式是多重的。只是當我們欣賞其「豔辭」時，切勿忽略其所富的「鴻裁」──就此而言，臺先生這本《中國文學史》或許正為文學史的書寫作出了一種示範，樹立了一個極殊異的典型。

何寄澎、許銘全
二○一五年十月

---

1 參何寄澎，〈敘史與詠懷──臺靜農先生的中國文學史書寫〉一文。原載於《臺靜農先生百歲冥誕學術研討會論文集》（臺北：臺大中文系編印，二○○一年），頁一五九～一八二。後亦作為附錄收入臺先生上海古籍簡字版《中國文學史》。

出版前言

　　臺靜農先生很早就已是中文學界的傳奇人物了。青年時期就讀北京大學研究所國學門，受知於劉半農、沈尹默、沈兼士、陳垣諸先生。魯迅先生尤加賞愛，不但共組未名社，並且由未名社出版了臺先生的小說集《地之子》與《建塔者》。魯迅先生編輯《中國新文學大系‧小說二集》時，更選了臺先生的小說四篇（除了魯迅先生自己，僅臺先生得此殊遇），可見其器重。任教山東大學時與老舍締交，返平為未名社同仁李霽野證婚之際，結識張大千，後皆為平生知己。抗戰軍興，返鄉後播遷四川白沙，亦與陳獨秀先生相視莫逆，往來密切。

　　一九四五年渡海，任教於臺灣大學中國文學系，於許壽裳、喬大壯二先生先後辭世後，接任系主任一職二十餘年，奠定了該系的自由活潑、兼容並包學風，其影響並及於外文系白先勇、王文興等學生。臺先生於北大時即習篆刻；書法則幼承庭訓外，先後受沈尹默、胡小石二人的指點，後出入於石門頌與倪元璐，損益變化，遂成名家。來臺後常與北大同學莊尚嚴及張大千、溥心畬等藝文人士相往還，遂亦以詩、畫、篆刻相酬。詩、書、畫亦皆有專集傳世。晚歲則以散文集《龍坡雜文》，獲各種文學獎。一九八五年獲頒首屆行政院文化獎。一九八九年，其學術著作《靜農論文集》亦獲中山學術文化基金會文化創作獎。

　　臺先生在臺大授課，初期以「中國文學史」與「楚辭」為主；後亦包括「小說研究」等課。「楚辭」方面之研究心得，著有《天問新箋》。臺先生來臺未久，即與國立編譯館簽約撰寫《中國文學

史》一書，臺先生亦持續該書之撰述工作多年，後因白色恐怖與殷海光、哲學系事件等之影響，雅不願拖累編譯館負責人士，遂與編譯館正式解約，該書之撰述工作，遂亦止於金元。雖然其間充滿先生長年蘊蓄的睿見與慧思，多年來亦僅以稿本與抄本形態在少數學生間傳閱。

　　文學史之撰述，或以表達個人性情學養所及，對歷代文學精神之深切體悟，對其間顯現之文化歷史流變，作真知灼見之詮解；或為彙編陳言，輯合眾說，以成一常識性質之方便教本。臺先生重在「通古今之變，成一家之言」，非真有所感的有所見不輕易下筆，雖然相關資料之蒐尋與增補，未嘗間斷。所以不斷修改，又不斷增補資料，故而稿本與抄本同中有異，其間又頗多增貼之資料與文字。

　　臺先生又往往因應從事各種刊物編輯工作學生之所請，時而抽取其中部分章節，獨立改寫成篇先行發表，體例遂更繁雜。

　　何寄澎〈編序〉所言及的：神話、小說、以及屈原影響部分的缺漏，很可能是移作「小說研究」與「楚辭」課程上之應用，終於往而不返了。（臺先生上課，除了常作板書，亦往往以刻鋼板油印的方式，提供學生資料作為教學的講義。）所以此部《中國文學史》不但其著述期間遠出「曹雪芹於悼紅軒中，披閱十載」，且所謂「纂成目錄，分出章回」，亦往往後出轉繁，體例更加不一了。但臺先生的論述既然出自個人襟抱，充滿閱歷有得之穎悟，即使隻句片語，亦往往如名家散落之詩話、詞話或偶留指爪之批註、評點般的彌足珍貴，何況早已完成大半？文學史正自不同於《紅樓夢》，只要時移世繼，哪一部可以完全涵蓋「歷史」流轉的全貌，而不需「再續」或「重寫」？因而其詮解的靈光與慧見，筆下的精神與光彩，反而才是需要不斷閱讀與參酌的重點！

　　臺先生過世後，家屬將其所遺文稿捐贈臺大圖書館，由特藏組

珍藏，並於二〇〇一年十一月先生百歲冥誕舉辦特展，《中國文學史》的文稿自是展出重點之一；同時舉行之紀念「學術研討會」中亦有齊益壽、何寄澎二人以先生的《中國文學史》文稿作為研究與撰寫論文的題材。會中獲得熱烈的反響，大家的共識是：應該將這部臺先生半生心血所聚的文稿加以出版，但出版之前得先行加以整理。

該部文稿既已捐贈臺大，由臺大出版中心來加以整理出版，自是責無旁貸之事。原初和圖書館項潔館長商定的構想是同時作排印出版與手稿數位化典藏。後以同時進行所需經費龐大，文建會吳密察副主委所介紹的二處無力補助，遂決定先由文建會補助研究助理的費用，敦請現於臺大中文系講授「中國文學史」一課的何寄澎主持整編的工作，由出版中心自籌經費排印出版，以方便學者同好教學研究之參考應用。數位化典藏則將與其他手稿，以臺先生手稿的名義一併爭取經費，再來進行。

臺先生的《中國文學史》文稿終於整理編印完成，由及門受業的一代，帶領再傳的一代來進行，似亦更有薪火相傳的意義。典型不遠，展讀生光。現今的讀者亦能從字裏行間感覺一代學人之精神意態的從容與心靈視見的輝煌嗎？那麼，細心的領會與性情的照面是必需的。

柯慶明
二〇〇四年歲末於出版中心

編 序

　　經過四十年漫長的時間，[1]臺先生的中國文學史講義終於能以「書」的形制呈現在大家面前了。

　　而緣起是這樣的：

　　二○○一年十一月，臺大中文系舉辦「臺靜農先生百歲冥誕學術研討會」，我在臺大圖書館慨予影印臺先生手稿及他人抄寫稿的情況下，得以逐字閱讀，乃撰就〈敘史與詠懷——臺靜農先生的中國文學史書寫〉一文，略述我對臺先生中國文學史書寫之觀點、特質與精神的體會。文成之後，將臺先生講義仔細編輯整理成書的願想就一天比一天強烈。這個願想得到柯慶明先生極大的鼓勵，也得到他戮力尋求資源以助早日完成的承諾。二○○四年初，在柯先生的奔走之下，文建會應允支應助理費用；而柯先生主事的臺大出版中心，又充分提供行政支援；臺大圖書館特藏室復在相關資料的影印上，全力配合，於是工作正式於三月展開。在此之前，我和許銘全學棣已針對書稿的整理原則、重要的工作項目、人員的分工，以及流程的設計等做過無數次的討論，訂定了基本架構與進行方式。工作開始之後，我即請銘全負責實際執行，並邀蘇怡如、曾守仁兩位博士班同學參與。銘全的角色很吃重，他要把所有碰到的問題向我反映，與我共思解決之道，然後再責成怡如、守仁加以貫徹。由於大家的專心投入，全書初稿終於在十月間編輯完成。現在把過程

1　臺先生的中國文學史講義，可能早於一九四○年於重慶白沙女師講授文學史時即已開始撰寫。一九六六年，葉慶炳先生自印中國文學史講義，並以之為臺大、輔大教材。推測臺先生在此以後未再繼續整理其講義，則距今約當四十年。

中一些重要的處理事項，說明如下：

一、覆校與整理

1. 覆校

　　此次整理臺先生遺稿，原即設定稿內引文的覆校為最重點之工作，但進行此一工作須先確定臺先生所用的版本。我們的作法是：先自較通行版本中擇一核校，若發現不侔處多，即再換一版本，至完全相合為止。以《楚辭》引文為例，先據洪興祖《楚辭補注》，後即發現臺先生乃據朱熹《楚辭集注》，遂改以朱書為核校底本。我們對所有可推知的版本，悉於各章節編者註中說明，如漢魏六朝詩多依丁福保《全漢三國晉南北朝詩》，樂府詩則以郭茂倩《樂府詩集》為主，唐人、宋人詩文集多用《四部叢刊》本，宋詩則多據吳之振《宋詩鈔》等等。唯若準此核校而仍有異文，則必覆查其他版本，以判斷是否繕寫之誤。我們因此發現，臺先生的引文雖有主要依據之版本，但偶然亦會採用異文——這一點，我們遵循臺先生的採擇，不予更動。除了補上漏字漏句、訂正明顯的錯誤，在句讀方面仍依臺先生原貌，而遇有與當代學者之校點有異、或關涉到文字理解時，亦仍以編者註的形式說明。

　　覆校工作中最耗費心力的狀況是引文出處有誤——或卷數訛記、或書名錯寫，如〈宋代的散文〉一章述東坡文之盛行，手稿寫道：

> 《清波雜志》云：「崇寧、大觀間，海外詩盛行，……朝廷雖嘗禁止，賞錢增至八十萬，禁愈嚴而傳愈多，往往以多相夸。士大夫不能誦坡詩，便自覺氣索，而人或謂之不韻。」

　　但遍翻《清波雜志》，並無此段文字，原來係出於朱弁《曲洧舊聞》卷八；類此，我們自當予以更正。

　　當然，仍不免有無從覆校的情況，如〈先秦篇〉提及的小川琢治〈山海經考〉、〈金元篇〉提及的葉玉華《院本考》等，既已遍尋不著，只好作罷。

2. 整理

　　臺先生文學史稿有部分曾抽出單行發表，此次整理時亦據手稿將發表論文上的錯誤一一校訂。而臺先生手稿中常有眉註、旁註，或夾紙，從這些文字的內容，可以推斷屬臺先生教學、研究之際逐次添上，其中不乏精采之見。為了求全，我們將屬於注文性質的，以作者註的形式補上；將與正文論述相關者悉補入正文；唯二者以前者為多。

　　而更重要且較為複雜的整理工作即補入一些缺漏的環節——此則詳述於下。

二、缺漏環節與補文

　　1. 臺先生的講義起自論中國文學的起源，迄至元雜劇，明清以下，付之闕如，可知論述並不完整；再從標目、章節、眉註，乃至夾紙上的補充資料來看，更覺未可視為臺先生之定稿，故以「文學史稿」名之。

　　2. 遺稿的缺漏，有的可能已然散佚，有的則可能未曾寫就，這部分有：

　　　　a.〈先秦篇〉第一章〈中國文學的起源〉談神話部分過於簡略。

　　　　b.〈先秦篇〉第四章第五節〈漢代作家所受屈原的影響〉只留

標目。

c.〈秦漢篇〉第四章〈樂府與樂府辭〉，楚調曲與大曲部分已
　　佚。

d.〈秦漢篇〉第五章第二節〈古詩十九首〉與第三節〈孔雀東
　　南飛〉，僅以數語列出幾點看法。

e. 未見唐以前小說之述論。

f.〈唐代篇〉標目為〈唐詩極盛時期的各派別〉，緒說明言此
　　章乃論盛唐與中唐，但手稿一路寫到晚唐韓偓。

g.〈宋代篇〉第三章宋詞部分本列有〈姜夔〉，但內容卻為其
　　詩論之評述。

h. 未見宋代話本相關述論。

對這些缺漏的處理則為：

a部分： 由銘全整理手稿《中國神話及其資料書》中的討論，
　　　　加以補入。

b部分： 只能存其原貌。

c部分： 由銘全依臺先生論文補入，隨頁編者註中交代說明。

d部分： 責成守仁將原點列式文字改為一般行文，以求統一，
　　　　並補上作品。

e部分： 臺先生另有相關手稿：《中國神話及其資料書》、《鬼
　　　　神怪異書》、《古異傳奇》、《雜記》、《漢事傳奇》、
　　　　《從六朝志怪到唐人傳奇》等六本。除第一本《中國神
　　　　話及其資料書》之第一部分論及先秦神話已補於〈先秦
　　　　篇〉外，其第二部分標目為「漢方士儒生合流之神異
　　　　故事」則仍由銘全整理補於〈秦漢篇〉第七章；其餘
　　　　五本，亦由銘全整理為〈南北朝隋篇〉的第七章〈六
　　　　朝小說的淵源與發展〉。

f部分： 只能存其原貌。

　　g部分：將其移置宋詩一章，加編者註說明。

　　h部分：遍檢其他手稿，亦無相關討論，只能從缺。

　　在此，必須特別說明的是：上述補文（尤其e部分），由於可據資料非完整論述之行文，形式上又多類提要，而甚或僅以夾紙旁註、眉註其意見，故文字風格不易與全書統一，此亦無可奈何。

三、責任區分

　　原稿編校整理的分工如下：

　　銘全——先秦篇（全部）、秦漢篇（第七章）、南北朝隋篇（第七章）、唐代篇（全部）、宋代篇（第一章）、金元篇（第一章）、附錄：中國文學史方法論。

　　怡如——魏晉篇（全部）、南北朝隋篇（第一章至第六章及第八章）、金元篇（第二章、第三章）。

　　守仁——秦漢篇（第一章至第六章）、宋代篇（第二章、第三章）。

　　以圖表呈現則為：

先秦篇	銘全
秦漢篇	第一章至第六章：守仁 第七章：銘全
魏晉篇	怡如
南北朝隋篇	第一章至第六章：怡如 第七章：銘全 第八章：怡如
唐代篇	銘全
宋代篇	第一章：銘全 第二章、第三章：守仁
金元篇	第一章：銘全 第二章、第三章：怡如
附錄：中國文學史方法論	銘全

　　綜覽以上的作法，大家應該可以了解，我們一方面以維持臺先生文學史的原貌為最重要、最基本的前提；一方面又試圖整合臺先生所有與文學史相關的文字，俾儘量完足其系統。前者無疑表達我們莊慎的態度與尊敬的心情；後者或不免招好事之譏，但我個人反覆省思，仍相信唯如此做，乃為一種積極而不失忠實的「整理」，也相信它仍符合臺先生文學史的思考、見容於臺先生文學史的脈絡。作為曾親受教誨的學生，我知道臺先生固不喜浮誇躁進之士，但亦絕不喜唯諾步趨、缺乏領會能力之人；上述二種若相異而實相成的作法，我想當不致為臺先生所不許。但不論如何，學者若覺本書有任何未盡、不妥之處，自當由我個人負責；而若有任何批評，我們亦願虛心受教。

　　三年來，我個人不時翻閱臺先生的遺稿，感動、景仰之情無時或減，而慚愧、惶恐之心則與日俱增。臺先生的中國文學史雖未竟篇，但在我所見的中外同類著作中，沒有比臺先生更具「性情」與「見識」的作品；如果我們肯定文學史為一「有生命」之書寫，則臺先生的著作分明貫串以古典「詩人」的精神，乃為一真正「詩人之作」、一符應中國古典文學傳統的特質之作，其「方式」與「意志」皆遙接史遷。[2] 準此觀之，則孰能謂無其內在體系存在？而一般文學史著作，固有其形式上之系統，但陳陳相因，無多新意，則相較之下，孰得孰失？孰可珍孰不足珍？我想，當必有能辨之者！至於慚愧、惶恐的心情，則一方面出於自我見絀的反省，一方面固有感於學風之日趨虛矯。就前者言，臺先生的著作彷彿明鏡，清晰映照我

2　我對臺先生「中國文學史稿」的體認俱見文中所揭〈敘史與詠懷——臺靜農先生的中國文學史書寫〉一文，載於臺大中文系《臺靜農先生百歲冥誕學術研討會論文集》，頁一五九～一八二，敬請讀者自行參閱。此處可略加闡述者，中國古典文學傳統中所謂「詩人」，非寫詩之人之謂，實乃詩藝錘鍊之外，特具性情、襟抱，執是非、理想之知識分子之謂。故屈原、子建、阮籍、淵明、杜甫、東坡乃為「詩人」典型，萬世共仰；而《史記》一書，亦不妨因此視為「詩人之作」。

個人的疏淺、愚駑，以這樣的資質、工夫，奢欲追蹤步武臺先生之志業，何異癡人說夢？就後者言，滔滔後起者，一味競於追新並以之自高，則對臺先生所顯示的典型、所見證的意義，究能體察領悟多少？又誠教人不敢期待。然而，我亦深知，一個更正確的態度乃應是：前者之自省當化為鞭策自我的力量；後者之憂慮，衡諸歷史證明，有性情、有思想之作，終不能掩其熠熠光輝，是臺先生這本「中國文學史稿」，終必啟發後學、激勵來者，則吾又何憂何懼！

　　最後，仍要再一次感謝臺大圖書館特藏組的配合，以及銘全、怡如、守仁三位同學的辛勞；尤其是銘全。三年來銘全與我一同時時翻閱臺先生的遺稿，時時交換彼此的心得；而近一年則一如前述，一方面與我深入討論相關工作的原則與模式，一方面做最好的溝通橋梁，引領怡如、守仁善盡他們的職分，讓我全無罣念。銘全好學深思，既有敏銳才思，復肯下紮實苦功，又極耐繁劇細瑣，誠可畏之後生也。我知道，若無銘全之協助，此書之問世，不唯必將拖延，且必不若目前之完備，殆無可疑。

　　如今，強烈的願想終於實現，是何等令人興奮喜悅的事！而人生機緣巧妙，在這個沒有「典範」的時代，我猶能為臺先生做一點弟子該做的事——對上蒼這樣的恩賜，又如何能不由衷感念！是為序。

何寄澎　謹誌
二〇〇四年農曆十月廿四日
臺先生一〇三歲冥誕

再版補誌

　　這次再版除了訂正若干錯別字與標點符號外，最主要的即是補上〈李白〉一節。按，臺先生手稿〈唐代篇〉原編目與內文並無此節，首版付梓後，一日偶遇方瑜先生，方先生提及文學史不可能不談李白，乃再詳檢臺先生所有文稿，終於發現一份敍論李白的散稿。今仍責成銘全整理覆校，藉此次再版，予以補入。

　　此外，初版編序「覆校」一小節末尾所述「仍不免有無從覆校的情況，如〈先秦篇〉所提及的《小學識字教本》一書……」云云，因後來找到該書，故將此行文字刪除，改舉他例，並於頁四十六加一編者註，敬請讀者留意。

何寄澎

二〇〇九年十一月二十日

目　次

▌第一篇　先秦篇 ▌

■ 第四篇　南北朝隋篇 ■

■ 第六篇　宋代篇 ■

▊ 第七篇　金元篇 ▊

■ 附錄　中國文學史方法論 ■

第一篇

先秦篇

第一章　中國文學的起源

　　中國文學的起源，與世界各民族的文學起源有共同性的，所以我們不能以單純的中國古代文獻，作為中國文學起源的資料。若就中國古代文獻看，今《尚書》一書中，就包括唐、虞、夏、商、周五代的文獻，這五代文獻的歷史真實性是有問題的，不能作為中國文學起源的資料；即使這五代的資料可信，也不能作為中國文學起源的資料看。因為要研究文學的起源，必得追溯到文字沒有發明以前的時代，一有文字的發明，則去古已遠了，這是任何民族都是如此的。

　　研究文學的起源，不能拋開跳舞與音樂，因為在原始的時期，文學、跳舞、音樂是三位一體的。《禮記・檀弓》云：

> 人喜則斯陶，陶斯咏，咏斯猶，猶斯舞。

又《詩・大序》云：

> 情動於中而形於言，言之不足，故嗟歎之；嗟歎之不足，故永歌之；永歌之不足，不知手之舞之足之蹈之也。

足見我們古代學者是了解原始的歌與舞蹈音樂相互之關係的。所以有韻律的姿勢便是跳舞的起源，有韻律的聲音便是音樂的起源，有韻律的語言便是詩歌的起源。

　　現在我們先就歌詩與舞樂的關係來說。

　　《呂氏春秋・古樂》說：「葛天氏之樂，三人搖牛尾投足。」所謂「葛天氏」是指荒古時代。又《周禮・夏官》云：「方相氏掌蒙

熊皮，黃金四目，玄衣朱裳，執戈揚盾，帥百隸而時難（事儺）。」
古代祭神同現代民間的迎神賽會一樣，一面為娛樂神，一面為娛樂
大眾，儀式是極隆重的，所以有人專門主管裝飾，領導大家舞蹈。
至於以牛為戲，以巨獸為戲，這是由於摹倣制伏猛獸來的。可是歌
謳也由此而產生。

　　至於原始社會的酋長，是具有一半人力一半神力的；因為酋長
是身兼巫祝的，故能利用神力來統治他的部落。《山海經》云：

　　大樂之野，夏后啟于此舞九代，……左手操翳，右手操環。
　　（〈海外西經〉）

　　開（即啟）上三賓於天，得《九辯》與《九歌》。（〈大荒西
　　經〉）

這由於古代的神權的意識，而產生了樂舞與歌謳。

　　酋長雖行同教主，但還賴以領導武功，才能防禦部落被侵略，
或猛獸侵襲，而樂舞謳歌也隨之而產生。《易・中孚》云：

　　得敵：或鼓、或罷、或泣、或歌。

戰勝了，獲得了俘虜，於是大家或打鼓，或休息，或唱歌，或高興
得掉下眼淚。〈樂記〉云：

　　舞莫重於武宿夜。

鄭注云：「武宿夜，武曲名也。」《疏》引皇氏云：「武王伐紂至於
商郊停止，宿夜，士卒皆歡樂歌舞以待旦，因名焉。」及武王滅了
商紂，又有武樂，《左傳・宣公十二年》楚莊王曰：

　　武王克商，……作武，其卒章曰：耆定爾功。

伐商的時候有舞樂，克商以後又有舞樂，這不僅是戰爭的紀念，而是民族的戰歌。

　　由上面證明，可知古代藝術（樂舞謳歌），都是與民族生活有直接關係的。

　　現在來看一看原始的謳歌是怎樣發生的。關於這一問題，我們先要了解：史前的人同文明時代的人所不同的是生活技術，而喜怒哀樂的情緒是沒有什麼分別的。正如劉勰《文心雕龍·明詩》所云：

> 人稟七情，應物斯感，感物吟志，莫非自然。

足見謳歌之發生，完全基於人類的自然的感情。故有些野蠻民族，儘可以沒有文字，沒有歷史，卻有他們自己的歌唱。唐代學者孔穎達曾經這樣說過：

> 上古之時，徒有謳歌吟呼，……時雖有樂，容或無詩。（《毛詩正義·詩譜序》）

他以為歌先於詩，是極精闢的看法，意思是說，歌是人的感情自然的吟呼，詩則具有作者藝術的手法。因此，我們要知道：感情是謳歌的原動力，而感情的現象如何，則決定於人的社會生活，故可以沒有文字而有謳歌，若沒有感情的啟發是不會唱出歌的。由人的現實生活而產生的歌，眼前便有一個例證，即臺灣高山族的「杵歌」。這種「杵歌」並不屬於今日高山族所專有，實則中國大陸上早已有了，遠則紀元前春秋戰國時代，近則近代的西南的苗族，都有這種「杵歌」的。《禮記·曲禮》云：「鄰有喪，舂不相。」鄭注云：「相謂送杵聲」，也就是古代的樂曲之名；荀子有所謂「請成相」者，即謂「請成此曲也」。足見今日高山族的「杵歌」古已有之了。

至於近代，清乾隆時檀萃《說蠻》提到貴州苗族「狗耳龍家」族的風俗：「死以杵擊臼和歌哭，葬之幽巖，秘而無識。」這與〈曲禮〉上所記的適相反，一是鄰有喪事，不必唱歌；一是死了人以和歌哭——將娛樂杵歌變作哀樂了。「相」是什麼呢？它是舂食物時發出的互相勸勉的聲音，有如舉大木者呼「邪許」的聲音。而這種送杵歌便是從現實生活出來的。

歌詩以外有神話與傳說，這也是文學發生的一個源頭。未開化的人見宇宙間各種現象，凡不是人力可能做到的，都以為是神的力量，這種神的解釋，至今謂之神話。

神話是人類現實生活與精神生活的反映。*原始人類對於自然界種種不能理解的現象，為尋求此種自然現象神祕的存在，基於人類共同的心理，神話因之而生；此種神話的創造，人類的精神與現實生活也就不自覺融合於其中。因此神話又是人類精神與現實生活的反映，即人類有戰爭、情愛、禍福、死亡等，現實生活所不能逃避的，神的生活亦往往而有，故為人類精神之投射與寄託。

神話的形成，以神為中樞，又推演為敘說，而所敘之神事，又從而信仰之。時代愈久，神的說法愈多，於是傳奇的神話亦因之而產生。神話在沒有文字的時代，是由輾轉口述流行於部落中的，再代代流傳下去。在口述流傳的過程中，必然有或多或少的改變，甚至由一母題而改變至幾乎失去原來的面目。如被民族詩人所吸收，不論其為口述或用文字寫下來，又必然有所改變。

如果神話歷史化了，其神祕性與浪漫性會被沖淡。或與巫術合流，成為宗教信仰的一部分，然神話本身即有所損害了。

---

* 自此段至頁十三「傳說則產生於神話以後」句之前，乃整理自臺先生手稿《中國神話及其資料書》第一部分。〔編者註〕

　　神話是有地域性的：近人＊將中國神話區域分作北部、中部、南部三大系統。即北部為黃河流域，以黃帝與蚩尤大戰為例；中部為江湘流域，以楚辭神話為例；南部為兩粵，以三國吳徐整《五運歷年紀》所述「盤古神話」及其《三五歷紀》所述「開天闢地」[1]為假定之例──這例證極為勉強。因此，我以為此種分法，並不精確。此三部分中最具地方色彩的，唯有江湘流域的楚辭神話，其他南北兩部皆不能與之並論。可是《楚辭・九歌》中的「河伯」之為黃河神，固無問題，但是《春秋左氏傳》哀公六年載云：「（楚）昭王有疾，卜曰：『河為祟。』王弗祭。大夫請祭諸郊。王曰：『三代命祀，祭不越望，江、漢、雎、漳，楚之望也。……不穀雖不德，河非所獲罪也。』遂弗祭。」可見昭王時楚域不及黃河。然何以〈九歌〉有河伯？此因戰國之時，楚國領域曾北達黃河，而春秋昭王之時則非。是知神話雖有地域性，卻不易強分部區作為研究之依據。例如《山海經》中的神話極為複雜，其地域性亦極綜錯，尚待研究，故而神話區域之畫分不能輕率為之。

　　人類、社會學家所重視者，乃透過某一時代與地域的神話，來檢視其現實與精神生活，以知人類進化達到何種階段。另一方面，神話為文人所重視的，是其超現實的想像、奇異的描寫，不論其純樸與偉麗，皆足以予人以靈感啟示，是故神話為文學之源泉。希臘

＊ 臺先生此處所謂的「近人」，應為玄珠（茅盾）。參玄珠《中國神話研究》第一章，收入《中國古代神話》（臺北：里仁書局，一九八二年）。〔編者註〕

1 《太平御覽》卷二引徐整《三五歷紀》：「天地混沌如雞子，盤古生其中，萬八千歲。天地開闢，陽清為天，陰濁為地，盤古在其中，一日九變，神於天，聖於地。天日高一丈，地日厚一丈，盤古日長一丈。如此萬八千歲，天數極高，地數極深，盤古極長。」按：天地混沌及開闢陰陽說，徐整實襲自東漢之緯書。

　　茲再錄：《繹史》卷一引《五運歷年紀》：「首生盤古，垂死化身，氣成風雲，聲為雷霆，左眼為日，右眼為月，四肢五體為四極五嶽，血液為江河，筋脈為地理，肌肉為田土，髮髭為星辰，皮毛為草木，齒骨為金玉，精髓為珠石，汗流為雨澤；身之諸蟲，因風所感，化為黎甿。」〔編者註〕

神話最美麗最有系統,而中國神話流傳至今,一鱗一爪,已不能看出原始的系統,如今《山海經》、《楚辭》中所保留的,雖有日月、風雲、雷雨、山川諸神,已經沒有條理,更不知我們先民對於神的生活的想像是怎樣的了,因而中國神話在古代文學史上黯然無色。雖然,仍不失為文學之源泉。

古代神話多保存於《山海經》、《穆天子傳》、《楚辭》等文獻之中,雖乏系統,卻亦可略見其一二。

一、《山海經》

《漢書・藝文志》置於數術略形法家;[2]《隋書》、新、舊《唐書》為地理類,《宋史・藝文志》為五行類。

《史記・大宛列傳》中:

> 太史公曰:《禹本紀》言:「河出崑崙,崑崙其高二千五百餘里,日月所相避隱為光明也。其上有醴泉、瑤池。」今自張騫使大夏之後也,窮河源,惡睹《本紀》所謂崑崙者乎?故言九州山川,《尚書》近之矣。至《禹本紀》、《山海經》所有怪物,余不敢言之也。

此《山海經》始見於《史記》之記載。史公所不敢言者以多記怪物故,猶之史公論次五帝事蹟,不取「文不雅馴」之資料,其意相同。惟馬敍倫云:「〈大宛傳〉,司馬貞謂褚少孫所補,近人崔適謂後人直錄《漢書・張騫李廣列傳》,則《山海經》云云,亦非司馬遷筆矣。要亦如《列子》真者亡、偽者作耳。」(〈列子偽書考〉第九事之附注)

---

2 《漢書・藝文志》云:「形法者,大舉九州之勢以立城郭室舍形,人及六畜骨法之度數、器物之形容。」

《列子‧湯問》云：

> 終北之北，有溟海者，天池也。有魚焉，其廣數千里，其長
> 稱焉，其名為鯤。有鳥焉，其名為鵬，翼若垂天之雲，其體
> 稱焉。世豈知有此物哉？大禹行而見之，伯益知而名之，夷
> 堅聞而志之。

《四庫全書總目提要》云：「似乎即指此書，而不言其名『山海
經』。」

劉秀（歆）〈上山海經表〉云：

> 所校《山海經》凡三十二篇，今定為一十八篇，已定。《山
> 海經》者，出於唐、虞之際。昔洪水洋溢，漫衍中國。……
> 鯀既無功，而帝堯使禹繼之。……益與伯翳主驅禽獸，命山
> 川，類草木，別水土。……禹別九州，任土作貢，而益等類
> 物善惡，著《山海經》。

按：以《山海經》作者出於伯益等，始於劉歆。後漢學者如王充
《論衡‧別通》、趙曄《吳越春秋》，皆以為是禹、益所作，實亦出
自劉歆。

《隋書‧經籍志》地理記類：

> 漢初蕭何得秦圖書，故知天下要害。後又得《山海經》，相
> 傳以為夏禹所記。

此則以為是禹所作，益不與焉。

唐陸淳《春秋集傳纂例》云：

> 啖子（啖助）曰：古之解說悉是口傳，自漢以來，乃為章
> 句。如《本草》皆後漢時郡國而題以神農；《山海經》廣說

般時，而云夏禹所記。

宋尤袤〈山海經跋〉則云：「按此三事，則不止及夏啟、后羿而已，是周初亦嘗及之，定為先秦書，信矣。」是則啖助疑非禹、益所作，尤袤以為先秦之書。

胡應麟《少室山房筆叢・四部正譌》云：「凡商、周之事不一而足，……夫鯀事固禹、益所覩，商周曷從知之哉？」又云：「故余斷以為戰國好奇之士取《穆王傳》，雜錄《莊》、《列》、《離騷》、《周書》、晉《乘》以成者。」按：此說前者所見與尤袤同，後說略同朱熹說。

《顏氏家訓・書證》云：

> 或問：「《山海經》，夏禹及益所記，而有長沙、零陵、桂陽、諸暨，如此郡縣不少，以為何也？」答曰：「史之闕文，為日久矣。復加秦人滅學，董卓焚書，典籍錯亂，非止於此。……皆由後人所羼，非本文也。」

不能因漢郡縣之名致疑《山海經》，以顏此說為最早。

日本小川琢治撰〈山海經考〉云：

> 一般學者之意見，多信《禹貢》而疑《山海經》。……《禹貢》之地名大抵位置明瞭者多，而《山海經》之地名能摸索而推定者不過百中一二。加之《禹貢》之地名，經漢以後之學者所考證，極其周密。……（《山海經》）自酈道元之後，僅得一畢沅，考定其若干之地名，……則其檢索鑽研之便與不便，不可同日而語矣。……凡未開化民族，無不有圖騰（Totem）之信仰者（崇拜動物），所以中國上古之帝皇有太皞伏羲氏，蛇身人首，炎帝神農氏，人身牛首之傳說，……《墨子・明鬼篇》以鬼神為存在而不容疑……《左傳》、《國

> 語》，……多記神異怪物。在文物典章完備之周代尚且如
> 此，則在周以前，其歷史思想全然神話，固不足怪。……
> 《禹貢》不見有何等之異物怪神，乃經儒家刪定之結果。自
> 此點觀之，則無奇異之神話記載者，卻在古書之價值上有可
> 疑。……信《禹貢》而疑《山海經》，此種偏見，不過儒家
> 戴著眼鏡之上古史觀而已。*

按：《四庫全書總目提要》卷一四二云：「諸家以為地理書之冠，亦
為未允，核實定名，實則小說之最古者爾。」

此書中有關西王母的記載，對後世之著作頗有影響：

> 又西三百五十里曰玉山，是西王母所居也。西王母其狀如
> 人，豹尾，虎齒而善嘯。蓬髮戴勝。是司天之厲及五殘。
> （〈西山經〉）

> 戴勝，虎齒，有豹尾，穴處，名曰西王母。（〈大荒西經〉）

> 西王母梯（憑也）几而戴勝杖，其南有三青鳥，為西王母取
> 食，在昆侖墟北。（〈海內北經〉）

二、《穆天子傳》

六卷，《四部叢刊》元刻本。[3]

晉荀勗序云：「太康二年（二八一），汲縣民不準盜發古冢所
得書也。皆竹簡，素絲編。以臣勗前所考定古尺度，其簡長二尺四
寸，以墨書，一簡四十字。汲者，戰國時魏地也，案所得《紀年》，

---

* 此文收於江俠菴編譯《先秦經籍考》下冊（上海：商務印書館，一九三一年）。〔編
　者註〕
3　明正統《道藏》本、《古今逸史》、《漢魏叢書》、《龍威祕書》、《四部叢刊》為六
　卷本；《說郛》、《五朝小說》為一卷本。

蓋魏惠成王子今王[4]之冢也，於《世本》蓋襄王也。[5]……《春秋左氏傳》曰：『穆王欲肆其心，周行於天下，將皆使有車轍馬跡焉。』此書所載，則其事也。」

此書《隋書・經籍志》、《舊唐書・經籍志》、《新唐書・藝文志》均入「起居注」類，《宋史・藝文志》入「別史類」，清《四庫全書總目》入「小說類」，《四庫全書總目提要》云：「此書所紀雖多，夸言寡實，然所謂『西王母』者，不過西方一國君；所謂『縣圃』者，不過飛鳥百獸之所飲食，為大荒之圃澤，無所謂神仙怪異之事；所謂『河宗氏』者，亦僅國名，無所謂魚龍變見之說。較《山海經》、《淮南子》，猶為近實。」《書目答問》將是書與《山海經》同入「古史類」。

是書有郭璞注。清嘉慶年間洪頤烜校。近人丁謙《穆天子傳地理考證》收入浙江圖書館叢書二集；顧實《穆天子傳考證》，商務印書館印。兩書皆不免附會。

是書記載穆王見西王母事與盛姬死事，尤可注意。卷三記穆王見西王母，獻以白圭、玄璧、錦組，觴西王母於瑤臺之上。西王母為天子歌曰：

> 白雲在天，山陵自出；道里悠遠，山川間之。將子無死，尚能復來。

天子答曰：

> 予歸東土，和治諸夏，萬民平均，吾顧（還也）見汝，比及三年，將復而野。

4　洪頤烜校云：「今王，一本作令王。」
5　今《晉書・束晳傳》云：「盜發魏襄王墓，或云安釐王冢。」《藝文類聚》卷四十引王隱《晉書》云：「盜發魏安釐王冢。」

卷六則專為寫盛姬死後傷悼事。

　　《山海經》與《穆天子傳》兩書，並不完全是古代神話書，但古代神話多被保存在此二書之中，尤其是《山海經》。《山海經》以地為綱；《穆天子傳》以人為主，兩書體製不同。此二書固屬荒誕不經，但卻可看出古人之「世界觀」。司馬遷批評鄒衍說：

> 先列中國名山大川，通谷禽獸，水土所殖，物類所珍，因而推之，及海外人之所不能睹。（《史記‧孟子荀卿列傳》）

二書之作，頗近乎此一說法。不過兩書中卻看不出陰陽五行理論，而且也不像鄒衍一派以陰陽五行為出發點的完整體系。鄒衍說：「儒者所謂中國者，於天下乃八十一分居其一分耳。」是其構想的天下如此之大，而中國乃如此之小。

三、《楚辭》

　　《楚辭》中的神話：〈九歌〉中的「東皇太一」為天之尊神；「雲中君」為雲神；「湘君」、「湘夫人」為湘水之神；「大司命」主壽夭之神；「少司命」主災祥之神；「東君」為日神；「河伯」為河神，「山鬼」為山神。[6]〈天問〉中所保存之神話，皆係片斷，不若〈九歌〉中之神話，尚可想像其情事。

　　傳說則產生於神話以後。從原始自然自足的社會，漸漸走到繁複的社會，於是神話也演變了。以前純粹以自然界為對象的幻想，現在以現實的人物為對象而加以誇張，於是以「人格」代替「神格」。代替神格的，不外乎酋長武士，或生產的創造者。一般人的眼中看見他們部落裏特殊才能的人，總以為不是凡人，而是得之於天的，由這種具有神性之人的故事，就是今之所謂傳說。如《史記

6「國殤」為魂。

· 殷本紀》云：

> 契母曰簡狄，有娀氏之女，為帝嚳次妃，三人行浴，見玄鳥
> 墮其卵，簡狄取吞之，因孕生契。

這也就是〈商頌〉所謂「天命玄鳥，降而生商」的故事。又〈周本
紀〉云：

> 周后稷名棄，其母有邰氏女，曰姜原。姜原為帝嚳元妃。姜
> 原出野，見巨人跡，心忻然說，欲踐之。踐之而身動，如孕
> 者。居期而生子。以為不祥，棄之隘巷，馬牛過者皆辟不
> 踐。徙之林中，適會山林多人。遷之而棄渠中冰上，飛鳥以
> 其翼覆薦之；姜原以為神，遂收養長之。初欲棄之，因名曰
> 棄。

這也就是《詩·大雅·生民》所詠的故事。周家以農建國，后稷為
農業生產的創始者，故美之於詩，視為神人；時代已久，歷史家反
取為史料了。

第二章　殷商時代文學的片斷

漢初伏生所傳《尚書》廿八篇，首為〈堯典〉，內包括〈舜典〉，所記為堯之行政，及舜被舉攝政諸事，以至堯死舜繼，終至舜死。次篇為〈皋陶謨〉，包括今本〈益稷〉，所記為禹、皋陶、伯益三人的事。再次為記大禹治水的〈禹貢〉與啟伐有扈戰於甘的誓辭——所謂〈甘誓〉。以上係有關於虞夏兩代的資料，這是否為當時史官所記，大成問題，再者也沒有其他資料可以作為輔佐證明。

至於舊有的商代文獻，今存於《尚書》中有〈湯誓〉——湯伐桀的誓辭；〈盤庚〉（今分為三篇）——為盤庚自河北徙居河南時的誥辭；〈高宗肜日〉——為祖己訓王之辭；此外為〈西伯戡黎〉述祖伊戒紂之辭；以及微子擬去殷而謀於父師、少師之〈微子〉。除此以外，則為新從地下發現的直接資料。近六十年來甲骨出土的有十萬片之多，上面刻的文字有多至百餘字的。由這些直接史料出來以後，使我們真實的明瞭了商朝文化的情形，也是我們最可信的歷史的開始。

殷商這一民族的發源與推展，據近代專家的研究結果，始在渤海沿岸，漸漸西移的。大概在成湯以後，其民族活動範圍，即在黃河流域中部——今陝西、河南、河北之間。殷末年帝乙、帝辛（紂王）從事大規模的開拓疆宇，同黃河流域下流、淮河流域下流、長江流域下流的東夷不斷戰爭，結果東夷雖被滅亡了，而王國本部空虛，於是新興的周民族乘虛襲入，紂王遂勢窮而自殺。其時殷民族一部分由黃河中部退據紂王所征服東夷疆土（今江蘇、安徽一帶），建國號曰宋。同時黃河、淮河之間的徐民族（今江蘇徐州）與山東

河南之間的楚民族（楚丘應是其舊土），均不服周而又敵不過這新興勢力，同往東南遷移：徐遷到今之江西，即春秋時的徐國領土；楚遷至今之安徽、兩湖一帶，即春秋時的楚國領土。

　　殷的社會型態，是由畜牧經濟進而為農業經濟，據所有史料看來無疑是農業社會。其風俗信風神、重巫卜、好美術、喜飲酒。〈殷本紀〉記載：周武王伐紂，便以「使師涓作新淫聲、北里之舞、靡靡之樂」及「慢於鬼神，大聚樂」為紂之罪狀。再就現存的殷代青銅器看來，殷人的美術，花紋的精麗，想像的豐富，遠非後來號稱文物燦爛的周代所能及。不僅青銅器如此，即卜辭的甲骨上亦偶有刻畫花紋嵌置寶石的。由此我們可以看出，殷商這一民族，頗有希臘之風，在我們的古史上，已經具有高度文化。

　　關於這一民族的書寫文化。墨子〈尚賢〉云：「古者聖王，既審尚賢，欲以為政，故書之竹帛，琢之槃盂，傳以遺後世子孫。」〈貴義〉篇亦作同樣的說法，而〈兼愛〉、〈魯問〉、〈天志〉、〈非命〉各篇中，也都提到竹帛金石。所謂「古者聖王」當然包括殷代在內。現在能看見的是殷代「鏤之金石，琢之槃盂」（〈非命〉篇）的文字，不能見到的卻是「書之竹帛」的文字。竹帛易朽，不容易保存久遠，就殷代文化的情形看來，應該有竹帛的。雖然沒有看到竹帛的實物，而有唯一的物證是一片殘存三分之一的「骨簡」，這「骨簡」正面是記事，背面是干支。據背面干支推測：此簡應是長二十公分，寬五公分，刻辭全文應在一百六十字以上，現存的只有五行五十六字。殷代之有簡書，除這一實物足證外，尚有周公誥殷頑民的〈多士〉篇云：「惟爾知惟殷先人有冊有典，殷革夏命」，足見周人口中也承認殷是有典冊的。典冊都是由竹木簡編成的書，小的叫「冊」，大的叫「典」。一個民族有了文字的記錄，其文化的高

度也可想而知了。[7]

　　近六十年來，甲骨出土的有十萬片，一片之上，其記錄的文字，有多至一百餘字的；如今所傳〈盤庚〉以及〈微子〉之作，在當時不是不可能的。雖然文學作品在甲骨中看不到，但今史傳所記錄的如箕子〈麥秀歌〉[8]以及伯夷、叔齊的〈采薇歌〉，在周初殷末時有這樣的歌，應該是可信的。

7　參董作賓〈中國文字的起源〉，《大陸雜誌》五卷十期。
8　《史記·宋微子世家》：「箕子朝周，過故殷墟，感宮室毀壞生禾黍，箕子傷之，欲哭則不可，欲泣為其近婦人，乃作麥秀之詩以歌詠之，其詩曰：『麥秀漸漸兮，禾黍油油，彼狡僮兮，不與我好兮。』」

第三章　周代的詩歌──三百篇

　　周代的始祖后稷，據《史記・周本紀》：「后稷之興，在陶唐虞夏之際。」又云堯曾「舉棄為農師」，是周一民族的興起，遠在唐虞時代，而稷為堯的農官，當是一位農業專家的緣故。據《詩經・大雅》的〈生民〉、〈公劉〉、〈縣〉諸詩看來，好像稷是農業的發明者，這應是周人誇大之辭，因為殷商時代已進入農業社會，那后稷當不是農業的發明者了。后稷的興起地為甘肅西南洮河河谷一帶。三傳至公劉，遷入陝西，建國於豳，以農業為生。九傳至古公亶父受北來的狄人壓迫，再遷至岐山之下，岐原是膏腴之地，周人遂利用以發展農業。到了商朝末季，又東遷至豐邑，由於農業發達，土地益形擴大。至文王死後，武王繼承，一舉克商，遂擁有黃河、長江流域廣大的領土。於是將其兄弟子姪及功臣，分封各地，而建立了一龐大的封建國家。正如詩人所歌頌的：「普天之下，莫非王土，率土之濱，莫非王臣。」這一封建的國家，竟有八百年之久，其文化之燦爛，成為後來二千多年的源泉。

　　我們首先討論周代歌詩。周代有一部詩總集流傳至今，名為《詩經》，實數有三百零五篇，尚有〈南陔〉、〈白華〉、〈華黍〉、〈由庚〉、〈崇丘〉、〈由儀〉六篇有目無詩，故虛數是三百十一篇。

　　這一總集的編纂，完全為了樂舞用的，有如現在的歌辭集子。其中所收集的歌詩，是五百年間的作品，最早的詩，有周武王時代的，如〈周頌〉的〈清廟〉、〈維清〉、〈天作〉、〈我將〉、〈賚〉五首詩，都是武王祭文王的口氣，因此我們知道：《詩經》中的詩始於武王時代（約紀元前一一一一）。止於什麼時候呢？按：其中最晚

的詩，當屬〈魯頌〉，〈魯頌〉四篇都是魯僖公時的作品。僖公死於周襄王二十五年，即紀元前六二七年，中間約四八四年。以上有史實可徵的是如此，〈風〉詩出於民間，無可徵考，其中可能有周以前的歌。

至於這部樂歌辭是誰編的呢？司馬遷在〈孔子世家〉中曾經說過幾句無根據的話，卻引起後世許多麻煩。他說：

> 古者詩三千餘篇，及至孔子，去其重，取可施於禮義，……三百五篇，孔子皆弦歌之，以求合韶武雅頌之音。

後來說孔子刪詩都是從〈孔子世家〉來的。分明沒有佐證，兩千年來因為孔子的思想統制一切的關係，而相信這一說法的很多。孔子常常說「詩三百」、「誦詩三百」，看來這一詩總集在孔子以前就有了。三千篇云者，是非常不經的，故孔穎達說：「不容十分去九。」（鄭玄《詩譜》孔穎達疏）孔子雖然沒有刪過詩，而將這一部樂歌總集就音樂的觀點加以訂正，卻是事實。《漢書・禮樂志》云：

> 周道始缺，怨刺之詩起，王澤既竭，而詩不能作。王官失業，雅頌相錯，孔子論而定之。故曰：「吾自衛反魯，然後樂正，雅頌各得其所。」

此所謂「雅頌相錯」者，是指聲律錯雜而言，故孔子正之。當周敬王三十六年（紀元前四八四）孔子從衛國回到自己的魯國來，覺得三百篇的樂章雖尚存在，而它本身的音樂卻錯雜了，本來是雅歌，奏出來的卻是鄭聲，故云：「惡鄭聲之亂雅樂也。」由於樂工的無知，孔子認為有「論而定之」的必要，於是指導魯太師從事這種工作。《論語・八佾》云：

> 子語魯大師樂，曰：「樂其可知也，始作翕如也，從之純如

也，皦如也，繹如也，以成。」

這顯然是向魯太師供獻意見的口氣。魯太師是當時樂官師摯。所以我們以為孔子對於三百篇的貢獻，是樂的方面而不是詩的本身。孔子自己也說：「吾自衛返魯，然後樂正。」並沒有說刪詩。

關於這一部詩總集的性質，傳統分作：〈國風〉、〈小雅〉、〈大雅〉、〈頌〉四部分。茲分別述之：

頌：舊說為美盛德之形容也。實則頌是樂舞歌。清儒阮元於《揅經室一集》中云：

> 頌之訓為美盛德者，餘義也；頌之訓為形容者，本義也。且頌字即容字也。……容、養、羕，一聲之轉，古籍每多通借。……所謂「商頌」、「周頌」、「魯頌」者，若曰「商之樣子」、「周之樣子」、「魯之樣子」而已，無深義也。何以三頌有樣而〈風〉〈雅〉無樣也？〈風〉〈雅〉但弦歌笙間，賓主及歌者皆不必因此而為舞容。惟三頌各章皆是舞容，故稱為〈頌〉；若元以後戲曲，歌者舞者與樂器全動作也，風雅則但若南宋人歌詞彈詞而已，不必鼓舞以應鏗鏘之節也。

據此，三頌的歌唱，必得配合以音樂舞蹈的，故謂之樂舞歌。三頌的〈周頌〉三十一篇，〈魯頌〉四篇，*〈商頌〉五篇（序云十二篇，只存五篇），而以〈周頌〉為最早，[9]大都是西周初年的作品。三頌都

---

* 有關《詩經》成書年代的下限，舊說多認為是〈陳風・株林〉最晚，約魯宣公十年，紀元前五九九年；姚際恆《詩經通論》則考據〈邶風・擊鼓〉最晚，作於魯宣公十二年之後；馬瑞辰《毛詩傳箋通釋》則引何楷之說，認為〈曹風・下泉〉為最晚之詩，約當曹襄公五年，魯昭公三十二年，紀元前五一○年左右，陸侃如、馮沅君《中國詩史》從之。備誌以上諸說於此。〔編者註〕

9 《國語・魯語》：「昔（宋）正考父校商之名頌十二篇於周太師，以〈那〉為首。」〈毛詩序〉據之。《韓詩》、《史記》則以為〈商頌〉係正考父所作以美宋襄公。按：正考父佐宋戴、武、宣三世，其死尚在宣公時，宣公以下第七世始為襄公，正考父安能作〈商頌〉以美襄公耶？馬瑞辰《毛詩傳箋通釋》云：「《國語》言『校』，則宋

是天子及宗廟祭祀的樂舞歌，故其內容除歌頌先人的盛德外，其文學情趣卻不如〈風〉、〈雅〉二部分了。這一派詩影響於後代的，便是後來歷朝天子祭祖先的郊廟詩。

　　雅：〈詩序〉謂：「雅者，正也。言王政之所由廢興也；政有小大，故有小雅焉，有大雅焉。」按：「雅」，古與「夏」通，《荀子・榮辱》：「越人安越，楚人安楚，君子安雅。」〈儒效〉云：「居楚而楚，居越而越，居夏而夏。」足證「雅」與「夏」通。《說文》云：「夏，中國之人也。」故「雅」為「夏」音，即中國之正聲。當時中國為黃河流域，古文化最為發達之地，故以中國為正聲，以別於其他地方聲樂。至於所謂大小雅者，乃漢人強為之說，殊無深意，其所以強為之分別，或許有時代的暗示。今〈大雅〉三十一篇，約當紀元前九、十世紀的詩；〈小雅〉七十四篇，約當紀元前七、八世紀的詩。至於二雅的內容，至為廣泛，有祭祀、祝頌、燕飲、敘事等詩。頌詩完全屬於宗廟樂歌範圍，雅詩則為士大夫的寫作以至民間詩人的作品。真能反映當時各階層的社會生活詩，除了〈風〉詩外，便是〈小雅〉中的一部分詩。

　　風：舊以周南、召南、邶、鄘、衛、王、鄭、齊、魏、唐、秦、陳、檜、曹、豳為十五國風。所謂「風」者，〈詩序〉謂「上以風化下，下以風刺上」的意思。按：司馬遷〈自序〉云：「《詩》記山川谿谷，禽獸草木，牝牡雌雄，故長於風。」朱熹《詩集傳》云：「凡《詩》之所謂風者，多出於里巷歌謠之作，所謂男女相與詠歌，各言其情者也。」此兩家解釋，較之〈詩序〉通達得多。是男女真情的歌唱，民間風物的反映，同出於自然的流露，這是風。至於民間的歌詩，何以古人與士大夫作品及宗廟樂歌同樣重視？荀子在

必猶有存者，但殘缺失次，須考校於周大師耳。」近世學者，則以為〈商頌〉雖非正考父所作，然其非商代詩則無疑，尤以〈殷武〉一章顯然為美宋襄公。

〈大略〉說明古人之所以重視的道理：「國風之好色也，傳曰：『盈其欲不愆其止，其誠可比於金石，其聲可內於宗廟。』」這就說出了民間歌詩的真價值。至於十五國風地域大致如下：

　　周南──王朝所直轄南方之國。

　　召南──召穆公虎所統轄之南國。

　　王──周之王畿，今河南洛陽。

　　豳──周之發祥地，今陝西、甘肅及河南的一部分。

　　邶鄘衛──《漢書‧地理志》云：「邶鄘衛三國之詩，相與同風。」其地為今河南、山東、河北等地。

　　鄭──今河南地。

　　齊──今山東地。

　　魏唐──今山西地。

　　秦──今甘肅、陝西地。

　　陳檜──今河南地。

　　曹──今河北、山東一部分地。

觀此，足見風詩的地域之廣大了。因此，除了一部分頌祝的詩外，都反映了社會各階層的生活。今略舉數例以明。如〈唐風‧鴇羽〉：

　　肅肅鴇羽，集於苞栩。王室靡盬，不能蓺稷黍。父母何怙？
　　悠悠蒼天，曷其有所？

在封建主的統治下，庶民除要為國王及大夫服種種勞役外，還要隨時服兵役，過著非人的生活。如〈小雅‧何草不黃〉中云：

　　何草不玄，何人不矜？哀我征夫，獨為匪民！

又如〈大雅‧瞻卬〉云：

　　人有土田，女反有之。人有民人，女覆奪之。此宜無罪，女

反收之。彼宜有罪，女覆說之。

此詩極露骨地說明生活於黑暗政治下人民的痛苦，他如小雅中的〈節南山〉、〈正月〉、〈十月之交〉、〈雨無正〉及國風中的〈碩鼠〉等詩，都是同樣反映人民極端的痛苦與憤怒。又如〈魏風‧伐檀〉云：

> 坎坎伐檀兮，寘之河之干兮，河水清且漣猗。不稼不穡，胡取禾三百廛兮？不狩不獵，胡瞻爾庭有縣貆兮？彼君子兮，不素餐兮。

在極貴與極賤，極富與極貧生活下的人民，自然流露出不平的心理。這種人民不平的呼號，在《詩經》中並不少見。上面所引的都是人民痛苦的表現，而當時上層社會士大夫的痛苦表現，也不是沒有。如〈王風‧兔爰〉云：

> 我生之初，尚無為；我生之後，逢此百罹，尚寐無吪。

這淡淡幾句話，卻將生於離亂時代的痛苦，寫得多麼深刻。又如：

> 憂心惸惸，念我無祿，民之無辜，并其臣僕。哀我人斯，于何從祿？瞻烏爰止，于誰之屋？（〈小雅‧正月〉）

> 彼黍離離，彼稷之苗，行邁靡靡，中心搖搖。知我者謂我心憂，不知我者謂我何求？悠悠蒼天，此何人哉？（〈王風‧黍離〉）

這很像亡國士大夫的哀歌。在春秋時代，大國兼併小國，已經不算稀奇的事。由這詩可以看出失國大夫之深心悲涼。

至於男女的抒情詩，在風詩中最多，茲舉數例如下：

靜女其姝，俟我于城隅；愛而不見，搔首踟躕。（〈邶風・靜女〉）

自伯之東，首如飛蓬；豈無膏沐，誰適為容？（〈衛風・伯兮〉）

手如柔荑，膚如凝脂，領如蝤蠐，齒如瓠犀，螓首蛾眉，巧笑倩兮，美目盼兮。（〈衛風・碩人〉）

彼采葛兮，一日不見，如三月兮。
彼采蕭兮，一日不見，如三秋兮。
彼采艾兮，一日不見，如三歲兮。（〈王風・采葛〉）

將仲子兮，無踰我里，無折我樹杞；豈敢愛之，畏我父母；仲可懷也，父母之言，亦可畏也。（〈鄭風・將仲子〉）

穀則異室，死則同穴；謂予不信，有如皦日！（〈王風・大車〉）

這些詩都是極樸質極真摯的歌唱，所以《詩經》大致就有宗廟祭祀及朝會燕饗的頌祝詩歌、士大夫抒寫情志之詩歌、反映社會生活的社會詩歌、以及男女的抒情詩。

　　至於詩的形式，從句法看，它是屬於四言詩的，然不像後來的四言詩那樣整齊。有時多至八、九字為句，而少至一、兩字的，這種長短不拘的句子，當然是因其民間歌謠的形式。至於它的聲音，本於自然的韻律，並沒有一定的形式。宋至明清的學者研究詩的聲韻者甚眾，頗有許多精要的見解，如《毛詩古音攷》的作者陳第於〈讀詩拙言〉云：

《毛詩》之韻，不可一律齊也。蓋觸物以攄思，本情以敷辭；
從容音節之中，宛轉宮商之外。如清漢浮雲，隨風聚散；蒙
山流水，依坎推移；斯其所以妙也。……總之，《毛詩》之
韻，動於天機，不費雕刻，難與後世同日論矣。

清初顧炎武一定想找出用韻之法，想以後來的用韻觀念為三百篇製
一固定的形式，結果徒勞，雖勉強找出幾點外，又加以變格，最後
還是說：「莫非出於自然，非有意為之也。」（《日知錄》卷二一）
還是江永說得通達，他說：「里諺童謠，矢口成韻，古豈有韻書
哉？韻即其時之方音，是以婦孺猶能知之協之也。」（《古韻標準・
例言》）

第四章　楚辭

第一節　楚之先世及其文化

　　楚之先世熊繹，在周成王時受封於楚蠻，繹五傳至熊渠（周夷王時），甚得江漢民心，因而併吞了附近的諸國；且自稱蠻夷，不受中國的封號，自立其三子為王，皆居於江漢的蠻夷之地。渠十二傳至熊通，自立為武王，迨子熊貲立，始都郢（今湖北江陵縣北）。貲三傳至莊王，遂與齊桓公同為五伯之一。時周之子孫封於江漢流域者，皆為所滅。故在春秋戰國時，楚之版圖，中部奄有長江流域，西至四川一部分，北則半有河南、山東。楚之所以能如此勃興的原因，在於其不僅有武力，而且有文化的關係。當殷商滅亡了以後，南方的徐國還保存著殷人文化，而徐與楚同是淮河流域的國家，楚因之間接接受了殷商文化。同時楚又併吞了江漢間姬姓諸國，並繼承了周人文化。這一楚蠻國家，它吸收了殷、周兩代文化，後來之所以能成為大國，自有其歷史因素。再就地域的關係看，楚是山嶽地帶，有明秀的山川，適宜的氣候，因而人民的氣質，剛毅而直率，偏狹而熱情，又其風俗信鬼神，重淫祀，故巫風最甚。這樣的自然環境，使其文學、藝術都富有浪漫的情調。

　　在春秋時代，楚之文化已與中原文化合流，是絕無問題的；即如《詩經》中二〈南〉，便是江淮流域的詩歌以及北方所摹擬的楚人之歌。至於偉大詩人屈原以前的歌詩，現在雖流傳的不多，但已足以證明屈原一派的風格所受的影響：

　　（一）〈子文歌〉，見《說苑·至公》。此歌作於紀元前約

六七二至六二五年間。

（二）〈楚人歌〉，見《說苑・正諫》。此歌作於紀元前約
六一三至五九一年間。

（三）〈越人歌〉，見《說苑・善說》。此歌作於紀元前約
五五九至五四五年間。

（四）〈延陵季子歌〉，見《新序・節士》。此歌作於紀元前約
五四〇年左右。

（五）〈楚狂接輿歌〉，見《論語・微子》。此歌作於紀元前
四八九年。

（六）〈孺子歌〉，見《孟子・離婁》。此歌與楚狂歌先後。

（七）〈吳申叔歌〉，見《左傳・哀公十三年》。此歌作於紀元
前四八二年。

以上七篇楚人的歌，都是屈原前數百年的作品。現在以屈原前二百
年的〈越人歌〉為例。〈善說〉云：

> 鄂君子皙之汎舟於新波之中也。乘青翰之舟，極萳芘，張翠
> 蓋而擒犀尾，斑麗褂衼。會鐘鼓之音畢，榜枻越人擁楫而
> 歌。歌詩曰：「濫兮抃草濫予昌枑澤予昌州州鑵州焉乎秦胥
> 胥縵予乎昭澶秦踰滲惿隨河湖。」鄂君子皙曰：「吾不知越
> 歌，子試為我楚說之。」於是乃召越譯，乃楚說之曰：

> 「今夕何夕，搴中洲流？今日何日兮，得與王子同舟？蒙羞被
> 好兮，不訾詬恥，心幾煩而不絕兮，知得王子。山有木兮木
> 有枝，心說君兮君不知。」

這一首紀元前六世紀楚譯人譯出的越人之歌，要算我們文學史最早
的譯歌了；而他的風格，與後來屈原這一派的風格，完全相似，因

此可以了解屈原一派的淵源了。[10]

第二節　屈原的生平及其所處時代

關於屈原的生平事蹟，除了《史記》的〈屈原賈生列傳〉外，只有劉向《新序》中的一篇小傳，可是這兩篇傳記，關於屈原的生平都不夠詳細，而且有許多可疑之處。茲就兩傳及近人之說，略述屈原生平於下：

屈原名平，原是其字，而〈離騷〉則云：名正則，字靈均，楚之同姓大夫。楚懷王時為左徒，「博聞彊志，明於治亂，嫻於辭令，入則與王圖議國事，以出號令。出則接遇賓客，應對諸侯，王甚任之。」（《史記》）時秦欲兼併諸侯，屈原為楚東使於齊，以結強黨。秦國患之，使張儀之楚，貨楚貴臣及夫人鄭袖，共譖屈原。（《新序》）尤以「上官大夫與之同列，爭寵而心害其能。懷王使屈原造為憲令，屈平屬草稿，未定，上官大夫見而欲奪之，屈平不與。因讒之曰：『王使屈平為令，眾莫不知，每一令出，平伐其功曰：以為非我莫能為也。』王怒而疏屈平。」（《史記》）此時屈原應已使齊歸，故王疏之，然齊、楚合縱，亦未因之中斷。「張儀因使楚絕齊，許地六百里，懷王信左右之姦謀，聽張儀之邪說，遂絕強齊之大輔。楚既絕齊，而秦欺以六里。懷王大怒，舉兵伐秦，大戰者數，秦兵大敗楚師，斬首數萬級，秦使又願以漢中地謝，懷王不聽，願得張儀而甘心焉。張儀曰：『以一儀而易漢中地，何愛儀？』請行。遂至楚，楚囚之。上官大夫之屬共言之王，王歸之。是時懷王悔不用屈原之策，以至於此。於是復用屈原，屈原使齊

10《列女傳》卷六之〈趙津女娟〉中女娟之歌，及卷二〈柳下惠妻〉中柳妻之誄文，均為楚歌。柳妻此誄語法與屈原〈橘頌〉同。

還。」（《新序》）因「諫懷王曰：『何不殺張儀？』懷王悔，追張儀不及。」（《史記》）後懷王與秦昭王會於武關，秦留之，卒死於秦。懷王子頃襄王立，以其弟子蘭為令尹。子蘭怒屈原，使上官大夫短之於頃襄王，頃襄王怒而遷之。於是懷石，遂自投汨羅以死。（《史記》）

屈原生於楚宣王二十七年戊寅，即紀元前三四三年。屈原初次使齊或在懷王十二年，屈原二十七歲，被疏當在次年。張儀欺懷王，懷王復用屈原使齊，當在懷王十七年，時屈原三十二歲。至於有關屈原之初被流放以及再遷的年歲，近人亦有推斷，然未可信。屈原之死，近人多以為在頃襄王二十二年，時屈原六十七歲。先一年白起拔楚之郢都，屈原時自陵陽西行，泝江入湖，上沅水而達辰漵。次年入湘，到了長沙，遂投汨羅而死。

按：屈原所生的時代，下距秦之統一約百年左右。其時秦方謀併六國——燕、趙、韓、魏、齊、楚。於是蘇秦主張合縱以攻秦，張儀主張連橫以事秦。原為楚之同姓大夫，主聯齊以拒秦，而張儀破壞其策略，卒至懷王客死，郢都覆滅，屈原亦流放自沉。

屈原既係主張聯齊者，其對齊國的了解當最深。於時關東學術，齊為最盛，屈原思想，亦甚受齊國學術之影響。《史記・田敬仲完世家》云：

> 宣王喜文學游說之士，自如鄒衍、淳于髡、田駢、接予、慎到、環淵之徒七十六人，皆賜列第為上大夫，不治而議論，是以齊稷下學士復盛，且數百千人。

按：齊宣王在位十九年，當楚懷王十五年（紀元前三一四）。屈原於懷王十二年使齊，當齊宣王十六年。屈原在齊國與當時稷下學士，必有往來，故屈原思想表面似屬儒家，實亦雜有道家。

第三節　屈原的作品

　　《漢書・藝文志》著錄屈賦二十五篇。通以為〈離騷〉一篇、〈九歌〉十一篇、〈天問〉一篇、〈九章〉九篇、〈遠遊〉、〈卜居〉、〈漁父〉各一篇，共為二十五篇。茲就各篇內容略述如下：

一、〈離騷〉

　　這一篇三百七十二句，二千八百八十九字的長詩，是屈原的代表作，兩漢學者如司馬遷、劉向等一提到屈原的作品，都以〈離騷〉為代表。這篇長詩何以題作「離騷」？據最早的解釋云：「離騷者、猶離憂也。」（《史記・屈原賈生列傳》引淮南王語）「離，猶遭也；騷，憂也。明己遭憂作辭也。」（班固〈離騷序〉）這兩種說法，同以「離騷」作為「遭憂」的解釋。而《楚辭》的注者王逸的說法卻不同，他說：「離，別也；騷，愁也。言己放逐離別，中心愁思，猶依道徑以風諫君也。」（〈離騷序〉）這是將「離騷」作「別愁」解釋。以上漢代學者兩種解釋，都是據「離騷」兩字的本身訓詁作解，卻未注意到兩字為楚之方言。宋項安世《項氏家說》云：

> 楚語，伍舉曰：「德義不行則邇者離騷，而遠者距違。」韋昭注曰：「騷，愁也；離，畔也。」蓋楚人之語，自古如此。屈原離騷必是以離畔為愁而賦之。

王應麟在《困學紀聞》卷六中即主此說。如云：「伍舉所謂騷離，屈原所謂離騷，皆楚言也。揚雄為〈畔牢愁〉，與楚語合。」近人游國恩〈楚辭概論〉云：

> 《漢書・揚雄傳》載：「雄旁〈惜誦〉以下至〈懷沙〉一卷，名曰『畔牢愁』。」「牢」、「愁」古疊韻字，同在「幽」部；

> 韋昭訓為「牢騷」。後人常語謂發洩不平的氣為「發牢騷」，
> 蓋本於此。「牢愁」，「牢騷」與「離騷」，古並以雙聲疊韻
> 通轉；然則，「離騷」者，殆有不平的義。

按：《楚辭》本屬部分的方言文學，「離騷」兩字本是楚的方言，當
無疑義。

　　屈原作〈離騷〉的年代，據《史記》本傳及《新序》小傳，都
以為初被疏遠，即作〈離騷〉。然〈報任少卿書〉又云「屈原放逐，
乃賦〈離騷〉」，是史遷先後兩說，並不相同。今就〈離騷〉內容看
來，屈原作此，應在晚年而不在早年，應在放逐以後而不在初疏之
時。因為這篇自傳體長詩所表現的遭遇與心情，都是晚年的境界；
再者，〈九章〉中若干篇的情辭，間與〈離騷〉重複，大概先有若干
短篇，後來作這篇長詩時，又自然地將已經在短篇中表現過的，重
複於這長篇中，因此我們更加了解〈離騷〉是屈原晚年最成熟的作
品。

　　關於〈離騷〉的價值，《史記》本傳引淮南王一段批評，最有
意義，尤以紀元前二世紀中即有如此的見解，殊為難得：

> 屈原之作〈離騷〉，蓋自怨生也。〈國風〉好色而不淫，〈小
> 雅〉怨誹而不亂，若〈離騷〉者，可謂兼之矣。上稱帝嚳，
> 下道齊桓，中述湯武，以刺世事。明道德之廣崇，治亂之條
> 貫，靡不畢見。其文約，其辭微，其志絜，其行廉。其稱文
> 小而其指極大，舉類邇而見義遠。其志絜，故其稱物芳；其
> 行廉，故死而不容。自疏濯淖汙泥之中，蟬蛻於濁穢，以浮
> 游塵埃之外，不獲世之滋垢，皭然泥而不滓者也。推此志
> 也，雖與日月爭光可也。

這一小段，就〈離騷〉的內容與形式，以至作者在作品中人格的反

映，都能深刻說出，批評精彩；這是一篇自傳體長詩，而又不同於一般自傳的手法，處處用聯想象徵的描寫，同時寫出內心的悲苦與時代的昏暗，實乃偉大的手法。

二、〈九歌〉

〈九歌〉共有十一篇，其性質不是抒寫個人的而是祭神的，所祭之神的次第為：東皇太一（祈福神）、雲中君、湘君、湘夫人、大司命（主壽夭神）、少司命（主災祥）、東君（日神）、河伯、山鬼、國殤、禮魂。本為十一篇而以「九歌」名者，過去說者甚多，然皆係揣測之辭，故朱熹云：「篇名九歌，而實十有一章，蓋不可曉，舊以為九為陽數者，尤為衍說；或疑猶有虞夏九歌之遺聲，亦不可考。」（《楚辭辯證》）朱熹這話，倒澄清了許多曲解。蔣驥〈楚辭餘論〉中有一說法，以為：「其言九者，蓋以神之類有九而名，兩司命，類也；湘君與夫人，亦類也。神之同類者，所祭之時與地亦同，故其歌合言之。」這種解釋不落玄虛，尚合情理。

至於〈九歌〉之作，王逸《楚辭章句》云：

> 〈九歌〉者，屈原之所作也。昔楚國南郢之邑，沅、湘之間，其俗信鬼而好祠，其祠必作歌樂鼓舞以樂諸神。屈原放逐，竄伏其域，懷憂苦毒，愁思沸鬱。出見俗人祭祀之禮，歌舞之樂，其辭鄙陋，因為作〈九歌〉之曲。上陳事神之敬，下以見己之冤結，託之以風諫。故其文意不同，章句錯雜，而廣異義焉。

據此，屈原是受湘、沅之間巫風的祭神歌的啟示，而有〈九歌〉之作。後來朱熹的〈九歌序〉，對於王說卻加以改正：

> 昔楚南郢之邑，沅湘之間，其俗信鬼而好祀；其祀必使巫覡

作樂歌舞以娛神，蠻荊陋俗，詞既鄙俚，而其陰陽人鬼之
間，又或不能無褻慢淫荒之雜。原既放逐，見而感之，故頗
為更定其詞，去其泰甚。而又因彼事神之心，以寄吾忠君愛
國眷戀不忘之意，是以其言雖若不能無嫌於燕昵，而君子反
有取焉。

王逸以為「擬作」，朱熹以為「更定」，這兩種見解雖有差異，但
〈九歌〉的內容與形式出於民間祭祀的樂舞歌，則無異議。因此，我
們知道〈九歌〉在屈原作品中是特異的，它是民間祭歌的形式，是
配合以音樂、舞蹈而唱出的歌。歌舞者便是男巫或女巫。《漢書‧
地理志》云楚人：「信巫鬼，重淫祀。」這種「作歌樂鼓舞，以樂
諸神」，正是巫風。《呂氏春秋‧侈樂》云：「楚之衰也，作為巫
音。」那麼，〈九歌〉正是巫音文學。清陳本禮《屈辭精義‧九歌
發明》云：

愚按：〈九歌〉之樂，有男巫歌者，有女巫歌者，有巫覡並
舞而歌者，有一巫倡而眾巫和者；激楚揚阿，聲音淒楚，所
以能動人而感神也。

〈九歌〉之為巫音文學，以及不同於屈原其他作品者正在此。按：陳
本禮的見解，是受朱熹「或以陰巫下陽神，或以陽主（巫）接陰鬼」
之說的啟發，而陳氏之說又啟發了近代日人青木正兒氏以九歌為舞
曲的發現。（〈楚辭九歌之舞曲的結構〉）自青木正兒氏之說出，實
大有貢獻於〈九歌〉的研究。

朱熹據現有之〈九歌〉，因而推想楚俗祠祭之歌：「其辭之褻慢
荒淫，當有不可道者。」（《楚辭辯證》）其所以有這樣推想者，正
因為現有之〈九歌〉，對於諸神不免有褻慢荒淫之意，故又云：「論
其辭則反為國風再變之鄭衛矣。」這樣祭歌的內容，正是〈九歌〉

的特色，這特色是由於楚之巫風。《國語・楚語》云：「及少皞之衰也，九黎亂德；民神雜揉，不可方物。夫人作享，家為巫史，無有要質。……民神同位，民瀆齊盟，無有嚴威。神狎民則，不蠲其為。」〈九歌〉的內容完全是男女相戀的情緒，不見人神間的嚴肅，這正是「人神雜揉」的表現。從文學的觀點來看，這種「人神雜揉」的表現，倒是極真誠極美麗的抒情詩，而〈九歌〉不同於後來的祠祭歌者，亦正在此。

三、〈天問〉

〈天問〉一篇在《楚辭》中體製最為特殊。王逸《楚辭章句》之〈序〉固極牽強，後來人的解釋，亦未得其要。〈序〉云：

> 〈天問〉者，屈原之所作也；何不言「問天」？天尊不可問，故曰「天問」也。屈原放逐，憂心愁悴，彷徨山澤，經歷陵陸，嗟號昊旻，仰天歎息。見楚有先王之廟及公卿祠堂，圖畫天地山川神靈，琦瑋僪佹，及古賢聖怪物行事。周流罷倦，休息其下，仰見圖畫，因書其壁，呵而問之，以渫憤懣，舒瀉愁思。楚人哀惜屈原，因共論述，故其文義不次序云爾。

照此種解釋，屈原當時書壁之詞，有在先王之廟的，有在公卿祠堂的，然後由其鄉人鈔輯成篇。今觀〈天問〉中所述，其文意雖不免失次，而通篇風格卻甚統一，絕不像東拼西湊的作品。況屈原雖愁思憤懣，於其作品中亦未見有精神失常處，何至東塗西抹而待他人為之論定耶？

我以為屈原作品的文體，多係採自當時民間的歌詩體，〈九歌〉便是最顯著的例子。〈天問〉一篇體製雖特出，然絕非屈原所創製，

亦必係襲用民間舊有的形式。尤以原始民族見宇宙間種種現象，既不是人力所能為，又不能用科學的知識去解釋，自然要發生種種疑問，因而流為歌詩，代代相傳，隨時補益，於是從天地開闢，以至「天地山川神靈，琦瑋僑佹，及古賢聖怪物行事。」這也就是他們的思想總集及他們的歷史。今西南苗族人的開天闢地歌便是最好的例證，據調查報告，這種傳說詩，初謂天王創造一切，繼謂繫里及其他諸人創造萬物。詩的形式一節問，一節答，共有千餘行之多。[11] 據此，屈原〈天問〉之作，由於受當時民間流傳的古代開天闢地歌的啟示，不是沒有理由的。屈原採用了民族歌詩的形式，而述其對於荒古以至各時代聖哲的懷疑，寄其悲憤於現實的心情，於是以今例古，則歷史上的神蹟與偉略，皆在不可信之列了。

四、〈九章〉

〈九章〉是九首短篇的總名，包括〈惜誦〉、〈涉江〉、〈哀郢〉、〈抽思〉、〈懷沙〉、〈思美人〉、〈惜往日〉、〈橘頌〉、〈悲回風〉九篇。〈九章〉的總名並不是屈原自己定的，朱熹云：「後人輯之得其九章以合為一卷，非必出於一時之言也。」(《楚辭集註》) 據劉向〈九歎・憂苦〉章云：「歎離騷以揚意兮，猶未殫於九章。」是「九章」這一名稱，在劉向以前已經有了。至於屈原作〈九章〉的時代，王逸以為全部是屈原被放逐於江南時所作(〈九章序〉)，這是不可信的，朱熹以為「非必出於一時之言」，實較為通達。茲分述於下：

(一)〈橘頌〉：王逸注以為這篇是屈原放於江南時所作，但從

---

11 見一九四五年六月《新中華》復刊第三卷六期，李茂郁譯〈苗人中開天闢地之傳說〉。又藍田師範學院《史地教育特刊》中，羅榮宗君的〈苗族開闢傳說〉。
詳細論證參臺先生〈屈原天問篇體製別解〉一文。〔編者註〕

本篇內容看來，以「后皇嘉樹」的橘樹，象徵自己的人格，堅強不移，獨立可喜，既無牢騷語，更不像被讒而去之作。大概寫此篇時，他正同懷王左右一群小人鬥爭，所以說：「蘇世獨立，橫而不流兮。」以表示不屈服、不合流的意思。是此篇在未被懷王疏遠時而作，而在〈九章〉中要算最早的作品了。

（二）〈惜誦〉：這是屈原初被懷王疏遠時的作品，即在懷王十六年。其時進退不得，心境甚苦。如云：「欲儃佪以干傺兮，恐重患而離尤；欲高飛而遠集兮，君罔謂汝何之？」本篇辭意有些同〈離騷〉相似，這當然是〈離騷〉先驅的作品，自不能認為是從〈離騷〉脫胎出的偽作。

（三）〈抽思〉：游國恩氏以為：「懷王二十四年，諫合秦，不聽，放於漢北，作〈抽思〉及〈悲回風〉。」（《屈原》）按：本篇中云：「有鳥自南兮，來集漢北，好姱佳麗兮，牉獨處此異域。」這是明確說明其身在漢北的。又云：「昔君與我成言兮，曰黃昏以為期；羌中道而回畔兮，反既有此他志。」這似乎是指懷王十七年派他使齊以結強黨，後因中了張儀分化之計又行改悔的事實。

（四）〈哀郢〉：這篇是屈原再放於陵陽的作品，游國恩氏假定為頃襄王二十一年，這年仲春他開始出國門而東遷，經過夏首、夏浦以至陵陽。篇中有「至今九年而不復」一語，所云「九年」，是否為確數倒很難說，但放逐陵陽為時甚久，則無疑義。

（五）〈涉江〉：此篇是敘由陵陽至漵浦，〈哀郢〉是西而東，此係由東而西。此時他的年齡已老，心情愈沉重，而志節愈堅強，當他走進漵浦深山時，便深切的慨嘆道：「哀吾生之無樂兮，幽獨處乎山中；吾不能變心而從俗兮，固將愁苦而終窮。」又云：「忠不必用兮賢不必以（昌），伍子逢殃兮，比干葅醢，與（舉）前世而皆然兮，吾又何怨乎今之人？予將董道而不豫兮，固將重昏而終身！」

　　（六）〈思美人〉：游國恩氏以為此篇之作與〈哀郢〉同時，細看此篇內容，似與〈涉江〉同時而在〈哀郢〉以後，〈涉江〉行程為由東而西，此篇所述亦正是由東而西而南，如云「指嶓冢之西隈」者，是謂此行之西向；云「開春發歲」者，是謂首途的時間，昔年由郢都出發是在仲春，此行為開春之正月。云「觀南人之變態」者，此「南人」即〈涉江〉中的「南夷」，「南夷」雖不吾知，而吾不妨觀其變態。最後云「獨煢煢而南行兮，思彭咸之故也」，則謂由江南下，或如〈涉江〉行程，下洞庭、濟湘沅而入溆浦。

　　（七）〈悲回風〉（八）〈惜往日〉（九）〈懷沙〉：這三篇都是死前不久的作品，因為這三篇中都一再表示死的決心。如〈悲回風〉云：「寧溘死而流亡兮，不忍此心之常愁。」又云：「孰能思而不隱兮，昭彭咸之所聞」；「淩大波而流風兮，託彭咸之所居。」〈惜往日〉云：「臨江湘之玄淵兮，遂自忍而沉流；卒沒身而絕名兮，惜壅君之不昭。」「不畢辭而赴淵兮，惜壅君之不識。」〈懷沙〉云：「舒憂娛哀兮，限之以大故。」「知死不可讓，願勿愛兮。明告君子，吾將以為類兮。」後人因《史記》有「懷石自沉汨羅以死」之言，遂以「懷沙」作「懷石」解，實屬傅會。蔣驥〈楚辭餘論〉據李陳玉「懷沙即懷長沙」之說，證以《山海經》、《戰國策》、《史記》諸書，以「沙」為長沙，不是無本，是李說為可信。

五、〈遠遊〉

　　此篇純屬神仙家思想。按屈原作品如〈離騷〉、〈九章〉等，雖設想奇幻，然皆係抒寫個人，極富於現實思想，其中多多少少受了莊周一派的道家思想，卻沒有方士派的神仙思想。至如〈九章〉，則是採用民間祭神歌的形式，與楚之巫風有關，然其中所具有的感情，則是真摯的人性而非玄虛。獨〈遠遊〉一篇並不合於屈原的風

格，近人有疑為兩漢人的偽作，就其藝術表現看來，應是戰國末年受屈原影響的作品。

六、〈卜居〉與〈漁父〉

這兩篇同是設問體，在屈原的作品中是特出的。而〈漁父〉一篇且全為《史記》本傳所援引，作為事實看待。可是王逸序〈漁父〉云：

> 〈漁父〉者，屈原之所作也。屈原放逐在江湘之間，憂愁嘆吟，儀容變易；而漁父避世隱身，釣魚江濱，欣然自樂，時遇屈原川澤之域，怪而問之，遂相應答。楚人思念屈原，因敘其辭以相傳焉。

既云屈原之所作，又云出於楚人之記錄，實自相矛盾。但王逸不認為此篇乃屈原寫作是可看出的。這一篇既然不是屈原所作，那與〈漁父〉同樣風格的〈卜居〉，自然也可疑了。就這兩篇作品本身而言，確乎不像屈原作品風格那麼沉重，顯然是後來的作家以屈原為題材所寫的作品。故清人崔述云：「謝惠連之賦雪也，托之相如；謝莊之賦月也，托之曹植；是知假託陳文，乃辭人之常事，然則〈卜居〉、〈漁父〉，亦必非屈原之所自作，〈神女〉、〈登徒〉，亦必非宋玉所自作，明矣。」（《考古續說・觀書餘論》）胡適〈讀楚辭〉亦云：「〈卜居〉、〈漁父〉為有主名的著作，見解與技術都可代表一個楚辭進步已高的時期。」

以上是傳統所謂的屈原作品二十五篇。此外，〈招魂〉與〈大招〉二篇，歷來亦有認為乃屈原作品。

以〈招魂〉為屈原所作者，是司馬遷的〈屈原賈生列傳・贊〉；而以為是宋玉所作者，則是王逸之〈招魂序〉。王逸後於史遷

二百多年而不主史遷之說，雖不知所據，自可代表東漢學者一部分的見解。漢以後學者，有主史遷之說的，為劉勰的〈辨騷〉；有從王逸之說的，為朱熹的《楚辭集註》。再後，若黃文煥、林雲銘、蔣驥、吳汝倫、張裕釗諸人，都不相信王逸之說，而以〈招魂〉為屈原所作。林雲銘謂：「古人以文滑稽，無所不可，且有生而自祭者；則原被放之後，愁苦無可宣洩，借題寄意，亦不嫌其為自招也。」（《楚辭燈》卷四）蔣驥相信林說，且云：「今考亂詞『獻歲發春』以下，明序自春涉夏，往來夢澤之境，卒章曰『魂兮歸來哀江南』，自著沉湘之志，蓋繼〈懷沙〉而作者也。」（《山帶閣註楚辭》卷六）至於〈大招〉，王逸云：「〈大招〉者，屈原之所作也；或曰景差，疑不能明也。」朱熹以為：「差作無疑。」（《楚辭集註・大招序》）洪興祖亦言：「恐非屈原作。」但也有以為不是景差作的，所謂：「辭義高古，非原莫及。」（《楚辭集註・大招序》）後來林雲銘主張尤力，蔣驥從之，且云：「〈大招〉所以招君，故其辭簡重爾雅；〈招魂〉所以自招，則悲憤發為諧謔，不妨窮工極態，故為不檢之言以自嘲，蓋立言之體各殊耳。」（〈楚辭餘論〉）按：此兩篇兩千年以來的學者，聚訟不已，吾人實也不必強為之說；以這兩篇共同的形式而言，則其出於民間，與〈九歌〉一樣同屬於巫風文學，應無疑義。朱熹〈招魂序〉云：

> 古者人死，則使人以其上服升屋履危，北面而號曰：「臬，其復！」遂以其衣三招之，乃下以覆尸，此《禮》所謂復。……而荊楚之俗，乃或以是施之生人。

此種復禮，源本巫術。今民間巫術，猶有為病人執衣登屋招魂的事實，同時巫也在神前歌誦一番，而他所歌誦的也就是招魂辭。蓋〈招魂〉、〈大招〉兩篇，必是屈原或屈原一派的作家，摹擬巫的招

魂辭而製作的，如〈招魂〉首段極似屈原的風格，末章亂詞中的悲感，也極似屈原的口氣，中間數段鋪陳宮室、美人、宴飲、音樂之樂，想是民間招魂辭應有的內容，以誘導魂魄來歸的意思，不過一經文人改作，更加弘麗耳。

第四節　屈原對於後世的影響

《史記・屈原賈生列傳》云：「屈原既死之後，楚有宋玉、唐勒、景差之徒者，皆好辭，而以賦見稱；然皆祖屈原之從容辭令，終莫敢直諫。」《漢書・地理志》云：「始楚賢臣屈原被讒放流，作〈離騷〉諸賦以自傷悼，後有宋玉、唐勒之屬，慕而述之，皆以顯名。漢興，……枚乘、鄒陽、嚴夫子之徒興於文、景之際。……而吳有嚴助、朱買臣，貴顯漢朝，文辭並發，故世傳《楚辭》。」按：唐勒、景差身世及作品已不可考，惟宋玉尚有一、二史實流傳，而現存作品，又甚可疑。

宋玉，鄢人（梁玉繩《人表考》），一說郢人（嚴可均《全上古三代秦漢三國六朝文》），楚大夫，屈原弟子（王逸〈九辯序〉）。劉向《新序》載宋玉為楚襄王時人，其友薦於襄王，因事襄王而不見察，意氣不得，形於顏色。《北堂書鈔》卷三三引《宋玉集・序》亦言玉為襄王小臣，故不得志。[12] 今存有關宋玉的史實，止此而已。

宋玉的作品，《漢書・藝文志・詩賦略》著錄十六篇，今存者有《楚辭章句》中〈九辯〉、〈招魂〉兩篇，《文選》中〈風賦〉、〈高唐賦〉、〈神女賦〉、〈登徒子好色賦〉、〈對楚王問〉五篇，《古文苑》中〈笛賦〉、〈大言賦〉、〈小言賦〉、〈諷賦〉、〈釣賦〉、〈舞賦〉六篇，共為十三篇。

12《北堂書鈔》襄王誤作懷王。

　　按：王逸〈九辯序〉云：「〈九辯〉者，楚大夫宋玉之所作也。」然曹植〈陳審舉表〉引〈九辯〉「國有驥而不知乘兮，焉皇皇而更索」之語，以為乃屈原之辭；據此，〈九辯〉在後漢便有兩種本子：一為屈原所作；一為宋玉所作。但後來學者大部分多從王逸之說以為宋玉所作。至明、清學者始有異議，如明之焦竑（《焦氏筆乘》）、陳第（《屈宋古音義》）、清末之吳汝綸、張廉卿（《吳評古文辭類纂》），皆疑〈九辯〉作者非宋玉而實為屈原。他們的論證，一據曹植以為屈原作；二據《直齋書錄解題》載古本《楚辭釋文》以〈九辯〉居第二，宋玉之作不應攙入；三據〈九辯〉、〈九歌〉兩見〈離騷〉、〈天問〉，〈九歌〉既為原作，〈九辯〉亦與為類，皆用古樂章名而為之辭，不應一為屈原作、一為宋玉作；四據王逸以為宋玉憫其師而作〈九辯〉，顧九首辭意，並無哀其師之語，實自悲而不類悲他人者。（參考劉永濟《屈賦通箋‧九辯》）今按：第一說只可證明東漢人流行的〈九辯〉有兩種本子；第二說的「古本」究竟是什麼「古本」？大成問題；第三說〈九辯〉、〈九歌〉雖同出於〈離騷〉、〈天問〉，而為古樂章之名，但不足以證明屈原既作〈九歌〉而必作〈九辯〉；第四說既認為自悲而非悲他人者，以小臣不得志的宋玉，正可自悲，又何必惟屈原始能自悲。除此以外，再就作品的風格來說，屈辭厚重，而〈九辯〉清巧；屈辭沉鬱，而〈九辯〉閑暢，說是屈原的直系作家所作，倒是很像；若說是屈原所作，便嫌不夠了。因此，我以為〈九辯〉的作者，仍以宋玉為是。至於〈招魂〉，王逸雖云宋玉之所作，可是司馬遷早在兩百年前便說：「余讀〈離騷〉、〈天問〉、〈招魂〉、〈哀郢〉，悲其志。」證以前後兩段的風格及口氣，卻似屈原所作，此已於前文論析過了。

　　《文選》中的五篇都是設問體，並都以楚襄王與宋玉為題材，何以都是同一種形式與題材？這倒可疑了。如：

〈風賦〉：「楚襄王游於蘭臺之宮，宋玉、景差侍……」

〈高唐賦〉：「昔者楚襄王與宋玉遊於雲夢之臺……」

〈神女賦〉：「楚襄王與宋玉遊雲夢之浦……」

〈登徒子好色賦〉：「大夫登徒子侍於楚王，短宋玉曰……」

〈對楚王問〉：「楚襄王問於宋玉曰……」

《文心雕龍・雜文》云：「宋玉含才，頗亦負俗，始造對問，以申其志。」其實辭賦中對問一體，始於屈原的〈卜居〉、〈漁父〉，並不始於宋玉。然此五篇究竟是宋玉所作與否，實大可疑。襄王為死後的諡法，即使宋玉死於襄王以後，何以每篇皆以襄王為題材？且宋玉是襄王時代不得志的小臣，二人之間不致如賦中所云那麼親切；故崔述云：「假託陳文，乃辭人之常事，……〈神女〉、〈登徒〉亦必非宋玉之所自作。」晉摯虞《文章流別論》云：「孫卿、屈原，尚頗有古之詩義，至宋玉則多淫浮之病矣。」又《文心雕龍・詮賦》云：「宋發巧談，實始淫麗。」所謂「淫浮」、「淫麗」，即指此五篇而言。就這種風格來看這幾篇作品的寫作時代，絕不應即發生於屈原下一代；再者，屈原所作沒有以「賦」為名的，而此中有四篇均以「賦」名；「賦」在西漢已極發達，何以此種體製沒有影響？這更證明了崔述所謂依託的看法。觀其辭藻風格，頗似曹植一派的作風，那麼，應是東漢作家的依託，似乎還不會早到西漢。

　　《古文苑》中的六篇，除了〈舞賦〉沒提到襄王外，其餘五篇題材仍是同《文選》，而風格卑下，又遠非《文選》中的風華高麗可比，張惠言以為：「皆五代、宋人聚斂假託為之。」*是可相信的。

---

* 張惠言《七十家賦鈔》卷二，宋玉賦題下註語。〔編者註〕

第五節　漢代作家所受屈原的影響（存目＊）

＊ 有目無文。〔編者註〕

第五章　春秋戰國諸子散文

兩周長期的封建社會走進春秋、戰國時代，社會、政治、經濟都發生了劇烈的變化。《漢書‧貨殖傳》曾痛切言之：

> 及周室衰，禮法墮，諸侯刻桷丹楹，大夫山節藻梲，八佾舞於庭，雍徹於堂。其流至乎士庶人，莫不離制而棄本，稼穡之民少，商旅之民多，穀不足而貨有餘。陵夷至乎桓、文之後，禮誼大壞，上下相冒，國異政，家殊俗，耆欲不制，僭差亡極。於是商通難得之貨，工作亡用之器，士設反道之行，以追時好而取世資。偽民背實而要名，姦夫犯害而求利，篡弒取國者為王公，圉奪成家者為雄桀。禮誼不足以拘君子，刑戮不足以威小人。富者木土被文錦，犬馬餘肉粟，而貧者裋褐不完，啥菽飲水。其為編戶齊民，同列而以財力相君，雖為僕虜，猶亡慍色。故夫飾變詐為姦軌者，自足乎一世之間；守道循理者，不免於飢寒之患。其教自上興，繇法度之無限也。

由於生產力進步，從農業經濟一變而為商業經濟，本是歷史上極自然的現象，算不得什麼衰墮與陵替。可是因為經濟的原動力，使舊老的社會變了質，人民意識型態自然隨著轉移到所謂「飾變詐為姦軌」了。於是封建、宗法不足以維繫社會秩序，即封建主的刑戮也不足以施諸小人了。

知識原為貴族所專有，現在落在庶民身上了。這有兩種原因：一是商業經濟代替了農業經濟，庶民慢慢掙脫了有土封建主的奴隸

羈絆；一是諸侯相食、大夫篡弒的紛亂下，其失敗者淪為齊民，便帶著知識落籍。於是舊的思想不足以統一人心，新的思想遂勃起於民間了。而傳達思想的文學工具，為適應種種不同的思想，也出現了一種新的形式。這時期的文學劇變，畫出了一個新的階段，是進步的而非衰頹的，其光芒直射到現在。

　　這一劇變，即是貴族所專有的文體已然失勢，崛起於民間作者的新文體則油然勃興；新文體的特徵，便是口頭上的語言和書面上的語言打成一片，不像銅器銘文那樣具有一致的韻律和整齊的形式了。現在視為古文的虛字，如：之、乎、者、也等字，即當時的口語，時代久了，不復是活的語言而是死的文字了。如「之」字，本讀為「底」、「的」（《小學識字教本》*），《荀子‧勸學》云：「不聞先王之遺言，不知學問之大也。」若用今語來說：「不聽先生底遺言，就不知學問的大。」又如「乎」字，聲屬匣曉，韻屬歌麻，意則負重者、老者，呼氣之聲也；孔子呼曾子曰：「參乎！」譯以今語則為：「參呵！」（《小學識字教本》）又如「者」字古讀「嗏」，「也」字古讀「呀」，比方：「孔子者，聖人也。」就是：「孔子啊！聖人呀！」（《古代文學》）又如《詩經》、《楚辭》中的「兮」字，清代音韻學者孔廣森研究的結果，古讀為「啊」音，那麼「風蕭蕭兮易水寒」，便是「風蕭蕭啊易水寒」。再就《左傳》中的辭彙看來：成公十三年之「虔劉我邊陲」，「虔劉」二字同是秦、晉、宋、衛、燕諸國殺字的方言；又僖公二十四年之「狄固貪惏」，「貪惏」兩字同是晉、魏、楚諸國「殺」字的方言；今關西尚呼打人為惏人；又桓公六年「今民餒而君逞欲」一語，「逞」字是山以東地方的「快」字方言。（以上俱見《方言疏證》）春秋這一時期作品中的

<small>*《小學識字教本》乃陳獨秀所著，以不著作者形式，收於中國語文學會所編之《文字新詮》（臺北：中國語文研究中心，一九七〇年）一書。〔編者註〕</small>

口語，現在我們所知道的並不止此。雖仍有許多不能盡知，但由上面所舉的例子，已足證明當時文學的劇變了！

　　《春秋》文學的特徵已如上述，至其作者，司馬談〈論六家要旨〉，以陰陽、儒、墨、名、法、道德為六家，但就文學史看來，陰陽家是毫不相干的。此外五家，支配中國思想的要算儒家的孔子，傳說他又與中國古文學有深切關係，據說其著作只有一部被後世批評為「斷爛朝報」的《春秋》，孟子雖極端地恭維道：「《詩》亡而後《春秋》作」，可是與文學無涉。但孔子曾以《詩》教其弟子，不是不了解《詩》的，如曰：「《詩》三百，一言以蔽之，曰：『思無邪。』」（《論語・為政》）這「思無邪」三字，正可與他批評樂的話「樂而不淫，哀而不傷」（〈八佾〉）相印證，以為全係出自真情，雖十五國風中偏多男女相悅之辭，然皆哀樂之正，故云「思無邪」也。（所謂「放鄭聲……鄭聲淫」者，是指詩聲而非詩辭，不可並論。）又《論語・陽貨》：「子曰：『小子何莫學乎詩？詩可以興，可以觀，可以群，可以怨；邇之事父，遠之事君；多識於鳥獸草木之名。』」「興」、「觀」、「群」、「怨」四個字，正道出詩的真諦來，惟以哀樂之正，發之於詩，才能收到讀者這樣的共鳴。至於「事父」、「事君」、「多識草木鳥獸之名」，不過是學詩的末節而已。孔子論文，則云：「辭，達而已矣。」（〈衛靈公〉）所謂達是有條件的，如說：「質勝文則野，文勝質則史；文質彬彬，然後君子。」（〈雍也〉）那麼，他之所謂達，便是要「文」、「質」相稱；《左傳・襄公廿五年》引孔子話云：「志有之，言以足志，文以足言；不言，誰知其志？言之無文，行而不遠。」這話更可以給文質相稱下一註解了。要行其道於天下的孔子，很能認識以文為工具的重要，我們不能以後來修辭主義的觀念去曲解他。

　　孔子死後，他的弟子或再傳弟子記錄其言行，編輯成書，便是

《論語》,這是研究孔子思想唯一的一部書,這書可算是中國語錄體的鼻祖,其所記者雖零星數語,自成片段,卻皆是精要之言,後來傳其道者,自能發揮而光大之,如孟、荀之徒是矣。然就文學觀點來看,其中亦不乏有神采的記事,如篇幅較長的孔子與子路、曾晳等言志(〈先進〉),以及荷蕢者(〈憲問〉)、楚狂接輿、長沮、桀溺、荷篠丈人(〈微子〉)等記載,不僅是極生動的文學作品,還可看出與孔子同時代的積極救世與消極避世的態度。

而全部《論語》記言的特色,便是口語所產生的虛字的應用,這正是當時文學上的變化,文體接近口語的一種進步現象,恰似後來宋人語錄為了保存語言的真實,而大膽的直用口語。部分的後世學者欣賞《論語》的古雅,卻鄙視語錄之俚俗,殊不知各以其時代觀之,同為一種進步的文體也。

與孔子《春秋》有關的《左傳》,雖然是編年的史書,可說是同《論語》一系的記言記事的書,至其文學的技巧當然比《論語》進步得多了。《史記・十二諸侯年表》云孔子「西觀周室,論史記舊聞,興於魯而次《春秋》,……七十子之徒,口受其傳指,為有所刺譏褒諱挹損之文辭,不可以書見也,魯君子左丘明,懼弟子人人異端,各安其意,失其真,故因孔子史記,具論其語,成《左氏春秋》。」然在西漢不立於學官,且不為西漢經師所注意,後劉歆「校中秘書,見古文《春秋左氏傳》大好之。」(《漢書・劉歆傳》)遂欲列於學官,為當時諸儒所反對,以為「左氏為不傳《春秋》」。此外尚有一部《國語》,蓋與《春秋左氏傳》同為一書,東漢韋昭〈國語解敘〉云:「左丘明……復采錄前世穆王以來,下迄魯悼智伯之誅,……以為《國語》,其文不主於經,故號曰外傳。」近世亦有以為與《左傳》非一書者,然其體裁雖不同於《史記》,其文章風格則了無不同。至於《左傳》成書之年代,若據史遷之言,似在孔子死

後不久，然其中所記：「臘」為秦節，「庶長」為秦爵，又似在商鞅相秦之後；且當敬仲初亡命於齊時，而決言其八世之後必篡齊；當鄭七卿轉睦時，而決言其必先亡；當晉范、中行全盛時，而決言其必萃於韓、趙、魏，預言脗合至此，寧復情理？以常識判之，則謂其書成於田氏伐齊，三家分晉，韓滅鄭以後，殆不為過，故前輩學者以為是戰國初期作品，上距孔子卒百年前後。（梁啟超《要籍解題・左傳　國語》）

　　《左傳》的文章，記事記言都影響於後來的作品，無論是史家的傳記或私家的傳記文體。其特徵便是能夠將歷史上的情事，生動的表現在紙上，關於私人的瑣屑之事是如此，關於大場面的戰爭亦復如是，更難得的是，繁而能簡，簡而能賅，這確極不易作到的手法。在語言方面，復能充分地運用口語，現在讀來，不免覺其訓詁較為難解，實則因為歷時久遠，原來的口語我們也不大能懂了；試拈揚雄《方言》，便知《左傳》用了許多口語。

　　左丘明之後約莫百年，有孟子，「以所如者不合，退而與萬章之徒，序《詩》、《書》，述仲尼之意，作《孟子》七篇。」（《史記・孟子荀卿列傳》）後漢趙岐〈孟子題辭〉亦云：「退而論集所與高弟弟子公孫丑、萬章之徒難疑答問，又自撰其法度之言，著書七篇。」是漢人皆以此書為孟子所自撰；然其書於時君多稱其「謚」，稱其門人多稱之以「子」，此種稱謂，倘非後人所加，即為萬章、公孫丑等所追述。（梁啟超《要籍解題・孟子》）孟子善解《詩》，其答咸丘蒙之問曰：「說《詩》者不以文害辭，不以辭害志，以意逆志，是為得之。」（〈萬章篇〉）又云：「以友天下之善士為未足，又尚論古之人；頌其詩，讀其書，不知其人，可乎？是以論其世也，是尚友也。」（〈萬章篇〉）「知人論世」是「以意逆志」的客觀條件，兩者合而用之，則成因果，詩人之真意，始可得之。蓋詩人之

為詩，必有其外緣的社會因素，及成為詩，而此社會因素又成為內在的思想，故能論其世始能逆其意也。孟子之文以宏肆明快勝，有似莊子之浩瀚，而非莊子之恢詭；有似蘇、張之詭辯，而推王道，不重利害。為欲行其道，不惜反覆譬喻言之，幾至了無含蓄，文學形式論者往往忽視其內容，但賞其「波瀾壯闊」，於是要拉大架子尋波瀾的作者，便以《孟子》為宗，殊不知孟子文章為當時解放的文體，並非從什麼古書摹擬來的，正如近世梁啟超氏的文體，為迎合新的知識，不得不又從古文辭解放出來，若說其出於孟子，或《戰國策》，或東坡，則真昧於時代背景也。

　　後孟子百餘年有荀卿。（劉向《孫卿書‧敘錄》）《史記‧孟子荀卿列傳》云：「荀卿，趙人，年五十始來游學於齊。……田駢之屬皆已死齊襄王時，而荀卿最為老師。齊尚脩列大夫之缺，而荀卿三為祭酒焉。齊人或讒荀卿，荀卿乃適楚，而春申君以為蘭陵令。春申君死而荀卿廢，因家蘭陵。李斯嘗為弟子，已而相秦。」劉向〈敘錄〉又云：「孫卿卒不用於世，老於蘭陵，疾濁世之政，亡國亂君相屬，不遂大道而營乎巫祝，信機祥，鄙儒小拘如莊周等又滑稽亂俗，於是推儒墨道德之行事興壞，序列著數萬言而卒。」據此，知荀卿生平行事與孟子不同，孟子汲汲於世，可以比跡孔子，荀子似乎恬靜，既不為世用，則退而著書以明道；惟其生活態度與孟子不同，而文章風格亦迥然大異；其文不矜才，不使氣，慎思明辯，謹嚴醇厚，如其〈勸學〉、〈君道〉、〈解弊〉、〈正名〉、〈性惡〉諸篇，都可以看出他的論理學的發展，處處都露出一種恂恂老儒的氣象；他的神采風趣，遠不如孟子，可是辭藻華飾，多用複筆，則甚於孟子。這自然因為時代去古愈遠，修辭主義漸發達的關係。這裏要注意的是，散文到了戰國階段就慢慢地走上修辭主義的路了，過去散文中的口語，雖然依舊保留著，可是與大部分新的辭藻已經

水乳交融了。荀卿是戰國末期的耆舊，他的散文便足以證明春秋階段的解放文體又傾向於新的風格了。可是荀子文體中尤具特色的，便是〈成相〉，「相」是民間的樂曲名，他居然能夠將他崇高的儒術，用通俗的調子表現出來，足見這樣一位「羽翼六經」（楊倞語）的大師之時代精神。

　　至於道家，當以老子和莊子為代表。老子姓李名耳，字聃，楚人，曾為周守藏室之史。孔子適周，還問過禮於老子，其年輩應較孔子為長。然其生平究莫能詳，故《史記・老莊申韓列傳》後，曾附述老萊子與周太史儋以存疑。《老子》書云：「五色令人目盲，五音令人耳聾，五味令人口爽。」又云：「天下皆知美之為美，斯惡矣。」若推其意，聲色滋味既足以病人，天下之美反見其惡，則文章修辭之美，更非所尚，故云：「信言不美，美言不信；善者不辯，辯者不善。」然而老子非純粹的要保真反樸，卻要無為無不為的，所以他主張「大辯若訥」與「正言若反」。此意最微妙最深曲，與孔子所說：「言之無文，行之不遠。」恰恰相反。

　　司馬遷稱「善屬書離辭，指事類情」之莊周，其生平亦不甚了了。但知其為蒙人，嘗為蒙漆園吏，與梁惠王、齊宣王同時。（《史記・老莊申韓列傳》）他在中國文學史上，正如他在中國哲學史上一樣的崇高，他為後來無數作者所崇拜、所摹擬，而皆望塵莫能企及。要知他之所以能夠作出那樣洸洋自恣（司馬遷語）的文章，正因為他的任性自然的思想，有其內容，才有其形式，絕不是形式主義者透過努力所能得其萬一者。司馬遷謂其「著書十餘萬言，大抵率寓言也」，其何以都是寓言，莊子書中〈天下〉篇的批評，卻極明澈。如云：

　　　芴漠無形，變化無常。死與生與？天地並與？神明往與？芒乎何之？忽乎何適？萬物畢羅，莫足以歸。古之道術有在於

是者。莊周聞其風而悅之,以謬悠之說,荒唐之言,無端崖
之辭,時恣縱而不儻,不以觭見之也。以天下為沉濁,不可
與莊語,以卮言為曼衍,以重言為真,以寓言為廣。獨與天
地精神往來,而不敖倪於萬物,不譴是非,以與世俗處。其
書雖瓌瑋而連犿無傷也;其辭雖參差而諔詭可觀。彼其充實
不可以已。上與造物者遊,而下與外死生無終始者為友。其
於本也,弘大而辟,深閎而肆;其於宗也,可謂稠適而上遂
矣。雖然,其應於化而解於物也,其理不竭,其來不蛻,芒
乎昧乎,未之盡者。

這是莊子之徒論莊子的話,其思想如此,故其文章亦復如此,若無
此種內容,絕無此種形式。後來學者,往往一面不滿意其思想,一
面卻讚美其文章,斯真所謂「買櫝還珠」也。

　　提倡強本節用、泛愛兼利的宋人墨翟,《史記》上竟無其傳
記,僅於〈孟子荀卿列傳〉後見其姓名。[13]墨子之學在先秦本一大
宗,而史家竟漠然置之者,蓋一厄於孟子之闢拒,再厄於漢武帝之
黜百家。直至二千年後的學者之研究,墨子之學與其生平,始獲昌
明。墨子的文章,在先秦諸子中可算是別出一格,正如其思想挺然
於儒、道之外似的。因為墨子的學說是最現實的,是以「國家百姓
人民之利」(〈非命〉上)為主旨的,惟其如此,他是個積極的實行
家。他席不暇煖的要救世之弊,鍥而不舍的要人家聽他的宣傳,他
以文字為宣傳的工具,而宣傳的對象又不單是上層,所以他寫出的
文章,是最樸素而切實。但是為了要收到宣傳的效果,因而非常注
意辨理之術,他在〈小取〉篇裏便提出七種辨術。如云:

13墨子,魯人,生於周敬王二十年與三十年之間,死於威烈王元年與十年之間。其生時
　約當孔子五十、六十之間。孔子生紀元前五五一年。
　此註語為手稿上的眉註。〔編者註〕

「或」也者，不盡也。「假」者，今不然也。「效」者，為之
法也；所效者，所以為之法也；故中效，則是也，不中效，
則非也。此效也。「辟」也者，舉他物而以明之也。「侔」也
者，比辭而俱行也。「援」也者，曰子然，我奚獨不可以然
也？「推」也者，以其所不取之，同於其所取者，予之也。
是猶謂也（他）者「同」也，吾豈謂也（他）者「異」也。

這七種辨術，完全是探求論理的發展，若以今世之形式邏輯衡之，
猶不盡其真諦。墨子何以不憚煩地探求辨術，以至於如此的微細，
自然因為他是個現實主義者，他是個實行家，他要以堅實的理論推
行其思想，不像孔子要「文」以行遠的。

　　墨子之後，有所謂「別墨」一派，便是名家。這一派是「以堅
白同異之辯相訾，以觭偶不仵之辭相應」。而惠施、公孫龍要算這
一派代表，兩人學說，略見於〈天下〉篇中。公孫龍子書，《漢書
・藝文志》著錄十四篇，今存六篇，已非完帙。

　　戰國末期，「喜刑名之學，而其歸本於黃老」者為韓非，《史
記・老莊申韓列傳》：「韓非者，韓之諸公子也。……為人口吃，
不能道說而善著書，與李斯俱事荀卿，斯自以為不如非。非見韓之
削弱，數以書諫韓王，韓王不能用。……悲廉直不容於邪枉之臣，
觀往者得失之變，故作〈孤憤〉、〈五蠹〉、〈內外儲〉、〈說林〉、
〈說難〉十餘萬言。」不能為治於時，退而著書，正可比跡於孟軻。
法家亦主張正名，然與公孫龍一派專門名家不同，法家正名，以為
治術，便是司馬談所稱：「尊主卑臣，明分職不得相踰越，雖百家
弗能改也。」名家正名，意在窮理，便是司馬談所稱：「控名責實，
參伍不失，此不可不察也。」惟因法家重正名，而表現於文章上，
則善於推論是非得失，故韓非的散文便長於說事論理，而韓非又生
在戰國末季修辭主義發達的時代，故其風格華麗壯大，有類蘇、

張，特一為陳利害，一為窮治術，此其不同耳。

　　戰國時代操縱政治的不是法家，而是縱橫家。[14]蘇秦、張儀便是縱橫家的代表，今《戰國策》一書即縱橫家的言論集。漢劉向校書中祕定為三十三篇，至宋初其書已不完，經曾鞏訪得之而為完帙，即今所流傳者。縱橫家的活動，並不像以上諸子有一定主義而游說諸侯間，他們但逞權變以利所入，如曾鞏敘《戰國策》云：「論詐之便而諱其敗，言戰之善而蔽其患。」惟其如此，故「屬詞比事，翻空易奇」（劉申叔語）*為縱橫家文學的特色。

　　總結起來，春秋時代的文體是接近口語的解放文體，以《論語》、《孟子》、《左傳》、《莊子》為一系；戰國時代的文體是解放後的新文體，以《荀子》、《戰國策》、《韓非子》為一系。而此種新文體的特色，完全是文學修辭的進展，因此而流為「翻空易奇」；如蘇秦、張儀之所為，只知投人主之好惡，以干富貴，非如儒墨有固定的主張，而與後來之政客可謂同一模樣；於是逞其才辯，以捭闔壯麗之詞為勝。後世文學流於修辭主義，縱橫派的作品已開其先聲了。

　　諸子文體如此，諸子思想影響於後來文學者，亦大可注意。秦漢以後文學的內容，不外儒、道兩家互相消長，亦相互為用。表面看來，儒家思想適應於封建社會，而封建主亦樂得御用之以統治天下，於是儒家藉資居於上風，文學之士則緣飾儒術以取富貴，此風遠自漢代，以至唐、宋以下作者。至於儒術是否因之而昌明，又恰恰相反，蓋此輩文學作家之視儒術為上達的工具，猶之封建主之視儒術為統治的工具，了無二致。彼以此道來，我以此道去，各不說破，卻相得為用──此正史家所歌誦的君臣契合，亦君子之能行其

---

14 戰國末年在政治思想上有法家，政治行動上有縱橫家。
　　此為手稿眉註。〔編者註〕

* 　語出劉師培〈論文雜記〉一文。〔編者註〕

道也。如近古所謂「文起八代之衰」而以文、武、周公、孔子之道
自任的韓愈，便是這一派作者的代表。

第二篇　秦漢篇

秦代篇

　　戰國以後，秦始皇統一了天下，成為中國歷史上一新局面，即周代封建制，至秦始皇而消滅；秦以後的中國，皆以秦之大一統為依歸。他的政治形式，是將過去封建改為郡縣，整個天下分為三十六郡，統一了割據時代的領土與領民，以皇帝獨裁來支配天下一切。但他的統一局面極短，他在位三十七年，其二十六年始統一天下，他死了以後的二世，不及三年便覆亡了。他在這短短的期間，曾作了兩件與文化有關的大事：

　　一、統一思想：李斯建議，以為「今諸生不師今而學古，以非當世，惑亂黔首，丞相斯昧死言：古者天下散亂，莫之能一，是以諸侯並作，語通古以害今，飾麗言以亂實，人善其所私學，以非上之所建立。今皇帝并有天下，別黑白而定一尊，私學而相與非法教人，聞令下則各以其學議之，入則心非，出則巷議。夸主以為名，異取以為高，率群下以造謗。如此弗禁，則主勢降乎上，黨與成乎下，禁之便。臣請史官非秦紀皆燒之，非博士官所職，天下敢有藏詩、書、百家語者，悉詣守尉雜燒之。有敢偶語《詩》、《書》棄市，以古非今者族，吏見知不舉者與同罪。令下三十日不燒，黥為城旦。」（《史記‧秦始皇本紀》）

　　二、統一文字：當戰國時，各國的文字並不一致，這在統一的局面下，是極有阻礙的，漢之許慎《說文‧敘》也曾說過當時「言語異聲，文字異形」。這樣看來，文字形體的統一是必然的趨勢，在中國文化中上也是進步的一階段。

　　統一文字，固然是對的，其統一思想卻形成了這一時期極大的

黑暗。在這一時期的文學作品，值得稱述的，只有呂不韋的《呂氏春秋》與李斯的散文與銘辭，要沒有他們兩人，簡直是空白了。

　　《呂氏春秋》雖出於呂不韋，卻不是他寫的，他只會「釣奇」，卻不善著書。《史記・呂不韋列傳》云：「當是時，魏有信陵君，楚有春申君，趙有平原君，齊有孟嘗君，皆下士喜賓客以相傾。呂不韋以秦之彊，羞不如。亦招致士，厚遇之，至食客三千人。是時諸侯多辯士，如荀卿之徒，著書布天下。不韋乃使其客人人著所聞，集論以為八覽、六論、十二紀，二十餘萬言。以為備天地萬物古今之事，號曰《呂氏春秋》。布咸陽市門，懸千金其上，延諸侯、游士、賓客有能增損一字者予千金。」按：此書之成，秦始皇尚未統一天下，[1]這些著書的門客們，都是戰國游士，因而稱此書為戰國末季的著作，也未為不可。至於此書編製，體例最為謹嚴，雖出於眾手，居然一家之言。文章風格，亦整潔平實，並不因作者非一人而失去統一之美。

1　莊襄王元年（紀元前二四九）以呂不韋為丞相，在位三年卒。子政繼位，尊不韋為相國，至秦王政十年（紀元前二三七）免相國。《呂氏春秋》之撰者，應在此十年間，時下距秦政之統一尚有十六年。

漢代篇

第一章　漢初政體與文學

　　漢之繼秦，在政治上的設施，承襲了秦始皇的中央集權制；所不同者，秦廢除了周代的封建制改為郡縣，漢卻折衷於兩者之間，即領土的組織以郡縣為單位，而分封制度仍然保留。因郡縣制度已使政權集於中央，而封建制度又不廢者，則鑑於秦始皇時「內亡骨肉本根之輔，外亡尺土藩翼之衛」（《漢書・諸侯王表第二・序》）以致滅亡，於是改變周之五等封而為大者王、小者侯的二等分封制。《漢書・諸侯王表第二・序》云：

> 漢興之初，海內新定，同姓寡少，懲戒亡秦孤立之敗，於是
> 剖裂疆土，立二等之爵；功臣侯者百有餘邑，尊王子弟，大
> 啟九國。自雁門以東，盡遼陽，為燕、代；常山以南，大行
> 左轉，度河、濟，漸於海，為齊、趙；穀、泗以往，奄有
> 龜、蒙，為梁、楚；東帶江、湖，薄會稽，為荊吳；北界淮
> 瀕，略盧、衡，為淮南；波漢之陽，互九嶷，為長沙；諸侯
> 比境，周帀三垂，外接胡越。天子自有三河、東郡、潁川、
> 南陽，自江陵以西至巴蜀，北自雲中至隴西，與京師內史凡
> 十五郡；公主、列侯頗邑其中。而藩國大者夸州連郡，連城

　　　數十，宮室百官，同制京師。

漢初的封建是如此的，這種「宮室百官，同制京師」的封君，殆
無異於周代的諸侯。如枚乘說吳王云：「夫漢并二十四郡，十七諸
侯，方輸錯出，運行數千里，不絕於道，其珍怪不如東山之府；轉
粟西鄉，陸行不絕，水行滿河，不如海陵之倉；修治上林，雜以離
宮，積聚玩好，圈守禽獸，不如長洲之苑；游曲臺，臨上路，不如
朝夕之池；深壁高壘，副以關城，不如江淮之險；此臣之所以為大
王樂也。」（《文選‧上書重諫吳王》）此雖不免有些誇張，然漢
初諸王淫侈的生活，與漢天子所享受的並無不同，則是事實。可是
這種情形，若是發展下去，勢必演成春秋戰國時代的分裂局面。所
以漢高祖穩定了他的政權以後，便逐漸將他所親封的異姓諸侯消滅
了。至於同姓諸侯，至景、武而後，也就削弱了。《文獻通考‧封
建考》九云：

　　　西漢之封建，其初也，則剗滅異代所建，而以畀其功臣；繼
　　而剗滅異姓諸侯，而以畀其同宗；又繼而剗滅疏屬劉氏王，
　　而以畀其子孫；蓋檢制益密，而猜防益深矣。

　　　景、武而後，令諸侯王不得治民補吏；於是諸侯雖有君國子
　　民之名，不過食其邑入而已，土地甲兵不可得而擅矣。……
　　蓋罷侯置守，雖始於秦，然諸侯王不得治民補吏，則始於西
　　漢景、武之時。蓋自是封建之名存，而封建之實盡廢矣。

這裏可以看出漢代封建之特質，其與周代封建不同者，即前者為獨
立的王國，有領土，有政權；後者則土地政權直隸中央，諸王不過
食其邑而已，封建制與郡縣制並行而不悖者，亦在此。因此，足知
漢帝國實力之龐大了。

　　這龐大帝國的創造者，既不是貴族，也不是士大夫階層，而是毫無文化修養的平民。但他從起兵到即皇帝位，不過七年的時間，居然統一了天下，成為秦始皇後第一人。「其君既起自布衣，其臣亦自多亡命無賴之徒。」（趙翼《廿二史劄記》卷二〈漢初布衣將相之局〉）故這新興的大一統政權，除了叔孫通制禮、張蒼定律曆而外，談不上其他文化上的建設。尤其是這位漢高祖，生平最不喜歡儒生，見穿儒生衣服的便討厭（《史記》卷九九〈劉敬叔孫通列傳〉），甚至遇到戴儒冠的，就將它取下來便溺其中（《史記》卷九七〈酈生陸賈列傳〉），這種行為，夠無賴的了。即皇帝位以後，「群臣飲酒爭功，醉或妄呼，拔劍擊柱，高帝患之」，叔孫通為制天子朝會之禮，於是才知道皇帝之貴。（《史記》卷九九〈劉敬叔孫通列傳〉）這不過是有利於大皇帝的權威，所以才被欣賞，至於詩書之事，他是不了解的。《史記》卷九七〈酈生陸賈列傳〉云：

> 陸生時時前說《詩》、《書》，高帝罵之曰：「迺公居馬上而得之，安事詩書？」陸生曰：「居馬上得之，寧可以馬上治之乎？且湯武逆取而以順守之；文武並用，長久之術也。……鄉使秦已并天下，行仁義，法先聖，陛下安得而有之？」高帝不懌而有慚色，迺謂陸生曰：「試為我著秦所以失天下，吾所以得之者何，及古成敗之國。」陸生乃粗述存亡之徵，凡著十二篇。每奏一篇，高帝未嘗不稱善，左右呼萬歲，號其書曰《新語》。

他要陸賈說秦之所以亡，漢之所以興，只是想藉以了解鞏固政權的道理，而詩書之事，不是他要注意的，更不是他能了解的。因此，那戰國末年的文學之士，其未被秦始皇坑殺的，到了這新興的帝國，卻無所用其技。高祖以後，文景兩朝，又是黃老思想極盛的時

代，力求安定，與民休息，文化建設，並非所急，因而文學之士，亦無從用其技。

可是，那些文學作者，也不是沒有去處，他們的去處是諸王國。因為在武帝以前六十多年，中央對於諸王國的防範較疏，而諸王國又擁有極大的領土與財富，儘可招攬天下游士，於是當時文士亦往往以游士的身分出入於諸王國。如高祖少弟楚元王交好《詩》，於是有魯穆生、白生、申公並以《詩》學者為楚之中大夫；所謂「魯詩」者，即申公為之傳。又如高祖兄子吳王濞，王三郡五十三城，喜招致四方游士，於是辭賦作者齊之鄒陽、吳之嚴忌、枚乘等，皆仕於吳。及吳王濞反，又皆去而之梁，司馬相如時亦游仕於梁。至武帝朝，諸侯勢力已漸削弱，漢天子又喜文事，從此文學作者皆以媚事一主為榮，不再奔走於諸王國了。

先是漢高祖平定了天下以後，蕭何、曹參相繼為相，其施政中心，以與民休息為主。當時人民始受秦之暴政，後又遇楚漢之爭，所受殘害已極，其勢亦必得生養休息，才能恢復元氣。到了武帝朝，雖因貴族豪強，形成貧富懸殊的現象，如董仲舒所云「富者奢侈羨溢，貧者窮急愁苦」，而政府卻是富足了。《漢書‧食貨志》云：

> 至武帝之初，七十年間，國家亡事，……都鄙廩庾盡滿，而府庫餘財，京師之錢累百鉅萬，貫朽而不可校；太倉之粟陳陳相因，充溢露積於外，腐敗不可食。

以好大喜功的武帝，又繼承了這樣豐厚的國力，於是對外則擊匈奴，通西域；又從巴蜀而通西南夷，且戡定閩越，遷其人民。開拓疆宇，威震化外，為從古以來所未有。對內，則在文化方面有一大舉，即效法秦始皇統一思想的方法，以儒家思想統一天下人的思

想。為了要鞏固大帝國的統治權非統一思想不可，董仲舒云：「今師異道，人異論，百家殊方，指意不同，是以上無以持一統，法制數變，下不知所守。」（元光元年〈舉賢良對策〉）在這樣的情形下，儒家的人倫之序，正適合於專制帝國政治的形態，因此儒家的思想被推作一尊了，既以儒家思想為主，因此在文化上有了種種的設施。《漢書・武帝本紀・贊》云：

> 孝武初立，卓然罷黜百家，表章六經；遂疇咨海內，舉其俊茂，與之立功。興太學、修郊祀，改正朔，定曆數，協音律，作詩樂，建封禪，禮百神，紹周後，號令文章，煥焉可述。

據此，可見漢一代文化的建立與武帝的關係了。其「罷黜百家，表章六經」，尤為後來的文學內容予以範圍，這一點在文學史上最為重要。可是漢帝國的大皇帝第一個對於文學有倡導之功的，就是武帝，這因為武帝本人也是文學作者的關係，所以他能欣賞文學、羅致文士。《漢書・嚴朱吾丘主父徐嚴終王賈傳》云：

> 嚴助，會稽吳人，嚴夫子子也，或言族家子也。郡舉賢良，對策百餘人，武帝善助對，繇是獨擢助為中大夫。後得朱買臣、吾丘壽王、司馬相如、主父偃、徐樂、嚴安、東方朔、枚皋、膠倉、終軍、嚴蔥奇等，並在左右。……其尤親幸者，東方朔、枚皋、嚴助、吾丘壽王、司馬相如。相如常稱疾避事；朔、皋不根持論，上頗俳優畜之。

這些作者以外，尚有「久為大國上賓」的辭賦領袖枚乘，武帝為太子時即聞其名，作了皇帝以後，便以安車蒲輪請乘，然時年已老，遂死於道中。（《漢書》卷五一〈賈鄒枚路傳〉）以大皇帝而愛好

文學，自然是文學之士的幸運，如窮極無賴的司馬相如，砍柴為生養活不了妻子的朱買臣，一旦機會來到，皆得出入於大皇帝的宮廷了。而武帝即位之初，便行舉賢良方正的考試制度，為天下文士開了仕進之路，文士既有了正當的出路，自然也就不願寄生於諸王國了。

　　武帝的叔父淮南王安，好藝文，能文辭，是《楚辭》的專家，武帝每報書，必先請司馬相如等先看一看草稿。足見他平日動筆，是相當矜慎的。雖然如此，他卻不是真能了解文學價值的人，他以遊戲於文學的態度來接近文士，欣賞作品。如他對待嚴助，遇「有奇異，輒使為文」；又如枚皋，「上有所感，輒使賦之」；專以俳優態度畜養文士，故枚皋有「見視如倡，自悔類倡」的悲感。武帝對於文學，乃作為他「游觀三輔離宮館，臨山澤，弋獵射馭狗馬，蹵鞠刻鏤」的助興工具。（《漢書》卷五一〈賈鄒枚路傳〉）他這種見解，與後來視文學為「經國之大業，不朽之盛事」的觀念相比，真可說有天上地下之別。雖然，他將文學之士等列於供人喜樂的倡優之群，卻因能博得帝王的歡心，即使是賤役也是尊貴的了。於是漢一代的文學正因此而發展。

　　武帝這種文學態度，直到他的曾孫宣帝，也並沒有進步。《漢書》卷六四下〈嚴朱吾丘主父徐嚴終王賈傳〉云：

> 上令襃與張子僑等並待詔，數從襃等放獵，所幸宮館，輒為歌頌，第其高下，以差賜帛，議者多以為淫靡不急；上曰：「不有博奕者手？為之猶賢手已！」

宣帝這種論調，認為文學的嗜好，稍強於賭博下棋，比乃祖以俳優視文士的觀念，能說有什麼差別嗎？雖然，他們祖孫的文學態度，卻代表了早期帝王對於文學的一般觀念，直到漢末年的曹丕才有所改變。

　　由於帝王的倡導，使漢一代的文學豐富起來；同時又由於帝王的倡導，使內容枯縮而傾向於形式主義的發展。其所以傾向於文學形式的原因，就是為了那樣龐大的專制帝國的統治，社會文化納於一型，作者思想歸於一途，因而傾向於文學形式的講求，這本是自然的趨勢。如居漢代文學首位的體製，是司馬相如一派的辭賦，論其內容，實無可取，觀其形體，則甚宏麗；正如劉彥和所云：「繁華損枝，膏腴害骨，無貴風軌，莫益勸戒。」（《文心雕龍・詮賦》）他如散文往往「緣飾以儒術」，與晚周諸子以表現彼此不同的思想為主，已不能並論。像這樣形式重於內容的現象，正是配合了當時的政治與文化的主流發展。他如五言詩，則由於地方聲樂的愛好，而有民間歌詩的蒐集，因其影響而有五言詩的形成，以與當時辭賦相比，一是帝王倡導的成績；一是自然的生長，是旁支而非主流，可是滋潤了後來文學園地的，卻不是主流而是旁支。

　　成為定型了的漢帝國的政治社會，一直延長到以後的兩千年，其間雖有政權的分裂，而政治社會的本質卻沒有什麼變化，以儒術為中心思想，也未嘗動搖，各歷史階段的文學發展，也都脫離不了幾乎相似的社會背景，雖然各時代儘有其不同之處。

第二章　辭賦的發展

　　《說文》：「賦，斂也；從貝，武聲。」段玉裁注云：「經傳中凡言以物班布與人曰賦。」賦字的本義是如此。假借為敷（舜典敷奏，《左傳・僖公廿七年》引《夏書》敷作賦，敷、賦通）為布（《小爾雅・廣詁》）兩字意義並同。又假借為誦，《楚辭・招魂》：「人有所極，同心賦些」，王逸注云：「賦，誦也」；《左傳》中常常看到的賦詩，就是誦詩的意思。作為文體上名稱的賦字，也應作誦字的解釋，意即表示這種文體是誦讀的而不是歌唱的，是賦字原為動詞後為名詞了。《漢書・藝文志》：「傳曰，不歌而誦謂之賦」，既云傳曰，這一定義當然不始於班固。「賦」字既成為一種文體的專有名稱，因有「不歌而誦」的一說。歌與誦有何不同呢？歌是聲音拉長（《書》曰：「歌永言」），誦是聲音有頓挫。（《周禮・大司樂》注：「以聲節之曰誦。」）亦即〈藝文志〉所云：「誦其言謂之詩，詠其言謂之歌」，賦亦屬於詩的範圍，故班固又云：「賦者古詩之流也。」此外，王逸《楚辭・悲回風》注：「賦，鋪也」；又《周禮・大師》鄭注：「賦之言鋪，直鋪陳今之政教善惡。」鋪與敷布，意義相同，都是假借字。

　　這種「鋪陳今之政教善惡」的說法，只能說明這一文體的作法，而不足以說明這一文體的本質，雖也不失為次要的賦之定義；荀子的〈成相〉、〈賦〉，便是這種以鋪陳政教為主的作法。漢人的賦還是誦的，其風格卻不同於《荀子》，但必強調具有諷諫的作用者，也就是因為古賦內容是「鋪陳今之政教善惡」的。因此，我們可以給賦下一界說：賦的文體是朗誦的，賦的內容是鋪陳政教善惡

的，賦在先秦文學中是以反映現實為其任務的。

　　賦又是怎樣產生的呢？關於這一問題，資料雖然不多，也還可以知其大概。《周禮・大師》：「教六師，曰風，曰賦，曰比，曰興，曰雅，曰頌」；據鄭注，此謂以六詩教瞽矇學習也。何以教瞽矇以六詩？〈春官〉「瞽矇」鄭注云：「凡樂之歌，必使瞽矇為焉。」又《國語・周語》上云：「名公曰：故天子聽政，使公卿至於列士獻詩，瞽獻曲，師箴，矇賦。」這裏所說的瞽叟獻曲賦，足與《周禮》相印證。瞽是無目的，矇是有眸子的，同是瞎子，以瞎子學誦曲賦，是因為失明的人，不能從事一般職業的緣故。今日民間說書的、唱彈詞的，不都是瞎子嗎？因此推想到古代社會，一定有些失明的人，以編製故事朗誦給別人聽，一方面供人們娛樂，一方面藉此討生活。那些故事的內容，可能會表現出民間的疾苦，因而後來有「鋪陳今之政教善惡」之說；也可能參雜以笑話的，因而後來有滑稽專家——如《史記・滑稽列傳》一流人物。至於朗誦的方式，當然不像平常說話，而是有抑揚頓挫的，雖不同於歌唱必須配合以音樂，卻也有配合聲調的一種樂器。《荀子・成相》云：「人主無賢，如瞽無相何倀倀」，胡匡衷云：「眡瞭，職云。凡樂事相瞽，瞽之於相，不可須臾離」；（《周禮正義》卷三二〈大師眡瞭職〉疏引）「相」即後來所謂舂牘，瞽者與相，關係既如此密切，那「相」便是朗誦時必需的樂器了。由此看來，賦的初型是古代殘廢賤民的一種技藝；其在宮廷中，也不過是供皇帝的娛樂，有如倡優侏儒一流的人物似的。至如《周禮》、《國語》所記載的，卻是儒家根據古代的事實，妝點成為一種有意義的制度，不能作為信史看的。由民間口誦的形式，影響於文人的摹擬，便是所謂的賦。文人摹擬民間形式最早的作品，今所看到的，只有荀子的〈成相〉及〈賦〉，看它的內容，都是表現儒家思想的，大有「鋪陳今之政教善惡」的意味。至

於在外形上，雖刻意形容，卻不過分地用辭藻，與後來漢代的賦風格大不相同。

賦到了漢代，卻加重辭藻化，而成為漢一代的新文體。這種新文體的形成，一面承受了荀賦、《楚辭》的影響，一面又承受戰國策士文華麗壯大的氣象，於是「蔚成大國」。而對於賦的界說，卻特別強調「諷諫」的意義：

> 子虛之事，大人賦說，靡麗多誇，然其指風諫。(《史記·太史公自序》)

> 相如雖多虛辭濫說，然其要歸，引之節儉，此與《詩》之風諫何異。(《史記·司馬相如列傳·贊》)

> 揚雄〈長楊賦·序〉云：「故藉翰林以為主人，子墨為客卿以風。」

> 又〈甘泉賦·序〉云：「奏〈甘泉賦〉以風」。

> 又〈羽獵賦·序〉云：「聊因校獵賦以風之」。

> 班固〈兩都賦·序〉云：「或以抒下情而通諷喻，或以宣上德而盡忠孝，雍容揄揚，著於後嗣，抑亦雅頌之亞也。」

這些大作家的見解，都一致認為賦是以「諷諫」為主旨的。這種見解從表面上看來，好像承襲了賦是「鋪陳今之政教善惡」的傳統說法，其實不然，他們將賦這一文體，縮小了讀者的範圍，單純作為皇帝的讀物，作家的心血，只為一個人而寫作。而且要誦的，如宣帝「太子體不安，苦忽忽善忘，不樂。詔使襃等皆之太子宮，虞侍太子，朝夕誦讀奇文，及所自造作，疾平復乃歸。太子喜襃所為〈甘泉〉及〈洞簫頌〉，令後宮貴人左右皆誦讀之。」(《漢書》卷

六四下〈嚴朱吾丘主父徐嚴終王賈傳〉）於是題材方面離不開天子都
城、宮殿、苑囿，或遵天子的旨意，而不容自己的選擇，如「上有
所感，輒使賦之」。既以天子生活為題材，必然的要將這種生活描
寫得高貴華麗，而且是超現實的高貴華麗。可是這種高貴華麗，正
是專制皇帝淫逸生活的寫照，在以儒家思想向天下人倡導的時代，
而皇帝愛好臣子的供奉卻是這種作品，那怎能配合儒術一尊的時代
思想呢？因而必得強調以「諷諫」的意義，如司馬遷批評司馬相如
的作品，雖是「靡麗多誇，然其指諷諫」；即使是「虛辭濫說，然
其要歸，引之節儉，此與《詩》之諷諫何異？」可是「揚雄以為靡
麗之賦，勸百而風一，猶騁鄭衛之聲。」（《漢書》卷五七下〈司馬
相如傳・贊〉）賦的諷諫意義卻被輕易地揭穿了，於是他將賦分為
兩種，即所謂「詩人之賦麗以則，辭人之賦麗以淫」的這一界說。
他何以有這樣的分法，則是因為他了解漢人也稱之為賦的屈原一派
作品，與司馬相如一派的作品迥然不同，前者是抒情寫志，後者是
靡麗多誇，遂以「詩人」與「辭人」為分野。但揚雄本人原是司馬
相如賦的追求者，到了晚年，卻由自覺而停筆了。《漢書・揚雄傳》
云：

> 雄以為賦者將以風也，必推類而言，極麗靡之辭，閎侈鉅
> 衍，競於使人不能加也，既乃歸之於正。然覽者已過矣。往
> 時武帝好神仙，相如上〈大人賦〉欲以風，帝反縹縹有陵雲
> 之志。繇是言之，賦勸而不止，明矣。又頗似俳優淳于髡、
> 優孟之徒，非法度所存，賢人君子詩賦之正也。於是輟不復
> 為。

相如以後第一個辭賦大作家揚雄，竟深刻的說出這一文體並沒有勸
誡的功用，而且類似俳優，非賢人君子詩賦之正，這能說不是自覺

嗎？因此，我們可以說：這一派作品是「導諛」而不是「諷諫」，早已失去「鋪陳今之政教善惡」的意義了。

　　惟其「導諛」的關係，在寫作態度方面，不是誠實表現個人的情志，而是虛誇地描繪帝王的大欲，司馬遷所謂的「虛辭濫說」，實足以說明這一派的風格。單就辭藻看，堆砌敷衍，已夠荒誕不經。後來班固、張衡的追隨者左思，也就指出這種荒誕的寫法。〈三都賦・序〉云：

> 相如賦〈上林〉而引盧橘夏熟，揚雄賦〈甘泉〉而陳玉樹青蔥，班固賦〈西都〉而歎以出比目，張衡賦〈西京〉而述以遊海若，假稱珍怪，以為潤色。若斯之類，匪啻於茲。考之果木，則生非其壤；校之神物，則出非其所，於辭則易為藻飾，於義則虛而無徵。

　　這種不顧題材的真實性，一意虛誇的寫法，只有漢賦是如此的。可是當時作者相習成風，以此炫博而不以為虛誇。袁枚《隨園詩話》云：

> 古無類書，無字書，又無字彙；故〈三都〉、〈兩京〉賦，言木則若干，言鳥則若干，必待搜輯群書，廣採風土，然後成文，果能才藻富豔，便傾動一時；洛陽所以紙貴者，直是家置一本，當類書郡志讀耳。

雖然漢賦自有其時代的意義與表現，但就文學的情趣與藝術的價值來說，袁枚的看法不是沒有理由的。

　　我們了解了漢賦的特質及時代意義以後，接下來我們所要研求的，便是作家與作品。

第三章　漢賦作家

　　《漢書・藝文志》著錄：屈原賦之屬：有賈誼、枚乘、司馬相如、淮南王、劉向、王褒等二十家三百六十一篇；陸賈賦之屬：枚皋、朱買臣、嚴助、司馬遷、揚雄等二十一家二百七十四篇；孫卿賦之屬：秦時雜賦等二十五家，百三十六篇；雜賦十二家，二百三十三篇。以上四類，屈原、陸賈兩類的作品，尚有一部分存在；孫卿一類所屬的二十四家作品，已全不存在；雜賦也全不存在，其中有成相雜辭十一篇，不知是否即孫卿之〈成相〉篇，如果確然，今存只有三篇，其他大部分都佚失了。就數量上看，共有一千多篇，其中漢以前的作品似不及十分之一，足見兩漢兩百年中竟有這麼多的作品。

　　作品既如此的多，而又分四類，足證當時在同一賦的名稱之下，至少有四種不同的形式和作法。至於〈藝文志〉的分法，當然是根據《七略》，其標準如何，則因為作品大部分已經佚失，不免令人感到模糊。但就前兩類看來，還可略知其界限，即屈原之屬為《楚辭》系統，陸賈之屬為漢賦系統，枚乘、司馬相如本應歸於陸賈一系反屬於屈原者，則因枚乘是上承《楚辭》下開漢賦，相如則是具有兩種體製的技能，故將兩人入於《楚辭》一系。〈藝文志〉著錄陸賈賦三篇，今皆不存，據劉勰《文心雕龍》云：「漢室陸賈，首發奇采，賦孟春而選典誥」（〈才略〉），又云：「漢初詞人，順流而作，陸賈扣其端，賈誼振其緒」，（〈詮賦〉）是六朝人還讀到陸賈的作品，並且承認陸賈在漢賦中的地位有如屈原之於《楚辭》。

　　今陸賈的作品既已散失，而枚乘、司馬相如的作品尚存在，此

二人雖承《楚辭》餘緒，自是漢賦的代表作家，陸賈作品的風格已不得而知，但枚乘、相如兩人的作風於漢一代的影響極大，尤其是兩人於漢賦之興起，其重要性應不在陸賈之下。

第一節　枚乘

　　枚乘，字叔，淮陰人。初為吳王濞郎中，吳王之初怨望謀為逆也，乘上書切諫，吳王不能用，卒見擒滅。漢既平七國，乘由是知名。景帝因名乘為弘農都尉。乘久為大國上賓，與英俊並游，得其所好，不樂郡吏，以病去官。復游梁，梁客皆善屬辭賦，乘尤高。梁孝王死，乘回到淮陰。武帝自為太子時，便聞乘名，及即皇帝位，乘年已老，遂以安車蒲輪接乘，死於道中。（《漢書》卷五一〈賈鄒枚路傳〉）乘死年為武帝建元之年，他的生年當在秦末或漢初。在辭賦方面，他雖承《楚辭》遺緒，卻不同於賈誼作為一個「楚辭派」的追隨者，他竟改變了《楚辭》的風格，而為漢代新文體賦的前期作家。

　　《漢書・藝文志》著錄枚乘賦九篇，今存者唯有〈七發〉一篇，他如〈梁王菟園賦〉已脫落不全，〈柳賦〉係偽作，〈臨霸池遠決賦〉僅見於《文選・七哀詩》注。〈七發〉之為問答體，實啟於荀賦、《楚辭》，但狀物敘事，一意誇張，既不類荀賦之說理，亦不像《楚辭》之抒情；句多四言，自成形式，亦與荀賦、《楚辭》不同。內容為楚太子有疾，吳客前往問病，謂太子之病，可以要言妙道說而去之。於是歷述音樂之美，飲食之豐，輿乘之盛，游觀之樂，校獵之壯，觀濤之詭異，結以「客曰：『將為太子奏方術之士，有資略者：若莊周、魏牟、楊朱、墨翟、便蜎、詹何之倫，使之論天下之釋微，理萬物之是非；孔老覽觀，孟子持籌而筭之，萬不失

一。此亦天下要言妙道也。太子豈欲聞之乎？』於是太子據几而起曰：『渙乎若一聽聖人辯士之言，涊然汗出，霍然病已。』」通篇寫聲色游樂諸事，華靡雄偉，極盡鋪張之能事，獨於所謂聖人的「要言妙道」，僅輕輕點出幾個聖人的姓名，既沒有作者獨特的思想，也沒有將聖人之「要言妙道」加以闡發，這便是漢賦所謂「諷喻」的特色。將這種作品與同時的賈誼〈鵩鳥賦〉相比：一是不足以言作品的內容，一是真切反映了當時流行的黃老思想；但兩者都是受《楚辭》的影響。所不同的，賈誼是沿襲《楚辭》的形式與作法，枚賦是挹取了《楚辭》的華麗而改變其形式，因而創始了漢一代賦的作風，司馬相如輩都是受了他的影響，所以在梁孝王時辭賦的作者中，以枚乘為獨高。〈七發〉以後，作家多有摹倣，因謂之「七體」，足見它對於後來的影響力。

第二節　司馬相如

枚乘以後，漢武帝朝賦的代表作家，當推司馬相如，他是上承枚乘而下開漢一代大賦的代表作家。《史記》卷一一七本傳云：

> 司馬相如者，蜀郡成都人也。字長卿，少時好讀書，學擊劍，故其親名之曰犬子。相如既學，慕藺相如之為人，更名相如。以貲為郎，事孝景帝，為武騎常侍，非其好也。會景帝不好辭賦。是時梁孝王來朝，從遊說之士齊人鄒陽、淮陰枚乘、吳莊忌夫子之徒，相如見而說之。因病免，客游梁。梁孝王令與諸生同舍，相如得與諸生游士居。數歲，乃著〈子虛〉之賦，會梁孝王卒，相如歸而家貧，無以自業，素與臨邛令王吉相善，吉曰：「長卿久宦游不遂，而來過我。」於是相如往，舍都亭，臨邛令繆為恭敬，日往朝相如，相如

初尚見之，後稱病，使從者謝吉，吉愈益謹肅。臨邛中多富人，而卓王孫家僮八百人，程鄭亦數百人，二人乃相謂曰：「令有貴客，為具召之。」并召令。令既至，卓氏客以百數。至日中，謁司馬長卿，長卿謝病不能往，臨邛令不敢嘗食，自往迎相如，相如不得已，彊往，一坐盡傾。酒酣，臨邛令前奏琴曰：「竊聞長卿好之，願以自娛。」相如辭謝，為鼓一再行。是時卓王孫有女文君新寡，好音，故相如繆與令相重，而以琴心挑之。相如之臨邛，從車騎雍容閒雅甚都。及飲卓氏，弄琴，文君竊從戶窺之，心悅而好之，恐不得當也。既罷，相如乃使人重賜文君侍者通殷勤，文君夜亡奔相如。相如乃與馳歸成都。家居徒四壁立。卓王孫大怒曰：「女至不材，我不忍殺，不分一錢也。」人或謂王孫，王孫終不聽。文君久之不樂，曰：「長卿第俱如臨邛，從昆弟假貸猶足為生，何至自苦如此！」相如與俱之臨邛，盡賣其車騎，買一酒舍酤酒，而令文君當鑪。相如身自著犢鼻褌，與保庸雜作滌器於市中。卓王孫聞而恥之，為杜門不出。昆弟諸公更謂王孫曰：「有一男兩女，所不足者非財也。今文君已失身於司馬長卿，長卿故倦游，雖貧，其人材足依也。且又令客，獨奈何相辱如此！」卓王孫不得已，分予文君僮百人，錢百萬，及其嫁時衣被財物。文君乃與相如歸成都，買田宅，為富人。居久之，蜀人楊得意為狗監，侍上。上讀〈子虛賦〉而善之，曰：「朕獨不得與此人同時哉？」得意曰：「臣邑人司馬相如自言為此賦。」上驚，乃召問相如。相如曰：「有是。然此乃諸侯之事，未足觀也，請為天子游獵賦。賦成，奏之。」

這是紀元前一世紀職業文人的真實記載，他初事景帝，景帝不好辭

賦，無所用其技；他之去梁，則是因為孝王左右有許多辭賦大家，在他們的影響下而寫出〈子虛賦〉；又因為〈子虛賦〉而受知於皇帝。雖然薦主是宮廷的狗監，他卻沒有儒家出處的觀念，不以為恥，猶之他與卓文君的結合，儘可用無賴的手段而不以為無行。由游說之士一變而為職業文士，相如要算是最早的典型人物了。

　　相如的賦，〈藝文志〉著錄二十九篇。今存者有〈子虛賦〉、〈上林賦〉、〈哀秦二世賦〉（並見《史》、《漢》本傳）、〈大人賦〉（《漢書》本傳）、〈美人賦〉（見《古文苑》）、〈長門賦〉（見《文選》），此外〈黎賦〉（《文選·魏都賦》注引）、〈魚葅賦〉（《北堂書抄》一四六引）文已不存。以上六篇又有後人的偽託，而以見於《史》、《漢》本傳的為可信。《文選》中的〈長門賦〉雖甚流行，亦不可信。[2]〈哀秦二世賦〉、〈大人賦〉是《楚辭》體，〈子虛〉、〈上林〉兩賦，才是他的代表作品。按：相如為郎在景帝初年，孝王入朝為景帝二、三兩年，在這時相如結識了隨孝王入朝的枚乘諸人。作〈子虛賦〉約在景帝後元元年（紀元前一四三）這一階段。〈子虛賦〉的內容，是楚使子虛使於齊國，齊王悉發車騎，與使者在齊國海邊打獵。獵罷，楚使子虛去見烏有先生，時亡是公亦在座。烏有先生曰：「今日打獵樂嗎？」子虛曰：「樂。」又問：「獲得的多嗎？」曰：「少。」又問：「那有什麼樂呢？」曰：「齊王想向我誇張他的車騎多，我卻告訴他我們楚王在雲夢打獵的情形，那場面的偉大與豪華，似乎不是齊國趕得上的，齊王無法回答。」可是齊國的烏有先生聽了甚不以為然：

　　烏有先生曰：是何言之過也！足下不遠千里，來貺齊國，王

2　顧炎武云：「〈長門賦〉所云陳皇后復得幸者，亦本無其事。俳諧之文，不當與之莊論矣。」（《日知錄》卷二十〈假設之辭〉自注）何焯瞻云：「此文乃後人所擬，非相如作。其辭細麗。蓋（張）平子之流也。」（《義門讀書記》卷四五）

悉發境內之士，備車騎之眾，與使者出畋，乃欲戮力致獲，以娛左右，何名為夸哉？問楚地之有無者，願聞大國之風烈，先生之餘論也。今足下不稱楚王之德厚，而盛推雲夢以為高，奢言淫樂，而顯侈靡，竊為足下不取也。必若所言，固非楚國之美也；有而言之，是彰君之惡也，無而言之，是害足下之信也。彰君惡，傷私義，二者無一可而先生行之，必且輕於齊而累於楚矣。且齊東陼鉅海，南有琅邪，觀乎成山，射乎之罘，浮渤澥，游孟諸，邪與肅慎為鄰，右以湯谷為界，秋田乎青丘，彷徨乎海外，吞若雲夢者八九，於其胸中曾不蔕芥。若乃俶儻瑰瑋，異方殊類，珍怪鳥獸，萬端鱗崒，充牣其中，不可勝記，禹不能名，高不能計。然在諸侯之位，不敢言游戲之樂，苑囿之大，先生又見客，是以王辭不復，何為無以應哉？

這一段烏有先生的話，在作者當以為是他的主要思想，即所謂諷喻；可是通篇描寫，全在誇張雲夢物產的豐富，與楚王游獵的豪華，與其說是諷喻，不如說是導誘。故一旦受知於大皇帝，則云：「此乃諸侯之事，未足觀也」，於是有以天子游獵為題材的〈上林賦〉，〈上林賦〉與〈子虛賦〉形式上是銜接的，如開始便是亡是公听然而笑曰：「楚則失矣，而齊亦未為得也……且夫齊楚之事，又烏足道乎？君未睹夫巨麗也，獨不聞天子之上林乎？」是直承前賦烏有先生的話。就作法看，大抵亦同前賦，不過藻飾更富，誇張更甚，所謂作者諷喻之旨，則由天子口中說出：

於是酒中樂酣，天子芒然而思，似若有亡。曰：「嗟乎，此大奢侈！朕以覽聽餘閒，無事棄日，順天道以殺伐，時休息於此。恐後葉靡麗，遂往而不返，非所以為繼嗣創業垂統也。」於是乎乃解酒罷獵，而命有司曰：「地可墾闢，悉為

農郊，以贍萌隸，隤牆填塹，使山澤之人得至焉。實陂池而勿禁，虛宮館而勿仞，發倉廩以救貧窮，補不足。恤鰥寡，存孤獨，出德號，省刑罰，改制度，易服色，革正朔，與天下為更始。」於是歷吉日以齋戒，襲朝服，乘法駕，建華旗，鳴玉鸞，游於六藝之囿，馳騖乎仁義之塗，覽觀《春秋》之林，射〈貍首〉，兼〈騶虞〉，弋玄鶴，舞干戚，載雲罕，揜群雅，悲〈伐檀〉，樂樂胥，脩容乎《禮》園，翱翔乎《書》圃，述《易》道，放怪獸，登明堂，坐清廟，次群臣，奏得失。四海之內，靡不受獲。於斯之時，天下大說，鄉風而聽，隨流而化，芔然興道而遷義，刑錯而不用，德隆於三王，而功羨於五帝，若此，故獵乃可喜也。

按：《漢書》本傳云：「相如既卒五歲，上始祭后土」，武帝祭后土為元鼎四年（紀元前一一三），上溯相如死年為元狩五年（紀元前一一八）。賦中所謂「恤鰥寡，存孤獨，出德號，省刑罰」者，是恭維元狩五年以前武帝的政治設施。「游於六藝之囿，馳騖乎仁義之塗」者，是恭維武帝之罷黜百家，表彰六經。至於「改制度，易服色，革正朔」種種，則是相如死後十四年太初元年（紀元前一〇四）的事；相如遺札〈封禪書〉，則是死後八年元封元年（紀元前一一〇）的事。根據以上史實，足夠證明這篇大賦的主旨，正反映了皇帝的作為，以及當時朝臣迎合皇帝的心理。司馬遷說：「相如雖多虛辭濫說，然其要歸，引之節儉，此與《詩》之風諫何異？」（《史記・司馬相如列傳・贊》）又說：「子虛之事，大人賦說，靡麗多誇，然其指風諫，歸於無為。」（〈太史公自序〉）今吾人讀此賦，只見其「虛辭濫說」，而看不出如何「引之節儉」；只見其「誇張導誘」，而看不出其如何諷諫；例如「相如既奏大人之頌，天子大說，飄飄有凌雲之氣，似游天地之間意」，這是諷諫呢？還是導誘？連

揚雄也說:「武帝好神仙,相如上〈大人賦〉欲以風,帝反縹縹有凌
雲之志,繇是言之,賦勸而不止,明矣。」(《漢書‧揚雄傳》)武
帝窮奢極欲的上林苑之建造,又安知不是讀了〈子虛賦〉的啟示?
而靡麗多誇的〈上林賦〉,正與天子的園囿相映成趣。所以司馬遷也
不得不承認:「無是公言天子上林廣大,山谷水泉萬物,乃子虛言
楚雲夢所有甚眾,侈靡過其實,且非義理所尚。」(《史記‧司馬相
如列傳》)

第三節　揚雄

　　相如死後約百年,在辭壇稱大師的是揚雄(紀元前五三~
十八)。揚雄字子雲,蜀郡成都人,相如的同鄉。他年少好學,讀
書喜博覽,以通訓詁為主,不為經生章句之學。為人簡易,口吃不
善談論,靜默好沉思。性恬淡,不重視富貴,也不徼名當世,家雖
貧窮,卻不以為意。年四十餘,始到京師,以大司馬車騎將軍王音
的推薦,奏〈羽獵賦〉為郎,給事黃門,與王莽、劉歆、董賢等同
在朝列。後莽、賢均為三公,而雄歷成、哀、平三世卻不遷官。及
王莽為皇帝,他才以耆舊的資格,轉官為大夫。天鳳五年卒。(《漢
書‧揚雄傳》)

　　歷史家說他的性格,「清靜亡為,少耆欲,不汲汲於富貴,不
戚戚於貧賤」;(《漢書‧揚雄傳》)而他自己也說:「位極者宗
危,自守者身全,是故知玄知默,守道之極,爰清爰靜,游神之
廷,惟寂惟寞,守德之宅。」(〈解嘲〉)這顯然不是純粹儒家思想
而是受黃老影響,欲致虛守靜,和光同塵以自保。但又不是真心恬
淡而滿足於現實,也時露牢騷的,如云:「當今縣令不請士,郡守
不迎師,群卿不揖客,將相不俛眉,言奇者見疑,行殊者得辟」,

這豈不是痛切地批評了當時的官僚政治？他又說：「鄉使上世之士處虖今，策非甲科，行非孝廉，舉非方正，獨可抗疏，時道是非，高得待詔，下觸聞罷，又安得青紫？」（以上俱見〈解嘲〉）這又深刻地諷刺了當時人才制度！他所處的成、哀、平三世，正是漢廷政治腐敗衰落的時期，自非木石，能無憤懣？《漢書》本傳〈贊〉稱他「好古而樂道，其意欲求文章成名於後世」，也是必然走向這條路。但他是博學家，為豐富的知識所範圍，因而在文學上失去獨創的精神。試看他寫作的態度：

> 以為經莫大於《易》，故作〈太玄〉；傳莫大於《論語》，作《法言》；史篇莫善於《倉頡》，作《訓纂》；箴莫善於《虞箴》，作《州箴》；賦莫深於〈離騷〉，反而廣之；[3] 辭莫麗於相如，作四賦；皆斟酌其本，相與放依而馳騁云。（《漢書》卷八七〈揚雄傳‧贊〉）

在學術上，在文學上，他都是前人的追隨者，中國文學史上無獨立性的摹擬作風，他是最早給後來作者以惡影響的人。他從相如的風格摹倣出來的四篇大賦的作意，據《漢書》本傳云：

> 〈甘泉賦〉：「孝成帝時（永始三年正月），客有薦雄文似相如者，上方郊祀甘泉泰畤、汾陰后土，以求繼嗣，召雄待詔承明之庭。正月，從上甘泉還，奏〈甘泉〉以風。」「甘泉本因秦離宮，既奢泰，而武帝復增通天、高光、迎風。……非成帝所造，欲諫則非時，欲默則不能已，故遂推而隆之，乃上比於帝室紫宮。若曰：此非人力之所為，黨鬼神可也。

3　關於〈反離騷〉，《漢書》本傳云：「怪屈原文過相如，至不容，作〈離騷〉，自投江而死，悲其文，讀之未嘗不流涕也。以為君子得時則大行，不得時則龍蛇，遇不遇命也，何必湛身哉！乃作書，往往摭〈離騷〉文而反之。」

又是時趙昭儀方大幸，每上甘泉常法從，在屬車間豹尾中；故雄聊盛言車騎之眾，參麗之駕，非所以感動天地，逆釐三神；又言屏玉女，卻宓妃，以微戒齊肅之事。賦成奏之，天子異焉。」（按：成帝祀泰時后土為建始二年春正月，〈甘泉賦〉之作，即在是年春。）

〈河東賦〉：元延二年「其三月，將祭后土，上迺帥群臣，橫大河，湊汾陰。既祭，行遊介山，回安邑，顧龍門，覽鹽池，登歷觀，陟西岳以望八荒，迹殷周之虛，眇然以思唐虞之風；雄以為川羨魚，不如歸而結罔。還，上〈河東賦〉以勸。」

〈羽獵賦〉：「其十二月羽獵，雄從。以為……武帝廣開上林，南至宜春、鼎胡、御宿、昆吾。旁南山而西，至長陽、五柞，北繞黃山，瀕渭而東，周袤數百里，穿昆明池象滇河。營建章、鳳闕，神明、馺娑、漸臺、泰液，象海水周流方丈、瀛洲、蓬萊，游觀侈靡，窮妙極麗。雖頗割其三垂以贍齊民，然至羽獵，田車戎馬，器械儲偫，禁禦所營，尚泰奢麗誇詡，非堯、舜、成湯、文王三驅之意也。又恐後世復修前好，不折中以泉臺，故聊因〈校獵賦〉以風。」

〈長楊賦〉：「明年（建始三年），上將大誇胡人以多禽獸。秋，命右扶風發民入南山，西至褒斜，東至弘農，南敺漢中，張羅罔罝罘，捕熊羆、豪豬、虎豹、狖玃、狐兔、麋鹿，載以檻車，輸長楊射熊館，以罔為周陸，縱禽獸其中。令胡人手搏之，自取其獲。上親臨觀焉。是時，農民不得收斂。雄從至射熊館，還，上〈長楊賦〉。聊因筆墨之成文章，故藉翰林以為主人，子墨為客卿以風。」

班固的〈揚雄傳〉，皆取於雄的自序，上面四賦的說明，也就是揚雄自己的話。看他的作意，確是不滿意於成帝的荒淫奢侈的生活，都是有感而發，但這種諷刺，與諫諍卻大有分別，如成帝之淫於趙氏姊妹，而在〈甘泉賦〉中只能輕輕點出「屏玉女，卻宓妃」。至於因祭后土而作的〈河東賦〉，雖有臨川羨魚，不如歸而結網之感，還不是通篇誇誕之言？〈羽獵〉、〈長楊〉兩賦，是以天子游獵為題材，據〈羽獵賦・序〉所述，先是武帝之廣開上林，占數百里的土地，供一人的遊樂，而營建侈靡，窮妙極麗，令人不可想像。將有用的土地，作帝王的園囿，在戰國時已成嚴重的問題，故孟子因齊宣王之問，而猛烈地予以攻擊。不意倡導儒術的武帝，園囿之大幾占有一王國的地面，孟子所視為人民的「陷阱」者，而武帝這一「陷阱」可夠大了。可是武帝以後的第四代成帝，依然如此，如「命右扶風發民入南山，西至褒斜，東至弘農，南毆漢中」，這一地面，又何嘗無幾百里，荒廢田園，騷擾人民，孟子所謂使人民「疾首蹙額」的田獵，正是這一類暴君的豪舉。而揚雄的〈羽獵〉、〈長楊〉兩賦，也只能在末段誇張之中，略寄諷諫之意。這無關痛癢的諷諫，簡直不能與東方朔〈諫除上林苑〉對比，東方朔將武帝的上林苑直比為殷紂王的九市宮、楚靈王的章華臺、秦的阿房殿。兩相比照，顯而易見的，一是阿諛逢迎，一是犯顏諫諍，揚雄所謂的「勸百而諷一」，能說不是自覺之語嗎？雖然賦這一文體，本不適宜正面的諷諫，它以辭藻誇飾為能事，以娛樂帝王為功用，諷諫云云者，不過妝點門面，強調它的價值而已。揚雄曾以為賦作者「頗似俳優淳于髡優孟之徒」，俳優的責任是娛樂帝王，即使為表現其忠誠而於詼諧之辭中有所諷諫，也非其主要職責而是末節了。

第四節　班固、張衡

　　由〈子虛〉、〈上林〉及〈羽獵〉、〈長楊〉演化而出的，為班固的〈兩都賦〉。班固（三二～九二），字孟堅，家世豪貴，永平中為郎，典校祕書（《漢書》敘傳）。曾為蘭臺令史。章帝雅好文章，固愈得幸。每巡狩，輒獻上賦頌。永元初，大將軍竇憲出征匈奴，以固為中護軍，及憲敗，固被捕繫，遂死獄中。年六十一。班固之所以作《兩都賦》，據《後漢書》本傳云：

> 時京師脩起宮室，濬善城隍，而關中耆老猶望朝廷西顧；固感前世相如、壽王、東方之徒，造搆文辭，終以諷勸，乃上〈兩都賦〉，盛稱洛邑制度之美，以折西賓淫侈之論。

按：〈東都賦〉末之〈寶鼎詩〉，係謂明帝永平六年二月「王雒山出寶鼎，廬江太守獻之」；詔曰：「其以祠祭之日，陳鼎於廟，以備器用。」（《後漢書・明帝本紀》）至於〈白雉詩〉，亦是明帝時事，王充《論衡・宣漢》曰：「孝明時，雖無鳳凰，亦致麟、甘露、醴泉、神雀、白雉、紫芝、嘉禾……五帝三王，經傳所載瑞應，莫盛孝明。」再者，據《後漢書》本傳，〈兩都賦〉置於「肅宗雅好文章」之前，可見是明帝時所作。

　　固尚有一篇〈幽通賦〉，完全是摹倣〈離騷〉。

　　繼〈兩都賦〉而作者，有張衡的〈二京賦〉。衡字平子，南陽西鄂人。據《後漢書》本傳云：「時天下承平日久，自王侯以下，莫不踰侈，衡乃擬班固〈兩都〉作〈二京賦〉，因以諷諫，精思傅會，十年乃成。」兩篇賦作了十年之久，當然不是為構思，而是蒐集文獻，如山川、城郭、宮室、衣冠、典制，力求詳盡，始能繁富。〈二京賦〉形式，始由憑虛公子與安處先生論西都，繼由安處先生論

東都。最後憑虛公子聞安處先生論後，自認所聞於東都者，虛華而非實錄，乃知大漢之德在於此。

此外尚有一篇〈南都賦〉。南都者，光武生於南陽，即帝位後都洛陽，南陽在洛陽南，故稱南都。

班、張之賦所不同於揚、馬者，一是變游獵題材為都城，一是句法略有變化，清李調元《賦話》云：「揚、馬之賦，語皆單行，班、張則間有儷句。如周以龍興，秦以虎視，聲與風遊，澤從雲翔等語是也。」

衡一如前輩作家，也有摹倣《楚辭》之作，他的〈思玄賦〉便是代表。最值得吾人注意的是他的小品〈歸田賦〉，在形式上略變楚騷體而自成面目，在內容方面純是抒寫個人情志。後來魏晉人抒寫個人情志的短賦，都是受其影響。

第五節　賈誼、禰衡

承《楚辭》之風格而不以摹倣為工，以《楚辭》手法而抒寫個人情志者，漢一代唯前有賈誼，後有禰衡。賈誼（紀元前二〇〇～一六六），洛陽人，河南守吳公薦之於文帝，召為博士，是時才二十餘歲。一歲，遷至大中大夫。後文帝議任以公卿之位，絳、灌、東陽侯、馮敬之屬盡害之。乃以為長沙王太傅，渡湘水，作賦以弔屈原，居長沙時，以為壽不長，因作〈鵩鳥賦〉以自廣。後為梁懷王太傅，懷王墮馬死，誼自傷為傅無狀，哭泣歲餘死，年三十三。誼早年學申、韓之術，如其〈治安策〉及〈過秦論〉，猶有戰國策士之風。總觀其思想，有法家之嚴肅而濟之以儒家之寬博氣象。至所作之〈鵩鳥賦〉，則純是清靜無為的黃老思想，殆因政治失意，遂逃入空虛；申、韓本是道家的支屬，此賦之作，是又回到道

家最高的哲思。所謂「德人無累，知命不憂」，以求解脫現實之憤懣。

　　衡字正平，平原般人。少有才辯，而氣尚剛傲，好矯時慢物。獨與孔融、楊修善，常稱之曰：「大兒孔文舉，小兒楊德祖，餘子碌碌，莫足數也。」融數稱述於操，操欲見之，而衡輕操，不肯往，且數有恣言。操忿其狂，不欲殺之。乃召為鼓史。衡復辱之。操怒，遣人送至劉表處，復侮慢於表，表恥不容，以江夏太守黃祖性急，故送與之。祖待之甚敬重，衡與祖長子章陵太守射尤善。射時大會賓客，有獻鸚鵡者，射舉巵於衡曰：「願先生賦之，以娛嘉賓。」衡攬筆便成，文無加點，辭采甚麗。後以侮祖，祖殺之，年二十六。衡之作品除〈鸚鵡賦〉外，均已散失。

　　〈鵬鳥賦〉與〈鸚鵡賦〉同是用象徵的手法，寫個人的情志，這種手法正是《楚辭》的特徵，但這兩篇與揚、馬、班、張之摹倣的手法完全不同。

第四章　樂府與樂府辭

　　樂府是秦的音樂官署，原屬少府；漢興，因秦之舊，未嘗撤廢。（《漢書・百官公卿表》）時秦之老樂家有制氏，以雅樂聲律世世在太樂官，但能紀其鏗鏘鼓舞，而不能言其義。叔孫通因秦樂人制宗廟樂，又有〈房中祠樂〉。孝惠二年，使樂府令夏侯寬備其簫管，更名〈安世樂〉。（《漢書・禮樂志》）又高祖過沛，作〈大風歌〉，令小兒歌之。高祖崩，令沛得以四時歌儛宗廟；孝惠、孝文、孝景無所增更，於樂府習常肆舊而已。（《史記・樂書》）據以上事實，足證漢初樂府之官未嘗撤廢。至於《漢書・禮樂志》說「至武帝定郊祀之禮……乃立樂府」者，實係擴充而非建立，然後人往往據此以為樂府始於武帝，實疏於考證。武帝時以李延年為協律都尉，樂府除宗廟郊祀樂外，並有趙代秦楚之謳，是由廟堂樂舞擴大以至地方聲樂，茲分述之：

　　一、宗廟樂：〈禮樂志〉云：「房中祠樂，高祖唐山夫人所作也……凡樂，樂其所生，禮不忘本，高祖樂楚聲，故〈房中樂〉楚聲也。」所謂房中者，便是祠堂；唐山夫人者，乃是高祖夫人姓唐山者。孝惠二年更名〈安世樂〉，歌辭具見〈禮樂志〉中。凡十七章，其四言者，體製類雅頌，極古拙；其三言者，體製類《楚辭》，如「豐草葽，女蘿施，善何如，誰能回；大莫大，成教德；長莫長，被無極。」若於兩句中加一兮字，就是《楚辭》的句法。因為這十七章是祭祖宗的，其內容特別強調孝道，如「大孝備至，休德昭清。」「乃立祖廟，敬明尊親，大矣孝熙，四極爰轇。」「王侯秉德，其鄰翼翼，顯明昭式。清明鬯矣，皇帝孝德。竟全大功，撫安

四極。」

二、郊祀歌：此為皇帝祭天地樂歌，所謂南北郊者，南郊祭天神，北郊祭地祇。《漢書・禮樂志》：「至武帝定郊祀之禮……以李延年為協律都尉，多舉司馬相如等數十人，造為詩賦，略論律呂，以合八音之調，作十九章之歌。」此中之〈青陽〉、〈朱明〉、〈西顥〉、〈玄明〉四章，志注「鄒子樂」，鄒子何人，無可考。〈李延年傳〉云：「是時上方興天地諸祠，欲造樂，令司馬相如等作詩頌，延年輒承意弦歌所造詩，為之新聲曲。」所謂新聲曲者，以別於宗廟樂的楚聲；而延年承意弦歌之者，又未必為雅聲，故〈禮樂志〉云：「常御及郊廟，皆非雅聲」；又云：「今漢郊廟詩歌，未有祖宗之事，八音調均，又不協於鐘律，而內有掖庭材人，外有上林樂府，皆以鄭聲施於朝廷。」按：十九章並非一時所作，〈禮樂志〉註明年代者有五首：（一）〈朝隴首〉，為元狩元年（紀元前一二二）行幸雍，獲白麟作；（二）〈景星〉，為元鼎五年（紀元前一一二）得鼎汾陰作；（三）〈齊房〉，元封二年（紀元前一○九）芝生甘泉齊房作；（四）〈天馬〉，太初四年（紀元前一○一）誅宛王獲宛馬作；（五）〈象載瑜〉，太始三年（紀元前九四）行幸東海獲赤雁作。

由此看來，元狩元年至太始三年，前後相距有廿八年之久。《史記・樂書》云：「今上即位作十九章……通一經之士不能獨和其辭，皆集會五經家，相與共講習讀之，乃能通知其意，多爾雅之文。」是知此十九章的風格以文辭典奧為主，究其內容，不過藉以歌頌大皇帝的功德而已。至於十九章的形式，計四言者八篇，三言者七篇，長短句者四篇，三言者即《楚辭》體，其中最有情致者，為〈日出入〉一首：

　　日出入安窮？時世不與人同。故春非我春，夏非我夏，秋

非我秋，冬非我冬。泊如四海之池，遍觀是耶謂何？[4]吾知所樂，獨樂六龍。[5]六龍之調，使我心若。訾黃其何不徠下？[6]

　　三、鐃歌：《後漢書・禮儀志》引蔡邕《禮樂志》云：「漢樂四品……其短簫、鐃歌，軍樂也。……蓋《周官》所謂王（師）大獻，則令凱樂，軍大獻，則令凱歌也。」又名鼓吹，《宋書・樂志》云：「列於殿庭者為鼓吹，今之從行鼓吹為騎吹，二曲異也。」騎吹者，用之於天子法駕*，（《漢書》卷七六〈趙尹韓張兩王傳〉）或大將出征以備威儀**。（《漢書・平帝紀》）按：漢世鼓吹、騎吹之可考者，《晉書・樂志》云：「漢時有短簫鐃歌之樂，其曲有〈朱鷺〉、〈思悲翁〉、〈艾如張〉、〈上之回〉、〈雍離〉、〈戰城南〉、〈巫山高〉、〈上陵〉、〈將進酒〉、〈君馬黃〉、〈芳樹〉、〈有所思〉、〈雉子班〉、〈聖人出〉、〈上邪〉、〈臨高臺〉、〈遠如期〉、〈石留〉、〈務成〉、〈玄雲〉、〈黃爵行〉、〈釣竿〉等曲，列於鼓吹，多序戰陣之事。」然《宋書・樂志》引《建初錄》云：「〈務成〉、〈黃爵〉、〈玄雲〉、〈遠如期〉皆騎吹曲，非鼓吹曲。」以此知漢之鼓吹騎曲，到唐初已混淆不清了。按：崔豹《古今註》曰：「漢有〈朱鷺〉等二十二曲，列於鼓吹，謂之鐃歌。」（《樂府詩集》卷十六引）沈約《宋書・樂志》所著錄者已為十八曲，即〈朱鷺〉、〈思翡翁〉、〈艾如張〉、〈上之回〉、〈翁離〉（即《古今樂錄》與《晉書・樂志》之〈雍離〉）、〈戰城南〉、〈巫山高〉、〈上陵〉、〈將進酒〉、〈君馬黃〉、〈芳樹〉、〈有所思〉、〈雉子〉、

4　晉灼曰：言人壽不能安固如四海，偏觀是，乃是人命甚促；謂何，奈何也。

5　《易》曰：日時乘六龍以御天。

6　師古曰：訾，嗟歎之辭也；黃，乘黃也，歎乘黃不徠下也。

*　延壽在東郡時，試騎士，治飾兵車，畫龍虎朱爵。延壽衣黃紈方領，駕四馬，傅總，建幢棨，植羽葆，鼓車歌車。〔編者註〕

**　（元始二年）遣執金吾候陳茂假以鉦鼓，募汝南、南陽勇敢吏士三百人，論說江湖賊成重等二百餘人皆自出，送家在所收事。重徙雲陽，賜公田宅。〔編者註〕

〈聖人出〉、〈上邪〉、〈臨高臺〉、〈遠如期〉、〈石留〉等。陳僧智匠《古今樂錄》所著錄者與此同。沈約云：「漢鼓吹鐃歌十八篇，按《古今樂錄》皆聲、辭、豔相雜，不復可分。」聲為聲調，豔亦聲，漢曲多有豔有趨，豔在曲前，趨在曲後。此十八曲既聲、辭、豔相混雜，若單就辭論，多不可解，故智匠云「字多訛誤」。今觀十八曲尚有可解者，僅有〈戰城南〉、〈上邪〉、〈有所思〉三篇。其辭似皆來自民間，非若宗廟、祭祀出於文人之作；《晉書・樂志》云「多序戰陣之事」，亦非事實，如〈上邪〉、〈有所思〉兩篇則是絕妙的抒情歌。

> 上邪，我欲與君相知，長命無絕衰。山無陵，江水為竭，冬雷震震，夏雨雪，天地合，乃敢與君絕！（〈上邪〉）

> 有所思，乃在大海南。何用問遺君？雙珠玳瑁簪，用玉紹繚之。聞君有他心，拉雜摧燒之。摧燒之，當風揚其灰，從今以往，勿復相思。相思與君絕！雞鳴狗吠，兄嫂當知之。妃呼豨，秋風肅肅晨風颸，東方須臾高知之。（〈有所思〉）

　　四、相和歌：《宋書・樂志》云：「相和，漢舊歌也，絲竹更相和，執節者歌。」《樂府詩集》卷二六云：「凡相和，其器有笙、笛、節歌、琴、瑟、琵琶、箏七種。」其用樂器各調亦不盡相同，俱見《樂府詩集》。按相和之稱，係就樂器而言，如琴、瑟、笙、箎為雅樂器，箏、筑為俗樂器，琵琶為胡樂器，絲竹合鳴，雅俗並奏，即相和也。今存之歌辭，就音樂性質分為下列七類：

　　（一）相和歌：《樂府詩集》卷廿六引張永《元嘉正聲技錄》謂古有十七曲，《宋書・樂志》著錄為十三曲，古辭僅存七曲。

　　（二）吟嘆曲：《古今樂錄》謂古有八曲，《元嘉正聲技錄》謂四曲，並見《樂府詩集》卷廿九引。今此四曲，僅存〈王子喬〉一

曲。

（三）平調曲：《樂府詩集》卷卅，引王僧虔《大明三年宴樂技錄》謂平調七曲，今存〈長歌行〉、〈猛虎行〉、〈君子行〉三曲，辭四篇。

（四）清調曲：王僧虔《技錄》謂清調有六曲，今存〈豫章行〉、〈董逃行〉、〈相逢行〉三曲，辭四篇。

（五）瑟調曲：王僧虔《技錄》謂古曲三十八篇，今存十一曲，即〈善哉行〉、〈隴西行〉、〈折楊柳行〉、〈西門行〉、〈東門行〉、〈上留田行〉、〈病婦行〉、〈孤兒行〉、〈雁門太守行〉、〈豔婦何嘗行〉、〈公無渡河行〉。

（六）楚調曲：*《樂府詩集》卷四一引《古今樂錄》曰：「王僧虔《技錄》：楚調曲有〈白頭吟行〉、〈泰山吟行〉、〈梁甫吟行〉、〈東武琵琶吟行〉、〈怨詩行〉。其器有笙、笛弄、節、琴、箏、琵琶、瑟七種。」有所謂側調，《舊唐書・經籍志》云：「生於楚調，與前三調，總謂之相和調。」《樂府詩集》誤錄入雜曲，實應附楚調後。又有所謂但曲，《古今樂錄》以之為楚調曲，實誤。

（七）大曲：《樂府詩集》卷廿六引王僧虔曰：「諸調曲皆有辭有聲，而大曲又有豔、有趨、有亂。辭者歌詩也；聲者若『羊吾夷』、『伊那何』之類也；豔在曲之前，趨與亂在曲之後。」《宋書・樂志》著錄大曲十五曲，一曰〈東門行〉（〈東門〉），二曰〈折楊柳行〉（〈西山〉），三曰〈豔歌羅敷行〉，四曰〈西門行〉，五曰〈折楊柳行〉（〈默默〉），六曰〈煌煌京洛行〉（〈園桃〉），七曰〈豔歌飛鵠行〉（〈白鵠〉），八曰〈步出夏門行〉（〈碣石〉），九曰〈豔歌何嘗行〉（〈何嘗〉），十曰〈野田黃雀行〉（〈置酒〉），

---

* 臺先生手稿中，未見有關楚調曲與大曲部分的討論，推斷應已散佚。今據臺先生〈兩漢樂舞考〉一文第七節「相和歌」中之相關討論，予以補入。

十一曰〈滿歌行〉（〈為樂〉），十二曰〈步出夏門行〉（〈夏門〉），
十三曰〈櫂歌行〉（〈王者布大化〉），十四曰〈雁門太守行〉（〈洛
陽令〉），十五曰〈白頭吟〉。按：據王僧虔《技錄》，十五曲中有
同為一曲而強分者，如〈西山〉、〈默默〉同屬〈折楊柳行〉（見
《樂府詩集》卷三七引）；〈白鵠〉、〈何嘗〉兩曲同屬〈豔歌行〉
（見《樂府詩集》卷三九引）；〈碣石〉、〈夏門〉兩曲同屬〈步出夏
門行〉（見《樂府詩集》卷三七引），而〈白頭吟〉又與〈櫂歌〉同
調。（見《宋書・樂志・白頭吟》注）據此，十五曲實為十一曲。
此十一曲除〈滿歌行〉為本辭，〈羅敷行〉入相和曲，〈櫂歌行〉入
楚調外，餘皆入瑟調，蓋其與他曲別者，以有豔、有趨、有亂之不
同耳。

　　相和歌亦多出自民間，今存卅餘首。其中有十餘首為五言。藝
術上極有價值，影響於後世最大。

　　內容之廣泛：

　　一、道家的神仙思想，或述游仙（〈長歌行〉），或述服食
（〈王子喬〉）。

　　二、儒家思想的反映，或言君子處世之道，或言人生當及時努
力。

　　三、人生的悲哀，如感於人生無常，當及時行樂。

　　四、貧富生活的反映。

　　形式：

　　一、敘事的。

　　二、多五言。如〈江南〉、〈陌上桑〉、〈君子行〉、〈相逢
行〉、〈長安有狹斜行〉、〈隴西行〉、〈步出夏門行〉、〈折楊柳
行〉、〈雙白鵠〉、〈豔歌行〉。

第五章　五言詩

第一節　五言詩的出現時代

　　五言出現於文學史上最早的時期，當然屬於漢代。為什麼成熟於漢代，我以為有兩種淵源：（一）是縱的關係，如《詩經》、《楚辭》裏便有許多五言的句子，雖然那時候還沒有純粹的五言詩體。（二）是橫的關係，即民間的歌謠，往往一首歌幾乎全是五言，因而促成了五言詩的新體製。如高帝時〈戚夫人歌〉：

> 子為王，母為虜，終日舂薄暮，常與死為伍，相離三千里，當誰使告汝。

這〈戚夫人歌〉所唱出的，完全是民歌體，除了前兩句，全是五言。又如武帝時的〈李延年歌〉：

> 北方有佳人，絕世而獨立，一顧傾人城，再顧傾人國，寧不知傾城與傾國，佳人難再得。（《漢書‧外戚傳》卷九七）

《玉臺新詠》選錄這一首歌，刪去「寧不知」三個字，足見六朝人已不將這三個字當作正文了。這三個字用在詩裏，很像後來詞曲中的襯字用法。又《漢書》卷七二〈王貢兩龔鮑傳〉所引當時俗諺云：

> 何以孝弟為？財多而光榮；何以禮義為？史書而仕宦；何以謹慎為？勇猛而臨官。

足見在漢初幾十年中，民間歌謠諺語，很自然地傾向於五言了。

《漢書・禮樂志》謂武帝「立樂府，有趙代秦楚之謳」，今存之相和歌辭，和〈江南可採蓮〉、〈雞鳴長歌行〉、〈相逢行〉、〈步出夏門行〉、〈折楊柳行〉、〈豔歌行〉、〈長歌行〉等，皆是極純熟的五言歌辭，其年代雖無法考出，但其中必有一部分是武帝時樂府所採錄的。再由民間歌詩，影響於詩人，因而有五言詩的產生。

　　但五言詩成熟期並不在西漢而在東漢後半期，可是傳統的說法，除了相信李陵、蘇武詩外，並認為《文選》中的〈古詩十九首〉也是西漢人作品，事實上都不可信。按：李陵詩，今見於《文選》者有李陵與蘇武詩三首，見於《古文苑》仍錄別詩八首，共有十一首，此外尚有數句見於《文選》注及類書中者，不在此數中。蘇武的詩今見於《文選》中的四首，《古文苑》中的兩首，共有六首，他們兩人的詩若果真可靠，那麼五言詩的成熟要在漢武帝朝時了。據《漢書・李廣蘇建傳》，李陵在匈奴中別蘇武時，只有一首楚辭體的歌：

> 徑萬里兮度沙幕，為君將兮奮匈奴，路窮絕兮矢刃摧，士眾滅兮名已隤，老母已死，雖欲報恩將安歸？

如果真有像後來流傳的那樣十一首別蘇武詩，歷史家絕不會單選一首《楚辭》體的錄入本傳中。要知武帝朝時，雖然民間歌詩已經流行五言體，而當時詩人還在迷戀著《詩經》的四言體與《楚辭》的七言體呢！蕭梁《文選》雖將蘇李詩入七首不以為偽，而早於蕭梁的顏延之卻已以為是偽託的了，《御覽》卷五八六引他的〈庭誥〉云：

> 逮李陵眾作，總雜不類，元是假託，非盡陵製，至其善篇，有足悲者。

就是與《文選》一書同時代的批評家劉勰在《文心雕龍・明詩》中
也說：

> 至成帝品錄，三百餘篇，朝章國采，亦云周備。而辭人遺
> 翰，莫見五言。所以李陵、班婕妤見疑於後代也。

這是根據歷史的眼光，認為五言詩不可能發生於當時。李陵詩已論
過，至於班婕妤者，成帝時被選入宮，以受趙飛燕讒言自求供養
於長信宮。《文選》所錄〈怨歌行〉，《玉臺新詠》作〈怨歌〉，
且多一序言云：「昔漢成帝班婕妤失寵，供養於長信宮，乃作賦自
傷，併為怨詩一首。」按：陸機有〈班婕妤詩〉（《樂府詩集》卷
四三），傅玄有〈怨歌行〉、〈朝時篇〉（《樂府詩集》卷四二），
此晉人辭意與班婕妤怨歌相映發，是晉人以班婕妤果有此詩也。然
《文選》注：「《歌錄》曰〈怨歌行〉，古辭。」是以此詩未必為班
婕妤所作，殆屬東漢樂府辭，故劉彥和云：「見疑於後代也。」

　　東漢班固（三二～九二）卻有一首〈詠史詩〉，在技巧方面倒
相當成熟。此外，只有桓帝時秦嘉的〈贈婦詩〉，靈帝時酈炎的〈見
志詩〉及趙壹的〈疾邪詩〉，以及約建安年中蔡琰〈悲憤詩〉。至若
蔡邕的〈飲馬長城窟行〉、孔融的〈雜詩〉並不可信，即融的〈臨終
詩〉亦不像融的口吻。又如辛延年的〈羽林郎〉、宋子侯的〈董嬌
嬈〉詩，其風格頗似建安以後人的風格，而兩人亦不可考。

第二節　〈古詩十九首〉*

　　〈古詩十九首〉始見於《文選》卷二九「雜詩」類，並定名為

---

* 此節與〈孔雀東南飛〉一節，臺先生手稿上原僅條列重點，尚未成文，亦未引錄例
　詩。今據其所述重點加以整理，並引錄例詩。〔編者註〕

「古詩十九首」。徐陵《玉臺新詠》以為其中八首為枚乘作;《文心雕龍·明詩》:「古詩佳麗,或稱枚叔;其〈孤竹〉一篇,則傅毅之詞。」《文選》卷二九〈古詩十九首〉李善注又曰:「五言並云古詩,蓋不知作者。或云枚乘,疑不能明也。」蓋李善並不認為〈古詩十九首〉為枚乘所作,是其時已不能明作者為誰。《漢書·藝文志·詩賦略》僅著錄:「枚乘賦九篇。」有賦而無詩。從此十九首作品便聚訟紛紜,難有定論。鍾嶸言:「古詩眇邈,人世難詳。」(《詩品·序》)

　　按:鍾嶸、劉勰、蕭統均稱「古詩」,當係東漢末季所作,既非西漢人的作品,更不是魏以下所能偽作。代表東漢後期五言詩成熟階段之最高藝術成就者,無疑為〈古詩十九首〉,《詩品》許之為上品,評曰:「文溫以麗,意悲而遠,驚心動魄,可謂幾乎一字千金。」允為的評。

> 行行重行行,與君生別離,相去萬餘里,各在天一涯。道路阻且長,會面安可知?胡馬依北風,越鳥巢南枝。相去日已遠,衣帶日已緩;浮雲蔽白日,遊子不顧反。思君令人老,歲月忽已晚。弃捐勿復道,努力加餐飯。

> 今日良宴會,歡樂難具陳。彈箏奮逸響,新聲妙入神。令德唱高言,識曲聽其真;齊心同所願,含意俱未申。人生寄一世,奄忽若飇塵;何不策高足,先據要路津?無為守貧賤,轗軻長苦辛。

> 迢迢牽牛星,皎皎河漢女。纖纖擢素手,札札弄機杼。終日不成章,泣涕零如雨。河漢清且淺,相去復幾許。盈盈一水間,脉脉不得語。

迴車駕言邁，悠悠涉長道。四顧何茫茫，東風搖百草。所遇無故物，焉得不速老！盛衰各有時，立身苦不早。人生非金石，豈能長壽考？奄忽隨物化，榮名以為寶。

驅車上東門，遙望郭北墓。白楊何蕭蕭，松栢（柏）夾廣路。下有陳死人，杳杳即長暮；潛寐黃泉下，千載永不寤。浩浩陰陽移，年命如朝露；人生忽如寄，壽無金石固。萬歲更相送，聖賢莫能度；服食求神仙，多為藥所誤；不如飲美酒，被服紈與素。

第三節　〈孔雀東南飛〉

〈孔雀東南飛〉一詩始見《玉臺新詠》卷一，題為〈古詩為焦仲卿妻作〉，《樂府詩集》云：「〈焦仲卿妻〉，不知誰氏之所作也。」《玉臺新詠》所錄序言云：「漢末建安中（獻帝年號，時三世紀初），廬江府小吏焦仲卿妻劉氏，為仲卿母所遣，自誓不嫁。其家逼之，乃沒水而死；仲卿聞之，亦自縊庭樹。時傷之，為詩云爾。（《樂府詩集》所錄為：時人傷之而為此辭也）」此詩三百五十三句，共一千七百六十五字。*

近人梁啟超〈印度與中國文化之親屬關係〉一文，以為是受《佛本行經》影響，因而推想此詩作於六朝；胡適則辨明此詩不可能受佛教影響，他推測此詩大概去故事發生時代不遠，約在建安以後，三世紀中葉，流傳在民間約三百年之久，至《玉臺新詠》收入，才有最後的寫定本，其中自然經過無數增減及修削。（參《中國

---

* 丁福保曾於《全漢三國晉南北朝詩‧緒言四》指出「賤妾留空房，相見常日稀」二句乃後人竄入，並引馮舒語，認為「小姑始扶牀。今日被驅遣」為後人妄添。若然，則此詩三百五十三句。以下引詩仍錄以通行之三百五十七句。〔編者註〕

《白話文學史》上卷第一編）

　　至於〈孔雀東南飛〉的藝術價值，約可歸納為以下兩點：（一）寫實的精神，以同情態度具體地寫出婚姻不自由的悲劇，成為有力的社會詩。（二）敘事手法的精鍊，如明王世貞云：「質而不俚，亂而能整，敘事如畫，敘情若訴，長篇之聖也。」（《藝苑卮言》卷二）清沈德潛亦贊賞曰：「共一千七百八十五字，古今第一首長詩也。淋淋漓漓，反反覆覆，雜述十數人口中語，而各肖其聲音面目，豈非化工之筆！」（《古詩源》卷四）以下將全詩抄錄於後，以見中國長篇敘事詩代表作之精美。

　　　　孔雀東南飛，五里一徘徊。「十三能織素，十四學裁衣。十五彈箜篌，十六誦詩書。十七為君婦，心中常苦悲。君既為府吏，守節情不移。賤妾留空房，相見常日稀。雞鳴入機織，夜夜不得息。三日斷五疋，大人故嫌遲。非為織作遲，君家婦難為。妾不堪驅使，徒留無所施。便可白公姥，及時相遣歸。」府吏得聞之，堂上啟阿母：「兒已薄祿相，幸復得此婦。結髮同枕席，黃泉共為友。共事二三年，始爾未為久。女行無偏斜，何意致不厚？」阿母謂府吏：「何乃太區區。此婦無禮節，舉動自專由。吾意久懷忿，汝豈得自由。東家有賢女，自名秦羅敷。可憐體無比，阿母為汝求。便可速遣之，遣去慎莫留。」府吏長跪告：「伏惟啟阿母。今若遣此婦，終老不復取。」阿母得聞之，槌床便大怒：「小子無所畏，何敢助婦語。吾已失恩義，會不相從許。」府吏默無聲，再拜還入戶。舉言謂新婦，哽咽不能語。「我自不驅卿，逼迫有阿母。卿但暫還家，吾今且報府。不久當歸還，還必相迎取。以此下心意，慎勿違吾語。」新婦謂府吏：「勿復重紛紜。往昔初陽歲，謝家來貴門。奉事循公姥，進

止敢自專？晝夜勤作息，伶俜縈苦辛。謂言無罪過，供養卒大恩。仍更被驅遣，何言復來還。妾有繡腰襦，葳蕤自生光。紅羅複斗帳，四角垂香囊。箱簾六七十，綠碧青絲繩。物物各自異，種種在其中。人賤物亦鄙，不足迎後人。留待作遣施，於今無會因。時時為安慰，久久莫相忘。」雞鳴外欲曙，新婦起嚴妝。著我繡裌裙，事事四五通。足下躡絲履，頭上玳瑁光。腰若流紈素，耳著明月璫。指如削蔥根，口如含朱丹。纖纖作細步，精妙世無雙。上堂謝阿母，母聽去不止。「昔作女兒時，生小出野里。本自無教訓，兼愧貴家子。受母錢帛多，不堪母驅使。今日還家去，念母勞家裏。」卻與小姑別，淚落連珠子。「新婦初來時，小姑始扶牀。今日被驅遣，小姑如我長。勤心養公姥，好自相扶將。初七及下九，嬉戲莫相忘。」出門登車去，涕落百餘行。府吏馬在前，新婦車在後。隱隱何甸甸，俱會大道口。下馬入車中，低頭共耳語：「誓不相隔卿。且暫還家去，吾今且赴府。不久當還歸，誓天不相負。」新婦謂府吏：「感君區區懷，君既若見錄，不久望君來。君當作磐石，妾當作蒲葦。蒲葦紉如絲，磐石無轉移。我有親父兄，性行暴如雷。恐不任我意，逆以煎我懷。」舉手長勞勞，二情同依依。入門上家堂，進退無顏儀。阿母大拊掌：「不圖子自歸。十三教汝織，十四能裁衣。十五彈箜篌，十六知禮儀。十七遣汝嫁，謂言無誓違。汝今無罪過，不迎而自歸。」蘭芝慚阿母：「兒實無罪過。」阿母大悲摧。還家十餘日，縣令遣媒來。云「有第三郎，窈窕世無雙。年始十八九，便言多令才。」阿母謂阿女：「汝可去應之。」阿女含淚答：「蘭芝初還時，府吏見丁寧，結誓不別離。今日違情義，恐此事非奇。自可斷來

信，徐徐更謂之。」阿母白媒人：「貧賤有此女，始適還家
門。不堪吏人婦，豈合令郎君。幸可廣問訊，不得便相許。」
媒人去數日，尋遣丞請還。說「有蘭家女，承籍有宦官」。
云「有第五郎，嬌逸未有婚。遣丞為媒人，主簿通語言。」
直說「太守家，有此令郎君。既欲結大義，故遣來貴門」。
阿母謝媒人：「女子先有誓，老姥豈敢言？」阿兄得聞之，
悵然心中煩。舉言謂阿妹：「作計何不量。先嫁得府吏，後
嫁得郎君。否泰如天地，足以榮汝身。不嫁義郎體，其往欲
何云。」蘭芝仰頭答：「理實如兄言。謝家事夫婿，中道還
兄門。處分適兄意，那得自任專？雖與府吏要，渠會永無
緣。登即相許和，便可作婚姻。」媒人下牀去，諾諾復爾
爾。還部白府君：「下官奉使命，言談大有緣。」府君得聞
之，心中大歡喜。視曆復開書，便利此月內。六合正相應，
良吉三十日。「今已二十七，卿可去成婚。」交語速裝束，
絡繹如浮雲。青雀白鵠舫，四角龍子幡。婀娜隨風轉，金車
玉作輪。躑躅青驄馬，流蘇金鏤鞍。齎錢三百萬，皆用青絲
穿。雜綵三百匹，交廣市鮭珍。從人四五百，鬱鬱登郡門。
阿母謂阿女：「適得府君書，明日來迎汝。何不作衣裳，莫
令事不舉。」阿女默無聲，手巾掩口啼，淚落便如瀉。移我
琉璃榻，出置前窗下。左手持刀尺，右手執綾羅。朝成繡裌
裙，晚成單羅衫。晻晻日欲暝，愁思出門啼。府吏聞此變，
因求假暫歸。未至二三里，摧藏馬悲哀。新婦識馬聲，躡履
相逢迎。悵然遙相望，知是故人來。舉手拍馬鞍，嗟嘆使
心傷。「自君別我後，人事不可量。果不如先願，又非君所
詳。我有親父母，逼迫兼弟兄。以我應他人，君還何所望。」
府吏謂新婦：「賀卿得高遷。磐石方且厚，可以卒千年。蒲

葦一時紉，便作旦夕間。卿當日勝貴，吾獨向黃泉。」新婦謂府吏：「何意出此言。同是被逼迫，君爾妾亦然。黃泉下相見，勿違今日言。」執手分道去，各各還家門。生人作死別，恨恨那可論。念與世間辭，千萬不復全。府吏還家去，上堂拜阿母：「今日大風寒，寒風摧樹木，嚴霜結庭蘭。兒今日冥冥，令母在後單。故作不良計，勿復怨鬼神。命如南山石，四體康且直。」阿母得聞之，零淚應聲落。「汝是大家子，仕宦於臺閣。慎勿為婦死，貴賤情何薄？東家有賢女，窈窕豔城郭。阿母為汝求，便復在旦夕。」府吏再拜還，長嘆空房中，作計乃爾立。轉頭向戶裏，漸見愁煎迫。其日牛馬嘶，新婦入青廬。菴菴黃昏後，寂寂人定初。「我命絕今日，魂去尸長留。」攬裙脫絲履，舉身赴清池。府吏聞此事，心知長別離。徘徊庭樹下，自掛東南枝。兩家求合葬，合葬華山傍。東西植松柏，左右種梧桐。枝枝相覆蓋，葉葉相交通。中有雙飛鳥，自名為鴛鴦。仰頭相向鳴，夜夜達五更。行人駐足聽，寡婦起彷徨。多謝後世人，戒之慎勿忘。

第六章　兩漢散文的演變

第一節　戰國策士文體的餘緒

　　春秋戰國時代，封建社會失了維繫，世族出身的知識者崛起民間，於是各家思想分立，而中國散文的體製，也隨著發達起來。至秦始皇雖結束了周室的封建制度，在文化上反形成一黑暗時代，但統治時間不過十餘年也就崩潰了。正因為時間不久的關係，潛伏於民間抱殘守缺的學者，並沒有被坑殺或老死淨盡；一部分在楚漢之際參加了實際政治，如陸賈、蒯通等；另一部分直到漢初才出頭，如伏生之傳《尚書》，叔孫通之制禮制，張蒼之定律曆，這些都是戰國學術的餘緒，而在漢代則是新興的文化。這一時期的散文，也就附麗於著述而發展下去，從漢初到儒術一尊，思想被統一的武帝朝止，凡一百二十年始作一段落。

　　這一百二十年的散文作者，《漢書‧藝文志》著錄的，儒家有平原君（朱建）七篇，陸賈二十三篇，劉敬三篇，賈山八篇，賈誼五十八篇，董仲舒一百二十三篇，倪寬九篇，公孫弘十篇，終軍八篇，吾丘壽王六篇，莊助四篇；法家有鼂錯三十一篇；縱橫家有蒯子五篇，鄒陽七篇，主父偃二十八篇，徐樂一篇，莊安一篇，聊倉三篇；雜家有《淮南子》內外五十四篇，東方朔二十篇。據〈藝文志〉這樣分派，似乎從漢高祖以至武帝朝，其間作者以儒家為最多，然實際上除《春秋》學者董仲舒、吾丘壽王、公孫弘，《尚書》學者倪寬外，他如朱建、陸賈、劉敬等，就他們生平行跡看來，純屬戰國策士餘風。他如文、景兩朝的賈誼、賈山、鼂錯、鄒陽四

人，雖強分之為三家，又何嘗不上承戰國策士餘風？不過他們的行跡與處在草創天下時的策士的表現略有不同而已。

　　按：漢初四家，今存有陸賈《新語》一書，〈藝文志〉春秋類尚著錄陸賈《楚漢春秋》九篇，此書唐以後即散佚，今惟散見於《史》、《漢》、《文選》等書注以及《太平御覽》中。陸賈，楚人，以客從漢高祖定天下，以有口辯，常使諸侯。為太中大夫，以《詩》、《書》說高帝，帝曰：「試為著秦所以失天下，吾所以得之者何，及古成敗之國。」凡著十二篇，每奏一篇，高帝未嘗不稱善，左右呼萬歲，號其書曰「新語」。（《史記》卷九七〈酈生陸賈列傳〉）《史記》將酈食其與陸賈同傳，傳後稱賈為「當世之辯士」；〈太史公自序〉復云：「結言通使，約懷諸侯，諸侯咸親，歸漢為藩輔，作酈陸賈列傳第三十七。」是史遷著重的，是他的辯才，而不是儒術。但畢竟他以「行仁義、法先聖」說漢王，與專明利害者實有分別，所以班固將他列入儒家。戰國末年的儒家，大概可分為兩派：一派老守一經，不求聞達，如伏生一流人物；一派心懷儒術，志期用世，不得不以策略權變動時主，如陸賈一流人物。正因其具策士之風，必藉文采以自見，故劉彥和云：「漢世陸賈，首發奇采，賦孟春而進典誥，其辯之富矣。」（《文心雕龍・才略》篇，「進」原作「選」）劉敬即婁敬，劉為賜姓，〈藝文志〉著錄三篇，應即《史》、《漢》本傳中〈說都〉、〈說和親〉、〈說徙民〉三策，惟全文久佚，《隋唐志》均不著錄。馬國翰云：「敬之為策，大抵權宜救時之計，然漢兼王霸以為家法，則當日之列於儒家者蓋有由矣。」（〈玉函山房輯劉敬書跋〉）平原君朱建七篇亦久佚，《史》、《漢》本傳中也未錄其著作，馬國翰云：「按：建本傳只記其救辟陽侯一事，與梁孝王刺爰盎事敗，鄒陽為之至長安說寶長君絕相類，要皆戰國之餘習。」（〈玉函山房輯平原君書序〉）漢初除此三家

外，則為縱橫家范陽、蒯通，《漢書・蒯伍江息夫傳》云：「通論戰國時說士權變，亦自序其說，凡八十一首，號曰《雋永》。」此八十一首與《漢書・藝文志》著錄五篇相牴觸，章學誠《校讎通義》責〈藝文志〉「不為注語以別白之，則劉、班之疏也。」

　　文帝朝的賈誼、賈山，也並非純粹的儒家，兩人的文章尤富於縱橫家的意味。賈誼少時雖能誦《詩》、《書》聞於郡中，始受知於河南守吳公，吳公是李斯同鄉，曾從學於斯，這可以看出他的學術淵源，而且證明了他也是戰國末年策士風的儒家。他主張改定制度，以漢為土德，色上黃，數用五。（《漢書・賈誼傳・贊》）他的思想還雜有鄒衍一派的「五德轉移」說。他所以不同於縱橫家的地方，是他的政治主張，不尚權變而自有體系，漢一代的典制，與他極有關係，其未實現於文帝朝的，到武帝朝也都實現了。所以「劉向稱賈誼言三代與秦治亂之意，其論甚美，通達國體，雖古之伊、管，未能遠過也。」（《漢書・賈誼傳・贊》引）至於他的文章，劉彥和云：「賈生俊發，故文潔而體清」，（《文心雕龍・體性》）又云：「賈誼才穎，陵軼飛兔，議愜而賦清」（〈才略〉），策士文大都「俊發」，故「屬辭比事，翻空易奇」，（劉申叔〈論文雜記〉）賈誼文既「俊發」而又「議愜」，是因其有政治的體系，特以策士面目出之，故近世李兆洛批評他：「學傳左氏，時近長短。」（《駢體文鈔》卷二十）至於賈山，《漢書・賈鄒枚路傳》云：「祖父袪，故魏王時博士弟子也，山受學袪，所言涉獵書記，不能為醇儒。」既非「醇儒」，而〈藝文志〉猶將他列入儒家，足見班孟堅對於漢初儒家的觀念。對於他的文章，班孟堅的批評也最為切當：「其言多激切，善指事意。」如〈至言〉所提供的，皆當時政治上實際的問題，實具有激切的風格。武帝朝的主父偃〈諫伐匈奴書〉，其風格殆與二賈接近。

　　文景之世的鼂錯，受申商學於張恢，受尚書學於伏生，但仍然是法家。法家政治思想重視現實，故他的建議皆切中時弊，不幸因為倡議削滅諸侯實力以鞏固中央，而為他所效忠的主子所賣。漢廷的政治家，他是賈誼後的第一人，故其文激切明快，有似賈誼；文中子且云：「鼂錯就事為文，文簡徑明暢，皆鑿鑿可行，賈太傅不及也。」（舊題任昉《文章緣起》有收）

　　其時以「文辯著名」的縱橫家鄒陽，他的文體在修辭方面截然不同於上述的作者，他上承荀卿、韓非、李斯一系，又多少受了與其交游的辭賦家嚴忌、枚乘等影響。班孟堅將他列為縱橫家，其實縱橫家政治氣味少，而文士氣味重，漢一代華麗整齊的文士文，與鄒陽有關係，如司馬相如、東方朔等人的散文，即屬於鄒陽一系。

　　上面我們說明了由漢初至武帝朝的散文作者。這一百二十年中思想的變化，前七十年在政治上反映的是黃老思想；後五十年則為武帝以政治力量統一思想而形成了儒術一尊。由於前期的黃老思想在政治上表現的寬容，所以當時的儒家，能以策士的激切指責時病，最切現實政治，絕無空洞不合實際的議論。如《新語》之作，是為了說明秦、漢得失的原由，〈過秦論〉與〈至言〉更以秦喻漢。先後兩大帝國，拿前者作後者的鏡子，自足動時主的聽從，這不是戰國策士慣用的手段嗎？這具有策士風的政論家文體，其特徵是指事類情，激切明快。武帝朝以後的奏疏文，則是用前期的體製，「緣飾以儒術」，於是平實有餘，而激切明快的風格已不大多見了。至於鄒陽等雖然上承荀、李一脈，但發展到了武帝朝已經變質，其特徵是宏大與華麗，可是只宜於抒寫情感，而不適用於傳達思想，因此形成了後來與學術分立的文士文。

第二節　史傳文體

司馬遷《史記》一書，在文學史上的地位與他在史學史上的地位同樣重要。在史學上，他是紀傳體的開山；在文學上，他是傳記文學的開山。《史記》之作，先後經過有二十年之久，於下表可以看出：

元封元年	紀元前一一〇	受父談遺命為史	卅六歲
元封三年	紀元前一〇八	繼父為太史令	卅八歲
太初元年	紀元前一〇四	經始為史記	四二歲
天漢三年	紀元前九八	遭李陵之禍	四八歲
征和三年	紀元前九〇	《史記》草成	五六歲

由此我們可以了解他作《史記》的動機：

（一）因家世史官，繼承先志。〈自序〉云：「太史公執遷手而泣曰：『……幽、厲之後，王道缺，禮樂衰，孔子脩舊起廢，論《詩》、《書》，作《春秋》，則學者至今則之。自獲麟以來，四百有餘歲，而諸侯相兼，史記放絕。今漢興，海內一統，明主賢君，忠君死義之士，余為太史而弗論載，廢天下之史文，余甚懼焉。汝其念哉。』遷俯首流涕曰：『小子不敏，請悉論先人所次舊聞，弗敢闕。』卒三歲，而遷為太史令，紬史記石室金匱之書。」

（二）因遭遇不幸，藉抒孤憤。〈報任少卿書〉云：「所以隱忍苟活，幽糞土之中而不辭者，恨私心有所不盡，鄙陋沒世而文采不表於後世也。古者富貴而名摩滅，不可勝記，唯俶儻非常之人稱焉。……乃如左丘無目，孫子斷足，終不可用，退而論書策，以抒其憤，思垂空文以自見。僕竊不遜，近自託於無能之辭，網羅天下放失舊聞，略考其行事，綜其終始，稽其成敗興壞之紀，……凡

百三十篇。」

　　以上兩點自述最為明白。惟其有舒憤之意，故漢末王允曰：
「昔武帝不殺司馬遷，使作謗書，流於後世。」（《後漢書》卷九十
下〈蔡邕列傳〉）東漢人對於《史記》確乎有此種看法，不因王允要
殺蔡邕始作此語，班固〈典引〉一文云：「司馬遷著書，成一家之
言，揚名後世。至以身陷刑之故，反微文刺譏，貶損當世，非誼士
也。」

　　但班固《漢書・司馬遷傳》則云：「自劉向、揚雄博極群書，
皆稱遷有良史之才，服其善序事理，辨而不華，質而不俚；其文
直，其事核，不虛美，不隱惡，故謂之實錄。」歷史的法則是求事
實的真相，《史記》既為「實錄」，卻不能看做「謗書」，若為「謗
書」，則必須歪曲事實，而與「實錄」相矛盾；但因為司馬遷竟能
做到不違背史實，又能以「微文刺譏」、「以舒其憤思」，這只有文
學巨匠才有此種手法；這不是謂「微文刺譏」為文學高手，而是藉
以說明：一面客觀的敘述歷史的真實，一面滲透著作者的感情與思
想，是歷史同時又是文學作品；因此，他這一百三十篇《史記》，給
後來文士開闢了若干道路，而三代以下直至太初，其間盛衰得失，
又賴其文采而傳於後世也。

　　在司馬遷時代的散文已走向辭藻華麗之一途，如早期的有荀
卿、韓非、李斯，年代相接的有鄒陽、枚乘、司馬相如，可是司馬
遷並不接受當時文學風尚的影響，獨以「辨而不華，質而不俚」的
手法建立自家的風格；這也有必然的條件，即華麗的文筆並不適
宜於寫實的緣故。至其所承受的文學淵源，大體可以從三方面看：
（一）記事狀物，蓋得之於《國語》、《左傳》及陸賈《楚漢春秋》，
故能狀述人物，面目活現；凡極複雜的事態，又能剖析條理，縝密
而不亂。（二）逞辭流離，縱橫雄肆，蓋得之於《莊子》、《國策》、

楚騷以及賈誼、蒯通等人的作品，故能閎衍無外，要渺入微，磊落多奇，富於慷慨。（三）樸茂簡重，蓋得之於《尚書》以及先秦經傳，故能謹嚴淵雅，「質而不俚」。

司馬遷死後一百五十年而有班固《漢書》，他是紀傳體的《史記》直接繼承人。他作《漢書》的動機，與司馬遷同是繼承先人之業。先是固父彪以「武帝時，司馬遷著《史記》，自太初以後，闕而不錄，後好事者或綴集時事，然多鄙俗，不足以踵繼其書；彪乃繼採前史遺事；傍貫異聞，作後傳數十篇。」（《後漢書・班彪列傳》）彪死，固以父書未詳，乃潛精研思，欲就其業。其體製不僅悉仿《史記》，而武帝太初以前紀傳表，皆採用《史記》文，不過略加改易。固所撰者，僅昭、宣、元、成、哀、平、王莽七朝君臣事蹟，但也作了廿餘年之久。班彪批評《史記》以為「一人之精，文重思煩，故其書刊落不盡，尚有盈辭，多不齊一」，因而欲「慎覈其事，整齊其文」；班固的改易《史記》處，也就以他父親的這種看法為依據。至於《漢書》的文章，較早的有范蔚宗的批評，《後漢書・班彪列傳》論云：「若固之序事，不激詭，不抑抗，贍而不穢，詳而有體，使讀者亹亹而不厭，信哉其能成名也。」又《文心雕龍・史傳》：「其十志該富，贊序弘麗，儒雅彬彬，信有遺味。」所謂「贍而有體」與文辭「弘麗」，確乎是《漢書》特色，《漢書》之不同於《史記》處也在此。

若以文學形式論，《史記》為單筆，《漢書》為複筆；東漢魏晉六朝直至唐初百餘年間，是散文的複筆時代，故精研《漢書》者，如應劭、服虔以下注《漢書》的有廿餘家之多，（見新舊《唐書》志）而史傳記載專精《漢書》者尚不在此列，隋劉臻在當時有「漢聖」之稱，（《隋書・劉臻傳》）便是一例。《史記》除今通行三家注外，只有徐廣、鄒誕兩種；足見這一時代重《漢書》而輕《史

記》的風尚，故范蔚宗〈獄中與甥姪書〉云：「班氏最有高名」。至於唐朝劉知幾於《史》、《漢》兩書也頗有抑揚，他的觀點與六朝文士似乎沒有什麼不同。論《史記》云：「兼其所載，多聚舊記，時插雜言；故使覽之者，事罕異聞，而語饒重出，此撰錄之煩者也。」論《漢書》則謂：「言皆精鍊，事甚該密。」（《史通》）一是「語饒重出」，一是「言皆精鍊」，文章優劣，已顯而易見。《史記》原非定本，蕪穢甚多，正如濬南遺老所指摘的，然其蕪穢並不能掩其光芒，何以劉知幾只看見《史記》的重出與煩冗，而看不見《史記》的光芒四射處？這理由很簡單，因為他的文學觀是承繼六朝遺緒而傾向複筆的緣故。後來韓愈、柳宗元輩為古文，與司馬遷一派的史傳文極有關係，《史記》文也就被重視起來。自明歸有光五色筆圈點《史記》以後，於是為歸有光、方苞一派古文者，皆視為祕寶，甚至《史記》的殘缺與蕪穢，皆以為有文理存焉，這又是崇拜《史記》的流弊，難免被章實齋所譏刺了。

第三節　文士文

不是思想家，更非政治家，單憑文學作品稱於一時的文士，在漢以後誰都不會懷疑到這種人的存在，因為文士階層早已形成的關係，如歷史上「儒林」而外又有「文苑」。至於獨立的文士身分出現的時代，當在戰國末季，如宋玉、景差之流，屈原還不在此列，他是因為政治失敗才以〈離騷〉表現自己的。以文士身分出現的時代，最顯著的在漢朝初年，如鄒陽、枚乘、嚴忌、司馬相如等，不都是以文學游於諸王國嗎？司馬相如初事景帝，會景帝不好辭賦，無所用其技；其時梁孝王好文學，鄒陽、枚乘等都在那裏，他也到了梁國，於是有〈子虛賦〉之作。梁王死，相如便失了依靠。後來

〈子虛賦〉被武帝所欣賞，才由宮廷中的狗監薦到大皇帝左右（《漢書・司馬相如傳》）。至於大皇帝對這些作者，也不過「倡優畜之」（《漢書・嚴朱吾丘主父徐嚴終王賈傳》）；對於他們作品的欣賞，也不覺得比賭博下棋好些（《漢書・嚴朱吾丘主父徐嚴終王賈傳》）。雖然，他們在人主面前的地位儘管卑微，但確定了文學的獨立身分，則是事實。同時「為創作而創作」，在中國文學史上也就確定了文士文的這一範疇。

　　鄒陽與司馬相如，從文學的形式看，固然是一系；若從文學的內容看，則不相同。鄒陽畢竟屬於戰國的末流，相如則是漢初天下大定後的文士。相如的〈喻巴蜀檄〉、〈難蜀父老〉文，純是廟堂氣，絕無縱橫氣，便是證明。因時代不同而作風亦有區別，與相如同系的東方朔〈答客難〉一文，卻說明了由縱橫氣到廟堂氣的時代意義。他說蘇秦、張儀所處的時代，是「周室大壞，諸侯不朝，力政爭權，相禽以兵」的時代；當時諸侯，「得士者彊，失士者亡，故談說行焉」。而「今則不然。聖帝流德，天下震讋，諸侯賓服」；於是「尊之則為將，卑之則為虜，抗之則在青雲之上，抑之則在深淵之下，用之則為虎，不用則為鼠」；「使蘇秦、張儀與僕並生於今之世，曾不得掌故，安敢望常侍郎乎？」時代變了，縱橫家的辭令也就無所用了，蛻變而以文辭為專業，於是為虎為鼠，只有聽命於大皇帝了。

　　至於這一系散文的成就，（一）善於抒寫個人的情感，如鄒陽〈於獄中上書自明〉，以婉麗之筆，寫心中無限煩冤，正如李兆洛所云：「迫切之情，出以微婉，嗚咽之響，流為激亮，此言情之善者也。」（《駢體文鈔》卷一六）又如東方朔〈答客難〉、〈非有先生論〉，又何嘗不是以恢詭之筆，寫牢騷之情？像這類作法，東漢以後，極為發達。（二）善於軍國書檄之文，這一類體製，最盛行於時

代動盪之際，如光武初年、東漢末年，便有許多名文應時而生；大都反正開闔，翻空易奇，既華麗亦復壯大。然上溯其源，不得不以鄒陽、司馬相如為宗師。

　　鄒陽一系的散文，已如上述。至於由史傳文蛻變成文士文是怎樣的呢？此最大的成就是蔡邕一派的碑傳文。蔡邕多識漢事，本想繼班固為《後漢書》，因參與董卓政權，為王允所殺，僅以碑傳文流傳後世，可是影響最大，即史傳文也有受其影響者，如范蔚宗的《後漢書》。葉昌熾《語石》卷一云：「東漢以後，門生故吏，為其府主，伐石頌德，遍於郡邑」，這是碑傳文發達於東漢官僚社會的主要因素。以史家寫碑傳文，應文如其人，但他自己卻說：「吾為人作銘，未嘗不有慚容，唯為〈郭有道碑〉，頌無愧耳。」（《世說新語‧德行篇‧注》）足見他作那麼多篇碑文，皆言不由衷，只以阿諛死者為能事。顧炎武《日知錄》卷二十云：「《蔡伯喈集》中為時貴碑誄之作甚多，……自非利其潤筆，不致為此；史傳以其名重，隱而不言耳；文人受賕，豈獨韓退之諛墓金哉？」以利人潤筆而為文，正是後來文士的生活之道。

　　既言不由衷而有內愧的文章，正統的批評家對之卻估價甚高，《文心雕龍‧誄碑》云：「自後漢以來，碑碣雲起，才鋒所斷，莫高蔡邕。觀楊賜之碑，骨鯁訓典，陳郭二文，詞無擇言，周胡眾碑，莫非清允。其敘事也該而要，其綴采也雅而澤，清詞轉而不窮，巧義出而卓立，察其為才，自然而至。」照劉彥和這樣說法，蔡邕在碑傳文的地位，猶之司馬遷之於史傳文似的。究竟他的藝術價值在哪裏呢？我們綜合前人的見解，可作如下的看法：他的辭句能鎔鑄經典而自然渾成，通篇結構謹嚴而淵懿，轉折處不用虛字而不見痕跡，敘事能以簡制繁，夾敘夾議，銘辭則胎息雅頌，讀起來聲調和平靜穆。可是這種藝術，完全屬於形式的一面，而被後來的文士所

崇拜的也正是這一面。自東漢以後，文學走至形式的路，無視內容，但求文字排置之工巧，所以蔡中郎成為碑傳文的開山。至於他這種體製同史傳文的血緣亦顯而易見，尤在其敘事處，如碑主的家世，官階的陞黜，以及死後哀榮，皆是史傳文的作法。此外，純以抽象的句子，鋪張碑主的盛德，至如聖賢一般的人物，這與史傳文以真實為準則，大不相同；而兩者的分野在此，兩者的蛻變之跡亦在此。

由史傳文蛻變的文士文，它失去了歷史的真實性；由諸子文蛻變的文士文，它失去了思想的內容，歷史的真實與思想的表達既屬於次要，那麼，只有講求形式了。因此，文學的體製愈往後愈複雜，漢以後文章，造成極端的形式美。當然由於這一時代的影響，種種文學形式也就孕育於這一時代。

第四節　王充的批論

對於文士文持相反的見解的，惟有「疾虛妄」的王充，他不滿意於當時文學的風尚，對之加以深刻的批評，然並不能挽回此種趨勢。這是因為文學形式主義的發展，自有其社會的背景——即社會有此需要，不是一、二人的力量能糾正得了的。雖然，他所揭出的正中了文士文的要害。

文學失去真實性，是他所反對的，他說：「世俗所患，患言事增其實，著文垂辭，辭出溢其真，稱美過其善，進惡沒其罪。何則？俗人好奇，不奇，言不用也。故譽人不增其美，則聞者不快其意，毀人不益其惡，則聽者不愜於心。聞一增以為十，見百益以為千，使夫純樸之事，十剖百判；審然之語，千反萬畔。」（《論衡‧藝增》）又云：「虛妄之語不黜，則華文不見息；華文放流，則實

事不見用。」（〈對作〉）他的論據，是以文的內容為主，有真實的
內容，自有與內容相稱的文辭。如云：「或曰，士之論高，何必以
文？答曰：夫人有文質乃成。物有華而不實，有實而不華者。《易》
曰：『聖人之情見乎辭。』出口為言，集札為文，文辭施設，實情
敷烈。」（〈書解〉）他不滿意當時「華而不實」的文章，因而提出
「文辭」以「實情」為本，以此來糾正當時的文學風尚。

　　黜虛妄華飾而代替的是什麼呢？他說：「文人宜遵五經、六藝
為文，諸子傳書為文，造論著說為文，上書奏記為文，文德之操為
文。」（〈佚文〉）這是他的文學中心觀念，即以六藝為主而造論
著說，或對帝王建言；換言之，他之所謂文，適與文士文相反，是
表達思想而不是虛妄華飾的。在這種觀念之下，文辭以能否表達思
想為準則，因為「口言以明志，言恐滅遺，故著之文字；文字以言
同趨，何謂猶當隱閉指意？」既然如此，文辭的美是不必重視的，
「夫養實者不育華，調行者不飾辭，豐草多華英，茂林多枯枝，為
文欲顯白其為，安能令文而無譴毀？」這意思是說，只要文有內
容，不妨瑕瑜互見，但期於世有用，「為世用者，百篇無害；不為
用者，一章無補。如皆為用，則多者為上，少者為下。」文章既需
有用於世，那麼以文學為藝術的文士文，是沒有價值的，因此他對
於文士擬古作法，甚不以為然：「飾貌以彊類者失形，調辭以務似
者失情，百夫之子，不同父母，殊類而生，不必相似。……文士之
務，各有所從，或調辭以巧文，或辯偽以實事，必謀慮有合，文辭
相襲，是則五帝不異事，三王不殊業也。」（以上俱見《論衡・自
紀》）

　　王充這樣明澈的主張，在當時的反應怎樣呢？《後漢書・王充
王符仲長統列傳》注引袁山松書云：「充所作《論衡》，中土未有傳
者，蔡邕入吳始得之，恒秘玩以為談助。其後王朗為會稽太守，及

還許下，時人稱其才進。或曰：不見異人，當得異書。問之，果以《論衡》之益，由是遂見傳焉。」我們對這一故事，與袁山松的看法恰恰相左，即王充的主張並沒有「為後人所重」。不然，何以一代作家蔡中郎依舊作他「華而不實」的文章？要知每一時代的文學風尚，都以他的社會形態為動力，絕不是一、二人單從文學這一方面所能轉移的。

文學既然離不了他的社會背景，王充為什麼又有那樣的見解？這是因為王充所看出僅是受社會所推動而形成的文學風尚，文學作品不附隸於思想的或歷史的著作現象。況以六藝為中心的觀念，當然看不慣以形式美為主的文士文，所以不得不加以抨擊了。

第七章　漢代方士、儒生合流後所形成之神異故事*

戰國時代鄒衍有陰陽五行之說。鄒衍以陰陽五行為出發點，「稱引天地剖判以來，五德轉移，治各有宜，而符應若茲。以為儒者所謂中國者，於天下乃八十一分居其一分耳。」（《史記‧孟子荀卿列傳》）其說固為荒誕不經，但不失為戰國時代學者之「宇宙論」，至秦漢間，方士承之，遂形成一種神仙家言。[7]

西漢至東漢，方士、儒生頗有合流之跡，**由此而來，兩漢之史書（如《史記》、《漢書》）與緯書，則多有神異故事之記載。

第一節　《史記》、《漢書》中的神仙故事與求仙活動

一、〈秦始皇本紀〉中的神話

（一）五德

> 始皇推終始五德之傳，以為周得火德，秦代周，德從所不勝（周火秦水，謂火不勝水也）。方今水德之始。……更名河曰德水，以為水德之始。

---

* 本章乃根據臺先生手稿《中國神話及其資料書》之第二部分整理而成。〔編者註〕

7 夏曾佑《中國古代史》第二篇中古史，第一章第六十節：「儒家與方士之糅合」。臺先生於此處眉註此一書目。然臺先生之論與夏書不盡相同，可能是因此書之觀點而有所啟發，亦或提供讀者延伸參考。〔編者註〕

** 參范曄《後漢書‧方術傳》敘論與本書〈南北朝隋篇〉第七章第一節。〔編者註〕

（二）封禪

作信宮渭南，以更名信宮為極廟，象天極。（〈天官書〉：中宮曰天極。）

議封禪望祭山川之事，乃遂上泰山。立石，封，祠祀，下，風雨暴至，休於樹下，因封其樹為五大夫。禪梁父。

（三）秦始皇時徐市言海上三神山故事

齊人徐市[8]等上書，言海中有三神山，名曰蓬萊、方丈、瀛洲，僊人居之。請得齋戒，與童男女求之。於是遣徐市發童男女數千人，入海求僊人。

因使韓終、侯公、石生求仙人不死之藥。

徐市等費以巨萬計，終不得藥，徒姦利相告以聞。

方士徐市等入海求神藥，數歲不得，費多，恐譴，乃詐曰：「蓬萊藥可得，然常為大鮫魚所苦，故不得至。願請善射與俱，見則以連弩射之。」始皇夢與海神戰，如人狀。問占夢，博士曰：「水神不可見，以大魚蛟龍為候。今上禱祠備謹，而有此惡神，當除去，而善神可致。」乃令入海者齎捕巨魚具，而自以連弩候大魚出射之。自琅邪北至榮成山，弗見。至之罘，見巨魚，射殺一魚。（以上見《史記‧秦始皇本紀》）

---

8 市，芾字。徐芾即徐福。

二、漢武帝時之方士活動

少君言於上曰：「祠竈則致物，致物而丹沙可化為黃金，黃金成以為飲食器，則益壽。益壽，而海中蓬萊僊者可見，見之以封禪則不死，黃帝是也。臣嘗游海上，見安期生，食臣棗大如瓜。安期生僊者，通蓬萊中，合則見人，不合則隱。」於是天子始親祠竈，而遣方士入海，求蓬萊安期生之屬，而事化丹沙諸藥齊為黃金矣。居久之，李少君病死。天子以為化去不死也，而使黃錘、史寬舒受其方。求蓬萊安期生莫能得，而海上燕、齊怪迂之方士多相效，更言神事矣。

（樂大）大言曰：「臣嘗往來海中，見安期、羨門之屬。……臣之師曰：『黃金可成，而河決可塞，不死之藥可得，僊人可致也。』」

入海求蓬萊者，言蓬萊不遠，而不能至者，殆不見其氣。上乃遣望氣佐候其氣云。

上遂東巡海上，行禮祠八神。齊人之上疏言神怪奇方者以萬數，然無驗者。乃益發船，令言海中神山者數千人求蓬萊神人。公孫卿持節，常先行候名山，至東萊。言夜見一人，長數丈，就之則不見，見其跡甚大，類禽獸云。群臣有言，見一老父牽狗，言「吾欲見巨公」，已忽不見。上既見大跡，未信，及群臣有言老父，則大以為僊人也。宿留海上，與方士傳車及閒使求僊人以千數。

天子既已封禪泰山，無風雨菑，而方士更言蓬萊諸神山若將可得，於是上欣然庶幾遇之，乃復東至海上望，冀遇蓬萊焉。

公孫卿言見神人東萊山，若云「見天子」。天子於是幸緱氏城，拜卿為中大夫。遂至東萊，宿留之數日，毋所見，見大人跡。復遣方士求神怪采芝藥以千數。

公孫卿曰：「僊人可見，而上往常遽，以故不見。今陛下可為觀如緱氏城，置脯棗，神人宜可致。且僊人好樓居。」於是上令長安則作蜚廉桂觀，甘泉則作益延壽觀，使卿持節設具而候神人，乃作通天臺，置祠具其下，將招來神僊之屬。於是甘泉更置前殿，始廣諸宮室。

上親禪高里，祠后土。臨渤海，將以望祠蓬萊之屬，冀至殊庭焉。上還，以柏梁菑故，朝受計甘泉。公孫卿曰：「黃帝就青靈臺，十二日燒，黃帝乃治明庭。明庭，甘泉也。」方士多言古帝王有都甘泉者。其後天子又朝諸侯甘泉，甘泉作諸侯邸。

於是作建章宮，……其北治大池漸臺，高二十餘丈，名曰泰液，池中有蓬萊、方丈、瀛洲、壺梁，象海中神山龜魚之屬。

其明年（《考證》：《漢書・武紀》：太初三年），東巡海上，考神僊之屬，未有驗者。方士有言「黃帝時為五城十二樓，以候神人於執期，命曰迎年」。上許作之如方，名曰明年。

而方士之候祠神人，入海求蓬萊，終無有驗。而公孫卿之候神者，猶以大人跡為解，無其效。天子益怠厭方士之怪迂語矣。（以上見《史記・孝武本紀》）

鄒衍以陰陽五行說顯於諸侯，「而燕、齊海上之方士傳其術不

能通，然則怪迂阿諛苟合之徒自此興。」（《史記‧封禪書》）初因秦始皇好神仙，方士得行其術。其後漢武帝，國力富強而迷信神仙，於是方士之術大行。當時，齊人之上疏言神怪奇方者以萬數，至海上求仙者以千數。方士倡言昔黃帝上泰山封，與神通，而得登仙，今漢主亦當上封，上封則能成仙登天矣。武帝為之所動，遂決心封禪。

時司馬相如病死，遺書頌帝功德，請事封禪。相如原是迎合武帝心理，武帝自為所動。於是以問經生兒（倪）寬，寬對以：此帝王之聖德。然享薦之義，不著於經。於是自制封禪儀禮，采儒術以文焉。時諸儒上議封禪者五十餘人，惟「群儒既已不能辨明封禪事，又牽拘於《詩》、《書》古文而不敢騁」，（《史記‧封禪書》）遂盡罷諸儒不用。雖然儒生在封禪方面失敗了，但儒生與方士之結合，可說是始於此時。

就心理方面看，不論其知識高低，都是迷信心理，只不過迷信程度深淺不同而已。

第二節　緯書中的神話

劉勰論文，頗重緯書，《文心雕龍‧正緯》即曾云：「若乃羲、農、軒、皞之源，山瀆鍾律之要，白魚赤烏之符，黃銀紫玉之瑞，事豐奇偉，辭富膏腴，無益經典，而有助文章。是以後來辭人，採摭英華。」

西漢中葉即出現緯書，至東漢而益盛，於是有《詩》、《書》、《樂》、《易》、《禮》、《春秋》、《孝經》七緯之書。其中多荒誕不經而近乎神話，惟不成系統耳。緯書之作，其因不外乎：一、經生偽借神異，以炫耀儒術；二、方士依託五經，以炫耀道術。

一、開天闢地與日月

天如雞子，天大地小，表裏有水，地各承氣而立，載水而浮，天如車轂之過。（《說郛》卷二引《元命苞》）*

地不足東南，陰右動，終而入靈門。地所以右轉者，氣濁精少，含陰而起遲，故轉右迎天佐其道。（《太平御覽》卷三六引《元命苞》）

天左旋，地右動。（《文選》卷十九張茂先〈勵志詩〉注引《元命苞》）

天不足西北，陽極於九，故天周九九八十一萬里。（《說郛》卷二引《元命苞》）

自東極至於西極，五億十萬九千八百八步。（《說郛》卷五引《元命苞》）

日左行，周天二十三萬里。（《太平御覽》卷三引《元命苞》）

日月右行，周天二十三萬里。（《占經‧月占一》引《元命苞》）

自開闢至獲麟，二百二十七萬六千歲。分為十紀，每紀為二十六萬七千年，凡世七萬六百年。一曰九頭紀，二曰五龍紀。……

---

* 臺先生此下所引緯書及出處，應錄自日人安居香山、中村璋八合編之《緯書集成》（東京：東京教育大學文學部漢魏文化研究會，一九六三年）。今以上海古籍出版社所編《緯書集成》（一九九四年）所收之書及各條所註出處覆校之，而略有更訂。〔編者註〕

天地初立，有天皇氏十二頭，澹泊無所施為而俗自化。木德王，歲起攝提，兄弟十二人，立各一萬八千歲。地皇十一頭，火德王，（一）姓十一人，興於熊耳、龍門等山，亦各萬八千歲。（以上見《春秋緯・命歷序》）

崑崙山為天柱，氣上通天。崑崙者，地之中也。地下有八柱，柱廣十萬里，有三千六百軸，互相牽制，名山大川，孔穴相通。（《太平御覽》卷三六引《河圖・括地象》）

二、伏羲

伏羲大目。（清河郡本《演孔圖》）

伏羲龍狀。（《元命苞》）

三、黃帝

黃帝龍顏。（《演孔圖》）

黃帝之將興，黃雲升於堂。（《藝文類聚》卷一引《演孔圖》）

四、堯

堯火精，故慶都感赤龍而生。（《元命苞》，《五行大義》引）

堯眉八采。（《太平御覽》卷八十引《元命苞》）

堯游河渚，赤龍負圖以出，圖赤如綈狀，龍沒圖在。（《文選》卷五六〈石闕銘〉注引《元命苞》）

堯坐中舟，與太尉舜臨觀鳳皇負圖授。……（《詩・文王敘》
疏引）

五、孔子

孔子生之神話，實屬民族起源之感生說：

孔子母顏氏（《太平御覽》卷三六一、九五五引無「顏氏」
字）徵在，[9] 游大澤之陂，睡夢黑帝使請己，己往夢交，語
曰：「汝乳（乳，生也）必于空桑之中。」覺則若感，生丘
於空桑。（《演孔圖》）

孔子母徵在，夢感黑帝而生，故曰玄聖。（《後漢書》卷四十
下〈班固傳〉注引《演孔圖》）

孔胸文曰：制作定世符運。（《太平御覽》卷三七一引《演孔
圖》）

孔子長十尺，大九圍，[10] 坐如蹲龍，立如牽牛，就之如昂，望
之如斗。（《太平御覽》卷三七七引《演孔圖》）

孔子長十尺，海口尼首，方面，月角日準，河目龍顙，斗唇
昌顏，均頤輔喉，駢齒龍形，龜脊虎掌，胼脅修肱，參膺圩
頂，山臍林背，翼臂注頭，阜脥堤眉，地足谷竅，雷聲澤
腹，修上趨下，末僂後耳，面如蒙倛，手垂過膝，耳垂珠
庭，眉十二采，目六十四理，立如鳳峙，坐如龍蹲，手握天
文，足履度字，望之如朴，就之如升，視若營四海，躬履謙

---

9 孔子母名徵在，僅見《孔子家語》，是《孔子家語》采緯書，而非緯書采《孔子家
語》。
10 圍有三、五寸之說，又有八尺為一圍說。

讓。腰大十圍，胸應矩，舌理七重，鈞文在掌，胸文曰：制作定世符運。……（清河郡本《演孔圖》）

哀十四年春，西狩獲麟，作《春秋》，九月書成。以其春作秋成，故曰春秋也。（《春秋公羊傳》隱公元年疏引《演孔圖》）

得麟之後，天下血書魯端門曰：趨作法，孔聖沒，周姬亡，彗東出，秦政起，胡破術，書紀散，孔不絕。子夏明日往視之，血書飛為赤烏，化為白書，署曰《演孔圖》，中有作圖制法之狀。（《春秋公羊傳》哀公十四年解詁引《演孔圖》）

孔子論經，有鳥化為書，孔子奉以告天，赤爵集書上，化為黃玉，刻曰：孔提命，作應法，為赤制。（《太平御覽》卷八〇四引，《藝文類聚》卷九九引《演孔圖》，文字略異）

麟出周亡，故立《春秋》，制素王，授當興也。（《文選》班固〈幽通賦〉注引《春秋緯》）

聖人不空生，必有所制，以顯天心，丘為木鐸，制天下法。（《禮·中庸》正義引《演孔圖》）

六、孟子

孟子生時，其母夢神人乘雲自泰山來，將止于嶧，母疑視久之，忽片雲墜而寤，時閭巷皆見有五色雲覆孟子之居焉。（《演孔圖》，《拾遺記》、《宋書·符瑞志》引）

七、神仙方術之說

> （太華之山）上有明星玉女，持玉漿；得上服之，即成仙道。
> 險僻不通。（《四部叢刊》本《山海經》卷二注引《詩緯‧
> 含神霧》）

> 此山（少室）巔，亦有白玉膏，得服之，即得仙道，世人不
> 能上也。（《四部叢刊》本《山海經》卷五注引《詩緯‧含
> 神霧》）

> 玄洲在北海中，地方三千里，去南岸十萬里，上有芝草玄
> 澗，澗水如蜜味，服之長生。（《太平御覽》卷五九引《龍魚
> 河圖》）

> 歲暮夕四更中，取二七豆子，二七麻子，家人頭髮少許，合
> 麻、豆，著井中，咒敕井，使其家竟年不遭傷寒，辟五方疫
> 鬼。（《齊民要術》卷二引《龍魚河圖》）

鄒衍以陰陽五行說顯於諸侯，「而燕、齊海上之方士傳其術不
能通，然則怪迂阿諛苟合之徒自此興。」（《史記‧封禪書》）此
後，方士以長生不死動人主，其構想以海上三神山：蓬萊、方丈、
瀛洲為主，是燕、齊方士由於海的神祕而有此構想。以此導諛秦始
皇，致使始皇一生皆以求海上神仙為事。

此外又有封禪泰山之說，此說由於儒生見方士海上神仙說之得
勢，遂倡封泰山之說。始皇徵齊、魯儒生博士七十人，又因議論乖
異而絀之。《史記‧武帝本紀》即載言：「天子既已封禪泰山，無風
雨菑，而方士更言蓬萊諸神山若將可得。」可見儒生方士同以荒誕
之說導諛人主之對立情形。

　　海上神仙既求之不得，方士等又有仙人好樓居之說，武帝於是大興土木造宮觀。方士甚至建議都甘泉。始皇時尚無這些說法。

　　至東漢之時，海上神仙與封禪泰山之說息，而方術之說興：始則王莽之用符命，後則光武之信讖言圖錄。此非燕、齊方士以鄒衍說為基礎，而是農民信仰的抬頭。

　　漢家以儒術立國，方術家於是有七緯與之抗衡；以人君信之之故，儒生並從而信之，如大儒鄭興、賈逵以附同稱顯，這使儒術變質，也是儒家的墮落。

　　東漢方士、儒生雜糅，致多怪異之事。至魏晉名理，一掃經生、緯書之穢，而其餘緒遂為鬼神怪異之小說，此為六朝志怪小說發達之原因。

第三節　由方士之說而產生的小說

　　由於方士之誕說而產生的小說，有題為東方朔所撰的《神異經》與《十洲記》。後者應為六朝作品，為行文之便，此處先行析論。

一、《神異經》：《隋書 · 經籍志》地理書類著錄一卷，東方朔撰，張
　　華注。

　　完全仿《山海經》的作法，託名東方朔。張華注可信。

　　此書無單行本，亦不聞有宋元舊槧。明代叢書凡有數本，非特字句詳略彼此不同，即篇章多寡，亦復懸殊，最少者原本《說郛》卷六五所錄，僅十五條，每條皆有題目。最多者為何允中《漢魏叢

書》本，分八荒及中荒為九篇，[11]凡五十八條，[12]每條首尾完具，以唐、宋類書所引校之，亦大抵相合。

　　陳振孫《直齋書錄解題》卷十一小說家類著錄：「《神異經》一卷：稱東方朔撰，張茂先傳。《十洲記》一卷：亦稱東方朔撰；二書詭誕不經，皆假託也。」此書《隋書·經籍志》已著錄，稱東方朔撰，則其偽在隋以前矣。惟《左傳·文公十八年》孔穎達《正義》引服虔之按語：「服虔案：《神異經》云檮杌狀似虎……。」所引文字在今本〈西荒經〉中，惟文字小異。服虔曾於靈帝時為九江太守，是此書至遲當在靈帝以前。

　　《四庫全書總目提要》云梁陸倕〈石闕銘〉引之，殊不知《水經注·河水注》引「崑崙銅柱」一條，已稱「張華敘東方朔《神異經》」。*而《三國志·齊王芳紀》之注、《水經注·灤水注》、**《齊民要術》凡七引是六朝舊本所題，固已如此，同時足見張華注之說甚早。

二、《十洲記》：一名《海內十洲記》；《隋書·經籍志》地理書類著錄一卷，東方朔撰。

　　是書始即寫道：「漢武帝既聞王母說八方巨海之中，有祖洲、瀛洲、玄洲、炎洲、長洲、元州、流州、生洲、鳳麟洲、聚窟洲，有此十洲，乃人跡所稀絕處。又始知東方朔非世常人，是以延之曲室，而親問十洲所在、所有之物名，故書記之。」

11　東荒經、東南荒經、南荒經、西南荒經、西荒經、西北荒經、北荒經、東北荒經、中荒經。

12　《龍威祕書》所收亦五十八條。

*　《水經注·河水注》：「張華敘東方朔《神異經》曰：崑崙有銅柱焉，其高入天，所謂天柱也。」（卷一）〔編者註〕

**　《水經注·灤水注》：「東方朔《神異傳》云：南方有火山焉，長四十里，廣四五里，其中皆生不燼之木，晝夜火燃，得雨猛風不滅。」（卷十三）〔編者註〕

　　《史記・封禪書》記載，漢武帝始聞方士李少君言蓬萊有僊者安期生之屬，遣方士求之，而事化丹沙諸藥齊為黃金。入海求蓬萊者，言蓬萊不遠，而不能至者，殆不見其氣，上乃遣望氣佐候其氣云。上遂東巡海上，齊人上疏言神怪奇方者以萬數，然無驗者。乃益發船，令言海中神山者數千人求蓬萊神人。天子既封禪泰山，無風雨災。方士更言蓬萊諸神者若將可得，於是上欣然庶幾遇之，乃復東至海上望，冀遇蓬萊焉。後又至渤海，將以望祀蓬萊，冀至殊廷焉。其後作建章宮，宮北治大池，名太液池。池中有蓬萊、方丈、瀛洲、壺梁，象海中神山龜魚之屬。（以上節錄〈封禪書〉）

　　按：《十洲記》內容，殆以〈封禪書〉所記蓬萊仙山為母題，加以方士的敷衍夸張。[13]其體製則摹做《山海經》。武帝屢受欺騙，晚年厭倦求仙，是書遂因之而寫其信道不篤，終至死亡。如寫月支國獻神香，帝不知貴，且薄待使者，以致神香遁去，因云：「向使厚待使者，帝崩之時，何緣不得靈香之用耶？自合命殞矣。」

　　是書十洲之外，尚記有方丈、扶桑、蓬丘（即蓬萊）、崑崙諸山之神異。文字近乎六朝，然頗駁雜，文理有不貫穿處。

　　《十洲記》首言「漢武帝既聞王母說」，末段云：「臣朔所見不博，未能宣通王母及上元夫人聖旨」，又云：「此書又尤重於《嶽形圖》矣」。按：武帝會王母及上元夫人，王母出〈五嶽真形圖〉示武帝，並見《武帝內傳》。《武帝內傳》係葛洪依託班固之作，據此則《十洲記》尚在葛洪之後，證以文藻華麗，更可信為六朝人之作。

　　《十洲記》末東方朔云：「又有鐘山，在北海之子地，隔弱水之北一萬九千里，高一萬三千里，上方七千里，周旋三萬里。自生玉芝及神草四十餘種，上有金臺玉闕，亦元氣之所舍，天帝居治處

13「蓬萊山」又見之於《史記・淮南衡山列傳》，云徐福偽辭於秦始皇，言其曾見海中大神，神問何求，福言願請「延年益壽藥」，海神回答秦王禮薄，故只可觀不可取。令至蓬萊山，見芝成宮闕，有使者銅色而龍形，光上照天。

也。……昔禹治洪水既畢，乃乘蹻車，度弱水，而到此山，祠上帝
於北阿，歸大功於九天。又禹經諸五嶽，使工刻石，識其里數高
下。其字科斗書，非漢人所書。今丈尺里數，皆禹時書也。」按：
今南嶽岣嶁者，金石家認為禹之刻石，殆由此神話而出。劉禹錫曾
寫道：「嘗聞祝融峰，上有神禹銘。古石琅玕姿，秘文龍蟎形。」
（〈送李策秀才還湖南因寄幕中親故兼簡衡州呂八郎中〉）韓愈亦有
詩（〈岣嶁山〉）。

第三篇

魏晉篇

第一章　魏晉文學的時代思潮

第一節　由曹魏政治反映的新風格

　　漢朝末季的士大夫有兩種人生態度，一是「知其不可為而為之」的黨錮諸賢，一是「遁世無悶」的逸民，這兩種人生態度，看來積極與消極正相反，而實相成，同是出發於儒家的人生哲學，又同是由於宦官集團的政治迫害而形成的。雖然，蒙其禍害的，並不限於一部分士大夫，而是整個國家。在急劇分崩離析的情形之下，地方豪強，則擁兵以自固；失業平民，則流為賊寇，以求苟生。曹丕《典論・自敘》云：

> 初平之元，董卓殺主鴆后，蕩覆王室。是時四海既困中平之政，兼惡卓之凶逆，家家思亂，人人自危。山東牧守咸以《春秋》之義：「衛人討州吁于濮」，言人人皆得討賊。於是大興義兵，名豪大俠，富室強族，飄揚雲會，萬里相赴。兗、豫之師，戰於滎陽；河內之甲，軍于孟津。卓遂遷大駕，西都長安。而山東大者連郡國，中者嬰城邑，小者聚阡陌，以還相吞滅。會黃巾盛於海、岱，山寇暴于并、冀，乘勝轉攻，席卷而南。鄉邑望煙而奔，城郭覩塵而潰，百姓死亡，暴骨如莽。

這是生存於那個時代的人真實的記載。王粲的〈七哀〉詩中，曾敘述一親眼所見的事實：「出門無所見，白骨蔽平原。路有飢婦人，抱子棄草間。顧聞號泣聲，揮淚獨不還。未知身死處，何能兩相

完？」她們母子的命運，正代表了當時無數萬人的命運。曹操的〈蒿里行〉也說：「白骨露於野，千里無雞鳴。生民百遺一，念念斷人腸。」足見那時百姓直接死亡於戰爭飢餓者之多。在社會變亂使人民生存都成問題的時代，兩漢三百年來的儒術政治，必然要隨著人民的苦難而衰微了。

　　曹操出來，漸漸安定了混亂的局面，雖然未能統一天下，可是他所據有的土地，正是傳統的政治與文化的區域。曹操非世族出身，而是出身於被世族鄙棄的宦官家庭。他的政治特色是名法，與兩漢的儒術完全相反。他的用人標準，但視其能否治國用兵，不管其品行如何。建安十五年春令，十九年冬令，一再申明此意，尤以建安二十二年八月令，更無含蓄，如云：

> 昔伊摯、傅說，出於賤人。管仲，桓公賊也，皆用之以興。蕭何、曹參，縣吏也；韓信、陳平，負汙辱之名，有見笑之恥；卒能成就王業，聲著千載。吳起貪將，殺妻自信，散金求官，母死不歸；然在魏，秦人不敢東向，在楚，則三晉不敢南謀。今天下得無有至德之人，放在民間，及果勇不顧，臨敵力戰；若文俗之吏，高才異質，或堪為將守，負汙辱之名，見笑之行，或不仁不孝，而有治國用兵之術。其各舉所知，勿有所遺。（《三國志・魏志》卷一〈武帝傳〉建安二十二年裴注引《魏書》）

他所以大膽地提出，只要有本領，不仁不孝都可以錄用，自有其時代背景。因為漢末士風過分尊崇名節，敦勵廉隅，如黨錮諸賢，捨命不渝，可說是高度的節概表現；於是潔身自好成為流風，大家都不願負起實際責任，唯恐有所沾染。他為了矯正這種個人主義的風氣，不得不露骨地說出人才是不拘品行的。

　　在這種新的政治作風之下，影響到文學方面的，便是清竣的風格。所謂「清竣」，即簡練明快之意；其次便是尚通侻。所謂「通侻」，即自由抒寫之意。曹操個人的文學作品，便具有此種風格，惟其能清竣通侻，故能「沉雄俊爽」；（沈德潛《古詩源》語）而抒情寫志，不尚雕飾，甚至引用同時人事實以為典故，如「鄭康成行酒，伏地氣絕」；或用前人詩句，不以抄襲為嫌，如「呦呦鹿鳴」、「我有嘉賓」等句。

第二節　由校練名理到老、莊玄學

　　在以名法為政治思想的時代，反映於散文方面的為校練名理的議論文。漢代議論文自武帝朝始，皆以儒術為中心思想，其上者為闡明經義之作，其下者不過動輒「緣飾以儒術」，流為膚淺空泛。至後漢王充《論衡》一書出，始以深刻的觀察，作廣泛的文化批評。曹操的政治作風，一變漢之儒術而為名法，因而有王粲等的議論文。劉師培云：「王仲宣介乎儒、法之間，文大都淵懿。惟議論之文，推析盡致，漸開校練名理之風，已與兩漢之儒家異質。蓋議論之文，『迹堅求通，鉤深取極』（《文心雕龍・論說》語），意尚新奇，文必深刻，如剝芭蕉，層脫層現；如轉螺旋，節節逼深；不可為膚裏脈外之言及鋪張門面之語，故非參以名法家言不可。仲宣即開此派之端者也。至於三國奏章，皆屬法家之文；斬截了當，以質實為主。」[1]王粲以外，尚有傅嘏，《三國志・傅嘏傳》注引《傅子》曰：「嘏既達治好正，而有清理識要，好論才性，原本精微，尟能及之。」與嘏同時，善言名理者有荀粲，何劭為粲傳曰：「粲字奉倩，粲諸兄並以儒術論議，而粲獨好言道，常以為子貢稱夫子

1　劉師培《漢魏六朝專家文研究・論各家文章與經子之關係》。

之言性與天道，不可得聞，然則六籍雖存，固聖人之糠秕。粲兄俁難曰：『《易》亦云：聖人立象以盡意，繫辭焉以盡言。則微言胡為不可得而聞見哉？』粲答曰：『蓋理之微者，非物象之所舉也；今稱立象以盡意，此非通于意外者也；繫辭焉以盡言，此非言乎繫表者也。斯則象外之意，繫表之言，固蘊而不出矣。』及當時能言者莫能屈也。」（《三國志・魏志・荀彧傳》注引《晉陽秋》，《世說》注摘引此文，稱〈荀粲別傳〉，實即劭傳）時又有裴徽，〈管輅傳〉稱其「有高才逸度，善言玄妙。」（《世說新語・文學篇》注引）何劭〈王弼傳〉云：「時裴徽為吏部郎，弼未弱冠，往造焉。徽一見而異之，問弼曰：『夫無者，誠萬物之所資也，然聖人莫肯致言，而老子申之無已者何？』弼曰：『聖人體無，無又不可以訓，故不說也；老子是有者也，故恒言無所不足。』尋亦為傅嘏所知。」（《三國志・魏志・鍾會傳》注引）按：以上諸人著述，多已散佚，然於此零星資料中，亦可看出「控名責實」（司馬談〈論六家要指〉語）的名家精神。諸人皆在明帝太和年間，實早於何晏、王弼，因知何、王之倡玄風，自有其時代淵源，不是突然而起的。故《文心雕龍・論說》云：「魏之初霸，術兼名法；傅嘏、王粲，校練名理；迄至正始，務欲守文。何晏之徒，始盛玄論；於是聃、周當路，與尼父爭途矣。」

　　傅嘏、王粲等的校練名理，當儒術中衰之際，固適應了曹魏政治的名法作風，卻沒有建立一套新的思想體系，何晏、王弼出，才充實了這一時期思想的空虛。何晏（一九四？～二四九）字平叔，南陽宛（今河南省南陽縣）人，是何進之孫。父早死，母親再嫁給曹操，被曹操收養長大。魏嘉平元年，因與曹爽共圖司馬懿，為懿所誅。（《三國志・魏志》卷九）他是一個天才思想家，崇尚老、莊，而有《道德論》之作；同時不廢儒書，而有《周易解》及《論

語集解》。與何晏齊名的王弼（二二六～二四九），字輔嗣，父業，是王粲的嗣子。魏初為裴徽、傅嘏所知。注《老子》，何晏見而驚伏曰：「若斯人者，可與言天人之際矣！」又有《周易略》一卷，《周易注》六卷，《論語釋疑》三卷。正始十年卒，年二十四。（《三國志・魏志》卷二十）弼與何晏初非相知，而所學竟相同，這與前輩思想家傅嘏、王粲不無關係，而王弼是王粲的孫子，尤有直接淵源。關於他們兩人的思想，據《晉書》卷四三〈王衍傳〉云：

> 魏正始中，何晏、王弼等，祖述老、莊立論，以為天地萬物，皆以無為本。無也者，開物成務，無往不存者也。陰陽恃以化生，萬物恃以成形，賢者恃以成德，不肖恃以免身。故無之為用，無爵而貴矣。

無為便是隨自然之運行，故夏侯玄云：「天地以自然運，聖人以自然用。」（《列子・仲尼》注）可是，王、何倡導老、莊，為一時玄風的領袖，而於《周易》、《論語》，鑽研亦深，尤不失為儒學之功臣。錢大昕〈何晏論〉云：

> 自古以經訓顓門者，列於儒林。若輔嗣之《易》，平叔之《論語》，當時重之，更數千載而不廢。方之漢儒，即或有間；魏、晉說經之家，未能或之先也。（《潛研堂文集》卷二）

至於在行為上，兩人也未曾放縱自恣，沒有阮籍、嵇康那樣任性自然的風度。要知儒學與玄學並存，正是何、王的新思想體系——即以老、莊自然為體，儒學名教為用。所謂「名教」，便是法家形名、儒家禮樂的合稱。[2]* 東晉初年范寧見當時士風浮虛相扇，推尋其

2　參湯用彤〈魏晉思想的發展〉。
*　此文收入《魏晉思想》乙編三種（臺北：里仁書局，一九九五年）湯用彤《魏晉玄學

源，以為始於何、王，乃著論曰：「王、何蔑棄典文，不遵禮度，
游辭浮說，波蕩後生；飾華言以翳實，騁繁文以惑世。搢紳之徒，
翻然改轍；洙泗之風，緬焉將墜。遂令仁義幽淪，儒雅蒙塵；禮壞
樂崩，中原傾覆。」（《晉書》卷七五〈范寧傳〉）他認為西晉之所
以覆亡，非由於司馬氏之政治敗壞，而歸罪於何、王之思想。這是
司馬氏的臣僕們共有的思想，原不足怪。因何、王雖倡玄學，卻沒
有「蔑棄典文，不遵禮度。」要知真正以老、莊自然主義的思想，
見之於行為而破壞禮法的，是嵇康、阮籍，而不是何晏、王弼。

第三節　嵇、阮放誕及其影響

　　文學史上的巨匠嵇康、阮籍，均生於魏、晉之際這一不幸的時
代。兩人又都是有學識、有思想、有政治意識的人。兩人與曹魏也
都有相當關係，並都不願轉向於司馬氏。嵇康是曹魏宗室的女婿，
官中散大夫，雖未嘗參與國家大政，卻是魏廷朝士。阮籍是曹魏的
勳臣之後，他的父親阮瑀，是以文學襄贊曹操定霸業的，故阮籍當
然較為傾心於曹魏政權。兩人在當時都有大名，同為士林所宗仰。
以如此的地位而不向司馬氏投效，那是免不了要被迫害的。這時
何、王一派的老、莊思想，正流行於士大夫間，而這一派思想，既
不似後漢黨錮諸賢之有所守而遭橫禍，又不像逸民之遁藏，槁枯山
林；只是「賢者恃以成德，不肖恃以免身」。因此，嵇、阮也接受了
老、莊思想。嵇康的〈幽憤詩〉云：

　　　嗟余薄祜，少遭不造，哀煢靡識，越在襁緥。母兄鞠育，有
　　慈無威。恃愛肆姐，不訓不師。爰及冠帶，憑寵自放，抗心

希古，任其所尚。託好老、莊，賤物貴身。志在守樸，素養
全真。

他所希求的「賤物貴身」，實即「不肖恃以免身」的意思。這在
何、王看來，已不是老、莊玄學的第一等境界，但對於嵇康本身，
卻是極重要的。他的詩中，常常流露出這種希求，如〈答二郭〉詩
云：「但願養性命，終己靡有他。」又云：「坎壈趣世教，常恐嬰網
羅」。而二郭給他的詩，便是怕他不能自保。郭遐周云：「勗哉乎嵇
生，敬德在慎軀」，郭遐叔云：「天地悠長，人生若忽。苟非知命，
安保旦夕？」此外，阮德如答他的詩亦云：「潛龍尚泥蟠，神龜隱其
靈。庶保吾子言，養貞以全生。」足見他所處的環境，不僅自己懷
於生命的被危害，就是朋友也為之放心不下。這便是他傾心於老、
莊思想的主要原因。

　　至於阮籍，《晉書》本傳云：「籍本有濟世志，屬魏、晉之際，
天下多故，名士少有全者，籍由是不與世事，遂酣飲為常。」又云
「口不臧否人物」。嵇康〈與山巨源絕交書〉亦云「阮嗣宗口不論人
過」；以懷抱濟世之志的人，竟沉湎於酒，不敢論人是非，於是走
向老、莊的自然主義。他的〈老子贊〉云：

　　陰陽不測，變化無倫；飄颻太素，歸虛反真。

惟不執著於現實，澹泊無為，才能「變化無倫」、「歸虛反真」。此
正是當時老、莊之學的真諦。他於《莊子》則著有〈達莊論〉：

　　求得者喪，爭明者失。無欲者自足，空虛者受實。夫山靜而
　　谷深者，自然之道也。得之道而正者，君子之實也。是以作
　　智造巧者害于物，明是玆非者危其身，修飾以顯潔者惑於
　　生，畏死而崇生者失其貞。

老、莊一派無為無欲的玄理，他闡明得最為透澈；而「明是攷非者危其身」一語，卻流露出生於亂世的危懼，這也就是嵇康所謂「賤物貴身」之意。至於他以老、莊玄學塑出的人格是怎樣的呢？〈大人先生傳〉云：

> 不避物而處，所覩則寧；不以物為累，所逌則成。彷徉足以舒其意，浮騰足以逞其情。故至人無宅，天地為客；至人無主，天地為所；至人無事，天地為故。無是非之別，無善惡之異，故天下被其澤而萬物所以熾也。若夫惡彼而好我，自是而非人，怨激以爭求，貴志而賤身，伊禽生而獸死，尚何顯而獲榮。

> 夫大人者，乃與造物同體，天地並生；逍遙浮世，與道俱成。變化散聚，不常其形。天地制域於內，而浮明開達於外。

他理想中的大人先生，與《莊子‧天下》所謂：「獨與天地精神往來，而不敖倪於萬物，不譴是非，以與世俗處」的人物，是同一典型的。他藉此逃避現實，作為追求目標；那麼，兩漢以來維繫現實社會的儒家禮法，必然被他所唾棄。他在行為上作出種種違背禮法的事，還挑戰性的說：「禮豈為我輩設也！」在〈大人先生傳〉中抨擊禮法之士，尤為刻毒。如云世所謂君子：

> 唯法是脩，惟禮是克，手執珪璧，足履繩墨，行欲為目前檢，言欲為無窮則。少稱鄉閭，長聞邦國，上欲圖三公，下不失九州牧。……且汝獨不見乎蝨之處乎褌中，逃乎深縫，匿夫壞絮，自以為吉宅也。行不敢離縫際，動不敢出褌襠，自以為得繩墨也。饑則齧人，自以為無窮食也。然炎丘火流，焦邑滅都，羣蝨死於褌中而不能出。汝君子之處區內，

亦何異夫蝨之處褌中乎？

與大人先生人格相反的禮法之士，原是如此的不堪。他這種毫不保留的老、莊思想，較之何、王以自然為體，以名教為用的思想，已大有差別，他不折衷於兩者之間，卻純粹地作為老、莊自然主義的思想者，再由內心的蘊蓄而表現於行為的放誕。所以禮法之士恨他如讎，他也恨禮法之士如讎。(《晉書》本傳)於是「饑則嚙人」如何曾一流，見他居母喪時，猶飲酒食肉，當面罵他背禮亂俗。又拿出「以孝治天下」的幌子，勸司馬昭將他「宜擯四裔，無令汙染華夏」。(《晉書》卷三三〈何曾傳〉)要不是司馬昭深知阮籍不會危害他的政權，故示寬容，早就遭遇和嵇康一樣的命運了。

　　嵇、阮兩人在當時既為士林所宗仰，兩人飲酒放誕之行為，亦影響於同時的名士，《世說新語‧任誕》云：

　　　陳留阮籍、譙國嵇康、河內山濤，三人年皆相比，康年少亞之。預此契者：沛國劉伶、陳留阮咸、河內向秀、琅邪王戎。七人常集于竹林之下，肆意酣暢，故世謂竹林七賢。

又〈品藻〉篇注引《魏氏春秋》曰：

　　　山濤通簡有德，秀、咸、戎、伶朗達有儁才。於時之談，以阮為首，王戎次之，山、向之徒，皆其倫也。

按：《晉書》卷四三〈山濤傳〉云：「性好莊、老，每隱身自晦，與嵇康、呂安善，後遇阮籍，便為竹林之交，著忘言之契。」大概山濤未仕於司馬氏之前，其心境殆同嵇、阮。他如王戎居喪，不拘禮制，飲酒食肉，或觀弈棋，(《晉書》卷四三〈王戎傳〉)其行則有類於阮籍。劉伶之〈酒德頌〉，又似籍之〈大人先生傳〉。向秀尤為《莊子》一書的功臣，所著內、外數十篇，「發明奇趣，振起玄風，

讀之者超然心悟，莫不自足一時也。」（《晉書》卷四九〈向秀傳〉）
於是足證竹林七賢之聚合，其飲酒放誕，實出發於同一思想基礎。
後來有些世族文人，一味放誕，失去內在的思想基礎，此風雖始於
竹林七賢，卻非竹林七賢可比。〈竹林七賢論〉云：「是時竹林諸賢
之風雖高，而禮教尚峻。迨元康（惠帝年號）中，遂放蕩越禮。」
《世說新語‧任誕》注云：「樂廣曰：『名教中自有樂地，何至於
此！』樂令之言有旨哉！謂彼非玄心，徒利其縱恣而已。」按：《晉
書》卷四三〈樂廣傳〉云：「廣與王衍，俱宅心事外，名重於時，故
天下言風流者，謂王、樂為稱首焉。」蓋是時王澄、胡毋輔之等，
皆亦放誕為達，或至裸體者，樂故以「名教中自有樂地」譏之。然
樂是清談巨子，何以譏王澄輩之放達？則由於樂之清談，具有「玄
心」，即老、莊之名理。至若王澄輩則徒事放誕，並無「玄心」故
耳。雖然，嵇、阮與王、樂固皆以老、莊思想為主，又由於所處之
環境及政治意識不同，而表現亦不同，故前者開放誕之風，後者為
清談所宗。

第四節　玄風與清談

　　魏、晉之際的思想界，雖以老、莊哲學為主流，但佛教思想
亦濫觴於此時，尤以過江以後為最盛。按：漢末洛都佛教有兩個系
統，至三國時，始傳播於南方。其一為安世高的禪學，偏於小乘，
其重要典籍為《安般守意經》、《陰持入經》、安玄之《法鏡經》、
康氏之《六度集經》等，而生於交趾之康僧會亦屬此系統。其二為
支讖之般若，乃大乘學。其重要典籍為《道行經》、《首楞嚴經》，
及支謙譯之《維摩》與《明度》等。支讖、康僧會並系屬西域而生
長中土，深受華化，譯經尚文雅，遂常掇中華名辭與理論，屬入譯

經中，是其學已非純粹西域的佛教。安世高、康僧會之學說，主養生成神，猶是上承漢代的佛教；支讖、支謙之學說，主神與道合，則與老、莊玄學同流。兩晉以後流行的佛學，即上接二支，而佛教在中國的玄學化，亦正始於此時。

而中土有牟子者，約於漢獻帝初平四年（一九三）作〈理惑論〉，推尊佛法。其後十七年阮籍生，三十年嵇康生，三十三年王弼生。〈理惑論〉之始出，至何晏、王弼之死，共五十七年（一九三～二四九）。此五十餘年中，中華學術生一變化。蓋老、莊玄學與佛教玄學等，已開始互相吸收，終則相輔而行，愈往後來愈加興盛。

老、莊道術，順乎自然，而旨在無為；故夏侯玄曰：「天地以自然運，聖人以自然用。」（《列子・仲尼》篇注）而何、王則以為：「天地萬物皆以無為本」。佛教學者牟子則教人守恬淡之性，觀無為之行；以老子之要旨，譬佛經之所說，以證佛道在法自然，重無為；援老、莊以入佛，當以牟子為首。

其後東吳孫權時的支謙，譯有《大明度經・行品第一》，其文略曰：

> 善業（即譯之須菩提）言：如世尊教，樂說菩薩明度無極，欲行大道，當由此始。夫體道為菩薩，是空虛也；斯道為菩薩，亦空虛也。……吾於斯道，無見無得，其如菩薩不可見，明度無極亦不可見。彼不可見，何有菩薩當說明度無極。若如是說，菩薩意志不移、不捨、不驚、不怛，不以恐受，不疲不息，不惡難此微妙明度，與之相應而以發行，則是可謂隨教者也。

此譯係援用中國玄談之所謂「道」，以與「般若波羅蜜」相比附；玄學家謂道微妙虛無，此曰「道亦虛空」，亦猶牟子曾謂無前無後之

道也。玄學家謂至人澹泊無為，此曰：菩薩體道，是空虛也。與道
相應，不移、不捨、不驚、不怛，亦猶牟子曾謂在汙不染，在禍無
殃也。至如阮籍〈老子贊〉所謂：「陰陽不測，變化無倫」，又〈大
人先生傳〉所謂：「夫大人者，乃與造物同體，天地並生，逍遙浮
世，與道俱成。」比觀支謙譯文，理趣幾無二致。又〈大人先生傳〉
云：「變化散聚，不常其行」，則與牟子所謂「佛悅變化」，「分身
散體」，以及「能小能大」，亦復相似。足證魏、晉之際，老、莊玄
學與佛教玄學，已呈相輔而行、互相吸收之局。[3]

　　以上足以證明魏、晉之際老、莊玄學與佛教玄學合流的傾向。
然儒學衰微，老、莊復興，固屬漢、魏之際思想界一大變動；但同
屬中土舊有的思想，不過因時代因素互相消長而已。可是到了魏、
晉之際，西來佛教玄學，何以能與老、莊玄學相吸收而不相抗拒？
這與當時政治的關係，最為重要，因為漢末的黨錮，士大夫所遭遇
的迫害，至曹魏新政權時依然存在，如孔融、禰衡、楊修之見嫉於
曹操，不惜用卑鄙的手段將他們置於死地。這三個人都是當時士林
所仰望的人，但處於極威之下，也只有對之痛心而已。曹魏末年，
司馬氏以狼顧狐媚、猜忌殘忍的伎倆，學曹操父子之所為，於是有
節操、不甘心於臣僕的人，棲心於老、莊玄學以求解脫。同時，外
來的佛教思想，又是談空說無而厭棄塵世的，此與老、莊道術既不
相違，遂不覺而有所契合。

　　司馬氏統一天下以後的短短三十餘年中，內有賈后之禍，外
有八王之亂，其社會民生，固不堪言，就是文士如張華、裴頠、陸
機、潘岳、石崇、歐陽建等，便都犧牲於司馬氏家族內鬨之中。於
是，當時士大夫們凜懼人生的危險，自然接受了與老、莊旨趣不相
違背的佛教思想。正始玄風，至此又增以新的力量。王、何一派的

3　以上據湯用彤《漢魏兩晉南北朝佛教史》第六章。

清談家，以老、莊思想為「玄心」，過江以後，則老、莊、佛教日趨合流，而名士與名僧也就日益接近。《晉書・謝安傳》謂安：「寓居會稽，與王羲之及高陽許詢、桑門支遁游處，出則漁弋山林，入則言詠屬文。」於此可見名士與名僧結合之親密。而支遁不僅為佛學大師，於《莊子》一書亦深有會心，尤喜談〈逍遙遊〉，為江左名士所傾倒。（《世說新語・文學》）王濛比之如王弼，殷融比之若衛玠（《高僧傳・支遁傳》），輔嗣、叔寶乃魏、晉清談家的領袖，支遁之見重於江左名士，由此可以想見。

　　清談家都是政治上、社會上有崇高地位的人，而王、謝兩大門閥實為其領袖，故後來王敬則有「麈尾是王、謝家物」之言。（《南史・王敬則傳》）正始之風，既經高門世族為之倡導，遂成風尚。於是而有「口談浮虛，不遵禮法。尸祿耽寵，仕不事事」（《晉書》卷三五〈裴頠傳〉）之惡習。干寶〈晉紀總論〉論之尤為痛切：

> 學者以《莊》、《老》為宗而黜六經；談者以虛薄為辯而賤名儉；行身者以放濁為通而狹節信；進仕者以苟得為貴而鄙居正；當官者以望空為高而笑勤恪。……劉頌屢言治道，傅咸每糾邪正，皆謂之俗吏。

雖然麈尾清談，以為高逸，而朝廷清要之位卻不放棄，反視勤恪者為可笑，言治道者為俗吏。永嘉之時，已經如此，到了江左，此風更盛，東晉亡後，此風至梁、陳而不衰。故江左世族無功臣，多以寒族掌機要，此種清談家的人生觀，形成絕對的自利主義。蔡元培先生云：「清談家之思想，非截然舍儒而合於道、佛也，彼蓋滅裂而雜揉之。彼以道家之無為主義為本，而於佛教則僅取其厭世思想，於儒家則留其階級思想及有命論。有階級思想，而道、佛兩家之人類平等觀，儒、佛兩家之利他主義，皆以為不相容而去之。有

厭世思想，則儒家之克己，道家之清靜，以至佛教之苦行，皆以為
徒自拘苦而去之。有命論及無為主義，則儒家之積善，佛教之濟
度，又以為不相容而去之。於是其所餘之觀念，自等也，厭世也，
有命而無可為也，遂集合而為苟生之惟我論。」[4]大體看來，正始年
間，何、王謂「苟生之惟我論」，已失卻了玄學的基礎。

4　蔡元培《中國倫理學史・清談家之人生觀》。

第二章　魏晉文學的發展

第一節　文學理論的建立

　　唯有文學作家獲得獨立地位，文學方能不附麗於思想的著作而獲得獨立的地位。漢武帝朝司馬相如、枚皋等之被重視，完全由於是作家的關係。他們在當時或不免於「弄臣」的地位，若就文學本身看來，已經是獨立的地位了。漢一代作家之眾，作品之多，足證那時一般人的觀念中，已毫無疑義的認為文學是文化的一部門，同經學居於並立的地位了。到了曹魏時代，這一觀念已經成為文學的正確認識，才由曹丕正式提出：

> 蓋文章，經國之大業，不朽之盛事。年壽有時而盡，榮樂止乎其身，二者必至之常期，未若文章之無窮。是以古之作者，寄身於翰墨，見意於篇籍；不假良史之辭，不託飛馳之勢，而聲名自傳於後。（《典論・論文》）

漢武帝朝以後的正統思想，以為經國大道，唯有儒術；今將文學的功用，視作「經國之大業」，居然與儒術爭席；它再不是「雕蟲小技」，或僅勝於博弈的遊戲了。「經國之大業」，原是人生最有意義的境界，能文章便能達到這一境界，要算得強調文學的價值最為有力了。但何以文學足以經國？曹丕卻沒有具體說明。後來摯虞的〈文章流別論〉說得頗為具體，堪作曹論的註釋：「文章者，所以宣上下之象，明人倫之敘，窮理盡性，以究萬物之宜者也。」照這樣的看法，文學真值得為「經國之大業」了。

文氣說也創始於曹丕，《典論・論文》云：

> 文以氣為主。氣之清濁有體，不可力強而致。譬諸音樂，曲
> 度雖均，節奏同檢。至於引氣不齊，巧拙有素，雖在父兄，
> 不能以移子弟。

「氣」這一字，在中國語言、著作中，頗具玄學意味；凡不能說出它
的形象的，往往以「氣」字來代表。孟子以「浩然之氣」形容人的
品格，醫術上以此說明無法理解的身體現象，曹丕則以之說明文章
高美的境界。究竟文氣是什麼？近人往往求之過深，卻失之歪曲。
日人鈴木虎雄謂：「大概是指精神底活力。」[5]不作深解，反而得之。
因為曹丕此說，是屬於天才論的——整個作品流露出的內在精神，
這種精神是由於作者的天才而形成的——故云：「氣之清濁有體，
不可力強而致。」《抱朴子》云：「夫才有清濁，思有脩短。雖並屬
文，參差萬品。」便是從曹說出來的。[6]

　　曹丕〈論文〉又云：「常人貴遠賤近，向聲背實。」意思是說：
今之作者，未必不如古人，而一般人的毛病，總以為今不如古。後
來葛洪更進一步提出文學進化論的主張：

> 且古書之多隱，未必昔人故欲難曉。或世異語變，或方言不
> 同；經荒歷亂，埋藏積久，簡編朽絕，亡失者多；或雜續
> 殘缺，或脫去章句，是以難知，似若至深耳。且夫《尚書》
> 者，政事之集也，然未若近代之優文詔策、軍書奏議之清富
> 贍麗也。《毛詩》者，華彩之辭也。然不及〈上林〉、〈羽
> 獵〉、〈二京〉、〈三都〉之汪濊博富也。然則古之子書，能

5　鈴木虎雄《中國古代文藝論史》第二篇。
6　葛洪《抱朴子・外篇・辭義》。葛洪，字稚川，丹陽句容人，生卒年約為紀元二九
　　〇～三七〇年。

> 勝今之作者，何也？然守株之徒，嗤嗤所翫，有耳無目，何
> 肯謂爾？其於古人所作為神，今世所著為賤，貴遠賤近，有
> 自來矣。（《抱朴子・外篇・鈞世》）

他以客觀的觀察，通人的知識，說明古人著作不是有意使人難懂，以及所以難懂的原因。並且進一步認為文學是進化的，不是今不如古，相反的有些作品，是今勝於古。在四世紀中有如此的卓識與大膽，是極為難得的。他還有一種文章道德論的主張，《抱朴子・外篇・文行》云：

> 或曰：「德行者，本也；文章者，末也。故四科之序，文不
> 居上，然則著紙者，糟粕之餘事；可傳者，祭畢之芻狗。卑
> 高之格，是可識矣。」抱朴子答曰：「筌可棄，而魚未獲，
> 則不得無筌；文可廢，而道未行，則不得無文。……且文章
> 之與德行，猶十尺之與一丈，謂之餘事，未之前聞也。」

德行本儒家所重，孔門四科，德行為首，然文人每多無行。曹丕〈與吳質書〉云：「觀古今文人，類不護細行，鮮能以名節自立。」《抱朴子・外篇・文行》一篇，特提出文學、品德兩者並重的道理，應是針對兩晉文人奔競貪斂的無恥行為而言，絕不是空泛之論。

第二節　文學的分體發展

文體的形成，由於時代的需要，社會愈進步，人事愈複雜，各種文學的形式，以及各種文學形式的作法，自然也隨之發生。章學誠云：「至戰國而文章之變盡，至戰國而著述之事專，至戰國而後世之文體備。」（〈詩教・上〉）研究文體的淵源，固然要上溯到戰國時代，但分體發展達到成熟的階段，則在東漢末季。《典論・論

文》云：

> 王粲長於辭賦，徐幹時有齊氣，然粲之匹也。如粲之〈初
> 征〉、〈登樓〉、〈槐賦〉、〈征思〉，幹之〈玄猿〉、〈漏
> 卮〉、〈圓扇〉、〈橘賦〉，雖張、蔡不過也。然於他文，未
> 能稱是。琳、瑀之章表書記，今之儁也。應瑒和而不壯，劉
> 楨壯而不密。孔融體氣高妙，有過人者，然不能持論，理不
> 勝詞。至乎雜以嘲戲，及其所善，揚、班儔也。

> 夫文，本同而末異。蓋奏議宜雅，書論宜理，銘誄尚實，詩
> 賦欲麗。此四科不同，故能之者偏也。唯通才能備其體。

他就八體性質相近的分作四科，又將各科應具有如何的風格，特別
點出，以說明寫作的手法。分體發展，固然是文學的一種進步，但
其副作用，不免傾向於形式主義，即太講求形式了，內容往往空
疏。如書論宜理，而當時「書記翩翩」的作品，未嘗以理勝；又如
銘誄尚實，而漢末大手筆蔡邕的作品，卻一味地取媚死者。足見曹
丕所提出的，是以文學理論為出發點，若據發展的情形看來，已經
超出理論的範圍了。所以到了陸機作〈文賦〉，分得更為複雜：

> 詩緣情而綺靡，賦體物而瀏亮，碑披文以相質，誄纏緜而悽
> 愴，銘博約而溫潤，箴頓挫而清壯，頌優游以彬蔚，論精微
> 而朗暢，奏平徹以閑雅，說煒曄而譎誑。雖區分之在茲，亦
> 禁邪而制放；要辭達而理舉，故無取乎冗長。

這比四科更細，分為十類。照他的意思，作者必先明文體，才能
「禁邪而制放」；至云「辭達而理舉」，是要形式與內容並重。雖說
如此，他這十體的界說，還是重在聲音、顏色方面。

　　陸機後有摯虞的《文章流別集》四十卷，《文章流別志論》一

卷，（此據《隋書・經籍志》。《晉書》卷五一〈摯虞傳〉謂《文章志》四卷，《流別集論》三十卷）前者是分別各派文章的類輯，後者是各派文體的論述。兩書均亡，今僅能看到極少數的殘篇，嚴可均的《全晉文》有輯錄。就《文章流別志論》殘篇看來，他是用歷史的方法論述文體之演變的。摯書而外又有李充的《翰林論》，此書已亡，《全晉文》亦有輯錄，也是專論文體的書。

　　由上面各家論著看來，足證文學發展到魏、晉階段，文學的題材增多，文學的體製也隨著增多，這不得不承認是一種進步。但由於過分講求體製之美，而往往忽略內在思想的表現，於是傾向於形式主義的發展。由於此種傾向，兩晉多綺麗之篇章，沿至齊梁，此風更盛，流弊尤大。

第三章　魏晉作家

第一節　緒論

　　曹丕《典論・論文》云：「今之文人，魯國孔融文舉，廣陵陳琳孔璋，山陽王粲仲宣，北海徐幹偉長，陳留阮瑀元瑜，汝南應瑒德璉，東平劉楨公幹，斯七子者，於學無所遺，於辭無所假，咸以自騁驥騄於千里，仰齊足而並馳。」此即所謂「建安七子」。按：七子除孔融（一五三～二〇八）外，均曹氏家臣，以文學襄贊曹氏定霸業。融則與曹操同輩，同事漢廷，且長於曹操兩歲。在政治上兩人是對立的。融忠心漢室，操則別具野心，故終於為曹操所殺。融死後，丕深好融文，募天下有上融文章者，賞以金帛。所著詩、頌、碑、文、論、議等凡二十五篇。（《後漢書・孔融傳》）後來丕〈與吳質書〉論及王粲、徐幹等也就沒有提孔融。又謝靈運〈擬魏太子鄴中集〉詩，有子建無孔融。故六朝人論文，於建安作者，大都以曹氏父子為中心，而不涉及孔融。《宋書・謝靈運傳論》云：

> 至於建安，曹氏基命，二祖陳王，咸蓄盛藻。甫乃以情緯文，以文被質。自漢至魏，四百餘年，辭人才子，文體三變。相如巧為形似之言，班固長於情理之說。子建、仲宣以氣質為體，並標能擅美，獨映當時。是以一世之士，各相慕習。……降及元康，潘、陸特秀，律異班、賈，體變曹、王，縟旨星稠，繁文綺合。……有晉中興，玄風獨振。為學窮於柱下，博物止乎七篇，馳騁文辭，義殫乎此。自建武暨

> 乎義熙，歷載將百，雖綴響聯辭，波屬雲委，莫不寄言上
> 德，託意玄珠，道麗之辭無聞焉爾。仲文始革孫、許之風，
> 叔源大變太元之氣。爰逮宋初，顏、謝騰聲，靈運之興會標
> 舉，延年之體裁明密，並方軌前秀，垂範後昆。

這是去魏、晉未遠的文學家而兼歷史家的梁朝沈約（四四一～
五一三），對於魏、晉文學發展的情形及作家的論述。同時又有詩
歌批評家鍾嶸的《詩品・序》（是書成於沈約死後不久），可互相印
證：

> 降及建安，曹公父子，篤好斯文；平原兄弟，鬱為文棟；劉
> 楨、王粲，為其羽翼。次有攀龍託鳳，自致於屬車者，蓋將
> 百計，彬彬之盛，大備於時矣。爾後陵遲衰微，迄於有晉。
> 太康中，三張、二陸，兩潘、一左，勃爾復興，蹳武前王，
> 風流未沫，亦文章之中興也。永嘉時，貴黃、老，稍尚虛
> 談。於時篇什，理過其辭，淡乎寡味。爰及江表，微波尚
> 傳。孫綽、許詢、桓、庾諸公詩，皆平典似《道德論》，建
> 安風力盡矣。先是，郭景純用儁上之才，變創其體；劉越石
> 仗清剛之氣，贊成厥美。然彼眾我寡，未能動俗。逮義熙
> 中，謝益壽斐然繼作。元嘉中，有謝靈運，才高詞盛，富豔
> 難蹤，固已含跨劉、郭，凌轢潘、左。故知陳思為建安之
> 傑，公幹、仲宣為輔；陸機為太康之英，安仁、景陽為輔；
> 謝客為元嘉之雄，顏延年為輔；斯皆五言之冠冕，文詞之命
> 世也。

兩人論述大抵相同。可是晉末年的一位大詩人陶淵明，兩人均未注
意到，足見在尚形式、貴辭藻的齊、梁時代，就是批評家也不能立
於純客觀的地位。茲參考前論，舉魏、晉兩代的代表作家，分別述

其生平，及其文學之成就於後。

第二節　曹氏父子及其同時詩人

一、曹操

　　曹操（一五五～二二〇），字孟德，沛國譙人（今安徽亳縣境）。父夏侯嵩，為桓帝時中常侍曹騰養子，因姓曹。少機警，有權術而任俠，放蕩不治行業。二十歲舉孝廉，二十九歲為濟南相，後遷東郡太守，不就，稱病回鄉里。中平六年（一八九），以董卓叛亂，遂散家財，起兵於陳留，時年三十五歲。建安元年（一九六）四十二歲，為大將軍封武平侯，十三年（二〇八）五十四歲，為丞相，十八年（二一三）五十九歲，封魏公，二十一年（二一六）六十二歲，進為魏王，二十五年（二二〇）六十六歲，卒。《魏書》云：「御軍三十餘年，手不捨書，晝則講武策，夜則思經傳。登高必賦，及造新詩，被之管絃，皆成樂章。」（《魏書》本傳注引）曹丕亦云：「上雅好詩書文籍，雖在軍旅，手不釋卷。」（《典論・自敘》）足見曹操這人，雖是一代的霸主，而學術文章都有極深修養。

　　他是詩人，又是音樂家，〈曹瞞傳〉云：「太祖為人佻易無威重，好音樂，倡優在側，常以日達夕。」（《三國志・魏志》注引）他不僅是愛好，而且是精通的。張華《博物志》云：「桓譚、蔡邕善音樂，太祖皆與埒。」以他那樣雄才大略的人，對於音樂居然能有如此的修養。所以當他霸業初定時，便以恢復雅樂為己任了。《晉書・樂志》云：「漢自東京大亂，絕無金石之樂，樂章亡缺，不可復知。及魏武平荊州，獲漢雅樂郎河南杜夔，能識舊法，以為軍謀祭酒。使創定雅樂。」在他的樂府辭中，有一部分古拙到連韻也不用，其內容有的鋪陳遊仙，而無玄意；有的妝點儒術，而失於空

泛；像這一類作品，既非抒情，也不是寫志，想是當時入雅樂的歌辭；以典重能入樂為主，而詩歌的藝術卻居於次要了。但是，除此一小部分外，幾乎每首都是「沉雄俊爽，時露霸氣」的。（沈德潛《古詩源》語）由他的政治作風，反映於文學上清峻通脫的風格，也正是他的風格。鍾嶸《詩品》卷下云：「曹公古直，甚有悲涼之句。」所謂「古直」，便是直抒胸懷，清峻通脫的風格。所謂「悲涼」，則由於三十餘年軍事政治生涯，時時與群雄角逐，其胸中所遇所感，必非常人所能了解，唯有訴之於詩，然後譜之於音樂。今讀其詩，固能看出他的悲涼情感；若能聽到那詩的樂聲，一定更是悲涼慷慨的。

> 鴻雁出塞北，乃在無人鄉。舉翅萬里餘，行止自成行。冬節食南稻，春日復北翔。田中有轉蓬，隨風遠飄揚。長與故根絕，萬歲不相當。奈何此征夫，安得去四方？戎馬不解鞍，鎧甲不離傍。冉冉老將至，何時反故鄉？神龍藏深泉，猛獸步高岡。狐死歸首丘，故鄉安可忘？（〈卻東西門行〉）*

二、曹丕

曹操長子丕（一八七～二二六），字子桓，生於中平四年，建安十六年二十五歲，為五官中郎將、副丞相。二十一年操進為魏王，次年丕為魏太子，時年三十歲。二十五年（二二〇）操卒，丕嗣為丞相及魏王。冬，受漢禪，即帝位，改元黃初，時年三十四歲。七年夏卒，年四十。他的天賦是極高的，《魏書》云：「年八歲，能屬文，有逸才，遂博貫古今經傳、諸子百家之書。」（《三國

---

* 魏晉文學篇所選諸詩悉以丁福保輯《全漢三國晉南北朝詩》為主要校本，部分詩歌有異文者則以臺先生所定者為準。〔編者註〕

志・魏志》注引）《三國志・魏志》又云：「文帝天資文藻，下筆成章。博聞強識，才藝兼該。」「初，帝好文學，以著述為務，自所勒成垂百餘篇。」有天才，有學力，雖身為帝王，而勤心著作。可是他的生活，卻又不像太平盛世的王公貴冑那樣的平靜。當他少年的時候，曹操霸業未定，他經常隨著父親生活於戰爭中，自云：「以時之多故，故每征伐，余常從。」又說：「生於中平之季，長於戎旅之間。」（《典論・自敘》）足見他不比一般文士過著安靜的生活，從容於著述。雖然如此，他還能給我們留下不少遺產。他與弟弟植爭儲位，他是勝利者，而弟弟卻又是影響後世極深的大詩人；為此原因，人們往往不重視他的文學成就。《文心雕龍・才略》云：

> 魏文之才，洋洋清綺。舊談抑之，謂去植千里。然子建思捷而才儁，詩麗而表逸；子桓慮詳而力緩，故不競於先鳴。而樂府清越，《典論》辯要，迭用短長，亦無懵焉。

足見丕、植兄弟的評價，早已失去公平。劉勰特為提出，倒是批評家的客觀態度。鍾嶸將他的詩列入中品，《詩品》卷中云：

> 其源出於李陵，頗有仲宣之體則。新歌百許篇，率皆鄙質如偶語。唯〈西北有浮雲〉十餘首，殊美贍可玩，始見其工矣。不然，何以銓衡群彥，對揚厥弟者邪？

丕詩今存者，樂府辭二十一首，詩二十二首，共不及五十首。六朝時尚有百餘首，是散佚者甚多。這位開國之君，只活了四十歲，篡漢為帝不過七年的時間。他從少至壯，都生長戎馬間。其詩亦如其父，多具自由抒寫的風格，故悽愴之聲多而歡愉之音少，所以鍾嶸說他的詩出於李陵而有仲宣之體。至於鍾嶸看到的百餘首，以為鄙質如偶語的，大概是屬於樂府辭。他的樂府辭往往不假藻飾，直抒胸懷，甚至有意摹擬民間歌謠。這在齊、梁人看來，自然以為「鄙

質如偶語」了。他的樂府辭也都是譜之入樂的，因為他同他父親一樣是懂得音樂的。王僧虔《技錄》云：「〈短歌行〉『仰瞻』一曲，魏氏遺令，使節朔奏樂，魏文製此辭，自撫箏和歌。……此曲聲制最美。」（《古今樂錄》引）足證他們父子的樂府辭，都是和樂的，不像後來作家用樂府題作詩。

　　另一方面便是他的「清綺」風格，沈德潛云：「子桓詩有文士氣，一變乃父悲壯之習矣！要其便娟婉約，能移人情。」（《古詩源》評語）他主張詩的形式要華麗，所以他的作品往往不離藻飾，但因為他的感情豐富，故能不為辭藻所累，而有自然渾成之妙，所謂「便娟婉約，能移人情」的道理，也就在此。至如〈代劉勳妻王氏雜詩〉、為阮元瑜（瑀）妻子作的〈寡婦詩〉，是有意作抒情詩，雖替人悲悼，設意卻不輕浮。

　　此外有兩點可以注意的：一是〈燕歌行〉，一是〈大牆上蒿行〉，前者是極成熟的七言詩，後者是約四百字的長詩。七言詩在漢季不是沒有，卻不成熟，而〈燕歌行〉情感深摯，形象完整，可說是詩史第一首七言詩。至〈大牆上蒿行〉，王夫之云：「長句長篇，斯為開山第一祖。鮑照、李白領此宗風，遂為樂府獅象。」（《古詩評選》）可稱定評。

　　　　秋風蕭瑟天氣涼，草木搖落露為霜，群燕辭歸雁南翔。念君客遊思斷腸，慊慊思歸戀故鄉，君何淹留寄他方？賤妾煢煢守空房，憂來思君不可忘，不覺淚下沾衣裳。援琴鳴絃發清商，短歌微吟不能長，明月皎皎照我床，星漢西流夜未央，牽牛織女遙相望，爾獨何辜限河梁。（〈燕歌行〉）

　　　　漫漫秋夜長，烈烈北風涼。展轉不能寐，披衣起彷徨。彷徨忽已久，白露沾我裳。俯視清水波，仰看明月光。天漢回西

流，三五正縱橫。草蟲鳴何悲，孤鴈獨南翔。鬱鬱多悲思，綿綿思故鄉。願飛安得翼？欲濟河無梁。向風長歎息，斷絕我中腸。（〈雜詩〉二首其一）

三、曹植

曹植，字子建，操第三子。「年十歲餘，誦讀詩、論及辭賦數十萬言，善屬文，太祖嘗視其文，謂植曰：『汝倩人邪？』植跪曰：『言出為論，下筆成章，顧當面試，奈何倩人？』時鄴銅爵臺新成，太祖悉將諸子登臺，使各為賦，植援筆立成，可觀，太祖甚異之。」（《三國志‧魏志》本傳）像這樣的天才，真是歷史上少有的，正因其天才，生活態度的確不免浪漫。當他在二十多歲的時候，有位知名的文士邯鄲淳去見他，據《魏略》上的記載，他那樣的天才與放誕，實為從古以來的天才文人所未有。

太祖遣淳詣植，植初得淳甚喜，延入坐，不先與談。時天暑熱，植因呼常從取水自澡訖，傅粉，遂科頭拍袒，胡舞五椎鍛。跳丸擊劍，誦俳優小說數千言訖，謂淳曰：「邯鄲生何如邪？」於是乃更著衣幘，整儀容，與淳評說混元造化之端，品物區別之意，然後論羲皇以來賢聖名臣烈士優劣之差，次頌古今文章賦誄，及當官政事宜所先後，又論用武行兵倚伏之勢。乃令廚宰，酒炙交至，坐席默然，無與伉者。及暮，淳歸，對其所知，歎植之材，謂之「天人」。（《三國志‧魏志‧邯鄲淳傳》注引）

邯鄲淳是由荊州北來歸附的文士，時五官中郎將方博延英儒，宿聞淳名，因請於操，欲置淳於文學官屬中。會臨淄侯植亦求淳，故操令淳見植。按：植二十二歲時徙封臨淄侯，二十六歲時丕立為太

子，是植見淳時當在二十三歲至二十六歲之中。在他二十六歲以前，不幸的命運尚未確定，猶能以侯王之貴，放縱其天才，見邯鄲淳事，不過其一斑，而其前期作品的浪漫情調，便是這種生活的反映。

　　植以天才被父親寵愛，致使曹操為魏王後，對於立儲一事，久不能決，於是丕、植兄弟間，明爭暗鬥，各有羽翼，儼然成為敵國。在當時情形下，他是接近勝利的，有好幾次，都要被立為太子。因此更加助長他的浪漫性格，過著極端任性放縱的生活，「不自彫勵，飲酒不節」。這樣自然敵不過那「御之以術，矯情自飾，宮人左右，並為之說」的長兄。終因乘車行馳道，擅開司馬門，招致父親大怒，而寵日衰。曹操立丕為太子的意思，也從此決定，他不幸的遭遇也就從此開始了。為了解這位大詩人，茲將他的生平，表列於後：

漢獻帝初平三年（一九二）	曹植生。
漢獻帝建安十六年（二一一）	二十歲，封平原侯。丕為五官中郎將。
漢獻帝建安十九年（二一四）	二十三歲，徙封臨淄侯。操征孫權，使植留守鄴城，戒之曰：「今汝年亦二十三矣，可不勉與？」植以才見異，而丁儀、丁廙、楊脩等為之翼，太祖狐疑，幾為太子者數矣。
漢獻帝建安二十二年（二一七）	二十六歲，丕立為王太子。
漢獻帝建安二十四年（二一九）	二十八歲，操殺楊脩，植內不自安。

魏黃初元年（二二○）	二十九歲，操死，丕篡漢為皇帝。丕誅丁儀、丁廙，令植與諸侯並就國。
魏黃初二年（二二一）	三十歲，監國謁者灌均承曹丕之意旨，指植醉酒悖慢，劫脅使者。貶爵安鄉侯。後又改封鄄城侯。
魏黃初三年（二二二）	三十一歲，立為鄄城王。
魏黃初四年（二二三）	三十二歲，徙封雍丘王。
魏明帝太和元年（二二七）	三十六歲，徙封浚儀。
魏明帝太和二年（二二八）	三十七歲，復還雍丘。
魏明帝太和三年（二二九）	三十八歲，徙封東阿。
魏明帝太和六年（二三二）	四十一歲，改封陳王，卒，謚曰思。

像他這樣屢次改變封地的王侯，實為封建時代所未有，而是曹丕有意壓迫他的新辦法。我們可以想像，這位王侯，帶著家小，隨著一批極少數疲憊老幼的部曲，（見〈諫取諸國士息表〉）僕僕道路，到了一地，不到一、二年，又得遷徙。不僅如此，隨時隨地，還要被皇帝的爪牙「監國」大人監視著，連酒都不能隨便喝。這樣的生活，同他二十六歲以前，身在京師，受著父親所寵愛的生活，真有天上地下之別。但他還能逆來順受，作品中雖時露悲慨，卻不偏激，頗有哀而不傷，怨而不怒的情致，由於他是個儒家思想者，故能有此氣度。

劉師培云：「七子之中，曹子建可代表儒家。其作法與班、蔡

相同，氣厚而有光，惟不免雜以慨歎耳。」[7]在他的著作中，常可看到儒家思想的反映，如：「潛大道以遊志，希往昔之遐烈；矯貞亮以作矢，當苑囿之藝窟。驅仁義以為禽，必忠信而後發。」（〈潛志賦〉）又云：「君子義休倚，小人德無儲。積善有餘慶，榮枯立可須。滔蕩固大節，世俗多所拘。君子通大道，無願為世儒。」（〈贈丁廙〉）至〈七啟〉一篇，鋪張多方，而終大道。他的作品中也有遊仙一類，這是東漢末年人的世俗觀念，他們父子的作品往往都以此為題材，而別有寄託，並不信仰，如丕的《典論》[8]及植的〈辨道論〉，[9]都是痛斥道術的。

　　曹丕論文，謂文之各體，作者必有所偏，「唯通才能備其體」，可是被他擯之於七子之外的阿弟，卻是能備各體的通才。植於各體，如詩、文、賦，都自成宗派，對於後來的作者，都有很大的影響。今先論他的詩，鍾嶸《詩品》云：

> 其源出於〈國風〉。骨氣奇高，詞采華茂。情兼雅怨，體被文質。粲溢今古，卓爾不群。嗟乎！陳思之於文章也，譬人倫之有周、孔，鱗羽之有龍鳳，音樂之有琴笙，女工之有黼黻。俾爾懷鉛吮墨者，抱篇章而景慕，映餘暉以自燭。故孔氏之門如用詩，則公幹升堂，思王入室，景陽、潘、陸，自可坐於廊廡之間矣。

這在《詩品》中是最高的好評。鍾嶸論詩，雖云精要，不免拘於時代的眼光，但對於曹植的批評，卻甚值得玩味。所謂：「其源出於〈國風〉」、「情兼雅怨」者，實即劉安所謂：「國風好色而不淫，

7　劉師培《漢魏六朝專家文研究・論各家文章與經子之關係》。
8　嚴可均《全三國文》卷八。
9　丁晏編《曹集詮評》卷九。

小雅怨誹而不亂」之意。[10]這也就是基於儒家思想而出發的感情。所謂「詞彩華茂」、「粲溢今古」者，是指形式而言，也就是植詩最偉大的成就。要知五言詩雖成熟於東漢末期，但只偏向於抒情的描寫，境界不大，題材不廣，一般詩人猶迷戀著舊的四言體形式，未能作更進一步的努力。曹植緊接著這一時代，以不羈的天才，縱橫馳驅，無往不適。抒情、敘事、說理，無不精能，文理精密，辭藻高華，為後世創造了許多新的手法；而境界與題材的擴大，更非漢末詩人所能比擬，可謂「前無古人，後無來者」，所以鍾嶸對於他給後人的影響，極力強調，不外表明這位天才神通之廣大。

研究曹植詩，最好就他的生平分作前、後兩期看，即二十六歲以前為前期，二十六歲之後為後期。前期是過著極端浪漫的生活，豪侈狂放，盡情享受，處處都流露出他那非凡的才華，使別人將他看作「天人」一般。如：

> 名都多妖女，京洛出少年。寶劍直千金，被服麗且鮮。鬥雞東郊道，走馬長楸間。馳騁未能半，雙兔過我前。攬弓捷鳴鏑，長驅上南山。左挽因右發，一縱兩禽連。餘巧未及展，仰手接飛鳶。觀者咸稱善，眾工歸我妍。我歸宴平樂，美酒斗十千。膾鯉臇胎鰕，寒鱉炙熊蹯。鳴儔嘯匹侶，列坐竟長筵。連翩擊鞠壤，巧捷惟萬端。白日西南馳，光景不可攀。雲散還城邑，清晨復來還。（〈名都篇〉）

這樣近乎寫實的詩，可充分看出他的少年生活之一面，無憂無慮，今天遊樂不足，還可繼之以明日，所謂「雲散還城邑，清晨復來還」，哪裏還知道人間有憂苦之事呢？一旦失去父親的寵愛，漸漸

---

10 語見《史記·屈原列傳》，班固以為是淮南王劉安敘〈離騷傳〉語，見洪興祖《楚辭補注》。《文心雕龍·辨騷》亦以為是劉安語，殆據班固。

就感到人生的逼促了，於是而有「窮達難豫圖，禍福信亦然」（〈豫
章行〉）的悲歎了。終至曹丕作了皇帝，生命的憂懼也隨之而來。
最沉痛、最憤慨、也最含蓄的是〈贈白馬王彪〉詩。此詩作於黃初
四年，是年正月他同白馬王彪、任城王彰同朝京師，不久任城王暴
斃。七月，與白馬王還國，本是同一道路，可是監國不許兩人結
伴，應各宿止，兩兄弟只得分開走，因作是詩。詩的第七章發端
云：「苦辛何慮思？天命信可疑。虛無求列仙，松子久吾欺。」天命
靠不住，神仙也是騙人的，人生還有什麼企圖？只有絕望。雖說絕
望，還要生活，在無可奈何中，遂渴想自由，歌頌自由。〈野田黃
雀行〉云：

> 高樹多悲風，海水揚其波。利劍不在掌，結友何須多？不見
> 籬間雀，見鷂自投羅。羅家得雀喜，少年見雀悲。拔劍捎羅
> 網，黃雀得飛飛。飛飛摩蒼天，來下謝少年。

失去自由的人，才知道自由的可貴；這一首歌的情調，絕不是他
二十六歲前所能想像的。可是情勢一變，憂患隨來，詩歌的境界也
大不同於昔日了。因而用種種手法來表現他那「憂生之嗟」。（謝
靈運〈擬魏太子鄴中集・平原侯植〉序語。憂生謂憂其生命）例如
〈遊僊〉詩云：

> 人生不滿百，戚戚少歡娛。意欲奮六翮，排霧陵紫虛。蟬蛻
> 同松喬，翻跡登鼎湖。翱翔九天上，騁轡遠行遊。東觀扶桑
> 曜，西臨弱水流。北極登元渚，南翔陟丹丘。

他所幻想的神仙，也不過東西南北任意所之的自由而已。這與黃雀
辭比，雖一是實象，一是幻想，而內在的精神卻是一致的。他是反
對神仙思想的，遊仙之作，都有現實生活的基礎，這是可注意的。

　　他詩以外的韻文便是賦。今集中的賦尚有四十多篇，大抵都是從類書裏輯出的，已經不是完整的作品。此四十多篇賦，一部分是抒情，一部分是詠物，其風格直承賈誼、禰衡，而遠紹屈原、宋玉，寄寓深遠，文質映發，同他的詩一樣以抒情寫志為主。最足以代表他的高華風格的，自然是〈洛神賦〉。這篇賦本是極好的作品，惟經舊注，蒙上了一層浪漫的色彩。《文選》注說：

> 《記》曰：魏東阿王漢末求甄逸女，既不遂，太祖回與五官中郎將。植殊不平，晝思夜想，廢寢與食。黃初中入朝，帝示植甄后玉鏤金帶枕，植見之，不覺泣，時已為郭后讒死。帝意亦尋悟，因令太子留宴飲，仍以枕賚植。植還度轘轅，少許時，將息洛水上，思甄后，忽見女來，自云：「我本託心君王，其心不遂。此枕是我在家時從嫁，前與五官中郎將，今與君王。遂用薦枕席，懽情交集，豈常辭能具？為郭后以糠塞口，今被髮，羞將此形貌重覩君王爾。」言訖，遂不復見所在。遣人獻珠於王，王答以玉珮。悲喜不能自勝，遂作〈感甄賦〉。後明帝見之，改為〈洛神賦〉。

此但云「《記》曰」，究竟是什麼書？他未註明，這顯然是六朝人小說，絕不足信。胡克家《文選考異》據袁本、茶陵本，均無「《記》曰」之文，以為因世傳小說有〈感甄記〉而誤錄，非李善之舊也。按：甄后生於漢光和五年（一八二），長曹丕五歲。建安九年操攻袁尚於鄴城，城破，獲袁氏家屬，袁熙妻甄氏即於是年歸丕，時丕年十八，甄年二十三，植才十三歲。以十三歲的童子與十八歲的哥哥爭一婦人，於情於理，均無可能。再者，黃初元年曹丕便將丁氏兄弟及其男口都殺了，給植以極大的威脅，因為操昔年殺楊脩，植已內自不安了。黃初二年，監國謁者灌均承丕之意旨，奏「植醉酒

悖慢，劫脅使者」，「有司請治罪」，丕故示寬大，以「骨肉之親，捨而不誅」。再次，植傳三年無朝京師的記載，四年始朝京師。〈洛神賦〉的三年應為四年之誤。是年到京師時，自以為有罪之身，科頭負鈇鑕，徒跣詣闕下謝罪，足證三年未朝京師。而在這兩、三年間，方憂懼生命之不暇，還敢作〈感甄賦〉嗎？在曹丕這一面呢，要不是為了母親還在，早將這幾乎奪去自家皇位的弟弟殺了，如何還有雅量，與這位政敵兼情敵賞玩遺物？這一故事，應是六朝人從賦中「長寄心於君王」一句演出的，猶之偽造李陵詩文騙了許多人似的。至如「遂用薦枕席」三句夾雜其中，不特墮入惡趣，文理也有問題。偏偏後人也相信它，以為這種風流韻事，非曹植不會有。要知這位天才詩人的早期生活，已經夠浪漫的，再用不著什麼來妝點了。說到這一篇賦的作意，應與〈贈白馬王彪〉同一時期，而詩在先賦在後。詩固悲憤，不過直斥監國，所謂「蒼蠅間白黑，讒巧令親疏」，不敢涉及曹丕。賦則對丕而言，也不過表明心跡，所謂「雖潛處於太陰，長寄心於君王」者，足見其忠厚純摯之情。

四、王粲

王粲（一七七～二一七），字仲宣，山陽高平人。曾祖父龔，祖父暢，皆漢三公，父謙為大將軍何進長史。獻帝西遷，粲亦去長安，時方十四歲。「左中郎將蔡邕見而奇之，時邕才學顯著，貴重朝廷，常車騎填巷，賓客盈坐。聞粲在門，倒屣迎之。粲至，年既幼弱，容狀短小，一坐盡驚。邕曰：『此王公孫也，有異才，吾不如也。吾家書籍文章，盡當與之。』……以西京擾亂，皆不就，乃之荊州依劉表。表以粲貌寢而體弱通侻，不甚重也。表卒，粲勸表子琮，令歸太祖（曹操），太祖辟為丞相掾，賜爵關內侯。」（《三國志‧魏志》卷二一〈王粲傳〉）王粲卒年四十一，著詩、賦、議

論近六十篇。曹植誄仲宣云：「強記洽聞，幽讚微言；文若春華，思若涌泉，發言可詠，下筆成篇。」粲在當時，朝廷重要文字，多出於其手，雖有鍾繇、王郎等，皆為之閣筆。(〈王粲傳〉注引《魏略》)《文心雕龍・才略》云：「仲宣溢才，捷而能密，文多兼善，辭少瑕累，摘其詩賦，則七子之冠冕乎！」粲所作今存樂府辭七首，詩十九首，《詩品》云：「其源出於李陵，發愀愴之詞，文秀而質羸，在曹、劉間，別構一體。方陳思不足，比魏文有餘。」按：粲之詩體，一部分為受《詩經》影響的四言詩，一部分為五言詩，但除歌頌曹魏功德的樂府外，有一共同特色，便是寫實的精神，最足代表的便是〈七哀詩〉。以貴公子，身經喪亂，東京破壞，逃到西京，西京又是大亂，再逃往荊州，依人為生，又不為人重視，故發而為詩，自有愀愴之音。

> 荊蠻非我鄉，何為久滯淫？方舟泝大江，日暮愁我心。山岡有餘映，巖阿增重陰。狐狸馳赴穴，飛鳥翔故林。流波激清響，猴猿臨岸吟。迅風拂裳袂，白露沾衣襟。獨夜不能寐，攝衣起撫琴。絲桐感人情，為我發悲音。羈旅無終極，憂思壯難任！(〈七哀詩〉其二)

曹丕《典論・論文》謂粲長於辭賦，以為〈初征〉、〈登樓〉、〈槐賦〉、〈征思〉諸篇，雖張衡、蔡邕也不能過之。按：粲之〈登樓賦〉，六朝以來最為流行，文雖簡短，而表現的流離失意之情，極為沉摯。這種風格，無疑是從張衡〈歸田賦〉一類作品出來的，同時也是當時一般風尚──賦以簡短抒情為主。

五、劉楨

劉楨字公幹，東平人（今山東東平縣），為曹操丞相掾屬，曹

丕與之友善，並賜以「廓落帶」。有次丕宴諸文學，酒酣，命甄夫人出拜，座中人咸伏地，楨獨平視。曹操知後，遂以不敬收楨，減死作署吏。曹丕說：「公幹有逸氣，但未遒耳！其五言詩之善者，妙絕時人。」（〈與吳質書〉）鍾嶸亦置楨於上品，云：「其源出於古詩。仗氣愛奇，動多振絕。貞骨凌霜，高風跨俗。但氣過其文，雕潤恨少。然自陳思以下，楨稱獨步。」按：楨有集四卷，已佚。今存詩十五首。楨因酒後輕慢，幾至喪生，其命運在諸子中，最為不幸。今存之〈公讌詩〉及〈贈五官中郎將〉四首，雖是「述思榮，敘酣宴」之作，卻有寄興悠遠之致，這便是曹丕所謂「逸氣」。至其獲罪以後，心情陷於悲觀，而〈天地無期竟〉一詩，尤為頹廢。

> 秋日多悲懷，感慨以長歎。終夜不遑寐，敘意於濡翰。明燈曜閨中，清風淒已寒。白露塗前庭，應門重其關。四節相推斥，歲月忽欲殫。壯士遠出征，戎事將獨難。涕泣灑衣裳，能不懷所歡。（〈贈五官中郎將〉四首其三）

楨復善書牋文，劉勰認為成就在他的詩之上。《文心雕龍・書記》云：「公幹牋記，麗而規益。子桓弗論，故世所共遺；若略名取實，則有美於為詩矣。」《文士傳》載其答曹丕一牋，謂「楨辭旨巧妙皆如是，由是特為諸公子所親愛。」（〈王粲傳〉注引）

六、徐幹

　　為曹丕所稱《中論》一書的作者徐幹（一七〇～二一七），字偉長，北海人（今山東昌樂縣），為司空軍謀祭酒掾屬，五官中郎將文學。鍾嶸列其詩入下品，僅謂「能閑雅」。幹詩善於抒情，今存詩只有四首，*皆纏綿悽婉，實上承〈古詩十九首〉之遺緒，而下開六

---

* 徐幹〈室思〉詩共六首，但以詩名不同者計，則徐幹存詩僅四首。〔編者註〕

朝綺豔之風。

> 高殿鬱崇崇，廣廈淒泠泠。微風起閨闥，落日照階庭。踟躕
> 雲屋下，嘯歌倚華楹。君行殊不返，我飾為誰榮？鑪薰闔不
> 用，鏡匣上塵生。綺羅失常色，金翠暗無精。嘉肴既忘御，
> 旨酒亦常停。顧瞻空寂寂，惟聞燕雀聲。憂思連相屬，中心
> 如宿醒。（〈情詩〉）

曹丕稱他：「獨懷文抱質，恬淡寡欲，有箕山之志，可謂彬彬君子
者矣。」（〈與吳質書〉）《先賢行狀》亦云：「聰識洽聞，操翰成
章，輕官忽祿，不耽世榮。」（〈王粲傳〉注引）大概他在諸文學
中，品格最為高逸。

七、陳琳、阮瑀

在諸文學中善章表書奏之文的為陳琳、阮瑀，兩人並同為軍謀
祭酒管記室。琳字孔璋，廣陵人（今江蘇江都縣東北），初為何進主
簿，進謀誅宦官失敗後，琳避難冀州，袁紹使典文章。紹敗，歸曹
操。曹丕〈與吳質書〉謂「孔璋章表殊健，微為繁富」，此種無絕
對是非的文章，往往以鋪張為主，故易於繁富。琳〈為袁紹檄豫州〉
一文，即有此病。劉勰謂「壯有骨鯁，雖奸閹攜養，章密太甚，發
丘摸金，誣過其虐。然抗辭書釁，皦然露骨矣！」（《文心雕龍・檄
移》）這在當時，是指責曹操極有力量的一篇文章，故琳歸曹後，曹
猶問他：「卿昔為本初移書，但可罪狀孤而已，惡惡止其身，何乃
上及父祖邪？」雖然，為愛其才而不加罪，比起他對劉楨的氣量，
寬宏得不可以道里計了。他的著作，有集十卷，已佚。今除一部分
散文外，詩有四首，其〈飲馬長城窟行〉樂府辭一篇，以寫實的手
法，反映徭役的悲痛：

飲馬長城窟，水寒傷馬骨。往謂長城吏：「慎莫稽留太原卒！官作自有程，舉築諧汝聲。男兒寧當格鬥死，何能怫鬱築長城？」長城何連連！連連三千里。邊城多健少，內舍多寡婦。作書與內舍：「便嫁莫留住。善事新姑嫜，時時念我故夫子。」報書往邊地：「君今出語一何鄙！身在禍難中，何為稽留他家子？生男慎莫舉，生女哺用脯；君獨不見長城下，死人骸骨相撐拄！結髮行事君，慊慊心意間，明知邊地苦，賤妾何能久自全！」

瑀字元瑜，陳留尉氏人（今河南開封朱仙鎮西南）。少受學於蔡邕，足知其文學的淵源之所自。《魏略》云：「太祖嘗使瑀作書與韓遂，時太祖適近出，瑀隨從，因於馬上具草，書成呈之。太祖攬筆欲有所定，而竟不能增損。」（《三國志・王粲傳》裴松之注引《典略》）才思之捷，以至於此，故丕稱其「書記翩翩，致足樂也。」（曹丕〈與吳質書〉）瑀卒於建安十七年（二一二），有集五卷，已佚。今之存文整者只有〈為曹公作書與孫權〉一篇，詩十二首。鍾嶸稱其詩，僅云「平典不失古體」，後世亦重其詩不如重其文，但瑀詩自有其佳處，如〈七哀詩〉云：

丁年難再遇，富貴不重來，良時忽一過，身體為土灰。冥冥九泉室，漫漫長夜臺。身盡氣力索，精魂靡所能。嘉殽設不御，旨酒盈觴杯。出壙望故鄉，但見蒿與萊。

以悲觀的想像，寫出人生的虛幻，既樸實又真切，這在建安作品中是別出一格的；富貴無常，人生虛幻，本是建安詩人共同的感歎，然從無如此設想的。人們能想到「身體為土灰」的時候，一定會感到生命之可愛，現實之可貴；相反的，人們能了解人間世的富貴與貧賤者，最後都得歸於同一的命運，也可以不必執著於現實了。後

來陶淵明自挽詩，與阮瑀此篇，不能說無相當關係。再者，他的〈詠史〉詩也是值得注意的，以歷史人物為題材，本始於班固，但班固詩只陳述一人之事，不見作者的思想情感，殊不足貴。太康詩人左思，取前賢史實，寓自家感慨，後世詠史之作，奉為宗派。但此種手法，並不始於左思，而始於阮瑀，特左思最成功，以致瑀詩反為所掩。

八、應瑒、應璩

應瑒，字德璉，汝南人（今河南汝南縣東南）。漢泰山太守劭從子。始為丞相掾屬，轉為平原侯庶子，後為五官中郎將文學，建安二十二年（二一七）卒。（〈王粲傳〉及注）曹丕〈與吳質書〉云：「德璉常斐然有述作之意，其才學足以著書，美志不遂，良可痛惜。」似丕所稱許的是著述之才，而未及其詩文。今僅存詩六首。瑒弟「璩，字休璉，博學好屬文，善為書記文。明帝世，歷官散騎常侍。齊王即位，稍遷侍中、大將軍長史。曹爽秉政，多違法度，璩為詩以諷焉。其言雖頗諧合，多切時要，世共傳之。……嘉平四年（二五二）卒。」（《三國志・王粲傳》注引《文章敘錄》）有集十卷，已佚。《全三國文》所收的，有三十餘篇，只有出於《文選》的四篇是完整的。可是這三十餘篇，都是書牋文，足為《文章敘錄》所謂「善為書記文」之證。按：璩年晚於建安諸子，其書牋文的風格，乃直承陳琳、阮瑀、曹植等人，故以高華勝。至其詩，則僅存六首，鍾嶸稱其「祖襲魏文，善為古語，指事殷勤，雅意深篤，得詩人激刺之旨。」（《詩品》卷中）所謂「古語」，是說他的詩有一種樸質不尚雕飾的風格；所謂「激刺之旨」，是說他的詩善於說理，如為曹爽而作的〈百一詩〉，是那麼淳厚而多諷。緊接著建安作家以後，在文章方面承受其影響，而詩卻另走一條相反的路，這

倒值得注意。

> 古有行道人,陌上見三叟,年各百餘歲,相與鋤禾莠。住車
> 問三叟,何以得此壽?上叟前致辭,內中嫗貌醜;中叟前致
> 辭,量腹節所受;下叟前致辭,夜臥不覆首;要哉三叟言,
> 所以能長久。(〈三叟〉)*

> 少壯面目澤,長老顏色麤,麤醜人所惡,拔白自洗蘇。……
> 平生髮完全,變化似浮屠。醉酒巾幘落,頂禿赤如壺。[11]

這詩雖沒有什麼深意,而難得的是樸質自然的白話詩風格,在崇尚
辭藻高華的詩的時代,居然大膽地作出這樣的白話詩,故能給後來
的大詩人陶淵明以影響。現在還附帶談到一個問題,即見於《初學
記》的一首應璩的〈雜詩〉。應璩這人,生平毫無可考,《唐書·
藝文志》卻有《應璩集》十卷,看來很像是應瑒、應璩的弟兄輩,
所以丁福保的《全三國詩》將他排在應璩之後。按:璩有從弟曰君
苗,曰君胄,璩可能是君苗或君胄之名;然《隋志》無璩集,《唐
志》何所據而著錄璩集十卷?且《隋志》有璩集十卷,而《唐志》
又何以未著錄?看來應璩實即應璩之誤,兩集卷數既然相同,兩人
的〈雜詩〉作法又極相同,(璩之〈雜詩〉今存三首)足證應璩實無
其人。[12] 茲將一向誤作應璩的這首〈雜詩〉錄出,以見應璩不是偶然

---

* 逯欽立先生輯此詩校注云:「『少壯面目澤』與此篇,《苕溪叢話》引《潘子真詩話》
  均作〈三叟詞〉。然『少壯』一首,前人既作〈新詩〉,則此亦〈百一詩〉之遺。」
  引自逯欽立輯校《先秦漢魏晉南北朝詩》(上)(臺北:學海出版社,一九八四年),
  頁四七一。〔編者註〕

11 此詩前半見《藝文類聚》,後半據《苕溪漁隱叢話》補。
   逯欽立先生輯此詩校注云:「《苕溪漁隱叢話》四十一作〈三叟詞〉。又《類聚》
   十八作〈新詩〉,引麤、蘇二韻。《御覽》三百六十四作〈新詩〉,引狐一韻。《詩
   紀》十七作〈雜詩〉,引麤、蘇二韻。」出處同上,頁四七〇。〔編者註〕

12 參姚振宗《隋書經籍志考證·魏衛尉卿應璩集》按語。

地以白話入詩，而是有意地要創造一種白話詩的風格：

> 貧子語窮兒，無錢可把撮；耕自不得粟，采彼北山葛。簞瓢
> 恆自在，無用相呵喝。（〈雜詩〉）

第三節　阮籍與嵇康

一、阮籍

　　阮籍（二一〇～二六三），字嗣宗，阮瑀之子。籍容貌瑰傑，志氣宏放，傲然獨得，任性不羈，而喜怒不形於色。或閉戶讀書，累月不出；或登臨山水，經日忘歸；博覽群籍，尤好老、莊。嗜酒能嘯，善彈琴，當其得意，忽忘形骸，時人多謂之癡。司馬懿為太傅，以籍為從事中郎，懿死，復為司馬師大司馬從事中郎。高貴鄉公即位，封關內侯，徙散騎常侍。司馬昭輔政，引為大將軍從事中郎。會昭稱相國加九錫，公卿勸進，使籍為其辭。景元四年卒，年五十四。籍能屬文，初不留思，作〈詠懷詩〉八十餘篇，為世所重。（《晉書》卷四九〈阮籍傳〉）

　　籍與司馬氏的關係是深的，但他卻不是真心地傾向於司馬氏，所以崇信老、莊，逃避現實，而放誕不羈，嘲視禮法，以洩其胸中憤慨，於是而有八十二首〈詠懷詩〉之作。又因其生活的態度，內蓄悲憤，外示放達，故其詩亦復如此。顏延年云：「嗣宗身仕亂朝，常恐罹謗遇禍，因茲發詠，故每有憂生之嗟。雖志在刺譏，而文多隱避。百代之下，難以情測。」（《文選》阮籍〈詠懷詩〉李善注引）鍾嶸亦云：「詠懷之作，可以陶性靈，發幽思。言在耳目之內，情寄八荒之表。洋洋乎會於〈風〉、〈雅〉，使人忘其鄙近，自致遠大。頗多感慨之詞，厥旨淵放，歸趣難求。」（《詩品》卷上）

他們兩人的看法，都非常深刻，可互相發明。這八十二首詩中，有諷刺，有悲憤，有感慨，有哲思，但是要將每首的中心思想指出來，那是絕不可能的。卻又不是謎語式的作法，故能「言在耳目之內，情寄八荒之表」；又使讀者「可以陶性靈，發幽思」。雖然，要是沒有極高的文學修養，也不會有這麼高的手法，所以五言詩到了阮籍的詠懷之作，為詩史上展開了一新的道路。

　　嘉樹下成蹊，東園桃與李。秋風吹飛藿，零落從此始。繁華有憔悴，堂上生荊杞。驅馬舍之去，去上西山趾。一身不自保，何況戀妻子！凝霜被野草，歲暮亦云已。（〈詠懷〉八十二首其三）

　　開秋兆涼氣，蟋蟀鳴牀帷。感物懷殷憂，悄悄令心悲。多言焉所告，繁辭將訴誰？微風吹羅袂，明月耀清暉。晨雞鳴高樹，命駕起旋歸。（〈詠懷〉八十二首其十四）

　　西方有佳人，皎若白日光。被服纖羅衣，左右佩雙璜。修容耀姿美，順風振微芳。登高眺所思，舉袂當朝陽。寄顏雲霄間，揮袖凌虛翔。飄颻恍惚中，流眄顧我傍。悅懌未交接，晤言用感傷。（〈詠懷〉八十二首其十九）

　　有悲則有情，無悲亦無思。苟非嬰網罟，何必萬里畿？翔風拂重霄，慶雲招所晞。灰心寄枯宅，曷顧人間姿？始得忘我難，焉知嘿自遺。（〈詠懷〉八十二首其七十）

　　至於籍之文章，《三國志・王粲傳》云其：「才藻豔逸，而倜儻放蕩。」劉師培云：「《魏志》以『才藻豔逸』評籍，最為知言。籍為元瑜之子，瑜之所作，如〈為曹公作書與孫權〉諸篇，均尚才

藻，多優渥之言，此即籍文所自出也」[13]按：籍生於建安之末，父親
又是「書記翩翩」的作家，故其為文，縱橫馳騁，辭藻高華，加以
天才超逸，了無雕飾的痕跡。嵇叔良云：「得意忘言，尋妙於萬物
之始；窮理盡性，研幾於幽明之極。」[14]這是指籍的論說文而言。
他的論說文，今存〈通易論〉、〈達莊論〉、〈樂論〉三篇，[15]「〈通
易〉綜貫全經之義，以推論世變之由，其文體奇偶相成，間用韻
語。〈達莊論〉亦多韻語，然詞必對偶，以氣騁詞。〈樂論〉文尤繁
富，輔以壯麗之詞。」[16]按：先秦諸子時代，文體不純，往往於散文
之中，雜以韻語；而建安以後，文體傾向於分體發展，似不應再有
此種形式。籍大概有意摹擬先秦文體，故於壯麗之詞中，間雜以韻
語，而自成風格。他才思的敏捷，同他父親一樣，有下筆成章的本
領。當司馬昭讓九錫，那批投靠的公卿們，照例勸進，而勸進書要
阮籍寫。到了勸進這天，正等待籍文，可是他喝醉了，伏在案上，
於是他一面起草，別人一面錄出，連改都不改，居然「辭甚清壯」，
為一時名文。（《晉書》卷四九〈阮籍傳〉）臧榮緒《晉書》曰籍：
「善屬文論，初不苦思，率爾便成。」（《文選》顏延之〈五君詠‧
阮步兵〉：「沉醉似埋照，寓辭類託諷。」句李善注引）據此看來，
他平日屬文論，都是十分敏捷的。

二、嵇康

嵇康（二二四～二六三），字叔夜，譙國銍人（今安徽宿縣）。
早孤，有奇才，遠邁不群。身長七尺八寸，美詞氣，有風儀。而土

13　劉師培《中古文學史‧魏晉文學之變遷》。
14　〈魏散騎常侍步兵校尉東平相阮嗣宗碑〉，見《廣文選》，收入嚴可均編《全三國文》
　　卷五三。
15　據《御覽》引，籍尚有〈通老論〉一篇。
16　劉師培《中古文學史‧魏晉文學之變遷》。

木形骸，不自藻飾，人以為龍章鳳姿。寬簡有大量，學不師受，博覽無不該通。與魏宗室婚，拜中散大夫。至汲郡山中見孫登，康隨從之游，登沉默自守，無所言說。康臨去，登曰：「君性烈而才雋，其能免乎？」山濤將去選官，舉康自代，康乃與濤書告絕。書言有七不堪、兩不可，第一不可為「每非湯、武而薄周、孔，在人間不止此事。」時司馬昭方以湯、武自命，將篡奪曹魏政權，此顯係對司馬昭而言。性絕巧而好鍛，嘗與向秀鍛於大樹下，以自贍給。潁川鍾會，精練有才辯，故往造焉，康不為之禮，而鍛不輟。良久會去，康問曰：「何所聞而來？何所見而去？」會曰：「聞所聞而來，見所見而去。」會以此憾之，譖於司馬昭，昭收捕康。康將刑東市，太學生三千人請以為師，弗許。康顧視日影，索琴彈之。曰：「昔袁孝尼嘗從吾學〈廣陵散〉，吾每靳固之。〈廣陵散〉於今絕矣！」時年四十。（以上據《晉書》卷四九〈嵇康傳〉）

　　《文心雕龍・才略》云：「嵇康師心以遣論，阮籍使氣以命詩，殊聲而合響，異翮而同飛。」其意以為嵇康長於文，阮籍長於詩，各有偏長，故云「殊聲」、「異翮」。大概劉勰是就兩人留給後來的影響立論，而以為各有所長；事實上，阮籍長於詩文，嵇康也是長於詩文的，不過兩人所走的文學道路不同。茲先論嵇康的詩。鍾嶸《詩品》卷中云：

> 頗似魏文，過為峻切，訐直露才，傷淵雅之致。然託諭清遠，良有鑒裁，亦未失高流矣！

曹丕的詩比較樸質而直陳胸懷，故凡近乎此種風格的，鍾嶸都認為與之有關，所以他以康詩「頗似魏文」。今康詩存五十餘首，而四言詩卻占一大部分，是他所追求的形式，要邁過建安而上之。建安時代的五言詩，自是東漢以來之新體，嵇康的四言則是有意復古。但

他卻不是機械地復古，他用三百篇的句法，建安的藻飾，直述其胸中之所感。尤以在獄中所作的〈幽憤詩〉，表面看來，是自述自責，實際上他痛切地暴露了「雲網塞四區，高羅正參差。奮迅勢不便，六翮無所施。」（〈贈秀才詩〉）的時代，一個希求「樂道閑居，與世無營」（〈幽憤詩〉）的知識者的悲劇。所以在他的詩中時常可以看到的「坎凜趣世教，常恐嬰網羅」，「鸞鳳避罻羅，遠託崑崙墟」（〈答二郭詩〉），「焦鵬振六翮，羅者安所羈」（〈述志詩〉）這一類的慨歎。於是想「長與俗人別，誰能覩其蹤」（〈游仙詩〉），而「思與王喬，乘雲游八極」（〈秋胡行〉，一作〈代秋胡歌詩〉）追求自由。將現實的憂懼，寄託於虛無的境界，其情更加可悲。

　　因此我們知道，鍾嶸批評他「訐直露才，傷淵雅之致」，正由於他正面抒寫胸懷，暴露昏暗的關係。這種寫作的態度，卻與阮籍相反，兩人性格的不同，於此可以看出。稽康的性格剛正不阿，雖明知不容於時，而理智不能制止感情，故對於世事終不能不有所臧否，這也就是孫登所說「君性烈而才雋，其能免乎？」同時我們又知道，像他這樣具有火烈感情的四言詩，並不因其復古的形式而減損其藝術的價值。到了後來太康詩人的四言，卻同沒有生命的木雞一般了。

　　　　嗟余薄祜，少遭不造，哀煢靡識，越在繈緥。母兄鞠育，有
　　　　慈無威，恃愛肆姐，[17]不訓不師。爰及冠帶，憑寵自放，抗
　　　　心希古，任其所尚。託好老、莊，賤物貴身，志在守樸，養
　　　　素全真。曰余不敏，好善闇人。子玉之敗，屢增惟塵。大人
　　　　含弘，藏垢懷恥。民之多僻，政不由己。惟此褊心，顯明臧
　　　　否。感悟思怨，怛若創痏。欲寡其過，謗議沸騰，性不傷

17「恃愛肆姐」之「姐」字，足豫切，嬌也。

物，頻致怨憎。昔慙柳惠，今愧孫登，內負宿心，外恧良
朋。仰慕嚴、鄭，樂道閒居，與世無營，神氣晏如。咎予
不淑，嬰累多虞，匪降自天，寔由頑踈。理弊患結，卒致
囹圄。對答鄙訊，縶此幽阻。實恥訟冤，時不我與。雖曰
義直，神辱志沮，澡身滄浪，豈曰能補？嗈嗈鳴鴈，奮翼
北遊，順時而動，得意忘憂，嗟我憤歎，曾莫能儔。事與
願違，遘茲淹留，窮達有命，亦又何求？古人有言，善莫
近名，奉時恭默，咎悔不生。萬石周慎，安親保榮，世務
紛紜，秖攪予情。安樂必誡，乃終利貞。煌煌靈芝，一年
三秀，予獨何為？有志不就。懲難思復，心焉內疚，庶勗
將來，無馨無臭。采薇山阿，散髮巖岫，永嘯長吟，頤性養
壽。（〈幽憤詩〉）

　　嵇康所作的論理文，共有六、七萬言。（《三國志》注引《魏氏
春秋》，《太平御覽》作《嵇集‧序》）今存者有〈養生論〉、〈聲
無哀樂論〉、〈釋私論〉等九篇。

　　《晉書‧嵇康傳》說：「康善談理，又能屬文，其高情遠趣，率
然玄遠。」同書〈向秀傳〉云：「與康論養生，辭難往復，蓋欲發康
高致也。」按：康之〈養生論〉，其表面上的論據不外乎是老、莊的
玄理與荒唐不經的道士之說，而寄託於言外的，則是對於現實的諷
刺。所以能使於莊子書「發明奇趣，振起玄風」的向秀，故意站在
富貴情慾方面與之論難，藉以引出他胸中不盡的蘊蓄。如〈難向子
期答養生論〉云：

　　且聖人寶位，以富貴為崇高者，蓋謂人君貴為天子，富有四
　　海，民不可無主而存，主不能無尊而立，故為天下而尊君
　　位，不為一人而重富貴也。……聖人不得已而臨天下，以萬

　　物為心，在宥群生，由身以道，與天下同於自得，穆然以無
　　事為業，坦爾以天下為公。雖居君位，饗萬國，恬若素士接
　　賓客也。雖建龍旂，服華袞，忽若布衣之在身。故君臣相忘
　　于上，烝民家足於下，豈勸百姓之尊己，割天下以自私，以
　　富貴為崇高，心欲之而不已哉？

這不是論養生，直是論君道，〈大師箴〉云：「憑尊恃勢，不友不
師。宰割天下，以奉其私。」與「勸百姓之尊己，割天下以自私。」
二句意義相似，同樣的話不惜一再言之，這該是多麼沉痛，而又是
多麼有力的對於暴君的攻擊，能說這不是別有寓意嗎？阮籍寓悲憤
於其〈詠懷詩〉中，嵇康寓悲憤於其〈養生論〉中，真可算得「殊
聲而合響」了。

　　劉師培云：「嵇、阮之文，豔逸壯麗，大抵相同。若施以區
別，則嵇文近漢孔融，析理綿密，阮所不逮；阮文近漢禰衡，託體
高建，嵇所不及；此其相異之點也。至其為詩，則為體迥異。大抵
嵇詩清峻，而阮詩高渾。」又云：「魏初詩歌，漸趨輕靡，嵇、阮矯
以雄秀，多為晉人所取法。」[18]劉氏之論極精確，特錄出之，以當
結論。

第四節　太康詩人

　　《文心雕龍・明詩》云：「正始明道，詩雜仙心，何晏之徒，
率多浮淺；惟嵇志清峻，阮旨遙深，故能標焉。」劉勰於正始詩人
中，特別重視的是上面所述的兩大詩人；至於那些浮淺的雜以「仙
心」的作品，現存的極少，已經自然被淘汰了。司馬氏統一天下，

18　劉師培《中古文學史・魏晉文學之變遷》。

而足以代表這新政權的詩人，便是所謂「太康詩人」。鍾嶸《詩品‧序》云：「迄於有晉。太康中，三張、二陸，兩潘、一左，勃爾復興，踵武前王，風流未沫，亦文章之中興也。」此所謂「中興」者，是對「詩雜仙心」一派的流弊而言。雖說中興，卻也有它的毛病，《文心雕龍‧明詩》云：「晉世群才，稍入輕綺，張潘左陸，比肩詩衢。采縟於正始，力柔於建安，或析文以為妙，或流靡以自妍，此其大略也。」

一、三張：張載、張協、張亢

三張為張載及載弟協、協弟亢三人。載字孟陽，安平人（今河北省保定附近）。太康初，道經劍閣，以蜀人恃險好亂，作〈劍閣銘〉，武帝遣人刻之於劍閣山。後以〈濛汜賦〉受知於傅玄，為之延譽，遂知名。協字景陽，少有俊才，與載齊名，官河間內史，在郡清簡寡欲，於時天下已亂，所在寇盜，協遂棄絕人事，屏居草澤。仿七體作〈七命〉，世以為工。亢字季陽，才藻不及二昆，解音樂技術。當時人將張氏三兄弟稱為三張。後來陸氏兄弟入洛，三張遂減價。（以上俱見《晉書》卷五五〈張載傳〉）《文心雕龍‧才略》云：「孟陽、景陽，才綺而相埒，可謂魯、衛之政，兄弟之文也。」而鍾嶸《詩品》則謂：「孟陽詩，乃遠慚厥弟。」按：載詩今存十五首，其詩風格，完全在建安影響之下，然辭藻盛而體驗淺，實不足以比擬建安。協之詩才，確勝其兄，其詩氣象闊大，情感深厚；而恬適自足，自寫襟懷，雖富於辭藻，卻不為辭藻所累。鍾嶸《詩品》將其列入上品，云：「其源出於王粲，文體華淨，少病累；又巧構形似之言，雄於潘岳，靡於太沖。風流調達，實曠代之高才。詞彩蔥蒨，音韻鏗鏘，使人味之，亹亹不倦。」今存協詩僅十三首，其中〈游仙〉一首乃殘簡。以〈雜詩〉為題者十一首，另一首則為

〈詠史〉詩。協之〈雜詩〉頗類阮籍〈詠懷〉詩，未必是源於王粲，也不是一時一地所作。史傳稱其隱居以後「守道不競，以屬詠自娛」，〈雜詩〉大概多是居草澤時，抒情寫志之作。

> 朝霞迎白日，丹氣臨暘谷。翳翳結繁雲，森森散雨足。輕風摧勁草，凝霜竦高木。密葉日夜疎，叢林森如束。疇昔歎時遲，晚節悲年促。歲暮懷百憂，將從季主卜。（〈雜詩〉十首其四）

> 結宇窮岡曲，耦耕幽藪陰。荒庭寂以閒，幽岫峭且深。淒風起東谷，有渰興南岑。雖無箕畢期，膚寸自成霖。澤雉登壟雊，寒猿擁條吟。溪壑無人跡，荒楚鬱蕭森。投耒循岸垂，時聞樵採音。重基可擬志，迴淵可比心。養真尚無為，道勝貴陸沈。游思竹素園，寄辭翰墨林。（〈雜詩〉十首其九）

二、二陸：陸機、陸雲

　　二陸為陸機、陸雲。《抱朴子》佚文云：「吾見二陸之文，猶玄圃積玉，莫非夜光，方之他人，各江、漢之濱；及其精處，妙絕漢、魏之人也。」（《北堂書鈔》卷一百引《意林》）據葛洪看來，二陸之文，並以辭華勝，不分優劣。然《文心雕龍‧鎔裁》云：「至如士衡才優，而綴辭尤繁；士龍思劣，而雅好清省。」又〈才略〉云：「陸機才欲窺深，辭務索廣，故思能入巧，而不制繁。士龍明練，以識檢亂，故能布采鮮淨，敏於短篇。」這樣看來，士衡繁縟而才大，士龍簡淨而才淺，各有長短，不能並論。

　　機字士衡（二六一～三○三），吳郡人（今江蘇吳縣境）。祖遜，吳丞相；父抗，吳大司馬。抗卒，領父兵為牙門將。年二十而吳亡。退居舊里，閉門勤學，十年不出。以祖父世為將相，有大勳

於江表，深慨孫皓舉而棄之。乃論權所以得，皓所以亡，以及祖父之功業，作〈辯亡論〉。至太康末，與弟雲俱入洛。閉門十年，高尚其志，終於不甘寂寞，屈節而來，自不免被人譏笑。如張華說：「伐吳之役，利獲二俊」，雖是揚譽之辭，究不免被人看作俘虜。初太傅楊駿辟為祭酒，駿誅，遷太子洗馬。趙王倫引為相國參軍，豫誅賈謐功，賜爵關內侯。倫以為中書郎，及倫誅，齊王冏以機為倫黨，收機付廷尉，賴成都王穎之救，得免死徙邊，遇赦而止。時中國多難，顧榮、戴若思等勸機還吳，機負其才望不從，遂委身於穎。穎以機參大將軍軍事，表為平原內史。太安初，穎與河間王顒，起兵討長沙王乂，以機為後將軍河北大都督，督諸軍二十萬人，列軍自朝歌至於河橋，鼓聲聞數百里，漢魏以來，出師之盛，未嘗有也。與乂軍戰於鹿苑，機軍大敗。時宦人孟玖譖機於穎，遂收殺於軍中。年四十三。所著文章，凡三百餘篇。（《晉書》卷五四〈陸機傳〉）就機入洛後十幾年的活動看來，他是一個極熱衷於功名的人。初奔走賈謐之門，（本傳云：「好游權門，與賈謐親善，以進趣獲譏。」）不久又出賣了賈謐，而投身於趙王倫，再投身於成都王穎，終犧牲個人生命於晉氏的內鬨。機弟雲（二六二～三○三），字士龍。性清正有才理，少與兄機齊名，雖文章不及機，而持論過之。歷官清河內史轉大將軍右司馬。機敗被收，成都王穎官屬江統、蔡克等救之，終為孟玖譖害而死，時年四十二。所著文章三百四十九篇。（《晉書》卷五四〈陸雲傳〉）

　　機詩今存樂府辭四十九首，詩五十五首。論到太康詩人，當以機為主，至《晉書‧論贊》稱其「遠超枚、馬，高蹈王、劉，百代文宗，一人而已。」未免太過。《詩品》卷上云：

　　　其源出於陳思，才高辭贍，舉體華美。氣少於公幹，文劣於
　　　仲宣。尚規矩，不貴綺錯，有傷直致之奇。然其咀嚼英華，

　　厭飫膏澤，文章之淵泉也。張公（華）歎其大才，信矣！

所謂「不貴綺錯」者，意思是說不知善用「綺錯」，以致「舉體華美」，「有傷直致之奇」。所以陸機的詩，只有外形的華麗，而沒有內在的風骨，若說其源於陳思，也不過學其「詞采華茂」而已，其他皆不足比擬。惟其「舉體華美」，同時代的張華歎其大才，稍後的葛洪視作夜光之寶，再後的鍾嶸則稱為「文章之淵泉」。要知這是有其歷史因素的，因為詩歌自曹植以後，已步入華靡的形式主義，後世作家往往只知以藻飾為工，而失去內在情志的表現，陸機便是這一派的典型作家。於是流風被於江左，以至唐初猶稱之為「百代文宗」。可是江左詩體之空疏華靡，未嘗不是由於陸機詩的惡影響。在文學史的觀點上，我們不得不將機詩的毛病指出來，這也是前人已經看出的；我們知道了機詩病之所在，也就可以了解江左詩風不振的原因。

　　（一）敷淺：清沈德潛云：「士衡以名將之後，破國亡家，稱情而言，必多哀怨；乃詞旨敷淺，但工塗澤，復何貴乎？」（《古詩源》卷七）就一個詩人的生活來說，陸機的生活夠豐富了，可是從他近百篇的詩中，除了歌頌祖德，鋪陳家世外，確乎看不出他精神生活的反映。例如〈入洛〉詩，以東吳世臣，國亡隱居，十年不出，一旦改變初衷，那複雜的心理，並不能從詩中看出來。尤以〈赴洛道中作〉二首中云：「借問子何之？世網嬰我身」，好像有如諸葛孔明，不得不出似的，這顯然是故作矯飾，連對自己也不忠實的感情。又如〈贈弟士龍詩・序〉云：「漸歷八載，家邦顛覆，凡厥同生，彫落殆半」，「故作是詩，以寄其哀苦焉。」這樣的情緒，應當作出好詩來，但除了一半誇張家世，一半空泛的感慨外，卻看不出有什麼動人的情感。沈德潛批評這位大詩人的作品，以為「詞旨敷淺」，實在不是苛論。再看他的十首〈百年歌〉，所陳述的，完

全是富貴享樂的庸俗思想，也倒坦白，連被人用得爛熟的儒家用世觀也沒有妝點進去；雖然，他這種庸俗的人生觀，也代表了當時若干文人，正如他的作品，成了好些人的模範似的。

（二）摹古：陸機的詩，四言體是摹倣《詩經》，五言詩一部分摹倣漢樂府辭，一部分摹倣古詩十九首，全是跟著前人走。《詩經》體的四言詩，當五言盛行以後便衰微了。到了嵇康，以三百篇的句法，參以建安的辭藻，又有豐富的感情迴盪其中，是四言詩之一變。陸機的四言，內容方面已是敷淺，又機械地摹倣《詩經》的形式，這樣的作法，自是枯索生湊，不見情志的表現。至於其樂府辭，則摹倣建安風格，既失於機械，又失於內容空疏；建安作家的精神，在以樂府的形式，寫自家的情志，陸機卻不能這樣作。至於擬古的五言詩卻極工，聲音、顏色、情致，維妙維肖，但究竟是優孟衣冠，雖足駭人，卻失去了自己。另一方面看，他對於古詩用力之深，以至如此。鍾嶸說他「源出於陳思」者，只是就「才高辭贍」而言。

（三）排偶：沈德潛又云：「意欲逞博，而胸少慧珠，筆又不足以舉之，遂開出排偶一家。西京以來，空靈矯捷之氣，不復存矣。降自梁、陳，專攻隊（對）仗，邊幅復狹，令閱者白日欲臥，未必非士衡為之濫觴也。」黃子雲《野鴻詩的》亦云：「平原五言樂府，一味排比敷衍，間多硬句，且躡前人步伐，不能流露性情，均無足觀。」排偶之來源，當然與辭藻有關，因為太講求辭藻，以致失去詩人的個性；又因為辭藻便能成詩，於是流於敷淺，以排偶為處理辭藻以成詩的唯一方法，可是詩人要表現他真實的情感與思想，這一方法卻是有害的。

> 置酒高堂，悲歌臨觴。人壽幾何？逝如朝霜。時無重至，華不再揚。蘋以春暉，蘭以秋芳。來日苦短，去日苦長。今我

不樂，蟠蟀在房。樂以會興，悲以別章。豈曰無感，憂為子忘。我酒既旨，我肴既臧。短歌有詠，長夜無荒。（〈短歌行〉）

安寢北堂上，明月入我牖。照之有餘輝，攬之不盈手。涼風繞曲房，寒蟬鳴高柳。踟躕感節物，我行永已久。游宦會無成，離思難常守。（〈擬明月何皎皎〉）

牽世嬰時網，駕言遠徂征。飲餞豈異族？親戚弟與兄。婉孌居人思，紆鬱遊子情。明發遺安寐，晤言涕交纓。分塗長林側，揮袂萬始亭。佇眄要遮景，傾耳玩餘聲。南歸憩永安，北邁頓承明。永安有昨軌，承明子棄予。俯仰悲林薄，慷慨含辛楚。懷往歡絕端，悼來憂成緒。感別慘舒翮，思歸樂遵渚。（〈於承明作與弟士龍〉）

　　關於陸機所作的辭賦文章，可參考同時代人的批評，尤其是他兄弟的看法，今存雲與機書有若干篇，惜文字多訛誤，不易了解，有一札云：

往日論文，先辭而後情，尚絜而不取悅澤。嘗憶兄道張公父子論文，實自欲得，今日便欲宗其言。兄文章之高遠絕異，不可復稱言，然猶皆欲微多，但清新相接，不以此為病耳。若復令小省，恐其妙欲不見，可復稱極，不審兄由以為爾不？（陸雲〈與兄平原書〉）

按：張華曾謂機云：「人之作文，患於不才；至子為文，乃患太多也。」又孫興公（綽）云：「陸文若排沙簡金，往往見寶。」又云：「潘文淺而淨，陸文深而蕪。」（《世說新語・文學》及注文）足見張華、孫興公及陸雲都以為他的毛病在繁蕪。後來劉勰也說：「陸

機才欲窺深，辭務索廣，故思能入巧，而不制繁。」（《文心雕龍
‧才略》）又說：「陸機之弔魏武，序巧而文繁」，不僅〈弔魏武
帝文〉如此，就是〈五等論〉及〈辯亡論〉，或記典制因革，或溯
歷代亂源，雖說意思多，終不免詞蕪而文冗。所幸他有一種「清新
相接」的技巧，劉師培云：「清者，毫無蒙混之迹也；新者，惟陳
言之務去也。士衡之文，用筆甚重，辭采甚濃，且多長篇；使他人
為之，稍不檢點，即不免蒙混或人云亦云。」[19] 同時他又有一種聲
調之美。劉氏又云：「文之音節既由疏朗而生，不可砌實。而陸士
衡文甚為平實，而氣仍是疏朗，絕不至一隙不通，故其文之抑揚頓
挫，甚為調利。且非特辭賦能情文相生，音節和諧，即〈辯亡〉、
〈五等〉諸論，亦無不可誦。」[20] 這些屬於形式美的創造，也正是消
耗其天才最多之處。

　　陸雲的詩，今存四言二十四首，大都是冗長的。〈答兄平原〉
一首竟長達千字，也不過鋪張家世而已。其作風完全摹倣《三百
篇》，與其兄同一文學道路。五言詩完全者今只存四首。辭藻之繁
縟，自以為不如其兄，〈與兄平原書〉云：「雲作雖時有一佳語，
見兄作又欲成貧儉家。」又云：「四言、五言非所長，頗能作賦。」
今存賦七篇，仿《楚辭》九篇，所摹倣的是司馬相如一派的辭賦及
《楚辭》，並未受建安時代的影響。

三、兩潘：潘岳、潘尼

　　潘岳與從姪潘尼，即所謂「二潘」，其實以岳為最佳。岳字安
仁，榮陽中牟人（今河南開封、鄭州間）。少以才穎見稱，鄉邑號

---

19 劉師培《漢魏六朝專家文研究‧蔡邕精雅與陸機清新》。
20 劉師培《漢魏六朝專家文研究‧論文章之音節》。

為奇童。生於魏正始八年（二四七）。[21]岳才名冠世，為眾所疾，棲遲十年，出為河陽令，轉懷令。楊駿輔政，岳為主簿。駿誅，除名。尋為著作郎，轉散騎侍郎。岳性輕躁，趨世利，與石崇等諂事賈謐，每候其出，輒望塵而拜。謐有二十四友，包括陸機、陸雲、左思、石崇、劉琨等，岳為其首。又因仕宦不達，作〈閑居賦〉。後謐誅，趙王倫專權，乃與石崇等陰勸淮南王允、齊王冏圖倫，遂被誅。（《晉書》卷五五〈潘岳傳〉）死年五十四歲（三〇〇）。岳有集十卷，已佚。岳詩今存十八首，《詩品》列入上品：

> 其源出於仲宣。《翰林》嘆其「翾翾然如翔禽之有羽毛，衣服之有綃縠。猶淺於陸機。」謝混云：「潘詩爛若舒錦，無處不佳；陸文如披沙簡金，往往見寶。」嶸謂：「益壽輕華，故以潘為勝；《翰林》篤論，故歎陸為深。」余常言：「陸才如海，潘才如江。」

《翰林論》作者李充及詩人謝混同是晉人，而他們都將潘、陸並稱，足見潘岳在太康詩人中的地位。李謂潘詩淺於陸，謝謂潘詩精於陸，而嶸則有潘江陸海之別。按：「淺」之一字，大概是就題材而言，岳善抒情而廊宇狹，如岳之代表作〈悼亡詩〉，纏綿哀感，其境界不得謂之「淺」，但僅限於夫婦間感情的抒寫。而陸詩的廊宇廣，則非岳所及，因謂之「深」；鍾嶸的江海之分，大抵也是這種觀念。今就兩人詩中所反映的感情看來，潘真實而陸浮泛，潘之深切又不是陸所能及。

> 荏苒冬春謝，寒暑忽流易。之子歸窮泉，重壤永幽隔。私懷誰克從，淹留亦何益？僶俛恭朝命，迴心返初役。望廬思其

---

21 據〈秋興賦〉：「晉十有四年，余春秋三十有二。」知生於是年。《文選》注云：「十四年，晉武帝太始十四年也。」按：太始只十年，《文選》注誤。

> 人，入室想所歷。幃屏無髣髴，翰墨有餘迹。流芳未及歇，
> 遺掛猶在壁，恨怳如或存，周惶忡驚惕。如彼翰林鳥，雙棲
> 一朝隻；如彼遊川魚，比目中路析。春風緣隙來，晨溜承簷
> 滴，寢興何時忘，沉憂日盈積。庶幾有時衰，莊缶猶可擊。
> （〈悼亡〉詩三首其一）

他的〈哀永逝文〉，也是悼亡之作，係《楚辭》體，雖辭藻不免繁
縟，但未掩其濃摯的感情，這是他的高處。至於〈秋興〉、〈閑居〉
兩賦之作，前後相隔達二十年。前一篇是他初入仕途之感，後一篇
是他困躓仕途之慨，同是因不得意而寄興於閒適。一個奔競權門，
希望顯達的朝市詩人，偶發林野之思，祇足以反映其佗傺的情懷，
不足作為內心的真實表現。像他這一類的作品，要是稱之為「淺」，
倒是恰當的。

四、一左：左思

左思字太沖，齊國臨淄人（今山東臨淄縣境）。家世儒學，父
雍，官殿中侍御史。思貌寢口訥，而辭藻壯麗，不好交游，惟以閑
居為事。欲賦〈三都〉，以所見不博，求為祕書郎。祕書監賈謐請講
《漢書》，謐誅，退居宜春里，專意典籍。及張方縱暴都邑，舉家適
冀州，數年，以疾終。讀其〈詠史詩〉，足知左思抱負甚偉，實有縱
橫之才，並非真心恬退之士，鍾嶸《詩品》卷上云：

> 其源出於公幹，文典以怨，頗為清切，得諷諭之致；雖野於
> 陸機，而深於潘岳。謝康樂嘗言：「左太沖詩、潘安仁詩，
> 古今難比。」

左詩格高思深，辭藻高華，在晉世群才中，實為健者，今存詩僅
十四首。四言〈贈妹〉詩二首，五言〈詠史〉詩八首，〈招隱〉詩二

首，〈雜詩〉及〈嬌女詩〉各一首。而〈詠史〉之作，尤為創格。胡應麟云：「〈詠史〉之名，起自孟堅，但指一事；魏杜摯〈贈毋丘儉〉，疊用八古人名，堆垛寡變。太沖題實因班，體亦本杜，而造語奇偉，創格新特，錯綜震蕩，逸氣干雲，遂為千古絕唱。」（《詩藪‧外編》卷二）按：建安詩人曹植、王粲、阮瑀都有〈詠史〉詩，並且都是運用歷史題材，寫自家感慨，左思之〈詠史〉，與其說是從班固來，不如說是受曹植等的影響。〈詠史〉詩到了左思，無疑的達到最高峰。他將歷史的故實、自家的懷抱，渾然為一，說他在詠史固無不可，說他在詠懷倒更為確切。讀他的詩，可以反映出：歷史上崇高的人格，是他的精神之所寄託；歷史上由昏暗造成的不平，是他的處境之所感；他鄙視權勢的富貴，慨歎英雄的困頓。嚴羽說：「晉人舍陶淵明、阮嗣宗外，惟左太沖高出一時；陸士衡獨在諸公之下。」（《滄浪詩話》）這雖說是他的詩品，也可以說是他的人品吧！

> 吾希段干木，偃息藩魏君；吾慕魯仲連，談笑卻秦軍。當世貴不羈，遭難能解紛；功成恥受賞，高節卓不群。臨組不肯緤，對珪寧肯分。連璽曜前庭，比之猶浮雲。（〈詠史〉八首其三）

> 荊軻飲燕市，酒酣氣益震，哀歌和漸離，謂若傍無人。雖無壯士節，與世亦殊倫。高眄邈四海，豪右何足陳！貴者雖自貴，視之若埃塵；賤者雖自賤，重之若千鈞。（〈詠史〉八首其六）

至於他的賦，他是追求班固、張衡，並不走建安作家之路的。先作〈齊都賦〉，一年乃成，復欲賦〈三都〉，即蜀都益州、吳都建業、魏都鄴三都。為了蒐集資料，因妹芬入宮，移家京師，向著

作郎張載訪問蜀都的故實。[22]以所見不博，求為祕書郎。家中門庭藩溷，皆著筆紙，遇得一句，隨即寫下。十年始成。（《晉書》本傳）〈三都賦〉完全是摹倣〈兩都〉、〈二京〉的形式與手法，所不同的，是題材的處理。〈兩都〉、〈二京〉的題材，「考之果木，則生非其壤；校之神物，則出非其所；於辭則易為藻飾，於義則虛而無徵。」這種漫無邊際地處理題材，他是不以為然的。他說：「余既思摹〈二京〉而賦〈三都〉，其山川城邑，則稽之地圖；其鳥獸草木，則驗之方志；風謠歌舞，各附其俗；魁梧長者，莫非其舊，何則？發言為詩者，詠其所志也；升高能賦者，頌其所見也。美物者貴依其本，讚事者宜本其實；匪本匪實，覽者奚信？」（〈三都賦・序〉）因為主張賦是「以觀土風」的，（亦見〈三都賦・序〉）豈可「虛而無徵」？所以他要以「徵實」的態度來寫〈三都賦〉，這也就是〈三都賦〉不同於〈二京〉、〈兩都〉之處。當他的〈三都賦〉未完成時，陸機寫信給他的弟弟陸雲說：「此間有傖父，欲作〈三都賦〉，須其成，當以覆酒甕耳！」及思賦出，機絕歎伏，以為不能加也。不僅如此，豪貴之家，競相傳寫，洛陽為之紙貴。（《晉書・左思傳》）雖然，震動一時的大作品〈三都賦〉，今日看來，也不過等於類書的性質，並沒有文學價值；真能在文學史上獲得不朽價值的，不是他的賦而是他的詩。

五、劉琨

　　鍾嶸稱其有「清拔之氣」的劉琨（二七〇～三一七），字越石，中山魏昌人（今河北省東南部）。少負志氣，有縱橫之才。始

---

22 張載父收為蜀郡太守。載入蜀省父，道經劍閣，為〈劍閣銘〉。蓋熟於蜀事者。思〈三都賦〉成，張載為注《魏都》，劉逵為注《吳》、《蜀》。張華見而歎曰：「班、張之流也。使讀者盡而有餘，久而更新。」

以文士身分，為石崇金谷園名士；又與石崇、陸機等為賈謐二十四友之一。永嘉元年為并州刺史，加振威將軍，領匈奴中郎將，時年三十七歲。當時并土饑荒，人民流離死亡，餘戶不滿二萬，琨撫循勞徠，甚得物情。然琨善於懷撫，而短於控御，遂為劉聰所敗。愍帝即位，拜大將軍，都督并州諸軍事。因與幽州刺史鮮卑段匹磾結婚姻，約為兄弟，共戴王室。元帝稱制江左，進琨侍中大尉，餘如故。後匹磾與從弟末波有隙，末波誘琨子群共襲匹磾，匹磾遂留琨不令歸。琨素負重望，被拘經月，遠近憤歎。琨亦自知必死，神色自若。會王敦密使匹磾殺琨，遂縊殺之，時年四十八歲。（《晉書》卷六二〈劉琨傳〉）

　　這位生活極豐富、極悲壯的詩人，雖然作過金谷園的名士，賈謐門下的文友，也參與過司馬氏諸王的政事，但他自為并州刺史以後，便負起了收拾北方殘局與恢復中原的重任。先是他聽到他的朋友祖逖已被朝廷任用，他與親故書云：「吾枕戈待旦，志梟逆虜，常恐祖生，先吾著鞭。」（《晉書》本傳）足見他是素懷遠大抱負的人，並非同時詩人只知利祿者可比。因此，他的詩也不同凡響。他有集十卷，別集十二卷，不幸今僅存詩三首，有兩首是被拘時與盧諶的贈答詩。諶字子諒，范陽人，好老、莊，善屬文。為琨主簿，轉從事中郎。琨為段匹磾所害，諶投段末波，後為石季龍中書監，石被誅，因遇害。琨答盧諶書云：「昔在少壯，未嘗檢括，遠慕老、莊之齊物，近嘉阮生之放曠，怪厚薄何從而生？哀樂何由而至？自頃輈張，困於逆亂，國破家亡，親友彫殘。負杖行吟，則百憂俱至；塊然獨坐，則哀憤兩集。時復相與舉觴，對膝破涕為笑，排終身之積慘，求數刻之暫歡。譬由疾疢彌年，而欲一丸銷之，其可得乎？」以這種心情寫詩，其悲憤可知。故鍾嶸《詩品》卷中云：「其源出於王粲，善為悽戾之詞，自有清拔之氣。琨既體良才，又

罹厄運,故善敘喪亂,多感恨之詞。中郎(盧諶)仰之,微不逮者
矣。」

> 握中有玄璧,本自荊山璆。惟彼太公望,昔在渭濱叟。鄧生
> 何感激,千里來相求。白登幸曲逆,鴻門賴留侯;重耳任五
> 賢,小白相射鈎;苟能隆二伯,安問黨與讎?中夜撫枕歎,
> 相與數子游;吾衰久矣夫,何其不夢周?誰云聖達節,知命
> 故不憂;宣尼悲獲麟,西狩涕孔丘。功業未及建,夕陽忽
> 西流。時哉不我與,去乎若雲浮。朱實隕勁風,繁英落素
> 秋;狹路傾華蓋,駭駟摧雙輈。何意百鍊鋼,化為繞指柔!
> (〈重贈盧諶〉)

《晉書・劉琨傳》云:「琨詩託意非常,攄暢幽憤,遠想張、陳,
感鴻門、白登之事,用以激諶;諶素無奇略,以常詞酬和,殊乖琨
心。」一個「志梟逆虜」、光復國土的英雄,豈願輕易死去?故諷諶
以鴻門、白登之事,猶作困獸突圍之想,無奈豎子不足有為,可悲
的僅於詩篇中留下「悽戾」之音而已。沈德潛云:「越石英雄失路,
萬緒悲涼;故其詩隨筆傾吐,哀音無次,讀者烏得於語句間求之!」
(《古詩源》評語)如電光的閃發,如怒濤的激射,在永嘉詩人群中
放一異彩。

六、郭璞

　　與劉琨同時的詩人郭璞(二七六～三二四),字景純,河東聞
喜人(今山西聞喜縣)。好經術及古文奇字,博學有高才,而訥於
言論,詞賦為中興之冠。始為宣城太守參軍,後王導引之參己軍
事。時作〈江賦〉,傳誦一時;又作〈南郊賦〉,元帝嘉之,以為
著作郎。明帝在東宮,與溫嶠、庾亮,並有布衣之好,璞亦以才學

見重，論者美之。然性輕易，不修威儀，嗜酒好色，時或過度。又好卜筮，縉紳多笑之。自以才高位卑，乃作〈客傲〉。王敦將起兵為逆，溫嶠、庾亮勸帝討敦，敦疑璞通嶠、亮，因殺璞。時年四十九。及王敦卒，追贈弘農太守。以上俱見《晉書》本傳，惟傳中多記陰陽筮卜之事，極為荒誕不經。他雖是富於道士氣的儒家，可是他的〈遊仙詩〉，卻不是真寫遊仙，而是藉以抒寫襟懷的。按：以遊仙為題材的作品，雖可說始於漢樂府辭〈董逃行〉、〈王子喬〉等，實導源於《楚辭》的〈遠遊〉。曹氏父子以後多〈遊仙詩〉之作，但都以描寫虛無飄渺的生活為主，至郭璞的〈遊仙詩〉出，一變過去詩人寫遊仙的手法。鍾嶸《詩品》卷中云：

> 憲章潘岳，文體相輝，彪炳可翫，始變永嘉平淡之體，故稱中興第一。《翰林》以為詩首。但〈遊仙〉之作，辭多慷慨，乖遠玄宗。其云「奈何虎豹姿」，又云「戢翼棲榛梗」，乃是坎壈詠懷，非列仙之趣也。

按：《續晉陽秋》云：「正始中，王弼、何晏好莊、老玄勝之談，而世遂貴焉。至江左李充尤盛。故郭璞五言，始會合道家之言而韻之。詢（許詢）及太原孫綽轉相祖尚，又加以三世之辭，而《詩》、《騷》之體盡矣。」（《世說新語・文學篇》注引）藉遊仙詩的題材，表現個人情志，本是一種新的藝術技巧；鍾嶸的說法，已不免失於色相；豈知許詢、孫綽等追摹色相，反而作出「平典似道德論」的惡詩。今〈遊仙詩〉存十四首，已非全數，《詩品》所引兩句皆不在十四首中。但從這十四首可以看出，生於動盪的時代，種種煩亂矛盾的情緒，有明知「進則保龍見，退為觸藩羝」，終至進退不得，恨然於想望的自由與安全。有「運流有代謝」，「吾生獨不化」的失意的悲吒。有「燕昭無靈氣，漢武非仙才」的對於昏闇的指責；有

「遐邈冥茫中，俯視令人哀」的對於人世的悲憫。總之，他雖有高情逸致，而牽於世網，不能自拔；既非雄傑之才，而又思雜風雲，終於喪失生命於野心者的手中。

> 京華遊俠窟，山林隱遯棲。朱門何足榮？未若託蓬萊。臨源把清波，陵崗掇丹荑。靈谿可潛盤，安事登雲梯？漆園有傲吏，萊氏有逸妻。進則保龍見，退為觸藩羝。高蹈風塵外，長揖謝夷齊。（〈遊仙詩〉）

> 逸翮思拂霄，迅足羨遠遊。清源無增瀾，安得運吞舟？珪璋雖特達，明月難闇投。潛穎怨青陽，陵苕哀素秋。悲來惻丹心，零淚緣纓流。（〈遊仙詩〉）

第五節　陶淵明

曹植以後的兩百年中，偉大的詩人除了阮籍，便是陶淵明。此兩百年中的詩風，大體說來，完全在曹植的影響之下，就是阮籍也不能例外，惟有陶淵明自成風格，超然於曹詩的影響之外，而獨建一宗，衣被來世。

淵明字元亮，或云潛字淵明。（梁蕭統〈陶淵明傳〉）《晉書》本傳則云：名潛字元亮，《宋書》本傳則云字淵明，《南史》本傳則云名元亮，字淵明。按：集中每自稱淵明，是淵明為名無疑。然又何以名潛？李公煥箋注陶集云「在晉名淵明，在宋名潛」；梁啟超則謂「君子已孤不更名」，晚年更名，殆不近理。因證以淵明之五子有名、有小名，遂疑潛為其小名。他是潯陽柴桑人，先世本居鄱陽，吳平後，始徙家於廬江之潯陽。（《晉書》卷六六〈陶侃傳〉）曾祖侃，晉使持節侍中太尉都督荊、江、雍、梁、交、廣、益、寧八州諸軍事，荊、江二州刺史長沙郡公。祖茂，武昌太守。父名無考，

〈命子〉詩云：「於皇仁考，淡焉虛止；寄迹風雲，冥茲慍喜。」是知亦嘗仕宦，而係天性淡泊之人。侃在當時，是長江上流重鎮，江左偏安，侃功不在王導、謝安之下。惟因侃出身寒門，比不過王、謝世族。所以到了淵明的時候，家道就中落了。如果淵明是世族，出身便可獲致卿要，因「其時高門大族，門戶已成，令僕三司，可安流平進。」（《廿二史劄記・南朝多以寒人掌機要》）試看王、謝世家及其他僑姓或土著大族，皆歷江左各代而不衰。可是這位功勳子弟則不然，偏是「少而窮苦」（〈與子儼等疏〉），「耕植不足以自給」。（〈歸去來辭・序〉）已經沒落成為尋常百姓。雖說如此，他卻不是親身從事耕植的農民，他自述云：「少年罕人事，游好在六經。」（〈飲酒詩〉）「弱齡寄事外，委懷在琴書。」（〈始作鎮軍參軍經曲阿〉）這時便奠定了以儒家思想為其中心思想。儒家的人生態度，是以「窮則獨善其身，達則兼善天下」為準則，而以求達為出發點的，如孔、孟兩人對於現實都抱積極的態度，必到無法前進時才退將下來。淵明的人生態度，也是這樣，並非一向甘心隱遁，也曾抱著理想企圖有所作為。他說：「少時壯且勵，撫劍獨行遊。」（〈擬古〉）又說：「憶我少壯時，無樂自欣豫，猛志逸四海，騫翮思遠翥。」（〈雜詩〉）這樣凌厲無前的豪情，有不可一世之概。當他二十七、 八歲時，始為鎮軍將軍劉牢之參軍；牢之死，又為牢之子建威將軍敬宣參軍。這時劉裕也在劉氏父子幕府中為參軍，與淵明同僚，可是後來劉裕奪晉室政權，作了皇帝，淵明則退居田間而為隱士。淵明雖云「猛志逸四海」，究竟他只是儒家思想的文人，而不是競於事功的野心家。加以天性泊淡，不是堅強的鬥士，既知世無可為，也只得告退。〈感士不遇賦・序〉云：

　　夫履信思順，生人之善行；抱朴守靜，君子之篤素。自真風告退，大偽斯興，閭閻懈廉退之節，市朝驅易進之心；懷正

　　志道之士，或潛玉於當年，潔己清操之人，或沒世以徒勤。

他率直地說出這個世界不是他的世界，不願同流合汙，只有「沒世以徒勤」。賦云：「寧固窮以濟意，不委曲而累己」，這不是「窮則獨善其身」的精神嗎？所以在他的詩中，一再提到「固窮」，如云：「高操非所攀，謬得固窮節」（〈癸卯歲十二月中作與從弟敬遠〉），「誰云固窮難，邈哉此前脩」（〈詠貧士〉）。「固窮」原是儒家高尚的情操，淵明的人生修養，於此可知。據梁啟超〈陶淵明年譜〉，三十三歲時為建威將軍劉敬宣參軍，次年三月奉使適金陵，有〈乙巳歲三月為建威參軍使都經錢溪〉詩云：「園田日夢想，安得久離析？」是已萌歸志，大概覆命後不久，也就離開劉氏的幕府了。故於是年八月補彭澤令，自云：「家叔以余貧苦，遂見用于小邑；于時風波未靜，心憚遠役。彭澤去家百里，公田之利（一作「秫」），過足為潤（一本作「足以為酒」），故便求之。」（〈歸去來辭・序〉）看來此行不是真為縣政，特倦於風塵，以彭澤離家近，就便為「口腹自役」。於是公田悉令吏種秫，以便釀酒，曰：「吾常得醉於酒，足矣！」妻子固請種秔，乃使二頃五十畝種秫，五十畝種粳。（蕭統〈陶淵明傳〉）身為縣令，不以民疾苦為務，只知種秫飲酒，此與阮嗣宗聞步兵廚有好酒而求官，同一放誕。這一年淵明才三十四歲，竟因「風波未靜，心憚遠役」，昔年「撫劍獨行遊」的豪氣，似乎消沉得一無所有了。足見淵明這種性格的人，雖說有思想、有抱負、有熱情，畢竟文士氣息太重而不是一個事功家。在整個夢想破滅後，遂打算以隱逸的心情寄身於彭澤令，可是彭澤雖是偏僻的小縣，卻是「真風告逝，大偽斯興」的時代之一部分，自然也有許多不堪之事，於是藉口郡遣督郵至縣，不願為五斗米向鄉里小兒折腰，自免去職。適程氏妹死於武昌，他便前往奔喪去了。作了八十餘日的彭澤令後，深致悔恨，大有此次出山，未免孟浪之

意。〈歸去來辭〉云:「悟已往之不諫,知來者之可追;實迷途其未遠,覺今是而昨非。」這種沉痛的自責,我們可以想像詩人心中的悲苦。從此遯世無悶,甘心畎畝,而追跡於長沮、桀溺一流的人物了。如云:「遙遙沮、溺心,千載乃相關」(〈庚戌歲九月中於西田穫早稻〉);「遙謝荷蓧翁,聊得從君栖。」(〈丙辰歲八月中於下潠田舍穫〉)

　　一個曾懷「猛志」的人,一旦與世永絕,果真心如止水嗎?這又是不可能的,於是往往激發出他那不能抑止的熱情來,〈雜詩〉云:「日月擲人去,有志不獲騁;念此懷悲悽,終曉不能靜!」曹孟德說:「烈士暮年,壯心未已。」而淵明未到暮年,便已壯心無著,其悲涼的心情猶甚於孟德。於是痛惜擊殺暴君的荊軻,(〈詠荊軻〉)歌頌神勇的夸父與刑天。(〈讀山海經〉)可是心情儘管悲涼,卻不放鬆自己的操持;儘管舍棄了用世的觀念,卻加深了個人身心的修養。如〈榮木·序〉云:「榮木,念將老也。日月推遷,已復九夏,總角聞道,白首無成。」又〈雜詩〉云:「前途當幾許?未知止泊處。古人惜寸陰,念此使人懼!」他隨時警惕自己,隨時以進德修業為務;世俗的看法,總以為他是個飲酒自放之人,不知他內心的世界,卻是如此的嚴肅。

　　淵明所處的時代,正是佛教與老、莊玄學盛行之時,但淵明與他們的關係卻不深。晉安帝隆安元年淨土宗大師慧遠持精靈不滅之說,又深怵生死報應之威,與劉遺民等,共發弘願,期生淨土。[23] 此即廬山東林寺的白蓮社,傳說他們曾邀淵明入社,淵明謝未參與。此說雖未必可信,但淵明與佛教無甚因緣,像自挽一類的詩毫無佛教氣息,是可以看出的。他對於老、莊玄學,似乎還是尊重的,

---

23 據湯用彤《漢魏兩晉南北朝佛教史》。梁啟超〈陶淵明年譜〉繫此於義熙十年,不如湯書可信。

〈擬古〉詩云：「路旁兩高墳，伯牙與莊周，此士難再得，吾行欲何求！」在他描寫自然的詩中，每有物我兩忘的境界，當然不無老、莊的影響。

　　世俗一提到淵明，便聯想到酒。是的，他好像以酒為生命，詩中也常常禮讚酒。他將彭澤令的公田，幾乎全部種秫釀酒，已經可笑了。後來大詩人顏延之為始安郡太守，經過潯陽去看他，每次必酣飲到醉了為止。延之臨去時，留下二萬錢給他——這是一個不小的數目，他卻全數送給賣酒家，零星取酒喝。（蕭統〈陶淵明傳〉）他在詩裏常常叫窮，叫得頗為酸楚，可是一有錢還是先買酒。雖然這樣，他卻不是真醉漢。蕭統說：「有疑淵明詩，篇篇有酒。吾觀其意不在酒，亦寄酒為迹者也。」（〈陶淵明集・序〉）這倒是真能了解淵明的。他之寄迹於酒，可說與竹林名士同趣，但真率不妄誕，超然於行迹之外而不為浮名所累。世人稱其高逸，殊不知一個懷有「猛志」的人，到了不得不將自己沉埋下去的時候，與其清醒，不如昏醉。即如他禮讚酒，也不過藉此為題材，以抒孤憤，有名的〈述酒〉詩便是如此。宋人湯漢注是篇云：「晉元熙二年六月，劉裕廢恭帝為零陵王。明年，以毒酒一甖授張偉使酖王，偉自飲而卒。繼又令兵人踰垣進藥，王不肯飲，遂掩殺之。此詩所為作。故以〈述酒〉名篇也。詩辭盡隱語。……予反覆詳攷，而後知決為零陵哀詩也。」足證蕭統說他是「亦寄酒為迹者」，真是知人論世之言。

　　朱熹云：「隱者多是帶氣負性之人為之。」（《朱子語類》卷一百四十）淵明何嘗不是如此？當他五十三歲這年，「江州刺史檀道濟往候之，偃臥瘠餒有日矣。道濟謂曰：『賢者處世，天下無道則隱，有道則至；今子生文明之世，奈何自苦如此？』對曰：『潛也何敢望賢，志不及也。』道濟饋以粱肉，麾而去之。」（蕭統〈陶淵明

傳〉，繫年據梁譜）雖然瘠餒多日，卻不輕受他人粱肉，這在淵明生平是一小事，但不妨從此一小事看出他的負氣。孔子批評伯夷、叔齊的餓死首陽，是「求仁得仁」而無所怨，淵明的生活，在檀道濟的眼中是「自苦」，在淵明心中正是「求仁得仁」。所謂「負氣」，正應如此解釋。因此，形成他的自尊自信的獨立人格，也就是一種落落寡合的獨行者之精神。〈擬古〉詩云：

> ……厭聞世上語，結友到臨淄，稷下多談士，指彼決吾疑。束裝既有日，已與家人辭。行行停出門，還坐更自思；不怨道里長，但畏人我欺；萬一不合意，永為世笑嗤。

淵明卒於元嘉四年，五十六歲（三七二～四二七）。《宋書》、《晉書》及蕭統〈陶淵明傳〉均云年六十三（三六五～四二七），今據梁啟超〈陶淵明年譜〉之考證，定為五十六歲。死前有〈自祭文〉、挽詩及遺囑（〈與子儼等疏〉），臨命從容，倒是達人風度。顏延之誄云：「視死如歸，臨凶若吉；藥劑弗嘗，禱祀非恤。傃幽告終，懷和長畢。」雖說如此，在〈自祭文〉中卻不自覺流露兩句沉重的話：「人生實難，死如之何！」顧炎武說他：「淡然若忘於世，而感憤之懷，有時不能自止，而微見其情者，真也。」人們只見其曠達高懷，有誰知道他永遠藏著一顆熱烈的心，耿耿不滅，以至於死。

顏延之雖是與淵明同時的大詩人，也是淵明好友，卻不能了解他的詩，只佩服他的德行。對於其文學成就，〈陶徵士誄〉中僅淡淡地說一句「文取指達」而已。因為延之是追隨陸機詩風的典型詩人，而淵明卻憑其天才與襟懷，擺脫傳統的影響，無視當時詩風而自成新體。這新體之超脫高妙，並非同時詩人所能了解。第一個懂得淵明的作品及人格的，要算昭明太子蕭統了。他本是「沉思」、

「翰藻」的文學倡導者，但他為淵明作傳，並為淵明搜校遺文，又作了一篇極有價值的〈陶淵明集‧序〉。他說：「余愛嗜其文，不能釋手。尚想其德，恨不同時。」可謂傾倒備至。他對於淵明的文學，曾有如下之批評：

> 其文章不群，辭彩精拔，跌宕昭彰，獨超眾類，抑揚爽朗，莫之與京。橫素波而傍流，干青雲而直上。語時事則指而可想，論懷抱則曠而且真。

他竟能承認淵明的風格是「獨超眾類」，其內容則是或語時事，或論懷抱，這見解實遠在鍾嶸之上。《詩品》卷中云：

> 其源出於應璩，又協左思風力。文體省淨，殆無長語。篤意真古，辭興婉愜。每觀其文，想其人德。世歎其質直。至如「懽言酌春酒」、「日暮天無雲」，風華清靡，豈直為田家語邪？古今隱逸詩人之宗也。

大抵六朝文人總以為淵明質直，詞采不夠高華，故鍾嶸特為其辨明；至於他以「隱逸詩人之宗」稱淵明，是不夠的。黃庭堅曾反對此語，而以蕭統之言為能盡淵明（〈跋淵明詩卷〉）；黃文煥也說：「以隱逸蔽陶，陶又不得見也。」（《陶詩析義‧自序》）足見前人早有定論。鍾嶸說陶詩源於應璩，葉夢得曾痛斥此說。（《石林詩話》）按：應璩詩以樸質不尚雕飾勝，鍾嶸故以淵明歸之，其實淵明襟懷高曠，不是在某一人門下討生活之人。蕭統〈陶淵明傳〉引陶淵明〈五柳先生傳〉云：「嘗著文章自娛，頗示己志。」葉夢得說得好：「此老何嘗有意欲以詩自名，而追取一人而模倣之？此乃當時文士與世進取競進而爭長者所為，何期此老之淺？蓋嶸之陋也。」夢得此語，足為〈五柳先生傳〉之註腳。由淵明的作品看他寫作的

態度，確乎以抒寫個人情志為主，自不屑追隨時代的風尚以藻飾為工，用自己淳樸的語言，表現個人真實的感情與思想。所以，讀淵明詩自然會感到有漢樂府的樸厚，建安時代的風骨，意境高遠而出語自然；看似古拙而實為高華。隨時流露真情，有時沉痛，有時風趣，時或直率，時或婉愜；此皆前人所無的風格。再從文學演變看來，建安以後的詩歌，大多總衝不出辭藻的樊籬，以致意境日益侷促，氣象益形枯索；才高者尚足自拔，如左思、郭璞之流，差免辭藻之累；才不如左思、郭璞者，只有泥足於前人的路線而無從自振。獨有淵明「前無古人」地創造了新的風格，為文學史上綻放四射的光芒。

> 少無適俗韻，性本愛丘山；誤落塵網中，一去三十年。羈鳥戀舊林，池魚思故淵；開荒南野際，守拙歸園田。方宅十餘畝，草屋八九間；榆柳蔭後簷，桃李羅堂前。曖曖遠人村，依依墟里煙；狗吠深巷中，雞鳴桑樹巔。戶庭無塵雜，虛室有餘閑。久在樊籠裏，復得返自然。（〈歸園田居〉五首其一）

> 結廬在人境，而無車馬喧。問君何能爾？心遠地自偏。採菊東籬下，悠然見南山。山氣日夕佳，飛鳥相與還。此中有真意，欲辯已忘言。（〈飲酒〉二十首其五）

> 種桑長江邊，三年望當採，枝條始欲茂，忽值山河改。柯葉自摧折，根株浮滄海。春蠶既無食，寒衣欲誰待？本不植高原，今日復何悔。（〈擬古〉九首其九）

> 荒草何茫茫，白楊亦蕭蕭。嚴霜九月中，送我出遠郊。四面無人居，高墳正嶕嶢。馬為仰天鳴，風為自蕭條。幽室一已

閉，千年不復朝；千年不復朝，賢達無奈何。向來相送人，
各自還其家；親戚或餘悲，他人亦已歌。死去何所道，託體
同山阿。（〈挽歌辭〉三首其三）

第四篇

南北朝隋篇

第一章　緒說

南朝從劉裕建國起到隋之滅亡，不過二百年（四二○～六一九），這二百年中政權的轉移，雖說像走馬燈一樣，可是政治的形式與內容，卻沒有什麼不同。而且宋、齊、梁、陳四朝又同建都於建康，建康本是孫吳、東晉的故都，經濟文化已先有基礎，四朝承之，更加繁榮。但這種繁榮，只是表面，並不夠充實。因為凡是政權的篡奪，即使是以和平的方式進行，人民的生活也必然要受影響。再者，南渡以來的北方大族與土著大族，其佃客部曲，皆無課役，都仰給於官府。加以王公貴人盡情的享受，豪侈淫逸，無所不有。因為這種種原因，江南即使原本富庶，而人民的擔負，也仍是重的。四朝君主，以梁武帝蕭衍享國最多，但他迷信佛教，以致舉國從風，所消耗人民的血汗，當不在用之於戰爭者之下。因而招致侯景之亂，首都菁華，毀於一旦，而整個江南亦騷擾不安。

北朝從後魏建國到北周滅亡（三八六～五八○）也將近二百年。當北魏建國之初，正值五胡十六國大亂以後，社會經濟遭受破壞，亟待蘇息。後魏統治近百五十年之久，社會生活原已獲得相當安定。然而後來漸至貴族專政，軍閥跋扈，遂招致分裂，其政治社會破壞的情形，也就無異於南朝了。

南北朝的政治雖是對立的，但在思想方面卻同以佛教思想為依歸，梁武帝並因此而滅亡。佛教的出世思想所以能盛行於南北朝的原因，不外南北朝都在動亂不安的情形之下，佛教思想遂被接受；帝室王公世族豪彊於安樂的生活中，又往往有人生無常之感，於是將精神寄託於佛教以求解脫；又因感於人生的無常，遂抓住現實而

過著無止境的淫逸生活；如此，人生的歡樂既得滿足，死後又可得
救升天。為此原因，表現於文學方面的是：既失去了傳統的儒家精
神，也不是佛教的出世思想，而是頹廢的、浮淺的、輕豔的風格。
既然以輕豔為主，那麼只有形式而無內容了。這種形式主義的文學
風尚，又同當時佛教思想一樣無分於南北，因為北朝除了民間的歌
謠有其獨立風格外，其他文章、詩歌完全是南方風調。

　　文學既流於輕豔，則娛樂的性質多，而情志的抒寫少，歷代帝
室王公之所以愛好者，也正為此。宋文帝元嘉十五年（四三八），
立儒學館於北郊，命雷次宗居之。[1]次年，「又命丹陽尹何尚之立玄
素學，著作佐郎何承天立史學，司徒參軍謝元立文學，各聚門徒，
多就業者；江左風俗，於斯為美。」（《南史・文帝本紀》）將文學
設館，成為國家的教育機關之一，這是過去政府所未有的。加以帝
王本身的愛好，朝士的附和，自易流於風尚。如宋之文帝、武帝，
齊之高帝及其諸子，梁之武帝及其諸子，而陳後主、隋煬帝且因之
荒廢政事，終至亡國。以政治的力量培養文學，固然可說是文學之
被重視的表現，同時又因為這種關係，一般作家都跟著帝王朝士的
趣味走，而表現自己的道路卻少有人走了。因之文學的廊宇日益狹
隘，作家都以貴族的生活為寫作對象，這也就是文學必然向形式方
面發展的原因。《南齊書》卷五二〈文學列傳〉論云：

　　文章者，蓋情性之風標，神明之律呂也。蘊思含毫，遊心內
　　運；放言落紙，氣韻天成。……今之文章，作者雖眾，總而
　　為論，略有三體：一則啟心閑繹，託辭華曠，雖存巧綺，終
　　致迂回，宜登公宴，本非准的。而疎慢闡緩，膏肓之病，典
　　正可採，酷不入情，此體之源，出靈運而成也。次則緝事比

類，非對不發，博物可嘉，職成拘制。或全借古語，用申今情，崎嶇牽引，直為偶說。唯覩事例，頓失清采。此則傅咸五經，應璩指事，雖不全似，可以類從。次則發唱驚挺，操調險急，雕藻淫豔，傾炫心魂。亦猶五色之有紅紫，八音之有鄭、衛，斯鮑照之遺烈也。

《南齊書》的作者蕭子顯是蕭梁時代的人，他已看出此一時代的文學走向形式主義的弊病。如他所說，當時的文學，去「情性之風標，神明之律呂」，未免太遠了。又梁簡文帝蕭綱〈與湘東王書〉（湘東王為蕭綱之弟）云：

吾輩亦無所遊賞，止事披閱。性既好文，時復短詠；雖是庸音，不能輟筆，有慚伎癢，更同故態。比見京師文體，儒鈍殊常，競學浮疏，爭為闡緩。玄冬修夜，思所不得，既殊比興，正背《風》、《騷》。若夫六典三禮，所施則有地，吉凶嘉賓，用之則有所。未聞吟詠情性，反擬〈內則〉之篇；操筆寫志，更摹〈酒誥〉之作；遲遲春日，翻學《歸藏》；湛湛江水，遂同《大傳》。吾既拙於為文，不敢輕有持擿。但以當世之作，歷方古之才人，遠則揚、馬、曹、王，近則潘、陸、顏、謝，而觀其遣辭用心，了不相似。若以今文為是，則古文為非；若昔賢可稱，則今體宜棄；俱為盍各，則未之敢許。

這位宮體詩的領袖，也痛論典重晦澀的摹古作風，而主張以性情為風標。不幸他是生於深宮之中、長於婦人之手的帝王，只知以宮廷生活為題材，反使詩風更加淫靡。直到隋之統一，此風不改，欲加糾正，必須繩之以法了。當時治書侍御史李諤上書云：

降及後代，風教漸落。魏之三祖，更尚文辭，忽君人之大
道，好雕蟲之小藝。下之從上，有同影響。競騁文華，遂成
風俗。江左齊梁，其弊彌甚，貴賤賢愚，唯務吟詠。遂復遺
理存異，尋虛逐微，競一韻之奇，爭一字之巧，連篇累牘，
不出月露之形；積案盈箱，唯是風雲之狀。世俗以此相高，
朝廷據茲擢士，祿利之路既開，愛尚之情愈篤。……以傲誕
為清虛，以緣情為勳績；指儒素為古拙，用詞賦為君子；故
文筆日繁，其政日亂。……其學不稽古，逐俗隨時，作輕薄
之篇章，結朋黨而求譽，則選充吏職，舉送天朝。蓋由縣
令、刺史未行風教，猶狹私情，不存公道。……請勒諸司，
普加搜訪，有如此者，具狀送臺。（《隋書》卷六六〈李諤
傳〉）

先是開皇四年，普詔天下，公私文翰，並以實錄。是年九月，泗州
刺史司馬幼之即因文表華豔，付有司治罪。其後天下文風仍未能反
於樸質，李諤遂有此書。因文辭輕豔而興文字獄，這在文學史上也
是僅有的。足見江左文風，相競輕豔，已積重難返，非繩之以法不
足以糾正。至於隋文帝之所以如此積極者，大概是受北周宇文泰
的影響。《周書》云：「自有晉之季，文章競為浮華，遂成風俗，
太祖（宇文泰）欲革其弊，因魏帝祭廟，群臣畢至，乃命綽為〈大
誥〉，奏行之。」（《周書》卷二三〈蘇綽傳〉）這是西魏大同十一年
（五四五）的事。時庾信、王褒猶在梁武帝朝，後九年始被俘北去，
然北朝文章已浮華成風，竟到了「欲革其弊」的時候。可是宇文泰
以復古的態度來改革文風，以假古董來代替浮華的作品，當然不會
有什麼成就。迨隋文帝統一南北，遂用強制的手段、政治的力量從
事改革。但隋煬帝楊廣繼承以後，又一返其舊，變本加厲，「大製
豔篇」了。（《隋書・音樂志》）據以上史實，足以證明，由於江左

帝室朝貴生活的淫侈，形成文學的形式主義，延綿如此之久，雖有大力也不能改變。

第二章 文學技巧的發展

　　在形式主義的文學時代，文學技巧是特別發達的，惟其注重形式之美，故不得不講求技巧；技巧愈講求，內容則愈淺薄。魏晉的大作家，如曹植、阮籍、左思、郭璞等，不是不重視形式之美，但他們並不因為遷就形式美而沖淡了內在的表現。即使公認具有自然風格的陶淵明，又何嘗不重視形式美？他有他的聲調與顏色，他有他的天真自然之美。要知文學的形式，是表現其內容的，真的形式之美，是與內在的情志互為表裏的。可是江左的文學風尚，因為上述種種因素，以致走向形式主義的道路，而文學技巧也隨之更形發達；講到這一階段的文學，必得要注意到這一方面的。

一、聲律的講求

　　凡是文學作品，不論它是什麼形式，都有其聲調之美。因為文學的語言是基於口頭語言的，口頭語言有天然的聲調，寫在紙上的文學語言自然也有它的聲調。如《三百篇》與《楚辭》，其聲韻都是極美的，也都是本之於自然的，並沒有一定的形式。其後魏晉作家，除樂府辭入樂外，其他歌詩也未嘗有固定的聲韻。到了齊梁時代，有些文士受印度佛教梵唄新聲的影響，而創造出所謂聲律說。陳寅恪〈四聲三問〉云：「中國文士依據及摹擬當日轉讀佛經之聲，分別定為平、上、去之三聲。合入聲共計之，適成四聲。於是創為四聲之說，並撰作聲譜，借轉讀佛經之聲調，應用於中國之美

化文。」[2]四聲的來源是如此的。齊永明年間（四八三～四九三），
沈約等提出詩歌要用四聲，矜為創獲，他說：「自靈均以來，多歷
年代，雖文體稍精，而此秘未覩。」（《文選》卷五十）奧妙到這種
地步。因為這種主張創始於永明時期，當時按照四聲寫詩者稱之為
「永明體」，然並未普遍於詩人群，到了梁、陳間，詩人才奉之為規
律。顧炎武《音論》卷中論四聲之始云：

> 《南史・陸厥傳》曰：「永明末，盛為文章，吳興沈約、陳郡
> 謝朓、琅邪王融，以氣類相推轂，汝南周顒善識聲韻，為文
> 皆用宮商，以平上去入為四聲。以此制韻，有平頭、上尾、
> 蜂腰、鶴膝。五字之中，音韻悉異，兩句之內，角徵不同，
> 不可增減。世呼為永明體。」〈周顒傳〉曰：「顒始著《四聲
> 切韻》行於時。」〈沈約傳〉曰：「約撰《四聲譜》，以為在
> 昔詞人，累千載而不悟，而獨得胸衿，窮其妙旨，自謂入神
> 之作，武帝雅不好焉。嘗問周捨曰：『何謂四聲？』捨曰：
> 『天子聖哲是也。』然帝竟不甚遵用約也。」〈庾肩吾傳〉
> 曰：「齊永明中，王融、謝朓、沈約，文章始用四聲，以為
> 新變；至是轉拘聲韻。」〈陸厥傳〉又曰：「時有王斌者，不
> 知何許人，著《四聲論》，行於時。」今考江左之文，自梁
> 天監以前，多以去、入二聲同用，以後則若有界限，絕不相
> 通。是知四聲之論，起於永明，而定於梁、陳之間也。

據此，知聲律說雖倡始於永明年間，風行則在梁、陳之間。四聲之
說，亦不是沈約的創獲，同時研究四聲的有周顒、王斌，而周顒的
《四聲切韻》反在沈約《四聲譜》之前。再者，沈約的前輩范曄（死
於四四五年，時沈約才五歲）也曾說：「性別宮商，識清濁，特能適

2　參《清華學報》九卷二期，後收入《金明館叢稿初編》。

輕重，濟艱難。古今文人，多不全了斯處，縱有會此者，不必從根本中來。」(《南齊書》卷五二〈陸厥傳〉引范曄〈自序〉)以見聲律之說早已萌芽，到了永明時代，此說已經成熟，於是有沈約等之倡導，這也是文學形式主義發展之一面。

二、用事之風尚

《文心雕龍‧事類》云：「事類者，蓋文章之外，據事以類義，援古以證今者也。」這是說古人文章之用典故，是幫助作者的思想表現，或以類推，或作論證，故又云：「凡用舊合機，不啻自其口出；引事乖謬，雖千載而為瑕。」是文章之用典，不是用之以為妝點，而是輔助文辭之不足；換言之，典故也是文學語言的一種。魏晉作者，習用典故，以為藻飾，到了宋、齊、梁、陳，此風更甚，作詩作文，幾乎句句用典，離開典故，好像不能成篇章似的。鍾嶸《詩品》云：「若乃經國文符，應資博古；撰德駁奏，宜窮往烈。至乎吟詠情性，亦何貴於用事？」又云：「觀古今勝語，多非補假，皆由直尋。顏延、謝莊，尤為繁密，於時化之。故大明、泰始中，*文章殆同書抄。近任昉、王元長等，詞不貴奇，競須新事。爾來作者，寖以成俗。遂乃句無虛語，語無虛字，拘攣補衲，蠹文已甚。」劉宋時代的用典之風，以至於此，既同抄書，還有什麼性情之表現。可是追蹤而行的，竟有無數的文人，不惜浪費生命，以從事於此。劉師培云：「觀齊梁人所存之詩，自離合詩、回文詩、建除詩以外，有四色詩、八音詩、數名詩、州郡名詩、藥名詩、姓名詩、鳥獸名詩、樹名詩、草名詩、宮殿名詩各體，又有大言、小言諸詩，

---

* 李徽教云：「大明，宋孝武帝第二年號（四五七～四六四）；泰始，宋明帝第一年號（四六五～四七一）。」引自王叔岷《鍾嶸詩品箋證稿》（臺北：中央研究院中國文哲研究所，一九九二年），頁九七。〔編者註〕

此均惟工數典者也。」[3]如此種種，哪能算詩？簡直是文字遊戲。但是無數的故實，一人胸中無從遍記，於是而有分門別類的工具書之編撰，便是後世所稱的類書。這種類書，名為博覽，實則專為臨文時掇拾之用。既有這一類工具書，那麼愈抄輯得多，愈顯得博覽，用在詩文上也愈顯得豐富與新奇。因而文士以此相矜，有大力者則以集體力量為之。《南史》卷四九〈劉懷珍傳〉（附從父弟峻、峻兄孝慶）云：

> 初，梁武帝招文學之士，有高才者多被引進，擢以不次。峻率性而動，不能隨眾浮沉。武帝每集文士策經史事，時范雲、沈約之徒皆引短推長，帝乃悅，加其賞賚。會策錦被事，咸言已罄。帝試呼問峻，峻時貧悴冗散，忽請紙筆，疏十餘事，坐客皆驚，帝不覺失色。自是惡之，不復引見。及峻《類苑》成，凡一百二十卷，帝即命諸學士撰《華林徧略》以高之，竟不見用。

《華林徧略》，《隋志》著錄六百二十卷，梁綏安令徐僧權等撰。另據唐杜寶《大業雜記》云：祕書監柳顧言曰：梁主以隱士劉孝標撰《類苑》一百二十卷，自言天下之事畢盡此書，無一物遺漏。梁武心不伏，即敕華林園學士七百餘人，人撰一卷，其事類數倍多於《類苑》。據此應為七百餘卷，殆經編訂而為六百二十卷。以七百多文人編輯一書，只有皇帝才有這樣的力量。梁武帝領導文人專力於此，當時文學風尚可想而知了。又《南史》卷四九〈王諶傳〉（附從叔摛）云：

> 諶從叔摛，以博學見知。尚書令王儉嘗集才學之士，總校虛實，類物隸之，謂之隸事，自此始也。儉嘗使賓客隸事，多

---

3 引自劉師培《中古文學史》第五課：〈宋齊梁陳文學概略‧總論〉。

者賞之，事皆窮，唯廬江何憲為勝，乃賞以五花簟、白團扇。坐簟執扇，容氣甚自得。摛後至，儉以所隸示之，曰：「卿能奪之手？」摛操筆便成，文章既奧，辭亦華美，舉坐擊賞。摛乃命左右抽憲簟，手自掣取扇，登車而去。

所謂隸事，是將若干典故，編湊成篇，便成文章。足見當時文士為詩文，情志儘可沒有，只要有典故便可作出詩文。這在當時也有名稱的，叫作「典故學」。（《南史》卷四九〈何憲傳〉）此種作風，「即《詩品》所謂：『文章略同書抄』，《齊書》所謂：『緝事比類，非對不發，博物可嘉，職成拘制也。』故當時世主所崇，非惟據韻，兼重長篇，[4]詩什既然，文章亦爾，用是篇幅益恢。[5]偶詞滋眾，此必然之理也。」

　　將若干典故組織成一首長詩或一篇長文，還得有一種基本訓練，便是句法。句子以駢儷為主，在當時幾乎是天經地義的，劉勰云：「造化賦形，支體必雙；神理為用，事不孤立。夫心生文辭，運裁百慮，高下相須，自然成對。」這是文必駢儷的基本理論。既然如此，便須加意講求，於是有所謂「四對」法，即「言對」、「事對」、「反對」、「正對」四種。（俱見《文心雕龍·麗辭》）句之長短，則為四六，蓋「四字密而不促，六字格而非緩；或變之以三五，蓋應機之權節也。」（《文心雕龍·章句》）四六文的成熟，便始於此時。

　　如上所述，作品的聲調，有一定的規律；作品的語言，有已經編好的典故；句法的運用，也有一定的形式。足證這一時代之文學形式的發展，已經達到最高峰。

4　劉師培原註：「如梁武詔群臣賦詩，或限據韻，或限五百字，均見《南史》各傳。」引文見劉師培《中古文學史》第五課：〈宋齊梁陳文學概略·總論〉。
5　劉師培原註：「梁代文章以篇逾千字為恆。」

第三章 詩賦的新體

　　在種種文學技巧的發展之下，作品的體製自然也隨之而發展，雖然發展的成果，在當時並不夠豐碩，但影響於後來的唐朝卻不小，如唐之絕句、律詩、歌行、律賦等，都是這時期一脈相傳下去的。我們能了解這時期新體的現象，也就可以了解唐代詩賦的淵源了。

一、小詩的興起

　　所謂絕句型小詩，太康以後的詩人，往往都有此種作品，從他們寫作的態度看來，也不過偶爾為之，並不以此種小詩代表他們的特色。他們何以偶爾寫出這種既不用典也不排偶的小詩？這不得不承認是受民間短歌的影響。因為那時長江上游的「西曲」，下游的「吳歌」，都是風行一時的，它的形式是五言四句，內容則有豐富的情感，而又有極美的聲調可以歌唱。這種風格影響到具文學素養的文士，於是也仿作起來；猶之漢樂府辭影響於五言詩之長成一樣。

　　　昔經樊鄧役，阻潮梅根渚；感憶追往事，意滿辭不敘。（齊武帝蕭賾〈估客樂〉）*

　　　懷春發下蔡，含笑向陽城；恥為飛鵜曲，好作鴟雞鳴。（王融〈陽翟新聲〉）

---

* 南北朝隋篇所選南北朝詩以丁福保輯《全漢三國晉南北朝詩》為主要校本，部分詩歌有異文者則悉以臺先生所定者為準。〔編者註〕

　　夕殿下珠簾，流螢飛復息；長夜縫羅衣，思君此何極！（謝
　　朓〈玉階怨〉）

　　鳴琴當春夜，春夜當鳴琴；羈人不及樂，何似千里心？（張
　　融〈憂旦吟〉）

　　一年漏將盡，萬里人未歸；君志固有在，妾軀乃無依。（梁
　　武帝蕭衍〈子夜四時歌・冬歌〉）

　　菱花落復含，桑女罷新蠶；桂棹浮星艇，徘徊蓮葉南。（梁
　　簡文帝蕭綱〈採菱曲〉）

　　自君之出矣，羅帳咽秋風；思君如蔓草，連延不可窮。（范
　　雲〈自君之出矣〉）

　　薄暮有所思，終持淚煎骨；春風驚我心，秋露傷君髮。（吳
　　均〈有所思〉）

以上所舉的都是前人所稱的樂府辭，實際上都摹擬「西曲」、「吳
歌」，但究竟出於文人之手，不若民歌的樸質自然，故與其稱之為
樂府辭，不如稱之為詩。若置之於唐人絕句中，也並無太大差別。
而唐人小詩往往以曲為題，也是摹擬梁人的。

　　至於七言絕句似的小詩，作品比五言少，但亦出自樂府辭，如
湯惠休的〈秋思引〉（一作〈歌思引〉）及以〈烏夜曲〉為題的，
梁簡文帝蕭綱、元帝蕭繹各有四首，蕭子顯三首。由他們同作一題
看來，知是有意摹擬民歌的七言四句體；其聲韻雖不純，已為唐人
的先導。同時他們還以此體寫詩，如蕭子顯的四首〈春別〉詩，蕭
綱、蕭繹各有和作，這更足以證明，他們由民歌的影響而在創造七
言絕句的新體了。因為在試作階段，都不夠成熟，不能與唐人之作

相比。但陳江總的〈怨詩〉，北朝魏收的〈挾瑟歌〉，隋無名氏的
〈送別〉詩，音調諧和，已與唐人作品無異。

> 秋寒依依風過河，白露蕭蕭洞庭波；思君末光光已滅，眇眇
> 悲望如思何？（湯惠休〈秋思引〉）

> 芙蓉作船絲作筰，北斗橫天月將落；采桑渡頭礙黃河，即今
> 欲渡畏風波。（梁簡文帝蕭綱〈烏棲曲〉）

> 沙棠作船桂為檝，夜渡江南採蓮葉；復值西施新浣沙（疑應
> 作「紗」），共向江頭眺月華。（梁元帝蕭繹〈烏棲曲〉）

> 日暮徙倚渭橋西，正見涼月與雲齊；若使月光無近遠，應照
> 離人今夜啼。（梁元帝蕭繹〈春別應令〉）

> 江南大道日華春，垂楊挂柳掃清塵；淇水昨送淚沾巾，紅粧
> 宿昔已應新。（蕭子顯〈春別〉）

> 採桑歸路河流深，憶昔相期柏樹林；奈許新縑傷妾意，無由
> 故劍動君心。（江總〈怨詩〉）

> 春風宛轉入曲房，兼送小苑百花香；白馬金鞍去未返，紅妝
> 玉筯下成行。（魏收〈挾瑟歌〉）

> 楊柳青青著地垂，楊花漫漫攪天飛；柳條折盡花飛盡，借問
> 行人歸不歸。（無名氏〈送別〉）

　　高棅《唐詩品彙》謂：「〈挾瑟歌〉、〈烏棲曲〉、〈怨歌行〉為
絕句之祖。」胡應麟《詩藪》則謂：「〈烏棲曲〉四篇，篇用二韻，
正項王垓下格，唐人亦多學此。江總〈怨詩〉卒章，俱作對結，非
絕句正體。」按：七絕用韻之嬗變，黃節《詩學・六朝詩學》論之

最為精審，其云：「七言詩既興，於是有七言詩之變體，其源流亦始自六朝，如晉謝道韞（蘊）〈詠雪詩〉：『白雪紛紛何所似？撒鹽空中差可擬，未若柳絮因風起。』*則七言三句同韻，變古詩之體而為之者也。（張衡〈四愁詩〉起三句實為茲體之祖。）又如梁蕭子顯〈烏棲曲〉：『握中酒杯瑪瑙鍾，裙邊雜佩琥珀龍；欲持寄君心不惜，共指三星今何夕？』則七言兩句換韻，變古詩之體而為之者也。（項羽〈垓下歌〉實為茲體之祖。）顧由七言三句同韻，一變而為兩句換韻，再變而為四句三同韻，如梁簡文帝〈春別詩〉：『別觀葡萄帶實垂，江南荳蔻生連枝；無情無意猶如此，有心有恨徒別離。』則四句三同韻，亦變古詩之體而為之者也。（陳琳〈飲馬長城窟行〉，起四句五七言並用，亦四句二同韻，實為茲體之祖。）然已為七絕之濫觴矣。」

依上文引據，我們可以得一結論，即此一階段的小詩，其體製是從民歌蛻變而來的；至於用韻的方法，則由古歌詩嬗變而為後來絕句的韻法。

二、律體詩的形成

自聲律之說出，而有所謂「四聲」、「八病」種種限制，使詩的形式更加整齊，五言律體遂因之而形成。這種形式，大體說來，是用新起的格律，參以舊有的排句，遂成為八句兩聯，即後來的所謂律詩。這一新體與「永明體」的詩人是有關係的，他們對於這種新體的努力，猶如他們倡導聲律說一樣。他們試作這種新體是分成兩種題材的，一是用樂府題，一是一般的題材。如〈芳樹〉、〈臨高

---

*《世說新語‧言語》云：「謝太傅寒雪日內集，與兒女講論文義，俄而雪驟，公欣然曰：『白雪紛紛何所似？』兄子胡兒曰：『撒鹽空中差可擬。』兄女曰：『未若柳絮因風起。』公大笑樂。即公大兄無奕女，左將軍王凝之妻也。」王凝之妻即謝道蘊，黃節引此三句以為謝道蘊所作〈詠雪詩〉，疑誤。〔編者註〕

臺〉、〈有所思〉、〈巫山高〉、〈當對酒〉等，都是漢、魏樂府曲名，沈約、謝朓等作的都是五言八句的律詩體。

> 發萼九華隈，開跗露寒側。氛氲非一香，參差多異色。宿昔寒飈舉，摧殘不可識。霜雪交橫至，對之長歎息。（沈約〈芳樹〉）

> 早翫華池陰，復鼓滄洲枻。旖旎芳若斯，葳蕤紛可纚。霜下桂枝銷，怨與飛蓬逝。不廁玉盤滋，誰憐終萎細。（謝朓〈芳樹〉）

> 千里常思歸，登臺瞻綺翼。裁見孤鳥還，未辨連山極。四面動清風，朝夜起寒色。誰知倦遊者，嗟此故鄉憶。（謝朓〈臨高臺〉）

> 高臺不可望，望遠使人愁。連山無斷絕，河水復悠悠。所思曠何在？洛陽南陌頭。可望不可至，何用解人憂。（沈約〈臨高臺〉）

這些詩雖然韻律對仗不如唐人工整，但卻奠定了五言詩的格式。之所以用樂府曲名為題，只是以新體詩的作法來寫樂府辭，卻不是樂府辭本有這樣的形式而加以摹倣，這同七言絕句與民歌的關係不可並論。另一方面看來，當時詩人為了愛好這種新體，想將來自民間的樂府辭也律詩化，相習成風，作者也就多了。故盧照鄰云：「落梅芳樹，共體千篇；隴水巫山，殊名一意。」（《樂府雜詩·序》）不僅樂府辭律詩化，就是江南民歌也律詩化了，如蕭齊之檀秀才〈陽春歌〉、江朝請〈淥水曲〉、陶功曹〈採菱曲〉、朱孝廉〈白雲曲〉，都是五言律詩的格調（丁福保《全齊詩》）。頗有趣的是：這幾位身世不可考的小官兼詩人，居然也學沈尚書（約）等作起新體

五言律詩，並且大膽地將江南民間歌曲律詩化，一如沈約等之所
為。足見這種新體五言律詩在當時已經成為普遍的體製，而為一般
詩人所愛好。

> 青春獻初歲，白日映雕梁。蘭萌猶自短，柳葉未能長。已見
> 花紅發，復聞花蕊香。樂此試遊衍，誰知心獨傷。（檀秀才
> 〈陽春歌〉）

> 凝雪沒霄漢，從風飛且散。聯翩下幽谷，徘徊依井幹。既興
> 楚客謠，亦動周王歎。所恨輕寒早，不追陽春旦。（朱孝廉
> 〈白雪曲〉）

至於律詩之嬗變，黃節《詩學・六朝詩學》云：「五言古詩既興，
於是有五言詩之變體，其源則始自六朝。如梁沈約〈擬青青河畔草〉
詩：『漠漠牀上塵，中心憶故人；故人不可憶，中夜長嘆息；嘆息
想容儀，不欲長別離；別離稍已久，空牀寄杯酒。』則五言兩句換
韻，變古詩之體而為之者也。又如柳惲〈南曲〉：『汀洲采白蘋，日
落江南春；洞庭有歸客，瀟湘逢故人。故人何不返，春華復時晚；
不道新知樂，且言行路遠。』則五言四句換韻，變古詩之體而為之
者也。顧由五言兩句換韻，一變而為四句換韻，再變而為八句同
韻，如同時范雲〈巫山高〉詩：『巫山高不極，白日隱光暉；靄靄
朝雲去，冥冥暮雨歸；巖懸獸無迹，林暗鳥疑飛；枕席竟誰薦，相
望徒依依。』中四句兩對，一如柳惲〈南曲〉，則已為五律之濫觴
矣。」

至於七言律體，在此時代，尚未被詩人發現，僅有萌芽，未能
盛行。始有蕭綱少變其春別體之〈春情曲〉，前六句為七言，後兩
句為五言，七言律體方略具雛形。後有庾信之〈烏夜啼〉及隋煬帝
〈江都宮樂歌〉，居然是七律的形式了。

促柱繁弦非子夜，歌聲舞態異前溪。御史府中何處宿？洛陽城頭那得棲？彈琴蜀郡卓家女，織錦秦川竇氏妻。詎不自驚長淚落，到頭啼烏恆夜啼。（庾信〈烏夜啼〉）

揚州舊處可淹留，臺榭高明復好遊。風亭芳樹迎早夏，長皐麥隴送餘秋。淥潭桂檝浮青雀，果下金鞍躍紫騮。綠艫素蟻流霞飲，長袖清歌樂戲州。（隋煬帝楊廣〈江都宮樂歌〉）

由七律再變而為排律，蕭梁末季之沈君攸，所作有〈薄暮動弦歌〉、〈羽觴飛上苑〉、〈桂檝泛河中〉等詩，已開七言排律之新體。總之，在這形式主義的時代，詩的體製有多種的成就，由漢魏古詩而演變為後世的絕句、律詩及排律，唐代直承其影響而大放光芒者，皆導源於這個時代。

三、俳賦之創始

齊梁時代產生一種小賦，既非張衡、蔡邕的體系，也不是魏晉人的作風，而是介乎詩、賦之間的一種新體。即一篇之中，經常參雜以五七言詩句，推尋源流，則與聲律說之興起及律體詩之形成有關；因為這種小賦是具有聲調之美與對仗之工等特色的。李調元云：「楊（揚）、馬之賦，語皆單行，班、張則間有儷句，如『周以龍興，秦以虎視，聲與風遊，澤從雲翔』等語是也。下逮魏晉，不失厥初；鮑照、江淹，權輿已肇。永明、天監之際，吳均、沈約諸人，音節諧和，屬對密切，而古意漸遠。庾子山沿其習，開隋唐之先躅，古變為律，子山實開其先。」（《賦話》卷一）此體之演變，大體如李調元所說。但吳、沈兩家之賦，固以「音節諧和，屬對密切」為工，然尚不參雜以詩句，至以詩句入賦者，以蕭綱所作為最著，如〈對燭賦〉云：

雲母窗中合花甌，茱萸幔裏鋪錦筵；照夜明珠且莫取，金羊
燈火不須然。下弦三更未有月，中夜繁星徒依天。於是搖同
心之明燭，施雕金之麗盤，眠龍傍繞，倒鳳雙安；轉辟邪而
取正，推檀窗而畏寬。綠炬懷翠，朱蠟含丹；豹脂宜火，牛
膆耐寒。銅芝抱帶復纏柯，金藕相縈共吐荷。視橫芒之昭
曜，見蜜淚之躊跎。漸覺流珠走，熟視絳花多。宵深色麗，
焰動風過；夜久惟煩鋏，天寒不畏蛾。菖蒲傳酒座欲闌，碧
玉舞罷羅衣單。影度臨長枕，烟生向果盤；迴照金屏裏，脈
脈兩相看。

這一篇三十二句的短賦，竟有五分之二是詩的句子。雖不失其綜合
之美，而生動自然，近乎唐人歌行；若衡以魏晉人所作，則完全異
趣。至其屬對之工整，足以代表齊梁人之風尚。然如「銅芝抱帶復
纏柯，金藕相縈共吐荷」，實嫌生湊，又足以代表當時力求工整之
通病。又如庾信〈春賦〉中的七言詩句：

宜春苑中春已歸，披香殿裏作春衣，新年鳥聲千種囀，二月
楊花滿路飛。河陽一縣併是花，金谷從來滿園樹。一叢香草
足礙人，數尺遊絲即橫路。……百丈山頭日欲斜，三晡未醉
莫還家。池中水影懸勝鏡，屋裏衣香不如花。

像他這樣的句子，與他的律體詩〈烏夜啼〉，已經無從分別詩與賦的
句法有什麼不同，若不雜於賦中而單行，實與詩無異。因此我們看
出：這一派的賦與律體詩的關係，在當時是互相影響的。至其影響
於後世者，則唐代的律賦固從此出，而歌行與排律詩雖不完全出於
此，卻也受有相當的影響。

　賦由俳而變為律，是賦之末路。徐師曾《文體明辨》云：「至
於律賦，其變愈下，始於沈約『四聲八病』之拘，中於徐、庾『隔

句作對』之陋，終於隋、唐、宋『取士限韻』；但以音律諧協、對偶精切為工，而情與辭皆置弗論。嗚呼！極矣！數代之習，乃令元人洗之，豈不痛哉？」這是極精確之論，隋、唐賦之所以不振的原因，就因為只知形式上的「音律諧協，對偶精切」，而不重視內在情志的表現，這也就是文學的形式主義走向衰落的必然趨勢。

四、反摹擬的宮體詩

《梁書・簡文帝本紀》謂帝詩傷於輕豔，當時號曰「宮體」。又《梁書・庾於陵傳（附庾肩吾傳）》云：「初，太宗（簡文帝蕭綱）在藩，雅好文章士，時（庾）肩吾與東海徐摛、吳郡陸杲、彭城劉遵、劉孝儀、儀弟孝威，同被賞接。及居東宮，又開文德省置學士。肩吾子信、摛子陵、吳郡張長公、北地傅弘、東海鮑至等充其選。」（《梁書》卷四九）簡文帝對於文學的嗜好是如此之甚，而當時大文人庾、徐父子，又皆在其左右，為之羽翼。《南史・徐摛傳》云：「摛文體既別，春坊盡學之，宮體之號，自斯而始。」又《周書・庾信傳》云：「時肩吾為梁太子中庶子，掌管記。東海徐摛為左衛率。摛子陵及信，並為抄撰學士。父子在東宮，出入禁闥，恩禮莫與比隆。既有盛才，文並綺豔，故世號為『徐庾體』焉。」據此，則知宮體詩之形成，與徐庾體亦大有關係。以帝王之尊，居於文學領導的地位，自易改變一時的詩風，而走向新的道路。但是他所倡導的宮體詩，卻為世所詬病；然亦有他的歷史背景，雖說傷於輕豔，又不得不承認這種風格在當時是一種新的運動，因為他是不滿意因襲的文學風尚，才從事改革的。在〈緒說〉中曾經引過他的〈與湘東王書〉，我們可以看出他積極抨擊當時文學風尚，他痛恨典重晦澀的摹古，要以情性為風標。無奈他所謂情性的風標，只是以宮廷生活為題材；而宮廷的生活，又是以女性的描寫為中心。

《隋書・經籍志》云：「梁簡文之在東宮，亦好篇什。清辭巧製，止乎衽席之間；彫琢蔓藻，思極閨闈之內。後生好事，遞相仿習，朝野紛紛，號為宮體。流宕不已，訖于喪亡。」詩的領域縮小到這樣的境地，則性情之所反映的只是帝王朝士的荒淫生活，既無人生深刻的觀感，也沒有國計民生的體會，所以除了輕豔，再不會有什麼更高的境界了。

關於輕豔風格的來源，倒也不始於簡文帝，晉宋樂府辭如〈桃葉歌〉、〈碧玉歌〉、〈白紵詞〉、〈白銅鞮歌〉，皆是淫豔哀音，被於江左的。作家則有惠休與鮑照，顏延年評惠休以為「委巷中歌謠耳，方當誤後生」，即指其輕豔而言。《南齊書・文書傳論》謂鮑照：「雕藻淫豔，傾炫心魂。」以見輕豔的詩風，已孕育於前代。特至蕭梁之時，經簡文帝的倡導，其風更甚，遂為當時文學的主流。

> 北窗聊就枕，南簷日未斜。攀鉤落綺障，插捩舉琵琶。夢笑開嬌靨，眠鬟壓落花。簟文生玉腕，香汗浸紅紗。夫婿恆相伴，莫誤是倡家。（簡文帝蕭綱〈詠內人畫眠〉）

> 殿上圖神女，宮裏出佳人；可憐俱是畫，誰能辨偽真。分明淨眉眼，一種細腰身。所可持為異，長有好精神。（簡文帝蕭綱〈詠美人觀畫〉）

> 北窗朝向鏡，錦帳復斜縈。嬌羞不肯出，猶言粧未成。散黛隨眉廣，燕脂逐臉生。試將持出眾，定得可憐名。（簡文帝蕭綱〈美人晨粧〉）

> 昔時嬌玉步，含羞花燭邊。豈言心愛斷，銜啼私自憐。常見歡成怨，非關醜易妍。獨鵠罷中路，孤鸞死鏡前。（簡文帝蕭綱〈詠人棄妾〉）

他這一類的詩，題材是如此的淫褻，手法是如此的刻畫，不見豪情，亦無逸響，今日讀來，只覺惡俗；但在當時尚不失為一種清新的風格。因為他不摹倣前人，也不濫用典故，聲調又流麗而不沉滯。如果他能將宮廷以外的題材，或將家國不幸的遭遇，一一表現於詩篇中，一定有極高的成就，而能振起一代衰弱無力的詩風。

第四章　文學理論的發達

　　《文心雕龍・序志》云：「詳觀近代之論文者多矣。至如魏文述〈典〉，陳思序〈書〉（謂〈與楊德祖書〉），應瑒〈文論〉（謂〈文質論〉），陸機〈文賦〉，仲洽〈流別〉，弘範〈翰林〉，各照隅隙，鮮觀衢路。或臧否當時之才，或詮品前修之文，或汎舉雅俗之旨，或撮題篇章之意。」又鍾嶸《詩品・序》云：「陸機〈文賦〉，通而無貶；李充〈翰林〉，疏而不切；王微〈鴻寶〉，密而無裁；顏延論文，精而難曉；摯虞〈文志〉，詳而博贍，頗曰知言。觀斯數家，皆就談文體，而不顯優劣。」足見魏晉以來文學批評之發達，但其書多已不存。此外，「文章志」一類之撰述亦頗多，始晉摯虞撰《文章志》四卷，傅亮撰《續文章志》二卷，宋明帝撰《晉江左文章志》三卷，沈約《宋世文章志》二卷，此數書並見《隋書・經籍志・史部》，今俱不存，據其殘存者看來，大抵是文學史料性質的書。又有梁任昉撰《文章始》一卷，*陳姚察撰《續文章始》一卷，此兩書今亦不知其內容如何，看他的書名，大概係有關文體源流之作。魏晉兩代，文學已傾向於重體製、尚辭藻的階段，至蕭梁而更甚，故關於文學本身的問題，也就被當時作家所重視，因而有這麼多的著作討論這類問題。今存兩部極重要的書，一為劉勰的《文心雕龍》，一為鍾嶸的《詩品》，自然也因為以上各家的著作不能如劉、鍾兩家

---

* 據《隋書・經籍志》，任昉《文章緣起》原名《文章始》。至唐已佚。《四庫全書總目》以為是唐張績所補。然概貌猶存。宋王得臣《麈史》云：「梁任昉集秦、漢以來文章名之始，目曰《文章緣起》；自詩、賦、〈離騷〉至於契約，凡八十五題，可謂博矣。」引自郁沅、張明高編選《魏晉南北朝文論選》（北京：人民文學出版社，一九九六年），頁三一八。〔編者註〕

的高明，所以無法如上述二書般流傳久遠，至今尚為文學批評的要
籍。

第一節　劉勰《文心雕龍》

　　勰字彥和。陳莞莒人（屬南徐州鎮京口）。早孤，篤志好學，
家貧不婚娶，依沙門僧祐居，遂博通經論；因區別部類，錄而序
之，定林寺經藏，勰所定也。梁天監初，起家奉朝請，中軍臨川王
宏引兼記室，遷車騎倉曹參軍。出為太末令，政有清績。天監中，
兼東宮通事舍人，深被昭明太子蕭統愛接。撰《文心雕龍》五十
篇，既成，未為時流所稱。勰欲取定於沈約，無由自達，乃負書候
約於車前，狀若貨鬻者。約取讀，大重之，謂深得文理，常陳諸几
案。勰為文長於佛理，都下寺塔及名僧碑誌，必請勰製文。敕與慧
震沙門於定林寺撰經。證功畢，遂求出家，先燔鬚髮自誓，敕許
之。乃變服，改名慧地。（《梁書》卷五十、《南史》卷七二〈文學
傳〉）

　　在中國文學批評史上，體大思精的著作，再沒有比得上《文心
雕龍》的了。全書五十篇，前廿五篇，除〈原道〉、〈徵聖〉、〈宗
經〉、〈正緯〉四篇屬於文學的中心思想外，其他廿一篇都是文學各
體的論述。後廿五篇除〈時序〉、〈知音〉、〈程器〉、〈序志〉四篇
外，其他廿一篇都屬於文學的創作論與風格論。其書之寫作時代，
大概始於齊而完成於梁，〈時序〉篇中曾云「皇齊馭寶」，因知在齊
時已經開始寫作了。

　　〈序志〉一篇，雖云仿漢人著作通例，但只述作意，未述生平。
對於了解劉勰寫作此書之原因及其觀點、態度，是極重要的史料。
〈序志〉云：

> 敷讚聖旨，莫若注經。而馬、鄭諸儒，宏之已精，就有深
> 解，未足立家。唯文章之用，實經典枝條，五經資之以成
> 文，六典因之致用，君臣所以炳煥，軍國所以昭明，詳其本
> 源，莫非經典。而去聖久遠，文體解散；辭人愛奇，言貴浮
> 詭，飾羽尚畫，文繡鞶帨，離本彌甚，將遂訛濫。蓋《周書》
> 論辭，貴乎體要；尼父陳訓，惡乎異端；辭訓之異，宜體於
> 要。於是搦筆和墨，乃始論文。

他以為「敷讚聖旨」最重要的工作是注經，但已有馬、鄭在前，是
很難超越的。若文章本源於經典而又為經典之羽翼，則其價值僅次
於經典。可是並世的文學，因「辭人愛奇，言貴浮詭」，已走向「訛
濫」之途。欲糾正一代文學的頹風，必得有體要之著作，於是有此
文論之作。他立論的中心思想，是「本乎道，師乎聖，體乎經，酌
乎緯，變乎騷」，他雖是佛教徒，卻完全以儒家思想為出發點。他
分析文理的態度以及個人觀點之堅定，是非常可以注意的。他說：

> 夫銓序一文為易，彌綸群言為難，雖復輕采毛髮，深極骨
> 髓；或有曲意密源，似近而遠，辭所不載，亦不勝數矣。及
> 其品列成文，有同乎舊談者，非雷同也，勢自不可異也。有
> 異乎前論者，非苟異也，理自不可同也。同之與異，不屑古
> 今，擘肌分理，唯務折衷；按轡文雅之場，環絡藻繪之府，
> 亦幾乎備矣。（〈序志〉）

這樣執著於真理的是非，客觀的精神，才是批評家應有的態度。怎
樣才能養成這樣的態度呢？他說：「無私於輕重，不偏於憎愛；然
後能平理若岳（一作「衡」），照辭如鏡矣。」怎樣才能作到「無
私」與「不偏」呢？他說：「將閱文情，先標六觀，一觀位體，二觀
置辭，三觀通變，四觀奇正，五觀事義，六觀宮商；斯術既形，則

優劣見矣。」（以上並見〈知音〉篇）像他這樣的批評家，在他以前固然沒有，在他以後也無人可繼承。他將過去千年的文學作一總檢討，為後來的文士留下了最精要的指示。

一、文學的載道觀

這一部體大思精的著作，自有他思想的出發點，他是以儒家思想為中心的，所以開始便提出「原道」與「宗經」。在他那「辭人愛奇，言貴浮詭」的時代，文學已失去了思想的內容，也更加需要強調這一點。他首先提出的道，本是極抽象的名辭。但他說：「爰自風姓，暨於孔氏，玄聖創典，素王述訓，莫不原道心以敷章，研神理而設教」，「故知道沿聖以垂文，聖因文而明道。」（〈原道〉）范文瀾即注云：「『道沿聖以垂文，聖因文而明道』，文體繁變，皆出於經。」這是說聖人秉道而行，道因聖人而垂之於後世，聖人之訓誥，就是道之所在，故「徵之周、孔，則文有師矣」；「若徵聖立言，則文其庶矣」。（〈徵聖〉）如此，則必須宗經，蓋聖人之經，「象天地，效鬼神，參物序，制人紀，洞性靈之奧區，極文章之骨髓者也。」（〈宗經〉）然而劉勰是長於佛學的，何以《文心》之作不援引佛家思想於其中？要知蕭梁時代的人物，思想是多元的，即如虔誠的佛教徒梁武帝，一面提倡佛教，一面也提倡儒學，一面又作豔體詩歌。劉勰的思想，也許類此。他是佛教徒，並視文學為外學，既是外學，自當以周、孔思想為主，故五十篇《文心雕龍》，從不涉及佛教經論。

二、文學的歷史觀

劉勰論文是以歷史進化的法則，討論各時代的文學發展，不主觀、不武斷地分析各體文學發展的現象。如論文體，必先索其

淵源，然後述其發展，再論這一體的作家及風格。他的廿一篇文體論，每一篇都可說是一篇文體小史。這就是他說的：「振葉以尋根，觀瀾而索源」（〈序志〉）的方法。例如：關於五言詩發生的問題，他說：「成帝品錄，三百餘篇，朝章國采，亦云周備。而辭人遺翰，莫見五言，所以李陵、班婕妤，見疑於後代也。按：〈召南‧行露〉，始肇半章；孺子〈滄浪〉，亦有全曲；〈暇豫〉優歌，遠見《春秋》；〈邪徑〉童謠，近在成世。閱時取證，則五言久矣。又古詩佳麗，或稱枚叔；其〈孤竹〉一篇，則傅毅之詞，比采而推，兩漢之作乎？」（〈明詩〉）所謂李陵、班婕妤的五言詩，他不輕易相信；就是別人認為枚叔與傅毅所作的五言詩，他也以懷疑的態度視之；他對於五言詩的產生，反求之於風詩歌謠中。不輕信某一人的創始，而相信歷史的演變，這才是真實的歷史觀念。他討論與文學風格有關的諸問題，大都也以歷史的觀點為出發點，如論麗辭云：「至於詩人偶章，大夫聯辭，奇偶適變，不勞經營。自揚、馬、張、蔡，崇盛麗辭；宋畫吳冶，刻形鏤法，麗句與深采並流，偶意共逸韻俱發。至魏晉群才，析句彌密，聯字合趣，剖毫析釐。然契機者入巧，浮假者無功。」這幾句話，卻便說明了兩漢、魏晉以至六朝辭藻發展的幾個階段。

三、文學的時代觀

論歷代文學既以歷史的進化為法則，那麼，論斷代文學則必然要以時代背景為依據。因為文學是反映社會現象的，要了解某一階段的文學，若不通過那一時代的政治社會與思想，是不能夠真正了解的。《文心》的〈時序〉篇便是專門闡明時代與文學的意識的，如云：「時運交移，質文代變，古今情理，如可言乎！」又云：「故知文變染乎世情，興廢繫乎時序，原始以要終，雖百世可知也。」

他肯定每一時代的文學與其時代的直接關係，並且認為如能運用這種方法，雖經百世之久也是可知的。如其論戰國文風云：「春秋以後，角戰英雄，六經泥蟠，百家飆駭。方是時也，韓魏力政，燕趙任權，五蠹六蝨，嚴於秦令，惟齊、楚兩國，頗有文學。齊開莊衢之第，楚廣蘭臺之宮，孟軻賓館，荀卿宰邑。故稷下扇其清風，蘭陵鬱其茂俗，鄒子以談天飛譽，騶奭以雕龍馳響，屈平聯藻於日月，宋玉交彩於風雲，觀其豔說，則籠罩〈雅〉、〈頌〉。故知煒燁之奇意，出乎縱橫之詭俗也。」（〈時序〉）又〈才略〉篇云：「戰代任武，而文士不絕。諸子以道術取資，屈、宋以楚辭發采，樂毅報書辨以義，范雎上書密而至，蘇秦歷說壯而中，李斯自奏麗而動，若在文世，則揚、班儔矣。」因為戰國時代，諸侯力征，於是身在民間的政治家，皆各欲以其政治思想，說動人主而獲致卿相。於是皆以文章為表達其思想之工具，諸子的文學遂因之而發生，「故知煒燁之奇意，出乎縱橫之詭俗也。」（〈時序〉）如果諸子不生於那樣紛紜爭奪的時代，其成就絕不是如此的，故云：「若在文世，則揚、班儔矣。」（〈才略〉）又論建安時代的詩風云：「自獻帝播遷，文學蓬轉，建安之末，區宇方輯。魏武以相王之尊，雅愛詩章；文帝以副君之重，妙善辭賦；陳思以公子之豪，下筆琳瑯；並體貌英逸，故俊才雲蒸。……觀其時文，雅好慷慨，良由世積亂離，風衰俗怨，並志深而筆長，故梗概而多氣也。」（〈時序〉）因此當時所表現的，多是「憐風月，狎池苑，述恩榮，敘酣宴，慷慨以任氣，磊落以使才」（〈明詩〉）的內容。此時文士，身值離亂，故多慷慨之音；又因曹氏霸府初開，雅好文學，故有「述恩榮，敘酣宴」之作。足見建安詩人所反映的文學內容與時代的關係是多麼密切。

四、文學的創作觀

　　在齊梁文學的形式主義發達到極峰的時代，劉勰的創作觀，卻不是單純的形式主義，而是形式與內容並重的。他說：「情動而言形，理發而文見」，（〈體性〉）「故情者，文之經；辭者，理之緯，經定而後緯成，理定而後辭暢，此立文之本源也。」（〈情采〉）內在情志與外在辭藻兩者，實並立而不可分離，不僅如此，且是先有內容後有形式的，故云：「情動而言形，理發而文見。」因此，他特別強調文章要以表現思想為主，「夫以草木之微，依情待實，況乎文章，述志為本，言與志反，文豈足徵？」（〈情采〉）果能以「述志為本」，也就「志足而言文，情信而辭巧」（〈徵聖〉）了。他這種主張，可說是有意糾正當時的形式主義文風。同時又因為他處於形式主義的時代，對於形式上的諸問題，也同樣的重視。如作品之構成在於章句，因而有〈章句〉篇。他說：「夫人之立言，因字而生句，積句而成章，積章而成篇。篇之彪炳，章無疵也；章之明靡，句無玷也；句之清英，字不妄也；振本而末從，知一而萬畢矣。」（〈章句〉）這是說凡是一篇完整的作品，必須「章無疵」、「句無玷」；否則章不清而句不明，必不能成為完整的作品。又云：「句司數字，待相接以為用；章總一義，須意窮而成體。」是章句的構成，仍須以意為主，卻沒有一定的法則，但視情志的發達而決定，故云：「離章合句，調有緩急；隨變適會，莫見定準」；又云：「章句在篇，如繭之抽緒。」故知他的形式觀，是以「述志為本」。又因「心生文辭，運裁百慮，高下相須，自然成對」，而有〈麗辭〉篇，專論儷句的方法。又因「聲有飛沉，響有雙疊」，而有〈聲律〉篇，以「和」與「韻」為樞紐，所謂「異音相從謂之和，同聲相應謂之韻」，而不拘於沈約等的聲病之說。

五、文學的風格論

　　由作品的內在情志與外在形式混合而成的意象，便是劉勰所認
為的風格，〈體性〉篇就是他的風格論的說明。他說：「夫情動而言
形，理發而文見。蓋沿隱以至顯，因內而符外者也。然才有庸儁，
氣有剛柔，學有淺深，習有雅鄭，並情性所鑠，陶染所凝。是以筆
區雲譎，文苑波詭者矣。故辭理庸儁，莫能翻其才；風趣剛柔，寧
或改其氣；事義淺深，未聞乖其學；體式雅鄭，鮮有反其習；各師
成心，其異如面。」此謂先生的才氣與後天的學習，都是形成作品
風格的因素；才氣由於天賦，學習由於陶染，所以作家風格之不
同，猶如人異其面。因此他綜合作家不同的風格，區分為八類：

> 1. 典雅：「典雅者，鎔式經誥，方軌儒門者也。」
> 2. 遠奧：「遠奧者，馥采典文，經理玄宗者也。」
> 3. 精約：「精約者，覈字省句，剖析毫釐者也。」
> 4. 顯附：「顯附者，辭直義暢，切理厭心者也。」
> 5. 繁縟：「繁縟者，博喻釀采，煒燁枝派者也。」
> 6. 壯麗：「壯麗者，高論宏裁，卓爍異采者也。」
> 7. 新奇：「新奇者，擯古競今，危側趣詭者也。」
> 8. 輕靡：「輕靡者，浮文弱植，縹緲附俗者也。」

他這八種風格給後來的影響極大，後來的批評家往往以之作為衡文
的標準。司空圖等並擴充而為《詩品》。作者的風格，本不易說明，
經他一區分，卻能給後來者以明確的認識。但他進一步告訴作者：
「夫才有天資，學慎始習。斲梓染絲，功在初化；器成綵定，難可翻
移。故童子雕琢，必先雅製；沿根討葉，思轉自圓。」這是強調才
雖天資，學亦重要，尤以入手不可不辨雅俗，不然，必入於歧途。

「故宜摹體以定習，因性以練才，文之司南，用此道也。」

第二節　鍾嶸《詩品》

　　嶸字仲偉，潁川長社人（今安徽巢縣治）。齊永明中為國子生，明《周易》，衛將軍王儉領祭酒，頗賞接之。舉本州秀才，起家王國侍郎，遷撫軍行參軍，出為安國令。入梁，衡陽王元簡出守會稽，引為寧朔記室，專掌文翰。遷西中郎晉安王記室。頃之卒官。（《梁書》、《南史》〈鍾嶸傳〉）按：《南史》本傳云：「嶸嘗求譽於沈約，約拒之。及約卒，嶸品古今詩為評，言其優劣」云云。據此，知《詩品》之寫定當在約死以後。沈約卒於天監十二年（五一三）。《詩品》之所以作，據其〈序〉云：

　　王公搢紳之士，每博論之餘，何嘗不以詩為口實。隨其嗜欲，商榷不同，淄、澠並泛，朱、紫相奪，喧議競起，準的無依。近彭城劉士章，俊賞之士，疾其淆亂，欲為當世詩品，口陳標榜，其文未遂，感而作焉。

詩在江左已成為王公縉紳腐化生活的一部分，此輩對於詩的寫作，既不注重文學修養，也不由於感情的激發，甚至「纔能勝衣，甫就小學，必甘心而馳騖焉。於是庸音雜體，人各為容。至使膏腴子弟，恥文不逮，終朝點綴，分夜呻吟。獨觀謂為警策，眾覩終淪平鈍。」（〈序〉）在這樣的詩歌風尚下，已失卻了詩的意義與價值，只有讓王公縉紳，信口雌黃，「淄、澠並泛，朱、紫相奪」。因感於是非之淆亂，而有《詩品》之作。他並揭出詩的中心理論云：

　　五言居文辭之要，是眾作之有滋味者也，故云會於流俗。豈不以指事造形，窮情寫物，最為詳切者邪！故詩有三義焉：

一曰興，二曰比，三曰賦。文已盡而意有餘，興也；因物喻
志，比也；直書其事，寓言寫物，賦也。弘斯三義，酌而用
之，幹之以風力，潤之以丹采，使味之者無極，聞之者動
心，是詩之至也。若專用比興，則患在意深，意深則詞躓。
若但用賦體，則患在意浮，意浮則文散，嬉成流移，文無止
泊，有蕪漫之累矣。

若乃春風春鳥，秋月秋蟬，夏雲暑雨，冬月祁寒，斯四候之
感諸詩者也。嘉會寄詩以親，離群託詩以怨。至於楚臣去
境，漢妾辭宮，或骨橫朔野，或魂逐飛蓬；或負戈外戍，或
殺氣雄邊；寒客衣單，孀閨淚盡；或士有解佩出朝，一去忘
返；女有揚蛾入寵，再盼傾國。凡斯種種，感蕩心靈，非陳
詩何以展其義？非長歌何以騁其情？故曰：「詩可以群，可
以怨。」使窮賤易安，幽居靡悶，莫尚於詩矣。

前一段是論詩的藝術，他主張酌用賦、比、興三種手法，而「幹之
以風力，潤之以丹采」，以此為作詩之法則。次一段說明詩是人的
情感表現，而情感的發生是由於現實生活的反映，有某種的生活，
才有某種的情感，正如劉勰《文心雕龍・明詩》所云：「人稟七
情，應物斯感，感物吟志，莫非自然。」據此而知他之評論古今人
詩，在內容與形式方面，自有其中心理論，而以之為標榜。在齊梁
詩壇走向淆亂的時代，他的觀點是非常正確而有力的。基於他的觀
點，他反對形式主義的用典與聲律，也反對沒有內在情感的說理
詩。他說：

至乎吟詠情性，亦何貴於用事？「思君如流水」，既是即目；
「高臺多悲風」，亦惟所見；「清晨登隴首」，羌無故實；「明
月照積雪」，詎出經史？觀古今勝語，多非補假，皆由直

> 尋。顏延、謝莊，尤為繁密，於時化之。故大明、泰始中，
> 文章殆同書抄。近任昉、王元長（融）等，詞不貴奇，競須
> 新事。爾來作者，寖以成俗。遂乃句無虛語，語無虛字，拘
> 攣補衲，蠹文已甚。

詩是情感的表現，詩人不用自己的語言，反借助於陳舊的故實，這是有害於情感表現的。要想作出好的詩來，必須「直尋」，不可「補假」，因此，他公然指責顏、謝、任、王等造成的惡影響。沈約等所倡導的聲律說，也是他所反對的：

> 昔曹、劉殆文章之聖，陸、謝為體貳之才。銳精研思，千百
> 年中，而不聞宮商之辨，四聲之論。或謂前達偶然不見，
> 豈其然乎？……齊有王元長者，嘗謂余曰：「宮商與二儀俱
> 生，自古詞人不知之，惟顏憲子乃云『律呂音調』，而其實
> 大謬。惟見范曄、謝莊頗識之耳。嘗欲進知音論，未就。」
> 王元長創其首，謝朓、沈約揚其波；三賢或貴公子孫，幼有
> 文辯。於是士流景慕，務為精密。襞積細微，專相陵架。故
> 使文多拘忌，傷其真美。余謂文製，本須諷讀，不可蹇礙，
> 但令清濁通流，口吻調利，斯為足矣。至平上去入，則余病
> 未能，蜂腰、鶴膝，閭里已具。

他認為作品的聲調是要有的，能流利諷讀，也就夠了。但如沈約等聲律說，反而「使文多拘忌，傷其真美」。至於他們之所以為「士流景慕」的原因，不是由於文學本身的成就，而是由於「貴公子孫」的聲勢。詩壇風尚，居然不免於聲勢的薰染，則當時文學上的是非之混淆，殆與當時政治社會的汙濁相表裏。詩的用事與聲律，既有礙於情感的表現，那麼不從情感出發的說理詩，也是要不得的：

> 永嘉時，貴黃、老，稍尚虛談。於時篇什，理過其辭，淡乎

寡味。爰及江表，微波尚傳。孫綽、許詢、桓、庾諸公詩，
皆平典似《道德論》，建安風力盡矣。

他所抨擊的都是江左詩風的要害，也都以他的中心理論為依據。
《詩品》的體例，是將古今詩人，共分為上、中、下三品，上品除
不知名的古詩外，有十一人，中品三十九人，下品七十二人，凡
一百二十二人。他之所以用這種方法的原因，〈序〉云：「昔九品論
人，《七略》裁士，校以賓實，誠多未值。至若詩之為技，較爾可
知。」要對古今人詩作全盤的批評，必得找一種比較客觀的方法，
這種三品分法，他認為是適當的，但也有例外，如張華「今置之中
品疑弱，處之下科恨少，在季、孟之間矣。」足見當他品列等級時
用心之苦，是未嘗輕率的。儘管後人對他的品列，亦有「校以賓
實，誠多未值」之感，但他是有其觀點與體系的。

　　鍾嶸將詩的發展，分作〈國風〉、〈小雅〉、〈古詩十九首〉、
建安、太康、顏謝等幾個重要歷史階段，據此以尋求每個詩人所
承受的淵源，如謂古詩「源出於〈國風〉」，劉楨「源出於〈古
詩〉」，阮籍「源出於〈小雅〉」，謝靈運「源出於陳思。雜有景陽
之體」等，這些有可信的，也有不可信的，頗招致後人的批評，但
我們不能不承認這是他的歷史方法。同時我們又不能不承認，這部
專門討論漢、魏以及六朝詩人的著作，與《文心雕龍》一樣，是前
無古人，後無來者的創作。章學誠《文史通義・詩話篇》云：

　　《詩品》之於論詩，視《文心雕龍》之於論文，皆專門名家，
　　勒為成書之初祖也。《文心》體大而慮周，《詩品》思深而意
　　遠。蓋《文心》籠罩群言。而《詩品》深從六藝溯流別也。
　　論詩、論文而知溯流別，則可以探源經籍，而進窺天地之
　　純，古人之大體矣，此意非後世詩話家流所能喻也。

這位史學家的批評，非常精切，足作兩書的合評。

第五章　南北朝及隋的作家

第一節　顏、謝與鮑照

一、謝靈運

　　謝靈運（三八五～四三三），陳郡陽夏人。[6]祖玄，晉車騎將軍，父瑍早亡，襲封康樂公。晉亡入宋，降爵為侯，起為散騎常侍。自謂才能，宜當權要，既不見知，常懷憤憤。迨少帝即位，權在大臣，靈運構扇異同，非毀執政，司徒徐羨之等患之，出為永嘉太守。郡有名山水，靈運素所愛好，出守既不得志，遂肆意遊遨，遍歷諸縣，動踰旬朔，理人聽訟，不復關懷。文帝即位，徵為祕書監，使整理祕閣，補足闕文，以晉氏一代，自始至終，竟無一家之史，令靈運撰《晉書》。粗立條流，書竟不就。時自以名輩，才能應參時政，文帝僅接以文義，意復不平。多稱疾不朝直，穿池植援，種竹樹果，驅課公役，無復期度。出郭游行，或一日百六七十里，經旬不歸，既無表聞，又不請急。文帝諷旨令自解，靈運乃上表陳疾，遂賜假東歸。靈運因父祖之資，生業甚厚，奴婢既眾，義故門生數百，鑿山浚湖，功役無已。尋山陟嶺，必造幽峻，巖嶂千重，莫不備盡。登躡常著木履（屐），上山則去前齒，下山去其後齒。嘗自始寧南山，伐木開徑，直至臨海，從者數百人。臨海太守王琇驚駭，謂為山賊，徐知是靈運乃安。在會稽時，亦多徒眾，驚

---

6 陳郡陽夏為今河南太康縣治，但靈運之陳郡陽夏為東晉僑置。又，靈運之生實在會稽，見鍾嶸《詩品》。

動縣邑。會稽東郭有回踵湖，靈運求決以為田，文帝令州郡履行，此湖去郭近，水物所出，百姓惜之，太守孟顗堅持不與。又求始寧岯崲湖為田，顗又固執。靈運因以言論傷顗，遂構讎隙。顗以靈運橫恣，百姓驚擾，乃表其有異志。文帝知其見誣，未加之罪。復以靈運為臨川內史，在郡遊放，不異永嘉，為有司所糾。靈運後興兵叛逆，乃為詩曰：「韓亡子房奮，帝秦魯連恥，本自江海人，忠義感君子。」追討擒之，送廷尉治罪。降死徙廣州。元嘉十年復以謀逆，於廣州棄市。臨死作詩曰：「龔勝無餘生，李業有終盡，嵇公理既迫，霍生命亦殞。」所謂龔勝、李業，猶前詩子房、魯連之意。卒年四十九。（《宋書》卷六七、《南史》卷十九〈謝靈運傳〉）

　　靈運出身世族，祖父又是晉室元勳，故能身襲國公，為朝廷重臣，但亡國以後，並不見有忠憤的表現。入事新朝，猶藉其資望，希參時政，及至失敗時，居然以子房、魯連自況，此顧炎武所謂：「古來以文辭欺人者，莫若謝靈運。」（《日知錄》卷二一「文辭欺人」條）觀其生活豪縱，求湖為田、伐木遊山、驚擾百姓種種行為；與其說是文士的浪漫生活態度，不如說是豪縱橫恣的表現，像他這樣的生活，同時也代表了江左世族生活的一個面向。但又因其有這樣的生活，而使他開創了山水詩的獨特風格。他的詩給後來的影響是相當顯著的，即在齊、梁時也獲得極高之評價。《詩品》卷上云：

> 其源出於陳思。雜有景陽之體，故尚巧似，而逸蕩過之。頗以繁富為累。嶸謂若人，興多才高，寓目輒書，內無乏思，外無遺物，其繁富宜哉！然名章迥句，處處間起，麗典新聲，絡繹奔會。譬猶青松之拔灌木，白玉之映塵沙，未足貶其高潔也。

鍾嶸說他「出於陳思」者，是就「詞采華茂」而言；說「雜有景陽

之體」者，則指其「巧構形似之言」。其實「詞采華茂」原是魏晉作家一般的傾向，不能據之謂「出於陳思」。若謂其「出於陳思」，不如說其出於陸機較為確切，因靈運之排偶與繁富，實與陸機近似。

靈運詩的特色是以自然界的山水為題材，靈運以前的作家不是沒有寫山水的，卻沒有像他那樣專力向山水方面發展。他之所以有此成就，乃是由於他對於山水的嗜好，他所體驗到的山水的奇異，都不是普通人所能體驗到的，故凡形之於筆墨間的，也都是前人未有的境界。但在體製方面，他所承襲的是陸機、張協一派的作風，以排偶的句子，寫千變萬化的自然界，同時又要將所體驗到的一部分寫得極其形似，將無定形的題材納入於定形的體製中，勢必失去自然的韻致而有繁富之累。因此，他對於起接離合，不能不用心經營。方東樹《昭昧詹言》卷五云：「謝公每一篇經營章法，措注虛實，高下淺深，其文法至深，頗不易識。」又云：「觀康樂詩，純是功力，如挽強弩，規矩步武，寸步不失，如養木雞，伏伺不輕動一步。」這種說法，本是推崇其功力，卻近乎諷刺，因為靈運詩正病在「如養木雞，伏伺不輕動一步」，而沒有自然的格調。如夢中所得「池塘生春草」詩句，自以為得神助，方能有此好句，其佳處正在其得自然之致。一個臥病已久，連時序、節候都弄不清的人，忽然看見池塘有了青草，寒冬已去，春日復來，一種歲月驚心的情緒，全都流露於此五字之中。若與次句「園柳變鳴禽」相對照，則次句不特不能代表春之來臨的整個意象，還顯得十分拙劣。就此一事，足見靈運之所以特喜「池塘生春草」一句，殆自知已習慣於「木雞」似的手法，實難以得到如此自然微妙的句子。

清施補華《峴傭說詩》云：「大謝山水遊覽之作，極為鑱削可喜；鑱削可矯平熟，鑱削卻失渾厚。故大謝之詩，勝於陸士衡之平，顏延之之澀，然視左太沖、郭景純已遜自然，何以望子建、嗣

宗之項背乎？」何以不能望子建、嗣宗之項背？在他以為因鑱削而失去了渾厚，但我以為還不止如此，靈運詩最大的缺陷是詩中情志的表現不夠，不露豪情，少有感慨，雖描寫出許多山林勝處，卻不能如陶淵明般，達到物我兩忘的境界。

> 潛虬媚幽姿，飛鴻響遠音，薄霄愧雲浮，棲川怍淵沉。進德智所拙，退耕力不任。徇祿反窮海，臥痾對空林。衾枕昧節候，褰開暫窺臨。傾耳聆波瀾，舉目眺嶇嶔。初景革緒風，新陽改故陰。池塘生春草，園柳變鳴禽。祁祁傷豳歌，萋萋感楚吟。索居易永久，離群難處心，持操豈獨古，無悶徵在今。（〈登池上樓〉）

> 江南倦歷覽，江北曠周旋。懷新道轉迥，尋異景不延，亂流趨正絕，孤嶼媚中川。雲日相輝映，空水共澄鮮。表靈物莫賞，蘊真誰為傳。想像崑山姿，緬邈區中緣。始信安期術，得盡養生年。（〈登江中孤嶼〉）

> 昏旦變氣候，山水含清暉，清暉能娛人，游子憺忘歸。出谷日尚早，入舟陽已微。林壑斂暝色，雲霞收夕霏。芰荷迭映蔚，蒲稗相因依。披拂趨南逕，愉悅偃東扉。慮澹物自輕，意愜理無違，寄言攝生客，試用此道推。（〈石壁精舍還湖中作〉）

二、顏延之

當時與靈運齊名的顏延之（三八四～四五六），字延年，琅邪臨沂人（東晉僑置，在今南京附近）。少孤，貧居負郭。好讀書，無所不覽，文章冠絕當時，嗜飲酒，不護細行。官至金紫光祿大夫。孝建三年卒，年七十三。（《宋書》卷七三、《南史》卷三四並有

傳）《宋書》本傳云：「延之與陳郡謝靈運俱以詞采齊名，自潘岳、陸機之後，文士莫及也，江左稱顏、謝焉。」《詩品》卷中云：

> 其源出於陸機，尚巧似。體裁綺密，情喻淵深，動無虛散，一字一句，皆致意焉。又喜用古事，彌見拘束。雖乖秀逸，是經綸文雅才。雅才減若人，則蹈於困躓矣。湯惠休云：「謝詩如芙蓉出水，顏如錯采鏤金」，顏終身病之。

按：《南史》本傳：「延之嘗問鮑照，己與靈運優劣。照曰：『謝五言如初發芙蓉，自然可愛；君詩若鋪錦列繡，亦雕繢滿眼。』」此應是《詩品》湯惠休語之所出，鍾嶸或誤記鮑言以為惠休。然鍾嶸批評顏詩則甚切要，足見顏詩以雕飾巧似為功，六朝人亦以為病。今觀顏詩當以〈五君詠〉為最，延之以疏放不能取容，常以言語犯權要，彭城王義康遂出延之為永嘉太守，「延之甚怨憤，乃作〈五君詠〉，以述竹林七賢，山濤、王戎以貴顯被黜。詠嵇康云：『鸞翮有時鎩，龍性誰能馴？』詠阮籍云：『物故不可論，途窮能無慟！』詠阮咸云：『屢薦不入官，一麾乃出守。』詠劉伶云：『韜精日沉飲，誰知非荒宴？』此四句蓋自序也。」（《南史》本傳）正因其藉古人的生平，以寓自家的怨憤，倒比他那一句一字都不放鬆的詩好，他這種作法也是很高明的。

> 阮公雖淪跡，識密鑒亦洞，沉醉似埋照，寓辭類託諷。長嘯若懷人，越禮自驚眾。物故不可論，途窮能無慟！（〈五君詠——阮步兵〉）

> 中散不偶世，本自餐霞人。形解驗默仙，吐論知凝神。立俗忤流議，尋山洽隱淪。鸞翮有時鎩，龍性誰能馴？（〈五君詠——嵇中散〉）

三、鮑照（附其妹鮑令暉）

　　顏延之、謝靈運雖是江左文學領袖，然其風骨不如左思、郭璞，高澹不如陶淵明，而所以見稱者，只是形式之美。可是與顏、謝同時的卻有一天才詩人鮑照（四〇五～四六六），照字明遠，東海人（今江蘇漣水縣治）。從臨海王子頊為前軍參軍掌書記，子頊敗，遇害，年六十二。照辭藻贍逸，嘗為古樂府，文甚遒麗。先是臨川王義慶招聚文士，遠近咸至，以照為國侍郎，甚見知賞，遷秣陵令。文帝即位，以為中書舍人。上好文章，自謂人莫能及，照悟其旨，為文章多鄙言累句，咸謂照才盡，實不然也。（《宋書》卷五一、《南史》卷十三〈臨川烈武王道規傳〉附鮑照傳）按：顏延之「每薄湯惠休詩，謂人曰：『惠休製作，委巷中歌謠耳。』」（《南史・顏延之傳》）同時又忌鮑照，將照與惠休比，立休鮑論。（《詩品・齊惠休上人》）是照既見抑於文帝，又見忌於當時的正統文士。《詩品》卷中云：

> 其源出於二張，善製形狀寫物之詞。得景陽之諔詭，含茂先之靡嫚，骨節強於謝混，驅邁疾於顏延。總四家而擅美，跨兩代而孤出。嗟其才秀人微，故取湮當代。然貴尚巧似，不避危仄，頗傷清雅之調。故言險俗者，多以附照。

照詩由漢樂府辭出，故有諔詭之趣；同時也不能脫江左之風尚，故有靡嫚之致；鍾嶸謂其出於二張，實屬傅會。又謂其「險俗」傷於「清雅」，殆與顏延之意同；這是因其不走建安、太康之路而學古樂府，遂獲得如此的批評。其實他是才氣放逸的人，不屑隨人俯仰，往往避熟就生，出語驚人，故謂之「險」；又因所追求的是古樂府的風格，時雜以口語，故謂之「俗」。由此看來，「險俗」並不是他的毛病，卻是他不同於庸俗作家的新風格。至謂其「骨節強於謝混，

驅邁疾於顏延」，亦即後來杜甫所謂「俊逸」。什麼叫「俊逸」？明代陸時雍《詩鏡總論》云：

> 鮑照才力標舉，凌厲當年，如五丁鑿山，開人世所未有。當其得意時，直前揮霍，目無堅壁矣。駿馬輕貂，雕弓短劍，秋風落日，驅騁平岡，可以想見此君意氣所在也。

這雖是象徵的話，但確能將「俊逸」的風格形容盡致。照詩今存者約二百首，五言詩與樂府辭各居其半，樂府之七言及雜言者，尤為照之新體。亦惟有讀他的七言及雜言樂府，始能感到他那才氣橫逸、不可一世之概，同時也可體會出《詩鏡總論》所形容的真切。而樂府辭的代表作則為雜言〈擬行路難〉十八首：

> 奉君金巵之美酒，玳瑁玉匣之彫琴，七采芙蓉之羽帳，九華蒲萄之錦衾。紅顏零落歲將暮，寒花宛轉時欲沉。願君裁悲且減思，聽我抵節行路吟，不見柏梁銅雀上，寧聞古詩清吹音。（〈擬行路難〉十八首其一）

> 對案不能食，拔劍擊柱長歎息。丈夫生世會幾時，安能蹀躞垂羽翼。棄置罷官去，還家自休息，朝出與親辭，暮還在親側，弄兒牀前戲，看婦機中織。自古聖賢盡貧賤，何況我輩孤且直。（〈擬行路難〉十八首其六）

> 君不見，少壯從軍去，白首流離不得還，故鄉窅窅日夜隔，音塵斷絕阻河關。朔風蕭條白雲飛，胡笳哀極邊氣寒。聽此愁人兮奈何，登山遠望得留顏。將死胡馬跡，能見妻子難。男兒生世轗軻欲何道，綿憂摧抑起長歎。（〈擬行路難〉十八首其十四）

此種樂府乃前人所未有，而在當時為創格，又直接影響於唐人的歌

行，尤其唐之天才詩人皆與他有相當的淵源，如李白、杜甫、高適、岑參等皆是。王船山《古詩評選》卷一云：「看明遠樂府，別是一味。急切覓佳處，則已失之；吟詠往來，覺蓬勃如春烟，瀰漫如秋水，溢目盈心，斯得之矣。」照詩之所以不同於江左作家者亦在此，即不屑於「競一韻之奇，爭一字之巧」，但求抒寫情志，能縱橫隨心，自然渾成，故讀者必吟詠往來，始能得其神理。

照妹令暉，亦能詩。《詩品》卷下云：「令暉歌詩，往往嶄絕清巧，〈擬古〉尤勝，唯〈百願〉淫矣。照嘗答孝武云：『臣妹才自亞於左芬，臣才不及太沖爾。』」不幸得很，這位女詩人的生平，今已毫無可考，《詩品》說的〈百願〉詩，今已不存。今其存詩僅六首，可說每首皆佳。其清新處不弱於其兄，而情意纏綿處，又非其兄所能及。

> 明月何皎皎？垂幌照羅茵。若共相思夜，知同憂怨晨。芳華豈矜貌，霜露不憐人。君非青雲逝，飄迹事咸秦；妾持一生淚，經秋復度春。（〈代葛沙門妻郭小玉作〉二首其一）

> 寒鄉無異服，衣氈代文練。日月望君歸，年年不解綜。荊揚春早和，幽冀猶霜霰。北寒妾已知，南心君不見。誰為道路苦，寄情雙飛燕。形迫杼煎絲，顏落風摧電。容華一朝盡，惟餘心不變。（〈古意贈今人〉）

第二節　齊、梁作者

齊永明時，竟陵王蕭子良，字雲英，性喜文學，禮接才士，聚其門下者，有蕭衍、謝朓、王融、任昉、沈約、陸倕、范雲、蕭琛等，時稱為「竟陵八友」。其後蕭衍篡齊稱帝，除謝朓、王融死於齊外，餘均入梁。朓尤長五言，沈約常云：「二百年來無此詩也。」

一、謝朓

　　朓字玄暉（四六四～四九九），陳郡陽夏人。少好學，有美名，文章清麗。朓以中書郎出為宣城太守，故世以「謝宣城」稱之，然其官實不止宣城太守。後遷吏部尚書郎兼衛尉，永元初（齊東昏侯年號），江祐等謀立始安王遙先，引以為黨，不從，下獄死。時年三十六。（《南齊書》卷四七、《南史》卷十九並有傳）朓詩今存樂府辭三十七首，四言詩二十八首，五言詩一百零六首。《詩品》卷中云：

> 其源出於謝混，微傷細密，頗在不倫，一章之中，自有玉石。然奇章秀句，往往警遒，足使叔源失步，明遠變色。善自發詩端，而末篇多躓，此意銳而才弱也。至為後進士子之所嗟慕。朓極與余論詩，感激頓挫過其文。

鍾嶸對這位同時代詩人的批評，雖能以客觀的態度，予以褒貶，但朓詩的特色究未能盡。我們要補充的有幾點：（一）他的才氣清，感情厚，能於筆墨之外，別有一段深情妙理。[7]*（二）他善於運用辭藻，不為所累，雖華麗而不失自然，這是當時詩人不易作到的，如「餘霞散成綺，澄江靜如練」，只見其色調鮮明，而不覺其藻飾。這也就是鍾嶸所說的「奇章秀句，往往警遒」。（三）他與沈約等都是倡導聲律說的，而他以自然為依歸，不為聲律所拘，清新流利，為唐詩格調之先導，這也就是趙紫芝所謂「玄暉詩變有唐風」的意思。王世貞說「靈運語俳而氣古，玄暉調俳而氣今」，（《藝苑卮言》）可與趙說互相闡發。又杜甫詩謂「謝朓每篇堪諷誦」，李白於

7　沈德潛《說詩晬語》。

*　沈氏云：「齊人寥寥，謝玄暉獨有一代，以靈心妙悟，覺筆墨之中，筆墨之外，別有一段深情名理，元長（王融）諸人，未齊肩背。」〔編者註〕

其詩篇中更再四稱服，至有「玄暉難再得」之感，足證朓詩給唐人的影響之大。

> 大江流日夜，客心悲未央，徒念關山近，終知反路長。秋河
> 曙耿耿，寒渚夜蒼蒼。引領見京室，宮雉正相望。金波麗鳷
> 鵲，玉繩低建章。驅車鼎門外，思見昭丘陽。馳暉不可接，
> 何況隔兩鄉。風雲有鳥路，江漢限無梁。常恐鷹隼擊，時菊
> 委嚴霜。寄言罻羅者，寥廓已高翔。（〈暫使下都夜發新林至
> 京邑贈西府同僚〉）

> 洞庭張樂地，瀟湘帝子遊。雲去蒼梧野，水還江漢流。停驂
> 我悵望，輟棹子夷猶。廣平聽方籍，茂陵將見求，心事俱已
> 矣，江上徒離憂。（〈新亭渚別范零陵雲〉）

> 方舟泛春渚，攜手趨上京。安知慕歸客，詎憶山中情。香風
> 蘂上發，好鳥葉間鳴。揮袂送君已，獨此夜琴聲。（〈送江兵
> 曹檀主簿朱孝廉還上國〉）

二、沈約

　　沈約字休文（四四一～五一三），吳興武康人（今浙江德清武康鎮）。少年流寓孤貧，篤志好學，晝夜不釋卷，母恐其以勞生疾，常遣滅油滅火，而晝之所讀，夜輒誦之，遂博通群籍，善屬文。宋泰始中，蔡興宗為郢州，引為安西外兵參軍兼記室。入齊，為太子家令，累遷吏部郎，出為東陽太守，明帝徵為五兵尚書。永元中復為司徒左長史，進號征虜將軍南清河太守。梁武帝勳業既就之時，約以甘言勸其早定大業。及受禪，以佐命功，為尚書僕射，封建昌侯。天監十二年卒，年七十三，諡曰隱。約生平著作甚富，今存者惟《宋書》一百卷。約歷仕三代，該悉舊章，博物洽聞，當

世取則。自負高才，昧於榮利，乘時射勢，頗累清談。用事十餘
年，未嘗有所薦達，政之得失，唯唯而已。(《南史》卷五七、《梁
書》卷十三〈沈約傳〉，《宋書》卷一百〈自序〉)看他的生平行
事，原是投機取巧的官僚，人品是無可取的。在文學方面，文集就
有一百卷之多（今已不存），足見他對文學的嗜好，有如他對於作
官的嗜好一樣。他主張文章以「三易」為要：「易見事，一也；易
識字，二也；易讀誦，三也。」(《顏氏家訓・文章篇》)這倒不失
為通人之論，但他所作的詩，卻不如此。因為他對詩另有主張，即
所謂聲律說，自矜為從靈均以來的詩人都沒有發現過的奧祕。正因
此，詩卻作得極不好，這前人已有定論。唐皎然《詩式・明四聲》
云：

> 沈休文酷裁八病，碎用四聲，故風雅殆盡。後之才子，天機
> 不高，為沈生弊法所媚，懵然隨流，溺而不返。

又明唐順之〈答茅鹿門知縣書〉云：

> 自有詩以來，其較聲律，雕句文，用心最苦而立說最嚴者，
> 無如沈約。苦卻一生精力，使人讀其詩，祗見其捆縛齷齪，
> 滿卷累牘，竟不曾道出一兩句好話，何則？其本色卑也。

又明末王船山之《古詩評選》卷五云：

> 「明月雖外照，寧知心內傷」(〈古意〉)，休文得年七十三，
> 吟成數萬言，唯此十字為有生人之氣，其他如敗鼓聲，如落
> 葉色，庸陋酸滯，遂為千古惡詩宗祖。

按：〈古意〉十字格調，與約之〈夜夜曲〉：「星漢空如此，寧知
心有憶」實相同，而蕭統的〈長相思〉：「徒見貌嬋娟，寧知心有
憶」，也與之相同。〈夜夜曲〉與〈長相思〉都是江南民歌，此十字

很可能即從民歌蛻化出來，未必是沈約的個人創作。又按：約詩之所以「庸陋酸滯」的原因，唐順之所說的只是原因之一；而主要的原因，是由於他「昧於榮利，乘時射勢」的性格與官僚生活，以致詩中不見真的情感與思想，只是為作詩而作詩，而又拘於聲律，自然成為「庸陋酸滯」了。所以《梁書》本傳說：「謝玄暉善為詩，任彥昇工於筆，約兼而有之，然不能過也。」今存樂府辭四十九首，詩一百三十四首。此百餘篇詩，一部分為應制及與王公貴人游宴倡和之作，一部分為詠物之作，前者為朝貴生活的反映，後者只是刻畫事物而不寄情於事物。又有〈懷舊詩〉九首，應是傷懷感逝之詞，卻又不然，感情浮泛，仍不免庸陋。

> 挾瑟叢臺下，徙倚愛容光。佇立日已暮，戚戚苦人腸。露葵已堪摘，淇水未沾裳。錦衾無獨暖，羅衣空自香。明月雖外照，寧知心內傷。(〈古意〉)

> 生平少年日，分手易前期。及爾同衰暮，非復別離時。勿言一杯酒，明日難重持。夢中不識路，何以慰相思？(〈別范安城〉)

三、江淹

　　江淹（四四四～五〇五），字文通，濟陽考城人（今河南民權縣境內）。父康之，南沙令。父死時，年方十三，家貧采薪以養母。長遂博覽群書，不事章句之學，頗留情於文章。在宋以文章見知於建平王景素，為景素鎮軍參軍，領南東海郡丞，後黜為吳興令。及齊高帝輔政，加為尚書駕部郎，驃騎參軍。是時軍書表記，皆淹為草具，治齊受禪，復為驃騎豫章王嶷記室參軍，後拜中書侍郎，永明三年兼尚書左丞。少帝初，兼御史中丞，諸郡二千石并大

縣官長多被劾，內外肅然。東昏末，淹祕書監兼衛尉。及梁武帝至新林，淹微服投之。天監元年為散騎常侍左衛將軍，封臨沮縣伯。以疾遷金紫光祿大夫，改封醴陵侯。天監四年卒，年六十二，諡曰憲。（《梁書》卷十四、《南史》卷五九並有傳）淹常云：「人生當適性為樂，安能精意苦力，求身後之名哉！故自少及長，未嘗著書，惟集十卷，謂如此足矣。重以學不為人，交不苟合，又深信天竺緣果之文，偏好老氏清淨之術。仕所望，不過諸卿二千石，有耕織伏臘之資，則隱矣。」（《江文通集・自序》）

淹詩今存樂府兩首，五言詩一百首。他的詩最成功的是摹擬前人的詩，即〈雜體〉三十首，〈效阮公詩〉十五首，鍾嶸《詩品》也說「文通詩體總雜，善於摹擬」。其〈雜體・自序〉云：

> 然五言之興，諒非夐古，但關西鄴下，既已罕同；河外江南，頗為異法。故玄黃經緯之辨，金碧浮沉之殊，僕以為亦各具美兼善而已。今作三十首詩，斅其文體，雖不足品藻淵流，庶亦無乖商榷云爾。

據此看來，他之摹擬，是「品藻」與「商榷」的態度。惟其是這樣的態度，故與機械的摹擬者，截然不同。他是將漢、魏、兩晉詩人的思想、人格，時代環境及個人風格，透過深切的研究與體驗，然後著筆的。但是要不是天才高、學力厚，也不會有什麼成就的。故《竹林詩評》（《螢雪齋叢書》第三卷）云：「江淹清婉秀麗，才思有餘，〈雜擬〉之作，如季札聘魯，四代之樂，並歌於庭，非天下之至聰，其孰能喻？」

> 樽酒送征人，躑躅在親宴。日暮浮雲滋，握手淚如霰。悠悠清水川，嘉魴得所薦；而我在萬里，結友不相見。袖中有短書，願寄雙飛燕。（〈李都尉陵從軍〉）

種苗在東皋，苗生滿阡陌。雖有荷鋤倦，濁酒聊自適。日暮
巾柴車，路闇光已夕，歸人望烟火，稚子候檐隙。問君亦何
為，百年會有役。但願桑麻成，蠶月得紡績。素心正如此，
開徑望三益。（〈陶徵君潛田居〉）

歲暮懷感傷，中夕弄清琴。戾戾曙風急，團團明月陰。孤雲
出北山，宿鳥驚東林。誰謂人道廣，憂慨自相尋，寧知霜雪
後，獨見松竹心。（〈效阮公〉十五首其一）

　　他的賦，在齊梁時代，也是一大家。今存者尚有四十篇，其風
格則出於《楚辭》，中有〈遂古〉一篇，純摹〈天問〉。其他各篇，
大都襲楚辭體而參以變化，內容多為抒情，能以悱惻動人勝。試讀
他最有名的〈恨賦〉、〈別賦〉，雖刻意形容，堆砌史實，然有感
情，有作意，有整個的形象。如〈恨賦〉末謂：「已矣哉！春草暮兮
秋風驚，秋風罷兮春草生，綺羅畢兮池館盡，琴瑟滅兮丘壟平。自
古皆有死，莫不飲恨而吞聲。」自然的歲月無盡，而人生的壽命有
限，以有限的人生處於無盡的宇宙中，便是人生的大恨。能參透這
一點，則人生之恨雖多端，亦隨虛無而泯滅。〈別賦〉所謂「有別必
怨，有怨必盈」，也是同樣的道理。於此可知他所深信的「天竺緣果
之文」與「老氏清淨之術」，在此兩賦中自然反映出來。他所作的賦
雖多，足為代表的也只有這兩篇。

四、吳均

　　吳均（四六九～五二〇），字叔庠，吳興故鄣人（今浙江安吉
附近）。家世寒賤，均則好學有俊才。沈約見其文，頗相稱賞。均
文體清拔有古氣，時有學之者，謂為「吳均體」。普通元年卒，年
五十二。（《梁書》卷四九、《南史》卷七二並有傳）今觀均詩有鮑

照之俊逸，無靈運之闓緩，當時稱之為「吳均體」，蓋以此。善喜用事，未能擺脫齊梁作者的風尚。其樂府諸作，似勝其詩，聲調顏色，兼有其美，對於後來唐人歌行，極有影響；不僅於此，其五言詩影響了唐人律詩，其五言四句影響了唐人絕句，足見當時所稱的「吳均體」，實為唐詩格調的先導。

> 君不見，西陵田，從橫十字成陌阡；君不見，東郊道，荒涼燕沒起寒煙；盡是昔日帝王處，歌姬舞女達天曙。今日翩妍少年子，不知華盛落前去。吐心吐氣許他人，今且迴惑生猶豫。山中桂樹自有枝，心中方寸自相知。何言歲月急若馳，君之情意與我離。還君玳瑁金雀釵，不忍見此使心危。（〈行路難〉五首其三）

> 落葉思紛紛，蟬聲猶可聞。水中千丈月，山上萬重雲。海鴻來倏去，林花合復分。所憂別離意，白露下霑裙。（〈贈鮑春陵別〉）

> 白雲浮海際，明月落河濱；送君長太息，徒使淚沾巾。（〈送呂外兵〉）

五、何遜

　　何遜，字仲言，東海剡人（今江蘇丹徒）。曾祖承天，宋御史中丞；祖翼，員外郎；父詢，齊太尉中兵參軍。遜八歲即能賦詩，弱冠受知於范雲，雲謂所親曰：「頃觀文人，質則過儒，麗則傷俗。其能含清濁、中今古，見之何生矣。」沈約亦愛其文，嘗謂遜曰：「吾每讀卿詩，一日三復，猶不能已。」遜文章與劉孝綽並見重於世，世謂之「何、劉」。簡文帝曾論之曰：「詩多而能者沈約，少而能者謝朓、何遜。」其見重於當世如此。遜曾官尚書水部郎，

故後世亦有稱之為何水部者。死後,王僧孺輯其文為八卷,已佚。（《梁書》卷四九〈文學傳上‧何遜傳〉）今存樂府辭四首,五言詩除聯句外尚有九十餘首。沈德潛評遜詩,以為「雖乏風骨,而情詞宛轉,淺語俱深。」（《古詩源》）頗能道出遜詩的佳處。遜詩雖尚雕飾,而能出以自然,於高華之中又有清新之趣,他的風格與吳均相似,給後來唐代詩人的影響亦在此。

> 我為潯陽客,戒旦乃西游,君隨流水駛,雞鳴亦動舟。共泛溢之浦,旅泊次城樓。華燭已消半,更人數唱籌。行之從此別,去去不淹留。（〈與沈助教同宿溢口夜別〉）

> 暮煙起遙岸,斜日照安流。一同心賞夕,暫解去鄉憂。野岸平沙合,連山近霧浮。客悲不自已,江上望歸舟。（〈慈姥磯〉）

> 客心已百念,孤游重千里;江暗雨欲來,浪白風初起。（〈相送〉）

　　上述五位詩人,謝朓、沈約為永明體作者,然朓天才高,感情富,雖崇尚聲律,卻未為聲律所桎梏,故能卓然成家,既革顏、謝之體,復開唐代詩風。約則負一代盛名,然拘於聲律,「庸陋酸滯」,遂為惡詩之宗祖。兩人同為聲律說的倡導者,一成功,一失敗,固由於善用與不善用之別,但亦由兩人的情志表現之深淺而異。同時也證明聲律之講求,於詩的發展不是無功的,但必須配合情志的表現,始能成為好詩。因為任何藝術作品,都是內在情志與外在形式兩者的綜合,聲律之於詩,只是有助於內在情志的表現之一部分,其本身卻不是詩。若江淹、吳均、何遜等,處於聲律說風行的時代,不能說絕不受其影響,但不受其拘束。這時代又是宮體

詩萌芽之時，宮體詩雖偶有靡麗之作，卻未嘗推波助瀾。他們的詩雖說沒什麼深刻的思理表現，但同有一種清新的風格。當時詩風若能順著這一途徑發展下去，一定會有光輝的成果。無奈當時帝王以淫麗的詩風為倡導之準則，朝臣文士們又俯仰承風，於是所謂宮體者，遂泛濫於一代。

第三節　蕭梁父子及陳後主

一、梁武帝蕭衍父子

梁武帝蕭衍（四六四～五四九），字叔達，小字練兒，南蘭陵中都里人（今江蘇武進）。他是文士而兼霸主，又是極淵博的學者，故除文學的作品外，尚有許多關於儒學及其他方面的著作，只是今已不存在了。他的信仰，據他自己說：「少時學周孔，弱冠窮六經」；「中復觀道書，有名與無名」；「晚年開釋卷，猶日映眾星」。（〈會三教詩〉）他晚年變成一個極虔誠的佛教徒，將治理國家的大事都荒廢了，終至侯景叛變，餓死臺城。年八十六，有文集百二十卷。

武帝的長子即昭明太子蕭統（五○一～五三一），字德施，美姿容，善舉止，有過目成誦的聰明。每游宴祖道，賦詩至十數韻，或命作劇韻賦之，皆屬思便成，無所點易。他也是虔誠的佛教徒，崇信三寶，遍觀眾經，於東宮內別立慧義殿，專為講佛法的聚會所。他於文學則以「事出於沉思，義歸乎翰藻」為主旨，其《文選》便是根據這一主旨選出的。他只活了三十一歲，未及繼承皇位便死了。

武帝的第三子即簡文帝蕭綱（五○三～五五一），字世纘，小字六通。他只作了兩年屈辱不堪的皇帝，便為侯景所廢，終於被

弒，年四十九。當他被幽縶時，題壁自序云：「有梁正士，蘭陵蕭
世纘，立身行事，始終如一。風雨如晦，雞鳴不已。弗欺暗室，豈
況三光？數至於此，命也如何！」從史傳上看來，他立身處世，確
如自己所說是一個正士。在政治上則因始於儲君，終困強暴，無從
有所表現。在文學方面他倡導一代文學風氣，是他在東宮時的事。
他自己說：「余七歲有詩癖，長而不倦。」足見他對於詩歌有特殊
的嗜好。然其詩「傷於輕豔，當時號曰宮體。」他不滿意當時典重
晦澀的作風，故提倡放情的抒寫；不幸他抒寫的對象只限於宮廷生
活，因而走向歧途了。

　　武帝第七子蕭繹（五〇八～五五四），字世誠，小字七符。史
稱其「既長好學，博綜群書，下筆成章，出言為論，才辯敏速，冠
絕一時。」天監十三年封湘東王，大寶三年即帝位於江陵，在位三
年，西魏陷江陵，被俘遇害，是為元帝。卒年四十七。在文學方
面，他是富於天才的，甚被昭明、簡文兩兄所推許。昭明云：「夫
文典則累野，麗亦傷浮，能麗而不浮，典而不野，文質彬彬，有君
子之致；吾嘗欲為之，但恨未逮耳。觀汝諸文，殊與意會。」（〈答
湘東王求文集及詩苑英華書〉）簡文亦云：「文章未墜，必有英絕，
領袖之者，非弟而誰？每欲論之，無可與語；思吾子建，一共商
搉。」（〈與湘東王書〉）昭明、簡文俱是當時文學領袖，而均向其
致衷心的推許，則其文學的天才與修養可想而知了。

　　中國歷史上的帝王家庭，能充滿文學氣氛的，除了曹魏父子，
便是蕭梁父子了。武帝以文人起家，原是「竟陵八友」之一。其所
作今存樂府辭五十餘首，詩尚不及四十首，足見他對於樂府體製的
興趣。尤可注意的，他所擬的樂府大都是屬於新樂府的西曲、吳
歌，此種民間歌曲原以淫豔為主，雖出自民間，然頗盛行於晉、宋
士大夫之間；顏延之薄湯惠休的作品，以為有似委巷中歌謠者，即

因惠休多側豔之詞故，足證晉、宋間民間歌曲久已影響於有文學修養的作家。武帝的詩歌也走向這一方面的原因，顯然是想以清新的氣息一變典重晦澀的作風。但他並沒有作到這一點，成功的只是樂府而不是他的五言詩。簡文帝雖能將清新的氣象移向於五言詩，但為宮廷的題材所限，反而刻畫美人，趨於淫麗，遂墮入所謂宮體詩的魔道。昭明詩似以典重為主，亦間有清新之作，惟所存僅二十餘首，無從論其全部的風格。所謂蕭家「子建」的元帝，今存詩尚有九十餘首，只見其以纖巧取勝，卻看不出情志的抒寫或才氣縱橫之處，至如宮殿名詩、縣名詩、姓名詩、將軍名詩、屋名詩、車名詩、船名詩、歌曲名詩、藥名詩、針穴名詩、龜兆名詩、獸名詩、鳥名詩、樹名詩、草名詩等，又如〈春日詩〉十八句，句句皆有春字，此直是文字遊戲，安得為詩？殆欲與其兄之宮體爭勝，遂另闢新途。大體說來，蕭氏父子的詩風，還是以清新的境界為依歸的，只因身為帝王，生活的範圍太小，不能將詩的廊宇擴大，又未能關懷於國計民生而寄興於詩，以致趨於歧途。不然，簡文、湘東將其家國的遭遇，一一寄之於詩，又何嘗不能追蹤曹氏父子？但未致力於此，所以比起曹氏父子來遜色得多了。

二、陳後主

流風到了陳後主，遂將靡麗的詩與淫佚的生活打成一片，荒淫縱恣，詩酒留連，極人間未有之享受。後主名叔寶（五五三～六〇四），字元秀，小字黃奴，陳宣宗子，在位六年，國亡入隋，隋仁壽四年卒，年五十二。當他即位之二年，（至德二年，五八四）於光照殿前起臨春、結綺、望仙三閣，張貴妃居結綺閣，龔、孔等貴嬪居望仙閣，後主自居臨春閣，有複道交相往來。並以宮人之有文學者袁大捨等為女學士。後主每引賓客對貴妃等遊宴，並使諸

貴人及女學士與狎客等，共賦新詩，互相贈答，採其尤豔麗者，
以為曲詩，被以新聲，選宮女有容色者以千百數，令習而歌之，
分部迭進，特以相樂。(《陳書》卷七〈后妃傳〉)到了禎明二年
(五八八)，隋已舉兵伐陳，後主猶不慮外患，荒於酒色，不恤政
事。左右嬖佞珥貂者五十人，婦人美貌麗服、巧態以從者千餘人。
常使張貴妃、孔貴人等八人，夾坐江總、孔範等十人預宴，號曰
「狎客」。先令八婦人襞采箋製五言詩，十客一時繼和，遲則罰酒。
君臣酣飲，從夕達旦，以此為常。(《南史・後主本紀》)這位風流
天子的作為，安得不導致亡國之禍？他在位六年，可說真正實踐了
六年的「宮體詩」生活。宮體詩的形成，本是帝王生活的反映，而
他卻更加充實了這種生活。然而歌詩專美容色，文士成為狎客，文
學成為幫閒助興之事，使文學本身喪失其價值，此所以風格頹靡，
流為淫放而不能振拔。

　　後主「於清樂中造〈黃鸝留〉及〈玉樹後庭花〉、〈金釵兩臂
垂〉等曲，與幸臣等製其歌詞，綺豔相高，極於輕薄，男女唱和，
其音甚哀。」(《隋志》卷十三志八〈音樂〉上)是後主直接將歌詩
音樂化，比永明體更進一步，這對於後來唐詩、歌行的聲調，是有
影響的。

第四節　徐陵、庾信、王褒

一、徐陵

　　徐陵字孝穆(五〇七～五八三)，東海郯人。八歲能屬文，
十二通《莊》、《老》義。及長，博涉史籍，縱橫有口辯。梁簡文帝
蕭綱為太子時，陵父摛為太子家令，陵為學士，父子俱出入東宮。
累遷通置散騎侍郎。侯景反時，陵方使魏未歸，會齊受魏禪，梁元

帝即位於江陵，徐陵累求復命，終拘留不遣。後齊送貞陽侯蕭淵明為梁嗣，乃遣陵隨還。陳受梁禪，以為散騎常侍，累遷吏部尚書，徐州大宗正，太子少傅。卒年七十七歲。陵性清簡，無所營樹，俸祿與親族共之。自陳創業，文檄軍書，及受禪詔策，皆陵所製，為一代文宗。其文頗變舊體，緝裁巧密，多有新意，每一文出，好事者已傳寫成誦，遂傳於北朝，家有其本，後逢喪亂，多散失，存者三十卷。（《陳書》卷廿六、《南史》卷六二〈徐陵傳〉）

簡文帝一派的宮體詩，陵父摛實導其源，「摛文體既別，春坊盡學之，『宮體』之號，自斯而始。」（《南史》卷六二〈徐摛傳〉）摛詩今雖所存不多，但他既是宮體詩的創始者，自以綺豔勝。陵詩今尚存三十餘首，逸宕綺豔，音調和協，辭句精妙，已開唐風。至於受禪詔策等篇，當時所謂大手筆之文，在今日看來，已失去其價值。尤以六朝走馬燈似的政局，此種既不關於人民生計，又不關於政制得失之作，但見其誇張浮泛、雍容歌頌，至於抒情寫志，則兩無所屬。

> 長相思，望歸難，傳聞更始戍樓蘭。龍城遠，鴈門寒，愁來瘦轉劇，衣帶自然寬，念君今不見，誰為抱腰看？（〈長相思〉）

> 嫋嫋河堤樹，依依魏主營。江陵有舊曲，洛下作新聲。妾對長楊苑，君登高柳城。春還應共見，蕩子太無情。（〈折楊柳〉）

> 繡帳羅帷隱燈燭，一夜千年猶不足；唯憎無賴汝南雞，天河未落猶爭啼。（〈烏棲曲〉）

二、庾信

庾信（五一三～五八一），字子山，南陽新野人。幼而俊邁，聰穎絕倫，博覽群書，尤善《春秋左氏傳》。身長八尺，腰大十圍，容止頹然，有過人者。父肩吾，為梁太子蕭綱中庶子，掌書記，信為抄撰學士，時與徐陵父子同在東宮，出入禁闥，恩禮莫與比隆。信與陵文並綺豔，故世號為「徐庾體」。累官至散騎常侍，聘於東魏，文章辭令，盛為鄴下所稱。還，為東宮學士，領建康令。侯景作亂，簡文帝命信率宮中文武千餘人，營於朱雀航；及景至，信以眾先退。臺城陷，信奔江陵。元帝即位江陵，官右衛將軍，封武康縣侯，加散騎常侍，聘於西魏。值江陵陷，遂留長安。西魏拜信為使持節撫軍將軍、右金紫光祿大夫、大都督，尋進車騎大將軍、儀同三司。北周代魏，孝閔帝踐祚，封信臨清縣子，邑五百戶，除司水下大夫，出為弘農郡守，遷驃騎大將軍，開府儀同三司，司憲中大夫，進爵義城縣侯，俄拜洛州刺史。時周、陳通好，南北流寓之士，各許還其舊國，惟信與王褒留而不遣。雖位望通顯，常有鄉關之思，乃作〈哀江南賦〉。隋開皇元年卒，年六十九。

按：江陵覆滅時，信年四十二，足見他的大半生都在江南度過，那時他有集十四卷，值侯景之亂，已百不存一；及到江陵，又有集三卷，旋遭兵火，竟無一字遺留。（宇文逌《庾子山集・序》）今集十六卷，皆在北朝時所作。故研究庾信，應以信四十二歲時為限，分作前後兩期看，前期身居承平之世，後期為亡國之羈旅，其風格自不相同。《周書》卷四一論庾信云：

> 子山之文，發源於宋末，盛行於梁季。其體以淫放為本，其詞以輕險為宗，故能誇目侈於紅紫，蕩心逾於鄭衛。昔揚子雲有言：「詩人之賦麗以則，詞人之賦麗以淫。」若以庾氏

方之，斯又詞賦之罪人也。

又《北史》卷八三〈文苑傳・序〉云：

> 梁自大同之後，雅道淪缺，漸乖典則，爭馳新巧。簡文、湘
> 東，啟其淫放，徐陵、庾信，分路揚鑣。其意淺而繁，其文
> 匿而彩。詞尚輕險，情多哀思，格以延陵之聽，蓋亦亡國之
> 音也。

《周書》出於令狐德棻等，《北史》出於李延壽，兩書所論，大概相
同，皆以信之風格不外輕險綺豔，一斥其為「詞賦之罪人」，一斥其
為「亡國之音」，好像江左文學靡麗之風，皆應由徐、庾兩人負其
責任似的。不過，這只能代表唐初年歷史家的見解，也可以說唐初
年的逸老們都是這樣的看法，其實這是不公平的。要知當蕭綱、徐
摛、庾肩吾等倡導宮體的時候，少年庾信追隨於東宮的詩風之後，
逞其才華，競為綺豔；促成宮體的盛行，使綺豔之風被於一時，庾
信及徐陵實不能辭其咎。但太清之亂，江陵之亡，均信所身經，終
至羈留北朝，形同俘虜，經此劇烈之世變，作風漸至蒼老，此又是
必然的事實，豈能一例以輕險綺豔盡之。所以我們要將庾信的作風
分作前、後兩期看，前期的作風是綺豔的，可以說是「誇目侈於紅
紫，蕩心逾於鄭衛」，或「意淺而繁，其文匿而彩」；雖今集所存
前期作品不多，但還可看出有若干首足與簡文、湘東相輝映的宮體
詩。後期作品，則多鄉關之思，已近於悲涼；杜甫詩云「清新庾開
府」，又云「庾信文章老更成」，「清新」、「老成」，實說明了信詩
後期的風格。明楊慎之《升菴詩話》（卷九）從而為之解釋，尤為精
審：

> 庾信之詩，為梁之冠絕，啟唐之先鞭。史評其詩曰「綺

> 豔」，杜子美稱之曰「清新」，又曰「老成」。綺豔清新，人
> 皆知之；而其老成，獨子美能發其妙。余嘗合而衍之曰：綺
> 多傷質，豔多無骨，清易近薄，新易近尖。子山之詩，綺而
> 有質，豔而有骨，清而不薄，新而不尖，所以為老成也。

庾詩之所以不同於六朝者，即在此。也就是沈德潛所說：「陳、隋
間人，但欲得名句耳。子山於琢句中，復饒清氣，故能拔出於流俗
中，所謂軒鶴立雞群者耶？」（《古詩源》卷十四）

> 俎豆非所習，帷幄復無謀。不言班定遠，應為萬里侯。燕客
> 思遼水，秦人望隴頭。倡家遭強聘，質子值仍留。自憐才智
> 盡，空傷年鬢秋。（〈詠懷〉二十七首其三）*

> 尋思萬戶侯，中夜忽然愁。琴聲遍屋裏，書卷滿牀頭。雖言
> 夢蝴蝶，定自非莊周。殘月如初月，新秋似舊秋。露泣連
> 珠下，螢飄碎火流。樂天乃知命，何時能不憂？（〈詠懷〉
> 二十七首其十八）

庾信晚年所作的〈哀江南賦〉，是他的自敘傳。這篇賦卻不是
一般的抒情小賦可比，而是反映了他所處的整個時代，從江左偏安
直至金陵的覆亡，其間政治的得失，社會的動亂，皆身所經、目所
見，而以極富於感情的筆端表現出來；雖說體製不脫六朝的範疇，
而其寫實的精神，則不是六朝任何作家所能有。這篇賦的價值之在
六朝，殆無異於〈離騷〉之在先秦。六朝人賦，其上乘者近乎抒情
詩，下者則以刻畫事物為工，從未見有〈哀江南賦〉的大力量，能

---

* 庾信之詩臺先生未選，此乃編者所選。此組詩有稱為〈擬詠懷〉詩者，丁福保云：
「《藝文》但稱〈詠懷〉詩，後人不當妄加一『擬』字。」今據此應作〈詠懷〉詩。
參丁福保輯《全漢三國晉南北朝詩》下（臺北：藝文印書館，一九七五年），頁
一八六七。〔編者註〕

以整個時代的政治社會為對象的。這種作法，可說是為六朝賦體開了一條新路，然而，後來唐初作家所沿襲的，仍是六朝綺靡的風格，竟未能使已趨於末路的六朝賦因〈哀江南賦〉而注入新的精神。

《四庫全書總目提要》卷一四八〈庾開府集箋註〉云：「其駢偶之文，則集六朝之大成，而導四傑之先路。自古迄今，屹然為四六宗匠。」又云：「至信北遷以後，閱歷既久，學問彌深。所作皆華實相扶，情文兼至。抽黃對白之中，灝氣舒卷，變化自如，則非陵（徐陵）之所能及矣。」這位四六文宗匠的特色，在有勁氣，勁氣來自於內容，故能深刻而不浮泛；至於對仗工，用事切，條理完密，只是藝術技巧，尚非其主要的特色。

三、王褒

與庾信同時羈留北朝的王褒，字子淵，琅邪臨沂人。襲父規爵為南昌縣侯，累官至吏部尚書、右僕射。梁元帝的江陵政權覆亡時，褒與王克、劉穀、宗懍、殷不害等數十人俱至長安，周文（宇文泰）喜曰：「昔平吳之利，二陸而已，今定楚之功，群賢畢至，可謂過之矣。」授車騎大將軍儀同三司。然以南朝通顯，滯留異國，終不免故土之思，觀與南朝處士周弘讓書，實充分流露出懷鄉之悲感。（《北周書》、《北史》〈王褒傳〉）其詩境界蒼涼，音調協適，為高華之中而有勁氣者。

> 初春麗景鶯欲嬌，桃花流水沒河橋；薔薇花開百重葉，楊柳拂地數千條。隴西將軍號都護，樓蘭校尉稱嫖姚。自從昔別春燕分，經年一去不相聞。無復漢地關山月，唯有漠北薊城雲。淮南桂中明月影，流黃機上織成文。充國行軍屢築營，陽史討虜陷平城，城下風多能卻陣，沙中雪淺詎停兵。屬國小婦猶年少，羽林輕騎數征行。遙聞陌頭採桑曲，猶勝邊地

胡笳聲。胡笳向暮使人泣，長望閨中空佇立。桃花落地杏花
舒，桐生井底寒葉疎；試為來看上林鴈，應有遙寄隴頭書。
（〈燕歌行〉）

秋風吹木葉，還似洞庭波。常山臨代郡，亭障繞黃河。必悲
異方樂，腸斷隴頭歌，薄暮臨征馬，失道北山阿。（〈渡河
北〉）

　　歷史家將庾信、王褒兩人作為北朝文士的代表，這不過是就
兩人的行跡而論，要是從六朝這一段的文學看來，則兩人中尤其是
庾信所代表的，是江左而非朔北的文風。要之，六朝文學若是沒有
庾信作為殿軍，那齊梁以後的文學，真是不可想像的頹敗。庾信只
將南朝文學的作風帶到北朝，卻未因地域之分而產生足以作為北方
文學典型的風格。況當時北朝文學完全隨著南朝的作風為轉移，不
僅文學如此，其他文化也是如此。例如：真正屬於北朝作家的溫子
昇，北魏的濟陰王暉業嘗云：「江左文人，宋有顏延之、謝靈運，
梁有沈約、任昉，我子昇足以陵顏轢謝，含任吐沈。」（《北史》卷
八三〈文苑傳·溫子昇〉）今觀其詩，尚俳偶，掇辭藻，只是任、
沈影響下的作者，所謂陵轢顏、謝，只是北朝人自誇的話。初與
子昇齊名的有邢劭。子昇死後，與邢劭齊名的為魏收。然邢劭云：
「江南任昉，文體本疏，魏收非直模擬，亦大偷竊。」而魏則說：
「伊常於沈約集中作賊，何以道我偷任？」（《北史》卷五六〈魏收
傳〉）由於兩人互相攻擊，互相翻出了老底子，足見所謂北朝文學的
大作家，也只是南朝文學的附庸而已。

第五節　隋煬帝與楊素

一、隋煬帝楊廣

隋煬帝楊廣（五六九～六一八），一名英，文帝楊堅次子，弘農郡華陰人。平陳之役，廣為統帥，後來作了皇帝，竟蹈陳後主的覆轍，以至為宇文化及所殺。《隋書・文學傳》云：

> 煬帝初習藝文，有非輕側之論；暨乎即位，一變其風。其〈與越公書〉、〈建東都詔〉，……並存雅體，歸於典制。雖意在驕淫，而詞無淫蕩，故當時綴文之士，遂得依而取正焉。

先是隋文帝統一了天下以後，因為痛惡淫靡的六朝文學，而以政治的強制手段來改變天下的作風；時廣為晉王，陰謀奪取大位，故在行為上作出種種矯情鎮物之態，所以製雅正之詩，而有非輕側之論，這便是《隋書・文學傳》所謂「當時綴文之士，遂得依而取正焉」的時代。到了即帝位以後，立即卸去偽裝，露出真面目，盡情過著浪漫的生活，大製豔篇，譜為新聲。《隋書・音樂志下》云：

> 煬帝不解音律，略不關懷。後大製豔篇，辭極淫綺。令樂正白明達造新聲，創〈萬歲樂〉……〈長樂花〉及〈十二時〉等曲，掩抑摧藏，哀音斷絕，帝悅之無已。

由雅正而淫靡，固因前後的生活不同，而政治的因素卻是主要的關鍵。為欲窺奪大位，不得不矯情鎮物，以致在文學上也不得不提倡一種雅正的作風，其用心是極其陰深的。但惟其有前一段作雅正詩的訓練，後來的豔篇，也不同於宮體以笨拙的刻畫為工，而自有其情致。

　　暮江平不動，春花滿正開；流波將月去，潮水帶星來。

　　夜露含花氣，春潭瀁月暉；漢水逢遊女，湘川值兩妃。（〈春江花月夜〉二首）

　　夏潭蔭脩竹，高岸坐長楓。日落滄江靜，雲散遠山空。鷺飛林外白，蓮開水上紅。逍遙有餘興，悵望情不終。（〈夏日臨江〉）

二、楊素

　　具文武之略的楊素，其人本以事功見稱，隋文帝統一天下，素實有大功。然其詩亦傑出於隋一代，舉當時詩人，皆難與之抗手。所謂「論文則詞藻縱橫，語武則權奇間出。」（《隋書》本傳語）素字處道，弘農華陰人。仕周，封成安縣公。隋高祖為周丞相時，素深自結納。受禪後，加上柱國，進封越國公。晉王廣弒立，素又為之謀。大業初，遷尚書令，拜太子太師，改封楚國公。素嘗以五言詩贈薛道衡，詞氣宏拔，風韻秀上，為一時名作。未幾而卒。道衡歎曰：「人之將死，其言也善，豈若是乎？」有集十卷，已佚。（《隋書》卷四八）素詩今存十九首，除〈出塞〉兩首外，餘十七首都是先後贈薛道衡的，〈出塞〉詩道衡也有和作，足見素與道衡兩人交情之厚。這十幾首詩，每首俱佳，辭藻高華，風骨遒勁，一洗齊梁以來綺靡之習。沈德潛云：「武人亦復奸雄，而詩格清遠，轉似出世高人，真不可解。」（《古詩源》卷十四）其實也沒有什麼不可解，人的性格本是多方面的，一個壞人，不論壞到如何程度，但真實的情感總是有的，而且會時時流露出來。像楊素這種人，儘可以陰險毒辣的手段取富貴，而與朋友以詩敘心時，自然會吐出他真實的情感。至云其詩「似出世高人」，則又可以看出他這人才情高，即

使終日沉溺於淫惡的官僚生活中，有時也還有超世的情懷，故能寄興於高遠。

> 居山四望阻，風雲竟朝夕。深溪橫古樹，空巖臥幽石。日出遠岫明，鳥散空林寂。蘭庭動幽氣，竹室生虛白。落花入戶飛，細草當堦積。桂酒徒盈樽，故人不在席。日暮山之幽，臨風望羽客。（〈山齋獨坐贈薛內史〉二首其一）

> 在昔天地閉，品物屬屯蒙。和平替王道，哀怨結人風。麟傷世已季，龍戰道將窮。亂海飛群水，貫日引長虹。干戈異革命，揖讓非至公。（〈贈薛播州〉十四首其一）*

> 銜悲向南浦，寒色黯沉沉。風起洞庭險，煙生雲夢深。獨飛時慕侶，寡和乍孤音。木落悲時暮，時暮感離心；離心多苦調，詎假雍門琴。（〈贈薛播州〉十四首其十四）

這位「武人亦復奸雄」的作家，大概也是不滿於六朝詩風的人，故力為雅正之音，以為當時文學倡導。而以他代表隋一代的作家，也是毫無愧色的。隋享國才三十年，文人卻不少，《隋書‧文學傳》云：「時之文人，見稱當世，則范陽盧思道、安平李德林、河東薛道衡、趙郡李元操、鉅鹿魏澹、會稽虞世基、河東柳𧿒、高陽許善心等，或鷹揚河朔，或獨步漢南，俱聘龍光，並驅雲路。」這些人大都是前朝遺老而終於隋代的，故風格仍是江左餘韻，特因隋尚雅音，亦間襲魏、晉人面目，其中最清麗者，只有盧思道與薛道衡兩人而已，然風骨究不如楊素。

---

*《北史》曰：素嘗以五言詩七百字贈播州刺史薛道衡。詞氣穎拔，風韻秀上，為一時盛作。丁福保輯《全漢三國晉南北朝詩》錄此詩作〈贈薛播州〉十四首，逯欽立《先秦漢魏晉南北朝詩》則作〈贈薛播州〉十四章，並加按語曰：「《詩紀》作十四首，非是。」認為是一首詩的十四章，而非十四首同題詩作。引自逯欽立《先秦漢魏晉南北朝詩》下（臺北：學海出版社，一九八四年），頁二六七七。〔編者註〕

第六章　南北朝的民間文學

　　從三世紀中到七世紀初約三百六十年的正統文學，已如上述。現在我們要論述的是這三百六十年中生長於民間的作品，它不被正統文學家所重視，但卻又影響了正統文學，成為正統文學的新血液。在這三百六十年中，有各種新興的民族，如匈奴、鮮卑、羯、氐、羌等，占據了廣大的北中國，使中華民族陷於極大的混亂中。但時間一久，也就漸漸被漢族文化所同化，當北魏統治的時代，不僅廢胡服，改漢姓，娶漢女，連自己的胡語也廢棄了。由這種自發地傾心漢族文化而與之同化，才給中國文學史上留下許多樸質無華的歌詩。至於長江以南，上游的楚地，下游的吳、越，雖說是荊蠻，然在春秋、戰國時代，已合流於中原文化。尤其是楚國，春秋時的二〈南〉，戰國時的「楚辭」，都是以民間的形式而照耀於中國文學史。到了東漢亡後，孫權立國於建業，接著有東晉及宋、齊、梁、陳，皆以江南為政治軍事的根據地，而與北方抗衡。因此，南朝時期具有地方性的歌詩也興盛起來，長江上游有「西曲」，下游則有「吳歌」。當西曲、吳歌流行於長江各地的時候，有修養的文士們，正在追求形式，作出沒有內容的作品，反而有賴於民間的歌詩，注入以新的生命。

第一節　吳歌

　　《晉書・樂志》云：「吳歌雜曲，並出江南，東晉以來，稍有增廣。」《樂府詩集》卷四四云：「其始皆徒歌，既而被之管弦；蓋自

永嘉渡江以後，下及梁、陳，咸都建業，吳聲歌曲起於此也。」據此可知：吳歌原是江南的民間歌謠，其被之管弦而入於清商樂者，卻是後來的事，猶之漢武帝時，樂府採有趙、代、秦、楚各地之歌一樣的情形。若說吳歌起於永嘉渡江以後，是有問題的，因為地方歌謠，任何時代都有的。只可以說江南歌謠由於永嘉渡江以後，才被採入樂府，遂為清商樂曲。若以入樂的時代而斷定歌的產生時代，又是有問題的，因為它未入樂以前，很可能早就流行於民間，非同文人製辭，辭成之後隨即入樂可比。如〈子夜歌〉為晉之清商樂辭，〈華山畿〉、〈讀曲歌〉為宋之清商樂曲，是〈子夜歌〉早於〈華山畿〉、〈讀曲歌〉已無可疑，然就歌的本身看來，〈華山畿〉、〈讀曲歌〉風格的樸質，以及句法的不整齊，應該是早於〈子夜歌〉的。況東晉、宋、齊、梁、陳五朝只二百年的時間，一首通行的歌謠往往流行得很久，如明朝馮夢龍所印的《桐城民歌》，經過清一代到現在還在流行，當他未曾蒐集以前，一定已流行了相當時間。所以我們對南朝吳歌，絕不能因曾見於《晉書・樂志》，便以為產生於晉代，見於《宋書・樂志》的，便產生於宋代。至於前人所述關於這些歌的傳說故事，也是不足信的。

　　江南山川秀麗，物產豐富，生於這種環境的人，最富於浪漫情感，所以吳聲歌曲都是抒寫戀情的，而且種類也極多。〈大子夜歌〉云：「歌謠數百種，子夜最可憐；慷慨吐清音，明轉出天然。」所謂「明轉出天然」者，大可作為江南歌謠共同的風格；其數量之多，足與文士的作品相抗衡，可惜被保存下來的太少了。至其作者，當然無從知道，但一首歌也不一定出於一人之手，往往要經過若干人修改的；今被保存下來的，可說是民間詩人集體創作的定本。

　　今存〈華山畿〉二十五首，〈讀曲歌〉八十九首，〈子夜歌〉四十二首，〈子夜四時歌〉七十五首，〈上聲歌〉八首，〈歡聞變歌〉

六首，〈前溪歌〉七首，〈團扇郎〉六首，〈長樂佳〉八首，〈懊儂歌〉十四首等。這些歌中，或經過文人的刪改，或參雜有文人的擬作，那是免不了的，但絕不會很多。〈華山畿〉歌據《古今樂錄》所云：宋少帝時有一士子，在華山畿見一客舍女郎，私戀至死。死時謂其母，葬車必由華山畿經過，比車過女門，牛不肯前行。女知之，妝點沐浴，出而歌曰：「華山畿，君既為儂死，獨活為誰施？歡若見憐時，棺木為儂開。」棺應聲開，女遂入棺而死。因這一傳奇產生的歌，只有此女所唱的一首與此故事有關，其他〈華山畿〉二十四首，就內容看來，與故事毫無關係；而歌的形式又不相同，恐與樂曲也沒有關係。又《晉書‧樂志下》云：「〈子夜歌〉者，女子名子夜，造此聲。」此亦不可信，即使果有子夜此人而造此歌，那麼這一百餘首的歌絕不會是她一人所作。總之，過去有修養的文士，對於民間作品多存著一種卑視的心理，他們能將這些歌記錄下來，已屬難得；至於歌本身的問題，他們是不會過分注意的。所以那些有關於歌謠的資料，是不足徵信的。當民間詩人作歌時，完全為著一般人民口唱，既未想到要入樂，也沒有想到能入於士大夫們的手中，是單憑口耳相授而流傳下去的。如「誰能思不歌？誰能饑不食？」、「郎歌妙意曲，儂亦吐芳詞」、「不知歌謠妙，聲勢出口心」。這種不入樂的，也就是所謂「徒歌」。

　　至於這些歌的形式，先為長短句而漸至於整齊，原是一般詩歌發展的法則。故凡句法無規律的較具原始性：

　　　　啼著曙，淚落枕將浮，身沉被流去。（〈華山畿〉）＊

　　　　啼相憶，淚如漏刻水，晝夜流不息。（〈華山畿〉）

＊　本章所選吳歌、西曲悉以宋郭茂倩編《樂府詩集》作為校本。〔編者註〕

奈何許，天下人何恨，慊慊只為汝！（〈華山畿〉）

夜相思，風吹窗簾動，言是所歡來。（〈華山畿〉）

思歡久，不愛獨枝蓮，只惜同心藕。（〈讀曲歌〉）

這是一句三言，兩句五言的一種形式。

未敢便相許，夜聞儂家論，不持儂與汝。（〈華山畿〉）

懊惱不堪止，上牀解要繩，自經屏風裏。（〈華山畿〉）

一坐復一起，黃昏人定後，許時不來已。（〈華山畿〉）

奈何不可言，朝看莫（暮）牛跡，知是宿蹄痕。
（〈讀曲歌〉）

憶歡不能食，徘徊三路間，因風覓消息。（〈讀曲歌〉）

這是三句五言的形式。

聞歡得新儂，四肢懊如垂，鳥散放行路，井中百翅不能飛。*
（〈讀曲歌〉）

通髮不可料，憔悴為誰睹？欲知相憶時，但看裙帶緩幾許？[8]
（〈讀曲歌〉）

打殺長鳴雞，彈去烏白鳥，願得連冥不復曙，一年都一曉。
（〈讀曲歌〉）

---

* 郭茂倩《樂府詩集》詩四六收錄此詩，但句讀作：「聞歡得新儂，四支懊如垂。鳥
散放行路井中，百翅不能飛。」引自《樂府詩集》一（臺北：里仁書局，一九八一
年），頁六七三。〔編者註〕

8 「通」應作「𢱢」，𢱢髮，謂髮之散亂未料理也。見《升菴詩話》卷十二。

這是三句五言，一句七言的兩種不同的形式。

　　聞歡大養蠶，定得幾許絲？所得何足言，奈何黑瘦為！
（〈華山畿〉）

　　自從別郎後，臥宿頭不舉；飛龍落藥店，骨出只為汝。
（〈讀曲歌〉）

　　五鼓起開門，正見歡子度；何處宿行還，衣被有霜露。
（〈讀曲歌〉）

　　空中人住在，高樯深閣裏；書信了不通，故使風往爾。
（〈讀曲歌〉）

　　嬌笑來向儂，一抱不能已；湖燥芙蓉萎，蓮汝藕欲死。
（〈讀曲歌〉）

　　下帷掩燈燭，明月照帳中；無油何所苦，但使天明儂。
（〈讀曲歌〉）

這種五言四句儼然是後來五絕的形式了。今存的二百多首，大部分都是這一形式，如一百一十七首的〈子夜歌〉便是如此，所以李重華云：「五言絕發源〈子夜歌〉。」（《貞一齋詩說》）初由不整齊的形式，發展到整齊的形式，原是自然的現象，但何以不為七言而為五言？這大概由於五字為句，比七字為句單純，最早的民歌多是四言，漸漸發展為五言，再由五言發展為七言。所以這種整齊的五言的形成，也是自然的趨勢。同時，正統文學的五言詩正盛行於這一時代，多多少少也影響了民間詩人，促成了民間作品的五言化；如「空中人住在，高樯深閣裏」，這樣硬將一句截作兩句的作法，顯然是作者要通篇五言化的原因。

　　至於吳歌的內容，純是熱情的戀歌，可就上面所引以見其一般的風格。但這些戀歌的產生地，是江南的都市生活，而不是江南的農村社會，雖然其中也不是絕對沒有農村社會的作品。因為從這些歌的本質看來，農村的氣息少，都會的氣息多，而江南各都市的繁榮，尤為促使民歌發達的原因。《南史・循吏傳》論云：

> 宋武起自匹庶，知人事艱難，……而黜己屏欲，以儉御身，……吏無苟得，家給人足，即事雖難，轉死溝渠，於時可免。凡百戶之鄉，有市之邑，歌謠舞蹈，觸處成群，蓋宋世之極盛也。……永明繼運，垂心政術，……都邑之盛，士女昌逸，歌聲舞節，袨服華粧，桃花淥水之間，秋月春風之下，無往非適。

這段歷史家的記載，透露了由於一時的承平，使江南都市繁榮起來，而繁榮的因素，不外商業經濟的發達，於是而有「歌聲舞節，袨服華粧」的浪漫生活；民間熱情的戀歌，也因之多起來。惟其如此，這些歌除了一部分真是屬於男女相悅的作品外，另一部分則產生於商業都會的倡妓生活中，儘管所歌唱的是那麼熱情而纏綿，卻反映出一群不幸者的命運。這種情緒，在吳歌中尚不易分別出來，而在西曲中則極為顯著。

第二節　西曲

　　郭茂倩云：「按：西曲歌出於荊、郢、樊、鄧之間，而其聲節送和與吳歌亦異，故□其方俗而謂之西曲云。」*（《樂府詩集》卷

---

* □乃缺字，《樂府詩集》卷四七此段註云：「□，疑是『依』字。」引自《樂府詩集》，頁六八九。〔編者註〕

四七）是知西曲與吳歌在聲節方面是不相同的，其不同的原因，則是因為西曲所產生的地域不同的關係。西曲產生的地域，是在長江上游各大都市，這些都市在西曲中往往流露出來。

> 江陵去揚州，三千三百里；已行一千三，所有二千在。
> （〈懊儂歌〉）
>
> 江陵三千三，何足持作遠；書疏數知聞，莫令信使斷。
> （〈那呵灘〉）
>
> 江陵三千三，西塞陌中央；但問相隨否？何計道里長。
> （〈襄陽樂〉）

江陵本是春秋時楚之郢都，其為長江上流的重鎮，是具有歷史性的，後來蕭梁的建業覆沒，蕭繹曾一度建國於此。其所以重要的原因，則是由於此地西通巴蜀，東聯吳越，物資流通，實綰其樞紐。故歌中再三提出長江上下游水道相距三千三百里的兩大都市，而所反映的純是富商大賈與商女的歡情。西曲中尚有〈江陵樂〉四首云：

> 不復蹋蹀人，蹀地地欲穿；盆隘歡繩斷，蹋壞絳羅裙。
>
> 不復出場戲，蹀場生青草；試作兩三回，蹀場方就好。
>
> 陽春二三月，相將蹋百草；逢人駐步看，揚聲皆言好。
>
> 蹔出後園看，見花多憶子；烏鳥雙雙飛，儂歡今何在。

這些浪漫情調的民歌反映了江陵的繁榮，若沒有這種繁榮都市的背景，也不會有這樣情調的民歌。又如漢水上游的襄陽，從東漢以後便是政治軍事的重鎮，《舊唐書‧音樂志》云：「宋、梁世，荊、雍為南方重鎮，皆皇子為之牧，江左辭詠，莫不稱之，以為樂土。」

既被稱作樂土，其繁華可知，〈襄陽樂〉九首，便是反映這樂土的繁華生活：

> 人言襄陽樂，樂作非儂處；乘星冒風流，還儂揚州去。

> 爛熳女蘿草，結曲繞長松；三春雖同色，歲寒非處儂。

> 黃鵠參天飛，中道鬱徘徊；腹中車輪轉，歡今定憐誰？

> 女蘿自微薄，寄託長松表；何惜負霜死，貴得相纏繞。

這種宛轉而哀怨的情致，完全出於商女之口的悲述，「人言襄陽樂，樂作非儂處」，該是多麼沉痛！足見在淫靡的繁榮生活中，供人娛樂的，自有一群不幸的人們。《古今樂錄》云：「〈襄陽樂〉者，宋隨王誕之所作也。……夜聞諸女歌謠，因而作之。」（《樂府詩集》卷四八引）按：此說不盡可信，隨王誕聞諸女所唱之歌而錄之以入樂，則有可能，但歌詞則非隨王誕所作，故昔人以為古辭。（元左克明《古樂府》）

> 送歡板橋彎，相待三山頭；遙見千幅帆，知是逐風流。

> 風流不暫停，三山隱行舟；願作比目魚，隨歡千里遊。

> 湘東鄅釀酒，廣州龍頭鐺；玉樽金鏤椀，與郎雙杯行。

這是〈三洲歌〉。《唐書·樂志》曰：「〈三洲〉，商人歌也。」《古今樂錄》曰：「〈三洲歌〉者，商客數遊巴陵三江口往還，因共作此歌。」（《樂府詩集》卷四八引）兩書語意均不明，按：三洲為當時商人往來之地，其地必甚繁華，自有商女寄生其間，因有此歌，並非商人所作。

> 生長石城下，開窗對城樓；城中諸少年，出入見依投。

　　　　布帆百餘幅，環環在江津；執手雙淚落，何時見歡還。

　　　　聞歡遠行去，相送方山亭；風吹黃蘗藩，惡聞苦離聲。

這是〈石城樂〉。石城即今湖北鍾祥縣，王應麟《通鑑地理通釋》
云：「郢州子城三面墉基皆天造，正西絕壁，下臨漢江，石城之名
本此。」《唐書・樂志》曰：「〈莫愁樂〉者，出於〈石城樂〉。
石城有女子名莫愁，善歌謠；〈石城樂〉和中復有忘愁聲，因有此
歌。」

　　　　莫愁在何處？莫愁石城西；艇子打兩槳，催送莫愁來。

　　　　聞歡下揚州，相送楚山頭；探手抱腰看，江水斷不流。

據上所引證，我們了解西曲產生的社會背景是怎樣的了。在富商大
賈的縱情淫樂場中，儘管欣賞著美人唱出的多情的歌，絕不會體會
出其中含有深切的哀感。如〈夜度娘〉曰：「夜來冒霜雪，晨去履
風波；雖得敘微情，奈儂身苦何？」（《樂府詩集》卷四九）這寥寥
二十字中，充滿了無告者的血淚，而這首短歌又代表了所有西曲歌
者的共鳴。

第三節　北朝的民歌

　　關於北朝的民歌，首先要提出的便是五四六年（東魏武定四
年，梁中大同元年）斛律金唱的敕勒歌：

　　　　敕勒川，陰山下，天似穹廬，籠蓋四野。天蒼蒼，野茫茫，
　　　　風吹草低見牛羊。

《樂府詩集》卷八六引《樂府廣題》曰：「北齊神武（高歡）攻周

玉璧，士卒死者十四五，神武恚憤，疾發。周王下令曰：『高歡鼠子，親犯玉璧，劍弩一發，元凶自斃。』神武聞之，勉坐以安士眾。悉引諸貴，使斛律金唱〈敕勒〉，神武自和之。」郭茂倩並解釋曰：「其歌本鮮卑語，易為齊言，故其句長短不齊。」按：此事並見《北齊書・神武本紀》及《通鑑》卷一五九，然未錄歌辭。[9]胡三省《通鑑》注，以古樂府所錄之歌辭為後人妄作。向來懷疑此歌者，惟有胡氏，然亦無佐證。這樣簡短的幾句歌，卻具體表現了偉大的荒漠氣象，使我們聯想到生活於這樣環境的游牧民族，這絕不是沒有荒漠生活經驗的人所能擬作的。

北朝的民歌，最能表現游牧民族的性格，英勇好戰的精神，生活於荒漠中的自由的豪情，隨時都可以看出。如：

> 男兒欲作健，結伴不須多；鷂子經天飛，群雀兩向波。
> （〈企喻歌〉）

> 放馬大澤中，草好馬著膘；牌子鐵裲襠，鉅鉾鸐尾條。
> （〈企喻歌〉）

> 新買五尺刀，懸著中梁柱；一日三摩娑，劇於十五女。
> （〈瑯琊王歌〉）

> 客行依主人，願得主人強；猛虎依深山，願得松柏長。
> （〈瑯琊王歌〉）

當四世紀初年，有一首〈隴上歌〉，是紀念一位失敗英雄的。《樂府詩集》卷八五引《晉書・載記》云：「劉曜圍陳安于隴城，安敗，南走陝中。曜使將軍平先、丘中伯率勁騎追安。安與壯士十

---

9 兩書「唱」並為「作」，「作」即「唱」，不是製作的意思。按：此歌非斛律金所製作，吳騫曾辨之，見《拜經樓詩話》卷二。

餘騎於陝中格戰，安左手奮七尺大刀，右手執丈八蛇矛，近交則刀矛俱發，輒害五六；遠則雙帶鞬服，左右馳射而走。平先亦壯健絕人，與安搏戰，三交，奪其蛇矛而退。遂追斬于澗曲。安善於撫接，吉凶夷險，與眾同之。及其死，隴上為之歌。曜聞而嘉傷，命樂府歌之。」其辭曰：

> 隴上健兒曰陳安，軀幹雖小腹中寬，愛養將士同心肝。驄驪駿馬鐵瑕鞍，七尺大刀配齊鐶，丈八虵矛左右盤，十盪十決無當前。百騎俱出如雲浮，追者千萬騎悠悠。戰始三交失虵矛，十騎俱盪九騎留，弃我驄驪竄巖幽，悲天降雨追者休。阿呵嗚乎奈子乎，嗚乎阿呵奈子何。[10]

女性的風度也是極為豪快的，如：

> 腹中愁不樂，願作郎馬鞭；出入擐郎臂，蹀座郎膝邊。
> （《折楊柳歌》）

> 遙看孟津河，楊柳鬱婆娑；我是虜家兒，不解漢兒歌。
> （《折楊柳歌》）

> 健兒須快馬，快馬須健兒；跋跋黃塵下，然後別雄雌。
> （《折楊柳歌》）

> 上馬不捉鞭，反拗楊柳枝；下馬吹長笛，愁殺行客兒。
> （《折楊柳枝歌》）

> 門前一株棗，歲歲不知老；阿婆不嫁女，那得孫兒抱？
> （《折楊柳枝歌》）

10　此據《太平御覽》卷四六五引《趙書》所載，《晉書》所載此歌，已經改竄。

南山自言高，只與北山齊；女兒自言好，故入郎君懷。
（《幽州馬客吟歌》）

誰家女子能行步，反著袂禪後裙露；天生男女共一處，願得
兩箇成翁嫗。（《捉搦歌》）

第七章　六朝小說的淵源與發展[*]

第一節　鬼神怪異書的思想背景

本節乃以六朝的鬼神怪異書為中心，上溯其淵源，下探其發展。這其中所反映的思想，實是文學史上思想的一面，在正統文學中不一定有明確的呈現，卻在這些小說中強烈的表現出來。探討這些鬼神怪異書之思想背景，大致可從方術與佛教、道教信仰等三方面作一了解，以下扼要論之。

一、從《後漢書・方術傳》看志怪小說的時代背景

《後漢書》的〈方術傳〉，是范蔚宗的創作。所謂方術者，包括風角、七政（日、月、五星）、陰陽、卜筮、陰陽吉凶、六甲等等，這些都是農業社會的多方面迷信。史家的任務是人類活動的紀錄，而這些迷信，雖然荒誕不經，卻是人們精神生活的一部分，故而是歷史家所不能忽略的。文學是人類精神生活的反映，可是在正統文學作品中所表現、反映的，卻未必能深入民間，而小說則能真實的表現出來。

---

* 六朝小說部分，臺先生尚未整理寫入魏晉篇或南北朝隋篇。然其手稿中，論析六朝小說者，計有六本：《從六朝志怪到唐人傳奇》、《鬼神怪異書》、《古異傳奇》、《雜記》、《漢事傳奇》五本，及《中國神話及其資料書》之部分（與《從六朝志怪到唐人傳奇》稿重覆而互有詳略）。本章乃根據以上六本手稿整理而成。〔編者註〕

（一）從方術與經術淆雜看當時知識者迷信心理

《後漢書·方術傳》之敘論云：

> 漢自武帝頗好方術，天下懷協道蓺之士，莫不負策抵掌，順風而屆焉。後王莽矯用符命，及光武尤信讖言，士之赴趣時宜者，皆騁馳穿鑿，爭談之也。故王梁、孫咸名應圖錄（王梁以赤伏符文拜大司空，孫咸以讖文拜大司馬），越登槐鼎之任，鄭興、賈逵以附同稱顯，桓譚、尹敏以乖忤淪敗，自是習為內學，尚奇文，貴異數，不乏於時矣。

《後漢書》將方術與經術之淆雜，歸諸帝王的崇信，並論及兩漢之五經學者廣受影響，例如：

1. 漢武帝尊崇儒術，又迷信方術，如李少翁以方術拜文成將軍，欒大拜五利將軍，貴震天下，於是燕齊之士皆言禁方矣。（俱見《史記·封禪書》）

2. 王莽矯用符命，如以符命拜官，以武威將王奇等十二人班符命四十二篇於天下。王莽的政治，經術與方術並用。

3. 光武崇信圖錄（天神之策命），王梁為大司空，孫咸為大司馬，皆以其名應圖錄之故。

皇帝迷信如此，於是「鄭興、賈逵以附同稱顯」。（鄭、賈並為通儒）漢家名為儒術立國，實則猶脫不了農民信仰，故而不能不「附同」以取祿位。

（二）〈方術傳〉中的五經學者

由於兩漢方術與儒術混淆的情形，在《後漢書·方術傳》中，就有既是方術又是五經學者的。如高獲，本是伏生《尚書》的專門經師歐陽歙的弟子，但他曉遁甲，能役鬼神，並能致雨。又如廖

扶，習《韓詩》、歐陽《尚書》，教授常數百人，但明讖緯風角之術。樊英，習京氏《易》，兼明五經，但善方術。嘗有暴風從西方起，英謂學者曰：「成都市，火甚盛。」因含水西向漱之，乃記其時日。客有自成都來者，云有黑雲從東起，大雨，火滅。

（三）〈方術傳〉中的神異故事

1. 先知

任文公值天旱時，預言五月一日當有大水至，至日果大雨，水者數千人。又以推數知當大亂，乃課家人負物百斤，環舍走，日數十次。時人莫知其故。後兵寇並起，任家以負糧捷步得免。

楊由為郡從事，值風吹削札，太守問由，由對有人獻木實者，其色黃赤。果有獻橘者至。

段翳，習《易經》，明風角，以之教授鄉里。學者有未至，必豫知其姓名，先告津吏曰：「某日有兩生問翳住處，請告之。」又有生辭返鄉里，翳以簡書封筒中，告生曰：「有急，發視之。」生途中與吏爭渡，津吏摑破從者頭，生開筒得書，言到葭萌，與吏鬥頭破者，以此膏裹之，創者果愈。

2. 千里眼

郭憲為光祿勳，建武從駕南郊，憲在位，忽聞東北含酒三潠，執法者奏不敬，詔問故，云齊國大火，以此厭之。後知果然。

樊英，習京氏《易》，兼明五經，又通方術，受業者四方而至。一日暴風從西方起，英謂學者曰：「成都市，火甚盛。」因含水西向漱之。乃令記其日時。客後有從蜀都來，云：「是日大火，有黑雲卒從東起，須臾大雨，火遂滅。」

按：郭憲居官有風節，敢諫諍，當時有「關東觥觥郭子橫」之

稱。樊英尤以品德重於安帝、順帝時，順帝待以師傅之禮，所著
《易章句》，世稱樊氏學。潁川陳寔少從英學。

3. 其他方術

許楊因罪下獄，而械自解。

高獲能役鬼神，能致雨。

謝夷能占候知死期，折像自知亡日。

楊由因鳩鬥知有兵象，廖扶能逆知歲荒。

王喬，顯宗世為葉令，每月朔望，常自縣詣臺朝，帝怪其來
數，密令太史伺望之，言其臨至，輒有雙鳧自東南飛來。於是候鳧
至，舉網張之，得一舄焉，乃四年中所賜尚書官履。

以上這些出於方術的怪誕之事，與志怪書的內容，可說並無二
致。而歷史家採為信史，此中原因為何？按：漢代有一種所謂「天
人之學」，即言天象人事之相互關係，如《春秋公羊傳》之言災異，
《尚書・洪範・五行》之言生剋，怪異之說，也就因此而盛。西漢
以儒家思想統一天下，而不能排斥原始的農民信仰，於是五經以
外，又有《詩》、《書》、《禮》、《樂》、《易》、《春秋》、《孝經》
七緯之書，緯書便是基於原始的農民信仰偽作出來的。儒家是不談
怪力亂神的，卻與緯書所表現的荒誕思想相輔而行。「於是五經為
外學，七緯為內學，遂成一代風氣。」*根據這一思想內容看來，魏
晉南朝許多怪異書之所以大盛的原因，便可以了然了。

二、佛教的「精靈起滅」說

牟子〈理惑論〉（《弘明集》卷一）云：

---

* 語出皮錫瑞《經學歷史》（臺北：藝文印書館，一九九六年），頁一〇七。〔編者註〕

> 魂神固不滅矣，但身自朽爛耳。身譬如五穀之根葉，魂神如
> 五穀之種實。根葉生必當死，種實豈有終亡？得道身滅耳。

道士言修煉成道，道成則凡質蛻為仙體，與佛家「精靈起滅」不同。牟子又說：

> 有道雖死，神歸福堂；為惡既死，神當其殃。

此即因果報應輪迴之說。

東漢王充並不以為然，其《論衡‧論死》云：

> 或說：鬼神，陰陽之名也；陰氣逆物而歸，故謂之鬼；陽氣
> 導物而生，故謂之神。神者，申也。申復無已，終而復始。
> 人用神氣生，其死復歸神氣。

湯用彤《漢魏兩晉南北朝佛教史》闡論云：「王充謂人稟神氣以生，其死復歸神氣。雖無輪迴之說，然元氣永存，引申之則謂精神不滅。」（第一分第五章：〈佛道‧精靈起滅〉）

王充《論衡‧紀妖》云：

> 師延自投濮水，形體腐於水中，精氣消於泥塗，安能復鼓
> 琴？屈原自沉於江，屈原善著文，師延善鼓琴，如師延能鼓
> 琴，則屈原能復書矣。揚子雲弔屈原，屈原何不報？

不論是從正面討論的〈理惑論〉或是持反對意見的王充《論衡》，都可讓我們了解到佛家「精靈起滅」說流行於當時。

三、道教的萬物精靈說

《抱朴子‧內篇‧登涉》云：

> 萬物之老者，其精悉能假託人形，以眩惑人目，而常試人，
> 唯不能於鏡中易其真形耳。

由〈登涉〉篇之記載，足知時人認為有種種精靈之存在。欲不為此
種種精靈所惑而能制之之術，則應出於巫術。道士再強化而條理
之。黃羅子經《玄中記》即載云：

> 夫自稱山嶽神者，必是蟒蛇；自稱江海神者，必是黿鼉魚
> 鱉；自稱天地父母神者，必是貓狸野獸；自稱將軍神者，必
> 是熊羆虎豹；自稱仕人神者，必是猨猴狙玃；自稱宅舍神
> 者，必是犬羊豬犢、門戶井竈破器之屬。（《弘明集》卷十四
> 竺道爽〈檄太山文〉引）

　　由上文約略可知六朝鬼神怪異小說之內在思想背景。經學與方
技本不相容，居然混淆一起，而史家記錄本求真實，居然以神異故
事為實有而為之立傳，足見當時士大夫猶未脫離原始信仰，因而怪
奇故事之記載，層出不窮。

　　此一時期著作，除宗教家以宣揚教義外；[11] 若曹丕、干寶、祖沖
之、顏之推等，都是正統思想的文人，而他們所代表的正統思想，
都參雜有濃厚的迷信心理，這是時代風氣使然。他們的這些著作，
或創造神異以炫靈奇，或由於傳說而信其實有，總之，並非以創作
態度為之，自不能以我們今日眼光當作小說看，因他們都是忠實於
其思想、信仰而寫作。從三世紀中至六世紀末這一類著作所以興盛
的原因，也就是由於這三百多年來知識分子思想、信仰所推動的關
係。

---

11 此一時期宗教家之作，試舉二例：西晉末有道士王浮者，與沙門帛遠抗論屢屈，遂
　改換〈西域傳〉造〈老子明威化胡經〉（見唐釋法琳《辯正論》六）。另，齊王琰
　《冥祥記》十卷，琰為佛教徒，自序言兩感金像之異而作是記。今存於《法苑珠林》
　及《太平廣記》中有一百三十餘條。

　　這些是極可注意的資料，但在談這一段文學史時卻常忽略了。大家通常所注意的，不外詩、賦、駢文，這些文體所反映的，除了儒家思想外，也不過是老莊思想，而與儒家思想有表裏關係的農業社會原始性的信仰，就只在這些志怪書中充分的表現出來。不過，此一性質之著作，內容淺薄，其文體則貌似隨筆而又具有故事性，但少有小說創作的藝術性，時間一久，也就衰落了。到了唐代，一變其面目而成為有意識的文學創作，即為傳奇。

第二節　重要小說提要

　　明胡應麟《少室山房筆叢・九流緒論下》云：

> 小說家一類，又分數種：一曰志怪，《搜神》、《述異》、《宣室》、《酉陽》之類是也。一曰傳奇，《飛燕》、《太真》、《崔鶯》、《霍玉》之類是也。一曰雜錄，《世說》、《語林》、《瑣言》、《因話》之類是也。一曰叢談，《容齋》、《夢溪》、《東谷》、《道山》之類是也。一曰辯訂，《鼠璞》、《雞肋》、《資暇》、《辯疑》之類是也。一曰箴規，《宗訓》、《世範》、《勸善》、《省心》之類是也。

　　據胡應麟意見，可將此期小說粗分為三：鬼神怪異、雜記、漢事傳奇。*

---

* 此段說明乃編者所補。臺先生敘六朝小說文稿之《鬼神怪異書》第一頁有「六朝小說：一、鬼神怪異書；二、雜記；三、漢事傳奇」之目，其分類與其所引胡應麟語若合符節，應從胡氏處得到啟發。〔編者註〕

一、鬼神怪異書

(一)《列異傳》：《隋書・經籍志》著錄三卷，魏文帝撰。

侯康《補三國藝文志》，以為：「裴氏注《三國志》凡兩引此書，〈華歆傳〉引一條，記歆自知當為公；〈蔣濟傳〉注引一條，記濟亡兒為泰山錄事，惟濟於齊王時，始徙領軍將軍之語，而書中以有濟為領事之語，則非出自文帝。又《御覽》卷七百七引一條景初時事，卷八百八十四引一條甘露時事，皆在文帝後，豈後人又有增益耶？」

《舊唐書・經籍志》史部雜傳類有《列異傳》三卷，張華撰；《新唐書・藝文志》小說家類有張華《列異傳》一卷。姚振宗《隋書經籍志考證》則認為乃張華續文帝，而後人合之。若據兩〈唐志〉皆以為張華撰，但並無佐證。

按：今存五十六條，以《太平廣記》所收為最多，其中亦有數條係後人摻入者。《列異傳》所記，皆為鬼神之事，故事時代自春秋戰國以至當代。此種鬼神怪異，正足反映當時一般思想。另，本書無佛教思想的故事，以漢末佛教尚未倡行也。

(二)《搜神記》：晉干寶撰。

寶字令升，晉元帝時領國史，撰《晉紀》二十卷，時稱「良史」，今存〈晉武帝革命論〉及〈晉紀總論〉兩篇，見《文選》。寶性好陰陽術數，感於父婢死而再生，及兄死，氣絕多日復蘇；因撰古今神祇靈異人物變化，名為《搜神記》二十卷，以「發明神道不誣」。（見《晉書》本傳自序）寶以《搜神記》示劉惔，惔曰：「卿可謂鬼之董狐。」

《隋書・經籍志》、《舊唐書・經籍志》、《新唐書・藝文志》

均著錄三十卷,《宋史・藝文志》作《搜神總記》十卷。晁公武《郡齋讀書志》、陳振孫《直齋書錄解題》均未收,是宋世已佚。今《津逮秘書》、《學津討原》所刻者為二十卷;《稗海》、《漢魏叢書》、《龍威祕書》所刻者為八卷。此為後人輯本,何時何人所輯則無可考。

此書尤可注意者有三:

1. 今本是後人綴輯,猶是干寶遺文。《四庫全書總目提要》云:「其書敘事多古雅,而書中諸論,亦非六朝人不能作。」余嘉錫《四庫提要辯證》亦云:「余謂此書似出後人綴輯,但十之八九出於干寶原書。」

2. 發明神道不誣,似猶有史例。其〈序〉云:「考先志於載籍,收遺逸於當時。」觀此書之作,殆以蒐集前史之事為主。然診益以當時之遺逸。

3. 試探原書體例,略可知:(1) 故事以史實先後為序,試觀卷一,猶存遺體。(2) 卷六第一節「妖怪說」,卷十二第一節「五氣變化說」,或為不同故事之敘論。《漢書・五行志》傳有「經」、「傳」、「說」,也許干寶仿此體例。(3) 第六、七兩卷所記怪異,往往引京房《易》解之,此殆班書〈五行志〉法。

(三)《述異記》:祖沖之撰。

《隋書・經籍志》史部雜傳類著錄十卷,祖沖之撰。沖之由宋入齊,《南齊書・文學傳》有傳。任昉亦有《述異記》,今存數事與昉《記》相同,惟昉《記》較沖之為簡。

祖沖之,字文遠,范陽薊人。宋元嘉中,用何承天所制曆,比古十一家為密,沖之以為尚疏,乃更造新法。初,宋武平關中,得姚興指南車,有外形而無機巧,沖之改造銅機,圓轉不窮,而司方如一。又曾造欹器。因諸葛亮有木牛流馬,乃造一器,不因風水,

施機自運，不勞人力。又造千里船，能日行百餘里。著《易》、《老》、《莊》義釋、《論語》、《孝經》注，九章造綴述數十篇。雖未言有《述異記》，但〈隋志〉既已著錄，唐宋類書如《藝文類聚》、《初學記》、《法苑珠林》、《太平御覽》、《太平廣記》並引之。按：《述異記》已佚，今見於類書者尚有八十餘條。凡所記述，皆有人名、年月、或繫以日，居官者則著其官名，由此可知作者以甄實的態度述神異的故事。

《四庫》著錄有梁任昉撰《述異記》二卷，《提要》以為其文頗冗雜，大抵剽劃諸小說而成。

（四）《還冤志》三卷：顏之推撰。

之推始事北齊為黃門侍郎，終於隋開皇中，《北齊書・文苑傳》、《北史・文苑傳》並有傳。

《隋書・經籍志》雜傳類著錄《冤魂志》三卷，《舊唐書・經籍志》、《新唐書・藝文志》著錄並同。顏真卿撰〈秘書少監顏君廟碑〉亦謂著有《冤魂志》三卷，惟《法苑珠林・雜記部》謂為一卷。《崇文總目》卷二八，始稱《還冤志》三卷，《宋史・藝文志》本之。《太平廣記》作《還冤記》。陳振孫《直齋書錄解題》卷十一始稱：「北齊《還冤志》二卷」，即《通考》、《經籍考》所本。

按：之推撰《顏氏家訓》議論平實通達，純以儒家思想為主，並云「吾家巫覡禱請，絕於言議，符書章醮，亦無祈焉，並汝曹所見也，勿為妖妄之費。」（〈治家〉）但亦透露對於仙鬼的信仰，如云：「神仙之事，未可全誣」（〈養生〉），又云：「三世之家，信而有徵」（〈歸心〉），是其對道釋兩家思想，未能因儒家思想而廢除。因此有「內外兩教，本為一體」之說，內典為佛，外典為儒，以為本義相符也。故其〈歸心〉篇所舉事例，亦有頗與《還冤志》相發明者，以見其思想為多元。顏氏如此，後世儒家亦莫不如此。

（五）《古異傳》：袁王壽撰。

《隋書・經籍志》雜傳類著錄三卷，宋永嘉太守袁王壽撰。

《唐書・經籍志》作《石異傳》袁仁壽撰，一本〈石異記〉袁生壽撰。

按：「仁」、「生」並為「王」字誤，「石」為「古」字之誤。不見類書，已佚。今存僅「斲木，本是雷公採藥使，化為鳥。」見《玉燭寶典》。

（六）《甄異傳》：戴祚撰。

《隋書・經籍志》雜傳類著錄三卷，晉西戎主簿戴祚撰。

是書所記頗似《列異傳》，蓋仿之而作。

（七）《孔氏志怪》

《隋書・經籍志》雜傳類著錄四卷，已佚。作者孔氏已不可考，據《世說新語・排調》篇引干寶父事，其人當在干寶後，而劉孝標注引之，其人未必宋、齊人，當係晉人，惟晚於干寶耳。今見《世說新語》注及唐、宋類書者，尚十條，而《世說新語》居其四，其見重於劉孝標可知。

《世說新語・方正》：「盧志於眾坐問陸士衡：『陸遜、陸抗是君何物？』答曰：『如卿於盧毓、盧珽。』」孝標注引《孔氏志怪》云盧充幽婚而生溫休，其後生植，植生毓，毓生珽。盧志毓孫、珽子也。[12]*

---

12 《世說新語・巧藝》：「鍾會是荀濟北從舅，二人情好不協。荀有寶劍，可直百萬，常在母鍾夫人許。會善書，學荀手跡，作書與母取劍，仍竊去不還。荀勖知是鍾而無由得也，思所以報之。後鍾兄弟以千萬起一宅，始成，甚精麗，未得移住。荀極善畫，乃潛往畫鍾門堂，作太傅形象，衣冠狀貌如平生。二鍾入門，便大感慟，宅遂空廢。」

* 　臺先生於此眉註此則，推想乃因劉孝標注此則時，二引《孔氏志怪》，故特錄出。〔編者註〕

（八）《殖氏志怪記》

《隋書・經籍志》著錄三卷，殖氏撰。僅存兩條。

（九）《曹毗志怪》：曹毗，字輔佐，《晉書・文苑傳》有傳。

今存一事，即漢武帝鑿昆明池，於深地得灰墨，以問東方朔，朔云不知，可問西域胡人。至後漢明帝時，有外國道人云：「天地大劫將盡，則劫燒，此燒灰之餘。」按：《觀佛三昧經》云：「天地始終，謂之一劫，劫盡壞時，火劫將起。」

（十）《祖台之志怪》：晉祖台之撰。

《隋書・經籍志》雜傳類著錄二卷，晉祖台之撰。

《世說新語》劉孝標注及唐、宋類書，均有稱引，文筆婉麗，皆奇異短章故事，非道、釋兩家宣揚因果靈異者可比。

> 陶太尉（侃）微時，喪當葬，家貧，親自營作磚。有一斑特牛，磚已載致，忽然失去，便自尋覓。忽於道中逢一老翁，云：「君欲何所見？」太尉具答。更舉手指云：「向於山岡上見一牛眠山岾中，必是君牛。此牛所眠，便好作墓，安墳當之，致極貴；小復不當，位極人臣，世為方岳矣。」又指一山云：「此山亦好，但不如向耳，亦當世出刺史耳。」言迄，便不復見。太尉墓之，皆如其言。*

（十一）《異聞記》

不見史志著錄。始見《抱朴子・內篇・對俗》云：「故太丘長潁川陳仲弓，篤論士也，撰《異聞記》云。」仲弓名實，《後漢書》

---

* 臺先生手稿只以數語記故事大綱，此據魯迅校錄之《古小說鈎沉》（濟南：齊魯書社，一九九七年）。〔編者註〕

有傳，未言其有是書。

> 郡人張廣定者，遭亂避地。有女年四歲，不能步涉，又不可
> 擔負，計棄之，固當餓死，不欲令其骸骨之露；村口有古大
> 塚，上巔先有穿穴，乃以器盛縋之，下此女於塚中，以數月
> 許乾飯及水漿與之，而舍去。候世平定，其間三年，廣定得
> 還鄉里，欲收塚中所棄女骨，更殯埋之。廣定往視，女故坐
> 塚中，見其父母，猶識之，甚喜。而父母初疑其鬼也，入就
> 之，乃知其不死。問從何得食，女言：「糧初盡時甚飢，見
> 塚角有一物，伸頸吞氣，試效之，轉不復飢。日月為之，以
> 至於今。」父母去時所留衣被，自在塚中，不行往來，衣服
> 不敗，故不寒凍。廣定索女所言物，乃是一大龜耳。女出食
> 穀，初小腹痛，嘔逆，久許乃習。*

按：此乃誇張道士導引之術。

> 東城有魚池，池決，魚不得去，將死。或以鏡照之，魚看
> 影，謂其有雙，於是比目而去。**

（十二）《神異記》：晉道士王浮撰。

浮於惠帝時，與帛遠抗論屢屈，因而偽造〈老子明威化胡經〉。

（十三）《錄異傳》

不見史志著錄。《晉書・葛洪傳》云洪有《集異傳》十卷，不
知是此書否？今存於唐、宋類書中，約三十條，而以「吳王女玉」

---

* 《異聞記》此段故事出處應為《抱朴子・內篇・對俗》，但與魯迅校錄之《古小說鈎
　沉》字句上略有差異，此據後者。〔編者註〕
** 魯迅校錄《古小說鈎沉》首句作：「東城池有王餘魚」。〔編者註〕

故事，¹³最有情致，實開唐先導。

（十四）《集異記》：郭季產撰。

　　不見史志著錄，今存十一事，皆極短，並見《太平御覽》及《太平廣記》引。

> 宋中山劉玄，居越城。日暮，忽見一人著烏褲褶來。取火照之，面首無七孔，面莽儻然。乃請師筮之。師曰：「此是君家先世物，久則為魅，殺人。及其未有眼目，可早除之。」劉因執縛，刀斫數下，變為一枕，乃是其先祖時枕也。

唐人以《集異記》名者，有薛用弱及陸勳兩人所作。

（十五）《陸氏異林》

　　不見史志。今存一條，為鍾繇與鬼婦之事，末云：「叔父清河太守說如此。」是作者乃雲之從子，機有二子蔚、夏，不知為蔚為夏也。

（十六）《齊諧記》

　　《隋書・經籍志》雜傳類著錄七卷，宋東陽无疑撰。其書以《莊子》有齊諧志怪語，因以之為名。梁吳均有《續齊諧記》一卷，以見是書重於當時。

> 國步山有廟，有一亭，呂思與少婦投宿，失婦。思逐覓，見大城，有廳事，一人紗帽憑几。左右競來擊之，思以刀斫，計當殺百餘人，餘者乃便大走，向人盡成死狸。看向廳事，乃是古時大冢，冢上穿，下甚明，見一群女子在冢裏。見其

---

13 吳王之女，單名玉，死而後生，並結婚媾；見《太平廣記》卷三一六。

　　　　婦如失性人，因抱出冢口，又入抱取在先女子，有數十，中
　　　　有通身已生毛者，亦有毛腳面成狸者。

按：此故事與〈補江總白猿傳〉近似。

二、雜記

（一）《博物志》十卷：張華撰。

　　張華，字茂先，范陽方城人。歷官至司空，封壯武郡公。惠
帝永康元年趙王倫廢賈后，被害，年六十九。史稱其多通圖緯方伎
之書，天下奇祕、世所希有者，悉在華所。由是博物洽聞，世無與
比。惠帝中，人有得鼉毛長三丈，以示華，華見，慘然曰：「此謂
海鳧毛也，出則天下亂矣。」陸機嘗餉華鮓，於時賓客滿座，華發
器，便曰：「此龍肉也。」眾未之信，華曰：「試以苦酒濯之，必有
異。」既而五色光起。機還問鮓主，果云：「園中茅積下得一白魚，
質狀殊常，以作鮓，過美，故以相獻。」按：此皆見《晉書》本
傳，事本荒誕，而史家以為張華博物之證。

　　王嘉《拾遺記》謂華：「自書契之始，考驗神怪及世間閭里所
說，造《博物志》四百卷，奏於武帝。」武帝命刪截浮疑，分為十
卷。《四庫全書總目提要》考訂以為：「原書散佚，今本乃好事掇取
諸書所引《博物志》，並雜採他小說以足之。」[14]

　　按：是書所記為異境奇物及古代瑣聞雜事，皆摘取故書，猶之
後世「讀書隨筆」。名為「博物」，殊不稱；然別於《述異》、《搜
神》，在鬼神怪異的撰著中，實別具一格。[15]

---

14 《太平廣記》卷四七〇「水族類」，「趙平原」一條為唐元和初事，云出《博物志》，
　是唐人亦有以《博物志》為名者。
15 《四庫提要辨證》云：「王嘉《拾遺記》，所記之事，杜撰無稽，殆無一語實錄。」
　《提要》亦謂《拾遺記》：「其書荒誕，證以史傳皆不合。」

（二）《西京雜記》：葛洪撰。

此書之撰者，眾說紛紜：

1. 舊題晉葛洪撰

宋晁載之《續談助》卷一錄《洞冥記》後之跋語，引張柬之言：「昔葛洪造《漢武內傳》、《西京雜記》，虞義造《王子年拾遺錄》，王儉造《漢武故事》。」

劉知幾《史通‧雜述》篇亦謂：「葛洪《西京雜記》」。*

段成式《酉陽雜俎‧廣動植之一》、張彥遠《歷代名畫記》，均以為葛洪撰。

按：葛洪《西京雜記‧跋》云：「洪家世有劉子駿《漢書》一百卷，無首尾題目，但以甲、乙、丙、丁紀其卷數。先父傳之。歆欲撰《漢書》，編錄漢事，未得締構而亡，故書無宗本，止雜記而已。……今抄出為二卷，名曰《西京雜記》，以裨《漢書》之闕。」此張柬之諸人據之以為葛洪所撰。

2.《隋書‧經籍志》不著撰人名氏

余嘉錫《四庫提要辨證》以為此書似葛洪所抄，非所自撰，故《隋書‧經籍志》不題其名。

《漢書‧匡衡傳》顏師古注云：「今有《西京雜記》者，其書淺俗，出於里巷，多有妄說。」此唐人不以為葛洪所撰者。

陳振孫《直齋書錄解題》卷七傳記類曰：「按：洪傳聞深學，江左絕倫，所著書幾五百卷，本傳具載其目，不聞有此書，……豈惟非向、歆所傳，亦未必洪之作也。」

---

*　劉知幾原文為：「國史之任，記事記言，視聽不該，必有遺逸。於是好奇之士，補其所亡，若和嶠《汲冢紀年》、葛洪《西京雜記》，此之謂逸事者也。」〔編者註〕

3. 出於吳均所依託者

段成式《酉陽雜俎・語資》載：「庾信作詩用《西京雜記》事，旋自追改曰：『此吳均語，恐不足用也。』」

晁公武《郡齋讀書志・雜史類》：「江左人或以為吳均依託為之。」

余嘉錫《四庫提要辨證》認為：梁吳均、殷芸仕同朝，年亦相若，而芸所撰《小說》，今《說郛》中尚存廿四條，而其中有引《西京雜記》者四條；若《西京雜記》果出於均，芸豈不知，何至遽信古書，從而採入其著作中乎？

4. 出於葛洪所依託者

宋程大昌《演繁露》卷十二云：「《西京雜記》所記制度，多班固所無，又其文氣嫵媚，不能古勁，疑即葛洪為之。」按：孫詒讓《札迻》卷十一云：「《西京雜記》，確為稚川所假託。」余嘉錫亦主此說，《四庫提要辨證》卷十七云：「故葛洪序中所言，劉歆《漢書》之事，必不可信，蓋依託古人以自取重耳。」又按：《晉書》本傳云：「博聞深洽，江左絕倫」，《抱朴子・外篇・自敘》云：「但貪廣覽，於眾書乃無不暗誦精持，曾所披涉，自正經諸史百家之言，下至短雜文章，近萬卷。」據此，葛洪輯兩漢人傳說而為此書，非不可信。

《西京雜記》所記約分以下諸類：

宮殿：未央宮、昭陽殿

器物：筆管、玉几、馬羈勒鞍、七寶床、青玉枝燈

衣服：吉光裘

宮闈：戚夫人、呂后殺趙王、趙飛燕、昭儀、王嬙

諸王：趙王如意、梁孝王、淮南王、河間王

草木：彫胡紫蘀、雜合草、上林苑果木

珍異：白玉璽、斬白蛇劍、寶鏡、玉篋

風俗：七月七日、九月九日

靈物：宏成子文石、石魚常鳴、石麒麟

文字：〈黃鵠歌〉、枚乘〈柳賦〉、公羽詭〈文鹿賦〉、鄒陽
〈酒賦〉、〈几賦〉、公孫乘〈月賦〉、中山王〈文木
賦〉、羊勝〈屏風賦〉

文士：司馬相如與卓文君、揚雄、董仲舒、匡衡、司馬遷、賈
誼

遊戲：蹴球、鬥雞鴨、彈琴

方士：東海黃公、賈應論天命

鳥獸：從風鷁、專鳴雞

制度：車駕

異聞：廣川王掘古冢事

除上各類外，尚記有高祖、文帝、昭帝、惠帝，諸帝事。

（三）《語林》

《世說新語·文學》：「裴郎作《語林》，始出，大為遠近所傳，時流年少，無不傳寫，各有一通。載王東亭作〈經王公酒壚下賦〉，甚有才情。」

劉孝標注引《裴氏家傳》曰：「裴榮，字榮期，河東人。父穉，豐城令。榮期少有風姿才氣，好論古今人物，撰《語林》數卷。號曰『裴子』。」並云：「檀道鸞謂裴松之以為啟作《語林》，榮儻別名啟乎？」

《世說新語·輕詆》：「庾道季詫謝公曰：『裴郎云：謝安謂裴郎，乃可不惡，何得復為飲酒？裴郎又云：謝安目支道林如九方皋之相馬，略其玄黃，取其雋逸。』謝公云：『都無此二語，裴自為此

辭耳。』庾意甚不以為好，因陳東亭〈經酒壚下賦〉。讀畢，都不下賞裁，直云：『君乃復作裴氏學！』於此《語林》遂廢；今時有者，皆是先寫，無復謝語。」

《續晉陽秋》曰：「晉隆和中，河東裴啟，撰漢魏以來，迄于今時，言語應對之可稱者，謂之《語林》，時人多好其事，文遂流行。後說太傅事不實，而有人於謝坐敘其黃公酒壚，司徒王珣為之賦，謝公加以與王不平，乃云：『君遂復作裴郎學！』自是眾咸鄙其事矣。安鄉人有罷中宿縣詣安者，安問其歸資。答曰：『嶺南凋弊，唯有五萬蒲葵扇，又以非時為滯貨。』安乃取其中者捉之。於是京師士庶，競慕而服焉；價增數倍，旬日無賣。夫所好生羽毛，所惡成瘡痏，謝相一言，挫成美於千載；及其所與，崇虛價於百金，上之愛憎與奪，可不慎哉。」

（四）《世說新語》

《隋書・經籍志》小說類：《世說》八卷，宋臨川王劉義慶撰；《世說》十卷，（梁）劉孝標注。

按：《唐書・藝文志》著錄亦稱《世說》八卷，惟於孝標注稱：「劉孝標《續世說》十卷。」此書書名歷來有《世說新書》與《世說新語》之爭議：

1. 書名為《世說新書》

宋本《世說新語》所附之汪藻〈世說敘錄〉云：「李氏本《世說新書》上中下三卷，三十六篇。顧野王撰顏氏本跋云：『諸卷中或曰《世說新書》，凡號《世說新書》者，第十卷皆分門。』」

按：《四庫全書總目提要》引宋黃伯思之說，黃氏《東觀餘論》（卷下）〈跋《世說新語》後〉云：「《世說》之名肇劉向，六十七篇中已有此目，其書今亡；宋臨川孝王（義慶）因錄漢末至江左名

士佳語,亦謂之《世說》。」是以義慶所集,應名《世說新書》,段成式《酉陽雜俎》引王敦澡豆事,當作《世說新書》可證。余嘉錫《四庫提要辨證》並引沈濤《銅熨斗齋隨筆》之說,以為宋初本當作「新書」,為之佐證。是皆未見汪氏〈敘錄〉,不知「新書」之名早已在南朝,然亦不過其中第十卷者以《世說新書》名耳。以知義慶此書未必以「新書」名也。

2. 書名為《世說新語》

汪氏〈世說敘錄〉原注:「晁文元、錢文僖、晏元獻、王仲至、黃魯直家本,皆作《世說新語》。」又汪氏云:「按晁氏諸本皆作《世說新語》,今以《世說新語》為正。」

趙宋之初,已失原書面目,晏殊為之校定,去其重複,復經董弅刪訂為三卷,今以日本前田氏所藏宋本為最古,日本尊經閣有影印本,即今藝文印書館所影印者。

(五)《郭子》

《隋書・經籍志》:《郭子》三卷,東晉中郎郭澄之撰。

《舊唐書・經籍志》:《郭子》三卷,郭澄之撰,賈泉注。

《新唐書・藝文志》:《賈泉注郭子》三卷,郭澄之。

《晉書・文苑傳》:郭澄之,字仲靜,太原陽曲人,少有才思,機敏兼人,劉裕引為相國參軍。〈隋志〉著錄,梁有《郭澄之集》十卷;亡。按:澄之為劉裕相國參軍,當係晉末宋初人。

《南齊書・文學傳》:賈淵,字希鏡,平陽襄陵人。宋孝武世見遇,敕淵注《郭子》。齊明帝中興元年卒。據此,兩〈唐志〉云賈泉者,為避唐高祖諱,改淵為泉。

三、漢事傳奇

(一)《漢武故事》

《隋書・經籍志》舊事類，《舊唐書・經籍志》及《新唐書・藝文志》著錄均為二卷，無作者。

1. 王應麟《玉海》卷五一引宋王堯臣《崇文總目》云：「五卷，班固撰。本題二卷，今世誤析為五篇。」《宋史・藝文志》因之。

2. 司馬光《資治通鑑》卷一考異曰：「《漢武故事》，語多誕妄，非班固書，蓋後人為之，託固名耳。」

3. 宋晁公武《郡齋讀書志・傳記類》：「唐張柬之〈書《洞冥記》後〉云：『《漢武故事》王儉撰。』」

4. 孫詒讓《札迻》以《西京雜記》葛洪序：「家有《漢武故事》一卷」即今所傳本，蓋出稚川手。

5. 余嘉錫《四庫提要辨證》，以為張柬之別有依據，以齊王儉撰為是。又疑葛洪別有《漢武故事》，其後日久散佚，儉更作此以補之。

北宋晁載之《續談助》卷一錄《洞冥記》二十多條，其後並加跋語，記張柬之語曰：「昔葛洪造《漢武內傳》、《西京雜記》，……王儉造《漢武故事》，並操觚鑿空，恣情迂誕。」

王儉，字仲寶，《南齊書》卷二三有傳。儉依阮孝緒《七略》撰《七志》四十卷。武帝永明元年於儉宅開學士館，悉以四部書充儉家。卒年卅八。

6. 胡應麟《少室山房筆叢・九流緒論下》：「《漢武故事》稱班固撰。諸家咸以王儉造。考其文頗衰薾，不類孟堅，是六朝人作也。」

（二）《漢武帝內傳》：葛洪撰。

　　1.《隋書・經籍志》、《舊唐書・經籍志》及《新唐書・藝文志》著錄並二卷，均不著撰者。

　　按：《隋書・經籍志》繫《漢武帝故事》於「舊事類」，以為「搢紳之士，撰而錄之，遂成篇卷」者；繫《漢武內傳》於「雜傳類」，以「雜以虛誕怪妄之說」故耳，如六朝怪異之作，皆與之同類。

　　《舊唐書》在「雜傳類」，《新唐書》在「道家類」，並兩卷，無撰者。《宋史・藝文志》著錄，亦云：「不知作者」。

　　2.張東之以為葛洪所造。見晁載之《續談助》卷一錄《洞冥記》後之跋語中所言。

　　孫詒讓《札迻》，據《西京雜記》葛洪序謂家有漢武帝禁中起居注，因疑《內傳》即《起居注》。

　　余嘉錫《四庫提要辨證》，以為張東之語必非無據，證以《抱朴子》所言，與此書相出入，尤覺信而有徵。當從東之，定為葛洪所依託。

　　3.日本藤原佐世《見在書目》雜傳類有《漢武內傳》二卷，注，葛洪撰。佐世書著於唐昭宗時，以知唐人以為葛洪撰。

　　4.今《文淵閣》本、《漢魏叢書》本及《太平御覽》所引均非完帙，惟《道藏》本文多至倍前人，錢熙祚刻入《守山閣叢書》。《守山閣叢書》本乃錢熙祚據《道藏》本校以他本，是書以此本為佳。

　　《四庫全書》所收舊本，題漢班固撰；錢熙祚收《道藏》本刻入《守山閣叢書》，亦題班固撰。晁載之《續談助》跋《洞冥記》引張東之語，云「葛洪造《漢武內傳》」；而跋《漢武內傳》則言：「予以唐天寶五載景戌歲十月十五日，終南山居，玄都仙壇大洞道士王

遊岩緒附之矣，其言鄙俗，其文脫錯至此，然則此書遊岩之徒所撰也。」

是書內容大抵如下：

景帝夢赤彘從雲中降，入崇芳閣，使王夫人居猗蘭殿應此瑞，因生武帝，名吉。七歲「聖徹過人」，改「吉」為「徹」名。

及即位，好神仙。元封元年四月，王母使玉女來，約以七月七日與王母暄。及王母至，授以長生要道。王母並邀上元夫人至，王母曰：此真元之母，尊貴之神。上元夫人亦授神仙之道。帝見王母笈中有書一卷，王母曰：「此五嶽真形圖，青城諸仙請求過以付之，……豈汝穢質所宜佩乎？」帝叩頭請，王母言此書之玄祕，與之云：「當事之如君父，泄示凡夫，必致禍及也。」上元夫人授以修十二事，當可以召山靈，朝地神，攝總萬精，驅策百鬼，束龍豹，役蛟龍。帝固請傳授，王母以上元夫人不應輕於傳授，以遭天罰。

帝初以為必當度世，不修至德。太初元年，十一月乙酉天火燒柏梁臺，《真形圖》、《靈飛經》錄十二事、《靈光經》，及自撰所受，凡十四卷，並函並失，王母知武既不從訓，當火災耳。

此書記載王母等人形象：王母：「年卅許，修短得中，天姿掩藹，容顏絕世，真靈人也。」上元夫人：「年可二十許，天姿精耀，靈眸絕朗。」王母侍女：「年可十六七，服青綾之褂，容眸流盼，神姿清發，真美人也。」上元夫人從官：「文武千餘人，並是女子，年皆十八九許，形容明逸，多服青衣，光彩耀目，真靈官也。」

王母自設天廚，珍妙非常。上元夫人亦設廚，廚亦精珍，與王母所設者相似。

王母命侍女以玉盤盛仙桃七顆，大如鴨卵，形圓青色，王母以三顆與帝，帝食之甘味，收核欲種之，王母曰：「此桃三千年一生實，中夏地薄，種之不生。」且總是在仙樂歌畢後，談以要道。

（三）**《洞冥記》四卷**：又作《別國洞冥記》、《漢武洞冥記》。

　　今存四卷，非完秩。所謂「洞冥」者，以洞心於道教，使沉奧
之跡昭然顯著，故云。是書殆祖述《神異經》、《十洲記》而作者。

　　首述武帝降生事，次述東方朔降生事，書中所記隱然以此二人
為主。記武帝事多記年號，如：

　　建元二年，帝起騰光臺。

　　元光中，帝起壽靈壇。

　　元鼎元年，起招仙靈臺閣於甘泉宮西偏。元鼎五年，郅支國
　　貢馬肝石。

　　元封中，起方山像。元封三年，大秦國貢花蹄駮牛。元封四
　　年，修彌國獻駮騾。

　　太初二年，東方朔從西那汗國歸。太初三年，甘泉望風臺。
　　太初四年，東方朔從支提國還。

　　天漢二年，帝昇蒼龍閣。

　　武帝末年。

所記武帝事雖荒誕不經，而年次並不顛倒，以見作者之用心。所記
別國，有波祇、翕韓、郅支、吠勒、琳國、修彌、勒畢、西那汗、
支提、烏衰、西域、善苑等。諸國及其靈物，今皆不可考，或據魏
晉方士傳說而加以誇張之。

　　舊題為漢代郭憲撰，《四庫全書總目提要》云：「所載皆怪誕不
根之談，未必真出憲手。又詞句緽豔，亦迥異東京，或六朝人依託
為之。」胡應麟《少室山房筆叢》亦云：「蓋六朝假託漢武故事之

類耳。」宋晁載之《續談助》卷一，錄《洞冥記》廿餘條，跋云：
「張柬之言隨其父在江南拜父友孫義強、李知續，二公言似非子橫所
錄。其父乃言後梁尚書蔡天寶[16]與岳陽王啟，稱湘東昔造《洞冥記》
一卷，則《洞冥記》梁元帝時所作。」

（四）《十洲記》

　　體製學《山海經》，託名東方朔。以《史記・封禪書》所記為
母題，再敷衍之而成。*

（五）《飛燕外傳》

　　《古今逸史》作《趙后外傳》者，以伶玄自敘中云「趙后別傳」
故。

　　漢潞水伶玄撰。卷末自敘，云與揚雄同時由司空小吏歷三略刺
守州郡，為淮南相。晚年買妾樊通德，為樊嬺弟子不周之子，嬺為
飛燕姑妹，通德以是能言飛燕事，玄因作是傳。末附桓譚云更始二
年，劉恭於隱者卞理盧獲金縢漆匱，發之乃得玄書。又附荀勖校記。

　　《直齋書錄解題》卷七〈傳記類〉：「或云偽書也，然通德擁髻
等事，文士多用之；而禍水滅火一語，司馬公載之《通鑑》矣。」
按：《四庫全書總目提要》以為「其文纖靡，不類西漢人語。」並力
辨禍水滅火之誤。司馬光載之《通鑑》，為《通鑑》之失。

　　《少室山房筆叢・九流緒論下》：「楊用修（慎）謂唐小說不如
漢，而舉伶玄趙飛燕傳中一二語為證。」

（六）《趙飛燕別傳》：《說郛》卷三二，一作《趙后遺事》。

　　《趙飛燕別傳》一卷，宋秦醇（字子復，譙川人）撰。前敘云：

16　天寶應作大寶，《周書》、《北史》〈蕭詧傳〉中均有其附傳。
*　《十洲記》之詳細析論置於秦漢篇之第七章，請讀者自行參看。〔編者註〕

「余里有李生，世業儒術，一日家事零替，余往見之，墙角破筐中，
有古文數冊，其間有《趙后別傳》，雖編次脫落，尚可觀覽，余就李
生乞其文以歸，補正編次以成傳，傳諸好事者。」（《說郛》卷三二）

　　按：胡應麟《少室山房筆叢·九流緒論下》以為「蓋六朝人
作，而宋秦醇子復補綴以傳者也，第端臨《通考》、漁仲《通志》，
並無此目。而文非宋所能，其間敘才數事，多俊語，出伶玄右，而
淳質古健弗如，惜全秩不可見也。」

第八章　佛典翻譯文學

　　自從佛教傳入中國以後，中國思想界起了很大的變化，而在文學方面，也因此增加了一種新的生命，這新生命便是佛典翻譯文學。翻譯作品，在中國古代也曾有過，如：司馬遷以今語釋《尚書‧堯典》（《史記‧五帝本紀》），《後漢書》以漢文譯西南民族的〈慕化詩〉（〈西南夷傳〉）以及鄂君子晳請人翻譯的〈越人歌〉（《說苑‧善說篇》），都是最早的翻譯，然而，這不過是一種偶然的工作而已。至於系統地將另一民族的精華介紹過來，使我們盡量吸收，盡量運用，久之成為兩大支源的會流，這在中國文學史上只有佛典的翻譯。梁啟超有〈翻譯文學與佛典〉一文，*所述極為精要，其所標出者有三點：一、國語實質之擴大，二、語法及文體之變化，三、文學的情趣之發展，茲撮其要錄之如下：

一、國語實質之擴大

　　玄奘立「五種不翻」，贊寧舉「新意六例」，其所討論，則關於正名者十之八九。或綴華語而別賦新義，如「真如」、「無明」、「法界」、「眾生」等；或存梵音而變為熟語，如「涅槃」、「般若」、「瑜伽」、「剎那」等。其見於《一切經音義》、《翻譯名義集》者既各以千計，近日本人所編《佛教大辭典》，所收乃至三萬五千餘語，此諸語者非他，實漢、晉迄唐八百年間諸師所創造，加

＊　詳〈翻譯文學與佛典〉一文中「翻譯文學之影響於一般文學」一節。此文收入梁啟超《佛學研究十八篇》一書。〔編者註〕

入吾國語系統中而變為新成分者也。夫語者所以表觀念也，增加三萬五千語，即增加三萬五千個觀念也。我國自漢以後，學者惟古是崇，不敢有所創作，雖值一新觀念發生，亦必印嵌以古字，而此新觀念遂淹沒於囫圇變質之中，一切學術，俱帶灰色，職此之由。佛學既昌，新語雜陳，學者對於梵義，不肯囫圇放過，搜尋語源，力求真是，其勢不得不出於大膽的創造，創造之途既開，則益為分析的進化，此國語內容所以日趨於擴大也。

二、語法及文體之變化

吾輩讀佛典，無論何人，初展卷必生一異感，覺其文體與他書迥然殊異，其最顯著者：（一）普通文章中所用「之乎者也矣焉哉」等字，佛典殆一概不用。（除支謙流之譯本）（二）既不用駢文家之綺詞儷句，亦不采古文家之繩墨格調。（三）倒裝句法多。（四）提挈句法極多。（五）一句中或一段落中含解釋語。（六）多覆牒前文語。（七）有聯綴十餘字乃至數十字而成之名詞──一名詞中，含形容格的名詞無數。（八）同格的語句，鋪排敘列，動至數十。（九）一篇之中，散文、詩歌交錯。（十）其詩歌之譯本為無韻的。凡此，皆文章構造形式上畫然闢一新國土。尤有一事當注意者，即組織的、解剖的文體之出現也。稍治佛典者，當知科判之學，為唐、宋後佛學家所極重視。其著名之大經論，恆經數家或數十家之科判，分章、分節、分段，備極精密。學者亦以科學的方法研究之，故條理愈剖而愈精。此種著述法，影響於學界之他方面者亦不少。又自禪宗語錄興，宋儒效焉，實為中國文學界一大革命，此殆為翻譯文學之直接產物也。蓋禪宗之教，只有說法，不事著書，其見於文字者，但以喻俗辯才為尚。故純粹的「語體文」完全成立，其動機實導自翻譯，試讀什譯《維摩詰》等編，最足參此間消息也。

三、文學的情趣之發展

　　吾為說於此曰：「我國近代之純文學——若小說，若歌曲，皆與佛典之翻譯文學有密切關係。」聞者必以為誕。雖然，吾確信之。吾徵諸印度文學進展之跡而有以明其然也。夫我國佛教，自羅什以後，幾為大乘派所獨占，此盡人所能知矣。須知大乘在印度本為晚出，其所以能盛行者，固由其教義順應時勢以開拓，而借助於文學之力者亦甚多。大乘首創，共推馬鳴，讀什譯《馬鳴菩薩傳》，則知彼實一大文學家、大音樂家，其弘法事業恆藉此為利器。試細檢藏中馬鳴著述，其《佛本行讚》實一首三萬餘言之長歌，今譯本雖不用韻，然吾輩讀之，猶覺其與〈孔雀東南飛〉等古樂府相彷彿。其《大乘莊嚴論》，則直是「儒林外史式」之一部小說。此等富於文學性的經典，復經譯家宗匠以極優美之國語為之迻寫，社會上人人嗜讀，即不信解教理者，亦靡不心醉於其詞績，故想像力不期而增進，詮寫法不期而革新，其影響乃直接表現於一般文藝。世或有疑吾說者，然吾所篤信佛說「共業所成」之一大原理。凡人類能有所造作者，於其自業力之外，尤必有共業力為之因緣。所謂共業力者，則某時代某部分之人共同所造業，積聚遺傳於後，而他時代人之承襲此公共遺產者，各憑其天才所獨到，而有所創造。其所創造者，表面上或與前業無關係，即其本人亦或不自知，然以史家慧眼燭之，其淵源歷歷可溯也。

　　以上是梁氏所提出的佛典譯文對於中國文學的影響，一、二兩點已經成為毫無疑義的事實，在詩文中採其詞彙，襲其文法，早為中國文士所習用而不覺其為另一民族的語文了。至於第三點，似乎尚待衡量，然佛經的想像力之偉大及意趣之飛動，中國文士於不知不覺中受其影響，也是事實。今就南北朝以前，東漢以後的佛典翻譯及譯筆研究分述於後。

第一節　後漢、魏晉及南北朝的佛典譯人及譯經事業

一、攝摩騰、竺法蘭

　　胡適《白話文學史》云：「佛教入中國當在東漢以前，故明帝永平八年（六五）答楚王英詔裏用了『浮屠』、『伊蒲塞』、『桑門』三個梵文字，可見其時佛教已很有人知道了，又可見當時大概已有佛教的書籍了。」（第一編第九章〈佛教的翻譯文學〉上）今據《高僧傳》所記載的漢代譯經僧俗，共有十人，最著者要算《四十二章經》的譯者攝摩騰、[17]竺法蘭了，兩人都是中印度人，漢明帝遣蔡愔、秦景等往印度尋求佛法，愔等於彼遇見摩騰，乃要還漢地。兩人至洛陽，於白馬寺翻譯《四十二章經》。[18]漢地之有沙門從此始。兩人譯有《四十二章經》，[19]此又為翻譯經典之始。然而事實是否如此，尚有疑問。近代學者有謂《四十二章經》係晉人偽製，騰、蘭未必真有其人者；[20]有謂明帝求法係傳說，《四十二章經》是纂輯而非翻譯者；[21]有謂騰、蘭入中土係事實，而《四十二章經》則非兩人所譯者；[22]總之，史料不多，只有存疑。[23]

17　《大唐內典錄》卷一論《四十二章經》處，攝摩騰作迦葉摩騰（註云：滕＝騰），或云竺攝摩滕。

18　《高僧傳》引《記》云：「《四十二章經》一卷，初緘在蘭臺石室第十四間中。騰所住處，今洛陽城西雍門外白馬寺是也。相傳云：外國國王嘗毀破諸寺，唯招提寺未及毀壞。夜有一白馬，繞塔悲鳴，即以啟王，王即停壞諸寺。因改『招提』以為『白馬』。」

19　《大唐內典錄》卷一云：「初共滕出四十二章，（摩）滕卒，（竺法）蘭自譯訖。」

20　梁啟超〈漢明求法說辯偽〉及〈四十二章經辯偽〉，收入《佛學研究十八篇》。

21　參胡適《白話文學史》第九章。又《大唐內典錄》卷一論《四十二章經》處引《舊錄》云：「其經本是天竺經抄，元出大部，撮引要者，似《孝經》十八章也。」

22　馮承鈞《歷代求法翻經錄》。

23　然東漢已有《四十二章經》，則屬事實。《後漢書》卷三十下〈郎顗襄楷傳〉，楷上皇帝書云：「或言老子入夷狄為浮屠，浮屠不三宿桑下，不欲久生恩愛，精之至也。天神遺以好女，浮屠曰：『此但革囊盛血。』遂不眄之，其守一如此，乃能成道。」按：《四十二章經》第三章：「佛言：除鬚髮，為沙門，受道法，去世資財，乞求取

二、安清（世高）

漢桓帝時譯經大師為安清，清字世高，安息國王太子，讓國於叔，出家修道。既而遊方弘化，遍歷諸國，因至華土。至未久，即通夏語。於是宣譯諸經，改梵為漢。清從桓帝建和二年至靈帝建寧中二十餘年，所譯經論，凡三十餘部。《高僧傳》卷一稱其譯筆「義理明析，文字允正，辯而不華，質而不野，凡在讀者，皆亹亹而不勌焉」。然世高所譯諸經，後來頗有偽品，費長房錄世高譯品為一百七十六部，然僧祐之《出三藏記集》為三十四部，《高僧傳》為三十餘部，是知長房所錄，多不可信。（《開元釋教錄》卷一）

三、支樓迦讖（支讖）

與世高同時者有支樓迦讖，亦云支讖，本月支人。漢靈帝時遊於洛陽，以光和、中平之間，傳譯梵文，出《般若道行》、《般舟》、《首楞嚴》等三經；又有《阿闍世王》、《寶積》等十餘部經，歲久無錄。前秦道安，校定古今，精尋文體，云似讖所出。凡此諸經，皆審得本旨，了不加飾。（《高僧傳》卷一）按：支讖譯品，僧祐《出三藏記集》著錄為二十四部，《大唐內典錄》著錄二十一部，時代邈遠，蓋有散佚。

《大唐內典錄》卷一論晚漢譯風云：「譯人時滯，雖有失旨，然其音句，棄文存質，深得經意。」（〈論竺佛朔〉）又云：「言直理詣，不加潤飾。」（〈論康巨〉）其言皆典。《高僧傳》論安清、支讖語同，足見初期譯風，但以信、達為主，文辭藻飾，非所注意。

足，日中一食，樹下一宿，慎不再矣。使人愚弊者，愛與欲也。」又第廿五章：「天神獻玉女於佛，欲以試佛意，觀佛道；佛言：『革囊眾穢，爾來何為？』」此兩故事與楷所稱引者，絕相似，足見《四十二章經》在東漢末已較通行，其傳入中土當在此時以前也。

今舉支讖譯《百寶經》為例，略見此時風格：

> 佛何緣現世間？何因當別知，雖在世間皆不著，悉為世間作
> 明。身所行，口所言，心所念，隨世間習俗而入。行內事
> 行，諸佛法所行無能過者，佛所行無有能逮者。隨世間習俗
> 而入，無有能知者。

> 佛用哀十方人，故悉現明。隨世間所喜，為說經法。

> 佛身無有衰老時，但有眾德，而現身衰老。隨世間習俗而
> 入，示現如是。

> 佛身未嘗有病，而現病呼醫服藥。與藥者得福無量，隨世間
> 習俗而入，示現如是。

四、支謙

　　三國時，孫權已定江左，而佛教未行，先有優婆塞支謙，字
恭明，一名越，月支人，來遊漢境，受學於支亮，博覽經籍，莫不
精究。世間伎藝，多所綜習，遍學異書，通六國語。其為人細長黑
瘦，眼多白而睛黃。時人為之語曰：「支郎眼中黃，形軀雖細是智
囊。」漢獻帝末，避地於吳，孫權聞其才慧，召見，悅之，拜為博
士，使輔導東宮，與韋曜諸人共盡匡益。謙以妙善方言，乃收集眾
經，譯為漢語。從吳黃武元年至建興中（二二二～二五三），出經
四十九部。（《高僧傳》卷一〈康僧會傳〉）《高僧傳》評其譯筆為
「曲得聖義，辭旨文雅」，較之初期樸訥之風，進於流麗矣。

　　如我曾聞，菩薩往昔，以恚因緣，墮於龍中，[24] 受三毒身。

24《太平廣記》卷四一八至四二五，計八卷，皆記述龍的故事，大部分皆為唐人所造。

所謂「氣毒」、「見毒」、「觸毒」。其身雜色，如七寶聚。
光明自照，不假日月。才貌長大，氣如轟風。其目照朗，如
雙日出。常為無量諸龍所遶。自化其身，而為人像。與諸龍
女，共相娛樂。住毘陀山幽邃之處，多諸林木，華果茂盛，
甚可愛樂。有諸池水，八味具足，常在其中，遊止受樂。經
歷無量百千萬歲。時金翅鳥為飲食故，乘空束身，飛來欲
取。當其來時，諸山碎壞，泉池枯涸。爾時諸龍及諸龍女，
見聞是事，心大恐怖，所服瓔珞，華香服飾，尋悉解落，裂
在其地。諸龍夫人，恐怖墮淚而作是言：「今此大怨，已來
逼身，其觜金剛，多所破壞，當如之何？」龍便答曰：「卿
依我後。」時諸婦女尋即相與來依附龍。龍復念言：「今此
婦女各生恐怖，我若不能作擁護者，何用如是殊大之身？我
今此身為諸龍主，若不能護，何用王為？行正法者，悉捨身
命以擁護他。是金翅鳥之王有大威德，其力難堪，除我一
身，餘無能禦，我今要當捨其身命以救諸龍。」爾時龍王語
金翅鳥：「汝金翅鳥小復留神，聽我所說。汝於我所，常生
怨害，然我於汝都無惡心，我以宿業受是大身，稟得三毒，
雖有是力，未曾於他而生惡心。我今自忖：審其氣力，足能
與汝共相抗禦，亦能遠炎大火，投乾草木。五穀臨熟，遇天
惡雹。或變大身，遮蔽日月。或變小身，入藕絲孔。亦壞大
地，作於江海。亦震山嶽，能令動搖。亦能避走遠去，令汝
不見我。今所以不委去者，多有諸龍來依附我。所以不與汝
戰諍（應作爭）者，由我於汝不生惡故。」金翅鳥言：「我
與汝怨，何故於我不生惡心？」龍王答言：「我雖獸身，善
解業報，審知少惡，報遂不置，猶如形影，不相捨離。我今
與汝，所以俱生如是惡家，悉由先世集惡業故，我今常於汝

> 所生慈愍心，汝應深思如來所說：『非以怨心，能息怨憎。
> 唯以忍辱，然後乃滅。』譬如大火，投之乾薪，其炎轉更倍
> 常增多，以瞋報瞋，亦復如是。」時金翅鳥聞是語已，怨心
> 即息。

這是支謙譯的《菩薩本緣經・龍品》。中國儒家、道家對於「龍」
都很尊敬，但是如此有系統的龍的故事，卻並未產生。六朝至唐期
間，龍的故事很發達，並有委曲詳盡的故事及生動的描寫，至其影
響，當然是從佛經來的。*

五、康僧會

　　稍後有康僧會，其先康居國人，世居印度，其父因商賈之故，
移於交阯。會十餘歲出家，明解三藏，博覽六經，並善屬文翰。以
吳赤烏十年（二四七）初抵達建鄴。時吳國初見「沙門」，有司奏
曰：「有胡人入境，自稱沙門，容服非恒，事應檢察。」吳主孫權
召會詰問，大加嗟服，即為建塔，以始有佛事，故號建初寺。會以
太元元年辛未，於建初寺譯《六度集》等經七部。並妙得經體，文
義允正。（《高僧傳》卷一）《六度集經》完全是小品故事，非常風
趣，有些簡直是童話。如：

> 昔者梵志，年百二十。……志道不仕，處於山澤，數十餘
> 載。仁逮眾生，禽獸附恃。[25] 時有四獸，狐獺猴兔。斯四獸
> 曰：「供養道士，靖心聽經。積年之久，山果都盡。道士欲
> 徙，尋果所盛。」四獸憂曰：「雖有一國榮華之士，猶濁水

---

*　關於中國小說中龍的故事所受佛典的影響，詳參臺先生〈佛教故實與中國小說〉一
　文，收入臺靜農著《靜農論文集》（臺北：聯經出版公司，一九八九年）。〔編者註〕
25《太平廣記》卷四四五〈楊叟〉即寫有猿為胡僧。

滿海，不如甘露之斗升也。道士去者，不聞聖典，吾為衰乎？各隨所宜，求索飲食，以供道士，請留此山，庶聞大法。」僉然曰可。獼猴索果，狐化為人，[26]得一囊麨。獺得大魚，各曰可供一月之糧。兔深自惟：「吾當以何供道士乎？」曰：「夫生有死，身為朽器，猶當棄捐，食凡夫萬，不如道士一。」即行取樵，然之為炭。向道士曰：「吾身雖小，可供一日之糧。」言畢即自投火，火為不然。（《大藏經》卷三「本緣部」）

六、維祇難、竺律炎

又黃武三年（二二四），有天竺人維祇難與同伴竺律炎來至武昌，齎《曇缽經》梵本。時吳士共請出經，難既未善國語，乃共其伴律炎譯為漢文。炎亦未善漢言，頗有不盡，志存義本，辭近樸質。（《高僧傳》卷一）《曇缽經》者即《法句經》，計兩卷，三十九品，通篇全屬四言、五言偈語。《法句經・序》云：

《曇缽偈》者，眾經之要義。「曇」之言「法」，「缽」者「句」也。……「偈」者結語，猶詩頌也。是佛見事而作，非一時言，各有本末，布在眾經。佛一切智，厥性大仁，愍傷天下，出興于世，開顯道義，所以解人。凡十二部經，總括其要，別為四部《阿含》，佛去世後，阿難所傳，卷無大小，皆稱聞如是處，佛所在究暢其說。是後五部沙門，各自鈔眾經中四句、六句之偈，比次其義，條別為品。於十二部經，靡不斟酌，無所適名，故曰《法句》。（僧祐《出三藏記集》卷七）

---

26 狐化為人說，當以此為最早者。

大概因經帙繁多，全部抄誦，均不易為，故將群經要義，別錄為書。其體全為四言、五言，蓋受當時詩壇之影響也。

> 少壯捨家，盛修佛教，是炤世間，如月雲消。人前為惡，後止不犯，是炤世間，如月雲消。（《法句經·放逸品》）

> 若人壽百歲，懈怠不精進；不如生一日，勉力行精進。若人壽百歲，不知成敗事；不如生一日，見微知所忌。（《法句經·述千品》）

> 人為恩愛惑，不能捨情欲；如是憂愛多，潺潺盈於池。夫所以憂悲，世間苦非一；但為緣愛有，離愛則無憂。……如樹根深固，雖截猶復生；愛意不盡除，輒當還受苦。獼猴得離樹，得脫復趣（趨）樹；眾人亦如是，出獄復入獄。（《法句經·愛欲品》）

以上所述，譯人譯場，皆在江南。至於北方曹魏，自文帝黃初元年，至元帝咸熙元年，凡四十五年（二二〇～二六四），有僧六人，出經十三部。如康僧鎧與南方支讖，同時譯出《阿彌陀經》，重疊翻譯，由斯而起。而曇柯迦羅於嘉平年於白馬寺出《戒本》一卷，中夏之有戒律，即始於此。故《大唐內典錄》卷二〈前魏朝曹氏傳譯佛經錄第二〉云：「僧會適吳，舍利曜靈於江左；迦羅遊魏，禁律創啟於洛都。歸戒自此大行，圖塔由斯特立。」

時至西晉，佛學大昌。自晉武帝至惠帝五十餘年間，譯經道、俗計十三人，出經四百五十一部（《大唐內典錄》卷二〈西晉朝傳譯佛經錄第四〉）。時沙門竺法護誓宣佛法，不憚苦辛，出經最多，為一代大師。

七、竺法護

竺法護梵名曇摩羅剎，其先月支人，世居燉煌郡。年八歲出家，事外國沙門竺高座為師。博覽六經，遊心七籍。晉武帝時，發憤宏道，隨師至西域，遊歷諸國，通外國異言三十六種，書亦如之，護皆徧學，貫綜詁訓，音義字體，無不備識。遂大齎梵經，還歸中夏。自燉煌至長安，沿路傳譯，寫為晉文。所獲經一百六十五部。護以晉武之末，隱居深山，山有清澗，恆取澡漱。後有採薪者，穢其水側，俄頃而燥。護乃徘徊歎曰：「人之無德，遂使清泉輟流。水若永竭，真無以自給，正當移去耳。」言訖而泉涌滿澗，其幽誠所感如此。其後立寺於長安青門外，精勤行道，於是德化遐布，聲蓋四遠。僧徒數千，咸所宗事。及惠帝西奔，關中擾亂，百姓流移，護與門徒避地東下，至澠池遘疾而卒，年七十有八。（《高僧傳》卷一）今以太康六年正月譯出的《生經・佛說野雞》為例：

> 聞如是：一時佛遊舍衛祇樹給孤獨園。與大比丘眾千二百五十人俱。爾時佛告諸比丘：乃往過去無數世時，有大叢樹。大叢樹間，有野貓遊居。在產經日不食，饑餓欲極。見樹王上有一野雞，端正姝好。既行慈心，愍哀一切蚑行、喘息、人物之類。於是野貓心懷毒害，欲危雞命。徐徐來前，在於樹下。以柔軟辭而說頌曰：
> 意寂相異殊，食魚若好服。從樹來下地，當為汝作妻。
> 於時野雞以偈報曰：
> 仁者有四腳，我身有兩足。計鳥與野貓，不宜為夫妻。
> 野貓以偈報曰：
> 吾多所遊行，國邑及郡縣。不欲得餘人，唯意樂在仁。君身現端正，顏貌立第一。吾亦微妙好，行清淨童女。當共相娛

樂，如雞遊在外，兩人共等心，不亦快樂哉。

時野雞以偈報曰：

吾不識卿耶，是誰何求耶？眾事未辨足，明者所不歡。

野貓復以偈報曰：

既得如此妻，反以杖擊頭。在中貧為劇，富者如雨寶。親近於眷屬，大寶財無量，以親近家室，息心得堅固。

野雞以偈答曰：

息意自從卿，青眼[27]如惡瘡，如是見鑠繫，如閉在牢獄。

青眼以偈報曰：

不與我同心，言口如刺棘。會當用何致，愁憂當思想。吾身不臭穢，流出戒德香。云何欲捨我，遠遊在別處。

野雞以偈答曰：

汝欲遠牽挽，凶弊如蛇虺。捼彼皮柔軟，爾乃得申敘。[28]

野貓以偈答曰：

速來下詣此，吾欲有所誼。並當語親里，及啟於父母。

野雞復以偈答曰：

吾有童女婦，顏正心性好。慎禁戒如法，護意不欲違。

野貓以偈頌曰：

於是以辣杖，在家順正教。家中有尊長，以法戒為益。楊柳樹在外，皆以時茂盛。眾共稽首仁，如梵志事火。吾家以勢力，奉事諸梵志。吉祥多生子，當令饒財寶。

野雞以偈報曰：

天當與汝願，以梵杖擊卿。於世何有法，云何欲食雞？

野貓以偈答曰：

---

27 青眼即貓。
28 野雞以己皮柔，故貓得乘機也。

我當不食肉，暴路修清淨。禮事諸天眾，吾為得此聟。

野雞以偈答曰：

未曾見聞此，野貓修淨行。卿欲有所減，為賊欲噉雞。木與果分別，美辭伴喜笑。吾終不信卿，安得雞不噉？惡性而卒暴，觀面赤如血。其眼青如藍，卿當食鼠蟲。終不得雞食，何不行捕鼠？面赤眼正青，叫喚言貓時。吾衣毛則豎，輒避自欲藏。世世欲離卿，何意今相振？

於是貓復以偈答曰：

面色豈好乎？端正皆童耶？當問威儀則，及餘諸功德。諸行當具足，智慧有方便。曉了家居業，未曾有我比。我常好洗沐，今著好衣服。起舞歌聲音，乃爾愛敬我。又當洗仁足，為其梳頭髻，及當調誂戲，然後愛敬我。

於是野雞以偈答曰：

吾非不自愛，令怨家梳頭。其與爾相親，終不得壽長。

佛告諸比丘：欲知爾時野貓，今栴遮比丘是也。時雞者，我身是也。昔者相遇，今亦如是。

佛說如是，莫不歡喜。

由此可知：後來的佛曲文學及彈詞一類的作品，即淵源於此。他如《佛五百弟子自說本起經》，通篇為詩體，後出的《佛本行經》，其風格及譯筆，完全與之相同。《高僧傳》卷一云：「時有清信士聶承遠，明解有才，篤志務法。護公出經，多參正文句。……承遠有子道真，亦善梵學。此君父子，比辭雅便，無累於古。……安公（道安）云：『護公所出，……雖不辯妙婉顯，而宏達欣暢，特善無生，依慧不文，樸則近本。』其見稱若此。」

東晉自元帝至恭帝（三一七～四一九），一百又三年中，中、外道俗二十七人，出經合二百六十三部。（《大唐內典錄》卷三〈東

晉朝傳譯佛經錄第五〉）其時江左偏安，擾攘不息，佛法流布，反而光大者，蓋有三種原因：（一）天竺大師來中土者日多；（二）中土信士，亦多西行求法；（三）帝王朝士相率崇奉。有此三點，故於國勢危岌之時，宣譯不絕，佛法復大倡明。東晉宣譯大師當以僧伽提婆等為代表。

八、僧伽提婆

　　僧伽提婆，此言眾天，本姓瞿曇氏，罽賓人。入道修學，遠求明師。初入苻秦長安，宣流佛化。後乃渡江。慧遠法師，延入廬岳。以太元中（三八六前後）請譯《阿毗曇心》及《三法度》等。提婆乃於般若臺，手執梵文，口宣晉語，去華存實，務盡義本，今之所傳，蓋其文也。至隆安元年（三九七），來遊京師，當時王公名士，皆造席致敬。其在江左所出諸經，凡百餘萬言。所譯《中阿含經》卷十三《中阿含王相應品說本經第二》云：

> 於是世尊迴顧告曰：「阿難，汝取金縷織成衣來，我今欲與彌勒比丘。」爾時尊者阿難受世尊教，即取金縷織成衣來授與世尊。於是世尊從尊者阿難，受此金縷織成衣已，告曰：「彌勒，汝從如來取此金縷織成之衣，施佛法眾，所以者何？彌勒，諸如來無所著等正覺為世間護，求義及饒益，求安穩快樂。」於是尊者彌勒從如來取金縷織成衣已，施佛法眾。時魔波旬便作是念：「此沙門瞿曇遊波羅㮈仙人住處鹿野園中，彼為弟子，因未來說法。我寧可往而嬈亂之。」時魔波旬往至佛所。到已，向佛即說頌曰：
> 彼必定當得，容貌妙第一。華鬘瓔珞身，明珠佩其臂。若在雞頭城，螺王境界中。
> 於是世尊而作是念，此魔波旬來到我所，欲相嬈亂，世尊知

已為魔波旬，即說頌曰：

彼必定當得，無伏無疑惑。斷生老病死，無漏所作訖。若行
梵行者，彌勒境界中。

於是魔王復說頌曰：

彼必定當得，名衣上妙服，旃檀以塗體，身脯直姝長。若在
雞頭城，螺王境界中。

爾時世尊復說頌曰：

彼必定當得，無主亦無家。手不持金寶，無為無所憂。若行
梵行者，彌勒境界中。

於是魔王復說頌曰：

彼必定當得，名財好飲食。善能解歌舞，作樂常歡喜。若在
雞頭城，螺王境界中。

爾時世尊復說頌曰：

彼為必度岸，如鳥破網出。得禪自在遊，具樂常歡喜。汝魔
必當知，我已相降伏。

於是魔王復作是念：

世尊知我，善逝見我，愁惱憂感，不能得住。

即於彼處，忽沒不現。（《大藏經》卷一「阿含部」）

九、法顯

　　時有西行求法的大師法顯，俗姓龔，平陽武陽人。三歲度為沙
彌。十歲遭父憂，叔父逼使還俗，顯曰：「本不以有父而出家也，
正欲遠塵離俗，故入道耳。」頃之，母喪，葬事畢，又還寺。常慨
經律舛闕，誓志尋求。以晉隆安三年（三九九），與同學慧景、道
整、慧應、慧嵬等，發自長安，進到張掖，與智嚴、慧簡、僧紹、
寶雲、僧景等相遇，同行到燉煌。顯等先行，智嚴等後至，共到烏

夷國。（即昔之龜茲，今之庫車）龜茲適當呂光攻破後十餘年，故
遇漢僧甚薄。智嚴、慧簡、慧蒐，遂返高昌求行資。法顯等得符公
孫供給，得至于闐。終至北印度，遍歷諸國。曾到那竭國觀禮佛頂
骨，度小雪山，慧景凍死。至中印度，遊僧迦施國（佛上忉利天為
母說法下來處），舍衛城、祇園精舍、拘夷那竭城（佛涅槃處）、伽
耶城（佛成道處）、鹿苑精舍（轉法輪處）等聖蹟。法顯本求戒律，
而北天竺諸國，皆師口傳，無本可寫。是以遠涉中印度，得「大眾
部」律一部，復得一部抄律，可七千偈。復得《雜阿毘曇心》六千
偈。又得一部經二千五百偈。又得一卷《方等般泥洹經》，可五千
偈。法顯住此三年，學梵語、梵書。道整留此不歸。法顯欲令戒律
流通漢地，於是獨還。順恆水東下，歷瞻波國到多摩梨帝國，住此
二年。泛海至師子國，又住此二年。更求得《彌沙塞》律藏本，得
《長阿含》、《雜阿含》、《小阿含》諸經，此皆中土所無者。遂附商
人大舶，漂至耶婆提國（爪哇）。復隨商船至廣州。凡所遊歷，幾
三十國，為時十六年。及到建業，就外國禪師佛馱跋陀羅，於道場
寺譯出《摩訶僧祇律》、《方等泥洹經》、《雜阿毘曇心論》，垂百
餘萬言。後卒於荊州辛寺，年八十有六。（《歷代求法翻經錄》）

　　所出《雜藏經》（即《小阿含》）係目蓮說地獄小品，其中設想
固奇，然文無華飾，一如前修，足見在文趨靡麗之時代，而譯經文
字，獨成一家風格，屹然不受其影響。今以《佛說雜藏經》說國王
得道為例：

> 佛在世時有五大國王。迦葉佛時為善知識，出家為道。釋迦
> 文佛出世，皆得道迹。今說一王得道因緣。國名槃提，王名
> 憂達那。其國殷富，人民熾盛。王有二萬夫人。第一夫人，
> 字月明。容儀端正，王甚愛敬。王時大會，作眾伎樂。命月
> 明舞。月明夫人衣以上服，金銀名寶，纓絡其身，舞甚奇

雅，悅眾歡情。王善能相，見其夫人將終相現。不過半歲，
奄然殞逝。恩愛離苦，憂感不視。月明怪而問之。王以死事
大故，恐其憂惱，隱而不說。慇懃重問，王便答言：「汝壽
命短，將終不久。愛離之情，是故愁耳。」月明白言：「夫
生有死，自世之常，何獨憂耶？若顧隆念，但相告示，見放
出家。」王善其言，聽其入道。王欲證明果報，增益信心，
與之結誓語言：「汝若出家，持戒思惟。設未成道，必生天
上。生天上已，還至我所，聽汝出家。」月明即許其誓。於
是喚諸比丘尼，即度將去。以貴重能捨五欲，多來問訊，恭
敬供養，妨其道業，是故遊行諸國。從出家日，數滿六月，
持戒清淨，慇思惟道。厭惡世間，得阿那含道。於一聚落命
終，即生色天上，觀昔因緣，於王有要，要赴本誓，觀王沒
於五欲，懭庾難化。直爾而往，無以感發。宜以恐逼，爾乃
降伏。便自變身，作大羅刹。衣毛振豎，執五尺刀。因王
夜靜臥，去之不遠，在虛空中。王覺已，甚大怖畏，語言：
「汝雖有士眾千萬，今唯屬我，不得自在。死時已至，何緣
得濟。」王即報言：「我無因緣，惟恃本所作善，修心清
淨，死生善處。」天可之言：「如此因緣，最為可恃，更無
餘理。」王便問言：「汝是何神？使我大生怖畏退縮。」天
答言：「我是月明夫人。王放出家，思惟離欲，生色天上，
今來赴要。」王言：「汝雖說此，我猶不信。復汝本形，爾
乃可信。」天即變形，如本月明。衣裳服飾如本，在王邊
立。王欲心發，即趣欲捉。月明念言：「此人欲態不淨，何
可近之？」於是即還，上昇虛空，為王說法，語王：「此身
無常，彈指巨保。譬如朝露，日出則滅。不惟無常，貪著
於身。王不見：盛年華色，老所吞滅。諸根朽邁，目視不

明，耳聽不聰，形敗腐朽，無所復直。譬如釀酒，緩取淳味，糟無所直。是身既老，無可貪樂，唯有死在。是身既生，死常與俱。王不見：胎中死者，出胎死者，壯時死者，老時死者。是身危脆，死賊常隨。須臾巨信，身心火然。但是眾苦，心有三毒憂惱，身有寒熱飢渴眾患，而不生厭，貪著我身。宮人妓女，華色五欲。國財妻子，悉非我有。死至之時，無一隨去。身自尚棄，何況餘物？生死憂喜，無一可奇。凡細愚聞，迷沒五欲。迴流生死，莫知出路。王是智人，何不厭離，出家求道。」王時善心生，許其出家。月明重化之曰：「若當出家，當求好師，當聞妙法。聞妙法已，受而修行。日夕精進，翹懃勿懈。」說此語已，忽然不現。王至天明，禪位太子，捨離五欲，投迦施延，出家為道。（《大藏經》卷十七「經集部」）

十、苻堅君臣

與東晉對立的前秦苻堅，勢力非常之大，當其盛時，東至淮河，西至西域，南至邛、僰，都是秦的領域。前秦在歷史及文化上，當然比不上江左；然而佛教文化之推行，則居江左之上。即如後來佛學史上這一時期的大師，多在北方，便是證據。因為這位不可一世的秦王苻堅是佛法的極端崇奉者，其崇奉之篤，絕非江左的王公名士可比，如為求鳩摩羅什而攻龜茲，為取道安及習鑿齒而侵襄陽，將戰爭作為護法的工具，實在是中國歷史上絕無僅有的。當苻堅淝水敗後，群敵互起，關中猶能宣譯大部經者，則由黃門郎趙正之力。趙正，字文業，洛陽清水人。情度敏達，學兼內外，性好譏諫，無所迴避。苻堅末年寵惑鮮卑，隳於治政。正因歌諫曰：

　　昔聞孟津河，千里作一曲，此水本自清，是誰攪令濁？

堅動容曰：「是朕也。」又歌曰：

> 北園有一棗，布葉垂重陰，外雖饒棘刺，內實有赤心。

堅笑曰：「將非趙文業耶？」後願出家，堅惜而不許，及堅死，方遂其志，法名道整。因作頌曰：

> 佛生何以晚，泥洹一何早，歸命釋迦文，今來投大道。

後遁跡商洛山，專精經律，晉雍州刺史逼同共遊，終於襄陽。（《高僧傳》卷一〈曇摩難提傳〉附）由此可知：佛法盛於關中者，乃符堅君臣虔誠崇奉之故。初，符堅命呂光求鳩摩羅什，然堅未得見什即沒。及後秦姚萇子姚興弘始三年冬（四〇一），什始入關，故後秦佛法亦極盛行。《大唐內典錄》卷三〈前後二秦傳譯佛經錄第六〉云：「姚主情存三寶，志在弘護法城，故使萬里追風，異人間出，翻傳大部，盛集于今。」

十一、鳩摩羅什

　　鳩摩羅什（三四四～四一三），此云童壽，天竺人。家世國相，父鳩摩炎，聰明有懿節，將嗣相位，乃辭避出家，東度蔥嶺。龜茲王迎請為國師，並妻以妹。什生七歲，隨母出家。九歲隨母渡辛頭河到罽賓，從名德法師槃頭達多，受《雜藏》、中、長二《含》，凡四百萬言。達多稱之於王，請入宮，集外道論師，共相攻難。外道輕其年幼，什乘隙挫之。年十二，其母攜回龜茲，諸王皆聘以重爵，並不受。頃之，隨母到溫宿國，即龜茲北界，時溫宿有一道士，神辯名諸國，手擊王鼓而自誓言：「論勝我者，斬首謝之。」什至，以二義相檢，即迷悶自失，稽首歸依，於是聲滿蔥左。龜茲王躬往溫宿，迎什還國。講說眾經，四方宗仰，莫之能

抗。年二十,受戒於王宮。有頃,什母辭往天竺。三八二年(東晉孝武太元七年,後秦苻堅建元十八年),苻堅遣驍騎將軍呂光等,率兵七萬伐龜茲,臨行,餞光於建章宮,謂光曰:「朕聞西國有鳩摩羅什,深解法相,善閑陰陽,為後學之宗,朕甚思之。賢哲者,國之大寶,若剋龜茲,即馳驛送什。」光克龜茲,得什歸,至涼州,聞堅被害,因據西涼。又十一年,後秦姚興滅呂,迎什入關,次年,至長安。時什年五十矣。興請什入西明閣及逍遙園譯出眾經。什既率多諳誦,無不究盡,因住涼久,轉能漢語。覽舊經義多謬,不與梵本相應。於是興使沙門增挈、僧遷、法欽、道流、道恒、道標、僧叡、僧肇等八百餘人,諮受什旨,更令出大品。什持梵本,興執舊經,以相讎校。凡所出經論三百餘卷。四一三年(晉義熙九年)四月十三日,卒於長安,時年七十。(《高僧傳》、《歷代求法翻經錄》)

　　鳩摩羅什譯出的經,最重要的是《大品般若》,而最流行又最有文學影響者則為《金剛》、《法華》、《維摩詰》三部。其中,《維摩詰所說經》本是一部小說,富於文學趣味。居士維摩詰有病,釋迦佛叫他的弟子去問病。他的弟子舍利弗、大目犍連、大迦葉、須菩提、富樓那、迦旃延、阿那律、優波離、羅睺羅、阿難,都一一訴說維摩詰的本領,都不敢去問疾。佛又叫彌勒菩薩、光嚴童子、持世菩薩等去,他們也一一訴說維摩詰的本領,也不敢去。後來只有文殊師利肯去問病。以下寫文殊與維摩詰相見時,維摩詰所顯的辯才與神通。這一部半小說、半戲劇的作品,譯出之後,在文學界與美術界的影響最大。[29]

　　　　時維摩詰室有一天女,見諸大人聞所說法,便現其身。即以

29　參胡適《白話文學史》第九章。

天華散諸菩薩、大弟子上。華至諸菩薩，即皆墮落。至大弟子，便著不墮。一切弟子神力去華，不能令去。爾時天女問舍利弗：「何故去華？」答曰：「此華不如法，是以去之。」天曰：「勿謂此華為不如法，所以者何？是華無所分別，仁者自生分別想耳。若於佛法出家有所分別，為不如法；若無所分別，是則如法。觀諸菩薩華不著者，已斷一切分別想故。譬如人畏時，非人得其便。如是弟子畏生死故，色、聲、香、味、觸，得其便也。已離畏者，一切五欲無能為也。結習未盡，華著身耳；結習盡者，華不著也。」舍利弗言：「天止此室，其已久如。」答曰：「我止此室，如耆年解脫。」舍利弗言：「止此久耶？」天曰：「耆年解脫，亦何如久。」舍利弗默然不答。天曰：「如何耆舊大智而默？」答曰：「解脫者無所言說，故吾於是不知所云。」天曰：「言說文字，皆解脫相，所以者何？解脫者，不內不外，不在兩間。文字亦不內不外，不在兩間。是故舍利弗，無離文字說解脫也。所以者何？一切諸法是解脫相。」舍利弗言：「不復以離婬、怒、癡為解脫乎？」天曰：「佛為增上慢人，說離婬、怒、癡為解脫耳。若無增上慢者，佛說婬、怒、癡性，即是解脫。」舍利弗言：「善哉！善哉！天女，汝何所得以何為？證辯乃如是。」天曰：「我無得無證，故辯如是。所以者何？若有得有證者，即於佛法為增上慢。」（《維摩詰所說經‧觀眾生品第七》，《大藏經》卷十四「經集部」）

十二、曇摩難提（法喜）

符堅建元中到長安的曇摩難提，此云法喜，兜佉勒人。專精經

典，遍觀三藏，闇（諳）誦《增一阿含經》。難提到長安，苻堅深見禮接。先是，中土群經，未有《四含》，趙正欲請出經。時慕容沖已叛，起兵擊堅，關中擾亂，正仍力行其事。乃請道安等於長安城中，集義學僧。請難提譯出中、增一、二《阿含》，并《毘曇心》、《三法度》等，凡一百六卷（《大唐內典錄》卷三作一一四卷），佛念傳譯，慧嵩筆受，自夏迄春，綿涉兩載，文字方具。（《高僧傳》卷一）

　　難提所譯最有文學價值者為《阿育王息壞目因緣經》，（《大藏經・史傳部》）是建初六年於安定城為秦尚書令姚旻譯的，通篇為四言詩體，計一萬八百八十言，可算一首長詩。序言：「或離文而就義，或正滯而傍通。或取解於誦人，或事略而曲備」。足見這首長詩譯出之不易。

　　詩的故事是：阿育王生一太子，起名曰法益。太子生有極好的相貌，尤其是一雙美妙的眼睛，這眼睛美得像蓮花，像優鉢花。一些女子見了，都不免要生邪念。阿育王的大夫人淨容，晝夜打算伺捕太子。她心裏想：「我當何日，果其所願，得與天眼，閑靜共遊，意便充足，不羨天宮。正爾殞身，於世無怨。」一天早晨，她同太子相遇，並給太子一些美的果子，她說：「便言汝前，與吾共遊，既充我願，又親情畢，彼我同歡，不亦快乎？」太子聽了以手掩耳，以為是最大的災害。淨容夫人失望之後，大大忿怒，於是起了謀害太子的心，她說：「彼人云何，取我辱之。要當方便，挑雙目出。令此國界，無見聞者。何況男女，覩其形容。」阿育王之下有位大臣名耶奢，太子因為曾經以手拍過他的頭，他懷了忿怒。於是耶奢同淨容夫人聯合起來，決心設法挑去太子那雙美妙的眼睛。適乾陀越國的國王喪亡，這裏臣民向阿育王要求派一統治者，耶奢乘機推薦太子去，阿育王遂派太子入石室城。淨容夫人私竊金印，

於是遣人將命令送達石室城，太子打開看時，見上面說得非常嚴切：「稱阿育王，普勅斯土。若欲安居，石室城者，速檢王子，挑兩目出，無令停滯，使影移轉。」當時臣民聞此命令，大為驚愕，預備起兵抗命，終為太子所制止。太子被挑去雙目以後，捐棄王位。於是彈琴乞食，漂流各地。最後回到阿育王馬廄內，夜間彈琴，阿育王聞之，知是太子的琴聲，父子因得相見。王悲痛之餘，追究當日印信之事，極為嚴厲。由諸臣改形易服，始訪出即耶奢和淨容夫人所為。王頓時大怒，立將兩人閉著鐵牢，周匝燃火燒死。這首長詩中還穿插阿育王遊死人地獄，及阿育王造生人地獄的描寫，均非常生動。下面引的是阿育王聽見太子的琴聲一段：

> 時阿育王，在高樓上，獨與夫人，而共寢寐。王子法益，止馬廄內，竟夜歌戲，鼓琴自娛。王聞琴聲，悵然意變：「宮商和雅，似吾法益。何人彈琴？響震乃爾，將非即是，吾法益耶？」夫人報曰：「此非王子，無目之士，行乞自活。乾陀越國，如釋天宮，領統西方，如日貫雲。王今時起，詣殿治正，諸臣運集，欲觀至尊。」趣欲使王，志意他念，入出慄怖，恐殃及身。王重聞音，鼓琴之聲，即便驚起，微察來嚮。顧謂左右：「此非異人，定是我子，來至此耳。咄弊婦人，不須多言！速將此人，使吾見之。」尋遣使喚，將至王所，王遙見來，自投于地。號天稱怨，心意倒錯。憂悴悲感，如彼火然。諸臣水灑，扶令起坐。正冠嚴服，而問之曰：「誰壞子目？酸毒乃爾；傷我心肝，復用活為！本如天眼，今遭此災！」悲哽斷絕。死而復蘇。復捉寶冠，而投于地。亂頭散髮，奮振天威。珠璣瓔珞，各在異處。手執利劍，告左右曰：「吾今要當，消滅天下，老舊小壯，無免吾手。石室城人，盡當茹食；人民之類，斯挑眼出。乾陀越

國，令使坵荒。坐壞吾息，清淨之目，亦當害此。吾所居
國，不問男女，皆悉挑眼。」即擲鐵輪，於空中轉，殺閻浮
內，有形之屬。父王涕零，問王子曰：「誰壞子目，乃致於
斯？令我心肝，寸斷抽絕！」觀者億數，無不哀愍。

十三、曇無讖（曇摩懺）

　　曇摩難提之入中土，是在三六五年以後，三八四年以前（前秦
建元中），至三九七年（晉安帝世）以後，到中土的大師是曇無讖
（或作「懺」），一作曇摩懺（三八五～四三三），中印度人。由龜
茲轉至姑臧（甘肅武威縣治涼都），涼主沮渠蒙遜接待甚厚，請出
經本。讖以未參土言，又無傳譯，恐言舛於理，不許即翻。遂學語
三年，方開始譯寫。（《高僧傳》卷二）無讖所譯經凡二十四部，
一百五十一卷。（《大唐內典錄》卷四）

　　無讖譯出的《佛所行讚》，與《阿育王息壞目因緣經》屬於同
樣的風格，所不同者：一是四言詩體，一是五言詩體。《佛所行讚》
係佛教大詩人馬鳴所造。全詩分二十八品，約九千三百句，凡四萬
六千多字，可說是中國文學史上第一首長詩。今以〈破魔品〉為例：

　　仙王族大仙，於菩提樹下，建立堅固誓，要成解脫道。鬼龍
　　諸天眾，悉皆大歡喜。法怨魔天王，獨憂而不悅。五欲自在
　　王，具諸戰鬥藝，憎嫉解脫者，故名為波旬。魔王有三女，
　　美貌善儀容，種種惑人術，天女中第一。第一名欲染，次名
　　能悅人，三名可愛樂，三女俱時進，白父波旬言：「不審何
　　憂慼？」父具以其事，寫情告諸女：「世有大牟尼，身被大
　　誓鎧，執持大我弓，智慧剛利箭，欲戰伏眾生，破壞我境
　　界。我一旦不如，眾生信於彼，悉歸解脫道，我土則空虛。
　　譬如人犯戒，其身則空虛。及慧眼未開，我國猶得安。當往

壞其志，斷截其橋梁。」執弓持五箭，男女眷屬俱，詣彼
吉安林，願眾生不安。見年尼靜默，欲度三有海。左手執
強弓，右手彈利箭，而告菩薩言：「汝剎利速起，死甚可怖
畏，當修汝自法，捨離解脫法。習戰施福會，調伏諸世間，
終得生天樂。此道善名稱，先勝之所行，仙王高宗胄，乞士
非所應。今若不起者，且當安汝意，慎莫捨要誓，試我一放
箭。罝羅月光孫，亦由我此箭，小觸如風吹，其心發狂亂。
寂靜苦行仙，聞我此箭聲，心即大恐怖，惛迷失本性。況汝
末世中，望脫我此箭，汝今速起者，幸可得安全。此箭毒熾
盛，慷慨而戰掉，計力堪箭者，自安猶尚難。況汝不堪箭，
云何能不驚！」魔說如斯事，迫脅於菩薩。菩薩心怡然，不
疑亦不怖。魔王即放箭，兼進三玉女。菩薩不視箭，亦不顧
三女。魔王惕然疑，心口自相語：「曾為雪山女，射魔醯首
羅，能令其心變，而不動菩薩。非復以此箭，及天三玉女，
所能移其心，令起於愛恚。當更合軍眾，以力強逼迫。」作
此思惟時，魔軍忽然集，種種各異形，執戟持刀劍，戟樹捉
金杵，種種戰鬥具。猪魚驢馬頭，駝牛兕虎形，師子龍象
首，及餘禽獸類。或一身多頭，或面各一目，或復眾多眼，
或大腹長身，或羸瘦無腹，或長腳大膝，或大腳肥蹲，或長
牙利爪，或無頭目面，或兩足多身，或大面傍面，或作灰土
色，或似明星光，或身放烟火，象耳負山，或被髮裸身，
或被服皮革，面色半赤白，或著虎皮衣，或復著蛇皮，或腰
帶大鈴，或紫髮螺髻，或散髮被身，或吸人精氣，或奪人生
命，或超擲大呼，或奔走相逐。迭自相打害，或空中旋轉，
或飛騰樹間，或呼叫吼喚，惡聲震天地。如是諸惡類，圍繞
菩提樹。或欲劈裂身，或復欲吞噉，四面放火然，烟焰盛衝

天。狂風四激起，山林普震動，風火煙塵合，黑闇無所見。
愛法諸天人，及諸龍鬼等，悉皆忿魔眾，瞋恚血淚流。（《大
藏經》卷四「本緣部」）

十四、寶雲

　　三九九年同法顯西行的寶雲，在建業六合山寺譯出的《佛本行
經》，也是一首長詩。通篇共分三十一品，譯體有時為四言，有時
為七言，而五言居大部分。今按：《佛所行讚》同《佛本行經》這兩
首長詩的譯筆，較之維祇難譯的《法句經》，法護譯的《生經》，曇
摩難提譯的《阿育王息壞目因緣經》，實大有進步。維祇難等的技
巧，每因顧及原文，失之樸拙，而曇無讖和寶雲的文字，則漸染華
靡，聲調方面亦有流暢之致。至於兩經的內容，其故事多有相同，
但描寫各不相似，如《佛本行經・降魔品》，和前面所引的〈破魔
品〉就不同，今特舉出，作一比照研究：

　　時菩薩始坐，座號金剛齊，建立金剛心，三千世界震。地神
　　喜踊躍，數數而震動，魔天見地震，疑問何故爾？魔王第
　　一臣，號名曰言辭，傾躬謙敬意，而啟白魔王：「唯王聽所
　　聞，歷劫積功德。白淨王太子，淨土修善行。今當成大道，
　　空天王欲界，欲壞所欲城，眾門戶之關。必超王界上，當度
　　勝眾生，廣開泥洹門，甘露之法輪。」魔王聞其言，情即慘
　　然坐。三女來問訊，第一女名愛，第二名志悅，第三名亂
　　樂。問王「何故愁？」王答諸女言：「彼有大仙聖，被決定
　　大鎧，手執智慧弓，無常箭射吾，欲伏吾欲界。若勝處吾
　　上。當空吾境界，今眾慢賤吾，猶如強隣王，為敵國所掠，
　　曼今故屬吾，宜廣設方便。卿等女力士，令其失本志，可往
　　施罣礙，如設水坻防。」於是魔三女，便行詣道樹，欲現其

女力，天上世間女，極現其妭媚。迷惑亂人情，來欲壞其
意，盡其盡媚巧，種種改其形，變化甚輕疾。猶如雲中電，
不停住斯須。菩薩諦計察，髮膚瓔珞飾，衣服巧為覆，猶如
聚骨舍。惡露充盈滿，解散令人驚。是何欺世間，裹以薄肌
皮。迷惑愚癡者，審諦視魔女，形體衰老悴，如花被重霜。
魔王見女老，懷恚如熾炎。即召重傍臣，令合召大軍。往固
遮釋子，今曼處吾界。未得審諦眼，宜時往壞亂。今若道成
者，儻能勝於吾。速召車馬兵，吾當自出戰。寶冠明如日，
嚴飾其頭首，來到須彌頂，即被金剛鎧。猶如日光明，如照
曜薄雲，金剛千輪車，輪各有千輻，駕以馬千匹。魔王乘寶
車，甚曠甚明曜，如日在火中，花宮一由旬。手執五利矢，
寶莖蓋如月。以迷惑世間，蓋覆數由旬。周飾七寶鈴，高幢
大開口。猶如摩竭魚，欲吞海水時。魔王如是出，將從諸魔
眾，凡有八十億。來至道樹側，菩薩坐花上，猶如梵天王。
寂滅德充盈，重光晃昱昱，如大金寶積。左手以執弓，從金
箱拔箭，便語菩薩曰：「咄起剎利種，如何故畏死，棄己帝
王位。」(《大藏經》卷四「本緣部」)

十五、劉宋以降的譯經事業

　　東晉後的劉宋，譯業亦大為發達。將近六十年中（四二○～
四七八）有外國譯經師十人，中國西行求法者五十餘人，可謂極一
時之盛。如求那跋摩（三六七～四三一）所出七部三十八卷，求那
跋陀羅所出七十七部一百六十一卷，僧伽跋摩所出七部二十七卷，
均大有貢獻於佛教。然宋以後一百一十年（四七九～五八九），外國
譯經師共十人，西行求法者絕無，南朝譯業，於是漸衰。其時北朝
由元魏至北周一百四十二年間（四三九～五八一），外國譯經師十二

人，西行求法者十六人，較之晉、宋雖有遜色，顧遠勝於劉宋後之
江左。（《歷代求法翻經錄》）

十六、北魏的譯經事業

　　北魏的外國譯經師雖僅十二人，然而都是印度人，這是可以注
意的，即這一時期的經典，都是從印度人口中傳譯過來的。當沙門
吉迦夜於魏文帝延興二年為沙門曇曜譯《大方》、《廣十地經》時，
筆受者即後來南朝大文人劉孝標。沙門曇曜者，即今大同雲崗石窟
的創造人。先是魏初太武真君七年，司徒崔浩倡毀佛法，至文成
帝，佛法又重新興起。帝禮曜為師，曜言之於帝，在京西武周山谷
石壁，開窟多所，諸龕鑱像，窮極巧麗，櫛比相連，三十餘里。
（《魏書・釋老志》）至今為世界知名雕刻藝術。沙門吉迦夜所出之
經，即在石窟。吉迦夜譯有《雜寶藏經》十卷，（《大藏經・本緣
部》）內容或為故事，或為喻言，譯文清雋簡雅，當係劉孝標的手
筆。如：

> 昔波斯匿王有一女，名曰善光，聰明端正，父母憐愍，舉宮
> 愛敬。父與女言：「汝因我力，舉宮愛敬。」女答父言：「我
> 有業力，不因父王。」如是三問，答亦如前。王時瞋忿：今
> 當試汝，有自業力無自業力。約勅左右，於此城中，覓一最
> 下貧窮乞人。時奉王教，尋便推覓，得一窮下，將來詣王。
> 王即以女善光付與窮人。王語女言：「若汝自有業力，不假
> 我者，從今以往，事驗可知。」女猶答言：「我有業力。」
> 即共窮人，相將出去。問其夫言：「汝先有父母不？」窮人
> 答言：「我父先舍衛城中，第一長者。父母居家，都已死
> 盡，無所依怙，是以窮乏。」善光問言：「汝今頗知故宅處
> 不？」答言：「知處。垣室毀壞，遂有空地。」善光便即與

夫相將，往故舍所，周歷按行，隨其行處，其地自陷，地中伏藏，自然發出。即以珍寶，雇人作舍，未盈一月，宮室屋宅，都悉成就。宮人妓女，充滿其中。奴婢僕使，不可稱計。王卒憶念我女善光，云何生活？有人答言：「宮室錢財，不減於王。」王言：「佛語真實，自作善惡，自受其報。」王女即日，遣其夫主，往請於王。王即受請，見其家內，氍毹毺𣰦，莊嚴舍宅，踰於王宮。王見此已，歎未曾有。此女自知語皆真實，而作是言：我自作此業，自受其報。王往問佛：「此女先世，作何福業？得生王家，身有光明？」佛答王曰：「過去九十一劫，有佛名毘婆尸，彼時有王名曰盤頭，王有第一夫人，毘婆尸佛，入涅盤後，盤頭王以佛舍利，起七寶塔。王第一夫人，以天冠拂飾，著毘婆尸佛像頂上。以天冠中如意珠，著於幢頭，光明照世。因發願言：使我將來身有光明，紫磨金色，尊榮豪貴，莫墮三惡八難之處。」（《雜寶藏經・波斯匿王女善光緣》）

十七、南朝之《百喻經》

南朝譯品中，富有文學小品意趣者為《百喻經》。譯者沙門求那毘地，中印度人。於宋順帝昇明三年（四七九）來至建業。至齊武帝永明十年（四九二）九月，譯出《百喻經》十卷。印度尊者僧伽斯那曾將經藏中要切譬喻，抄錄百事，及譯為齊文，謂《百喻經》。中國文學中固不乏喻言，然向無喻言專集，此在佛經中，殊不少見，特《百喻經》為其佳者。如：

昔有一人，貧窮困乏，多負人債，無以可償，即便逃避至空曠處。值篋滿中珍寶，有一明鏡著珍寶上，以蓋覆之。貧人見已，心大歡喜。即便發之，見鏡中人，便生驚怖。叉手語

言：「我謂空篋都無所有，不知有君在此篋中，莫見瞋也。」
凡夫之人，亦復如是。為無量煩惱之所窮困，而為生死魔王
債主之所纏著，欲避生死，入佛法中修行善法，作諸功德，
如值寶篋，為身見鏡之所惑亂。妄見有我，即便封著，謂是
真實。於是墮落，失諸功德。禪定、道品、無漏諸善，三乘
道果，一切都失，如彼愚人棄於寶篋，著我見者，亦復如是。

昔有一人，有二百五十頭牛，常驅逐水草，隨時餧食。時有
一虎，噉食一牛。爾時牛主即作念言：「已失一牛，俱不全
足，用是牛為？」即便驅至深坑高岸，排著坑底，盡皆殺
之。凡夫愚人，亦復如是。受持如來具足之戒，若犯一戒，
不生慚愧，清淨懺悔，便作念言：「我已破一戒，既不具
足，何用持為？」一切都破，無一在者，如彼愚人，盡殺群
牛，無一在者。（《大藏經》卷四「本緣部」）

第二節　佛典翻譯的文體

　　自漢末至南北朝四百餘年中，佛典文學的歷史，已略述於上。
今所注意者，為佛典翻譯的文體。為要明白此種文體之形成，必先
明白當時翻譯的方法。今吾人翻譯異國文字，其方法為一面默讀原
文，一面即寫成華語，是以一人之力而不假借他人。至於佛典翻
譯，其方法及形式，與今人完全不同。蓋印度佛經沒有寫本，皆憑
口傳，如《分別功德論》卷上云：「外國法師徒相傳，以口授相付，
不聽載文。」又道安《疑經錄》云：「外國僧法學，皆跪而口受，同
師所受，若十、二十轉，以授後學。」法顯《佛國記》云：「法顯
本求戒律，而北天竺諸國，皆師師口傳，無本可寫。」*由此知道佛

---

* 以上資料轉引自梁啟超〈翻譯文學與佛典〉。〔編者註〕

經沒有寫本，故翻譯過來，必須經過幾種手續。如《高僧傳》卷一云：

> 《阿毘曇毘婆沙》……請譯梵文，遂共名德法師釋道安等，集僧宣譯。（僧伽）跋澄口誦經本，外國沙門曇摩難提筆受為梵文，佛圖羅剎宣譯，秦沙門敏智筆受為晉本。

足見一經之譯出，非若干人不為功。當譯經風氣盛行時，而有大規模的譯場組織。此種譯場由私人或團體組成者，若東晉慧遠所組織的廬山般若臺，陳代富春之陸元哲宅。而由國家設立者尤多，若姚秦時長安之逍遙園，北涼時姑臧之閑豫宮，東晉時建業之道場寺，劉宋時建業之祇洹寺。至於譯場人員之分工，共為七種：（一）譯主，（二）筆受，（三）度語，（四）證梵，（五）潤文，（六）證義，（七）總勘。每譯一書，皆經過如此繁難之手續，蓋具有宗教的熱情，始有此種謹嚴之態度。[30]

關於佛典翻譯文體之研究，最早者為道安，安製〈摩訶鉢羅若波羅蜜經抄丁寧序〉（《出三藏記集》卷八）有「五失本」、「三不易」之說，所見甚精，如云：

> 譯胡為秦，有五失本也。一者，胡語盡倒，而使從秦，一失本也。二者，胡經尚質，秦人好文，傳可眾心，非文不合，斯二失本也。三者，胡經委悉，至於嘆詠，叮嚀反復，或三或四，不嫌其煩。而今裁斥，三失本也。四者，胡有義記，正似亂辭，尋說向語，文無以異，或千五百，刈而不存，四失本也。五者，事已全成，將更傍及，反騰前辭已，乃後說而悉除，此五失本也。然《般若經》，三達之心，覆面所

演，聖心因時，時俗有易。而刪雅古以適今時，一不易也。
愚智天隔，聖人叵階，乃欲以千歲之上微言，傳使合百王之
下末俗，二不易也。阿難出經，去佛未久，尊（者）大迦葉
令，五百六通，迭察迭書。今離千年，而以近意量裁。彼阿
羅漢乃兢兢若此，此生死人而平平若此，豈將不知法者勇
乎！斯三不易也。涉茲五失經、三不易，譯胡為秦，詎可不
慎乎？[31]

後世之談譯學者，皆以此為準的。今復分為數點觀之：

第一：初期翻譯，但以意為主，文字如何，皆非所顧及。晚漢
譯風，便是「棄文存質，深得經意」。（見前引《大唐內典錄》卷一
論竺佛朔處）道安〈大十二門經序〉云：「世高出經，貴本不飾。
天竺古文，文通尚質。倉卒尋之，時有不達。」僧肇〈維摩詰經序〉
云：「支（謙）、竺（法護）所出，理滯於文。」[32]惟求其信，甚至
不達，足知當時譯者，純是直譯。

第二：直譯手法以外，便是意譯。道安引趙政（文業）語論
意譯之弊云：「昔來出經者，多嫌胡言方質，而改適今俗，此政
所不取也。何者？傳胡為秦，以不閑方言，求知辭趣耳，何嫌文
質？……經之巧質，有自來矣。唯傳事不盡，乃譯人之咎耳。」
（《出三藏記集》卷十〈鞞婆沙序〉）又云：「大法東流，其日未
遠，我之諸師，始秦受戒，又乏譯人，考校者尟。先人所傳，相承
謂是。……考前常行世戒，其謬多矣。或殊文旨，或粗舉意，……
意常恨之。……將來學者，審欲求先聖雅言者，宜詳覽焉。諸出為

---

31 〈胡漢譯經文字音義同異記〉云：「義之得失，由乎譯人。辭之質文，繁於執筆。或
　善胡義而不了漢旨，或明漢文而不曉胡意。雖有偏解，終隔圓通。若胡、漢兩明，
　意義四暢，然後宣述經奧，於是乎正。」《出三藏記集》卷一引。
32 僧肇為羅什譯《維摩詰經》所作序文，參《出三藏記集》卷八。

秦言，便約不煩者，皆蒲萄酒之被水者也。」(《出三藏記集》卷十一〈比丘大戒序〉)意譯之病，即係牽就文辭，歪曲原文，「蒲萄酒之被水者」之喻，甚為精妙。[33]

第三：辭意均能顧及者，如支敏度稱支謙譯文云：「季世尚文，時好簡略，故其出經，頗從文麗。然其屬辭析理，文而不越，約而義顯，真可謂深入者也。」(《出三藏記集》卷七引〈合首楞嚴經記〉)斯蓋能信、達、雅者。大師鳩摩羅什並言：「天竺國俗，甚重文製。……改梵為秦，失其藻蔚，雖得大意，殊隔文體。有似嚼飯與人，非徒失味，乃令嘔噦也。」(《高僧傳》卷二)道安意以為與其失旨，不如直譯；羅什則以為文藻與原意，同時並重，此固翻譯手法之上乘者。

第四：譯者與原文亦常加以刪節，或不拘原文體製，此種辦法，看似不忠於原文，然亦有原因。胡適云：「印度人著書最多繁複，正要有識者痛加刪節，方才可讀。」[34]《大唐慈恩寺三藏法師傳》卷十云：顯慶「五年春正月一日，起首翻《大般若經》，經梵本總有二十萬頌，文既廣大，學徒每請刪略，法師將順眾意，如羅什所翻，除繁去重。」(《大藏經》卷五十「史傳部」)《高僧傳》記載：羅什臨終與眾別曰：「唯《十誦》一部，未及刪煩。」足見其所譯《十誦》以外的經典，都經過刪繁了。陳寅恪云：「今《大莊嚴經論》譯本卷十末篇之最後一節，中文較梵文原本為簡略。而卷十一首篇之末節，則中文全略而未譯；此刪去原文繁重之證也。」(〈童受喻鬘論梵文殘本跋〉)陳氏又據《喻鬘論》而知有本為散文者，而譯文為偈體；有本為偈體者，復譯為散文；此又不拘原文體製也。

---

33 《出三藏記集》卷十引〈僧伽羅剎集經後記〉云：「常疑西域言繁質，謂此土好華，每存瑩飾，文句減其繁長。安公(道安)、趙郎(趙政)之所深疾，窮挍考定，務在(註云：在＝存)典骨。既方俗不同，許其五失胡本，出此以外，毫不可差。」
34 胡適《白話文學史》第九章。

第五篇　唐代篇

第一章 唐代士風與文學

第一節 唐初的風氣

奠定唐三百年帝業的太宗李世民，十八歲便隨父親李淵在軍中，從事於激烈的戰爭，三十歲即承繼大統作了皇帝。當他二十多歲為秦王時，便立下了不可一世的武功，同時還「銳意經籍，開文學館以待四方之士，行臺司勳郎中杜如晦等十有八人為學士，每更置閣下，降以溫顏，與之討論經義，或夜分而罷。」（《舊唐書》卷二〈太宗本紀〉）所謂十八學士者，為杜如晦、房玄齡、于志寧、蘇世長、薛收、褚亮、姚思廉、陸德明、孔穎達、李玄道、李守素、虞世南、蔡允恭、顏相時、許敬宗、薛元敬、蓋文達、蘇勗等。（《舊唐書》卷七二〈褚亮傳〉）這十八人不是出身於南北朝的世家大族，便是出身於世代顯貴之家，在當時都是有極高社會地位的人。其中如薛收是薛道衡之子，姚思廉是姚察之子，又都是文學世家。而虞世南在陳時，為文即祖述徐陵，陵亦言世南文能得其意。（《舊唐書》卷七二本傳）不在十八學士之列的則有袁朗、令狐德棻、李延壽、顏師古、庚抱等，同是知名於前代的文士，其地位也不下於十八學士。

這些身列新朝的陳隋文人，對於新帝國的文學，卻沒有足與新帝國的精神相配合的貢獻，他們所帶來的只是六朝的遺緒而已。而一代英主李世民，雖說愛好文學，所作的〈帝京篇〉也還有些氣

象，究竟脫不了六朝的風習，未能給他的新帝國灌注以新的精神。[1*]

　　太宗死，高宗即位，武則天專權，上官婉兒參與宮廷政治。婉兒為上官儀的孫女，儀是承襲六朝風尚的五言詩人，其詩以綺錯婉媚為主，時人謂為上官體。(《舊唐書》卷八十本傳) 儀死時，婉兒尚在襁褓，然婉兒後來的詩風，猶沿其祖的風格。當她被武則天所親倖時，居然挾宮廷勢力，領袖詩壇，但她所倡導的，仍是宮體遺風。《舊唐書・上官婉兒傳》云：

> 婉兒常勸廣置昭文學士，盛引當朝詞學之臣，數賜遊宴，賦詩唱和。婉兒每代帝及后、長寧、安樂二公主，數首並作，辭甚綺麗，時人咸諷誦之。

而這種宮廷的浪漫生活，與陳後主同一群狎客們飲酒賦詩的情調，已無二致。

> 中宗正月晦日幸昆明池賦詩，群臣應制百餘篇，悵殿前結綵樓，命昭容 (婉兒) 選一首為新翻御製曲，從臣悉集其下，須臾紙落如飛，各認其名而懷之。既進，唯沈、宋二詩不下。又移時，一紙飛墜，競取而觀，乃沈詩也。及聞其評曰：「二詩工力悉敵。沈詩落句云：『微臣彫朽質，羞覩豫章材。』蓋詞章已竭。宋詩云：『不愁明月盡，自有夜珠來。』猶陟健舉。」沈乃伏，不敢復爭。(《唐詩紀事》卷三)

> 則天幸洛陽龍門，令從官賦詩，左史東方虬詩先成，則天以

---

1 《困學紀聞》卷十四云「鄭毅夫謂唐太宗功業雄卓，然所為文章纖靡浮麗，嫣然婦人小兒嘻笑之聲，不與其功業稱，甚矣淫辭之溺人也。」毅夫名獬，宋神宗朝翰林學士，《宋史》三二一卷有傳。

* 臺先生此章曾以〈論唐代士風與文學〉為題發表於臺灣大學《文史哲學報》第十四期，此註語乃論文中之註釋。手稿未見，迻錄於此。〔編者註〕

> 錦袍賜之，及之問詩成，則天稱其詞愈高，奪虬錦袍以賞
> 之。(《舊唐書》卷一九〇〈宋之問傳〉)

以賦詩為逸樂，以詩人為倡優，直是陳後主、隋煬帝的遺風；而宋
之問、沈佺期兩大詩人，竟恬然自居於弄臣之列，此唐初詩人猶在
六朝士風影響之下，故不以較優劣於妃妾之前為可恥。

　　於是公主出嫁，詩人們也得充當吹鼓手，隨同侍候。如武三思
的兒子武崇訓娶安樂公主時，武三思竟令「宰臣李嶠、蘇味道，詞
人沈佺期、宋之問、徐彥伯、張說、閻朝隱、崔融、崔湜、鄭愔等
賦〈花燭行〉以美之。」(《舊唐書》卷一八三〈武承嗣傳〉)而安
樂公主「恃寵驕恣，賣官鬻獄，勢傾朝廷。」「又廣營第宅，侈靡
過甚，長寧及諸公主，迭相倣效，天下咸嗟怨之。」(《舊唐書》卷
五一〈中宗和思皇后傳〉)雖淫侈如此，詩人也得作詩歌頌。如沈佺
期〈安樂公主莊〉詩云：

> 皇家貴主學神仙，別業初開雲漢邊。山出盡如鳴鳳嶺，池成
> 不讓飲龍川。粧樓翠幌教春住，舞閣金鋪借日懸。景從乘輿
> 來此地，稱觴獻壽樂鈞天。

這種詩有什麼內容呢？既無諷刺，又無情志，除了辭藻浮夸，別無
所有，然而這便是初唐應制詩的正格。又宋之問〈陪幸公主南莊〉
詩云：

> 青門路接鳳凰台，素滻宸遊龍騎來。澗草自迎香輦合，巖花
> 應對御筵開。文移北斗成天象，酒近南山作壽杯。此日侍臣
> 將石去，共歡明主賜金迴。

李嶠、沈佺期均有〈幸太平公主南莊〉詩，之問此詩應是同時所作；
據《唐詩紀事》注云：「之問〈薦福寺〉、〈昆明池〉及此作，都為

冠首。」（卷十一）然此作與沈佺期的〈安樂公主莊〉詩同樣的浮豔而無可取，如「此日侍臣將石去，共歡明主賜金迴」，這是多麼卑鄙可笑。又，《舊唐書》卷一八三〈武承嗣傳〉云：

> （安樂）公主產男滿月，中宗、韋后幸其第，就第放赦，遣宰臣李嶠、文士宋之問、沈佺期、張說、閻朝隱等數百人，賦詩美之。

公主生孩子，也算大典，居然動員詩人數百人之多，齊來歌頌。正因李唐帝國經太宗銳意經營以後，天下無事，宮廷上下遂以淫樂為務，六朝宮體詩風，頓時復活起來。

詩人既以所作娛樂人主，而人主也因之特加倡導，於是學梁武帝故事，而有類書之編撰。《舊唐書》卷八六〈孝敬皇帝弘傳〉云：

> 龍朔元年，命中書令太子賓客許敬宗、侍中兼太子右庶子許圉師、中書侍郎上官儀、太子中舍人楊思儉等於文思殿，博採古今文集，摘其英詞麗句，以類相從，勒成五百卷，名曰：《瑤山玉彩》。

武則天又以她的幸臣張昌宗主編《三教珠英》。《舊唐書》卷七八〈張行成傳〉云：

> （武則天）以昌宗醜聲聞於外，欲以美事掩其迹，乃詔昌宗撰《三教珠英》於內。乃引文學之士李嶠、閻朝隱、徐彥伯、張說、宋之問、崔湜、富嘉謨等二十六人，分門撰集，成一千三百卷上之。

這些文學之士，都是當時的作家，同時又是張易之的私人。「易之、昌宗皆粗能屬文，如應詔和詩，則宋之問、閻朝隱為之代作。」後來二張被誅，「朝官房融、崔神慶、崔融、李嶠、宋之問、杜審

言、沈佺期、閻朝隱等皆坐二張竄逐，凡數十人。」（《舊唐書》卷
七八〈張行成傳〉）二張之卑汙，本是當時天下人所共指，而一般大
文人皆奔走其門下，甘心供其驅使，唐代初年的士風，於此可以想
見了。又如：

> （李）迴秀雅有文才，飲酒斗餘，廣接賓朋，當時稱為風流之
> 士。然頗託附權倖，傾心以事張易之、昌宗兄弟，由是深為
> 謹正之士所譏。俄坐贓出為盧州刺史。（《舊唐書》卷六二
> 〈李大亮傳〉）

> （顏師古）貞觀七年，拜祕書少監，專典刊正所有奇書難
> 字，……是時多引後進之士為讎校，師古抑素流，先貴勢，
> 雖富商大賈亦引進之，物論稱其納賄，由是出為郴州刺史。
> （《舊唐書》卷七三〈顏師古傳〉）

> 義玄少愛章句之學，五經大義，先儒所疑音韻不明者，兼採
> 眾家，皆為解釋，傍引證據，各有條疏。……高宗之立皇后
> 武氏，義玄協贊其謀，及長孫無忌等得罪，皆義玄承中旨繩
> 之。（《舊唐書》卷七七〈崔義玄傳〉）

大學者如顏師古，經師如崔義玄，以及共推為「風流之士」的李迴
秀，皆依附權勢，貪汙納賄，以至如此。顏、崔兩人同是服膺儒學
的大師，而儒家的出處之義，絲毫沒有影響他們，竟將學與行當作
兩回事。何以發生這種現象？一則由於六朝詩人現實的享樂主義，
久成風氣，故每多無行，而有風骨者甚少。二則李唐建國之初，並
不重視骨鯁之士，即如秦王府的十八學士，皆是六朝末年的豪彊，
利用這種人的社會地位作號召則有餘，而希望他們樹立新政權的新
風氣，則是不可能的。尤以三百年來所未有的統一的新帝國，王公

顯貴生活的豪侈，權勢的宣赫，一般文士既素無出處的觀念，自易向之低頭。故王船山云：「唐以功立國，而道德之旨，自天子以至於學士大夫，置不講焉。」（《讀通鑑論》卷二二）其實當時人又何嘗不知這一群文士的無行？例如武則天為求人才向狄仁傑說：「朕要一好漢任使，有乎？」仁傑曰：「陛下作何任使？」則天曰：「朕欲待以將相。」對曰：「臣料陛下若求文章資歷，今之宰臣李嶠、蘇味道亦足為文吏矣；豈非文士齷齪，思得奇才用之，以成天下之務者乎？」則天悅曰：「此朕心也。」（《舊唐書》卷八九〈狄仁傑傳〉）狄仁傑所謂「文士齷齪」，真是看透了當時文士的人格。

第二節　進士科與士風

　　武則天理想中的將相之才，既不屬於一般的文士而是另一種所謂「好漢」，足見她早已看出當時文士之齷齪。然她又何以特重進士科，而以此為選拔人才的標準？據陳寅恪云：

> 李唐皇室者唐代三百年統治之中心也，自高祖、太宗創業至高宗統御之前期，其將相文武大臣大抵承西魏、北周及隋以來之世業，即宇文泰「關中本位政策」下所結集團體之後裔也。自武曌主持中央政權之後，逐漸破壞傳統之「關中本位政策」，以遂其創業垂統之野心。……蓋進士之科雖創於隋代，然當日人民致身通顯之塗徑並不必由此，及武后柄政，大崇文章之選，破格用人，於是進士之科為全國干進者競趨之鵠的。（《唐代政治史述論稿》上篇）

所謂「關中本位政策」的人才性質，大抵以經術門第為主，武后則以文章代經術，以進士科推倒東晉以來世族門第的積習。故陳氏云：「唐代貢舉名目雖多，大要可分為進士及明經二科：進士科主

文詞，高宗、武后以後之新學也；明經科專經術，兩晉、北朝以來之舊學也。」（《唐代政治史述論稿》中篇）武后以後，繼承之君，人才之選，均以進士科為主，自此社會不復重視明經，而讀書人的觀念及社會的風氣，因之大為轉變。唐人沈既濟曾慨乎言之：

> 初國家自顯慶以來，高宗聖躬多不康，而武太后任事，參決大政，與天子並。太后頗涉文史，好雕蟲之藝，永隆中始以文章選士，及永淳之後，太后君臨天下二十餘年，當時公卿百辟無不以文章達，因循邅久，寖以成風。至於開元、天寶之中，……太平君子唯門調戶選，徵文射策，以取祿位，此行己立身之美者也。父教其子，兄教其弟，無所易業，大者登臺閣，小者仕郡縣，資身奉家，各得其足，五尺童子恥不言文墨焉。是以進士為士林華選，四方觀聽，希其風采，每歲得第之人，不浹辰而周聞天下，故忠賢雋彥韞才毓行者，咸出於是。而桀姦無良者或有焉，故是非相陵，酬稱相騰，或扇結鈎黨，私為盟酬，以取科第，而聲名動天下；或鈎摭隱匿，嘲為篇詠，以列於道路，迭相談訾，無所不至焉。（《通典》卷十五〈選舉三〉）

沈既濟死時為貞元年間，上距武則天朝約有一百餘年，在此一百餘年中，政治社會的風氣完全以進士科為中心。不僅此一百餘年如此，即終唐之世亦莫不如此。進士既是當時新興的特殊階級，自然成為競爭者的目標，競爭越多，獲得越難。《通典》卷十五〈選舉三〉云：「開元以後，四海晏清，士無賢不肖，恥不以文章達，其應詔而舉者，多則二千人，少猶不減千人，所收百纔有一。」這種百分之一的機會，能獲中的當然是天之驕子，而被當時社會所重視，也是必然的現象。

（進士）遍曲江大會，則先牒教坊，請奏上御紫雲樓垂簾觀
焉。……公卿家率以其日揀選東床，車馬填塞。（王定保
《唐摭言》卷三〈散序〉）

進士杏園初會，謂之探花宴，以少俊二人為探花使，遍遊名
園，若他人先折得名花，則二人被罰。（陳耀文《天中記》
卷三八，錄自《秦中記》）

當代以進士登科為登龍門，釋褐，多拜青紫，十數年間，擬
跡廟堂。（封演《封氏聞見記》卷三）

在這樣的風氣之下，故「縉紳雖位極人臣，不由進士者，終不為
美。」（王定保《唐摭言》卷一〈散序進士〉）進士既以詞科出身，
而不出於經術，於是舉動浮華，放蕩不羈，出入妓院，以為風流，
遂至以娼妓生活為文學主題，雖大詩人若李白、李商隱、杜牧皆不
能免此。

長安平康坊，妓女所居之地，京師俠少，萃集於此。兼每年
新進士，以紅箋名紙，遊謁其中，時人謂此坊為風流藪澤。
（王仁裕《開元天寶遺事》）

自大中皇帝（八四七～八五九）好儒術，特重科第，故其愛
婿鄭顥事再掌春闈，上往往微服長安中，逢舉子則狎而與之
語，時以所聞，質於內庭，學士及郡尉皆聳然莫知所自。故
進士自此尤盛，曠古無儔。然率多膏粱子弟，平進歲不及三
數人，由是僕馬豪華，宴遊崇侈，以同年俊少者為兩街探花
史，鼓扇輕浮，仍歲滋盛。……京中飲妓，籍屬教坊，凡朝
士宴聚，須假諸曹署行牒，然後能致於他處；惟新進士設宴
顧吏，故便可行牒，追其所贈之資，則倍於常數。諸妓居平

> 康里，舉子、新及第進士，三司幕府但未通朝籍，未直館殿
> 者，咸可就詣。（孫棨《北里志・序》）

娼妓既為唐代文士生活一部分，故唐代文士表現於文學方面的浪漫
情調，大都是娼妓生活的反映。由於唐代特重進士科，使文士與娼
妓形成了極密切的關係。

當時科舉有一種風氣，即應進士科的舉人，得先將其所作詩文
投獻主司以自薦，是謂「行卷」，這種「行卷」的作用，雖說是憑自
家作品以求知音，其實則是營緣奔競的結習。宋趙彥衛《雲麓漫鈔》
卷八云：

> 唐之舉人，先藉當世顯人，以姓名達之主司，然後以所業投
> 獻；踰數日又投，謂之溫卷。如《幽怪錄》、《傳奇》等皆是
> 也。蓋此等文備眾體，可以見史才、詩筆、議論。至進士則
> 多以詩為贄，今有唐詩數百種行於世者是也。

近人論唐代傳奇之所以盛行，以及陳寅恪論〈長恨歌〉與〈崔鶯鶯
傳〉的文體，皆以為與當時流行的「行卷」有關。可是主司必得接
閱所有舉人的「行卷」，也就不勝其苦，因而不免有笑話發生了。
如：

> 劉允章侍郎主文年，榜南院曰：「進士納卷，不得過三軸。」
> 劉子振聞之，故納四十軸。

> 薛保遜好行巨編，自號「金剛杵」。太和中，貢士不下千餘
> 人，公卿之門，卷軸填委，率為闇壚脂燭之費。因之平易者
> 曰：「若薛保遜卷，即所得倍於常也。」

> （鄭）光業弟兄共有一巨皮箱，凡同人投獻，辭有可嗤者，即
> 投其中，號曰「苦海」。昆弟或從容用咨諧戲，即用二僕舁

> 「苦海」於前，人閱一編，靡不極歡而罷。（以上並見《唐摭
> 言》卷十二）

這種風習，至五代之時依然流行，自然也就有所限制。宋陳鵠《西
塘集耆舊續聞》卷八云：

> 後唐明宗，公卿大僚皆唐室舊儒，其時進士贄見前輩，各以
> 所業，止投一卷至兩卷，但於詩賦歌篇古調之中，取其最精
> 者投之，行兩卷，號曰「雙行」，謂之多矣。故桑魏公維翰
> 只行五首賦，李相愚只行五首詩，便取大名以至大位，豈必
> 以多為貴哉！

這樣看來，「行卷」對於當時舉人與進士的前途，該是多麼重要。然
而，要能不被權充脂燭之費或投入苦海之中，也是極難之事。即如
大詩人白居易，也曾被人揶揄。《唐摭言》卷七云：

> 白樂天初舉，名未振，以詞詩謁顧況，況謔之曰：「長安百
> 物貴，居大不易。」及讀至〈賦得原上草送友人〉詩曰：
> 「野火燒不盡，春風吹又生。」況歎之曰：「有句如此，居天
> 下有甚難？老夫前言戲之耳。」

因此，投卷者為求所投之行卷不致被充作脂燭或投入苦海，只有從
文體與內容方面下功夫，於是極力避免通常的文體和內容，好使閱
者打開卷軸後能欣然讀竟，而文體若為傳奇小說，那是最容易引人
入勝了。況「此等文備眾體，可以見史才、詩筆、議論」，閱者更可
從多方面觀察投卷者的能力。是「行卷」原為士人的敲門磚，而新
文體又賴之以產生。

　　由於舉人、進士投獻行卷的風習，影響已成名的文士也將其
作品投獻於顯貴之前，以邀名譽，或希結託。故在唐人文集中，通

常所能看到投獻詩文的書簡，往往辭意卑微，不免齷齪，而在當時人看來，原是一般風習，也就不足為怪了。即如自命身負周、孔道統的韓愈，獻書投文，在他也是慣技。如當時極為橫暴的京兆尹李實，其人「恃寵強愎，不顧文法，人皆側目」，（《舊唐書》卷一三五）而韓愈也免不了向他上書投文。足見這種風氣的普遍，雖賢者也不以為恥。至於這種風氣的形成，當然是由於科舉制度的關係。

第三節　文士與朋黨

唐代文士之不重視操守，初因承六朝遺風，只知以文學奉事主子，無所謂出處之義，後來武則天特重進士科，使文士更加傾向於富貴的追求。就前所引述，已可見其大概。文士既以富貴為生活的目的，勢必依附權貴，甘為羽翼，故有唐一代文士，往往皆有朋黨關係。肅宗初年楊綰曾條奏貢舉之弊曰：

> 進士加雜文，明經填帖，從此積弊，浸轉成俗。幼能就學，皆誦當代之詩；長而博文，不越諸家之集。遞相黨與，用致虛聲。六經則未嘗開卷，三史則皆同掛壁。況復徵以孔門之道，責其君子之儒者哉？祖習既深，奔競為務，矜能者曾無愧色，勇進者但欲凌人；以毀謗為常談，以向背為己任。投刺干謁，驅馳於要津；露才揚己，喧騰於當代；古之賢良方正，豈有如此者乎？朝之公卿以此待士，家之長老以此垂訓，欲其返淳樸，懷禮讓，守忠信，識廉隅，何可得也？（《舊唐書》卷一一九〈楊綰傳〉）

楊綰所指責的猶是開元、天寶年間的士風，其後互結黨與，更加劇烈。其實唐初年皇室的黨與之爭，給後來文士的啟示甚大，如高祖

武德初年隱太子與秦王、齊王相傾，皆爭致朝臣，以為輔助，隱太子方面有魏徵、歐陽詢等，秦王則有十八學士等。（《新唐書》卷二〇一〈袁朗傳〉）到了太宗朝，濮王泰欲奪皇太子承乾儲位，貞觀十七年太宗幽濮王泰詔曰：「承乾懼其凌奪，泰亦日增猜阻，爭結朝士，競引凶人，遂使文武之官，各有託附，親戚之內，分為朋黨。」先是「太宗以泰好士愛文學，特令就府別置文學館，任自引召學士。」（《舊唐書》卷七六〈濮王泰傳〉）足見濮王泰之所為，正是太宗為秦王時之所為；而朝臣學士之趨承，又何嘗不是效法秦王十八學士的依附。所以說唐代初年皇室的黨爭，啟示了後來文士對於權勢的趨附。到了武則天朝，此風更盛，如太平公主、安樂公主各有一批文士為之黨與，就是武后的倖臣張易之、張昌宗門下也有一部分文士供其驅使，並命畫工畫了李嶠、蘇味道、李迥秀等十八人號為「高士圖」，隱擬太宗的十八學士。（《舊唐書》卷九十〈朱敬則傳〉）然黨爭最烈、被捲入的大文士最多的，莫過於貞元末年的王叔文及元和初年發生的牛僧孺與李德裕的黨爭。叔文黨與的活動為時甚短，牛李之爭，為時甚長，而影響於朝局亦甚大。

　　順宗時，韋執誼為相，王叔文用事。先是順宗為太子時，叔文直東宮，頗為太子所重。「宮中之事，倚之裁決。每對太子言，則曰：『某可為相，某可為將，幸異日用之。』密結當代知名之士而欲僥倖速進者，與韋執誼、陸質、呂溫、李景儉、韓曄、韓泰、陳諫、柳宗元、劉禹錫等十數人，定為死交。」及德宗死，太子即位，韋執誼為相，即由於叔文的力量。於是朝廷政事皆由叔文主決斷，劉禹錫、柳宗元等則為之採聽外事。然為時僅有數月，叔文敗，禹錫、宗元等均被貶謫。（《舊唐書》卷一三五〈王叔文傳〉）叔文出身寒素，其能用事，雖云受知於順宗，實則勾結宦官李忠言、美人牛昭容，乘機以取政權。此種銳進，固使當時朝廷舊臣為

之側目，而其黨與又屬新進之士如禹錫、宗元輩。叔文待兩人尤厚，視禹錫為宰相器，於宗元則欲大用之，且引兩人入禁中，與之圖議，言無不從。（《舊唐書》卷一六〇〈劉禹錫柳宗元傳〉）終因王叔文的政治基礎不穩固，禹錫、宗元遂被牽連。《舊唐書》論兩人云：

> 貞元、太和之間，以文學聳動搢紳之伍者，宗元、禹錫而已。其巧麗淵博，屬辭比事，誠一代之宏才。如俾之詠歌帝載，黼藻王言，足以平揖古賢，氣吞時輩。而蹈道不謹，昵比小人，自致流離，遂隳素業，故君子群而不黨，戒懼慎獨，正為此也。

這種庸俗的批評，甚不公平。要知王叔文的政治集團，對於當時政治並非沒有一種革新的趨向。據《順宗實錄》及《通鑑》的記載，叔文黨貶李實，罷進奉，廢宮市，放宮女，詔追陽城陸贄的措施，可以看出他們的抱負，是要掃除歷朝的積弊，要給腐敗的朝政易以清明的氣息。只因官僚積習太深，王叔文的政治基礎又不穩固，致使這一新興勢力，不得不歸於失敗；而我們文學史上的兩大作家，也就犧牲於這樣的朋黨之中了。

　　王叔文以後，便是相持四十年之久的牛僧孺與李德裕的黨爭。先是憲宗元和三年（八〇八）牛僧孺、李宗閔對策，指陳時政之失，言甚鯁直，時李德裕之父吉甫為相，深惡之。牛李之黨爭，即萌生於此時。於是李德裕、李紳、元稹為一派系，李逢吉、牛僧孺、李宗閔為一派系，彼此又勾結太監以為之助，「因是列為朋黨，皆挾邪取權，兩相傾軋，自是紛紜排陷，垂四十年。」故文宗云：「去河北賊非難，去此朋黨實難。」（《舊唐書》卷一七六〈李宗閔傳〉）足見兩派的鬥爭，雖皇帝也莫可奈何。至於兩黨的社會背

景，據沈曾植云：「唐時牛李兩黨以科第而分，牛黨重科舉，李黨
重門第。」（張爾田《玉谿生年譜會箋》卷三「大中二年」下引）陳
寅恪之〈唐代政治史述論稿〉對此問題闡發最為精審，他以為牛、
李之對立，其根本在兩晉北朝以來的山東士族，與唐高宗、武則天
之後，由進士詞科進用的新興階級兩者互不相容；山東士族以經術
為主，進士科以詞采為主，故李德裕以進士為浮薄而抑退之，其所
獎拔之孤寒，則是沒落的山東士族。牛黨則利用進士科的座主與同
門的關係，廣結黨與，遂形成為當時的新興階級，以與山東之士族
相抗衡。因此互有勝負，迭為升沉，以至綿延幾十年之久。

　　兩黨中都有大詩人參與，李黨有元稹、李商隱，稹是李黨的鉅
子，商隱本受知於牛黨的令狐楚，後來為李黨王茂元的女婿，迨楚
子綯得勢後，商隱遂困頓終身。牛黨則有杜牧。據此則知當時熱衷
仕進的文士，往往攀附於兩黨以求顯達，而兩黨勢若水火，絕不相
容。如李宗閔與牛僧孺同知政事時，「凡德裕之黨皆逐之」。（《舊
唐書》卷一七六〈李宗閔傳〉）而德裕得勢時對於牛黨亦復如此。可
是兩黨並沒有中心的政治思想，只是權勢的爭奪，惟其權勢所在，
為禍為福，勢同騎虎，必須作殊死戰。然也有周旋於兩黨之間的，
《舊唐書》卷一六六〈白居易傳〉云：「大和已後，李宗閔、李德裕
朋黨事起，是非排陷，朝升暮黜，天子亦無如之何。楊穎士、楊虞
卿與宗閔善，居易妻，穎士從父妹也。居易愈不自安，懼以黨人見
斥，乃求致身散地，冀於遠害，凡所居官，未嘗終秩，率以病免，
固求分務。識者多之。」[2]觀此似居易怕被牽入宗閔黨，因求居閒散
之地以遠禍，然居易既與元稹為至交，又與牛僧孺為詩友，（見〈牛
僧孺傳〉）故謂其周旋於兩黨之間也。

---

2 按：《舊唐書》卷七六〈楊虞卿傳〉，虞卿有從兄名汝士，汝士有弟名魯士，魯士原
　名殷士，未有稱穎士者。是穎士或為汝士、殷士之誤。《新唐書》中，〈白居易傳〉
　刪去穎士，但云「楊虞卿與居易姻家」。

　　總之，熱衷仕進，原是唐代文士一貫的精神，朋黨之爭，又是自然的趨勢，故牛李黨爭最烈的時代，一般文士大有「非楊即墨」的現象，吾人研究唐代文士，不可不先了解他們的政治性。[3][*]

3　北宋范祖禹云：「漢之黨尚風節，故政亂於上，而俗清於下，及其亡也，人猶畏義而有不為；唐之黨趨勢利，勢窮利盡而止，故其衰季，士無操行。」（《唐鑑》卷十九）漢、唐之黨不能相提並論者，實以「風節」與「勢利」為分野，前者基於國家政治的抱負，後者基於個人利祿的獲得。其後，王應麟也說：「漢黨錮以節義，羣而不黨之君子也；唐朋黨以權利，比而不周之小人也。漢之君子，受黨之名，故其俗清；唐之小人，行黨之實，故其俗弊。」（《困學紀聞》卷十四）此據孔子的說法以評唐之朋黨，未免失之於苟，因為牛李兩黨並非盡是小人，只以兩黨為的是權勢之爭，終至不擇手段，不得不「因私以害公」了。（范祖禹《唐鑑》語）

*　此註語乃臺先生論文〈論唐代士風與文學〉（發表於臺灣大學《文史哲學報》第十四期）中之註釋。手稿未見，迻錄於此。〔編者註〕

第二章　唐代古文與傳奇的發展

第一節　古文

　　以韓愈、柳宗元為代表的古文，是對六朝駢體文的大革命，而其影響直到清代的桐城派，其勢力不可說不大。但究竟古文的性質如何，不得不先有一些認識。《舊唐書》卷一六〇〈韓愈傳〉云：

> 大曆、貞元之間，文字多尚古學，效揚雄、董仲舒之述作，而獨孤及、梁肅最稱淵奧，儒林推重，愈從其徒游，銳意鑽仰，欲自振於一代。

> 常以為魏晉已還，為文者多拘偶對，而經誥之指歸，遷、雄之氣格，不復振起矣。故愈所為文，務反近體，抒意立言，自成一家新語。

據此，則知所謂古文，它的內容是「經誥之指歸」，它的形式是「遷、雄之氣格」；這是歷史家對於古文的觀念。而韓愈〈與馮宿論文書〉及〈答劉正夫書〉，論其所謂古文即舉司馬相如、司馬遷、劉向、揚雄為依歸；又柳宗元〈答韋珩示韓愈相推以文墨事書〉亦云：「退之所敬者，司馬遷、揚雄。遷於退之，固相上下」，「他文過雄遠甚」。足見歷史家的觀念與韓、柳所自述亦相符合。然韓愈並未從事兩司馬那樣的著述，至於「經誥之指歸」也談不上。不過以「遷、雄之氣格」寫其碑傳文而已。要知這一派文體最大的成就，便是碑傳文，而碑傳文之作，又必得襲取司馬遷一派的史傳文手法。

古文家所謂「經誥之指歸」，如所云堯、舜、禹、湯、周、孔之大
道，實屬標榜；而所謂「遷、雄之氣格」，則是古文家必須追摹的形
式。因為單筆的作法既有別於複筆，加上當時古文又是革魏晉以來
的駢文而興，故而勢必重新回到魏晉以上單筆的道路。章學誠《文
史通義・黠陋》云：

> 言文章者宗《左》、《史》，《左》、《史》之於文，猶六經之
> 刪述也。《左》因百國寶書，《史》因《尚書》、《國語》及
> 《世本》、《國策》、《楚漢春秋》諸記載，己所為者十之一，
> 刪述所存十之九也。

> 史學廢而文集入傳記，若唐、宋以還，韓、柳誌銘，歐、曾
> 序述皆是也。

韓愈所倡導的古文，並非刪述如司馬遷的《史記》，只宗其文筆而
另創一種碑傳文，此種碑傳文本可作私家所為的史料看，但其實多
出於阿諛，並不如史傳之可信，其寫法則有似史傳，故云只宗其文
筆。至於章學誠所謂「史學廢而文集入傳記」，此在唐代，則牽涉
到當時的政策。按：隋文帝開皇十三年詔曰：「民間有撰集國史臧
否人物者，皆令禁絕。」到了唐代，仍是此種政策。故隋唐以後，
私家修史之風，已不存在。史既由官修，那麼有史才而無史職的文
士，就是有志於名山事業，也不敢輕犯禁令了。即如韓愈早年也並
非無意於此，後來卻退縮了。其〈答崔立之書〉云：

> 求國家之遺事，考賢人哲士之終始，作唐一經，垂之於無
> 窮，誅姦諛於既死，發潛德之幽光。

此書寫於貞元八年第進士以後，年方二十五歲，故意氣甚盛，抱負
甚偉。後來元和中，愈為史館修撰，應該有一番作為了，結果卻大

不然，竟一變其原先態度。

〈答劉秀才論史書〉云：

> 夫為史者，不有人禍，必有天刑，豈可不畏懼而輕為之
> 哉？⋯⋯且傳聞不同，善惡隨人所見，甚者附黨憎愛不同，
> 巧造言語，鑿空構立善惡事跡，於今何所承受取信，而可草
> 草作傳記令傳後世乎？

昔年「作唐一經」的氣概，竟不知哪裡去了。柳宗元見此書後，曾痛駁之。宗元的見解，是正面的道理，韓愈何嘗不明白，特因感於當時政治的環境，知史不可為，於是轉而為碑傳文了。然唐代進士科對於史才，也是重視的，如舉人行卷中的作品往往用傳奇小說，便是為表現作者的史才。其所以重視史才，則是為了將來可勝任史官。

韓愈等既以史傳文的手法寫碑傳文，小說家又以史傳文手法寫傳奇文，是兩者同出於一源，但何以前者稱之為古文，後者貶之為傳奇呢？這當然由於傳統的觀念，視小說為不經，其中沒有如韓愈所標榜的「道」，而所述的只是怪異故事或男女私情，於是被排斥於古文範圍之外而貶之為傳奇。然韓愈的〈毛穎傳〉何嘗不是傳奇小說，卻獨能列入《唐文粹》中，韓愈所作的傳奇既是古文，別人所作的傳奇也應是古文，一方面受限於傳統觀念的偏見，一方面也透露了他們不能不以傳奇屬於古文之範圍。又，李肇、柳宗元皆以〈毛穎傳〉與《史記》並論，更見小說文筆與史傳文筆是一脈相承的。再者，傳奇作家大都也是進士出身而具有史學修養，如〈枕中記〉作者沈既濟，「博通群籍，史筆尤工」，曾為史館修撰，撰《建中實錄》。（《唐文粹》卷一九五〈大統紀序〉）

據上所述可得一結論：古文與傳奇文兩者，內容儘可不同，作

意也可不同，但同屬於單筆散文則無疑義；而又同源於司馬遷一派
的史傳文，亦無可置疑。是韓、柳所作之碑傳文固為古文，傳奇文
的作品也應歸於古文範圍。再就兩方面作者修養來看，又同是具有
史才。至於兩方面分途的原因，則是因為具有史才的文士，既不得
史職，又不能為私史，於是走向碑傳文的製作，初以為此種碑傳文
雖比不上一代史之刪述，尚是氏族的家乘，其顯貴者亦足供史家參
證。漸至由於死者家屬的請託，而作者則利其潤筆，遂流於阿諛。
以排佛老、建道統的韓愈，出而為之、倡導此種文體，相習成風，
蔚為大國，能說不是引人走向歧途？同時又有具史才而不得史職，
復不受正統思想羈絆的文士，另闢境界而製作傳奇，此在碑傳文家
眼中，視為駁雜不經，殊不知與彼等碑傳文手法，實同一來源也。

第二節　古文與傳奇文的興起

　　魏、晉的文章到了梁、陳時代，走向形式主義的極端，初唐
百年間雖尚承其遺風，已是強弩之末，不能復振。於是隋末唐初之
間，已有人覺悟到過分講求形式的駢儷文，不足以表現複雜的內
涵，漸漸從事於單筆散文的寫作，遂開後來韓柳一派古文之先聲。
韓、柳出來後，憑藉漸已形成的趨勢，力加倡導，蔚然成風，後來
文士昧於歷史的演進，異口同聲地以韓、柳兩人為古文創始者，殊
不知韓柳以前早已有人在作單筆散文了。《廿二史劄記》卷九〈古文
自姚察始〉云：

> 《梁書》雖全據國史，而行文則自出鑪錘，直欲遠追班、馬。
> 蓋六朝爭尚駢儷，即序事之文，亦多四字為句，罕有用散文
> 單行者，《梁書》則多以古文行之。如〈韋叡傳〉敘合肥等
> 處之功，〈昌義之傳〉敘鍾離之戰，〈康絢傳〉敘淮堰之作，

皆勁氣銳筆，曲折明暢，一洗六朝蕪冗之習。《南史》雖稱簡淨，然不能增損一字也。至諸傳論，亦皆以散文行之。魏鄭公〈梁書總論〉猶用駢偶，此獨卓然傑出於駢四儷六之上，則姚察父子為不可及也。世但知六朝之後古文自唐韓昌黎始，而豈知姚察父子已振於陳末唐初也哉？

姚察父子早於韓、柳約一百七、八十年，能說不是古文的先驅？然姚察父子並不像韓愈那樣致力宣傳，倡言讀古人之書，作古人之文。《廿二史劄記》卷二十〈唐古文不始于韓柳〉云：

> 《新書·文苑〔藝〕傳·序》：「唐興百餘年，諸儒爭自名家，大曆、貞元間，美才輩出，攎嚌道真，涵泳聖涯。於是韓愈倡之，柳宗元、李翱、皇甫湜等和之。唐之文完然為一代法，此其極也。」是宋景文謂唐之古文由韓愈倡始，其實不然。案：《舊書·韓愈傳》：「大曆、貞元間，文字多尚古學，效揚雄、董仲舒之述作，獨孤及、梁肅最稱淵奧，愈從其徒游，銳意鑽仰，欲自振於一代，舉進士，投文公卿間，故相鄭餘慶為之延譽，由是知名。」是愈之先早有以古文名家者，今獨孤及文集尚行於世，已變駢體為散文，其勝處有先秦、西漢之遺風，但未自開生面耳。

按：獨孤及死於大曆十二年，（七七七，見崔祐甫〈唐故常州刺史獨孤公神道碑銘〉）韓愈時年方十歲，是古文風尚已經形成，韓愈特承其風而倡導之。又文章要本於經術之說，柳冕實先於韓愈，冕於貞元十三年為福建觀察使，莃年罷歸而卒。（七九八，見《舊唐書》卷一四九〈柳冕傳〉）時韓愈三十歲，是兩人雖同時，而冕年輩為早。冕之言曰：

> 文章本於教化，形於治亂，繫於國風；故在君子之心為志，
> 形君子之言為文，論君子之道為教。《易》云：觀乎人文以
> 化成天下，此君子之文也。自屈、宋已降，為文者本於哀
> 艷，務於恢詭，亡於比興，失古義矣。……僕自下車為外事
> 所感，感而應之為文，不覺成卷。意雖復古而不逮古，則不
> 足以議古人之文。噫，古人之文不可及矣，得見古人之心在
> 於文乎，苟無文，又不得見古人之心，故未能亡言，亦志之
> 所之也。（〈與徐給事論文書〉）

> 蓋言教化，發乎性情、繫乎國風者謂之道。故君子之文必有
> 其道，道有深淺，故文有崇替。時有好尚，故俗有雅鄭，雅
> 之與鄭出乎心而成風。昔游、夏之文，日月之麗也，然而列
> 於四科之末，藝成而下也。苟文不足，則人無取焉，故言而
> 不能文，非君子之儒也；文而不知道，亦非君子之儒也。
> （〈答衢州鄭使君論文書〉）

柳冕所謂文章本於教化，教化之本質便是聖人的大道，故君子之文
必有其道，此與韓愈所主張之「以文載道」、「因文見道」實際上
無甚分別。而韓愈的主張僅散見於各篇中，亦未能如柳冕作具體述
論，是柳的見解不特早於韓，且較韓為具體。至柳云：「意雖復古
而不逮古」，與韓之〈答陳生書〉云「愈之志在古道，又甚好其言
辭」，足見兩人志趣相同，已無二致。兩人時代既相連接，而柳在
當時又非無名之士，若說韓未嘗受柳的影響是不可能的。要知駢儷
文走向衰落之路，古文代之而興，已是必然的趨勢。儒學之士為擴
大古文聲勢，抬高古文價值，特別提出聖人的大道以充實古文的內
容，這也是必然之理。韓之成功以及其影響於後來之大，一半即由
於此種載道觀，一半則由於他的文學技巧。

　　古文的創始與其盛行，已如上述。至於與古文同源的傳奇，其發生時代是怎樣的呢？現所知最早的為王度的〈古鏡記〉及不知名作者的〈補江總白猿傳〉，都是隋末唐初的作品，正是姚察父子寫《梁書》、《陳書》的時候。又〈枕中記〉作者沈既濟之生卒年雖不能確知，然當其在大曆十四年上選舉議時，（《通鑑》二二五卷）韓愈方十二歲，是韓愈還沒有從事古文運動之時，卻已有人以同樣文體寫小說了。

　　據上所述，則知古文與傳奇小說，不僅同源，而且生於同一時代。陳寅恪云：「中國文學史中別有一可注意之點焉，即今日所謂唐代小說者，亦起於貞元、元和之世，與古文運動實同一時，而其時最佳小說之作者，實亦即古文運動中之中堅人物是也。」（《元白詩箋證稿》第一章）陳氏所云「起於貞元、元和之世」者，實則起於隋末唐初之際，而盛於貞元、元和之世也。至所云「古文運動中之中堅人物」者，則指韓、柳兩人，以兩人雖是古文大師而亦曾作有小說也。

第三節　韓愈與柳宗元

　　《舊唐書‧韓愈傳》云：「（愈）常以為自魏晉已還，為文者多拘偶對，而經誥之指歸，遷、雄之氣格，不復振起矣。故愈所為文，務反近體，抒意立言，自成一家新語。後學之士，取為師法，當時作者甚眾，無以過之，故世稱『韓文』焉。」古文雖不創始於韓愈，然古文格調之形成，以及為後世所宗仰者，當以韓愈為首。

　　韓愈，字退之，河南河陽人（今河南孟縣地）。近人岑仲勉據《孟縣志》所載之韓昶自為墓誌銘，證以皇甫湜所為〈韓文公墓誌〉及愈所為〈息國夫人墓誌〉，並云河南河陽。[4] 按：《新唐書》本傳云

4 參氏著〈唐集質疑〉，《中央研究院史語所集刊》第九本。

鄧州南陽人，今河南南陽縣。惟朱熹以為南陽乃河內之修武，今河
南獲嘉縣。愈文每自稱昌黎，李翺作愈行狀，亦云昌黎人，《舊唐
書》因之。朱熹考愈系本不出於昌黎，而每以自稱，則又有不可曉
者，豈是時昌黎之族頗盛，故隨稱之，亦若所謂言劉悉出於彭城，
言李悉出隴西者邪？（見朱熹校《昌黎先生集傳》）

　　愈生於大曆三年（七六八），三歲時，父仲卿死，隨兄會貶官
於嶺表，兄卒，嫂氏鞠養之。愈自知讀書，日記數千百言，比長，
盡能通六經百家學。貞元八年（七九二），登進士第，時年二十五
歲。貞元十二年，董晉為宣武節度使，表愈署觀察推官。貞元十九
年，由四門博士遷監察御史，時年三十六歲，以直言獲罪，貶為陽
山令。是年有〈上李尚書書〉云：

> 月日，將仕郎前守四門博士韓愈謹載拜奉書尚書大尹閣
> 下：愈來京師於今十五年，所見公卿大臣，不可勝數，皆能
> 守官奉職，無過失而已，未見赤心事上，憂國如家如閣下
> 者。……愈也少從事於文學，見有忠於君孝於親者，雖在
> 百千年之前，猶敬而慕之，況親逢閣下，得不候於左右，以
> 求效其懇懇？謹獻所為文兩卷凡十五篇，非敢以為文也，以
> 為謁見之資也，進退惟命，愈恐懼再拜。

李尚書即李實，乃貞元年間最為橫暴的權臣，韓愈所撰之《順宗實
錄》卷一云：「實諂事李齊運，驟遷至京兆尹，恃寵強愎，不顧文
法。是時，春夏旱，京畿乏食。實一不介意，方務聚斂徵求，以給
進奉。」是愈非不知實之惡，何以上書投文，更就其暴政而推崇
之，以為是從所未見之「赤心事上，憂國如家」的人？前人對此問
題，往往為之迷惑。如宋羅大經《鶴林玉露》卷八云：「豈書乃過情
之譽，而史乃紀實之辭耶？然退之古君子，單辭片語，必欲傳信，

寧肯妄發！而譽之過情乃至於此，是不可曉也。」朱熹《昌黎先生集考異》卷十云：「《實錄》於實詆之不餘力，而此書乃盛稱其所長，此又不可曉也。方《考》（按：方《考》是謂方崧卿《增考韓譜》）唐制，凡居官以四考為滿，公在官踰年耳，不知何故而罷，罷而復遷。〈行狀〉、〈墓碑〉皆只言選授四門博士，遷監察御史，而此書稱前官，又以文投贄於李實，似若不得已者，是固嘗罷博士而別遷也。是歲七月，公猶任博士，〈乞免停選狀〉謂臣雖非朝官，月受俸錢，可以考也。罷免之由不可詳究，然恐不至於媚實以求進也。或云德宗末年不任宰相，所取信者李實、韋執誼輩耳，公蓋未免於屈身以伸道也。」朱熹於韓愈已無法維護，故吞吐其辭，實則愈之有此書，何嘗不是「媚實以求進」？蓋先是得罪於權貴而被罷免四門博士，惟因結好於李實而遷官監察御史，是上此書的效果，既釋舊隙，且獲新榮，這也就是所謂「不得已者」。這種行為，若以單純的儒家出處之義繩之，不免為白璧之瑕，然就唐代士風觀之，則無足怪，此在前章已經論及，我們既不必以此責愈，亦不必為之諱。至於已得監察御史以後，又因直言獲罪而貶於陽山者，是愈猶不失其骨鯁之性，究非一般阿附權貴者可比。

　　元和元年權知國子博士，四年改都官員外郎分司東都，五年拜河南令，六年遷尚書職方員外郎，七年以言事復為博士分司東都。愈以才高數黜官，乃作〈進學解〉以自諭。時年四十五歲。執政覽之，以其有史才，改比部郎中史館修撰，轉考功，知制誥，進中書舍人。〈進學解〉云：

> 先生口不絕吟於六藝之文，手不停披於百家之編。記事者必提其要，纂言者必鉤其玄，貪多務得，細大不捐，焚膏油以繼晷，恆兀兀以窮年。先生之業可謂勤矣。觝排異端，攘斥佛老，補苴罅漏，張皇幽眇，尋墜緒之茫茫，獨旁搜而遠

紹，障百川而東之，迴狂瀾於既倒。先生之於儒，可謂有
勞矣。沉浸醲郁，含英咀華，作為文章，其書滿家。上規
姚姒，渾渾無涯，周〈誥〉、殷〈盤〉，佶屈聱牙，《春秋》
謹嚴，《左氏》浮誇，《易》奇而法，《詩》正而葩，下逮
《莊》、《騷》，太史所錄，子雲、相如，同工異曲，先生之
於文，可謂閎其中而肆其外矣。

於此可看出他自視之高，並透露了他在當時的地位。「觝排異端，
攘斥佛老」，正是他思想的中心，因此而有後來諫進佛骨表之舉。
元和十二年以行軍司馬兼御史中丞，從宰相裴度征淮西，淮西平定
後，遷刑部侍郎。元和十四年，有迎佛骨之事，《舊唐書·韓愈傳》
云：

鳳翔法門寺有護國真身塔，塔內有釋迦文佛指骨一節，其書
本傳法，三十年一開，開則歲豐人泰。十四年正月，上令中
使杜英奇押宮人三十人，持香花，赴臨皋驛迎佛骨。自光順
門入大內，留禁中三日，乃送諸寺。王公士庶，奔走捨施，
唯恐在後。百姓有廢業破產、燒頂灼臂而求供養者。

韓愈既以「觝排異端，攘斥佛老」為志，遂上疏諫曰：

伏以佛者，夷狄之一法耳。自後漢時始流入中國，上古未嘗
有也。……漢明帝時始有佛法，明帝在位纔十八年耳。其後
亂亡相繼，運祚不長。宋、齊、梁、陳、元魏已下，事佛漸
謹，年代尤促。唯梁武帝在位四十八年，前後三度捨身施
佛，宗廟之祭，不用牲牢，晝日一食，止於菜果。其後竟為
侯景所逼，餓死臺城，國亦尋滅。事佛求福，乃更得禍。

佛本夷狄之人，與中國言語不通，衣服殊製，口不道先王之

法言，身不服先王之法服，不知君臣之義，父子之情。假如
其身尚在，奉其國命，來朝京師，陛下容而接之，不過宣政
一見，禮賓一設，賜衣一襲，衛而出之於境，不令惑眾也。
況其身死已久，枯朽之骨，凶穢之餘，豈宜令入宮禁？……
乞以此骨付之有司，投諸水火，永絕根本，斷天下之疑，絕
後代之惑。……佛如有靈能作禍祟，凡有殃咎，宜加臣身。
上天鑒臨，臣不怨悔。

此疏上後，憲宗大為震怒，將處以極法。裴度等奏「乞稍賜寬容，
以來諫者」，憲宗曰：「愈言我奉佛太過，我猶為容之，至謂東漢
奉佛之後，帝王咸致夭促，何言之乖刺也。愈為人臣，敢爾狂妄，
固不可赦。」終因群臣營救，得免極法，貶為潮州刺史，這年他
五十二歲。

　　在由皇帝所倡導的佛教正狂熱之際，韓愈這一諫疏，確乎是有
力的轟擊；而直言不諱，言人之所不敢言，充分的表現出忠直勇猛
的儒家精神。可是到了潮州以後，那種勇猛的精神竟蕩然無存。如
至潮州上表云：

臣少多病，年纔五十，髮白齒落，理不久長。加以罪犯至
重，所處又極遠惡，憂惶慙悸，死亡無日。單立一身，朝無
親黨，居蠻夷之地，與魑魅為群。苟非陛下哀而念之，誰肯
為臣言者？臣受性愚陋，人事多所不通，唯酷好學問文章，
未嘗一日暫廢，實為時輩所見推許。臣於當時之文，亦未有
過人者，至於論述陛下功德，與詩書相表裡；作為歌詩，薦
之郊廟；紀泰山之封，鏤白玉之牒，鋪張對天之閎休，揚屬
無前之偉蹟，編之乎詩書之策而無愧，措之乎天地之間而無
虧，雖使古人復生，臣亦未肯多讓。……四聖傳序以至陛

下，陛下即位以來，躬親聽斷，旋乾轉坤，關機闔開；雷厲
風飛，日月清照；天戈所麾，莫不寧順。大宇之下，生息理
極。……宜定樂章，以告神明，東巡泰山，奏功皇天，具著
顯庸，明示得意，使永永年年，服我成烈，當此之際，所謂
千載一時不可逢之嘉會。而臣負罪嬰釁，自拘海島，戚戚嗟
嗟，日與死迫，曾不得奏薄伎於從官之內，隸御之間，窮思
畢精，以贖罪過，懷痛窮天，死不閉目，瞻望宸極，魂神飛
去，伏惟皇帝陛下，天地父母，哀而憐之。無任感恩戀闕慙
惶懇迫之至。

潮州一貶，志氣消沉，到了這種可憐的地步。尤以勤憲宗定樂章，
告神明，封禪泰山，奏功皇天，以漢武帝誇張功德的荒唐行為迎合
憲宗，昔年諫迎佛骨的膽氣，不知哪裡去了。次年被召回，拜國子
祭酒。從此浮沉朝士間，歷官兵部侍郎、吏部侍郎及京兆尹。長慶
四年（八二四）卒，年五十七歲。愈死後，弟子皇甫湜為作墓誌
銘，中云：「先生與人洞朗軒闢，不施戟級。族姻友舊不自立者，
必待我然後衣食嫁娶喪葬。平居雖寢食未嘗去書，忘以為枕，滄以
飴口，講評孜孜，以磨諸生，恐不完美，游以詼笑嘯歌，使皆醉義
忘歸，嗚呼！可謂樂易君子鉅人者矣。」《舊唐書》本傳亦稱：「愈
性弘通，與人交，榮悴不易。」又云：「頗能誘厲後進，館之者
十六七，雖晨炊不給，怡然不介意。」於此可知愈之為人及其性格。

　　愈倡古文而為之羽翼者有柳宗元（七七三～八一九），字子
厚，河東人。少聰警絕眾，尤精西漢詩騷，下筆構思，與古為侔，
流輩咸推之。登進士第應舉宏辭，授校書郎、藍田尉。貞元十九年
為監察御史。順宗即位，王叔文、韋執誼用事，尤奇待宗元，與監
察呂溫密引禁中，與之圖事，轉尚書禮部員外郎，叔文欲大用之。
不久，叔文敗，與同輩七人俱貶。初貶宗元為邵州刺史，在道，再

貶永州司馬。元和十年例移為柳州刺史。時柳州土俗以男女質錢，
過期則沒入錢主為奴婢。宗元革其法。其已沒者，仍出私錢贖之，
歸其父母。江嶺為進士者，不遠數千里皆隨宗元為師，凡經其門，
必為名士，著述之盛，名動於時，時稱之為柳州。元和十四年卒，
時年四十七。（新、舊《唐書》並有傳）

　　退之倡導古文，宗元實為之羽翼，若無宗元之激揚，古文未
必能很快的蔚成大國。退之主張文以「載道」，宗元亦言：「聖人
之言，期以明道。」（〈報崔黯秀才書〉）所不同的，退之建立道
統，作為古文的中心思想，宗元則沒有道統觀念。退之排斥佛老，
宗元不特不排斥，並且與之接近，尤其是與佛教，他說：「吾自幼
好佛，求其道且三十年。」（〈送巽上人赴中丞叔父召序〉）而退之
則以「觝排異端，攘斥佛老」（〈進學解〉）為務。因知退之要建道
統，不得不觝排佛老，而宗元則謂佛「與《易》、《論語》合，雖
聖人復生，不可得而斥也。」（〈送僧浩初序〉）因欲「悉取向之所
以異者，通而同之；搜擇融液，與道大適，咸伸其所長，而黜其奇
袤。」（〈送元十八山人南遊序〉）具有這種融會貫通的態度，自然
無所謂道統的觀念了。由此看來，兩人的文以載道觀，其基本的思
想，並不相同。所以退之之文章，有叫囂之音，則以身負道統不免
時時警戒，時時要棒喝別人；宗元的文章，有寬博的氣象，則以肩
上沒有包袱，能有從容自得之趣。*

　　古文的興起雖不始於韓柳，然古文格調的形成，不能說不始於
這兩位大師。李漢為韓愈文集寫序，謂其文有「摧陷廓清之功，比
於武事，可謂雄偉不常者矣。」漢於愈雖是門人而又是女婿，但此
論卻非偏私之言。按：古文原係乘六朝駢儷之弊而興，故愈以前已

---

*　此段文字迻錄自臺先生〈柳宗元〉一文，收於張其昀等著之《中國文學史論集（二）》
　現代國民基本知識叢書第五輯（中華文化出版事業委員會出版，一九五八年）。〔編
　者註〕

有人從事於古文的寫作，卻未得多數人的注意；到韓愈出來以後，
以其大力而倡導之，雖不免遭遇阻力，終成風尚。故李漢云：「時
人始而驚，中而笑且排，先生志益堅，其終人亦翕然而隨。」柳宗
元又相與激揚，於古文之成功，實大有助力。宗元的天才學力，與
韓愈實相伯仲，而兩人風格則各不相襲，是由於兩人生活處境之
故。劉禹錫序宗元文集云：「昌黎韓退之誌其墓，且以書來弔曰：
『哀哉！若人之不淑，吾嘗評其文，雄深雅健似司馬子長，崔、蔡不
足多也。』安定皇甫湜於文章少所推讓，亦以退之言為然。」按：
韓愈所作宗元墓誌又稱其文「汎濫渟蓄，為深博無涯涘」，宗元所以
似司馬子長者，正因其具有此種風格故耳。

　　從韓愈為古文的有李漢、李翱、皇甫湜諸人。

　　李漢，字南紀，愈之女婿，少師愈，長於古學。官吏部侍郎，
大和九年以坐李宗閔黨出為邠州刺史，再貶為邠州司馬。（《舊唐
書》卷一七一）

　　李翱，字習之，愈之姪婿。元和初為國子博士，史館修撰，
歷官至山南東道節度使。翱幼勤於儒學，博雅好古，為文尚氣質。
（《舊唐書》卷一六〇）曾論為文：「義雖深，理雖當，詞不工者不
成文，宜不能傳也。文、理、義三者兼並，乃能獨立乎一時而不泯
滅於後代，能必傳也。」（〈答朱載言書〉）又〈與皇甫湜書〉自許
所作〈高愍女碑〉、〈楊烈婦傳〉不在班固、蔡邕之下，可見其自視
之高。《四庫全書總目提要》謂其文：「大抵溫厚和平，俯仰中度，
不似李觀、劉蛻諸人有矜心作意之態，蘇舜欽謂其詞不逮韓，而理
過於柳，誠為篤論。」

　　皇甫湜，字持正，睦州新安人。擢進士第。仕至工部郎中。
裴度辟為判官。裴度修福先寺，將立碑，求文於白居易。湜怒曰：
「近捨湜而遠取居易，請從此辭。」度謝之。湜即請斗酒，飲酣，援

筆立就。度贈以車馬繒綵甚厚。湜大怒曰：「自吾為顧況集序，未嘗許人，今碑字三千，字三縑，何遇我薄邪？」度笑曰：「不羈之才也。」從而酬之。（《新唐書》卷一七六〈韓愈傳〉）《四庫全書總目提要》卷一五〇云：「其文與李翱同出韓愈，翱得愈之醇，而湜得愈之奇崛。」

為文類湜而以奇崛勝者有沈亞之、孫樵。亞之，字下賢，元和十年進士，李賀稱之為「吳興才人」，學文於愈，而與湜以文相往來。孫樵，字可之，大中九年進士，自云得為文真訣於來無擇，無擇得之於皇甫持正。（見〈與王霖秀才書〉及〈與友人論文書〉）《四庫全書總目提要》卷一五一記《孫可之集》云：「今觀三家之文，韓愈包孕群言，自然高古；而皇甫湜稍有意為奇，樵則視湜益有努力為奇之態。其彌有意為奇，是其所以不及歟？《讀書志》引蘇軾之言，稱：『學韓愈而不至者為皇甫湜，學湜而不至者為孫樵。』其論甚微。」凡學韓愈者皆不能如韓愈，前人皆是這種看法，宋祁言：「其徒李翱、李漢、皇甫湜從而效之，遽不及遠甚。」（《新唐書》卷一七六〈韓愈傳〉）

按：所謂「自然高古」的風格，實即摹擬前古的一種新形式，故往往視之為高古之作者，考其內容，不免空洞，其論理文既不能如先秦諸子之堅實，其傳記文又何能比擬司馬遷，特由前古散文筆調形成一種新的風格，便是韓愈古文的大成就。皇甫湜、孫樵兩家之奇崛，又是從韓愈筆調而稍變之；但能奇崛，卻失自然，此所以不及韓也。

第四節　傳奇作家

一、王度

　　傳奇與韓柳文的孿生關係，已如上述。傳奇之發生亦始於隋末唐初，時有〈古鏡記〉作者王度，太原祁人，乃文中子王通之弟，東皋子王績之兄。《新唐書》績傳云有兄名凝，為隋著作郎，撰《隋書》，與度〈古鏡記〉中自云兼著作郎奉詔撰國史同，是度與凝當是一人。度（約五八五～六二五）生於開皇初年（宋晁公武《郡齋讀書志》卷十云生於開皇四年），大業中為御史，罷歸河東，復入長安為著作郎，奉詔修國史，又出兼芮城令，武德中卒。度所修的《隋書》亦未成，遺文只有這篇〈古鏡記〉，其生平也只略見於記中。

　　〈古鏡記〉的題材是集合魏晉六朝有關鏡子的怪異故事，並以作者的生平事蹟將這些怪異的故事貫串起來，擺脫前人的隨筆寫法，另創一種新形式。那幻化的種種怪異，寫來都像是作者平生親歷，確乎是傳奇的高手。作者本精於史筆，曾修撰《隋書》，其《隋書》雖不可見，而這篇傳奇，卻具有史傳文敘述的方法，實不愧為唐代傳奇的先導作家。然傳奇作家之日漸增多，卻是在開元、天寶以後。

二、沈既濟

　　大曆中有沈既濟（約七五〇～約八〇〇），蘇州吳人。博通群籍，史筆尤工。以宰相楊炎薦，召拜左拾遺史官修撰。貞元時，炎得罪被遣逐，既濟坐貶處州司戶參軍。後入朝，位禮部員外郎，卒。撰《建中實錄》十卷，為時所稱。（《新唐書》卷一三三本傳，《舊唐書》卷一四九〈沈傳師傳〉）既濟所作〈枕中記〉[5]最有名。略

5《太平廣記》卷八二題作〈呂翁〉。

謂開元七年，道士呂翁行邯鄲道中，息邸舍，見旅中少年盧生佗傺歎息，乃探囊中枕授之。生因入夢，夢娶清河崔氏，舉進士，官至陝牧，入為京兆尹，出破戎虜，轉吏部侍郎，遷戶部尚書兼御史大夫，為時宰所忌，以飛語中之，貶端州刺史，越三年，徵為常侍，未幾，同中書門下平章事：

> 嘉謨密命，一日三接，獻替啟沃，號為賢相。同列害之，復誣與邊將交結，所圖不軌，制下獄，府吏引從至其門而急收之。生惶駭不測，謂妻子曰：「吾家山東，有良田五頃，足以禦寒餒，何苦求祿？而今及此，思衣短褐、乘青駒，行邯鄲道中，不可得也！」引刃自刎，其妻救之，獲免。其罹者皆死，獨生為中官保之，減罪死，投驩州。數年，帝知冤，復追為中書令，封燕國公，恩旨殊異。生五子，……其姻媾皆天下望族，有孫十餘人。……後年漸衰邁，屢乞骸骨，不許。病，中人候問，相踵於道，名醫上藥，無不至焉。……薨。盧生欠身而悟，見其身方偃於邸舍，呂翁坐其傍，主人蒸黍未熟，觸類如故。生蹶然而興，曰：「豈其夢寐也？」翁謂生曰：「人生之適，亦如是矣。」生憮然良久，謝曰：「夫寵辱之道，窮達之運，得喪之理，死生之情，盡知之矣。此先生所以窒吾欲也，敢不受教。」稽首再拜而去。

作者於這篇故事中，反映了唐代士子的功名思想，也抨擊了唐代士子的熱衷，呂翁之枕固然荒誕，作者不過藉此以入正題，故雖屬傳奇，殆同寫實，此可見其文學技巧之高處。後人或以呂翁為呂洞賓，或更以盧生隨呂翁入道求仙，是真荒誕不經，誤解了本篇的作意。

三、沈亞之

　　元和間有沈亞之，字下賢，元和十年進士，太和初為德州行營使者柏耆判官，柏耆以醉貶，亞之亦謫南康尉，終郢州掾。今有集十二卷。所作傳奇三篇，「皆華艷之筆，敘恍忽之情」。（魯迅語，見《中國小說史略》）

　　〈湘中怨〉記鄭生偶遇孤女，相依數年，一旦別去，自云「蛟宮之娣」，謫限已滿矣。後十餘年，生又遙見之畫艫中，含嚬而歌曰：「沨青山兮江之隅，拖湘波兮裊綠裙，荷拳拳兮未舒，匪同歸兮將焉如！」旋風濤崩怒，遂迷所往。〈異夢錄〉記邢鳳夢見美人，傳以〈春陽曲〉曰：「長安少女踏春陽，何處春陽不斷腸；舞袖弓彎渾忘卻，羅衣空換九秋霜。」「弓彎」者，舞名。美人復為之作弓彎之舞，繼而美人竟去。邢夢覺後，襟袖中猶存其詞。又奉命作挽歌，王甚嘉之。〈秦夢記〉則自述道經長安，家橐泉邸舍，夢為秦官有功。時弄玉婿先死，因尚公主，自題所居曰：「翠微宮」。穆公遇之亦甚厚。一日，公主忽無疾卒。穆公乃不復欲見亞之，遣之歸。「既，再拜辭去。公復命至翠微宮與公主侍人別，重入殿內時，見珠翠遺碎青階下，窗紗檀點依然。宮人泣對亞之。亞之感咽良久，因題宮門，詩曰：『君王多感放東歸，從此秦宮不復期。春景自傷秦喪主，落花如雨淚燕脂。』竟別去。……忽驚覺，臥邸舍。」按：亞之自云「能划窈窕之思」，作者藉仙鬼靈跡，寫人生哀感，境界雖屬詭異，而生離死別的情感則極其真實，亦由於作者是詩人，有深厚的人生體驗，才能出此窈窕之思。

四、陳鴻

　　寫天寶之亂而以唐玄宗的荒淫生活為題材的作者為陳鴻。鴻少

學為史，貞元廿三年登太常第，始閒居遂志，乃修《大統記》三十卷，七年始成。(《唐文粹》卷九五〈大統記序〉) 在長安時，與白居易為友，為〈長恨歌〉作傳。(見《太平廣記》卷四八六)〈長恨歌傳〉以玄宗與楊貴妃為主題。貴妃既獲寵幸，「叔父昆弟皆列位清貴，爵為通侯，姊妹封國夫人，富埒王宮，車服邸第，與大長公主侔矣。而恩澤勢力，則又過之，出入禁門不問，京師長吏為之側目。」「天寶末，兄國忠盜丞相位，愚弄國柄。及安祿山引兵嚮闕，以討楊氏為詞。潼關不守，翠華南幸，出咸陽，道次馬嵬亭。六軍徘徊，持戟不進。從官郎吏伏上馬前，請誅晁錯以謝天下。……當時敢言者，請以貴妃塞天下怨。上知不免，而不忍見其死，反袂掩面，使牽之而去，倉皇展轉，竟就死於尺組之下。」後肅宗立，尊玄宗為太上皇，就養南宮。玄宗念貴妃不衰，「求之夢魂，杳不能得。適有道士自蜀來，知上心念楊妃如是，自言有李少君之術。玄宗大喜，命致其神。方士乃竭其術以索之，不至。」方士東極天海，跨蓬壺，見最高仙山，上多樓闕，有署曰：「玉妃太真院」者，叩之，得見貴妃。貴妃因取金釵鈿合授之曰：「為我謝太上皇，謹獻是物，尋舊好也。」方士色有不足，請以當時一事，不為他人聞者，驗之於太上皇。貴妃「徐而言曰：『昔天寶十載，侍輦避暑於驪山宮，秋七月，牽牛織女相見之夕，秦人風俗，是夜張錦繡，陳飲食，樹瓜華，焚香於庭，號為乞巧。宮掖間尤尚之。時夜殆半，休侍衛於東西廂，獨侍上。上憑肩而立，因仰天感牛女事，密相誓心，願世世為夫婦。言畢，執手各嗚咽。此獨君王知之耳。』……使者還奏太上皇，皇心震悼，日日不豫。其年夏四月，南宮晏駕。」

按：陳鴻此傳與白居易的〈長恨歌〉實共同一體，互相發明，並非各自獨立的。鴻於傳末亦曾說明此傳與〈長恨歌〉之關係：

　　元和元年冬十二月，太原白樂天自校書郎尉于盩厔，鴻與琅

　　琊王質夫家於是邑，暇日相攜遊仙遊寺，話及此事，相與
感歎。質夫舉酒於樂天前曰：「夫希代之事，非遇出世之才
潤色之，則與時消沒，不聞於世。樂天深於詩，多於情者
也，試為歌之，如何？」樂天因為〈長恨歌〉，意者不但感
其事，亦欲懲尤物，窒亂階，垂於將來者也。歌既成，使鴻
傳焉。世所不聞者，予非開元遺民，不得知；世所知者，有
《玄宗本紀》在。今但傳〈長恨歌〉云爾。

陳寅恪云：「唐代舉人之以備眾體之小說之文求知於主司，即與以
古文詩什投獻者無異。元稹、李紳撰〈鶯鶯傳〉及歌於貞元時，白
居易與陳鴻撰〈長恨歌〉及傳於元和時，雖非如趙氏所言是舉人投
獻主司之作品，（趙彥衛《雲麓漫鈔》語，見唐代篇第一章第二節）
但實為貞元、元和間新興之文體。此種文體之興起與古文運動有密
切關係，其優點在便於創造，而其特徵則尤在備具眾體也。」（《元
白詩箋證稿》第一章）

　　鴻又作有〈東城老父傳〉。老父者姓賈名昌，當其為童子時，
善馴鬥雞。玄宗樂民間鬥雞戲，因於宮中治雞坊，昌始為雞坊小
兒，旋為五百小兒長，天子甚愛之，當時號為「神雞童」。時人為之
語曰：「生兒不用識文字，鬥雞走馬勝讀書，賈家小兒年十三，富
貴榮華代不如。……」天寶中，妻子潘氏以歌舞重幸於楊貴妃，夫
婦席寵四十年，恩澤不渝。迨安祿山亂，玄宗入成都，昌變姓名，
依於佛舍。「肅宗受命於別殿，昌還舊里，居室為兵掠，家無遺
物，布衣顦顇，不得復入禁門矣。明日，復出長安南門，道見妻兒
於招國里，菜色黯焉。兒荷薪，妻負故絮，昌聚哭，訣於道。遂長
逝息長安佛寺，學大師佛旨。」元和中，潁川陳鴻祖觀昌於塔下，
問以開元之理亂，昌為就其所見者一一言之，而尤致慨於開元以後
政治風俗之敗壞。

按：陳鴻兩篇作品皆以天寶之亂為背景，〈長恨歌〉的做法是寫實與傳奇各居其半，〈東城老父傳〉則全是寫實手法。由於玄宗之荒淫逸樂，以致政治腐化，由於貴妃一人的得幸，楊氏家族遍於朝中，因而導致安祿山的叛變，足與正史相印證。其辭則「追懷往事，如不勝情」，對於帝王似猶寄以深切的同情，而淫逸自見。是唐代文網不密，文士始敢肆其筆端。

五、李公佐

以〈南柯太守傳〉知名的作家李公佐，字顓蒙，隴西人，嘗舉進士，元和中為江淮從事，會昌初為揚府錄事，大中二年坐累削兩任官。（見《舊唐書・宣宗本紀》）蓋生於代宗時，至宣宗初猶在（約七七〇～八五〇）。所作除〈南柯太守傳〉外，尚有〈古嶽瀆經〉、〈謝小娥傳〉、〈廬江馮媼〉三篇。

〈南柯太守傳〉言有東平淳于棼家廣陵郡東十里，宅有大槐一株，貞元七年九月因沉醉致疾，二友扶生歸家，令臥東廡下，而自秣馬濯足以俟之。生就枕，夢見二紫衣使者稱王命相邀，出門登車，指古槐穴而去。入穴忽見山川，終入一大城，城樓上有金書題曰「大槐安國」。生既至，拜駙馬，復出為南柯太守，守郡三十載，「風化廣被，百姓歌謠，建功德碑，立生祠宇」，王甚重之。遞遷大位，生五男二女，後將兵與檀蘿國戰，敗績，公主又薨。生罷郡，而威福日盛，王疑憚之，遂禁生遊從，處之私第，已而送歸。既醒，則「見家之童僕擁篲於庭，二客濯足於榻，斜日未隱於西垣，餘樽尚湛於東牖，夢中倏忽，若度一世矣。生感念嗟嘆，遂呼二客而語之。驚駭，因與生出外，尋槐下穴。」實為蟻聚於其中，所謂槐安國及生所領南柯郡皆得之於穴中。生追念前事，感念於懷，披閱窮跡，皆符所夢。不欲二客壞之，遽令掩塞如舊。於是「生感南

柯之浮虛，悟人世之倏忽，遂栖心道門，絕棄酒色。後三年，歲在丁丑，亦終於家。」篇末作者云：「雖稽神語怪，事涉非經，而竊位著生，冀將為戒；後之君子，幸以南柯為偶然，無以名位驕於天壤間云。」再由前華州參軍李肇贊曰：「貴極祿位，權傾國都，達人視此，蟻聚何殊。」這篇作品與〈枕中記〉的內容及形式極相似，而這篇的道家色彩更為顯著，也就是以道家的虛無人生觀諷刺當時士子對於功名的歆羨。

公佐之〈古嶽瀆經〉，云永泰時楚州刺史李湯，聞漁人言龜山下水中有大鐵鎖，乃以人、牛拽出，風濤陡作，「一獸狀有如猿，白首長鬐，雪牙金爪，闖然上岸，高五丈許。……雙目忽開，光彩若電，顧視人焉，欲發狂怒。觀者奔走，獸亦徐徐引鎖拽牛入水去，竟不復出。」當時湯與楚州知名之士，皆錯愕不知其由。後公佐訪古東吳，泛洞庭，登包山，入靈洞，探仙書，於石穴間得古《嶽瀆經》第八卷，其經文字古奇，編次蠹毀，因與道士焦君讀之，始知此包山下的怪獸，是禹治水時所獲淮渦水神無支祁。這篇大概是根據道士所傳淮渦水神的神話而作，文體奇古，好像是真有其事，故後世學者頗喜道之。

六、李朝威

有隴西李朝威者，生平不可考，亦以水神為題材而作〈柳毅傳〉。傳言有儒生柳毅者，應舉下第，將還湖濱，道經涇陽，遇牧羊女子云是龍女，為舅姑及婿所貶，託毅寄書於父洞庭君。洞庭君有弟錢塘君，性剛暴，殺婿取女歸，欲以配毅，毅嚴拒而止。後毅喪妻，徙家金陵，娶范陽盧氏，則龍女也。再徙南海，南海之人，以其春秋積序，容貌不衰，莫不驚異。洎開元中，上方屬意神仙事，精索道術，毅不得安，遂相與歸洞庭，凡十餘年，不知所終。

按：自印度佛教傳入中土後，有些龍的故事也隨之傳入，六朝以來關於龍的故事傳說頗多，然能取之為題材，寫出極生動而情節又極複雜的傳奇小說，當以此篇為最，故後來戲曲家又據之以為戲曲之題材。*

七、白行簡

　　由於李公佐之命而寫〈李娃傳〉的作者白行簡，為詩人白居易之弟。行簡字知退，貞元末進士，累遷司門員外郎主客郎中，寶曆二年（八二六）卒，年五十餘，兩《唐書》皆附見於〈白居易傳〉。〈李娃傳〉敘述滎陽巨族之子，以應試赴京師，溺於倡女李娃，金盡被棄，貧病困頓，至流落為凶肆執繐帷，獲其直以自給。每聽人唱哀歌，歸而效之，無何，曲盡其妙，長安挽郎所歌無有倫比。時有東西兩肆，互爭勝負，兩肆長協議，各閱所備之器於天門街，以較優劣，不勝者罰五萬，以備酒饌之用。於是士女大和會，聚至數萬，東肆歷舉輂轜威儀之具，西肆皆不勝，師有慚色。乃置層榻於南隅，有長髯者，擁鐸而進，歌〈白馬〉之詞，恃其夙勝，旁若無人，齊聲讚揚之。有頃，東肆長於北隅上設連榻，有烏巾少年，秉翣而至，遂歌〈薤露〉之章，舉聲清越，響振林木，曲度未終，聞者歔欷掩泣。西肆長為眾所誚，益慚恥，密置所輸之直而遁。蓋東肆自知挽郎不如西肆，陰約滎陽生，先教以新聲，而相讚和，累旬，人莫知之。生自流落後，即與家人絕消息，於時生父在京師，知其子流落為挽郎，怒其有辱家門，鞭生於野幾死，棄之而去。復為李娃所拯，勉之學，遂擢第，與娃成夫婦，生累遷清顯之任，十年間，至數郡，娃封汧國夫人。傳末云：「貞元中，予與隴西李公

---

* 臺先生另有〈佛教故實與中國小說〉一文，可互參。收於氏著《靜農論文集》（臺北，聯經出版公司，一九八九年）。〔編者註〕

佐話婦人操烈之品格，因遂述汧國之事，公佐拊掌竦聽，命予為傳。乃握管濡翰，疏而存之。」按：唐代婚姻必須門第相當，凡高門絕不與寒素婚配，甚至士大夫娶民女，且為法令所不許。（見《新唐書》卷一八一〈李紳傳〉）而滎陽鄭氏為當時五大姓之一，竟以倡女為婦。作者且稱娃有「婦人操烈之品格」，於此可見作者寫此篇時同情於倡伎與唾棄門第之觀念。至於此篇之風格，已脫離一般傳奇之風尚，而趨向於寫實。

八、元稹

　　與〈李娃傳〉同具寫實風格之作品為元稹的〈鶯鶯傳〉。元稹，字微之，與白居易齊名之詩人。〈鶯鶯傳〉亦名〈會真記〉。寫貞元中張生者，時遊於蒲，寓普救寺，適有崔氏孀婦將歸長安，過蒲，亦寓茲寺，緒其親則於張為異派之從母。會遇兵變，大掠蒲人，崔氏大懼，賴張氏護之得免。崔氏由是甚德張生，因招宴，令女鶯鶯出見，生見其美，甚惑之。託崔氏之婢女紅娘以〈春詞〉二首通意，是夕得彩牋，題其篇曰〈明月三五夜〉，辭曰：「待月西廂下，迎風戶半開，拂牆花影動，疑是玉人來。」張生喜且駭，踰牆達西廂，已而鶯鶯至，端服嚴容，責其非禮，竟去。張生自失者久之。於是絕望。數夕後，鶯鶯竟至，將曉而去，終夕無一言。是後又十餘日，杳不復知。張生賦〈會真詩〉三十韻，未畢而紅娘適至，因授之，以貽鶯鶯。自是朝隱而出，暮隱而入，同安於曩所謂西廂者幾一月。無何，張生以文調西去，而文戰不利，遂止長安。因貽書鶯鶯以廣其意，鶯鶯報之，生復發其書於所知，由是為時人傳說。楊巨源為賦〈崔娘詩〉，元稹亦續生〈會真詩〉三十韻，生之友聞之皆聳異之，而生志亦絕矣。元稹與生厚，問其說，生曰：「大凡天之所命尤物也，不妖其身，必妖於人。使崔氏子遇合富貴，

乘寵嬌，不為雲為雨，則為蛟為螭，吾不知其變化矣。昔殷之辛，周之幽，據百萬之國，其勢甚厚，然而一女子敗之，潰其眾，屠其身，至今為天下僇笑。予之德不足以勝妖孽，是用忍情。」越歲餘，鶯鶯已適人，生亦別娶，適過其所居，請以外兄見，終不出。後數日，生將行，鶯鶯賦詩一章以謝絕之云：「棄置今何道，當時且自親，還將舊時意，憐取眼前人。」自是遂不復知。時人多許張為善補過者。

關於元稹此傳，始有宋代王性之作〈辨傳奇鶯鶯事〉（見趙德麟《侯鯖錄》卷五）云：「清源莊季裕為僕言，友人楊阜公嘗得微之所作〈姨母鄭氏墓誌〉云：『其既喪夫遭軍亂，微之為保護其家備至』。則所謂傳奇者，蓋微之自敘，特假他姓以自避耳。僕退而考微之《長慶集》，不見所謂鄭氏誌文，豈僕家所收未完，或別有他本爾。然細味微之所序，及考於他書，則與季裕所說皆合。……又微之作陸氏姊誌云：『予外祖父授睦州刺史鄭濟』，白樂天作微之母鄭夫人誌亦言鄭濟女，而唐崔氏譜永寧尉鵬亦娶鄭濟女，則鶯鶯者乃崔鵬之女，於微之為中表，正傳奇所謂為異派之從母者也。」近人陳寅恪之〈讀崔鶯鶯傳〉，謂此篇為微之自敘之作，其所謂張生即微之化名，固無可疑。

至男女主角之姓氏，則襲當時流行之「會真」類小說，即張文成〈遊仙窟〉中男女主角之舊稱。又〈遊仙窟〉中之崔十娘所以假託崔姓者，蓋由崔氏為北朝隋唐之第一高門，猶之因江左高門之蘭陵蕭氏，而有所謂蕭娘者。鶯鶯必非高門，不然，微之無事更婚僕射韋夏卿女，韋氏為累世公卿之家，其外祖父是唐宰相裴耀卿。蓋唐代社會承南北朝舊俗，通以婚宦二事評量人品之高下，凡婚而不娶名家女，與仕而不由清望官，俱為社會所不齒。微之為此傳直敘其自身始亂終棄之事跡，絕不為之少慼或略諱者，即職是故也。其

友人楊巨源、李紳、白居易亦知而不以為非者，捨棄寒女而別婚高門，當日社會所公認之正當行為也。(《元白詩箋證稿》第四章附)按：白行簡猶能許倡伎出身的李娃具「婦人操烈之品格」，而元稹獨於所歡的女子，斥為「不妖其身，必妖於人」的「尤物」，此固由於當時的社會觀念使然，然已不如行簡明達與寬厚。蓋行簡以同情的態度寫〈李娃傳〉，稹以洗刷個人的負心寫〈鶯鶯傳〉；稹之態度好像斥之愈力而守道愈篤，而其實險陂之心愈不能掩。

九、傳奇專集

　　就以上各家作品看來，以「傳奇」統稱唐代小說，實欠允當。若〈枕中記〉、〈南柯太守傳〉其形式雖是傳奇，然所反映的何嘗不是當時官僚社會？至如〈鶯鶯傳〉所反映的唐代門第婚姻，〈李娃傳〉所反映的唐代士子與倡伎的生活，皆真實寫出了唐代社會的一面。是唐代小說的內容，傳奇與寫實，殆各居其半；傳奇是沿襲六朝的遺風，寫實則直取於社會。於此可見唐代小說之所以發達，即由於廣博的題材，使文士創造不受束縛。因之而有小說的專集出現，煊赫一時的有牛僧孺的《玄怪錄》十卷。牛僧孺(七八○～八四八)，字思黯，本隴西狄道人，元和初以賢良方正對策第一，累官至戶部侍郎同中書門下平章事，武宗時累貶循州長史，宣宗立乃召還為太子少師。大中二年卒，年六十九。兩《唐書》有傳。僧孺是與李德裕黨對立的黨魁，居然大作傳奇小說，足見小說在當時的地位。

　　後有李復言《續玄怪錄》十卷，薛漁思的《河東記》三卷，(並見宋晁公武《郡齋讀書志》卷一三)張讀的《宣室志》十卷，這些都是《玄怪錄》的影響。唐之末季，有裴鉶者，撰《傳奇》三卷。鉶於咸通中為靜海軍節度使掌書記，加侍御史內供奉。(《全唐

文》卷八○五）乾符五年以御史大夫為成都節度副使。（《唐詩紀事》卷六七）鋼之《傳奇》頗盛行於趙宋之世，宋人因統稱唐人小說為「傳奇」，其意以小說文體，不足以比觀韓柳一派之古文，故以「傳奇」別之，並非唐人之觀念也。晁公武稱「鋼為高駢客，故其書多記神仙恢譎事，駢之惑呂用之，未必非鋼輩導諛所致。」（《郡齋讀書志》卷一三）《傳奇》之作，果是導諛與否，殊不能知；然其反映了藩鎮的豪縱生活則是事實：因淫縱之極則思慕神仙；政爭之烈則利用劍俠，故《傳奇》中又有聶隱娘勝妙手空空兒故事，遂開後來劍俠小說一派。

第三章　唐代詩歌的發達

第一節　唐詩興盛的原因

　　李唐統治近三百年，這三百年中，詩人之眾，作品之多，為任何時代所未有。其成就與影響之大，也不是其他時代所能及。清康熙四十六年所編的《全唐詩》，計得詩四萬八千九百餘首，凡二千二百餘人，共為九百卷，但就量看來，這三百年真可稱為詩的時代。至其何以有這樣偉大的成就，那是有多種原因的，舉凡政治制度、社會風習，都有助於詩的發展，不容忽視。茲分述之。

一、皇室的愛好

　　唐初皇室對於文學的愛好，為詩奠定了後來發展的基礎。雄才大略的唐太宗李世民，便是唐代文學的第一個護法者，當他為秦王時，即開文學館，當時的十八學士，都是前代知名文士。即帝位後，開弘文館，又大量羅致文學之士。《舊唐書·文苑傳·敘》云：

> 文皇帝解戎衣而開學校，飾賁帛而禮儒生，門羅吐鳳之才，人擅握蛇之價，靡不發言為論，下筆成文，足以緯俗經邦，豈止雕章縟句，韻諧金奏，詞炳丹青，故貞觀之風，同乎三代。

唐太宗不僅愛好文學，而且萬幾之暇，也還寫作，《新唐書》卷一〇

五〈上官儀傳〉云：「太宗每屬文，遣儀視藁，宴私未嘗不預。」足見他的寫作態度，也是認真的。儀是六朝末流的作者，其詩以「綺錯婉媚」勝，當時顯貴仿效之，稱為「上官體」。太宗既與他如此親近，自然也免不了受上官儀的影響。《唐詩紀事》卷一云：

> 帝嘗作宮體詩，使虞世南賡和，世南曰：「聖作誠工，然體非雅正，上有所好，下必有甚，臣恐此詩一傳，天下風靡，不敢奉詔。」

這故事雖是說明虞世南的忠直，然唐初猶承六朝末流，則是事實。故《新唐書・文藝傳・敘》云：「高祖、太宗，大難始夷，沿江左餘風，絺句繪章，揣合低卬。」到了高宗朝，這位代表六朝風格的作者，為祕書少監，進西臺侍郎同東西臺三品，更參大政，則其詩風隨其權勢而影響於當時，又是必然現象。武則天專政時，大倡文風，天下文士，皆趨承於女主轂轂之下。《大唐新語》卷八云：

> 則天初革命，大搜遺逸，四方之士應制者向萬人。則天御雒陽城南門，親自臨試。張說對策，為天下第一，則天以近古以來未有甲科，乃屈為第二等。……拜太子校書，仍令寫策本於尚書省，頒示朝集及蕃客等，以光大國得賢之美。

人主的愛好，利祿的獎勵，以此作為文學的倡導，沒有不從風而靡的。加以皇族戚貴也都跟著帝王之後，招攬文士，提倡吟詠，遂成風尚。《大唐新語》卷八云：

> 神龍之際，京城正月望日，盛飾燈影之會，金吾弛禁，特許夜行，貴遊戚屬及下隸工賈，無不夜遊。車馬駢闐，人不得顧。王主之家，馬上作樂以相誇競。文士皆賦詩一章，以紀其事，作者數百人。

這種浪漫的詩生活，完全由上而下，要不是由於皇族貴戚的倡導，那能如此熱烈？可是詩人的身分，卻不覺地下降而類於倡優伎樂了。神龍是中宗的年號，中宗也是愛好詩歌的皇帝，不愧為武則天的兒子。《唐詩紀事》卷一云：

> 十一月，帝誕辰，內殿宴群臣，聯句云：……。帝謂侍臣曰：「今天下無事，朝野多歡，欲與卿等詞人，時賦詩宴樂，可識朕意，不須惜醉。」

> 九月九日幸臨渭亭登高作云：「九日正乘秋，三杯興已周；泛桂迎罇滿，吹花向酒浮。長房萸早熟，彭澤菊初收。何藉龍沙上，方得恣淹留。（得秋字）」時景龍三年也。御製序云：「陶潛盈把，既浮九醞之歡；畢卓持螫，須盡一生之興。人題四韻，同賦五言，其最後成，罰之引滿。」

> 景龍四年正月五日，移仗蓬萊宮，御大明殿，會吐蕃騎馬之戲，因重為柏梁體聯句。

君臣宴樂，樽酒賦詩，居然六朝風流。初唐君主既有此愛好，影響所及，後來繼承大位者，往往能詩。是唐代詩歌的盛行，與在上位者的倡導實大有關係，尤以利祿所在，人爭趨之，此或瀆於詩之尊嚴，然卻是吾人所不能否認的。

二、科舉制度與詩

唐代詩歌的盛行，固然與帝王之愛好密切相關，然促使天下士子皆習此道，則由於科舉制度以詩作為考試科目之一；是又反映出帝王對於此道的重視。《全唐詩・序》云：「蓋唐當開國之初，即用聲律取士，聚天下才智英傑之彥，悉從事於六義之學，以為進身之

階，則習之者固已專且勤矣。而又堂陛之賡和，友朋之贈處，與夫
登臨讌賞之即事感懷，勞人遷客之觸物寓興，一舉而託之於詩，雖
窮達殊途，悲愉異境，而以言乎攄寫性情，則其致一也。」關於唐
代「用聲律取士」問題，《新唐書》卷四十四〈選舉志〉云：

> 永隆二年（六八一），考功員外郎劉思立建言：明經多抄義
> 條，進士唯誦舊策，皆亡實才。而有司以人數充第，乃詔自
> 今明經試帖麤十得六以上，進士試雜文二篇通文律者，然後
> 試策。

按：《唐會要》卷七十六云：「調露二年（六八〇）四月，劉思立除
考功員外郎，先時進士但試策而已，思立以其庸淺，奏請帖經及試
雜文，自後因以為常式。」是劉思立建言時為調露二年事，是年八
月改為永隆元年，明年，八月敕：「自今已後，明經每經帖十得六
已上者，進士試雜文兩首識文律者，然後令試策。」（《唐會要》卷
七十五）〈選舉志〉記在二年者，由於是年敕令實施的關係，然事實
上並未實施。《唐摭言》卷一「試雜文」條云：

> 進士科，與雋、秀同源異派，所試皆答策而已。……垂拱元
> 年，吳師道等二十七人及第，后敕批云：略觀其策，並未盡
> 善，若依令式，及第者唯祇一人。意欲廣收其材，通三者並
> 許及第。後至調露二年，考功員外郎劉思立奏請加試帖經與
> 雜文，文之高者放入策，尋以則天革命，事復因循，至神龍
> 元年，方行三場試，故常列詩賦題目於榜中矣。

據此，進士科試詩賦始於中宗神龍元年（七〇五）。所試雜文者，即
一賦一詩，或兼試頌論。（見《唐語林》卷八）《全唐詩・序》所謂
「唐當開國之初，即用聲律取士」，並非事實。徐松《登科記考》卷

二云：「按雜文兩首，謂箴銘論表之類，開元間，始以賦居其一，或以詩居其一，亦有全用詩賦者，非定制也；雜文之專用詩賦，當在天寶之季。」此亦非事實。至於制科以詩取士，則始於天寶十三年（七五四），《舊唐書》卷一一九〈楊綰傳〉云：

> 天寶十三年，玄宗御勤政樓，試博通墳典，洞曉玄經，辭藻宏麗，軍謀出眾等舉人，命有司供食，既暮而罷。取辭藻宏麗外，別試詩賦各一首，制舉試詩賦自此始也。

所謂「制舉」者，《新唐書・選舉志》云：「其天子自詔者曰制舉，所以待非常之才焉。」試非常之才，而詩賦亦占一科目，足見天子對於詩賦的重視。然「從此積弊，浸轉成俗。幼能就學，皆誦當代之詩；長而博文，不越諸家之集。遞相黨與，用致虛聲」。（〈楊綰傳〉）

　　天子為擢拔遺才，而有制科之設，然「制舉出身，名望雖高，猶居進士之下」；如「御史張瓌兄弟八人，其七人皆進士出身，一人制科擢第，親故集會，兄弟連榻，令制科者別坐，謂之雜色。」（《封氏聞見記》卷三〈制科〉）按：「進士科，始於隋大業中，盛於貞觀（太宗）永徽（高宗）之際，縉紳雖位極人臣，不由進士者，終不為美。」（《唐摭言》卷一〈散序進士〉）蓋「永徽已前，俊、秀二科，猶與進士並列。咸亨（高宗）之後，凡由文學一舉于有司者，競集于進士矣。」（《唐摭言》卷一〈述進士上篇〉）以唐代科舉名目之多，而進士科獨尊者，則由於公卿將相皆由進士出身之故。「春官氏每歲選升進士三十人，以備將相之任。」（《唐語林》卷八〈補遺〉）當時政制之特重進士於此可見。杜牧〈上宣州高大夫書〉，歷舉唐一代的將相偉人出身於進士者，如房玄齡、郝處俊、來濟、上官儀、李玄義、婁師德、張柬之、郭元振、魏知古、姚元

崇、宋璟、蘇瓌父子、張說、張九齡、張巡等十九人，皆國家與之
存亡安危治亂者也。(《樊川文集》卷一二)因為進士科被朝廷所
重視，故士子皆競爭於此科，而人才出身於此科的也更多。因詩歌
是進士科考試科目之一，故天下士子莫不從事於此道，唐代詩人之
多，這是重要原因。故凡舉人的行卷，必有所作以見詩筆，並非由
於文士風流，而是為了利祿所驅使。清吳喬說：「唐世功名富貴在
詩，故唐世人用心而有變，一不自做，蹈襲前人，便為士林中滯貨
也。」(〈答萬季埜詩問〉)

　　再者，新進士曲江大會時，公卿家率以是日揀選東牀，以致車
馬填塞。唐代士風，仕必出身進士，婚必攀附高門，是進士第後，
不特從此可以獲致通顯，而婚姻問題也可隨著解決了。進士可貴如
此，而詩歌一門為天下士子必習的課程，又是必然的事實了。

三、詩與樂歌

　　唐詩在當時，往往由歌伎舞女歌唱，因為唐代畜養樂伎的風
氣最盛，京都的左右教坊，便是宮伎的所在，這是專門供天子娛樂
的。天子如此，帝室王公以下亦莫不如此。士大夫之家，則畜有家
伎；地方官吏，則畜有官伎。宮伎、官伎、家伎所具有的技藝，自
然是倡優雜戲，尤以妓女唱詩，既是佳詞，又是新聲，最能投上層
社會的愛好。是詩歌在這種逸樂的生活中，更加容易繁盛。如李白
的〈清平調〉詞，便是奉玄宗命為樂府而作的，《唐詩紀事》卷一八
云：

　　　　禁中木芍藥開，上賞之，妃子從。帝曰：「賞名花，對妃
　　　　子，焉用舊樂詞為？」命李龜年持金花牋賜白，為〈清平樂〉
　　　　詞三章。梨園弟子撫絲竹，李龜年歌之，上親調玉笛以倚
　　　　曲。每曲遍將換，則遲其聲以媚之。太真以頗梨七寶盃，酌

西涼葡萄酒，笑飲。

〈清平調〉詞：

> 雲想衣裳花想容，春風拂檻露華濃。若非群玉山頭見，會向
> 瑤臺月下逢。

> 一枝紅艷露凝香，雲雨巫山枉斷腸。借問漢宮誰得似？可憐
> 飛燕倚新妝。

> 名花傾國兩相歡，常得君王帶笑看。解釋春風無限恨，沈香
> 亭北倚闌干。

今觀此詞，實即絕句。然當李龜年唱時則合以管絃，是此詞亦不同於「徒歌」。又《舊唐書》卷一三七〈李益傳〉云：

> 李益，肅宗朝宰相揆之族子，登進士第。長為歌詩，貞元
> 末，與宗人李賀齊名，每作一篇，為教坊樂人以賂求取，唱
> 為供奉歌詞。其〈征人歌〉、〈早行篇〉，好事者畫為屏障；
> 「迴樂峰前沙似雪，受降城外月如霜」之句，天下以為歌詞。

又同書同卷〈李賀傳〉云：

> 其樂府詞數十篇，至於雲韶樂工，無不諷誦。

又《舊唐書》卷一五八〈武元衡傳〉：

> 元衡工五言詩，好事者傳之，往往被於管絃。

又《舊唐書》卷一六六〈元稹傳〉：

> 穆宗皇帝在東宮，有妃嬪左右嘗誦稹歌詩以為樂曲者，知稹
> 所為，嘗稱其善，宮中呼為元才子。……嘗為〈長慶宮辭〉

數十百篇，京師競相傳唱。

據此而知教坊往往取詩人所作以為樂歌，而詩人作品得至尊的欣賞，反賴樂工為之介紹，元稹便是一例。而王維也是如此，代宗謂維弟縉云：「卿之伯氏，天寶中詩名冠代，朕嘗於諸王座聞其樂章，今有多少文集，卿可進來。」（《舊唐書》卷一九〇下〈王維傳〉）又開元年間有王澣者，「并州長史張嘉貞奇其才，禮接甚厚，澣感之，撰樂詞以敘情，於席上自唱自舞，神氣豪邁。」（《舊唐書》卷一九〇中〈王澣傳〉）觀此，似當時唱詩，不僅合以管絃，並且還有配之以舞的。

至於李益的〈夜上受降城聞笛〉詩（即「迴樂峰前沙似雪」詩），天下以為歌詞，元稹的〈長慶宮辭〉京師競相傳唱，大概是屬於家伎或官伎以之為樂歌的。所謂官伎，是專為娛樂地方官而設的。如孟棨《本事詩》云：

> 韓晉公鎮浙西，戎昱為部內刺史，郡有官伎善歌，色亦嫻妙，昱情屬甚厚。浙西樂將聞其能，白晉公召置籍中。昱不敢留，餞於湖上，為歌詞以贈之，且曰：「至彼令歌，必首唱是詞。」既至，韓為開筵，自持盃，命歌送之。遂唱昱詞，曲既終，韓問曰：「戎使君於汝寄情耶？」悚然起立曰：「然。」淚隨言下。……其詞曰：「好事（一作去）春風湖上亭，柳條藤蔓繫離情；黃鶯久住渾相識，欲別頻啼四五聲。」

今昱此詩，題作〈移家別湖上亭〉，似與官伎無涉。然作為贈官伎之作，尤有含蓄，是此詩本事未必為好事者偽造。又明蔣一葵《堯山堂外紀》卷三二云：

> 商玲瓏，餘杭歌者也，白樂天作郡日賦歌與之云：「……」時元微之在越州聞之，厚幣邀去，月餘始遣還，贈之詩兼寄

樂天云：「休遣玲瓏唱我詞，我唱多是寄君詩；明朝又向江頭別，月落潮平是去時。」[6][*]

樂天為杭州刺史時，有〈醉歌——示妓人商玲瓏詩〉，《外紀》所謂「樂天作郡日賦詩與之」，即指此詩。又唐薛用弱《集異記》云：

開元中，詩人王昌齡、高適、王之渙齊名，時風塵未偶，而游處略同。一日天寒微雪，三詩人共詣旂亭貰酒小飲。忽有梨園伶官十數人，登樓會讌。三詩人因避席隈映，擁爐火以觀焉。俄有妙妓四輩，尋續而至，奢華艷曳，都冶頗極。旋則奏樂，皆當時之名部也。昌齡等私相約曰：「我輩各擅詩名，每不自定其甲乙，今者可以密觀諸伶所謳，若詩入歌詞之多者，則為優矣。」俄而一伶拊節而唱，乃曰：「寒雨連江夜入吳，平明送客楚山孤；洛陽親友如相問，一片冰心在玉壺。」昌齡引手畫壁曰：「一絕句。」尋又一伶謳之曰：「開篋淚霑臆，見君前日書；夜臺何寂寞，猶是子雲居。」適則引手畫壁曰：「一絕句。」尋又一伶謳曰：「奉帚平明金殿開，強將團扇共徘徊；玉顏不及寒鴉色，猶帶朝陽日影來。」昌齡則又引手畫壁曰：「二絕句。」之渙自以得名已久，因謂諸人曰：「此輩皆潦倒樂官，所唱皆巴人、下俚之詞耳，豈〈陽春〉、〈白雪〉之曲，俗物敢近哉？」因指諸妓之中最

---

6 蔣一葵《堯山堂外紀》所記此段文字，出張君房《脞說》，文字略有出入。（見陳振孫《白文公年譜》寶曆元年下引）《元稹集》卷二二有〈重贈（樂天）〉詩，原註：「樂人商玲瓏能歌，歌予數十詩。」即《脞說》所謂微之「贈玲瓏兼寄樂天」這一首。《元稹集》載此詩云：「休遣玲瓏唱我詩，我詩多是別君詞，明朝又向江頭別，月落潮平是去時。」乃是長慶三年冬，微之除浙東觀察使過杭州別樂天時所作。
* 商玲瓏，四部叢刊初編本《元氏長慶集》作「高玲瓏」，臺先生手稿寫作「高」。蔣一葵《堯山堂外紀》（《四庫全書存目叢書》，據北大圖館藏萬曆刻本影印）作「商」，朱金城《白居易集箋校》卷一二，據白居易自注語及《苕溪漁隱叢話後集》、《詩人玉屑》引文，校定為「商玲瓏」。〔編者註〕

> 佳者曰：「待此子所唱，如非我詩，吾即終身不敢與子爭衡
> 矣。脫是吾詩，子等當須列拜牀下，奉吾為師。」因歡笑而
> 俟之。須臾，次至雙鬟，發聲則曰：「黃河遠上白雲間，一
> 片孤城萬仞山；羌笛何須怨楊柳，春風不度玉門關。」之渙
> 即撤歠二子曰：「田舍奴，我豈妄哉？」（《說郛》卷二五）[7]

就上面幾件故事看來，歌妓們所唱的，大都是七言絕句，唐人絕句
所以發達，不能說與此無關係。宋張端義云：「晉人尚曠好醉，唐
人尚文好狎。」（《貴耳集》卷下）唐代文士的浪漫生活，與歌妓舞
女實相聯繫。文士作品，由美人唱出，不僅足以增光文士風流，且
足以刺激更多寫作，此唐人絕句之多而且精，又反映了唐代文士生
活的浪漫。可惜詩的唱法與管絃的合奏，已不可考，但今所視為絕
句詩的歌詞，並非徒歌的性質，則是毫無疑義的。

　　由上述種種因素看來，詩與唐代文士之關係實在重要。進士科
以詩取士，是詩為文士的進身之階；得取功名之後，詩又充實了文
士的浪漫生活。只不過，應試的試帖詩，並無好詩。真能流傳千古
的好詩，則多以浪漫生活為背景，由如此背景產生之詩作，卻能真
實的表現出作者的性格與情感。

第二節　宮廷詩人及其成就

　　《新唐書》卷二〇一〈文藝傳・敘〉云：「大難始夷，沿江左
餘風，綺句繪章，揣合低卬，故王、楊為之伯。」這幾句話似乎是
對四傑而發，其實說透了唐初詩風。新統一的大唐帝國，固無暇倡

7　按：此事出於附會，胡應麟《少室山房筆叢》卷四一〈莊嶽委談〉已辨之，但所記之
　　唐妓女歌詩風俗，應是事實。

導文藝，且新朝文臣，又多前隋遺老，故江左「綺句繪章，揣合低印」之習，自成風尚。今觀當時文士所作，大都應制詠物，依然是前代宮體。太宗以後武則天朝，上官儀實為一時宮體詩領袖，時人效之，以為「上官體」，今存詩僅二十首，但以雕飾為工外，看不出特異的風格，真能沿六朝遺緒，完成律詩的格調，創造唐一代新形式的，是沈佺期、宋之問、杜審言等。

　　沈佺期，字雲卿，相州內黃（今河南內黃縣）人。及進士第，由協律郎累除給事考功，以受賕被劾，未究。依附張易之，易之敗，遂長流驩州。後拜起居郎兼修文館直學士，歷中書舍人、太子少詹事。開元初卒。（《新唐書》卷二〇二〈文藝傳〉中）

　　宋之問，字延清，一名少連，汾州（今山西汾陽縣）人。甫冠，武后召與楊炯分直習藝館，累轉尚方監丞、左奉宸內供奉。與沈佺期、閻朝隱等媚附張易之，易之敗，貶瀧州參軍事。旋逃歸洛陽張仲之家，會武三思復用事，仲之與王同皎謀殺三思，以安王室。之問得其實，遂令兄子曇與冉祖雍上急變，因丐贖罪，由是擢鴻臚主簿，天下醜其行。中宗景龍中，遷考功員外郎，以諂事太平公主，故見用。及安樂公主權盛，又媚事之，因致太平公主之嫉。中宗將用為中書舍人，太平公主發其知貢舉時，賕餉狼藉，下遷越州長史。睿宗立，以獪險盈惡詔流欽州賜死。（《新唐書》卷二〇二〈文藝傳〉中）

　　宋祁云：「魏建安後汔江左，詩律屢變，至沈約、庾信，以音韻相婉附，屬對精密，及之問、沈佺期又加靡麗，回忌聲病，約句準篇，如錦繡成文，學者宗之，號為『沈宋』。語曰：『蘇李居前，沈宋比肩。』謂蘇武、李陵也。」（語見〈宋之問傳〉）此所謂「回忌聲病，約句準篇」者，即是律詩的法度。王世貞云：「五言至沈、宋，始可稱律。律為音律法律，天下無嚴於是者，知虛實平仄不得

任情而法度明矣，二君正是敵手。」（《藝苑卮言》卷四）按：律
體本創始於六朝末季，前已述及，然用事之穩妥，音韻之精審，至
沈、宋才形成了新格調。故元稹云：「沈、宋之流、研練精切，穩
順聲勢，謂之為律詩，由是而後，文體之變極焉。」（〈唐故檢校工
部員外郎杜君墓係銘〉）

> 盧家少婦鬱金堂，海燕雙棲玳瑁梁。九月寒砧催木葉，十年
> 征戍憶遼陽。白狼河北音書斷，丹鳳城南秋夜長。誰謂含愁
> 獨不見，更教明月照流黃。（沈佺期〈古意呈補闕喬知之〉）

> 漢廣不分天，舟移杳若仙。林虹映晚日，江鶴弄晴烟。積水
> 浮冠蓋，遙風逐管絃，嬉遊不可極，留恨此山川。（宋之問
> 〈漢江宴別〉）＊

　　杜審言，字必簡，襄州襄陽（今河北省襄陽縣）人。少與李
嶠、崔融、蘇味道為「文章四友」。擢進士，為隰城尉。累遷洛陽
丞，坐事貶吉州司戶參軍。後免官還東都，武后召授以著作佐郎，
遷膳部員外郎。神龍初，坐交通張易之，流峰州。入為國子監主
簿、修文館直學士，卒。審言恃才傲物，嘗語人云：「吾文章當得
屈、宋作衙官，吾筆當得王羲之北面。」病甚時，宋之問、武平一
省候何如，答曰：「甚為造化小兒相苦，尚何言？然吾在，久壓公
等，今且死，固大慰，但恨不見替人。」（《新唐書》卷二〇一〈文
藝傳〉上）王世貞云：「杜審言華藻整栗，小讓沈、宋；而氣度高
逸，神情圓暢，自是中興之祖，宜其矜率乃爾。」（《藝苑卮言》卷
四）世貞此批，甚為精當，以詩的形象言，華麗精工方面，審言視

＊ 臺先生原錄例詩為〈新年作〉：「鄉心新歲切，天畔獨清然。老至居人下，春歸在客
　先。嶺猿同旦暮，江柳共風烟。已似長沙傅，從今又幾年。」然此詩亦見於《全唐
　詩》劉禹錫名下，學者考辨多以之為劉禹錫詩，參佟培基《全唐詩重出誤收考》（西
　安：陝西人民教育出版社，一九九六年）。〔編者註〕

沈宋實有遜色，然華麗之外自有一種高逸之氣，則沈、宋不如審言。審言詩體五律而外，尤喜排律，如〈和李大夫嗣真奉使存撫河東〉為多至四十韻的長詩，通篇歌頌大唐帝國的強大，頗足以反映大一統的新氣象。此詩雖屬排偶，而氣勢雄渾，不見堆砌雜湊，能以才力勝也。

> 北地寒應苦，南庭戍未歸。邊聲亂羌笛，朔氣卷戎衣。雨雪關山暗，風霜草木稀。胡兵戰欲盡，虜騎獵猶肥。雁塞何時入，龍城幾度圍。據鞍雄劍動，插筆羽書飛。輿駕遠京邑，朋遊滿帝畿。方期來獻凱，歌舞共春輝。（〈贈蘇味道〉）

第三節 四傑的新風格

《舊唐書》卷一九〇上〈楊炯傳〉云：「炯與王勃、盧照鄰、駱賓王以文詞齊名，海內稱為『王楊盧駱』，亦號為『四傑』。」足見四人在當時文壇所負的盛名。論者往往以四傑的風格為六朝的延續，如《新唐書》卷二〇一〈文藝傳·敘〉云：「大難始夷，沿江左餘風，綺句繪章，揣合低卬，故王、楊為之伯。」歷史家這種看法，實代表了後來好些人的看法。要知四傑所受六朝的影響雖大，然不能與六朝並論，實自有其風格。

王勃，字子安，絳州龍門（今山西河津縣西北）人。是《中論》作者王通之孫，詩人王績的姪孫。勃六歲即解屬文，構思無滯，與兄勔、勮才藻相類，父友杜易簡（審言之弟）常稱之曰：「此王氏三珠樹也。」九歲，得顏師古註《漢書》，讀之，作《指瑕》以摘其失。麟德初（高宗年號），劉祥道巡行關內，勃上書自陳，祥道表於朝，對策高第，時猶未及冠，即授朝散郎。沛王聞其名，召署府修撰，論次《平臺秘略》，書成，王愛重之。是時諸王喜鬥雞，勃戲為

文檄英王雞，高宗怒曰：「據此是交搆之漸。」即日斥勃不令入府。久之，補虢州參軍，恃才傲物，為同僚所嫉。有官奴曹達犯罪，勃匿之，又懼事洩，乃殺達以塞口。事發當誅，會赦得免。父福時由雍州司功參軍，坐勃故，左遷交趾令，勃往交趾省父，為〈採蓮賦〉以見意。渡南海，墮水卒。勃死時，《舊唐書》云二十八，《新唐書》云二十九。楊炯〈王子安集序〉云：「春秋二十有八，皇唐上元三年秋八月。」適為《舊唐書》佐證。據此則勃生於貞觀二十三年，卒於上元三年，即儀鳳元年（是年十一月改元），二十八歲（六四九～六七六）；又，姚大榮〈書王勃秋日登洪府滕王閣餞別序後〉及其《王子安年譜》並據勃本集，以勃生於高宗永徽元年，卒於上元二年（六五〇～六七五），二十六歲。（《惜道味齋集》）按：勃〈春思賦〉云：「咸亨二年，余春秋二十有二」，是生於高宗永徽元年也，得年應為二十七，炯所謂二十八歲，實誤。（六五〇～六七六，參田宗堯《王勃年譜》）

　　楊炯，華陰（今陝西華陰縣附近）人。幼聰敏博學，善屬文，舉神童，拜校書郎，永隆二年為崇文館學士，遷詹事司直。坐從父弟神讓與徐敬業亂，貶為梓州司法參軍，遷盈川令。為政殘酷，人吏動不如意，輒榜殺之。卒於官。炯聞有王楊盧駱為四傑之稱，曾言「吾愧在盧前，恥居王後。」（《舊唐書·文苑傳上》、《新唐書·文藝傳上》）

　　盧照鄰，字昇之，范陽（今河北大興縣附近）人。十歲時，從曹憲、王義方授《蒼》、《雅》及經史，博學善屬文。初授鄧王府典籤，王甚愛重之，曾謂群官曰：「此即寡人相如也。」後拜新都尉，因染風疾去官。處太白山中，以服餌為事，後疾轉篤，徙居具茨山。既久與親屬訣，自投潁水而死，時年四十。照鄰自以當高宗時尚吏，己獨儒；武后尚法，己獨黃老，是自知其必不合於世也。

（《舊唐書・文苑傳上》、《新唐書・文藝傳上》）

　　駱賓王，義烏（今浙江義烏附近）人。七歲能賦詩。高宗末，為長安主簿，武后時數上疏言事，下除臨海丞，怏怏不得志，棄官去。落魄無行，好與博徒游。文明中，徐敬業起兵反武后，署賓王為府屬，為敬業傳檄天下，斥武后罪，后讀，但嘻笑，至「一抔之土未乾，六尺之孤安在？」矍然曰：「誰為之？」或以賓王對，后曰：「宰相安得失此人！」敬業敗，伏誅。《新唐書》則云賓王亡命，不知所之。文多散失，有兗州人郗雲卿集成十卷，流行於世。賓王以少年詩人，竟能與徐敬業起兵反抗淫暴的武則天，可說最有膽氣，當時希恩承寵的宮廷詩人固不能與之相比，即在唐一代的詩人中，也是傑出的人物。（《舊唐書・文苑傳上》、《新唐書・文藝傳上》）

　　由四傑的生平看來，既非高門子弟，更非一時顯貴，亦未嘗以詩奉侍至尊或王公貴卿，故不屬於宮廷詩人之屬。四傑之詩的內容，大都是寓物寫志，抒情寄慨，絕無奉命為詩的作品。四傑直承梁陳詩風，故皆辭藻華麗，具有共同的色彩；然音節婉轉，氣象闊大，則非梁陳詩人所能及，這一點可說是由於大一統的李唐新帝國反映於四傑的精神方面的。雖然如此，他們的取徑，卻是各自不同。王世貞《藝苑卮言》云：「子安稍近樂府，楊、盧尚宗漢魏，賓王長歌雖極浮靡，亦有微瑕，而綴錦貫珠，滔滔洪遠，故是千秋絕藝。」賓王的長歌，雖不免浮靡，然不是單純的辭藻堆砌，他是於浮靡之中而有充沛的生命，這種生命的來源，則是基於時代的背景。如〈帝京篇〉若不是生息於新造的大唐帝國，定不會有如此瑋麗的長篇——此篇直可比擬〈西京賦〉，然其中有名理、有慷慨、有諷刺，又非〈西京賦〉所能及。至如〈疇昔篇〉，則是一千二百餘字自敘傳詩，雖通篇使事，然悲涼慷慨，可想見其人。與〈帝京篇〉

具同樣背景的則為盧照鄰的〈長安古意〉，極力鋪陳長安豪貴生活淫侈，而結語則為：

> 自言歌舞長千載，自謂驕奢凌五公。節物風光不相待，桑田碧海須臾改。昔時金階白玉堂，即今唯見青松在。寂寂寥寥揚子居，年年歲歲一牀書。獨有南山桂花發，飛來飛去襲人裾。

是於悲涼之中而有飄逸之致，其不同於梁陳的風格處，於此可見一斑。王勃的〈臨高臺〉實亦同此風格，結句為「君看舊日高臺處，柏梁銅雀生黃塵」，是於悲慨之中而深致其諷刺。這種寫法，風骨凌厲，自有其高渾的境界。按：楊炯〈王子安集序〉云：

> 嘗以龍翔初載，文場變體，爭構纖微，競為雕刻，糅之金玉龍鳳，亂之朱紫青黃，影帶以徇其功，假對以稱其美，骨氣都盡，剛健不聞，思革其弊，用光志業。薛令公朝右文宗，託末契而推一變；盧照鄰人間才傑，覽清規而輟九攻；知音與之矣，知己從之矣。……以茲偉鑒，取其雄伯，壯而不虛，剛而能潤，雕而不碎，按而彌堅。大則用之以時，小則施之有序，徒縱橫以取勢，非鼓怒以為資。長風一振，眾萌自偃，遂使繁綜淺術，無藩籬之固；紛繪小才，失金湯之險，積年綺碎，一朝清廓。翰苑豁如，詞林增峻，反諸宏博，君之力焉。

所謂龍翔之初「爭構纖微，競為雕刻」的文體，是指以上官儀為領袖的宮廷詩，這種纖弱無骨的風格，原是王勃要革其弊的，其實也就是四傑一致的見解。因此，足知四傑之於前代的影響，並非盲目的接受，而是有目標的。能「壯而不虛，剛而能潤，雕而不碎，按

而彌堅」，這便是他們的共同目標。換言之，他們所追求的，是充實的內容，壯麗的形式；這能說不是大唐帝國新精神的反映嗎？再者，由楊炯此序看來，王勃在當時居然為此種新風格運動的領袖，炯固深致其傾倒之誠，而炯之文學觀念與勃所創導的新風格，亦實相契合。

又按：四傑之所以見重於當時，除詩以外，還有他們的賦與文。因為他們的賦與文，和詩實具同等價值。楊炯〈王子安集序〉云：「每有一文，海內驚瞻，所製〈九隴縣孔子廟堂碑文〉（應為〈益州夫子廟碑〉）宏偉絕人，希代為寶，正平之作，不能奪也。」又《舊唐書・盧照鄰傳》言所「著〈釋疾文〉、〈五悲〉等誦，頗有騷人之風，甚為文士所重。」又，駱賓王死後，武則天猶求其文。其後「崔融、李嶠、張說俱重四傑之文，崔融曰：『王勃文章宏逸，有絕塵之跡，固非常流所及，炯與照鄰可以企之，盈川之言信矣。』說曰：『楊盈川文思如懸河注水，酌之不竭，既優於盧，亦不減王。恥居王後，信然；愧在盧前，謙也。』」四傑各體作品之見重於當時，據此可知。

第四節　漢魏風格的詩人陳子昂

生於四傑時代，不受梁陳影響，而力追漢魏的有陳子昂。子昂字伯玉，梓州射洪（今四川射洪縣）人。家世富厚，年少馳俠使氣，至年十七、八不知書。嘗從博徒入鄉學，慨然立志，遂苦節讀書。年二十一入咸京，游太學。二十四進士第，時為睿宗文明元年（六八四），武后奇其才，召見金華殿，子昂貌寢少威儀，然縱談王霸之略，后雖壯之，而未能深知子昂。后稱帝時，擢右拾遺。建安郡王武攸宜討契丹時，子昂參謀帷幕。攸宜無將略，子昂屢進

言，攸宜以子昂書生，謝而不納。子昂感憤，因登薊北樓感樂生、燕昭之事，賦詩數首。又泫然涕而歌曰：「前不見古人，後不見來者，念天地之悠悠，獨愴然而涕下。」聖曆初（六九八），以父老解官。會父死居喪時，縣令段簡貪暴，聞其富，欲加害子昂，家人納錢二十萬緡，簡薄其賂，補送獄，遂死獄中。子昂死時，《舊唐書》卷一九〇本傳云年四十餘，《新唐書》卷一〇七本傳云四十三。按：盧藏用的〈陳子昂別傳〉及趙儋〈旌德碑〉均言年四十二，盧、趙並唐人，盧且與子昂同時，應以兩人說為是：即子昂生於唐高宗龍翔元年（六六一），死於武后長安二年。（七〇二，近人多謂子昂生於高宗顯慶元年，實誤。）

　　盧藏用論子昂云：「子昂有天下大名而不以矜人；剛斷強毅而未嘗忤物；好施輕財而不求報。……工為文而不好作，其立言措意在王霸大略而已，時人不之知也。」（〈陳子昂別傳〉）趙儋亦稱子昂有「管樂之材」，且云：「陳君道可以濟天下，而命不通於天下；才可以致堯舜，而運不合於堯舜。」（〈故右拾遺陳公旌德碑〉）足見他們並不以單純的詩人視子昂。今觀子昂所作〈上軍國機要事〉、〈上軍國利害事〉、〈上兩蕃安危事〉等篇，確乎是有才略之人，只因才不見用，始以詩寫志。自云：「文章道弊五百年矣，漢魏風骨，晉宋莫傳，然而文獻有可徵者。僕嘗暇時觀齊梁間詩，彩麗競繁，而興寄都絕，每以永歎。思古人常恐逶迤頹靡，風雅不作，以耿耿也。」（〈修竹篇序〉）這是因為他是有才略的詩人，故所要求的是情志的抒寫，而不是詞藻的矜尚，於是走向漢魏的道路，以求興有所寄。《新唐書》本傳云：「唐興，文章承徐、庾餘風，天下祖尚，子昂始變雅正。」所謂雅正者，即有思想，有感情，揚棄齊梁的藻飾，而以能有真切的表現為主。

　　子昂〈感遇詩〉乃其代表作。他作〈感遇詩〉的時候已是晚

年，可是歷史家都弄錯了，以為是早年作品。《舊唐書》本傳云子昂：「初為〈感遇詩〉三十首，京兆司功王適見而驚曰：『此子必為天下文宗矣。』由是知名。」《新唐書》本傳又沿《舊唐書》之誤。按：《舊唐書》所依據的實為盧藏用的〈陳子昂別傳〉，〈別傳〉云：「初為詩，幽人王適見而驚曰：『此子必為文宗矣。』」大概《舊唐書》作者只知子昂的〈感遇詩〉最有名，遂以為王適所看到的便是此詩了。其實〈感遇詩〉三十八首，包括了他生平的所遇所感，亦非一時一地之作，《舊唐書》作者未曾注意〈感遇詩〉的內容，致有此誤。如〈感遇詩〉云：

> 本為貴公子，平生實愛才。感時思報國，拔劍起蒿萊。西馳丁零塞，北上單于臺。登山見千里，懷古心悠哉。誰言未忘禍，磨滅成塵埃。（其三十五）

> 朝入雲中郡，北望單于臺。胡秦何密邇，沙朔氣雄哉。藉藉天驕子，猖狂已復來。塞垣無名將，亭堠空崔嵬。咄嗟吾何歎，邊人塗草萊。（其二十七）

子昂寫作此詩的時候，顯然是在參武攸宜軍幕時，或稍微晚些。按：《新唐書》卷四〈則天皇后本紀〉，萬歲通天元年（六九六）「九月庚子，同州刺史武攸宜為清邊道行軍大總管，以擊契丹」，次年（神功元年）前軍王孝傑戰死，於時子昂向武攸宜進言，有云：「大王誠能聽愚計，乞分麾下萬人，以為前驅，則王之功可立也。」攸宜以子昂為儒者，謝而不納。居數日，復進計，攸宜怒，徙署軍曹。子昂知不合，遂不復言。其登薊北樓，泫然而歌，即在此時。（〈陳子昂別傳〉及《新唐書》本傳）上引之詩，雖不能定於何時，然決不能早於此時。此時為神功元年，距子昂死才六年耳。其中註明甲子者則為第二十九首：

> 丁亥歲云暮，西山事甲兵。贏糧匭邛道，荷戟爭羌城。嚴冬
> 陰風勁，窮岫泄雲生。昏曀無晝夜，羽檄復相驚。拳跼競萬
> 仞，崩危走九冥。籍籍峰壑裏，哀哀冰雪行。聖人御宇宙，
> 聞道泰階平。肉食謀何失，藜藿緬縱橫。

丁亥是武后垂拱三年（六八七），是年「十二月壬辰，韋待價為安息
道行軍大總管，安西大都護閻溫古副之，以擊吐蕃。」（《新唐書·
則天皇后本紀》）至「永昌元年（六八九）率兵往征吐蕃，遲留不
進，待價坐流繡州，溫古處斬。待價素無統禦之才，遂狼狽失據，
士卒飢饉，皆轉死溝壑。」（《舊唐書》卷一九六〈吐蕃上〉）子昂
此詩真切寫出韋待價之覆敗，所謂「肉食謀何失，藜藿緬縱橫」，尤
有無窮的感慨。是子昂寫此詩時必在永昌元年，即使是追述，也不
會距這一役遠征的時間太久。

> 聖人不利己，憂濟在元元。黃屋非堯意，瑤臺安可論。吾聞
> 西方化，清淨道彌敦。奈何窮金玉，雕刻以為尊。雲構山林
> 盡，瑤圖珠翠煩。鬼工尚未可，人力安能存。夸愚適增累，
> 矜智道逾昏。（其十九）

這詩是指斥武則天對佛教的迷惑。則天即位之初，即「令釋教在道
法之上，僧尼處道士、女冠之前。」（《舊唐書·則天皇后本紀·天
授二年》）於是凡關於佛教種種，極盡淫侈。《通鑑》卷二〇五云：
「初明堂既成，太后命僧懷義作夾紵大像，其小指中猶容數十人，於
明堂北，構天堂以貯之。堂始構，為風所摧，更構之。日役萬人，
采木江嶺，數年之間，所費以萬億計，府藏為之耗竭。懷義用財如
糞土，太后一聽之，無所問。每作無遮會，用錢萬緡，士女雲集。
又散錢十車，使之爭拾，相蹈踐有死者。所在公私田宅，多為僧
有。」據此，而讀子昂此詩，則知其內心的憤慨與毫無含蓄地對武

則天荒淫生活的指責。

由上所述之數例看來，足證子昂的〈感遇詩〉既不是一時一地所作，其內在的反映，又多基於現實的不滿。因為他是一個有才略的詩人，故對於當時軍國大事，往往能致以深刻的諷刺。然而他在當時是被冷落的，故詩中隨時流露出他那寂寞的志士懷抱。如云：「聖人教猶在，世運久陵夷；一繩將何繫，憂醉不能持。」（其二十）又云：「雲海方蕩潏，孤鱗安得寧」（其二十二）、「溟海皆震蕩，孤鳳其如何」（其三十八），此皆負荷著時事的隱憂，沉重的心情。若非具有才略的詩人，那能有如此境界。

〈感遇詩〉中有幾首遊仙詩，這是由於自知不合於世，遂逃避現實走向玄虛，〈陳子昂別傳〉云：「子昂晚愛黃老言，尤耽味易象，往往精詣。」足見他到了晚年才追求玄虛以自遣。雖然如此，他的這一類作品，與盲目的歌頌遊仙、嚮往解脫者，究竟不同。如：

> 吾愛鬼谷子，青谿無垢氛。囊括經世道，遺身在白雲。七雄方龍鬥，天下亂無君。浮榮不足貴，遵養晦時文。舒之彌宇宙，卷之不盈分。豈徒山木壽，空與麋鹿群。（其十一）

> 荒哉穆天子，好與白雲期。宮女多怨曠，層城閉蛾眉。日耽瑤池樂，豈傷桃李時。青苔空萎絕，白髮生羅帷。（其二十六）

像這樣的詩，雖然我們無從得其旨意，但絕不是沒有內容的遊仙詩，此不過以遊仙詩為題材，而寄託胸中難以直陳的感慨。這種手法，毫無疑義的是受郭璞遊仙詩的影響。

在宮體詩的末流及四傑的新風格的時代，獨有這位大詩人，不受時代影響，而力追前者，揭出漢魏五言旗幟，雖云復古，卻不尚摹擬，故自有獨到之處。其創作的手法，能兼有阮籍〈詠懷〉、郭

璞〈遊仙〉之長,將三十八首雜詩,統名之為「感遇」,實有意追踵
〈詠懷〉,是其個人所感所遇,又何嘗不是有意比跡於阮籍呢!

第四章　唐詩極盛時期的各派別

明高棅《唐詩品彙・序》曾將唐一代詩分作初唐、盛唐、中唐、晚唐四個階段，本章所謂「極盛時期」，便包括了盛唐、中唐兩個階段的各派作家。*就詩而言，這時期的大詩人為中國文學史放射了奇異的光彩；若就這時期的政治社會而言，則是由承平而戰亂而浸衰的時代。先是武周革了李唐之命，不過這只是政權轉到武周的手中，而原有的政治社會卻未因之動搖。則天的淫侈生活，又因李唐建國已有數十年的安定養息，民生並未因之受到鉅創的損害。後來玄宗繼承李唐大統，用人行政，志在昇平，近三十年的開元之治，足與貞觀比隆。可是到了晚年，內惑楊貴妃，外信李林甫、楊國忠，窮奢極欲，一反過去之所為，正如歷史家所謂：「及侈心一動，窮天下之欲不足為其樂，而溺其所甚愛，忘其所可戒。」（《新唐書・玄宗本紀・贊》）於是招致安祿山的叛變，祿山死後，繼之以史思明，黃河南北以至江淮流域，人民被蹂躪於戰爭中，達八年之久。安史之亂雖經平安，驕兵悍將，坐致強大，藩鎮之禍，隨之而起。代宗以後一百三十餘年，中央地位只依附於藩鎮割劇的均勢而存在，以至覆亡。在這樣動盪的時代，若干偉大的天才生息於其間，彼此的遭遇不同，感觸不同，發而為詩，於是形成各家不同的風格。是每一家的風格，都反映了他那時代的一面。因就這一時期每一派別的代表詩人分述於後。

---

* 自此段文字來看，本章應只討論盛唐、中唐時期。然第九節，杜牧、第十節：李商隱、溫庭筠、韓偓，一般歸之為晚唐，似不應納入此章。不知是否因此二節篇幅較少故隨之納入，抑或因整理未就而缺晚唐之緒論文字，其中緣由不得而知。〔編者註〕

第一節　王維、孟浩然

　　高宗乾封元年，追號老子為「太上玄元皇帝」；上元元年，又令王公百僚皆習《老子》，每歲明經，一準《孝經》、《論語》例試於有司。(《舊唐書‧高宗本紀》)開元二十九年始置崇玄學，習《老子》、《莊子》、《文子》、《列子》，亦曰「道舉」。(《新唐書》卷四四〈選舉志上〉)老子之所以受如此尊崇的原因，則是被李唐皇帝認作祖先的關係，這麼一來老子成為唐代的國教之主了。雖然如此，佛教卻並不因有道教而阻滯其發展；相反的，佛教的盛行又過於道教，如英明之主太宗及武則天，都是佛教偉大的護法。道、釋兩家的基本思想儘可不同，然詩人受其影響反映於文學方面的，則有一共同傾向；即契心自然，嚮往閒適。

　　被公認為自然派詩人之祖，生活於西元五世紀的陶淵明，受老莊的影響多而佛教的影響少；八世紀中的自然派詩人巨擘王維，卻受佛教的影響多而老莊的影響少。王維雖然是唐一代自然派風格詩人的巨擘，卻不是這派詩人最早的作家，因為早於王維的是隋末唐初的王績(約五九〇～六四四)，績字無功，絳州龍門人，為王通之弟，自號東皋子。性嗜酒，不樂為官，隱居以終。常以《周易》、《老子》、《莊子》置牀頭，不讀他書。(《新唐書》卷一九六〈隱逸列傳〉)績之隱遁是由於隋、唐之際的喪亂，故嗜酒放誕，契心老莊，有似魏晉間人。他所仰慕的也就是嵇康、阮籍、陶潛等，這在他的詩中是隨時流露出來的。故其作品風格，嗣宗〈詠懷〉、淵明〈述酒〉，兼而有之。比較具有自然風格的，僅是他那十幾首五言小詩，故於後來影響並不大。因此，我們論到這時期自然派的詩人，只以王維、孟浩然為主。

　　王維(七〇一～七六一)，字摩詰，太原祁人(今山東祁縣附

近）。父處廉，終汾州司馬，徙家於蒲，遂為河東人（今山西蒲縣附近）。九歲知屬辭，十五歲即能詩。開元九年（七二一）二十一歲，擢進士第，調大樂丞。天寶末為給事中，安祿山反，玄宗出走，維為賊得，以藥下痢，偽稱瘖病，祿山素憐之，遣人迎置洛陽，拘於普施寺，迫為給事中。祿山宴其徒於凝碧宮，悉召梨園諸工合樂。維聞之悲惻，潛為詩曰：

> 萬戶傷心生野煙，百官何日再朝天；秋槐花落空宮裏，凝碧池頭奏管弦。

賊平，皆下獄；或以詩聞行在。時維弟縉已顯貴，請削己官贖維罪，肅宗憐之。下遷太子中允，久之，遷中庶子，三遷尚書右丞。上元二年卒，年六十一。（《新唐書》卷二〇二本傳云：上元初卒，趙殿成《右丞年譜》定在是年，較《舊唐書》本傳云卒於乾元二年為可信。）

　　維是虔誠的佛教徒，居常蔬食，不茹葷血。退朝以後，焚香獨坐，以禪誦為事。妻亡不再娶，三十年孤居一室，屏絕塵累。得宋之問藍田別墅於輞川，地奇勝，有華子岡、欹湖、竹里館、柳浪、茱萸沜、辛夷塢。與裴迪游其中，賦詩相酬為樂。

　　維不僅是詩人，而且是多能的藝術家，《新唐書》本傳云：「維工草隸，善畫，名盛於開元、天寶間，豪英貴人虛左以迎，寧、薛諸王待若師友。畫思入神，至山水平遠，雲勢石色，繪工以為天機所到，學者不及也。客有以〈按樂圖〉示者，無題識，維徐云：『此〈霓裳〉第三疊最初拍也。』客未然，引工按曲乃信。」維所畫的山水，為後來南宗之祖，他所作的畫，見於歷代著錄的甚多，可是今所存者不過一兩幅，已不能見到他整個的作風。按：南宗畫的特色，重氣韻而輕形似，尚筆墨而忽色彩，故有「文人畫」之稱。

因為南宗的山水形象，必須透過作者的情趣才著筆於紙上，若拘於形似或色彩，反喪失了作者自我的表現。昔人評王維畫以為天機所至，學者不及，正由於他是契心自然界的詩人，才能將他所體會自然的妙諦，用筆墨表現出來，所謂畫是無聲之詩的說法，也就說破了南宗山水畫的精神。他的無聲之詩與有聲之詩，足相表裏，也就是說他的詩與畫所表現的是同一的風格。

　　論到他那自然風格的形成，才性固是其一，生活尤關重要。他既以詩人而兼藝術家，負盛名於開元、天寶間，以至豪英貴人虛左以迎，其社會地位自不同於普通詩人。居官不比弟王縉顯貴，卻屬清品，故能以朝士身分，過山林生活，而得從容於文學藝術的創作。其精神生活又寄託在佛教上。佛教是以解脫現實為主的，身居富貴而欲解脫現實，本不可能，則大自然的沖虛閑靜，便是唯一的棲心之所。自然界的現象是千變萬化不可捉摸的，詩人的體會又因各人修養之不同而有深淺，維既虔心佛教，胸次恬淡，故對於自然的體會，時有物我兩忘之慨。

　　　　人閑桂花落，夜靜春山空；月出驚山鳥，時鳴春澗中。（〈鳥鳴澗〉）

　　　　空山不見人，但聞人語響；返景入深林，復照青苔上。（〈鹿柴〉）

　　　　秋山斂餘照，飛鳥逐前侶；彩翠時分明，夕嵐無處所。（〈木蘭柴〉）

　　　　獨坐幽篁裏，彈琴復長嘯；深林人不知，明月來相照。（〈竹里館〉）

　　　　山月曉仍在，林風涼不絕；慇懃如有情，惆悵令人別。（〈別

輞川別業〉）

像這樣的詩，每一首都有一個完整的形象，詩人受自然的昇華成為明淨的人生觀，自然受詩人的觀照成為神妙的畫面，渾而為一，是詩人的境界，亦是自然的境界。在寫作技巧方面，以極少的筆墨，寫出無盡的理趣，有如作畫，尺幅而有千里之勢。

> 寒山轉蒼翠，秋水日潺湲。倚杖柴門外，臨風聽暮蟬。渡頭餘落日，墟里上孤煙。復值接輿醉，狂歌五柳前。（〈輞川閒居贈裴秀才迪〉）

> 空山新雨後，天氣晚來秋；明月松間照，清泉石上流。竹喧歸浣女，蓮動下漁舟；隨意春芳歇，王孫自可留。（〈山居秋暝〉）

> 中歲頗好道，晚家南山陲；興來每獨往，勝事空自知。行到水窮處，坐看雲起時；偶然值林叟，談笑無還期。（〈終南別業〉）

昔人評維的律詩，以為「莊重閒雅，渾然天成」，這是由於他的律詩，如同他的五絕，能以意境勝的關係。例如「倚杖柴門外，臨風聽暮蟬」，與淵明的「采菊東籬下，悠然見南山」，何嘗不是同樣的物我兩忘？又如「墟里上孤煙」的「上」字，絕不是客觀的形容，而是主觀的體會。再就「明月松間照，清泉石上流。竹喧歸浣女，蓮動下漁舟」四句看來，前兩句是自然的靜象，後兩句是人物的動態；然就全詩看來，則一歸於靜漠。這便是所謂「渾然天成」，但若不透過作者的情趣，則無從得到這種成就。是故吾人欲了解王維自然風格的詩，必得了解他對於自然的體會，因為他不是客觀歌頌自然的詩人，而是要與自然同化的詩人。惟其如此，前代詩人能影響

他的,只有陶淵明。如:

> 風景日夕佳,與君賦新詩。澹然望遠空,如意方支頤。春風
> 動百草,蘭蕙生我籬。曖曖日暖閨,田家來致詞。欣欣春還
> 臬,澹澹水生陂,桃李雖未開,荑萼滿其枝;請君理還策,
> 敢告將農時。(〈贈裴十迪〉)

> 斜光照墟落,窮巷牛羊歸。野老念牧童,倚杖候荊扉。雉雊
> 麥苗秀,蠶眠桑葉稀。田夫荷鋤至,相見語依依。即此羨閑
> 逸,悵然歌式微。(〈渭川田家〉)

> 田舍有老翁,垂白衡門裏。有時農事閒,斗酒呼鄰里。喧聒
> 茅簷下,或坐或復起。短褐不為薄,園葵固足美。動則長子
> 孫,不曾向城市。五帝與三王,古來稱天子。干戈將揖讓,
> 畢竟何者是。得意苟為樂,野田安足鄙。且當放懷去,行行
> 沒餘齒。(〈偶然作〉六首其二)

這一望便知是擬陶之作。正因其胸次與淵明同,故極似淵明的風
格。但這一類的詩,在《右丞集》中,究非上乘。論王詩自應以他
的自然風格為主,然凡是一個大作家,總是具有多種面目的,維亦
不能例外。如:

> 與君相見即相親,聞道君家在孟津;為見行舟試借問,客中
> 時有洛陽人。(〈寄河上段十六〉)

> 渭城朝雨裛輕塵,客舍青青柳色新(一作春);勸君更盡一
> 杯酒,西出陽關無故人。(〈送元二使安西〉)

> 送君南浦淚如絲,君向東州使我悲;為報故人顦顇盡,如今
> 不似洛陽時。(〈送別〉)

> 廣武城邊逢暮春，汶陽歸客淚沾巾；落花寂寂啼山鳥，楊柳
> 青青渡水人。（〈寒食汜上作〉）

這該是多麼清新婉麗，與他那沖和古淡之作，實大異其趣。又如
〈少年行〉、〈隴西行〉、〈送韋評事〉以及〈送別〉（下馬飲君酒）
諸作，皆雄奇豪快，足與李白、岑參、高適相頡頏，不過他並未向
這方面發展，朱晦庵批評維詩，謂「詞雖清雅，亦萎弱少氣骨」，
（《楚辭後語》卷四）實因其「陷賊中不能死」，而持此苛論。

　　孟浩然（六八九～七四〇），字浩然，襄州襄陽人（今湖北省
襄陽縣）。少好節義，喜振人患難。隱居鹿門山，灌蔬種竹，以全
高尚。年四十，乃游京師。間游秘省，時秋月新霽，浩然得詩句
曰：「微雲淡河漢，疏雨滴梧桐」，舉座嗟其清絕，咸擱筆不復為。
張九齡、王維等皆與之為忘形之交。張九齡貶荊州長史，辟置於
府，不久罷歸。開元廿八年，王昌齡遊襄陽，浩然時病背疽且愈，
相見歡甚，食鮮疾動，終於治城南園，年五十二。浩然「骨貌淑
清，風神散朗」，王維過郢州畫浩然像於刺史亭，曰「浩然亭」。咸
通中，刺史鄭誠謂賢者名不可斥，更署曰「孟亭」。（王士源〈孟浩
然集序〉、《新唐書》卷二〇三本傳）

　　前人皆稱浩然是一個隱逸詩人，他確實在鹿門山隱居了一個時
期，但看他所走過的地方之多，以及交遊之廣，卻是一個嚮往功名
之士。雖說年四十才到京師，可是四十以前的歲月，也未必全在鹿
門山隱居。他有一首〈書懷貽京邑故人〉*詩，是自敘早年的生活，

---

* 臺先生所引錄之孟浩然詩及詩題，判應引自四部叢刊本，間或參考明代凌濛初刻套
　印本與《全唐詩》。為保持手稿原貌，孟詩與詩題異文均不註出。請讀者自行參照
　當代學者之校勘：曹永東箋注，王沛霖審訂《孟浩然詩集箋注》（天津：天津古籍出
　版社，一九八九年）或佟培基箋註《孟浩然詩集箋註》（上海：上海古籍出版社，二
　〇〇〇年）。〔編者註〕

頗能看出他那時的志趣：

> 惟先自鄒魯，家世重儒風，詩禮襲遺訓，趨庭紹末躬。晝夜
> 常自強，詞賦頗亦工。三十既成立，嗟吁命不通。慈親向羸
> 老，喜懼在深衷；甘脆朝不足，簞瓢夕屢空。執鞭慕夫子，
> 捧檄懷毛公。感激遂彈冠，安能守固窮？當塗訴知己，投刺
> 匪求蒙。秦楚邈離異，翻飛何日同？

證以「少小學書劍，秦吳多歲年」，（〈傷峴山雲表上人〉）足見其
少年志節，並非不求聞達的隱士。只因出身寒儒，鮮有援引，以至
年已三十而無所遇，遂有「遑遑三十載，書劍兩無成」，（〈自洛之
越〉）「粵余任推遷，三十猶未遇」（〈田家作〉）的感慨。後來到了
京師，雖受知於張九齡等，而功名則無所成就。布衣詩人未曾出身
科舉，而欲躋登青雲，想來也不是容易的事。至於曾被王維邀入內
署，「俄而玄宗至，浩然匿牀下，維以實對，帝喜曰：『朕聞其人而
未見也，何懼而匿？』浩然出，帝問其詩，浩然再拜，自誦所為，
至『不才明主棄』之句，帝曰：『卿不求仕，而朕未嘗棄卿，奈何誣
我？』因放還。」這一故事，雖見於《新唐書》本傳，而為浩然編
詩集的王士源是天寶年間人，他所作的〈孟浩然集序〉，卻未提及此
事。按：此事見《唐摭言》卷十一「無官受黜」條，或即《新唐書》
所據。《摭言》記浩然誦此詩後，「上聞之憮然曰：『朕未曾棄人，
自是卿不求進，奈何反有此作？』因放歸南山，終身不仕。」所謂
「放歸南山」者，實從浩然此詩題作「歲暮歸南山」傅會出來的，而
且傅會得不合情理。雖然這一故事不可靠，其不得意於京師，也是
事實，如當其離京師時〈留別王維〉詩云：「當路誰相假？知音世
所稀。」及其從京師回去以後之〈京還贈張維（一作王維）〉詩云：
「拂衣去何處？高枕南山南；欲徇五斗祿，其如七不堪。」這樣豈不

是毫無掩飾說出自家失意的牢騷？尚有一首〈仲夏歸漢南園寄京邑耆舊〉詩云：

> 嘗讀高士傳，最嘉陶徵君，日耽田園趣，自謂羲皇人。余復何為者，栖栖徒問津。中年廢丘壑，上國旅風塵；忠欲事明主，孝思侍老親。歸來冒炎暑，耕稼不及春，扇枕北窗下，采芝南澗濱。因聲謝同列，吾慕潁陽真。

他寫這一首詩的心情，頗像陶淵明的〈歸去來辭〉，似對京邑之孟浪行為大有深悔之意。於是決心高隱，以全其真。觀其生平出處，雖有些類乎淵明；比於王維之朝市山林，則大不同。可是他的詩，卻受淵明的影響少，受謝靈運的影響多。杜甫說他的詩「往往凌鮑謝」，（〈遣興〉）正道破了他詩的淵源。

他的五言古詩除了極少的幾首似淵明外，大都有類於靈運的面目，故凡他寫山水之作，經營布置，多是靈運法度。如〈彭蠡湖中望廬山〉詩云：

> 太虛生月暈，舟中知天風，挂席候明發，渺漫平湖中。中流見匡阜，勢壓九江雄。黤黮凝黛色，崢嶸當曙空。香爐初上日，瀑水噴成虹。久欲追尚子，況茲懷遠公。我來限于役，未暇息微躬。淮海途將半，星霜歲欲窮。寄言巖棲者，畢趣當來同。

這首詩與靈運所作，可說具體而微。所幸大部分的詩，不是這樣亦步亦趨的追隨靈運。他所以能自成風格者，在於能入能出，不為靈運所拘。他變靈運之穠麗，而易以澹和；變靈運之鑱刻，而出以自然，是其雖得之於靈運又不同於靈運者正在此。他的詩何以傾向於靈運的原因，則是由於他與靈運同有山水癖的關係，雖然兩人的生活與心境截然不同。故凡足跡所到的名勝，往往紀之以詩，非淵明

樓止田園、物我兩忘者可比。至如：

> 北山白雲裏，隱者自怡悅。相望始登高，心隨雁飛滅。愁因
> 薄暮起，興是清秋發。時見歸村人，平沙渡頭歇。天邊樹若
> 薺，江畔洲如月。何當載酒來，共醉重陽節。（〈秋登萬山寄
> 張五〉）

> 山光忽西落，池月漸東上。散髮乘夜涼，開軒臥閑敞。荷風
> 送香氣，竹露滴清響。欲取鳴琴彈，恨無知音賞。感此懷故
> 人，中宵勞夢想。（〈夏日南亭懷辛大〉）

> 歸閑日無事，雲臥晝不起。有客款柴扉，自云巢居子。居閑
> 好花木，採藥來城市。家在鹿門山，常遊澗澤水。手持白
> 羽扇，腳步青芒履。聞道鶴書徵，臨流還洗耳。（〈王迴見
> 尋〉）

這才是浩然自家風格的詩，既非靈運，亦非淵明，更不是王維。
《全唐詩》卷六〈浩然傳〉云：「浩然為詩，佇興而作，造意極苦，
篇什既成，洗削凡近，超然獨妙。雖氣象清遠，而采秀內映，藻思
所不及。當明皇時，章句之風大得建安體，論者推李、杜為尤，介
其間能不愧者，浩然也。」此論所提出的「氣象清遠」、「采秀內
映」，實能說出浩然詩的特色。他所作的五言律詩，較之古詩，更
形精妙，大都具有清遠的氣象。

> 垂釣坐磐石，水清心亦閑。魚行潭樹下，猿挂島藤間。游女
> 昔解佩，傳聞於此山，求之不可得，沿月櫂歌還。（〈萬山潭
> 作〉）

> 我行窮水國，君使入京華。相去日千里，孤帆天一涯。臥聞
> 海潮至，起視江月斜。借問同舟客，何時到永嘉？（〈宿永

嘉江寄山陰崔少府國輔〉）

挂席東南望，青山水國遙。舳艫爭利涉，來往接風潮。問我
今何適？天台訪石橋。坐看霞色晚，疑是赤城標。（〈舟中晚
望〉）

士有不得志，悽悽吳楚間。廣陵相遇罷，彭蠡泛舟遠。檣出
江中樹，波連海上山。風帆明日遠，何處更追攀？（〈廣陵
別薛八〉）

姚鼐云：「孟公高華精警不逮右丞，而自然奇逸處則過之。」（《今
體詩鈔》）

第二節　李白

　　李白，字太白，生於武后大足元年（七〇一），死於肅宗寶應
元年（七六二），六十二歲。（曾鞏〈李太白文集後序〉云六十四，
誤。）白之家世，有金陵、山東、隴西、廣漢諸說，皆不可信，實
為西域人。按：李白傳記的史料，以李陽冰〈草堂集序〉與范傳正
〈唐左拾遺翰林李公學士新墓碑〉為最早，李序作於白之死時，唐
碑作於白死後五十五年，兩人均言為隴西成紀人（今甘肅天水縣附
近），涼武昭王暠九世孫。李序云：「中葉非罪，謫居條支，易姓與
名。」范碑云：「隋末多難，一房被竄於碎葉，流離散落，隱易姓
名。」至近人陳寅恪先生據《新唐書‧地理志》始發見李、范之說
皆出於傅會，如其所作〈李太白氏族之疑問〉云：

　　碎葉、條支在唐太宗貞觀十八年即西曆六四四年平焉者，高
　宗顯慶二年即西曆六五七年平賀魯，隸屬中國政治勢力範圍
　之後，始可成為竄謫罪人之地；若太白先人於楊隋末世即竄

> 謫如斯之遠地，斷非當日情勢所能有之事實。其為依託，不
> 待詳辨。至所以詭稱隋末者，殆以文飾其既為涼武昭王後
> 裔，又何以不編入屬籍，如鎮遠將軍房、平涼房、姑臧房、
> 敦煌房、僕射房、絳郡房、武陵房等之比故耳。

按：天寶元年七月詔，涼武昭王以下絳郡、姑臧、敦煌、武陽等子
孫，並宜隸入宗正寺，編入屬籍。（《唐會要》卷六五）*李白既未
能「編入屬籍」，足證其非唐宗室。李、范所說「謫居」與「絕嗣之
家，難求譜諜」者，實為彌縫之辭。可是白與當時宗室交游，多舉其
輩分者，則是由唐人喜攀附高門，故凡王姓必稱琅邪，李姓必稱隴
西。清張爾岐《蒿庵閒話》卷二云：「近俗喜聯宗，凡同姓者，勢可
藉，利可資，無不兄弟叔姪者也。此風大盛於唐，其時重舊姓，故競
相依附。」白之為隴西成紀人，亦因當時風習如此，不以為怪耳。
又李〈序〉云：「神龍之始，逃歸於蜀，復指李樹而生伯陽。」范
〈碑〉云：「神龍初，潛還廣漢，因僑為郡人；父客，以逋其邑，遂
以客為名。」「則是太白至中國後方改姓李也。其父之所以名客者，
殆由西域之人其名字不通於華夏，因以胡客呼之；遂取以為名，其實
非自稱之本名也。」（《李太白氏族之疑問》）蓋六朝隋唐時代，蜀中
為西胡行賈的區域，白父之客廣漢，當是行賈於此，漸成巨富，遂有
「曩昔東遊維揚，不逾一年，散金三十餘萬」（〈上安州裴長史書〉）
之豪舉。白〈贈張相鎬〉詩，所謂「本家隴西人，先為漢邊將」者，
乃白自諱為胡人的緣故。至於白〈上安州裴長史書〉，所謂「白本家
金陵，世為右姓」者，前人有以為此與隴西說相矛盾，因疑此書為
他人所偽造，（胡應麟《少室山房筆叢》卷九〈續甲部・丹鉛新錄
五〉）也有疑金陵為金城之誤的。（《全唐文》卷三四八〈上安州裴

---

* 臺先生所引陳寅恪文，乃參《新唐書》卷七十上〈宗室世系表〉，其載為「武陵房」；
　然同卷他處亦有書為「武陽房」，《唐會要》卷六五則載為「武陽房」。〔編者注〕

長史書〉注及王琦《李太白集輯注》。金城在今甘肅皋蘭縣治）又杜甫〈蘇端薛復筵簡薛華醉歌〉、元稹〈唐故檢校工部員外郎杜君墓係銘〉以及《舊唐書‧文苑列傳》均以白為山東人者，則由於「唐人以太行山之東為山東」（顧炎武《日知錄》卷三十一）的關係。

　　這位文學史上少有的天才詩人，五歲的時候，便能誦《六甲》；十歲的時候，則能通《詩》、《書》，觀百家之言；十五歲的時候，好劍術，遍干諸侯。二十歲時，正是玄宗開元八年（七二〇），禮部尚書蘇頲出為益州長史，白於路中投刺謁頲，頲待以布衣之禮，因謂群僚云：「此子天才英麗，下筆不休，雖風力未成，且見專之骨，若廣之以學，可以相如比肩。」此時雖受知於蘇頲，但未因頲以求顯達。時有逸人東巖子者，隱於岷山，白往從之，隱居數年，不入城市，養奇禽千計，呼之就掌取食，了無驚猜。郡守聞而異之，舉兩人以有道科，並不起。二十五歲以後，出遊襄漢，南泛洞庭，東至金陵、揚州，居揚州不逾一年，散金三十餘萬，有落魄公子，悉皆濟之。其生活之浪漫豪侈，可想而知。更客汝海，還憩雲夢，故相許圉師以孫女妻之，遂留安陸十年。曾與蜀中友人吳指南同游於楚，指南死於洞庭之上，白襜服慟哭，若喪天倫，權殯於湖側，便之金陵。數年來觀，筋骨尚在，白雪涕持刃，躬申洗削，徒步負之而行，丐貸營葬於鄂城之東。後遊太原，並至齊魯，有〈答汶上翁〉詩云：「顧余不及仕，學劍來山東。」

　　天寶元年，白遊會稽，與道士吳筠共居剡中。會筠以召赴闕，薦之於朝。玄宗乃詔徵之。白至京師，與太子賓客賀知章遇於紫極宮，一見賞之。曰：「此天上謫仙人也。」因言於玄宗，召見金鑾殿，論當世務，草答蠻書，辯若懸河，筆不停輟。又上〈宣唐鴻猷〉一篇，帝嘉之，以七寶牀賜食，御手調羹以飯之。謂曰：「卿是布衣，名為朕知，非素蓄道義，何以得此。」命供奉翰林，專掌密

命。[8]

　　白性嗜酒，日與飲徒醉酒市上，帝每招之於酒肆，故杜甫詩云：「李白一斗詩百篇，長安市上酒家眠，天子呼來不上船，自稱臣是酒中仙。」天寶三載，禁中牡丹盛開，帝與楊貴妃在沉香亭，梨園弟子將奏樂歌，帝曰：「賞名花，對妃子，焉用舊樂詞為？」遂召白，白立進〈清平調辭〉三章，帝頗嘉之。高力士以白嘗沉醉殿上，引足令其為之脫靴，因摘白詩句，以激楊貴妃，由是帝欲官白，妃輒阻止。白自知不能容，益自放於酒，遂求還山，帝賜以金放還。（新、舊《唐書》及《大平廣記》所引之《松窗錄》均未書年，今據《李太白年譜》）

　　天寶十四載（七五五）安祿山反，次年正月祿山稱大燕皇帝，六月玄宗奔蜀，七月太子即位於靈武，尊玄宗為太上皇。這一年，白五十六歲，自被放以來，浪跡江湖已十二年之久了。明年，即肅宗至德元年，白見天下大亂，由宣城去溧陽，將轉道避居剡中，自云：「我垂北溟翼，且學南山豹。」（《李太白詩集》卷十二〈經亂後將避地剡中留贈崔宣城〉）後來，由剡中而隱居於廬山的屏風疊，自云：「大盜割鴻溝，如風掃秋葉，吾非濟代人，且隱屏風疊。」（《李太白詩集》卷十一〈贈王判官時余歸隱居廬山屏風疊〉）可是永王璘大軍東下，白在宣州謁見，遂入永王幕僚。（《舊唐書》本傳）[9]然白自云：「半夜水軍來，尋陽滿旌旃，空名適自誤，迫脅上樓船。」（《李太白詩集》卷十一〈經亂離後天恩流夜郎憶舊遊書懷贈江夏韋太守良宰〉）永王璘是玄宗十六子，為山南東路[10]及嶺南、

---

8 李陽冰〈草堂集序〉謂召入翰林，在天寶中，今據王琦所編〈李太白年譜〉。
9 《舊唐書》以永王璘大軍東下時，白在宣州謁見，遂入永王幕僚。按：《舊唐書》所言有誤。永王引兵東下時，白正隱廬山，似不能繞道至宣州以謁永王。
10 《舊唐書‧永王璘傳》作山東南路。新、舊《唐書》本紀並作山南東路，證以《新唐書‧永王璘傳》：「領山南、江西、嶺南、黔中四道節度使」，是知《舊唐書‧永王璘傳》作山東誤。

黔中、江南西路四道節度使，璘以父在蜀城，兄在靈武，遂欲據江左自立，至次年二月即兵敗而死。白以是亡走彭澤，坐繫尋陽獄中。乾元元年（即至德三年），以從永王璘罪，長流夜郎（今四川桐梓縣東），遂泛洞庭，上三峽，至巫山，次年在往夜郎途中時，遇赦得釋。還憩江夏岳陽，復回尋陽，這年他已五十九歲。又二年，遊金陵，並往來宣城、歷陽二郡間，明年，去當塗依李陽冰，時李陽冰為當塗令，十一月以疾卒，是歲為肅宗寶應元年。

李白從永王璘，昔人往往曲為之說，惟宋蔡寬夫論此事最為深刻，他說：「蓋其學本出縱橫，以氣俠自任，當中原擾攘時，欲藉之以立奇功耳。故其〈東巡歌〉有『但用東山謝安石，為君談笑靜胡沙』之句；至其卒章乃云：『南風一掃胡塵靜，西入長安到日邊』，亦可見其志矣。大抵才高意廣如孔北海之徒，固未必有成功，而知人料事，尤其所難議者。」（《寬夫詩話》）寬夫此論是有見地的。白之性格，志大而才疏，任氣而放誕，並不是實際的政治人物。他平日所傾慕的是動亂時代的策士與游俠，他歌頌游俠重然諾輕生命的精神，他欣賞策士談笑間取功名的才調。他尤衷心的仰慕魯仲連之為人，〈古風〉其十云：

> 齊有倜儻生，魯連特高妙。明月出海底，一朝開光曜。卻秦振英聲，後世仰末照。意輕千金贈，顧向平原笑。吾亦澹蕩人，拂衣可同調。

又如〈江夏寄漢陽輔錄事〉云：「我書魯連箭，報國有壯心」；〈留別金陵崔侍御〉云：「恨無左車略，多愧魯連生」；〈送王屋山人魏萬還王屋〉云：「辯折田巴生，心齊魯連子」；〈古風〉其三十六云：「魯連及柱史，可以躡清芳。」李白之傾倒魯仲連，也正是他自以為是魯仲連一流人物，與諸葛亮高歌〈梁甫吟〉自許管、樂有

同樣的襟懷。至若「余亦草間人，頗懷拯物情」（〈讀諸葛武侯傳書懷贈長安崔少府叔封昆季〉），「願一佐明主，功成還舊林」（〈留別王司馬嵩〉），這更露骨地說出他的心願。於是而有「有才知卷舒，無事坐悲苦」（〈擬古〉其五），「蘭生谷底人不鋤，雲在高山空卷舒」（〈贈從弟南平太守之遙〉二首其一）的感慨。既以人生有「卷舒」，則是未嘗絕望於期待。一旦祿山叛變，舉國紛擾的時候，永王璘以帝子之親，辟之出山，此時李白未始無藉以立奇功之心，故引謝安石以自況。後來身列叛黨，遠逐夜郎，則是帝王時代「與人家國」失敗者應有的結果，遂有「富貴與神仙，蹉跎成兩失」（〈長歌行〉）的悲歎。

　　由其生平看來，始則「翰林秉筆回英盼，麟閣崢嶸誰可見；承恩初入銀臺門，著書獨在金鑾殿」（〈贈從弟南平太守之遙〉二首其一），不可說不得意了；然一被讒放，便如死灰不可復燃。繼參永王璘軍幕，而思「為君談笑靜胡沙」，可是結果更壞：「去國愁夜郎，投身竄羌谷」（〈流夜郎半道承恩放還兼欣剋復之美書懷示息秀才〉）。據此看來，白與現實政治，始終站在邊緣上，而無深厚的基礎。他自己說：「空談帝王畧，紫綬不挂身；雄劍藏玉匣，陰符生素塵。」（〈門有車馬客行〉）又說：「我本不棄世，世人自棄我。」（〈送蔡山人〉）他這種坦率的自白，足夠證明他是如何不甘心於寂寞的熱情。因此，我們不能認為他是超現實的詩人，他的詩充分的流露出他對於現實的指責與悲憤。可是昔人每持揚杜抑李之論，並不作如是觀。羅大經云：「李太白當王室多難，海宇橫潰之日，作為詩歌，不過豪俠使氣，狂醉於花月之間耳。社稷蒼生，曾不繫其心膂。其視杜陵之憂國憂民，豈可同年語哉？」（《鶴林玉露》卷十八）這樣膚淺的見解，何嘗認識李白詩的真價值，但這還是代表了好些人的觀念。現在我們要來重新看一看李白詩所反映現實的精神。

　　玄宗一如乃祖，喜對外武功，天寶元年，「天下聲教所被之州三百三十一，羈縻之州八百，置十節度、經畧使以備邊。」「凡鎮兵四十九萬人，馬八萬匹。開元之前，每歲供邊兵衣糧，費不過二百萬；天寶之後，邊將奏益兵浸多，每歲用衣千二十萬匹，糧百九十萬斛。公私勞費，民始困苦矣。」(《資治通鑑》卷二一五)玄宗黷武政策的結果，於此可見。李白對此，曾寄以深刻的諷刺。〈戰城南〉云：

> 去年戰桑乾源，今年戰蔥河道。洗兵條支海上波，放馬天山雪中草。萬里長征戰，三軍盡衰老。匈奴以殺戮為耕作，古來惟見白骨黃沙田。秦家築城備胡處，漢家還有烽火然。烽火然不息，征戰無已時。野戰格鬥死，敗馬號鳴向天悲。烏鳶啄人腸，銜飛上掛枯樹枝。士卒塗草莽，將軍空爾為。乃知兵者是凶器，聖人不得已而用之。

他說戰爭是「不得已而用之」，該是多麼有力的一句話，要不是深切地了解戰爭的意義，能有這樣明智的見解嗎？

　　「天寶十二年，劍南節度使楊國忠執國政，仍奏徵天下兵，俾留後、侍御史李宓將十萬(擊南詔)。輦餉者在外，涉海瘴死者相屬於路，天下始騷然苦之。」(《舊唐書》一九七〈南詔蠻傳〉)又《資治通鑑》卷二一六云：「制大募兩京及河南、北兵以擊南詔。人聞雲南多瘴癘，未戰士卒死者什八九，莫肯應募。楊國忠遣御史分道捕人，連枷送詣軍所。」李白對此復亦深致不滿，〈古風〉其三十四云：

> 羽檄如流星，虎符合專城。喧呼救邊急，群鳥皆夜鳴。白日曜紫微，三公運權衡。天地皆得一，澹然四海清。借問此何為？答言楚徵兵。渡瀘及五月，將赴雲南征。怯卒非戰士，

> 炎方難遠行。長號別嚴親，日月慘光晶。泣盡繼以血，心摧
> 兩無聲。困獸當猛虎，窮魚餌奔鯨。千去不一回，投軀豈全
> 生？如何舞干戚，一使有苗平。

此顯然抨擊楊國忠執國政，不能使四海清平，而勞民傷財從事對外
戰爭，亦即白居易所說：「君不聞開元宰相宋開府，不賞邊功防黷
武；又不聞天寶宰相楊國忠，欲求恩幸立邊功。」（〈新豐折臂翁〉）
在楊國忠以前，安祿山之被親幸，便是由於邊功，《資治通鑑》卷
二一五云：「安祿山欲以邊功市寵，數侵略奚、契丹；奚、契丹各
殺公主以叛。」足見玄宗欲承其祖先政策，而賊臣楊國忠、安祿山
便以邊功投其所好。然李白並不是絕對反對邊功者，外敵來侵，也
只有以戰止戰，是乃出於「不得已而用之」。其所作〈塞下曲〉、
〈出自薊北門行〉、〈發白馬〉等篇，即係鼓吹邊功者，這大概作於
天寶以前，以開元之時常有邊患故耳。

　　玄宗寵楊貴妃，荒怠國政，幾致亡國。李白之〈宮中行樂詞〉
云：「宮中誰第一，飛燕在昭陽」；又〈清平調〉云：「借問漢宮
誰得似？可憐飛燕倚新妝」；兩者均是奉詔之作，但他直指楊貴妃
為趙飛燕，另一面李三郎豈不就是漢成帝？李三郎的淫昏與漢成帝
比，本無不同，可是李白竟能直言不諱，不能說這位天才詩人沒有
節士風概。又〈陽春歌〉云：

> 長安白日照春空，綠楊結烟垂裊風。披香殿前花始紅，流芳
> 發色繡戶中。繡戶中，相經過。飛燕皇后輕身舞，紫宮夫人
> 絕世歌。聖君三萬六千日，歲歲年年奈樂何！

他這不是給玄宗畫像嗎？一個不顧國家存亡、人民生活的淫昏之主
的畫像。至於當時腐蝕這位淫昏之主的外戚朝貴們，他們的驕橫與
淫侈的生活，也浮現在他的筆端：

……雞鳴海色動，謁帝羅公侯。月落西上陽，餘輝半城樓。
衣冠照雲日，朝下散皇州。鞍馬如飛龍，黃金絡馬頭。行人
皆辟易，志氣橫嵩丘。入門上高堂，列鼎錯珍羞。香風引趙
舞，清管隨齊謳。七十紫鴛鴦，雙雙戲庭幽。行樂爭晝夜，
自言度千秋。……（〈古風〉其十六）

大車揚飛塵，亭午暗阡陌。中貴多黃金，連雲開甲宅。路逢
鬥雞者，冠蓋何輝赫。鼻息干虹蜺，行人皆怵惕。世無洗耳
翁，誰知堯與跖。（〈古風〉其二十四）

鬥雞一事看來不是大事，然證以陳鴻的〈東城老父傳〉，便知這一小
事，也消耗了不少的國力，而李白的詩也並非誇張了。總之，君臣
一體，從事淫樂，其招致覆亡，則是必然的事。果然，天寶十四年
十一月安祿山舉兵反，「時海內久承平，百姓累世不識兵革，猝聞
范陽兵起，遠近震駭。河北皆祿山統內，所遇州縣，望風瓦解。守
令或開門出迎，或棄城竄匿，或為所擒戮，無敢拒之者。」（《資治
通鑑》卷二一七）於是東西兩京相繼失陷，大皇帝也只有逃往蜀中
了。李白詩筆下所反映當時的情形云：

洛陽三月飛胡沙，洛陽城中人怨嗟。天津流水波赤血，白骨
相撐如亂麻。……（〈扶風豪士歌〉）

……炎涼幾度改，九土中橫潰。漢甲連胡兵，沙塵暗雲海。
草木搖殺氣，星辰無光彩。白骨成丘山，蒼生竟何罪？函關
壯帝居，國命懸哥舒。長戟三十萬，開門納兇渠。公卿如犬
羊，忠讜醢與菹。二聖出游豫，兩京遂丘墟。……（〈經亂離
後天恩流夜郎憶舊遊書懷贈江夏韋太守良宰〉）

……中原走豺虎，烈火焚宗廟。太白晝經天，頹陽掩餘照。

> 王城皆蕩覆，世路成奔峭。四海望長安，嚬眉寡西笑。蒼生
> 疑落葉，白骨空相弔。連兵似雪山，破敵誰能料？……（〈經
> 亂後將避地剡中留贈崔宣城〉）

國破的慘象，人民的無辜，寫來是多麼沉痛而有力。他對於招致這
一場大禍使人民塗炭的玄宗，更致以深婉的諷刺。即如〈上皇西巡
南京歌〉所謂：「草樹雲山如錦繡，秦川得及此間無？」「地轉錦
江成渭水，天迴玉壘作長安」；「石鏡更名天上月，後宮親得照娥
眉」；這真是歌頌風流天子的遊幸，哪有一絲蒙塵的意味？足見他
眼中的唐明皇，既似漢成帝又似隋煬帝，故以留連光景之辭，貌其
淫昏之態，而與「白骨成丘山，蒼生竟何罪」成強烈的對照。

　　玄宗不僅好邊功好女色，並好神仙，權勢愈高，欲望愈無窮
止，終至想長生不老，這本是大君的常態，玄宗自不能例外，李白
對此亦毫不容情地加以諷刺。如：

> 登高丘，望遠海。六鼇骨已霜，三山流安在？扶桑半摧折，
> 白日沉光彩。銀臺金闕如夢中，秦皇漢武空相待。精衛費木
> 石，黿鼉無所憑。君不見：驪山茂陵盡灰滅，牧羊之子來攀
> 登。盜賊劫寶玉，精靈竟何能？窮兵黷武今如此，鼎湖飛龍
> 安可乘？（〈登高丘而望遠海〉）

> 三十六離宮，樓臺與天通；閣道步行月，美人愁烟空。恩疎
> 寵不及，桃李傷春風。淫樂意何極？金輿向回中。萬乘出黃
> 道，千旗揚彩虹。前軍細柳北，後騎甘泉東。豈問渭川老，
> 寧邀襄野童？但慕瑤池宴，歸來樂未窮。（〈上之回〉）

藉秦皇漢武荒淫愚昧的行為，以諷刺當今的大君，雖深切，亦復憤
激，比於杜甫，或失於溫厚，然這是李白的本色。白既指斥神仙為

虛妄，何以自家也不免憧憬於神仙？要知白之憧憬神仙，只是藉以表現他那高遠的寄託，無視庸俗，鄙棄下愚，所謂「蟬翼九五，以求長生，下士大笑，如蒼蠅聲。」（〈來日大難〉）於此可以看出他心目中的神仙，猶之淵明的桃花源，皆是現實生活的反映，而不是真個向虛無縹緲中討生活的夢遊者。

　　據上所述，足見羅大經所謂「社稷蒼生，曾不繫其心膂」為不可信。茲再舉黃節論太白之語，以相印證。黃先生云：「李白〈古風〉最為五言之冠，顧其天才卓絕，而憂時感憤，恆發於言。開元中白既以楊妃之譖去國，意怏怏，作〈雪讒詩〉。天寶中北討奚契丹，勤於兵，作〈戰城南〉。天寶末，君子失位，小人用事，以至胡將稱兵，天子幸蜀，作〈遠別離〉、〈蜀道難〉、〈枯魚過河泣〉等篇。閎肆俊偉，參差屈曲，幽人鬼語，使人一唱三歎而有餘哀。而忠義激發，又足以繫夫三綱五典之重，識者稱其深得〈國風〉諷刺之旨。」（《詩學・唐至五代詩學》）這種論斷，自非羅大經輩短視所能及。但這是關於李白的寫作態度，也是吾人不可忽視的一面。這一面，也是他自己說得最為明白的。〈古風〉第一首云：

> 大雅久不作，吾衰竟誰陳？王風委蔓草，戰國多荊榛。龍虎相啖食，兵戈逮狂秦。正聲何微茫，哀怨起騷人。揚馬激頹波，開流蕩無垠。廢興雖萬變，憲章亦已淪。自從建安來，綺麗不足珍。聖代復元古，垂衣貴清真。群才屬休明，乘運共躍鱗。文質相炳煥，眾星羅秋旻。我志在刪述，垂輝映千春。希聖如有立，絕筆於獲麟。

楊齊賢注云：「建安諸子，智尚綺靡，摛章繡句，競為新奇，而雄健之氣，由此萎薾，至於唐，八代極矣；掃魏、晉之陋，起騷人之廢，太白蓋以自任矣。」（《分類補注李太白詩》卷二）太白的抱負

確乎如此,他要以「清真」挽救建安以來的綺靡,所謂「清」者,
便是不尚綺麗;所謂「真」者,則是以抒寫情志為主而不重藻飾,
亦即范傳正所云:「作詩非事于文律,取其吟以自適。」(〈唐左拾
遺翰林學士李公新墓碑〉)惟其如此,〈國風〉、樂府的自然風格及
其藝術技巧,都是他所追尋的目標。元稹說他「壯浪縱恣,擺去約
束」,(〈唐故檢校工部員外郎杜君墓係銘〉)也就是說他未嘗受形
式上的排比聲律的束縛。所以他的詩多是五言古風,而不甚重視唐
代新體的律詩。李陽冰說:「盧黃門云:『陳拾遺橫制頹波,天下質
文,翕然一變。至今朝詩體,尚有梁、陳宮掖之風,至公大變,掃
地併盡。』」(〈草堂集序〉)將他比擬為陳子昂,則由於他與子昂
共一目標的關係,但究竟不同:子昂真正在那裡復古,太白則有類
於「託古改制」;如子昂的詩置之漢、魏人詩中,可以亂真,太白的
詩自具一清真面目,亂不了人家。五言詩到了唐代,已經走向衰微
的階段,太白不僅有起廢之功,並為後來的人開一條自由抒寫的道
路。但因為他天才高,志氣宏放,聯想豐富,有縱橫揮灑之概,以
致後人視之高不可攀,望之卻步。

因為他不受格律拘束,不太重視七言律詩,可是他的七言絕
句,輕描淡寫,靈感飛動,卻是絕唱。真「如畫中神品,窅然入
微,高出盛唐諸公之上。」(黃節《詩學》語)

> 問余何事栖碧山?笑而不答心自閑。桃花流水窅然去,別有
> 天地非人間。(〈山中問答〉)

> 桂殿長愁不記春,黃金四屋起秋塵。夜懸明鏡青天上,獨照
> 長門宮裏人。(〈長門怨〉二首其二)

> 越王句踐破吳歸,戰士還家盡錦衣。宮女如花滿春殿,只今
> 惟有鷓鴣飛。(〈越中覽古〉)

故人西辭黃鶴樓，烟花三月下揚州。孤帆遠影碧空盡，惟見長江天際流。（〈黃鶴樓送孟浩然之廣陵〉）

橫江館前津吏迎，向余東指海雲生。郎今欲渡緣何事？如此風波不可行。（〈橫江詞〉六首其五）

朝辭白帝彩雲間，千里江陵一日還；兩岸猿聲啼不住，輕舟已過萬重山。（〈下江陵〉）

楊花落盡子規啼，聞道龍標過五溪；我寄愁心與明月，隨君直到夜郎西。（〈聞王昌齡左遷龍標遙有此寄〉）

蜀國曾聞子規鳥，宣城還見杜鵑花；一叫一回腸一斷，三春三月憶三巴。（〈宣城見杜鵑花〉）

第三節　杜甫、元結

　　杜甫，字子美，生於睿宗先天元年（七一二），卒於代宗大曆五年（七七〇），五十九歲。武則天朝的宮廷詩人杜審言，是他的祖父。當他年少時，便顯露出其不羈的天才。自敘詩云：「往者十四五，出遊翰墨場；斯文崔魏徒（原注：崔鄭州尚，魏豫州啟心），以我似班揚。七齡思即壯，開口詠鳳皇；九齡書大字，有作成一囊。性豪業嗜酒，嫉惡懷剛腸。脫落小時輩，結交皆老蒼；飲酣視八極，俗物多茫茫。」（〈壯遊〉）這是他的自畫像，嗜酒能文的少年杜甫。開元十九年二十歲這年起，漫遊吳、越，下姑蘇，渡浙江，遊剡溪。開元二十三年二十四歲，赴京師應進士不第，二十五年復漫遊齊、趙。天寶三年李白自翰林放歸，甫與白始相晤於東都洛陽，時甫年三十三歲，白已四十四歲了，次年與白同遊齊州，李邕為北海太守，曾陪宴歷下亭，甫有〈陪李北海宴歷下亭〉

詩，李白與高適並有贈邕詩，當在是時。

　　天寶五年歸長安，至十年四十歲，進三大禮賦，玄宗奇之，命待制集賢院。十四年四十四歲，授河西尉，不拜，改右衛率府冑曹參軍。居長安十年，始則待詔集賢院，繼則冑曹參軍，皆非其志；又見當時政治腐敗，君臣淫樂，不顧民生，聚斂不已，浩然有歸隱之意。〈去矣行〉云：「野人曠蕩無覥顏，豈可久在王侯間？」遂於當年十一月初，離京師去奉先縣視妻子，而安祿山在范陽起兵叛亂亦正在此月。當他到奉先時，雖還不知道祿山叛亂，但已感到國計民生敗壞不堪，憂思懣悶，心情異常沉重，作了一首五百字的詠懷長詩，以「窮年憂黎元，歎息腸內熱」的悲憤，毫無忌諱地指責玄宗與楊貴妃在驪山華清宮的淫樂，將民脂民膏盡情揮霍，而后戚楊家兄妹，也極端地奉承淫昏的玄宗，過著豪侈的生活，因有「朱門酒肉臭，路有凍死骨，榮枯咫尺異，惆悵難再述」的悲吟。而他自己的家人呢？「入門聞號咷，幼子饑已卒。」但他卻說「吾寧捨一哀，里巷亦嗚咽」，他那「窮年憂黎元」的悲憫之懷，更加了解自己兒子的命運，也就是若干人以及若干人之子的命運，詩人的悲痛在人群而不在一己，於是詩人更深一層說道：「默思失業徒，因念遠戍卒。憂端齊終南，頊洞不可掇。」（《杜少陵集詳註》卷四：〈自京赴奉先縣詠懷五百字〉）當詩人悲吟的時候，安祿山大兵已經深入了。安祿山於十一月九日起兵叛亂，至十二月十二日便攻下東京，為時不過三十四日。

　　天寶十五載五月，甫自奉先往白水，依舅氏崔少府。六月又自白水往鄜州。時祿山陷潼關，玄宗山延秋門，旋決定西逃入蜀。七月，太子即位靈武，改元至德。甫遂自鄜贏服奔行在，以赴國難，不幸陷賊中。

　　至德二年，四月脫賊，謁肅宗於鳳翔，拜左拾遺。五月罷房

琯，甫疏救之，上怒，詔三司推問，宰相張鎬救之，獲免。[11]明年改元乾元，六月貶為華州司功。二年七月，因為關輔飢荒，遂棄官西去，先到秦州，想在西枝村置草堂未成，十月去同谷，十二月入蜀，終到了成都。這一年中，生活最為悽苦，大有遑遑無所之之感。如說「我生苦漂蕩，何時有終極」（〈別贊上人〉）；又說「奈何迫物累，一歲四行役」（〈發同谷縣〉）。奔走道途之中，心情異常沉重，有時想到隔在遠方的弟弟，與十年不見的寡居妹妹（〈乾元中寓居同谷縣作歌七首〉），雖身適異鄉，而心在故土，如說「故鄉有弟妹，流落隨丘墟，成都萬事好，豈若歸吾廬。」（〈五盤〉）當他行經飛仙閣，人馬疲勞時，忽然「歎息謂妻子，我何隨汝曹？」（〈飛仙閣〉）原來平生懷抱，一身許國，終不免拖家攜眷奔走於飢餓路上，能不令詩人悲歎？

　　乾元三年改元上元，甫在成都西郭外浣花溪傍，開始經營草堂，除了有人資助外，（〈王十五司馬弟出郭相訪兼遺營茅屋貲〉）並向朋友們覓求花果竹樹，種植在草堂左右。草堂落成時，詩人頗感適意，喪亂以來，奔走道途，歷經飢餓艱難，總算有了自己的居處了。〈堂成〉詩云：

> 背郭堂成蔭白茅，緣江路熟俯青郊，檣林礙日吟風葉，籠竹和煙滴露梢；暫止飛鳥將數子，頻來語燕定新巢。旁人錯比揚雄宅，懶惰無心作解嘲。

這年詩人已經四十九歲了。當他五十一歲時，即肅宗寶應元年，七

11 甫脫賊至鳳翔，錢謙益《唐杜少陵先生年譜》為五月，今從仇兆鰲《杜工部年譜》。按：房琯罷相，新、舊《唐書》之〈肅宗本紀〉並為至德二載五月丁巳，是年五月戊申朔，丁巳為十日，如甫拜左拾遺為五月，必在是月十日以前；否則，不能疏救房琯也。至《錢注》卷二〈述懷〉詩註，引甫拜左拾遺誥文為五月十六日，尤與房罷相日抵觸，不可信。

月為送西川節度使嚴武還朝，到了綿州。適值劍南兵馬使徐知道叛
亂，未便即回成都，因入梓州。八月徐知道為其將李忠原所殺，
劍南雖已平定，可是詩人又決定在梓州住下了，並將妻子也接到
梓州。有說在梓州是依高適，可是沒有證據。（仇兆鰲《杜工部年
譜》）當他避徐知道亂在梓州時，非常懸念他的草堂，〈相從行贈嚴
二別駕〉詩云：「我行入東川，十步一回首，成都亂罷氣蕭索，浣花
草堂亦何有？」惟恐辛苦經營的草堂，被亂兵所毀。詩人在草堂居
住的時日，也不過一年多，本有「卜宅從茲老」的意念，卻未能如
願。後來還令他兄弟回草堂去看看，並囑咐道：「鵝鴨宜長數，柴
荊莫浪開，東林竹影薄，臘月更須栽。」（〈舍弟占歸草堂檢校聊示
此詩〉）

　　明年，廣德元年，召補京兆功曹，不赴。早年志在「致君堯舜
上，再使風俗淳」（〈奉贈韋左丞丈〉），而今則「蒼茫風塵際，蹭
蹬騏驎老」（〈奉贈射洪李四丈〉），區區一京兆府掾屬，在他已毫
無意義了。二年，嚴武再鎮蜀，他於晚春時回到成都，六月武表他
為節度參謀檢校工部員外郎，賜緋玉帶。可是也只作了半年官，第
二年永泰元年正月，便辭了節度使幕府，再回到浣花草堂。有一首
〈莫相疑行〉可以看出當時的心情：

> 男兒生無所成頭皓白，牙齒欲落真可惜。憶獻三賦蓬萊宮，
> 自怪一日聲烜赫；集賢學士如堵牆，觀我落筆中書堂。往時
> 文采動人主，此日飢寒趨路旁。晚將末契託年少，當面輸心
> 背面笑。寄謝悠悠世上兒，不爭好惡莫相疑。

同年四月嚴武死了，五月甫遂離成都南下，經戎州、渝州、忠州到
雲安暫住，明年大曆元年春，自雲安到夔州，三年，去夔出峽，經
江陵、公安而至岳州，四年，由岳州到潭州，五年夏，避臧玠亂，

由潭州到衡州，欲入郴州依舅氏崔偉，因至耒陽。秋，扁舟下荊楚，竟以寓卒，旅殯岳陽。（《舊唐書》本傳謂「永泰二年，啗牛肉白酒，一夕而卒於耒陽」；《新唐書》謂：「（耒陽）令嘗饋牛炙白酒，大醉，一夕卒」；唐人詩亦有謂甫死於耒陽者。今從元稹所作墓誌銘。）

　　按：唐代科舉重進士，杜甫竟不能以此作為進身之階，年已四十，猶上三大禮賦，次年又應試文章，纔得參列選序。四十六歲拜左拾遺，雖品級甚低，猶是天子近侍之臣。（〈憶昔〉詩曾云：「我昔近侍叨奉引。」）此官之得，可能由於布衣交房琯的關係。後來之貶為華州司功，也由於坐房琯之黨的關係。錢謙益箋杜之〈洗兵馬〉云：

> 公之自拾遺移官，以上疏救房琯也。琯夙負重名，馳驅奉冊，肅宗以其為上皇建議，諸子悉領大藩，心忌而惡之。乾元元年六月，下詔貶琯，并及劉秩、嚴武等，以琯黨也。《舊書》甫本傳云：「房琯布衣時與甫善，琯罷相，甫上言琯不宜罷，肅宗怒，貶琯為刺史，出甫為華州司功參軍。」按：《杜集》有至德二載六月〈奉謝口敕放三司推問狀〉，蓋琯罷相時，公抗疏論救，詔三司推問，以張鎬救，敕放就列，至次年六月，復與琯俱貶也；然而詔書不及者，以官卑耳。（《錢注杜詩》卷二）

潘耒因為鄙薄錢之為人，力斥錢說，以甫之貶官，「不知坐何事，今言其坐琯黨，亦臆度之辭耳。」（《遂初堂書杜詩錢箋後洗兵馬箋》）浦起龍《讀杜心解》則以為「杜之謫，自因琯黨，事蹟本明明白白」。今按：謙益以〈洗兵馬〉詩為刺肅宗不能盡子道，且不能信任父之賢臣，此說固未可信；然涉及甫坐琯黨，則非無依據。《舊

唐書》卷一一一〈房琯傳〉乾元元年六月罷房琯詔云：「又與前國子祭酒劉秩、前京兆少尹嚴武等潛為交結，輕肆言談，有朋黨不公之名，違臣子奉上之體。何以儀刑王國，訓導儲闈？」又云：「朕自臨御寰區，薦延多士，常思聿求賢哲，共致雍熙。深嫉比周之徒，虛偽成俗。今茲所遣，實屬其辜。猶以琯等妄自標持，假延浮稱，雖周行具悉，恐流俗多疑，所以事必縷言，蓋欲人知不濫。凡百卿士，宜悉朕懷。」當至德二載罷房琯宰相時，並沒有這次貶琯官之嚴重，制文再三說明，好像朝廷非常屈抑，非「縷言」之不足以見信於「凡百卿士」似的，足見肅宗及其左右嫉琯之深，必欲去之、毀其人望而後快。琯之罪名既係交結朋黨，則同被貶斥的必不止劉秩、嚴武，而因官卑不見於制書的也必不止杜甫一人。

　　杜甫既坐琯黨而貶，那他當年之所以得拾遺又可想而知了。這次給杜甫的打擊是大的，使他不由得發出「豈無濟時策，終竟畏羅罟」的感慨。（〈遣興〉五首）故當兩京收復，上皇回京，天下漸趨安定的時候，遂西去成都，求田問舍的將自家安頓下來。後來入嚴武幕府，嚴也很尊敬他，這未必由於他與嚴有世舊的關係，恐怕還是昔年政治的關係。嚴武鎮蜀，「肆志逞欲，恣行猛政」，「蜀土頗饒珍產，武窮極奢靡，賞賜無度，或由一言賞至百萬。蜀方閭里以徵斂殆至匱竭。」（《舊唐書‧嚴武傳》）如此酷烈，而甫之〈八哀〉詩，「至比之為諸葛、文翁，不免譽浮其實。」（〈八哀〉詩仇兆鰲注語）雖然，於此卻可見兩人關係之深切，所以嚴武一死，甫遂即離蜀，走向旅途，而有「飄飄何所似，天地一沙鷗」之感了。至於房琯的政治群，究竟有些什麼人，歷史上並不明確，想來也不過多引用幾個正人，他主政的時間短，又在大亂時期，自然不能同後來的朋黨比，但至少我們明白了我們偉大的詩人與當時政治群的關係。

　　杜甫死後四十餘年，元稹為之作墓誌銘，兼論其詩，以為詩「至於子美，蓋所謂上薄《風》、《騷》，下該沈、宋，言奪蘇、李，氣吞曹、劉，掩顏、謝之孤高，雜徐、庾之流麗，盡得古今之體勢，而兼人人之所獨專矣。使仲尼考鍛其旨要，尚不知貴其多乎哉！苟以為能所不能，無可無不可，則詩人以來未有如子美者。」《舊唐書》本傳悉錄此文，並謂「自後屬文者，以稹論為是」。《新唐書》本傳雖未將稹論錄入，但其贊語亦略同，可互相闡發。如云：「唐興，詩人承陳、隋風流，浮靡相矜，至宋之問、沈佺期等，研揣聲音，浮切不差，而號『律詩』，競相沿襲。逮開元間，稍裁以雅正；然恃華者質反，好麗者壯違，人得一概，皆自名所長。至甫，渾涵汪茫，千彙萬狀，兼古今而有之；他人不足，甫乃厭餘，殘膏膡馥，沾丐後人多矣，故元稹謂：『詩人以來，未有如子美者。』甫又善陳時事，律切精深，至千言不少衰，世號『詩史』。」

　　他們都是依據歷史的觀點，證明杜甫的偉大，但他們所注意的，未免偏於體勢方面。要知杜甫之所以偉大，是由於他所承受的儒家思想的傳統，在他詩篇中所流露出的，無往不是「己飢己溺」的精神，仁者的懷抱。他自己也說「窮年憂黎元，歎息腸內熱」，（〈自京赴奉先縣詠懷〉）是此熱情，才能勇猛地寫出他那時代黎元在昏暴的政治下所遭受的命運。我們讀他的詩，不可不體會從他那「窮年憂黎元」所放射出的光輝。

　　元結（七一九～七七二），字次山，別號元子、猗玗子、浪士、漫郎、聱叟、漫叟，汝州魯山縣人。登進士，舉制科。肅宗乾元二年（七五九）年四十一，上時議三篇，擢右金吾兵曹參軍，攝監察御史，充山南東道節度參謀。後官道州刺史。大曆七年卒，年五十四。

　　元結《篋中集‧序》云：「風雅不興，幾及千歲」，「近世作者，更相沿襲，拘限聲病，喜尚形似，且以流易為辭，不知喪於雅正。」結的見解如此，故詩擬風雅，文摹典謨，雖意在糾正當時文風的流易，卻不免有泥古不化的毛病，因而詩不如其前代作者陳子昂的渾成，文不如後來作者韓退之的雄肆自然，徒給人以「聱牙」的感覺。（《唐才子傳》卷三〈元結傳〉云：「作詩著辭，尚聱牙。」）然生於天寶之時，憂時念亂的心情，則與杜甫相似。杜甫也非常稱許他的〈舂陵行〉，甫在〈同元使君舂陵行‧序〉中說道：「今盜賊未息，知民疾苦，得結輩十數公，落落然參錯天下為邦伯，萬物吐氣，天下小安可得矣。」今現所作，大都以諷喻為主，如〈閔荒詩〉、〈系樂府〉、〈喻舊部曲〉、〈舂陵行〉、〈賊退示官吏〉等篇，都可以看出當時社會的情形，而且可以看出他是怎樣一個留心民間疾苦的詩人。

　　　　誰知苦貧夫，家有愁怨妻。請君聽其詞，能不為酸嘶。所憐抱中兒，不如山下麑。空念庭前地，化為人吏蹊。出門望山澤，回顧心復迷。何時見府主，長跪向之啼。（〈系樂府〉十二首其六〈貧婦詞〉）

　　　　軍國多所須，切責在有司。有司臨郡縣，刑法竟欲施。供給豈不憂，微斂又可悲。州小經亂亡，遺人實困疲。大鄉無十家，大族命單羸。朝飡是草根，暮食是木皮。出言氣欲絕，言速行步遲。追呼尚不忍，況乃鞭撲之。郵亭傳急符，來往迹相追。更無寬大恩，但有迫促期。欲令鬻兒女，言發恐亂隨。悉使索其家，而又無生資。聽彼道路言，怨傷誰復知。去冬山賊來，殺奪幾無遺。所願見王官，撫養以惠慈；奈何重驅逐，不使存活為。安人天子命，符節我所持。州縣忽亂

亡，得罪復是誰？遺緩違詔令，蒙責固所宜。前賢重守分，惡以禍福移。亦云貴守官，不愛能適時。顧惟屏弱者，正直當不虧。何人采國風，吾欲獻此辭。（〈舂陵行〉）

第四節　韋應物

韋應物，洛陽人（據葛繁〈校刻韋集後序〉，姚寬〈書葛繁校韋集後〉從之）。宋沈明遠〈補韋刺史傳〉謂為京兆長安縣人，殆就應物先世籍貫而言。應物年少時，曾為明皇三衛，三衛是唐禁衛軍的親衛、勳衛、翊衛之通稱，皆係權豪子弟而儀容整美者任之。他的〈逢楊開府〉詩云：

少事武皇帝，無賴恃恩私，身作里中橫，家藏亡命兒。朝持樗蒲局，暮竊東鄰姬，司隸不敢捕，立在白玉墀。驪山風雪夜，長楊羽獵時。一字都不識，飲酒肆頑癡。武皇升仙去，憔悴被人欺。讀書事已晚，把筆學題詩。兩府始收跡，南宮謬見推。非才果不容，出守撫惸嫠。忽逢楊開府，論舊涕俱垂。坐客何由識，唯有故人知。

又云：「我念綺襦歲，扈從當太平，小臣職前馳，馳道出灞亭」；（〈酬鄭戶曹驪山感懷〉）又云：「身騎廄馬引天仗，直入華清列御前。」（〈溫泉行〉）據以上自述看來，詩人早先為一豪門少年，又是天子仗衛，任俠不羈，後來才折節讀書的。沈明遠〈補韋刺史傳〉以為少游太學在為衛仗前，不如姚寬〈書韋集後〉說為可信，姚謂：「少嘗游太學，蓋武皇升仙後二年入太學，遂為丞也。」又云：「〈廣德中洛陽作〉云：『蹇劣乏高步，緝遺守微官。』廣德（代宗年號）二年，乃當永泰之元，時為洛陽丞，自京師叛亂之後，至德、乾元、上元、寶應數年間，折節讀書，遂入仕，而因謂之『微

官』也。」辛文房《唐才子傳》謂應物:「初以三衛郎事玄宗,及崩,始悔,折節讀書。」殆從姚說。以後行跡,姚寬云:

> 自洛陽丞為京兆府功曹,大曆十四年,自鄠縣令制除櫟陽令,以疾歸善福精舍。建中二年,由前資除比部員外郎。出為滁州,改判江州,改左司郎中。貞元初,又歷蘇州。罷守,寓居永定精舍。以詩考之,歷官次序如此。……明年興元甲子歲,……乃德宗幸奉天時,應物年四十八。自後守九江,至為蘇州刺史,計其年五十餘矣。以集中事及時人所稱,考其仕官如此,得非遂止於蘇耶?

按:姚寬文考應物生平,雖不夠詳細,但確切可信。據其所述年歷,應物生於玄宗開元二十五年(七三七),其死年當在德宗貞元十年(七九四)前後。

宋崔敦禮云:「方蘇州在時,其詩未甚貴重,後三十餘年,白樂天始愛之。」(乾道平江校韋集十卷并拾遺七篇跋尾)按:白居易〈與元九書〉云:

> 夫貴耳賤目,榮古陋今,人之大情也。僕不能遠徵古舊,如近歲韋蘇州歌行,才麗之外,頗近諷興;其五言詩,又高雅閑澹,自成一家之體。今之秉筆者,誰能及之?然當蘇州在時,人亦未甚愛重,必待身後,然人貴之。(《白氏長慶集》卷二八)

白居易以為韋詩歌行才麗而近諷喻,五言又高雅閑澹,這位大詩人的看法,可算確切。但應物同時人,也不是沒有能夠了解他詩的人,如劉太真〈與韋應物書〉云:

> 顧著作來,以足下郡齋燕集相示,是何情致暢茂道逸如此,

> 宋齊間沈、謝、何、劉始精於理意，緣情體物，備詩人之
> 旨，後之傳者甚失其源。惟足下制其橫流，師摯之始，關雎
> 之亂，於足下之文見之矣。（《全唐文》卷三九五）

後來論應物詩風的，大體與白居易的看法相同。明楊一清〈題隴州
新刻韋集〉云：

> 漢去古未遠，當時作者，猶有風人遺意；魏晉而降，世變而
> 詩隨之，獨陶元亮天資挺拔，高情遠韻，迥出流俗，漢、魏
> 以來，一人而已。唐人以詩鳴者，無慮百餘家，品格風韻，
> 蓋人人殊，韋蘇州生其間，盡脫陳、隋故習，能一寄鮮穠於
> 簡淡之中，晦翁取焉，是又元亮之後一人而已。

楊一清以歷史的觀點論韋詩的成就，尤側重於簡淡的風格，他這一
看法是對的，因為應物所作的諷喻詩究竟不多，而高雅閑澹的五言
詩實多於歌行。其〈寄李儋元錫〉詩云：

> 去年花裏逢君別，今日花開已一年；世事茫茫難自料，春愁
> 黯黯獨成眠。身多疾病思田里，邑有流亡愧俸錢；聞道欲來
> 相問訊，西樓望月幾回圓？

「邑有流亡愧俸錢」，真是仁者之言。劉須溪說：「韋應物居官，自
愧閔閔，有卹人之心。」（明嘉靖華雲江州刊本附錄）即指此而言。
唐代詩人，大都奔競官途，能以己之高官厚祿而眷念人民流亡，如
應物此等懷抱的，實不多見。

> 江漢曾為客，相逢每醉還；浮雲一別後，流水十年間。歡笑
> 情如舊，蕭疎鬢已斑；何因不歸去，淮上對秋山。（〈淮上喜
> 會梁川故人〉）

微雨眾卉新，一雷驚蟄始。田家幾日閒，耕種從此起。丁壯
俱在野，場圃亦就理；歸來景常晏，飲犢西澗水。饑劬不自
苦，膏澤且為喜。倉廩無宿儲，徭役猶未已。方慚不耕者，
祿食出閭里。（〈觀田家〉）

第五節　高適、岑參

高適，字達夫，渤海蓨人（今河北景縣境）。新、舊《唐書》
並有傳。《舊唐書》卷一一一〈高適傳〉說他「少濩落，不事生
業，家貧，客於梁、宋間，以求丐取給。天寶中，海內事干進者注
意文詞。適年過五十，始留意詩什，數年之間，體格漸變，以氣質
自高，每吟一篇，已為好事者稱誦。」按：適所作〈酬裴員外以詩
代書〉敘其少年時事，有「題詩碣石館」句，又〈別韋參軍〉詩有
「二十解書劍」句，又〈留別鄭三韋九兼洛下諸公〉詩，中有「羈
旅雖同白社遊，詩書已作青雲料。蹇躓蹉跎竟不成，年過四十尚躬
耕。長歌達者杯中物，大笑前人身後名。」據此，所謂年過五十始
學作詩的傳說，並非事實。

適初受宋州刺史張九皋薦，舉有道科，始官封丘尉，非其所
好，受知於哥舒翰，為之掌書記。安祿山亂起，徵翰討賊，拜適左
拾遺，轉監察御史。翰兵敗，適奔赴行在，擢為諫議大夫。出為蜀
州刺史，遷彭州，轉官成都尹、劍南節度使。召為刑部侍郎，進封
渤海縣侯，代宗永泰元年（七六五）卒。《舊唐書》說：「適喜言王
霸大略，務功名，尚節義，逢時多難，以安危為己任。」按：適早
年便有志事功，留心天下大事，尤以玄宗即位以後，盛唐武功，已
成強弩之末。回紇、吐蕃，開始猖獗。適於是時，深切注意到國家
的隱憂，因而具有不凡抱負。他自述云：「脫略身外事，交遊天下

才。單車入燕趙，獨立心悠哉。」（〈酬裴員外以詩代書〉）觀其在薊州所作的詩，皆極悲涼感慨，如「一到征戰處，每愁胡虜翻。豈無安邊書，諸將已承恩。惆悵孫吳事，歸來獨閉門。」（〈薊中作〉）又如「漢家能用武，開拓窮異域。戍卒厭糟糠，降胡飽求食。關亭試一望，吾欲涕沾臆。」（〈薊門〉五首其二）又如「北上登薊門，茫茫見沙漠。倚劍對風塵，慨然思衛霍。拂衣去燕趙，驅馬悵不樂。」（〈淇上酬薛三據兼寄郭少府微〉）由這些詩，可以看出當他未發跡時，是怎樣一個愛國家、籌邊防的志士，以如此襟懷寫詩，自然豪情奔放，風骨遒勁，是英雄之詩而非文士之詩。

> 漢家煙塵在東北，漢將辭家破殘賊。男兒本自重橫行，天子非常賜顏色。摐金伐鼓下榆關，旌旆逶迤碣石間。校尉羽書飛瀚海，單于獵火照狼山。山川蕭條極邊土，胡騎憑陵雜風雨。戰士軍前半死生，美人帳下猶歌舞！大漠窮秋塞草腓，孤城落日鬥兵稀，身當恩遇常輕敵，力盡關山未解圍。鐵衣遠戍辛勤久，玉筋應啼別離後。少婦城南欲斷腸，征人薊北空回首。邊庭飄颻那可度，絕域蒼茫無所有。殺氣三時作陣雲，寒聲一夜傳刁斗。相看白刃雪紛紛，死節從來豈顧勳？君不見沙場征戰苦，至今猶憶李將軍。（〈燕歌行〉）

> 昨夜離心正鬱陶，三更白露西風高。螢飛木落何淅瀝，此時夢見西歸客。曙鐘寥亮三四聲，東鄰嘶馬使人驚。攬衣出戶一相送，唯見歸雲縱復橫。（〈送別〉）

> 人日題詩寄草堂，遙憐故人思故鄉。柳條弄色不忍見，梅花滿枝空斷腸。身在南蕃無所預，心懷百憂復千慮。今年人日空相憶，明年人日知何處？一臥東山三十春，豈知書劍老風塵。龍鍾還忝二千石，愧爾東西南北人。（〈人日寄杜二拾

遺〉）

　　岑參，南陽人。天寶三載進士。官大理評事兼監察御史，充安西節度判官，入為右補闕，改太子中允，兼殿中侍御史，充關西節度判官。後出為嘉州刺史。副元帥、相國杜鴻漸表為職方郎中兼侍御史，列為幕府。未幾，使罷，即寓居於蜀。參詩在當時即甚知名，「每一篇絕筆，則人人傳寫，雖閭里士庶，戎夷蠻貊，莫不諷誦吟習焉。」（杜確〈岑嘉州詩集序〉）又天寶十三載，封常清權知北庭都護，參亦與幕府，有詩云：「何幸一書生，忽蒙國士知，側身佐戎幕，斂衽事邊陲。」（〈北庭西郊候封大夫受降回軍獻上〉）

　　觀參生平，三為方鎮戎幕，尤以安西、北庭皆遠在西域，荒漠景物，皆收入詩中，如天山的大雪，交河的火山，蒸沙礫石的熱海，紫髯綠眼的胡兒，乃至不是中土所有而常見於佛經中的優鉢羅花。至於他所表現的內在情感，雖鼓吹初唐餘烈的開邊精神，更悲憫於戰士的苦辛，而邊將的豪侈驕縱，亦時流露於筆端。

　　安祿山叛亂，玄宗西行，參以右補闕扈從，在鳳翔時所作的〈行軍〉詩云：「吾竊悲此生，四十幸未老，一朝逢世亂，終日不自保」，又云：「儒生有長策，無處豁懷抱。」又云：「功業今已遲，覽鏡悲白鬚，平生抱忠義，不敢私微軀。」他這種心情，正與他的朋友杜甫相似。於當時朝廷用人不當，與前方將士泄沓，更有露骨的指責。如說：「聖朝正用武，諸將皆承恩，不見征戰功，但聞歌吹喧。儒生有長策，閉口不敢言。」（〈潼關鎮國軍句覆使院早春寄王同州〉）由此可以知道，後來他流寓蜀中，不再出為世用，也就是以隱遁的襟懷，安頓自我，以至老死。

　　　嘗讀西域傳，漢家得輪臺。古塞千年空，陰山獨崔嵬。二庭近西海，六月秋風來。日暮上北樓，殺氣凝不開。大荒無鳥

飛,但見白龍堆。舊國眇天末,歸心日悠哉。上將新破胡,西郊絕煙埃。邊城寂無事,撫劍空徘徊。幸得趨幕中,托身廁群才。早知安邊計,未盡平生懷。(〈登北庭北樓呈幕中諸公〉)

北風捲地白草折,胡天八月即飛雪。忽如一夜春風來,千樹萬樹梨花開。散入珠簾濕羅幕,狐裘不暖錦衾薄。將軍角弓不得控。都護鐵衣冷難著。瀚海闌干百尺冰,愁雲慘淡萬里凝。中軍置酒飲歸客,胡琴琵琶與羌笛。紛紛暮雪下轅門,風掣紅旗凍不翻。輪臺東門送君去,去時雪滿天山路。山迴路轉不見君,雪上空留馬行處。(〈白雪歌送武判官歸京〉)

君不見走馬川行雪海邊,平沙莽莽黃入天。輪臺九月風夜吼,一川碎石大如斗,隨風滿地石亂走。匈奴草黃馬正肥,金山西見煙塵飛,漢家大將西出師,將軍金甲夜不脫,半夜軍行戈相撥,風頭如刀面如割。馬毛帶雪汗氣蒸,五花連錢旋作冰。幕中草檄硯水凝。虜騎聞之應膽懾,料知短兵不敢接,車師西門佇獻捷。(〈走馬川行奉送出師西征〉)

側聞陰山胡兒語,西頭熱海水如煮。海上眾鳥不敢飛,中有鯉魚長且肥。岸傍青草常不歇,空中白雪遙旋滅,蒸沙礫石燃虜雲,沸浪炎波煎漢月。陰火潛燒天地爐,何事偏烘西一隅?勢吞月窟侵太白,氣連赤坂通單于。送君一醉天山郭,正見夕陽海邊落。柏臺霜威寒逼人,熱海炎氣為之薄。(〈熱海行送崔侍御還京〉)

那知芳歲晚,坐見寒葉墮;吾不如腐草,翻飛作螢火。(〈秋思〉)

長安何處在，只在馬蹄下；明日歸長安，為君急走馬。（〈憶
長安曲二章寄龐漼〉其二）

故園東望路漫漫，雙袖龍鍾淚不乾；馬上相逢無紙筆，憑君
傳語報平安。（〈逢入京使〉）

洞房昨夜春風起，遙憶美人湘江水；枕上片時春夢中，行盡
江南數千里。（〈春夢〉）

　　近世文學史家，每稱高、岑兩人為唐代邊塞詩人，就兩人作品
所表現的性格看出，岑參猶是文人氣質，高適倒是一個邊關英雄。
至於兩家詩的風格，大體近似，皆具有沉雄感慨，俊邁自然的境
界。鮑照的樂府詩，給兩家影響最大，惟內容既以邊功為主，面目
亦不襲其穠麗，而音調高亮以及一種橫厲無前的活力，則純從鮑照
得來。因此兩家的七言古詩，均勝於五言古詩，而五言近體，更非
所長，岑又較高為佳，高則流於率易，幾無佳篇。高所表現的皆其
磊落奇俊之懷抱，岑所寫出的多為實地生活之體驗，此又是兩人所
不同處。

第六節　韓愈、孟郊、賈島、李賀

　　挾孔孟道統以號召而從事古文運動的韓愈，其詩也一變傳統，
不因襲前人，自成奇肆的風格。陳師道說：「退之以文為詩。」
（《後山詩話》）這種手法的創造，自有時代的背景和歷史的因素。
他說：

逶迤抵晉宋，氣象日凋耗，中間數鮑謝，比近最清奧。齊
梁及陳隋，眾作等蟬噪。搜春摘花卉，沿襲傷剽盜。（〈薦
士〉）

江左的詩風如此，他自然不會跟著走。至於他本朝的詩人，最傾倒的只有李白、杜甫，如云「勃興得李杜，萬類困陵暴」，（〈薦士〉）「李杜文章在，光燄萬丈長」，（〈調張籍〉）但是要他跟著李杜的後面走，又不是他所願意的。至如他同時代的大詩人白居易、元稹走向民間，以樂府體製而表現人民疾苦，像他那樣具有廟堂氣象的人，又沒有興趣走向這一方面，因為從他的詩裏並看不出人飢己飢，人溺己溺的懷抱。而他那些與友朋的詩，所表現的不過是利祿窮達的牢騷，比不上孟軻高談出處之道。不僅同友朋如此，就是給他兒子的詩，也是以最庸俗的利祿的思想而勉其勤學，這早經宋人譏議過，而趙翼在《甌北詩話》卷三中猶強為解釋，不免多此一舉。

　　雖然，他在文學方面畢竟是富於創造性的，散文既卓然為一代大師，詩歌又豈能剽襲前人？故大膽的「以文為詩」，獨標一幟。他說孟郊詩為「橫空盤硬語，妥帖力排奡，敷柔肆紆餘，奮猛卷海潦」，（〈薦士〉）其實只有他本人才有這樣橫厲無前的才氣。又說「險語破鬼膽，高詞媲皇墳」，（〈醉贈張秘書〉）足見他是以險語自喜的。險語之可貴，貴在能藉以排除濫熟。惟其如此，他所作的多是古風，正如趙翼所說：「蓋才力雄厚，惟古詩足以恣其馳驟，一束於格式聲病，即難展其所長，故不肯多作。」（《甌北詩話》卷三）可是古風雖多，能自然渾成的卻不多見，往往刻意經營，時露斧斲的痕跡；又為表示豪情，特重氣勢，因而失於粗獷，正如他的散文時有叫囂之音一樣。

　　再說所謂險語，必須作到沉鬱勃發，如迅雷、如疾電，才算得最高境界。要想達到這種境界，不能單靠詩人先天的才氣，還要靠詩人現實生活的遭遇，因為險語之所以奇，奇在由於內在自發的力量，不是由無生命的文字構成。故凡有抑塞磊落之懷者，吐辭必不同於凡響，有如孤臣孽子的控訴，煩冤蟠屈於胸中，必一發而始

快。可是韓愈呢，自從諫佛骨一貶以後，再入朝廷，銳氣也就沒有了，僅以儒家賢哲的風貌，周旋於官僚文士之間，聲勢雖大，卻不見有什麼慷慨不平之氣。因此，他雖想走向險仄的路，而內在卻空虛，精神不足以支持，不得不乞靈於詭異的文字，藉以眩奇。《甌北詩話》卷三云：

> 至如〈南山詩〉之「突起莫間篷」、「詆訐陷乾竇」、「仰喜呀不仆」、「堛塞生怐愗」、「達梓壯復湊」；〈和鄭相樊員外〉詩之「稟生肖剿剛」、「烹斡力健倔」、「龜判錯袞黻」、「呀豁疲培掘」；〈征蜀〉詩之「劚膚浹痏瘡，敗面碎剟刳」、「巖鉤踔狙猿，水漉雜鱣蝑。投奅鬧碅磳，填隍儳偨傮」、「蒸鶊燋歊熺，抉門呀拗闔」、「跧梁排郁縮，闡竇揳窋窡」；〈陸渾山火〉之「盎池波風肉陵屯」、「電光礰礋頯目暖」。此等詞句，徒聱牙轇舌，而實無意義，未免英雄欺人耳。

像此類無意義的詞句，凡他所作險仄一類的作品中，往往而有，《甌北詩話》所舉出的不過一部分而已。這真是文字遊戲，算不得所謂「橫空盤硬語」，或足以「破鬼膽」的「險語」。昔人稱謝朓為「險仄」，*杜甫也時有「險語」，都不像韓愈這樣生砌書上不常用的冷字以為奇，這不是由於內在情志空虛的證明麼？為了好險奇的關係，在描寫方面也走向歧途，如他的代表作〈元和聖德〉詩，最引人刺目了，同時也引起了後人不同的看法。《甌北詩話》卷三云：

---

* 此處稱謝朓為「險仄」，令人困惑。一般多從鍾嶸《詩品》，以鮑照為「險仄」，然謂臺先生誤植，機率應不大。《吳宓日記續編》曾以「險仄」稱謝朓，然係指其行徑而言，非謂作品。臺先生是否誤記，亦不敢必，特予註明如此，俟方家惠予教正。〔編者註〕

〈元和聖德詩〉敘劉闢被擒，舉家就戮，情景最慘，曰：「解脫攣索，夾以砧斧，婉婉弱子，赤立傴僂，牽頭曳足，先斷腰脊，次及其徒，體骸撐拄，末乃取闢，駭汗如寫，揮刀紛紜，爭刊膾脯。」蘇轍謂其：「少醞藉，殊失雅頌之體。」張栻則謂：「正欲使各藩鎮聞之畏懼，不敢為逆。」二說皆非也；才人難得此等題以發抒筆力，既已遇之，肯不盡力摹寫，以暢其才思耶？此詩正為此數語而作也。

不論後來對他崇拜者怎樣曲為解釋，但我們總感到這位聖人之徒的才人，簡直失去了惻隱之心，這豈不是過分追求險奇的毛病嗎？

　　總之，我們儘可以認為他的險奇風格不免是缺陷，但在當時確是條新的通道，在後世也有很大的影響，這是我們不得不承認的。但在他險奇作風的另一面，還有他承受前人風格的好作品。《甌北詩話》卷三云：

其實昌黎自有本色，仍在文從字順中，自然雄厚博大，不可捉摸，不專以奇險見長。恐昌黎亦不自知，後人平心讀之自見。若徒以奇險求昌黎，轉失之矣。

這是極客觀的看法。他那不逞險鬥奇的作品，大體一部分是漢魏詩風的氣息，如〈秋懷〉、〈北極〉、〈此日足可惜〉、〈幽懷〉、〈落葉〉、〈醉後〉、〈醉贈〉、〈出門〉、〈烽火〉等篇都是，尤其〈秋懷〉十一首，顯然是學阮籍的〈詠懷〉。另一部分則是有意無意的摹擬他的前輩詩人，如〈桃源圖〉之似王維的〈桃源行〉；〈山石〉、〈寒食日出游〉、〈石鼓歌〉等篇之似杜甫，尤以〈石鼓歌〉之近似杜甫的〈李潮八分小篆歌〉；〈贈鄭兵曹〉、〈劉生〉詩則有類於太白的自然奔放。此外，他的詩善於敘事，而敘事的手法多從漢魏樂府辭來，既樸質，又自然，有時雜以詼詭之趣；但他卻不喜摹擬漢

魏樂府辭，故所作極少，這大概因為前人作得太多的關係。

> 人皆勸我酒，我若耳不聞；今日到君家，呼酒持勸君。為此座上客，及余各能文。君詩多態度，藹藹春空雲。東野動驚俗，天葩吐奇芬。張籍學古淡，軒鶴避雞群。阿買不識字，頗知書八分，詩成使之寫，亦足張吾軍。所以欲得酒，為文俟其醺；酒味既泠冽，酒氣又氛氳；性情漸浩浩，諧笑方云云，此誠得酒意，餘外徒繽紛。長安眾富兒，盤饌羅羶葷，不解文字飲，惟能醉紅裙。雖得一餉樂，有如聚飛蚊。今我及數子，固無蕕與薰，險語破鬼膽，高詞媲皇墳，至寶不雕琢，神功謝鋤耘。方今向泰平，元凱承華勳，吾徒幸無事，庶以窮朝曛。（〈醉贈張秘書〉）

> 玉川先生洛城裏，破屋數間而已矣。一奴長鬚不裹頭，一婢赤腳老無齒。辛勤奉養十餘人，上有慈親下妻子。先生結髮憎俗徒，閉門不出動一紀。至令鄰僧乞米送，僕忝縣尹能不恥？俸錢供給公私餘，時致薄少助祭祀。勸參留守謁大尹，言語纔及輒掩耳。水北山人得名聲，去年去作幕下士；水南山人又繼往，鞍馬僕從塞閭里；少室山人索價高，兩以諫官徵不起。彼皆刺口論世事，有力未免遭驅使。先生事業不可量，惟用法律自繩己。春秋三傳束高閣，獨抱遺經究終始。往年弄筆嘲同異，怪辭驚眾謗不已。近來自說尋坦塗，猶上虛空跨綠駬。去歲生兒名添丁，要令與國充耘耔，國家丁口連四海，豈無農夫親未耜？先生抱才終大用，宰相未許終不仕。假如不在陳力列，立言垂範亦足恃。苗裔當蒙十世宥，豈謂貽厥無基阯？故知忠孝生天性，潔身亂倫安足擬？昨晚長鬚來下狀：隔牆惡少惡難似，每騎屋山下窺闞，渾舍驚怕

走折趾。憑依婚媾欺官吏，不信令行能禁止。先生受屈未曾語，忽來此告良有以。嗟我身為赤縣令，操權不用欲何俟？立召賊曹呼伍伯，盡取鼠輩尸諸市。先生又遣長鬚來，如此處置非所喜，況又時當長養節，都邑未可猛政理。先生固是余所畏，度量不敢窺涯涘。放縱是誰之過歟？效尤戮僕愧前史。買羊沽酒謝不敏，偶逢明月曜桃李。先生有意許降臨，更遣長鬚致雙鯉。（〈寄盧仝〉）

　　與韓愈詩同走險仄風格而又為愈所傾倒者為孟郊。孟郊，字東野，湖州武唐人，生於玄宗天寶十年（七五一），卒於憲宗元和九年（八一四）。少隱嵩山，五十歲始舉進士，為溧陽縣尉，他卻不去辦公，終日留連山水，廢了公事，縣令因而將他的官俸分出一半，另派一人替他辦公。受知於韓愈，兩人為忘形交，愈作了一首長篇〈薦士〉詩，將他薦給河南尹鄭餘慶，署水陸轉運判官；餘慶再鎮興元，郊為參軍。新、舊《唐書》並有傳。韓愈〈薦士〉詩，從《三百篇》而漢之蘇、李，建安之七子，晉、宋間之鮑、謝，唐之陳子昂、李白、杜甫，直到孟郊。他說：

　　有窮者孟郊，受材實雄驚，冥觀洞古今，象外逐幽好，橫空盤硬語，妥帖力排奡，敷柔肆紆餘，奮猛卷海潦。

又〈孟生〉詩云：

　　孟生江海士，古貌又古心，嘗讀古人書，謂言古猶今，作詩三百首，窅然咸池音。

又〈送孟東野序〉云：

　　唐之有天下，陳子昂、蘇源明、元結、李白、杜甫、李觀皆以其所能鳴。其存而在下者，孟郊東野始以其詩鳴。其高出

魏晉，不憚而及於古，其他浸淫乎漢氏矣。

又李翱薦郊於張建封，李觀薦郊於梁肅，對於郊詩，皆持與韓愈同樣的看法。後來蘇軾〈讀孟郊詩〉二首其一云：

> 夜讀孟郊詩，細字如牛毛，寒燈照昏花，佳處時一遭。孤芳擢荒穢，苦語餘詩騷，水清石鑿鑿，湍激不受篙。初如食小魚，所得不償勞；又如煮彭蚏，竟日持空螯。要當鬥僧清，未足當韓豪。人生如朝露，日夜火消膏，何苦將兩耳，聽此寒蟲號。……

他這詩的含意，不外覺得郊詩境界太侷促，以東坡的豪放，固不喜歡郊詩的路數，而郊詩如「寒蟲號」般的「苦語」，也是事實。其他批評郊詩的，也都與東坡有共同的看法，如劉攽說他「語句尤多寒澀」（《中山詩話》），魏泰說他「蹇澀窮僻，琢削不假，真苦吟而成」（《臨漢隱居詩話》），許顗說他「苦思深遠」（《彥周詩話》），吳處厚說他「器量褊窄」（吳幵《優古堂詩話》引），嚴羽說他「憔悴枯槁，其氣局促不伸」（《滄浪詩話》），以上皆宋人看法，後來元遺山論詩云：「東野窮愁死不休，高天厚地一詩囚」，同宋人的見解，並沒有什麼不同。

按：《舊唐書》說孟郊「孤僻寡合」，像這樣性格的人，必然沉鬱而思深，孤獨而高傲，但由於他不能漠視世榮，一再應舉不第，此本已足增他的坎坷；而涉足塵網中又落落寡合，更使他有說不出的悽涼。以此種心情發而為詩，必然的為「苦語」、為「寒澀」，如此也就形成了詩人獨特的風格，正如東坡所謂「孤芳擢荒穢」但這是詩人自賞，而不是詩人以此取悅於人。

曾季貍《艇齋詩話》云：「要之，孟郊、張籍，一等詩也。唐人詩有古樂府氣象者，惟此二人。但張籍詩簡古易讀，孟郊詩精深

難窺耳。孟郊如〈遊子吟〉、〈列女操〉、〈薄命妾〉、〈古意〉等篇，精確宛轉，人不可及也。」季貍這種批評，真正揭出了郊詩的獨到處，細看他的全部詩篇，都富有古樂府簡直樸厚的氣息，用思深刻，表現沉重而有力，了無六朝色澤，更不拾當代詩人唾餘。他被韓愈所推崇，因而知名當世，後世以「韓、孟」並稱，但往往又抑孟而尊韓。其實兩人雖同屬險仄一派，但趨向不同，才性與成就也不相同。韓愈的才氣恢宏，固孟郊所不及；但孟郊的思深意遠，詩筆精純，又非韓愈所能及。

> 慈母手中線，遊子身上衣；臨行密密縫，意恐遲遲歸；誰言寸草心，報得三春暉？（〈遊子吟〉）

> 試妾與君淚，兩處滴池水；看取芙蓉花，今年為誰死。（〈古怨〉）

> 夫是田中郎，妾是田中女；當年嫁得君，為君秉機杼。筋力日已疲，不息窗下機；如何織紈素，自著藍縷衣？官家牓村路，更索栽桑樹。（〈織婦辭〉）

> 利劍不可近，美人不可親；利劍近傷手，美人近傷身。道險不在廣，十步能摧輪；情憂不在多，一夕能傷神。（〈偶作〉）

> 食薺腸亦苦，強歌聲無歡；出門即有礙，誰謂天地寬？有礙非遐方，長安大道傍。小人智慮險，平地生太行。鏡破不改光，蘭死不改香，始知君子心，交久道益彰。君心與我懷，離別俱迴邅。譬如浸蘗泉，流苦亦日長。忍泣目易衰，忍憂形易傷。項籍非不壯，賈生非不良，當其失意時，涕泗各沾裳。古人勸加湌，此湌難自強，一飯九祝噎，一嗟十斷腸。

　　況是兒女怨，怨氣凌彼蒼，彼蒼昔有知，白日下清霜，今朝
　　始驚歎，碧落空茫茫。（〈贈崔純亮〉）

　　東坡所謂「郊寒島瘦」（見〈祭柳子玉文〉）的賈島（七七九～
八四三），字浪仙，范陽人。初為浮屠，名无本，在東都時，洛陽
令禁僧午後不得出，島為詩自傷。韓愈憐之，因教其為文，遂去浮
屠。累舉不中第，文宗時坐飛謗，貶長江主簿，會昌三年卒，年
六十五。《新唐書》有傳，附韓愈傳後。

　　島詩並不如韓之怪、孟之深，才氣更比不上韓、孟。但以苦吟
為工，所作多五言律，屬對工整，情致亦宛轉。惟境界逼狹，意盡
於言，不免枯索，故東坡說他「瘦」。

　　閩國揚帆去，蟾蜍虧復圓。秋風吹渭水，落葉滿長安。此地
　　聚會夕，當時雷雨寒。蘭橈殊未返，消息海雲端。（〈憶江上
　　吳處士〉）*

　　閑居少鄰並，草徑入荒園；鳥宿池邊樹，僧敲月下門。過橋
　　分野色，移石動雲根；暫去還來此，幽期不負言。（〈題李凝
　　幽居〉）

　　李賀，字長吉，唐宗室鄭王之後。《舊唐書》傳甚簡略，《新唐
書》傳係據李商隱的〈李賀小傳〉，商隱與賀同時，他的〈李賀小
傳〉頗能寫出這位青年詩人的神態，不過所記賀死時一段神話，則
不可信。茲節錄於下：

　　京兆杜牧為李長吉集序，狀長吉之奇甚盡，世傳之。長吉姊

* 臺先生原錄例詩為〈渡桑乾〉：「客舍并州已十霜，歸心日夜憶咸陽；無端更渡桑乾
水，卻望并州是故鄉。」此詩亦見於《全唐詩》劉皂名下。學者考辨，認為此詩應為
劉皂作品。參佟培基《全唐詩重出誤收考》（西安：陝西人民教育出版社，一九九六
年）。〔編者註〕

嫁王氏者，語長吉之事尤備。長吉細瘦，通眉，長指爪，能苦吟疾書。最先為昌黎韓愈所知，所與游者王參元、楊敬之、權璩、崔植為密。每旦日出與諸公游。未嘗得題然後為詩，如他人思量牽合以及程限為意。恆從小奚奴，騎距驉，背一古破錦囊，遇有所得，即書投囊中。及暮歸，太夫人使婢受囊出之，見所書多，輒曰：「是兒要當嘔出心始已爾。」上燈與食。長吉從婢取書，研墨疊紙足成之，投他囊中。非大醉及弔喪日率如此，過亦不復省。王、楊輩時復來探取寫去。長吉往往獨騎，往還京雒，所至或時有著，隨棄之。故沈子明家所餘四卷而已。

長吉死時，《舊唐書》傳云二十四歲，《新唐書》傳、杜牧〈序〉、李商隱〈小傳〉均謂二十七歲，顯係《舊唐書》誤。杜〈序〉作於太和五年，時賀死已十五年，是賀生於德宗貞元六年（七九〇），死於憲宗元和十一年（八一六）。這位傑出的短命詩人，瑰瑋幽怪，在我們文學史上，可說從無第二人。關於他的風格，我以為杜牧的批評，最可注意，雖然後來的批評很多。杜牧的〈李賀集序〉云：

> 雲烟綿聯，不足為其態也；水之迢迢，不足為其情也；春之盎盎，不足為其和也；秋之明潔，不足為其格也；風檣陣馬，不足為其勇也；瓦棺篆鼎，不足為其古也；時花美女，不足為其色也；荒國陊殿，梗莽丘壠，不足為其恨怨悲愁也；鯨呿鼇擲，牛鬼蛇神，不足為其虛荒誕幻也。蓋《騷》之苗裔，理雖不及，辭或過之。《騷》有感怨刺懟，言及君臣理亂，時有以激發人意。乃賀所為，無得有是。賀能探尋前事，所以深嘆恨今古未嘗經道者，如〈金銅仙人辭漢歌〉、〈補梁庚肩吾宮體謠〉，求取情狀，離絕遠去筆墨畦徑

間，亦殊不能知之。賀生二十七年死矣，世皆曰：使賀且未
死，少加以理，奴僕命《騷》可也。（《樊川文集》卷十）

按：杜牧論文以意為主，「苟意不先立，止以文彩辭句，繞前捧
後，是言愈多而理愈亂。」（《樊川文集》卷十三〈答莊充書〉）他
於賀詩的聲調色澤，與涉想奇詭，以為近乎〈騷〉，但辭勝於意，
則非《騷》可比。雖然賀詩亦偶有諷喻，卻不能如《騷》那樣深且
厚。其實，賀只是一個天才高而酷愛歌詩的詩人，加以身體羸弱，
生活單純，性情孤傲，想像力又過分發達而銳敏，力求險怪以別於
前代及同時代的作家，於是從虛無誕幻中開闢一條人跡未至的道
路。再據李商隱所說「未嘗得題然後為詩」，這種寫作態度，不先立
意，而先得句，直是縫百衲衣的作法，這便是杜牧視為「理」不足
的原因。今讀賀集，其中辭意相稱的佳篇固多，而不知所云的亦復
不少，如〈昌谷詩〉，是一首九十八句的長篇，實無從尋其文理，
王琦註引吳正子註：「本傳言長吉旦出乘馬，奚奴背古錦囊自隨，
遇有所作，投入囊中，其未成者，夜歸足成之。今觀此篇可驗。蓋
其觸景遇物，隨所得句，比次成章，妍蚩雜陳，斕斑滿目，所謂天
吳紫鳳、顛倒在短褐者也。」（王註《李長吉歌詩》卷三）又如〈惱
公〉是一首一百句的長篇，王琦註云：「細讀本文，有重複處，又有
難解處。當是取一時謔浪笑傲之詞、歡娛遊戲之事，相雜而言。讀
者略其文通其意可也，若句句釋之，字字訓之，難乎其說矣。」（王
註《長吉歌詩》卷二）

　　雖然，以二十來歲的少年，能跳出韓、孟、元、白的範圍之
外，獨樹風格；尤以他與韓、孟，同屬險怪，而了不相干，其才力
之雄厚，不得不令人驚異。李維楨云：「隻字片語，必新必奇，若
古人所未經道，而實皆有據案，有原委，古意鬱浡其間。其庀蓄
富，其裁鑒當，其結撰密，其鍛鍊工，其丰神超，其骨力健；典實

不浮，整蔚有序，雖詰屈幽奧，意緒可尋。要以自成長吉一家言而已。」（王琦注《李長吉歌詩》首卷引）後來人對於李賀的批評，當以此說最為客觀而精確。

　　妾家住橫塘，紅紗滿桂香。青雲教綰頭上髻，明月與作耳邊璫。蓮風起，江畔春，大堤上，留北人，郎食鯉魚尾，妾食猩猩唇。莫指襄陽道，綠浦歸帆少；今日菖蒲花，明朝楓樹老。（〈大堤曲〉，《李長吉歌詩》卷一）

　　茂陵劉郎秋風客，夜聞馬嘶曉無跡。畫欄桂樹懸秋香，三十六宮土花碧。魏官牽車指千里，東關酸風射眸子。空將漢月出宮門，憶君清淚如鉛水。衰蘭送客咸陽道，天若有情天亦老。攜盤獨出月荒涼，渭城已遠波聲小。（〈金銅仙人辭漢歌〉，《李長吉歌詩》卷二）

　　合浦無明珠，龍洲無木奴，足知造化力，不給使君須。越婦未織作，吳蠶始蠕蠕。縣官騎馬來，獰色虯紫鬚。懷中一方板，板上數行書。不因使君怒，焉得詣爾廬。越婦拜縣官，桑牙今尚小。會待春日晏，絲車方擲掉。越婦通言語，小姑具黃粱。縣官踏飧去，簿吏復登堂。（〈感諷〉五首其一，《李長吉歌詩》卷二）

　　尋章摘句老雕蟲，曉月當簾挂玉弓，不見年年遼海上，文章何處哭秋風。（〈南園〉十三首其六，《李長吉歌詩》卷一）

　　長卿牢落悲空舍，曼倩詼諧取自容；見買若耶溪水劍，明朝歸去事猿公。（〈南園〉十三首其七，《李長吉歌詩》卷一）

第七節　白居易、元稹、劉禹錫

　　白居易（七七二～八四六），字樂天，晚與香山僧結香火社，
自號香山居士，下邽（今陝西渭南縣境）人。自言其先世為北齊五
兵尚書白建之裔孫（〈故鞏縣令白府君事狀〉），新、舊《唐書》並
從之。陳寅恪考其先世，實出於西域，特附會於建，以掩飾其為胡
姓。[12] 德宗貞元十六年及進士第，時年二十九。憲宗元和元年除盩
厔尉，明年授翰林學士，三年拜左拾遺，時年三十七。九年拜太子
左贊善大夫，次年以言事見惡於宰相，又有誣以其母因看花墮井
死，而作〈賞花〉及〈新井〉詩，有傷名教，因貶授江州司馬，時
年四十四。十三年除忠州刺史，十五年自忠州召還，拜尚書司門員
外郎，轉主客司郎中，知制誥。穆宗長慶二年，時國是日荒，賞罰
失宜，河朔再亂，遂連上疏言兵事及時政，皆不見用。求外任，除
杭州刺史，時年五十一。敬宗寶曆元年除蘇州刺史，次年以病免郡
事，時年五十五。文宗太和元年徵拜祕書監，二年授刑部侍郎，三
年以太子賓客分司東都，時年五十八。太和四年除河南尹，[13] 七年，
以病免，再授賓客分司。太和九年，六十四歲，除同州刺史，不
拜，改太子少傅分司，進馮翊縣侯。開成四年，六十八，得風痺。
武宗會昌二年，七十一，以刑部尚書致仕，會昌六年，年七十五，
卒。（《新舊唐書》本傳，汪立名《白香山年譜》）

　　居易一生作了三千幾百首詩，（日人花房英樹統計為詩
三八一六首，《四部叢刊》本白集為三六七六首）要算文學史上少

---

12 《唐代政治史述論稿》中篇，《元白詩箋證稿》之〈附論：（甲）白樂天之先祖及其
　　後嗣〉。

13 此據陳振孫《白文公年譜》證以《舊唐書》卷十七下〈文宗本紀〉，居易代韋弘景為
　　河南尹，即在是年。汪立名譜繫在五年者，係據《舊唐書》本傳，本傳所據為居易
　　〈六十拜河南尹〉詩，蓋不知此六十係舉成數而言，此與本紀抵觸。

有的多產作家。而尤為突出於詩人群者，他有他詩歌創作的中心思想，〈與元九書〉云：

> 夫文尚矣，三才各有文，天之文，三光首之；地之文，五材首之；人之文，六經首之。就六經言，《詩》又首之。何者？聖人感人心而天下和平。感人心者莫先乎情，莫始乎言，莫切乎聲，莫深乎義。詩者，根情、苗言、華聲、實義。上自聖賢，下至愚騃，微及豚魚，幽及鬼神，群分而氣同，形異而情一，未有聲入而不應，情交而不感者。聖人知其然，因其言，經之以六義，緣其聲，緯之以五音，音有韻，義有類，韻協則言順，言順則聲易入，類舉則情見，情見則感易交。……周衰秦興，採詩官廢，上不以詩補察時政，下不以歌洩導人情，乃至於諂成之風動，救失之道缺，于時，六義始刓矣。國風變為騷辭，五言始於蘇、李，蘇、李、騷人皆不遇者，各繫其志，發而為文，故河梁之句，止於傷別；澤畔之吟，歸于怨思：彷徨抑鬱，不可及他耳。然去詩未遠，梗概尚存。故興離別，則引雙鳧一鴈為喻；諷君子小人，則引香草惡鳥為比，雖義類不具，猶得風人之什二三焉。于時，六義始缺矣。晉宋已還，得者蓋寡，以康樂之奧博，多溺於山水；以淵明之高古，偏放於田園；江、鮑之流，又狹於此。如梁鴻〈五噫〉之例者，百無一二焉，于時，六義寖微矣。陵夷至于梁陳間，率不過嘲風雪、弄花草而已。……唐興二百年，其間詩人不可勝數，所可舉者，陳子昂有〈感遇詩〉二十首，鮑昉有〈感興〉詩十五首。又詩之豪者，世稱李、杜。李之作才矣，奇矣，人不逮矣，索其風雅比興，十無一焉；杜詩最多，可傳者千餘首，至於貫穿今古，覼縷格律，盡工盡善，又過於李；然撮其〈新安

吏〉、〈石壕吏〉、〈潼關吏〉、〈塞蘆子〉、〈留花門〉之
章,「朱門酒肉臭,路有凍死骨」之句,亦不過十三四,杜
尚如此,況不逮杜者乎?僕常痛詩道崩壞,忽忽憤發,或食
輟哺,夜輟寢,不量才力,欲扶起之。(《白氏長慶集》卷
二八)

他站在六義的觀點,看〈風〉、〈雅〉以後直至唐代的詩學,以為再
三衰退,離〈風〉、〈雅〉越遠。這種觀念,他的前輩學者往往同
他有相似的看法,如權德輿云:「建安之後,詩教日寖,重以齊、
梁之間,君臣相化,牽於景物,理不勝辭。開元、天寶已來,稍革
頹靡,存乎風興,然趨時逐進,此為橐籥,紳佩之徒,以不能言為
恥,至吟詠情性,取適章句者鮮焉。」(《全唐文》卷四百九十〈左
武衛冑曹許君集序〉)又柳冕云:「夫文生於情,情生於哀樂,哀樂
生於治亂,故君子感哀樂而為文章,以知治亂之本。屈、宋以降,
則感哀樂而亡雅正;魏、晉以還,則感聲色而亡風教;宋、齊以
下,則感物色而亡興致。」(《全唐文》卷五百二十七〈與滑州盧大
夫論文書〉)他們這種見解,可說是直接受齊梁詩風刺激,不過居
易說來最為具體,尤其他特別強調詩的功用為「補察時政」、「洩導
人情」,以此衡之,齊梁以後詩,自然不能算是進步,反而更加墮
落。居易不特揭出這一功用的目標,並且向這一目標走去。〈新樂
府序〉云:

凡九千二百五十二言,斷為五十篇,篇無空句,句無定字,
繫於意而不繫於文。首句標其目,卒章顯其志,《詩三百》
之義也;其辭質而徑,欲見之者易諭也;其言直而切,欲聞
之者深誡也;其事覈而實,欲采之者傳信也;其體順而肆,
可以播於樂章歌曲也;總而言之,為君為臣為民為物為事而

作，不為文而作。（《白氏長慶集》卷三）

觀此可知他寫新樂府的積極意義，他在〈與元九書〉中更說明他寫新樂府的動機與願望：

> 自登朝來，年齒漸長，閱事漸多，每與人言，多詢時務，每讀書史，多求理道，始知文章合為時而著，歌詩合為事而作。是時皇帝初即位，宰府有正人，屢降璽書，訪人急病，僕當此日，擢在翰林，身是諫官，手請諫紙，啟奏之外，有可以救濟人病，裨補時闕，而難於指言者，輒詠歌之，欲稍稍遞進聞於上，上以廣宸聰，副憂勤；次以酬恩獎，塞言責；下以復吾平生之志。

又〈寄唐生〉詩中有云：

> 我亦君之徒，鬱鬱何所為。不能發聲哭，轉作樂府詩。篇篇無空文，句句必盡規。功高虞人箴，痛甚騷人辭。非求宮律高，不務文字奇。惟歌生民病，願得天子知。

居易於憲宗元和三年五月除拾遺，新樂府詩作於四年，時年三十八歲。是時居易於國家大事，勇於諫諍，極有強鯁。甚至當憲宗面說「陛下誤矣」，致憲宗與人說：「白居易小子，是朕拔擢致名位，而無禮於朕，朕實難奈。」（《舊唐書》本傳）但居易猶以為未足，且借詩歌以上達諷諭，期能糾正政治上、社會上的弊端，同時也認為如此才算六義的精神。單就這五十篇新樂府看，他所指斥的如王業、吏治、邊事、佞倖以及民間男女之種種痛苦，可說整個的政治社會都被詩人筆端所觸及。統共四卷諷諭詩兩百零八首，雖然比起他全部的詩篇不能算多，但詩人於這兩百多首詩中，對於當時政治社會的觀察，是足夠深入的了。同時他為了諷諭的功效，擺脫前人

樂府體的拘束,將真確的事實,用自由的篇章,明白樸質的語言寫
出,同時還具一種聲調之美,能夠播於樂章歌曲。這種寫實且近乎
白話的作法,不能不視為他的獨特風格。

　　他還有一首〈長恨歌〉,至今猶被一般讀者所欣賞,陳寅恪以
為是貞元、元和間新興的文體。這種新興文體與當時舉人流行的行
卷有關係,因為行卷文體,期使主司能看出應舉者的史才、詩筆與
議論;故而應舉者為要引起主司閱讀興趣,於是創作傳奇小說,將
史才、詩筆、議論三者,都表現於小說中。所以,白居易的〈長恨
歌〉與陳鴻的〈長恨歌傳〉為不可分離的共同組構:即〈歌〉見詩
筆,〈傳〉見史才與議論,這樣才成為完整的作品。約貞元二十年
時,元稹作〈鶯鶯傳〉,李公垂為之作歌,〈長恨歌〉則作於元、
李詩歌之後,故陳寅恪謂〈長恨歌〉及傳實受〈鶯鶯傳〉及歌的影
響。(參考《元白詩箋證稿》第一章)按:當時流行的變文文體,即
係詩歌與散文合為一體,大都是一段詩歌一段散文,兩相映發,如
〈孔子項託相問書〉及〈四獸因緣〉兩篇,直與〈長恨歌〉與傳的
形式相似,很可能是這種變文文體影響了當時文士,因而創造了詩
文一體的新興文體。至於此歌作意,毫無異義的是在暴露帝王的荒
淫,歌中極力描寫明皇對於楊貴妃的纏綿,同時也就是極力暴露君
王廢棄國事,置人民生活於不顧。這一新興文體的詩篇,也就是他
的諷諭詩的另一作法,試將諷諭詩中〈海漫漫〉、〈上陽白髮人〉、
〈胡旋女〉、〈驪宮高〉、〈李夫人〉諸篇與〈長恨歌〉並讀,互相發
明,便知他不是偶然地在作傳奇小說的詩歌了。

　　白居易的交遊中,感情最厚、詩風亦同調的,莫過於元稹;兩
人影響於當時人之大,又是從來詩人所未有,因而有「元和體」之
稱。《舊唐書》卷一六六〈元稹傳〉云:

　　　稹聰警絕人,年少有才名,與太原白居易友善。工為詩,善

狀詠風態物色，當時言詩者，稱元、白焉。自衣冠士子，至閭閻下俚，悉傳諷之，號為「元和體」。……宰相令狐楚一代文宗，雅知稹之辭學，謂稹曰：「嘗覽足下製作，所恨不多，遲之久矣。請出其所有，以豁予懷。」稹因獻其文，自敘曰：「……稹自御史府謫官，於今十餘年矣，閑誕無事，遂專力於詩章。日益月滋，有詩句（「集外文章」作「向」，是）千餘首，其間感物寓意，可備矇瞽之風者有之。辭直氣麤，罪尤是懼，固不敢陳露於人。唯杯酒光景間，屢為小碎篇章，以自吟暢。然以為律體卑庳，格力不揚，苟無姿態，則陷流俗。常欲得思深語近，韻律調新，屬對無差，而風情宛然，而病未能也。江湖間多新進小生，不知天下文有宗主，妄相放效，而又從而失之，遂至於支離褊淺之辭，皆目為元和詩體。稹與同門生白居易友善，居易雅能詩，就中愛驅駕文字，窮極聲韻，或為千言，或為五百言律詩，以相投寄。小生自審不能過之，往往戲排舊韻，別創新辭，名為次韻相酬，蓋欲以難相挑。自爾江湖間為詩者，復相放效，力或不足，則至於顛倒語言，重複首尾，韻同意等，不異前篇，亦目為元和詩體，而司文者考變雅之由，往往歸咎於稹，嘗以為雕蟲小事，不足以自明。」

陳寅恪據此以為元稹自下定義的「元和體」詩，可分為二類，其一為次韻相酬之長篇排律。稹嘗云：「樂天曾寄予千字律詩數首，予皆次用本韻酬和，後來遂以成風耳。」（《白氏長慶集》卷二二〈酬樂天餘思不盡加為六韻之作〉詩「次韻千言曾報答」句自注）其二為杯酒光景之小碎篇章，此類實亦包括微之所謂豔體詩中之短篇在內。（《元白詩箋證稿》〈附論：元和詩體〉）

　　按：次韻相酬之風，始創始於元、白，前人亦曾論及，趙翼

《甌北詩話》卷四云：

> 大凡才人好名，必創前古所未有，而後可以傳世。古來但有
> 和詩，無和韻；唐人有和韻，尚無次韻；次韻實自元、白
> 始。依次押韻，前後不差，此古所未有也。而且長篇累幅，
> 多至百韻，少亦數十韻，爭能鬭巧，層出不窮，此又古所未
> 有也。他人和韻，不過一、二首，元、白則多至十六卷，凡
> 一千餘篇，此又古所未有也。以此另成一格，推倒一世，自
> 不能不傳。蓋元、白覻此一體，為歷代所無，可從此出奇；
> 自量才力，又為之而有餘。故一往一來，彼此角勝，遂以之
> 擅場。……然二人創此體後，次韻者固習以為常，而篇幅之
> 長且多，終莫有及之者，至今猶推獨步也。

逞才鬭奇，原是一時興會，影響所及，遂開後世惡例，從此，詩的
形式又多一層束縛；後來詩人，相習成風，只從次韻上下功夫，往
往一韻之巧，矜為創獲，成為文字遊戲而不自覺。關於五言排律長
篇，《甌北詩話》云：

> 五言排律長篇，亦莫有如香山之多者，〈渭上退居一百
> 韻〉，謫江州有〈東南行一百韻〉，微之以〈夢遊春七十
> 韻〉見寄，廣為一百韻報之；又〈代書詩寄微之一百韻〉，
> 〈赴忠州舟中，示弟行簡五十韻〉，〈和微之投簡陽明洞
> 五十韻〉，〈想東游五十韻〉，〈逢蕭徹話長安舊遊五十
> 韻〉，〈敘德抒情上宣城崔相公四十韻〉，〈新昌新居四十
> 韻〉，此外如三十、二十韻者，更不可勝計，此亦古來所未
> 有也。

排律與次韻，同是形式上的花樣，往往為次韻、為排律，必然有生

湊之處。這與他所標榜的六義精神，又未免相去太遠了。總之，居易的新樂府及其他諷諭詩，皆以表現思想為主，大膽地不受篇句辭藻種種的束縛，真正可算作新文體。至所謂元和詩體，但以驅駕文字，窮極聲韻為工巧，於後來的詩體只是增加更多的束縛。

> 田家少閒月，五月人倍忙。夜來南風起，小麥覆隴黃。婦姑荷簞食，童稚攜壺漿。相隨餉田去，丁壯在南岡。足蒸暑土氣，背灼炎天光。力盡不知熱，但惜夏日長。復有貧婦人，抱子在其傍。右手秉遺穗，左臂懸敝筐。聽其相顧言，聞者為悲傷。家田輸稅盡，拾此充飢腸。今我何功德，曾不事農桑。吏祿三百石，歲晏有餘糧。念此私自愧，盡日不能忘。（〈觀刈麥詩時為盩厔縣尉〉，《白氏長慶集》卷一）

> 母別子，子別母，白日無光哭聲苦。關西驃騎大將軍，去年破虜新策勳，勅賜金錢二百萬，洛陽迎得如花人。新人迎來舊人棄，掌上蓮花眼中刺。迎新棄舊未足悲，悲在君家留兩兒。一始扶行一初坐，坐啼行哭牽人衣。以汝夫婦新嬿婉，使我母子生別離。不如林中烏與鵲，母不失雛雄伴雌。又似園中桃李樹，花落隨風子在枝。新人新人聽我語，洛陽無限紅樓女。但願將軍重立功，更有新人勝於汝。（〈母別子〉，《白氏長慶集》卷四）

> 晨雞纔發聲，夕雀俄斂翼。晝夜往復來，疾如出入息。非徒改年貌，漸覺無心力。自念因念君，俱為老所逼。君年雖校少，顦顇適南國。三年不放歸，炎瘴銷顏色。山無殺草雪，水有含沙蜮。健否遠不知，書多隔年得。願君少愁苦，我亦加飡食。各保金石軀，以慰長相憶。（〈寄元九自此後在渭村作〉，《白氏長慶集》卷十）

　　元稹（七七九～八三一），字微之，河南河內人。《舊唐書》本傳云：「後魏昭成皇帝，稹十代祖也」，《新唐書》未言稹為拓跋氏帝氏之後，大概諱言稹族出於鮮卑。稹九歲能文，元和元年應制舉第一，除左拾遺，（《舊唐書》本傳云右拾遺）歷監察御史。長慶初，擢祠部郎中、知制誥，再遷中書舍人、翰林承旨學士。長慶二年二月，進工部侍郎同中書門下平章事，六月罷相。[14]（此據新、舊《唐書·穆宗本紀》，《新唐書》本傳謂居相位纔三月罷，誤）出為同州刺史，改授越州，兼御史大夫浙東觀察使。在越八年，大和三年召為尚書左丞，拜武昌節度使，五年七月，暴疾，一日而卒，時年五十三。

　　稹與白居易兩人交情最厚，才力也不相上下，尤對樂府詩的見解，更是旗鼓相應。當時詩人能與居易同調的，只有他一人。《元氏長慶集》卷二三〈樂府古題序〉云：

> 《詩》訖於周，〈離騷〉訖於楚，是後詩之流為二十四名：賦、頌、銘、贊、文、誄、箴、詩、行、詠、吟、題、怨、歎、章、篇、操、引、謠、謳、歌、曲、詞、調，皆詩人六義之餘，而作者之旨。……況自〈風〉、〈雅〉至於樂流，莫非諷興當時之事，以貽後代之人。沿襲古題，唱和重複，於文或有短長，於義咸為贅賸。尚不如寓意古題，刺美見事，猶有詩人引古以諷之義焉。……近代唯詩人杜甫〈悲陳陶〉、〈哀江頭〉、〈兵車〉、〈麗人〉等，凡所歌行，率皆即事名篇，無復倚旁。予少時與友人樂天、李公垂輩，謂是為當，遂不復擬賦古題。昨梁州見進士劉猛、李餘各賦古樂府詩數十首，其中一、二十章咸有新意，予因選而和之。

14《舊唐書》卷一六六本傳云：「稹素無檢操，人情不厭服。」

他以為風雅以後流變二十四名，皆原六義餘緒，換言之，凡作此二十四名之任何一體，必得基於六義的精神，而六義的精神是什麼呢？便是「諷興當時之事，以貽後代之人」。因此他不贊成「沿襲古題，唱和重複」；即使沿用古題，也必須要有新意。又他的〈和李校書新題樂府〉十二首序云：

> 昔三代之盛也，士議而庶人謗。又曰：世理則詞直，世忌則詞隱；予遭理世而君盛聖，故直其詞以示後，使夫後之人，謂今日為不忌之時焉。（《元氏長慶集》卷二四）

他的這些見解，與白居易主張「救濟人病，裨補時闕」，全無二致。他的樂府詞共有五十四首，有名的〈連昌宮詞〉也就是樂府詞之一。陳寅恪謂此歌實受白、陳之〈長恨歌〉及〈傳〉之影響，（《元白詩箋證稿》第一章）而作於元和十三年暮春。（《元白詩箋證稿》第三章）王世貞《藝苑卮言》卷四云：「〈連昌宮詞〉，似勝〈長恨〉，非謂議論也，〈連昌〉有風骨耳。」這位詩必盛唐的作家，像比附於小說的〈長恨歌〉，自然不是他所能滿意，他的批評只能代表受正統詩風影響的人的一偏之見。

他的十九首古題樂府，是見了進士劉猛、李餘兩人所作的樂府而引起的；新樂府十二首則是和李公垂的。於和劉、李，則取其有新意者：和李公垂，則「取其病時之尤急者」。（見〈樂府古題序〉及〈和李校書新題樂府序〉）就他的諷喻詩分量看，是不如白居易作的多；就內容看，他們所揭出的都能「救濟人病，裨補時闕」。

元稹是詩人，同時也是能留心民間疾苦的政治家，因此當時政治社會影響於他作詩的態度甚大。在他〈敘詩寄樂天書〉中，關於這一點說得很明白：

> 稹九歲學賦詩，長者往往驚其可教。年十五六，粗識聲病。

時貞元十年已後，德宗皇帝春秋高，理務因人，最不欲文法
吏生天下罪過。外閫節將動十餘年不許朝覲，死於其地不易
者十八九。而又將豪卒愵之處，因喪負眾，橫相賊殺，告變
駱驛，使者迭窺。旋以狀聞天子曰：「某邑將某能過亂，亂
眾寧附，願為帥。」名為眾情，其實逼詐。因而可之者又
十八九。前置介倅，因緣交授者，亦十四五。由是諸侯敢自
為旨意，有羅列兒孫以自固者，有開導蠻夷以自重者。省寺
符篆固几閣，甚者礙詔旨，視一境如一室，刑殺其下，不啻
僕畜。厚加剝奪，名為進奉，其實貢入之數百一焉。京城之
中，亭第邸店以曲巷斷。侯甸之內，水陸腴沃以鄉里計。其
餘奴婢資財，生生之備稱之。

朝廷大臣以謹慎不言為朴雅。以時進見者，不過一二親信。
直臣義士往往抑塞。禁省之間，時或繕完隤墜；豪家大帥乘
聲相扇，延及老佛，土木妖熾，習俗不怪。上不欲令有司備
宮闈中小碎須求，往往持幣帛以易餅餌；吏緣其端，剽奪百
貨，勢不可禁。僕時孩騃，不慣聞見，獨於書傳中初習理亂
萌漸，心體悸震，若不可活，思欲發之久矣。適有人以陳子
昂〈感遇〉詩相示，吟翫激烈，即日為〈寄思玄子〉詩二十
首。……又久之，得杜甫詩數百首，愛其浩蕩津涯，處處臻
到，始病沈、宋之不存寄興，而訝子昂之未暇旁備矣。不數
年，與詩人楊巨源友善，日課為詩；性復僻，懶人事，常有
閒暇，間則有作。識足下時有詩數百篇矣。（《元氏長慶集》
卷三十）

他寫此書時年三十七歲（八一五），書中所描寫的正是他二十來歲
時，觀察到的朝廷之腐敗，方鎮之跋扈，官吏之橫暴；人民生活於

這樣的時代，使詩人不能不面對現實，而有「心體悸震，若不可活」的感觸。於是由陳子昂的〈感遇〉，而覺悟到詩要有所寄興，再由杜甫的數百首詩，更加推展了詩人廣闊的襟懷，而要和時代的清明與昏暗若呼息之相映。他有八卷古體詩，大部分是寄興深遠，足與他的樂府詩有一致的精神，這是最為我們所應注意的。

連昌宮中滿宮竹，歲久無人森似束。又有墙頭千葉桃，風動落花紅蔌蔌。宮邊老人為余泣：「小年進食曾因入。上皇正在望仙樓，太真同凭欄干立。樓上樓前盡珠翠，炫轉熒煌照天地。歸來如夢復如癡，何暇備言宮裏事？初過寒食一百六，店舍無烟宮樹綠。夜半月高弦索鳴，賀老琵琶定場屋。力士傳呼覓念奴，念奴潛伴諸郎宿。須史覓得又連催，特敕街中許燃燭。春嬌滿眼睡紅綃，掠削雲鬟旋裝束。飛上九天歌一聲，二十五郎吹管逐。逶迤大遍涼州徹，色色龜茲轟錄續。李謩壓（應作擪）笛傍宮墻，偷得新翻數般曲。平明大駕發行宮，萬人鼓舞途路中。百官隊仗避岐薛，楊氏諸姨車鬭風。明年十月東都破，御路猶存祿山過。驅令供頓不敢藏，萬姓無聲淚潛墮。兩京定後六七年，卻尋家舍行宮前。莊園燒盡有枯井，行宮門閉樹宛然。爾後相傳六皇帝，不到離宮門久閉。往來年少說長安，玄武樓成花萼廢。去年敕使因斫竹，偶值門開暫相逐。荊榛櫛比塞池塘，狐兔驕癡緣樹木。舞榭欹傾基尚在，文窗窈窕紗猶綠。塵埋粉壁舊花鈿，烏啄風箏碎珠玉。上皇偏愛臨砌花，依然御榻臨階斜。蛇出燕巢盤鬭拱，菌生香案正當衙。寢殿相連端正樓，太真梳洗樓上頭。晨光未出簾影黑，至今反挂珊瑚鉤。指似傍人因慟哭，卻出宮門淚相續。自從此後還閉門，夜夜狐狸上門屋。」我聞此語心骨悲，太平誰致亂者誰？翁言：「野父何

分別，耳聞眼見為君說。姚崇宋璟作相公，勸諫上皇言語
切。燮理陰陽禾黍豐，調和中外無兵戎。長官清平太守好，
揀選皆言由相公。開元之末姚宋死，朝廷漸漸由妃子。祿山
宮裏養作兒，虢國門前鬧如市。弄權宰相不記名，依稀憶得
楊與李。廟謨顛倒四海搖，五十年來作瘡痏。今皇神聖丞相
明，詔書纔下吳蜀平。官軍又取淮西賊，此賊亦除天下寧。
年年耕種宮前道，今年不遣子孫耕。」老翁此意深望幸，努
力廟謨休用兵。（〈連昌宮詞〉）

織婦何太忙，蠶經三臥行欲老。蠶神女聖早成絲，今年絲稅
抽徵早。早徵非是官人惡，去歲官家事戎索。征人戰苦束刀
瘡，主將勳高換羅幕。繰絲織帛猶努力，變緝撩機苦難織。
東家頭白雙女兒，為解挑紋嫁不得。簷前嫋嫋游絲上，上有
蜘蛛巧來往。羨他蟲豸解緣天，能向虛空織羅網。（〈織婦
詞〉）

昔人於元、白兩家詩評者甚多，能公平而扼要者，當推趙翼，其
《甌北詩話》卷四云：

中唐詩以韓、孟、元、白為最。韓、孟尚奇警，務言人所不
敢言；元、白尚坦易，務言人所共欲言。試平心論之，詩本
性情，當以性情為主。奇警者，猶第在詞句間爭難鬥險，使
人蕩心駭目，不敢逼視，而意味或少焉。坦易者多觸景生
情，因事起意，眼前景、口頭語，自能沁人心脾，耐人咀
嚼；此元、白較勝於韓、孟，世徒以輕俗訾之，此不知詩者
也。元、白二人才力本相敵，然香山自歸洛以後，益覺老幹
無枝，稱心而出，隨筆抒寫，并無求工見好之意，而風趣橫
生，一噴一醒，視少年時與微之各以才情工力競勝者，更進

一籌矣，故白自成大家，而元稍次。

最後所要補充的為樂府體的諷喻詩問題。即這種以諷喻時事為主的作法，在當時並不止元、白兩人，如李紳（即〈和李校書新題樂府序〉的李校書）、劉猛、李餘都是這一派詩的作者，可是他們的作品今都不存在了；尤以李紳詩今《全唐詩》第八函存有四卷之多，獨不見有〈新題樂府〉；白居易〈與元九書〉中所提及的李紳新歌行，亦無從得見。是否因當時黨爭關係，怕觸忌諱，故而不願廣為流傳？如元、白遭貶謫以後，諷喻詩便不敢作了。按：汪本《白氏長慶集》卷十七〈編集拙詩成十五卷因題卷末戲贈元九李二十〉云：「每被老元偷格律，苦教短李伏歌行。」《新唐書》卷一八一〈李紳傳〉云：「為人短小精悍，於詩最有名，時號短李。」李紳，字公垂，乃元、白好友。足見當時樂府體的諷諭詩，乃為流行的新體。不過能提出積極的主張者，只有元、白，他兩人不僅是當時新體詩的巨擘，而且有倡導之功。

劉禹錫（七七二～八四三），字夢得，其〈子劉子自傳〉謂為中山人。《舊唐書》本傳據白居易〈劉白唱和集解〉以之為彭城人。〈劉白唱和集解〉有云「彭城劉夢得，詩豪者也」，（《白氏長慶集》卷六十）或即《舊唐書》之所本，又，劉禹錫母盧氏，曾封贈彭城郡君。按：《劉夢得文集》卷二二〈汝州上後謝宰相狀〉云「籍占洛陽」，又《劉夢得文集‧外集》卷九〈子劉子自傳〉：「七代祖亮，事北朝為冀州刺史，……遇遷都洛陽，為北部都昌里人」，足證禹錫先世為中山人，後遷洛陽；至所謂彭城者，乃劉氏之郡望。

擢進士，登博學宏辭科。淮南節度使杜佑召之為記室參軍。貞元二十年，入朝為監察御史。順宗永貞元年四月，以屬王叔文黨故，授屯田員外郎，判度支鹽鐵等案。旋叔文敗，貶朗州司馬。憲

宗元和十年召還入都，以遊玄都觀〈戲贈看花諸君子詩〉，語涉譏刺，為當道不喜，出授播州（今貴州遵義縣）刺史，御史中丞裴度言禹錫有老母，請移近處，遂改授連州刺史。禹錫是年四十四歲。元和十四年冬罷郡，又明年為穆宗長慶元年，年五十歲，始刺史夔州，再刺史和州，至敬宗寶曆二年秋，罷郡歸洛。冬遇白居易於楊子津，白有詩云：「亦知合被才名折，二十三年折太多」（〈醉贈劉二十八使君〉），劉詩：「巴山楚水淒涼地，二十三年棄置身」（〈酬樂天揚州初逢席上見贈〉）；按：貞元二十年（八〇四）入朝，次年即被貶外放，至寶曆元年（八二五）適為二十三年。文宗大和二年（八二八）為主客郎中充集賢學士，後改禮部郎中充集賢學士，大和五年後，再外放歷任蘇州、汝州、同州刺史，開成元年（八三六）秋，遷太子賓客分司東都，三年，改祕書監分司東都，四年，加檢校禮部尚書，兼太子賓客分司東都，武宗會昌二年卒，年七十一。（參考新、舊《唐書》本傳，羅聯添〈劉夢得年譜〉。）

　　禹錫在夔時，聽到民間歌唱的〈竹枝詞〉，也摹擬了九首，遂為前所未有的新體。他的〈竹枝詞〉引言云：

> 四方之歌，異音而同樂。歲正月，余來建平（唐夔州所屬巫山縣舊名），里中兒聯歌〈竹枝〉，吹短笛，擊鼓以赴節，歌者揚袂睢舞，以曲歌為賢。聆其音，中黃鍾之羽，其卒章激訐如吳聲，雖傖儜不可分，而含思宛轉，有淇、濮之豔。昔屈原居沅、湘間，其民迎神，詞多鄙陋，乃為作〈九歌〉，到于今，荊、楚鼓舞之。故余亦作〈竹枝詞〉九篇，俾善歌者颺之，附于末，後之聆巴歈，知變風之自焉。

禹錫分明說出在夔州的建平聽到民間歌〈竹枝〉而作，並說「後之聆巴歈」者，而新、舊《唐書》本傳偏說是他在武陵時作的，致使

後來葛常之特舉出詞中的地名以證明歷史家的疏漏。（《韻語陽秋》卷十五）此九首〈竹枝詞〉，極受黃庭堅、蘇軾的稱賞，庭堅說：

> 劉夢得〈竹枝〉九章，詞意高妙，元和間誠可以獨步。道風俗而不俚，追古昔而不愧，比之杜子美〈夔州歌〉，所謂同工而異曲也。昔子瞻聞余詠第一篇，歎曰：此奔逸絕塵不可追也。（〈跋劉夢得竹枝詞〉）

其實並不止於此，唐人絕句本來就受了西曲、吳歌的影響，可是漸漸減少了民歌真摯自然的情致，而禹錫吸收巴歈的新聲，形成了一種清新的風格。但也不是偶然的，因為這位大詩人要不是一向在注意民歌風格，單憑一時興趣，未必能將民間〈竹枝〉的真精神融合得那樣逼真，如他所作的〈荊州歌〉、〈紀南歌〉、〈宜城歌〉、〈視刀環歌〉、〈三閣詞〉、〈淮陰行〉、〈隄上行〉、〈踏歌詞〉等。觀此便知他對於民歌特別注意，因為這些都是西曲、吳歌之風格。

> 渚宮楊柳暗，麥城朝雉飛；可憐踏青伴，乘暖著輕衣。

> 今日好南風，商旅相催發；沙頭檣竿上，始見春江闊。（〈荊州歌〉二首）

> 貴人三閣上，日晏未梳頭；不應有恨事，嬌甚卻成愁。（〈三閣詞〉四首其一。原注：吳聲）

> 珠箔曲瓊鉤，子細見揚州；北兵那得度，浪語聲（一作判）悠悠。（〈三閣詞〉四首其二）

> 簇簇淮陰市，竹樓緣岸上；好日起檣竿，烏飛驚五兩。（〈淮陰行〉五首其一）

今日轉舡（一作船）頭，金烏指西北；煙波與春草，千里同
一色。（〈淮陰行〉五首其二）

酒旗相望大隄頭，隄下連檣隄上樓；日暮行人爭渡急，槳聲
幽軋在（一作滿）中流。（〈堤上行〉三首其一）

白帝城頭春草生，白鹽山下蜀江清；南人上來歌一曲，北人
莫上動鄉情。（〈竹枝詞〉九首其一）

山桃紅花滿上頭，蜀江春水拍江（一作山）流；花紅易衰似
郎意，水流無限似儂愁。（〈竹枝詞〉九首其二）

夢得其他各體詩，則如劉後村所批評，「雄渾老蒼，尤多感慨」。
（《唐音癸籤》卷七引）夢得自己也說：「鄙人少時，亦嘗以詞藝
梯而航之，中途見險，流落不試。而胸中之氣，伊鬱蜿蜒，泄為章
句，以遣愁沮，悽然如燋桐孤竹，亦名聞于世間。」（《夢得外集》
卷九：〈彭陽唱和集引〉）夢得一生，始受挫於王叔文黨，繼又遭
玄都觀詩之累，幾至終身外放，尤以唐人重內官而輕外官，故雖數
為郡守，在當時官僚生活中，卻不算得意。故勃發而為「雄渾老蒼」
的境界。

山圍故國周遭在，潮打空城寂寞回；淮水東邊舊時月，夜深
還過女牆來。（〈石頭城〉）

西晉樓船下益州，金陵王氣漠然收；千尋鐵鎖沉江底，一片
降幡出石頭。人世幾回傷往事，山形依舊枕寒流；今逢四海
為家日，故壘蕭蕭蘆荻秋。（〈西塞山懷古〉）

第八節　張籍

　　張籍，字文昌，貞元十五年進士，兩《唐書》並附於〈韓愈傳〉後，《舊唐書》未言里貫，《新唐書》謂為和州烏江人。按：籍〈送陸暢詩〉云：「共踏長安街裏塵，吳州獨作未歸身；昔年舊宅今誰住？君過西塘與問人。」（此據正德本，元陸友仁《吳中舊事》卷一引此詩，「昔年」作「胥門」，余嘉錫謂正德本為以意妄改）又韓愈〈張中丞傳後序〉亦云「吳郡張籍」，大概籍原為吳人，嘗寓烏江，《新唐書》遂誤為和州烏江人。（余嘉錫《四庫提要辨證》卷二十，集部一）歷官太祝、祕書郎、國子博士、水部員外郎、國子司業。元和十年十二月，白居易在潯陽〈與元九書〉云：「近日，孟郊六十，終試協律；張籍五十，未離一太祝」，是知元和十年籍年五十，則籍生當在代宗大曆元年（七六六）；籍卒當在文宗大和三年（八二九）以後不久，因是年有〈送白賓客分司東都〉詩，此後即不見有酬應之作。《舊唐書》謂籍：「性詭激，能為古體詩，有警策之句。」歷史家對籍的批評，不免簡略，不如為籍編詩集的五代人張洎所作〈張司業詩集序〉為詳細：

　　　　公為古風最善，自李、杜之後，風雅道喪，繼其美者，唯公一人。故白太傅讀公集曰：「張公何為者，業文三十春；尤工樂府詞，舉代少其倫」；又姚秘監嘗讀公詩云：「妙絕江南曲，淒涼怨女詞，古風無手敵，新語是人知」；其為當時文士推服也如此。元和中，公及元丞相、白樂天、孟東野詞調，天下宗匠，謂之「元和體」。又長於今體律詩，貞元以前，作者間出，大抵互相祖尚，拘於常態，迨公一變，而章句之妙，冠於流品矣。

他周旋於韓愈、白居易、元稹、柳宗元這些大詩人中，卻不跟著任
何人後面走，在元和時代詩人群中自成風格。作樂府詩的巨匠白居
易，竟謂「舉代少其倫」，可以說是傾倒備至了。韓愈也說「張籍學
古淡，軒鶴避雞群」（〈醉贈張秘書〉）；又說「刺手拔鯨牙，舉瓢
酌天漿」（〈調張籍〉）；魏道輔謂：「高至酌天漿，幽至拔鯨牙，其
用思深遠如此。」（《全唐詩話續編》卷下引）由這兩位大詩人對他
的稱許，足知他在元和時代的詩人中是居於怎樣的地位了。

　　籍詩要以樂府辭為代表，他同時代的詩人已經是如此的看法，
後來人也是如此，宋曾季貍《艇齋詩話》說：

> 張籍樂府甚古，如〈永嘉行〉尤高妙。唐人樂府，惟張籍、
> 王建古質。

又宋張戒《歲寒堂詩話》卷上說：

> 張司業詩與元、白一律，專以道得人心中事為工，但白才多
> 而意切，張思深而語精，元體輕而詞躁爾。籍律詩雖有味而
> 少文，遠不逮李義山、劉夢得、杜牧之，然籍之樂府，諸人
> 未必能也。

他們所謂「古質」與「思深」，大抵與韓說相合。至於張戒所謂「張
司業詩與元、白一律」者，是就籍樂府詩內容而言，因為都是反映
民間疾苦的。如寫對外族戰爭兵役之苦的〈征婦怨〉、〈寄衣曲〉、
〈別離戍〉、〈關山月〉、〈將軍行〉等篇，寫苛稅之下耕田的人反
而沒有飯喫的〈野老篇〉，寫奴役人民的〈築城詞〉，諷達官貴人的
〈傷歌行〉、〈北邙行〉，諷豪門子弟的〈少年行〉，這些與元白的新
樂府有共同的精神，亦即張戒所說的「與元、白一律」。再看白居易
〈讀張籍古樂府〉云：「讀君學仙詩，可諷放佚君；讀君董公詩，可
誨貪暴臣；讀君商女詩，可感悍婦仁；讀君勤齊詩，可勸薄夫敦；

上可裨教化，舒之濟萬民；下可理情性，卷之善一身。」於此可知籍的樂府詩，其諷刺對象，甚為廣博，不在元、白之下。

李肇說，元和後，「歌行則學流蕩于張籍」，(《唐國史補》卷下) 這大概是就籍詩音節之美而言。籍詩喜用俗言俗事，亦一特色。胡震亨《唐音癸籤》卷七云：

> 文章窮於用古，矯而用俗，如《史》、《漢》後六朝史之入方言俗語是也，籍、建（王建）詩之用俗亦然。王荊公題籍集云：「看是尋常最奇崛，成如容易卻艱辛。」凡俗言俗事入詩，較用古更難。知兩家詩體，大費鑄合在。

籍能將方言俗諺，經過一番提煉，成為獨有的詩的語言；而韓詩則喜用僻字，以之逞博鬥奇。又籍用字音節流暢，能移人情；而韓詩則故為奧澀，以自矜高古。是籍雖游於韓愈之門，而走的卻是自己的道路。

> 老翁家貧在山住，耕種山田三四畝，苗疎稅多不得食，輸入官倉化為土。歲暮鋤犁倚空室，呼兒登山收橡實。西江賈客珠百斛，船中養犬長食肉。(〈野老歌〉)

> 行人結束出門去，幾時更踏門前路。憶昔君初納采時，不言身屬遼陽戍。早知今日當別離，成君家計良為誰？男兒生身自有役，那得誤我少年時。不如逐君征戰死，誰能獨守空閨裏。(〈別離曲〉)

> 君知妾有夫，贈妾雙明珠，感君纏綿意，繫在紅羅襦。妾家高樓連苑起，良人執戟明光裏；知君用心如日月，事夫誓擬同生死；還君明珠雙淚垂，何不相逢未嫁時？(〈節婦吟寄東平李司空師道〉)

第九節　杜牧

　　杜牧（八〇三～八五二），字牧之，京兆萬年（今陝西西安市）人，為宰相封岐國公杜佑之孫。及進士第，復舉制科。官殿中侍御史，遷左補闕、史館修撰，轉膳部員外郎，並兼史職，出牧黃、池、睦三郡，復遷司勳員外郎、史館修撰，轉吏部員外郎，以弟病乞為湖州刺史，復以考功郎中知制誥，遷中書舍人。大中七年卒，年五十一。（按：新、舊《唐書》均謂牧卒年五十，陳思綺《杜牧年譜》據薛能〈投杜舍人〉詩，以為牧非卒於五十，而假定為五十一歲，蓋牧遷中書舍人在大中六年冬，薛能詩所言皆春、夏景物，若卒年五十即大中六年，不應有此；新、舊《唐書》所據殆為牧自撰墓銘有「年五十斯壽矣」語，其實牧並未死於自撰墓銘之年也。）

　　全祖望云：「杜牧之才氣，其唐長慶以後第一人邪？讀其詩、古文詞，感時憤世，殆與漢長沙太傅相上下，然長沙生際熙時，特為廟堂作憂盛危明之言，以警惰窳；牧之正丁晚季，故其語益蒿目搥胸，不能自已。」（《鮚埼亭外編・杜牧之論》）後來李慈銘也說：「樊川文章風概，卓絕一代，其學問識力亦復如是，予向推為晚唐第一人，非虛誣也。」（《越縵堂日記》第八冊）因此，我們可以知道杜牧是怎樣的一個詩人。他處於藩鎮跋扈的時代，看出當時亂源在山東（太行山以東），於是「追咎長慶以來朝廷措置亡術，復失山東，鉅封劇鎮，所以繫天下輕重，不得承襲輕授。」（《新唐書》本傳）於是作〈罪言〉，希望收復山東，鞏固中樞。又唐初承前代府兵制，既可以警衛中樞，又足以控制全國，但至開元末，府兵本身腐敗，因而廢置，但其制度是好的；杜牧感於中央武力空虛，致使藩鎮強大，作〈原十六衛〉，主張恢復府兵制。宰相李德裕對外族及劉稹用兵，皆用牧策而獲勝。他主張文武合一，能治國者必

能知兵。他說：「大儒在位而未有不知兵者，未有不能制兵而能止暴亂者，未有暴亂不止而能活生人、定國家者。」（《樊川文集》卷十二〈上周相公書〉）足見他不僅有政治的懷抱，而且有政治的才識，這在唐代詩人中可說是獨特的人物，全祖望將他比作漢文帝朝的賈長沙，並不過分。

他對於文學寫作自有其主張，《樊川文集》卷十三〈答莊充書〉云：

> 凡為文以意為主，氣為輔，以辭彩章句為之兵衛，未有主強盛而輔不飄逸者，兵衛不華赫而莊整者。……苟意不先立，止以文彩辭句，繞前捧後，是言愈多者而理愈亂，如入闌闠，紛紛然莫知其誰，暮散而已。是以意全勝者，辭愈樸而文愈高；意不勝者，辭愈華而文愈鄙；是意能遣辭，辭不能成意。大抵為文之旨如此。

又《樊川文集》卷十六〈獻詩啟〉云：

> 某苦心為詩，本求高絕，不務奇麗，不涉習俗，不今不古，處於中間。

以他那樣的抱負與才識，自不屑以藻飾為工，他要表現的，都是他的思想與情感；由於內在的力量而表現出的，自然深刻遒健，《四庫全書總目提要》說他的風骨實出於元、白之上者，也正由此。雖然，他也不是完全不重視藻飾的，只將藻飾視為外形的色澤，故稱之為「兵衛」。徐獻忠云：「牧之詩含思悲淒，流情感慨，抑揚頓挫之節，尤其所長。」（《唐音癸籤》卷八〈評彙四〉引）其所以有此情調者，則是因為才高一代，而寂寞當時，其磊落抑鬱之懷，皆不覺地流露出來，寓嗚咽於豪放，寄清峻於穠麗，往往令讀者低徊感

激，有不盡的言外之意。

　　牧於當代詩人，所佩服的只有李、杜、韓、柳，他說「近者四
君子，與古爭強梁」。（〈冬至日寄小姪阿宜詩〉）而於元、白，或
非所喜，但未見正面批評。牧所作〈李戡墓誌銘〉（《樊川文集》卷
九）述戡語，斥元、白詩為「纖豔不逞」、「淫言媟語」，這一向
皆被認為是他自己的意見，後來葉石林且為樂天鳴不平，反擊牧之
為「妄人不自量」。（《避暑錄話》卷下）據杜文，李戡死於開成
二年（八三七），戡生前曾受知於李中敏，杜文稱「今諫議大夫李
中敏」，中敏遷諫議大夫在大和九年（八三五），以給事中出為婺
州刺史在開成五年。（八四〇，參閱《新唐書・李中敏傳》及《通
鑑》卷二四六）杜牧於開成四年（八三九）二月由潯陽北返，入京
就補闕。（《樊川文集》卷十六〈上宰相第二啟〉）李戡墓誌當即作
於是年，時中敏仍是諫議大夫，尚未轉官給事中。又戡誌中所稱的
「左拾遺韋楚老」，這時也在京師，楚老是開成二年春由洛陽入京就
拾遺的。（參閱《唐詩紀事》卷五六及《樊川文集》卷三〈洛中監
察病假滿送韋楚老拾遺歸朝〉詩）戡誌文中有「前監察御史盧簡求
者」，是長慶元年進士，也是知名之士，新、舊《唐書》俱附於盧簡
辭傳。按：李中敏、韋楚老、盧簡求三人都是向杜牧推薦李戡者，
後來牧作〈李戡墓誌〉，能夠憑空虛造「借刀殺人」麼？以「剛直
有奇節」（《新唐書》本傳語）的杜牧，絕不會假借死友之口以快己
意的。要知杜牧曾三直史館，是有史才史識的，他寫〈李戡墓誌〉
是史筆而非諛墓的作法。李戡既能短長鄭玄、孔穎達所作之疏注，
為什麼不能批評元、白的詩風？杜牧所述戡語，大概出於戡所編的
〈唐詩序〉；李戡是一位拘謹的經學家，元和體的豔曲自然不是他所
能滿意的；這些若細讀勘誌，即不難體會。

　　　　長空澹澹孤鳥沒，萬古銷沉向此中；看取漢家何事業，五陵

無樹起秋風。（〈登樂遊原〉）

清時有味是無能，閒愛孤雲靜愛僧；欲把一麾江海去，樂遊
原上望昭陵。（〈將赴吳興登樂遊原〉）

千里鶯啼綠映紅，水村山郭酒旗風；南朝四百八十寺，多少
樓臺烟雨中。（〈江南春〉）

三樹稱桑春未到，扶牀乳女午啼飢。潛銷暗鑠歸何處，萬指
侯家自不知。（〈題村舍〉）

一片官墻當道危，行人為汝去遲遲。箄圭苑裏秋風後，平樂
館前斜日時。錮黨豈能留漢鼎，清談空解識胡兒。千燒萬戰
坤靈死，慘慘終年鳥雀悲。（〈故洛陽城有感〉）

六朝文物草連空，天澹雲閒今古同。鳥去鳥來山色裏，人歌
人哭水聲中。深秋簾幕千家雨，落日樓頭一笛風。惆悵無因
見范蠡，參差烟樹五湖東。（〈題宣州開元寺水閣，閣下宛
溪，夾溪居人〉）

雲光嵐彩四面合，柔柔垂柳十餘家；雉飛鹿過芳草遠，牛巷
雞塒春日斜。秀眉毛父對樽酒，蒨袖女兒簪野花。征車自念
塵土計，惆悵谿邊書細沙。（〈商山麻澗〉）

第十節　李商隱、溫庭筠、韓偓

李商隱（八一三～八五八），字義山，懷州河內人。曾讀書玉
陽王屋山，自號玉谿生；後寄居京郊之樊南，又自號樊南生。弱冠
時，受知於天平軍節度使令狐楚，楚奇其文，使與諸子游。開成二

年（八三七）登進士第，東歸省母，時年二十五歲。明年赴李德裕
黨涇原節度使王茂元幕，茂元愛其才，以女妻之。四年（八三九）
為祕書省校書郎，調補弘農尉。德裕為李宗閔、令狐楚敵黨，商隱
既為李黨王茂元婿，李宗閔黨大薄之。會昌二年（八四二）重入祕
書省為郎，旋以母憂罷。大中元年（八四七）入桂管防禦觀察使鄭
亞幕，掌書記。年餘歸京師。是時令狐楚子綯已貴顯，商隱屢書陳
情，綯以其忘家恩，終不理商隱。遂入徐州刺史盧弘正幕，為判
官。五年（八五一）徐府罷還京，時令狐綯益貴顯，以同中書門下
平章事兼禮部尚書，商隱又以文章干綯，補太學博士。會柳仲郢為
東川節度使，辟為書記，改授檢校工部郎中。大中十年（八五六）
仲郢改兵部侍郎，義山隨仲郢還朝，又明年還鄭州，病卒，年
四十六歲。（參考新、舊《唐書》本傳，及馮浩《玉谿生年譜》。
按：張爾田《玉谿生年譜會箋》以為元和七年生〔八一二〕，早馮
《譜》一年，死年四十七；中央研究院《史語所集刊》十五本，岑仲
勉〈玉谿生年譜會箋平質〉以為馮《譜》是，張說不可信。）

　　馮浩云：「義山少為令狐楚所賞，此適然之遇，原非為入黨局
而然，惟是開成時，既以綯力得第，而乃心懷躁進，遽託涇原，此
舊傳所云，綯以背恩惡其無行也，綯之惡義山實始於此。」又云：
「要而論之，義山不幸而生於朋黨傾軋之日，所遇皆此輩，未免為
其波染。若其蹤跡名位，絕無與於黨局。即綯之惡其背恩，僅一家
之私事耳。」（《玉谿生年譜》）馮氏以為商隱與令狐綯單是個人的
恩怨，這種看法非常明確，因為令狐綯之怨商隱，只是不加援引而
已，而商隱的名位並不夠作任何一黨的政爭角色，我們能明白這一
點，才不至於對商隱詩生出許多無謂的誤解。但因為商隱詩頗為隱
晦，後來解詩者，動輒加以穿鑿附會，分明商隱算不了朋黨中人，
而必要將他拖進去；又因他失去了令狐綯的援引，硬說他私心埋怨

令狐綯，因而作了許多首詩。這麼一來，好像商隱的心目中只有一個「令狐綯」，後面還拖著一條朋黨的「尾巴」；一生拘束於齷齪的小天地中，居然也能寫出「永憶江湖歸白髮，欲迴天地入扁舟」這類襟懷的好詩，未免有些矛盾。

　　按：商隱的性格，我們不難想像出：他生於官僚社會的時代，卻不適宜於官僚生活，他為人既任性又孤傲，而且不通世情。當他由於令狐綯的揚譽中了進士時，本可以藉著令狐家的關係而向上爬，卻忽爾走向王茂元的幕府。這在別人看來極方便的利祿途徑，竟輕易放棄，而在他卻未曾將這種利祿途徑放在眼下。馮浩說他是「心懷躁進」，我以為他實是孤傲任性。後來他向令狐綯屢書陳情，顯然他以為舊日的交情還可仗恃，殊不知褊狹與坦率，並不相容。雖然令狐綯不滿意他，卻未曾與他斷絕關係，泛泛的交情總還保持著的，否則，他也不會終以文章干綯，而補了太學博士；可是他又不安於此，復遠去東蜀，足見他不習於世情；若以世俗之情處此，決不應這樣任性去留的。再看商隱短短一生，奔走道路，為人幕府，已經耗去了許多歲月，猶能留下許多詩文，尚有其他雜著如〈蜀爾雅〉、〈雜纂〉、〈金鑰〉、〈使範〉、〈家範〉等，（見《宋史・藝文志》）一個沉湎利祿一心對令狐綯存著希望與失望的人，還能這樣潛心著述嗎？

　　古今以來論商隱詩的，都以為他是杜甫的繼承者，最早持此論者為王安石，他說：「唐人知學老杜而得其藩籬者，惟義山一人而已。」（《蔡寬夫詩話》引）後來人多附和此說，甚至有人說：「李玉谿無疵可議，要知前有少陵，後有玉谿，更無有他人可任鼓吹，有唐惟此二公而已。」（薛雪《一瓢詩話》）按：商隱詩受杜甫的影響，原是不可否認的；而其遠紹齊、梁，也是不可忽視的。何焯說：「義山五言出於庾開府，七言出於杜工部，不深究本源，未易

領其佳處，七言句法兼學夢得。」（《義門讀書記》卷五七）何焯的
觀點，是要分別他所受的影響，不應一味地說他都是學老杜。

　　他的五言律有好些篇，都是齊、梁的疇範，不僅辭藻，還有手
法，往往雕飾過甚，力求工切，而無遠韻。如：

> 石城誇窈窕，花縣更風流。簟冰將飄枕，簾烘不隱鉤；玉
> 童收夜鑰，金狄守更籌；共笑駕鴦綺，鴛鴦兩白頭。（〈石
> 城〉）

> 已帶黃金縷，仍飛白玉花；長時須拂馬，密處少藏鴉。眉
> 細從他斂，腰輕莫自斜；玩梁誰道好，偏擬映盧家。（〈謔
> 柳〉）

> 葉葉復翻翻，斜橋對側門；蘆花唯有白，柳絮可能溫；西子
> 尋遺殿，昭君覓故村；年年芳物盡，來別敗蘭蓀。（〈蝶〉）

> 照梁初有情，出水舊知名。裙衩芙蓉小，釵茸翡翠輕。錦
> 長書鄭重，眉細恨分明。莫近彈棋局，中心最不平。（〈無
> 題〉）

> 暗暗淡淡紫，融融冶冶黃，陶令籬邊色，羅含宅裏香；幾時
> 禁重露，寔是怯殘陽；願泛金鸚鵡，昇君白玉堂。（〈菊〉）

> 葉薄風才倚，枝輕霧不勝；開先如避客，色淺為依僧。粉壁
> 正蕩水，緗幃初卷燈；傾城唯待笑，要裂幾多繒。（〈僧院牡
> 丹〉）

像他這些詩，能說不是步齊、梁後塵嗎？唐代詩人走建安、太康道
路者少，沿襲六朝者多，早期的沈、宋，最為顯著。若商隱這一派
的作品，並不如沈、宋之能出以變化，還是齊、梁人面目。這也許

是他早年作風，猶未到老成的境界。然其佳者不是沒有。如：

> 本以高難飽，徒勞恨費聲，五更疏欲斷，一樹碧無情。薄宦
> 梗猶泛，故園蕪已平；煩君最相警，我亦舉家清。（〈蟬〉）

> 世上蒼龍種，人間武帝孫，小來唯射獵，興罷得乾坤。渭水
> 天開苑，咸陽地獻原；英靈殊未已，丁傳漸華軒。（〈鄠杜馬
> 上念漢書〉）

> 高閣客竟去，小園花亂飛。參差連曲陌，迢遞送斜暉。腸
> 斷未忍掃，眼穿仍欲稀；芳心向春盡，所得是沾衣。（〈落
> 花〉）

> 路有論冤謫，言皆在中興；空聞遷賈誼，不待相孫弘。江闊
> 惟回首，天高但撫膺；去年相送地，春雪滿黃陵。（〈哭劉司
> 戶蕡〉）

> 卜夜容衰鬢，開筵屬異方。燭分歌扇淚，雨送酒船香。江
> 湖三年客，乾坤百戰場；誰能辭酩酊，淹臥劇清漳。（〈夜
> 飲〉）

這些詩，真是老杜的氣象，有風骨，有情志，並不像後來學老杜
的，只是空架子；也不像他學齊、梁而沒有變化。這在他的五言律
中，最為上乘，被後來人所稱許的，也就是這些詩。

　　至於他的七言律詩，有一顯著的特徵，就是無論有題或無題，
往往令人無法明白他的作意，可是這些不明作意的詩，又都是好
詩，最為後人所欣賞。他儘可能地將詩的事實隱藏起來，而又儘可
能地將詩的感情顯示出來。這同寫謎語不同，謎語是要人猜的，他
的詩不勞人去猜，而是要人來感受。他將他的悲憤與感觸，用文字

故實、音調鑄成一整體的意象，使讀者不得不為之低徊激動，以此也就達到了他藝術的目的。這種方法，早有阮籍的〈詠懷〉詩，所謂「言在耳目之內，情寄八荒之表」者，要不是顏延年當年作注「怯言其志」，給了一種讀阮詩的方式，說不定後世許多讀者都要畢其精力去猜測。可是後人總不願以讀阮籍詩的態度讀商隱詩，因而浪費了許多筆墨。《四庫全書總目提要・李義山詩集》云：「自釋道源以後，注其詩者凡數家，大抵刻意推求，務為深解，以為一字一句皆屬寓言，而〈無題〉諸篇，穿鑿尤甚。」又，馮浩注要算是最詳博的了，而李慈銘猶指責道：「且喜推測詩意，議論迂腐，筆舌冗漫，時墮學究之習，至求詳太過，往往複查瑣碎，轉淆檢閱。」（蔣瑞藻編《越縵堂詩話》卷下之上）足見前人已有於商隱詩主張「不求甚解」的。因此，我們讀他的詩，凡有諷喻的，我們只可領會其感憤之情，而不必去摸索其一字一句指的是些什麼事。讀他的豔情詩時，不必諱其為「才人浪子」，大可欣賞其情趣，更不要說什麼「〈離騷〉託芳草以怨王孫，借美人以喻君子」（朱長孺注本序）一類夢話。以商隱的才情，對於他所處時代之明暗，自不能不有所感觸；而身為詩人，其生活之不免浪漫，也是事實；我們單憑他的作品所顯示的感情，深切地體會即可。

　　錦瑟無端五十弦，一弦一柱思華年。莊生曉夢迷蝴蝶，望帝春心託杜鵑。滄海月明珠有淚，藍田日暖玉生烟。此情可待成追憶，只是當時已惘然。（〈錦瑟〉）

　　白石巖扉碧蘚滋，上清淪謫得歸遲。一春夢雨常飄瓦，盡日靈風不滿旗。萼綠華來無定所，杜蘭香去未移時。玉郎會此通仙籍，憶向天階問紫芝。（〈重過聖女祠〉）

　　相見時難別亦難，東風無力百花殘。春蠶到死絲方盡，蠟炬

成灰淚始乾。曉鏡但愁雲鬢改，夜吟應覺月光寒。蓬山此去無多路，青鳥殷勤為探看。（〈無題〉）

迢遞高城百尺樓，綠楊枝外盡汀洲。賈生年少虛垂涕，王粲春來更遠游。永憶江湖歸白髮，欲迴天地入扁舟。不知腐鼠成滋味，猜意鴛雛竟未休。（〈安定城樓〉）

莫恃金湯忽太平，草間霜露古今情。空糊頹壞真何益，欲舉黃旗竟不成。長樂瓦飛隨水逝，景陽鐘墮失天明。迴頭一弔箕山客，始信逃堯不為名。（〈覽古〉）

葉燮《原詩》云：「李商隱七絕，寄託深而措辭婉，實可空百代無其匹也。」《峴傭說詩》亦云：「義山七絕，以議論驅駕書卷，而神韻不乏，卓然有以自立。」以此可知商隱七絕之工。按：商隱的七絕，不僅善於抒情，更善於詠史，識見與感情，渾然為一，自成絕唱。

冀馬燕犀動地來，自埋紅粉自成灰；君王若道能傾國，玉輦何由過馬嵬？（〈馬嵬〉二首其一）

國事分明屬灌均，西陵魂斷夜來人；君王不得為天子，半為當時賦洛神。（〈東阿王〉）

乘興南遊不戒嚴，九重誰省諫書函；春風舉國裁宮錦，半作障泥半作帆。（〈隋堤〉）

北湖南埭水漫漫，一片降旗百尺竿；三百年間同曉夢，鐘山何處有龍盤。（〈詠史〉）

十二樓前再拜辭，靈風正滿碧桃枝；壺中若是有天地，又向

壺中傷別離。（〈贈白道者〉）

雲母屏風燭影深，長河漸落曉星沉；常娥應悔偷靈藥，碧海
青天夜夜心。（〈常娥〉）

荷葉生時春恨生，荷葉枯時秋恨成；深知身在情長在，悵望
江頭江水聲。（〈暮秋獨遊曲江〉）

　　時與商隱齊名者有溫庭筠，字飛卿，本名岐，太原祁人，以貌
寢，號「溫鍾馗」。精音律，能逐弦吹之音，為側豔之詞。為人不修
邊幅，在京師時，與公卿家無賴子弟，相與蒲飲，酣醉終日，由是
累年不第。徐商為襄陽刺史，往依之，商署為巡官、檢校員外郎。
不得志，去歸江東，路過廣陵，與新進少年，狂游狹邪，醉而犯
夜，為虞侯所擊，敗面折齒，遂訴之於令狐綯，綯時為淮南節度副
大使知節度事，遂捕虞侯，虞侯極言庭筠狹邪醜迹，乃兩釋之。至
長安，徧見公卿，言為吏所誣。官終國子助教。生於憲宗元和七年
（八一二），卒年約在懿宗咸通十一年（八七〇）。

　　按：庭筠生性不羈，好譏訶權貴，多犯忌諱，故取憎於時，坎
壈終身。《唐才子傳》卷九云：「溫憲，庭筠之子也，龍紀元年，李
瀚榜進士及第，去為山南節度府從事，大著詩名。詞人李巨川草薦
表，盛述憲先人之屈。……上讀表，惻然稱美。時宰相亦有知者，
曰：『父以竄死，今孽子宜稍振之，以厭公議，庶幾少雪忌才之
恨。』」足證庭筠死在竄所，其竄在何地，則不可考。（《舊唐書‧
文苑傳》，《新唐書‧溫大雅傳》，夏承燾《溫飛卿繫年》）

　　庭筠詩辭采明麗，結體精密，比商隱詩不相上下，故與之齊
名。所不同者，庭筠不僅能五、七言律，尤善樂府，並能於李白、
高適、岑參後，自成面目。

丁東細漏侵瓊瑟，影轉高梧月初出。簇簇金梭萬縷紅，鴛鴦錦翬初成匹。錦中百結皆同心，蕊亂雲盤相間深。此意欲傳傳不得，玫瑰作柱朱弦琴。為君裁破合歡被，星斗迢迢共千里。象尺熏爐未覺秋，碧池已有新蓮子。（〈織錦詞〉）

蜀山攢黛留晴雪，簝笋蕨芽縈九折。江風吹巧翦霞綃，花上千枝杜鵑血。杜鵑飛入巖下叢，夜叫思歸山月中。巴水漾情情不盡，文君織得春機紅。怨魄未歸芳草死，江頭學種相思子。樹成寄與望鄉人，白帝荒城五千里。（〈錦城曲〉）

燕弓弦勁霜封瓦，樸簌寒鵰睄平野。一點黃塵起雁喧，白龍堆下千蹄馬。河源怒觸風如刀，翦斷朔雲天更高。晚出榆關逐征北，驚沙飛迸衝貂袍。心許凌烟名不滅，年年錦字傷離別。彩毫一畫竟何榮，空使青樓淚成血。（〈塞寒行〉）

草淺淺，春如翦。花壓李娘愁，飢蠶欲成繭。東城年少氣堂堂，金丸驚起雙鴛鴦。含羞更問衛公子，月到枕前春夢長。（〈春野行〉）

買蓮莫破券，買酒莫解金。酒裏春容抱離恨，水中蓮子懷芳心。吳宮兒女腰似束，家在錢塘小江曲。一自檀郎逐便風，門前春水年年綠。（〈蘇小小歌〉）

像這些歌行，於博麗之中而有清逸之氣，自是商隱勁敵；惟嫌諷喻不夠深刻，境界不夠恢弘，究竟比不過盛唐作家。而其七言律之不及商隱者，也由於此種原因。

西園一曲豔陽歌，擾擾車塵負薜蘿。自欲放懷猶未得，不知經世竟如何。夜聞猛雨判花盡，寒戀重裘覺夢多。釣渚別來

應更好，春風還為起微波。（〈春日偶作〉）

曾於青史見遺文，今日飄蓬過古墳。詞客有靈應識我，霸才
無主始憐君。石麟埋沒藏春草，銅雀荒涼對暮雲。莫怪臨風
倍惆悵，欲將書劍學從軍。（〈過陳琳墓〉）

江海相逢客恨多，秋風葉下洞庭波；酒酣夜別淮陰市，月照
高樓一曲歌。（〈贈少年〉）

古墳零落野花春，聞說中郎有後身。今日愛才非昔日，莫拋
心力作詞人。（〈蘇中郎墳〉）

　　溫、李而後有韓偓，字致光。（《唐詩紀事》作致堯，《四庫
全書總目提要》卷一五一云：「劉向〈列仙傳〉稱偓佺堯時仙人，
堯從而問道。則偓字致堯，於義為合」；然《唐書》本傳後，云兄
儀，字羽光，是偓字致光未必誤）小字冬郎，京兆萬年（今陝西西
安市）人。父瞻，與李商隱同登開成二年進士，又同為王茂元婿。
偓十歲能詩，有老成風，商隱因有詩云：「桐花萬里丹山路，雛鳳
清於老鳳聲。」龍紀元年（八八九）偓登進士第。昭宗時，官至兵
部侍郎，翰林學士承旨。時朱全忠勢力已成，天子已成傀儡，偓猶
一心唐室，因不為全忠所容，幾被殺害。貶濮州司馬，帝執其手流
涕曰：「我左右無人矣。」後避地入閩，依王審知而卒。（《新唐
書》卷一八三）偓之《香奩集》，沈括以為和凝所作，凝後貴，乃嫁
名於偓。（《夢溪筆談》卷三）計有功亦從之，引於《唐詩紀事‧韓
偓條》後。按：此說不可信，葛立方據〈無題詩序〉已為之辨明。
（《韻語陽秋》卷五）[15]

15　又，宋張侃《拙軒集》卷五〈跋揀詞〉云：「又《香奩集》，唐韓偓用此名所編詩，
　　南唐馮延巳亦此名所製詞，又名《陽春》。」

　　《四庫全書總目提要》云：「偓為學士時，內預秘謀，外爭國是，屢觸逆臣之鋒，死生患難，百折不渝；晚節亦管寧之流亞，實為唐末完人。其詩雖局於風氣，渾厚不及前人，而忠憤之氣，時溢於語外。性情既摯，風骨自遒，慷慨激昂，迥異當時靡靡之響，其在晚唐，亦可謂文筆之鳴鳳矣。」這種評論，要算最能了解韓偓的了，我們讀他的詩，就要明白他那支持危局的苦心，以及避地南閩無可奈何的情境，但又不能像吳喬《圍爐詩話》那樣的傅會，直同猜謎一樣。

　　　　西山爽氣生襟袖，南浦離愁入夢魂。人泊孤舟青草岸，鳥鳴
　　　　高樹夕陽村。偷生亦似符天意，未死深疑負國恩；白面兒郎
　　　　猶巧宦，不知誰與正乾坤。（〈避地〉）

　　　　皺白離情高處切，膩香愁態靜中深。眼隨片片沿流去，恨滿
　　　　枝枝被雨淋。總得苔遮猶慰意，若教泥污更傷心。臨軒一醆
　　　　悲春酒，明日池塘是綠陰。（〈惜花〉）

　　　　岸上花根總倒垂，水中花影幾千枝。一枝一影寒山裏，野水
　　　　野花清露時。故國幾年猶戰鬥，異鄉終日見旌旗。交親流落
　　　　身羸病，誰在誰亡兩不知。（〈傷亂〉）

　　　　世亂他鄉見落梅，野塘晴暖獨裴回。船衝水鳥飛還住，袖拂
　　　　楊花去卻來。季重舊遊多喪逝，子山新賦極悲哀。眼看朝市
　　　　成陵谷，始信昆明有劫灰。（〈亂後春日途經野塘〉）

哀音婉轉，觸處便發，足見「性情既摯，風骨自遒」。

第六篇

宋代篇

第一章　宋代的散文

第一節　緒言

　　宋一代的散文，大體未能脫離唐人的疇範，不能像唐人那樣，儘管承受六朝的影響，卻能自成一種新興的面目；宋人沒有作到這一點，他們的大作家，總不免有跟著唐人走的嫌疑。因此我以為宋代的散文與詩，實是唐代古文與詩的延續，這是基於文體本身發展的看法，不是有意貶抑宋代古文的價值，何況宋代大作家的成就並不在唐人之下。再者，文學的發展，有些可依朝代劃分階段，有些則不能如此，這也就是我認為宋代古文與詩是唐人的延續的理由。這種延續的歷程，我們不難舉出真實的史料，來說明這一事實。《宋史》卷三〇五楊億等人的列傳中論曰：

> 自唐末詞氣浸敝，迄于五季甚矣。先民有言：「政龐土裂，大音不完，必混一而後振。」宋一海內，文治日起，楊億首以辭章擅天下，為時所宗。……劉筠後出，能與齊名，氣象似爾。至於文體之今古，時習使然，遑暇議是哉？

楊億、劉筠兩人以五代文學的殿軍，而為趙宋開國的文壇領袖，所以《宋史》此論不免較寬。可是另在〈歐陽修傳〉卻不以為然，直斥宋初文學承五代餘習，以致文體卑弱不振。如云：

> 宋興且百年，而文章體裁猶仍五季餘習，鎪刻駢偶，淟涊弗振，士因陋守舊，論卑氣弱。

此外如〈文苑傳・序〉（《宋史》卷四三九）、〈柳開傳〉（《宋史》
卷四四〇）、〈穆脩傳〉、〈蘇舜欽傳〉（並見《宋史》卷四四二）等
篇，都與〈歐陽修傳〉持同樣的見解，足見這倒是《宋史》作者真
正的見解。《宋史》雖出於元人，但這種見解還是依據宋人的看法，
如葉濤重修實錄本〈歐陽修傳〉云：

> 國朝接唐、五代末流，文章專以聲病對偶為工，剽剝故事，
> 雕刻破碎，甚者若俳優之辭。如楊億、劉筠輩，其學博矣，
> 然其文亦不能自拔於流俗，反吹波揚瀾，助其氣勢，一時慕
> 效，謂其文為崑體，時韓愈文，人尚未知讀也。（《歐陽文忠
> 公集》附錄卷三）

又〈神宗舊史本傳〉述及宋初文學，全錄葉濤傳中語。濤初從王安
石學為文詞，紹聖初編修神宗史，《宋史》卷三五五有傳。五代文體
到了不能復振必然衰落的時候，代之而興的則為古文，《宋史》卷
四三九〈文苑傳・序〉云：

> 國初楊億、劉筠猶襲唐人聲律之體，柳開、穆脩志欲變古，
> 而力弗逮，廬陵歐陽修出，以古文倡。臨川王安石、眉山蘇
> 軾、南豐曾鞏起而和之，宋文日趨於古矣。南渡文氣不及東
> 都，豈不足以觀世變歟？

這說明了宋代古文前後幾個作家。現在先看看前期幾個古文作家對
於古文運動的見解。《宋史》卷四四〇〈柳開傳〉云：

> 五代文格淺弱，慕韓愈、柳宗元為文，因名肖愈，字紹元；*

---

* 北京中華書局點校本《宋史》校訂為：「名肩愈，字紹先。」其校勘記云：「『肩』
原作『肖』，『先』原作『元』，據柳開《河東先生集》卷二〈東郊野夫傳〉、卷一六
附張景〈柳公行狀〉改。」〔編者註〕

> 既而改名字，以為能開聖道之塗也。……范杲好古學，尤重
> 開文，世稱為「柳、范」。

單從這位古文的先驅者的名字，便知道他是以韓愈、柳宗元為指標
的了。再看他的自述〈東郊野夫傳〉云：

> 東郊野夫，肩愈者名也，紹先者字也；不云其族氏者，姓在
> 中也；家于魏，居鄰其郭之門左，故曰東郊也，從而自號
> 之，故曰野夫也。……年始十五六，學為章句。越明年，趙
> 先生指以韓文，野夫遂家得而誦讀之。當是時天下無言古
> 者，野夫復以其幼而莫有與同其好者焉。但朝暮不釋于手，
> 日漸自解之；先大夫見其酷嗜此書，任其所為，亦不責可不
> 可。……諸父兄聞之，懼其實不譽于時也，誠以從俗為急
> 務，野夫略不動意，益堅古心，惟談孔、孟、荀、揚、王、
> 韓以為企跡，咸以為得狂疾矣。（《河東先生集》卷二）

足見他在少年的時候就傾心於韓文了，信念是那麼樣的堅定，不從
世俗，一心追求古文，真算得復古的志士。又如他〈上王學士第四
書〉云：

> 文籍之生于今久也矣，天下有道則用而為常法，無道則存而
> 為具物，與時偕者也。夫所以觀其德也，亦所以觀其政也，
> 隨其代而有焉，非止于古而絕于今矣。……

> 某不度鄙陋，近獻舊文五通：書以喻其道也，序以列其志
> 也，疏以刺其事也，箴以約其行也，論以陳其義也。（並見
> 《河東先生集》卷五）

他這種觀念，完全本之於韓愈。又如《河東先生集》第一卷中的
〈默書〉、〈名系〉、〈字說〉、〈續師說〉等篇，皆是摹倣韓愈明

道的文章。其他文體如上顯貴書、與友朋書及送友朋序，又皆是摹倣韓文。而與柳開以復古齊名的穆脩，也是同樣地崇拜韓愈，他的〈唐柳先生集後序〉云：

> 唐之文章，初未去周、隋五代之氣，中間稱得李杜其才，始用為勝，而號雄歌詩，道未極渾備。至韓、柳氏起，然后能大吐古人之文，其言與仁義相華寔而不雜，如韓〈元和聖德〉、〈平淮西〉、柳〈雅章〉之類，皆辭嚴義密，製述如經，能卓然舉唐德于盛漢之表蔑愧讓者，非先生之文則誰與？（《河南穆公集》卷二）

又〈答喬適書〉云：

> 蓋古道息絕不行于時已久，今世士子習尚淺近，非章句聲偶之辭，不置耳目，浮軌濫轍，相跡而奔，靡有異途焉。其間獨敢以古文語者，則與語怪者同也。眾又排訕之，罪毀之，不目以為迂，則指以為惑，謂之背時遠名，闊于富貴。先進則莫有譽之者，同儕則莫有附之者，其人苟無自知之明，守之不以固，持之不以堅，則莫不懼而疑，悔而思，忽焉且復去此而即彼美。噫！仁義忠正之士，豈獨多出于古而鮮出于今哉？亦由時風眾勢，驅遷溺染之使不得從乎道也。（《河南穆公集》卷二）

能古文便能明道，好像古文便是聖人大道之所寄，這在後人看來不免膚淺，其實這是韓愈以來一貫的手段，韓愈的古文運動，因建立道統，以充實古文的內容，這為古文增添了極大的聲勢。當時的石介更大聲疾呼，主張要明古道就得跟隨韓愈。他〈上趙先生書〉云：

> 介近得姚鉉《唐文粹》及《昌黎集》，觀其述作，有三代制

度，兩漢遺風，殊不類今之文。……大者驅引帝皇王之道，
施於國家，教於人民，以佐神靈，以浸蟲魚；次者正百度，
敘百官，和陰陽，平四時，以舒暢元化，緝安四方。今之為
文，其主者不過句讀妍巧，對偶的當而已。極美者不過事實
繁多，聲律調諧而已。雕鏤篆刻傷其本，浮華緣飾喪其真，
於教化仁義、禮樂刑政，則缺然無髣髴者。……今之文何其
衰乎？去唐百餘年，其間文人，計以千數，而斯文寂寥缺
壞，久而不振者，非今之人，盡不賢於唐之人，盡不能為唐
之文也。蓋其弊由於朝廷敦好時俗，習尚染積，非一朝一夕
也。……唐之初承陳、隋剝亂之後，餘人薄俗，尚染齊、梁
流風，文體卑弱，氣質叢脞，猶未足以鼓舞萬物，聲明六
合。……韓吏部愈應期會而生，學獨去常俗，直以古道在
己，乃空桑雲和千數百年希闊泯滅已亡之曲，獨唱於萬千人
間。……愛而喜，前而聽，隨而和者，惟柳宗元、皇甫湜、
李翱、李觀、李漢、孟郊、張籍、元稹、白樂天輩數十子而
已。……唐之文章，所以坦然明白，揭於日月，渾渾灝灝，
浸如江海，同於三代，駕於兩漢者，吏部與數十子之力也。
今天子繼明守成，道德高厚，功業巍然，直與唐並；今卿士
大夫，垂紳曳組，森森布列，行義超然，直與唐比，獨斯文
邈乎不可視於唐。居上者點畫語言，組織章句，如彼畫工，
不知繪事後素以為質，但誇其藻火之明，丹漆之多；如彼追
師，不知良玉不琢以為美，但誇其雕刻之工，文理之縟。載
毫釐筆，窮山刊木，模刻其文字，布於天下，以為後進式。
耳所習聞，聲名赫奕，位望顯盛者，惟是不知前有孟軻、揚
雄、董仲舒、司馬相如、賈誼、韓吏部、柳宗元之才之雄

　　也。（《石徂徠集》*卷上）

他主張學唐人之文，奉韓愈為宗師，因而作〈怪說〉，排斥浮麗文體，以為「窮妍極態，綴風月，弄花草，淫巧侈麗，浮事纂組，刓鎪聖人之經，破碎聖人之言，離析聖人之意，蠹傷聖人之道。」又作〈尊韓〉，以為「不知更幾千萬億年，復有孔子，不知更幾千百數年，復有吏部；孔子之《易》、《春秋》，自聖人來未有也，吏部〈原道〉、〈原人〉、〈原毀〉、〈行難〉、〈禹問〉、〈佛骨表〉、〈諍臣論〉，自諸子以來未有也。」（俱見《石徂徠集》卷下）在宋初古文運動中，石介的態度，要算是最為激烈的了。

　　從上述的柳開、穆脩、石介三人的言論看來，他們的心中觀念，完全相同，為要推倒楊、劉一派的五季作風，只有將韓愈抬出來，豎起「文以載道」的旗幟，是宋人之推尊韓愈，猶超過唐人，這位所謂「文起八代之衰」的韓愈，在宋代真是大行其運了。[1]當時「以文章負天下之望」的王禹偁也說：「近世為古文之主者，韓吏部而已。」（《小畜集》卷十八〈答張扶書〉）

　　以上數人都是宋之初期古文的代表作家，雖然他們「志欲復古，而力未逮」，但這時楊、劉的淺弱文體，其基礎已經動搖，而古文孕育已經成形，則是事實。到了歐陽修出來，由於他的成就，他的影響力，兼之政治力量的推動，古文蔚然成風，五代文體也就沒落下去了。歐陽修原是作駢文出身，中了進士以後才改行為古文的。他的兒子歐陽發等人所作的〈事迹〉云：

　　　及舉進士時，學者方為四六，號時文，公已獨步其間。（《歐

---

* 臺先生所引用石介《石徂徠集》乃福州正誼書院藏版，康熙四十九年張伯行刊刻，清同治五年福州正誼書院刊八年續刊本。〔編者註〕
1 清葉燮《原詩・內篇》：「如韓愈之文，當愈之時，舉世未有深知而尚之者；二百餘年後，歐陽修方大表章之，天下遂翕然宗韓愈之文，以至於今不衰。」

陽文忠公集》附錄卷五）

又蘇轍為他作的〈神道碑〉云：

> 比成人，將舉進士，為一時偶儷之文，已絕出倫輩。（《歐陽
> 文忠公集》附錄卷二）

當時科舉風尚，不作偶儷之文，便不能取得進身之階，有如明、清
兩代的讀書人，為科舉非作八股文不可，於獲得功名後，方從事自
家愛好的文體，歐陽修便是如此。可是歐陽修與古文的關係卻很
早，他的〈記舊本韓文後〉云：

> 予少家漢東，漢東僻陋無學者。吾家又貧，無藏書。州南有
> 大姓李氏者，其子堯輔頗好學。予為兒童時，多遊其家，見
> 有弊筐貯故書在壁間，發而視之，得唐《昌黎先生文集》六
> 卷，脫落顛倒無次序，因乞李氏以歸。讀之，見其言深厚而
> 雄博。然予猶少，未能悉究其義，徒見其浩然無涯，若可
> 愛。是時天下學者楊、劉之作，號為時文，能者取科第，擅
> 名聲，以誇榮當世，未嘗有道韓文者。予亦方舉進士，以禮
> 部詩賦為事。年十有七試於州，為有司所黜。因取所藏韓氏
> 之文復閱之，則喟然歎曰：「學者當至於是而止爾！」因怪
> 時人之不道，而顧己亦未暇學，徒時時獨念於予心，以謂方
> 從進士干祿以養親；苟得祿矣，當盡力於斯文，以償其素
> 志。後七年，舉進士及第，官於洛陽，而尹師魯之徒皆在，
> 遂相與作為古文。因出所藏《昌黎集》而補綴之，求人家所
> 有舊本而校定之。其後天下學者亦漸趨於古，而韓文遂行於
> 世。至於今蓋三十餘年矣，學者非韓不學也，可謂盛矣。
> （《歐陽文忠公集》外集卷二三）

歐陽修初得《韓愈集》，據葉濤〈傳〉及〈神宗舊史本傳〉（《歐陽文忠公集》附錄卷四）均云為十五、六歲時事。沈懋憙輯、華孳亨撰《增訂歐陽文忠公年譜》繫此事於大中祥符九年，時修年十歲，恐不可信。三十餘年後修作此記，學者非韓文不學，是韓愈已成為當時文人的偶像了。按：修得韓集固是偶然的事，但修之從事古文運動卻不能看作偶然，即使他早年沒有見過韓集，後來他也會知道這位古文巨匠的，因為他中進士以前，已有人正在專力於古文的製作了，尤以柳開輩以韓文為標記，而駢偶之文已達到頹廢不可復振的時候，以修的學力與天才，他要揚棄駢儷之文，也是必然的事。故修於古文運動，非常積極，甚至藉政治力量，以達其改革文體之目的。如嘉祐二年他知貢舉時的行動，便可以知道了。〈事迹〉云：

> 嘉祐二年，先公知貢舉，時學者為文以新奇相尚，文體大壞。公深革其弊，一時以怪癖知名在高等者，黜落幾盡；二蘇出於西川，人無知者，一旦拔在高等。榜出，士人紛然驚怒怨謗，其後稍稍信服。而五六年間，文格遂變而復古，公之力也。（《歐陽文忠公集》附錄卷五）

又〈四朝國史本傳〉云：

> （修）知嘉祐二年貢舉，時士子尚為險怪奇澀之文，號「太學體」，修痛排抑之，凡如是者輒黜。畢事，向之囂薄者伺修出，聚譟於馬首，街邏不能制。然場屋之習，從是遂變。（《歐陽文忠公集》附錄卷四）

元修《宋史》據之錄入修傳。由此可以看出他改革文體的決心，但他自己的作品給當時的影響也極大。〈重修實錄本傳〉云：

> 修始年十五六，於鄰家壁角破簏中得本，學之（意謂得韓集

本學之），後獨能擺棄時俗故步，與司馬遷、賈誼、揚雄、劉向、班固、韓愈、柳宗元爭馳逐，侵尋乎其相及矣。是時尹洙與修亦皆以古文倡率學者，然洙材下，人莫之與，至修文一出，天下士皆嚮慕為之，唯恐不及。一時文字大變從古，庶幾乎西漢之盛者，由修發之。（《歐陽文忠公集》附錄卷三）

又〈神宗實錄本傳〉云：

景祐中，與尹洙皆為古學，已而有詔；戒天下學者為文使近古，學者盡為古文，而修之文章遂為天下宗匠。（《歐陽文忠公集》附錄卷三）

在文章好壞關乎利祿得失的時代，修之提倡古文能以身作則，而又藉政治力量的推動，古文之能夠蔚然成風，自無問題。宋代古文由於歐陽修出來而強大起來，柳、穆輩若陳涉、吳廣，只是發難之功而已。所以歷史家都一致的將他比作唐代韓愈，其實修在當時也以韓愈自命。〈神宗舊史本傳〉云：

史臣曰：《法言》變而有〈離騷〉，自是而降，相望千百年，其間雖有名世者，而馬遷、韓愈莫能過也。宋興，承平百年，士生斯時多矣，然接五代琱瑑之習，風聲氣俗尚在也。歐陽修奮然躪二子之後，無愧焉。（《歐陽文忠公集》附錄卷四）

又〈四朝國史本傳〉云：

史臣曰：由三代以降，薄乎秦、漢，文章雖與時盛衰，而藹如其言，燁如其光，皦如其音，蓋均有先王之遺烈。涉晉、魏而弊，至唐韓愈氏乃復起。唐之文，涉五季而弊，至修復

起。闢百川之頹波，導之東注，斯文正傳，追步前古，匹夫
而為百世師，一言而為天下法，此兩人足以當之。……然國
朝文風，彬彬至今，修之功，學士大夫相與尸而祝之可也。
（《歐陽文忠公集》附錄卷四）

今《宋史・歐陽修傳》史官論曰，幾全襲此語。由於上面的引據，
可以看出宋代的文人如何在韓愈的影響下而完成了古文運動，又如
何的奉韓愈為不祧之祖，這也就是我們以為宋代古文實為唐代古文
延續的理由。

第二節　古文初期作家

柳開（九四八～一○○一），字仲塗，大名人。開寶六年
（九七三）進士，歷典州郡，真宗即位（九九八），為如京使，四年
卒，年五十四。（《宋史》卷四四○本傳）開少就學，喜討論經義，
慕韓愈、柳宗元為文。時范杲好古學，尤重開文，世稱「柳、范」。
為人尚氣自任，不顧小節，所交皆一時豪傑。開論文謂：「古文非
在詞澀言苦，令人難讀；在於古其理，高其意。」開雖如此說，卻
未能作到，他的文反而犯了艱澀之病。（《四庫全書總目提要》卷
一五二）他是有才氣的人，但他的文章卻不見才氣，因為他崇古過
甚，不免泥古不化。

穆脩，字伯長，鄆州人（今山東鄆城縣東北）。脩自云：「大中
祥符中，舉進士」，（〈上潁州劉侍郎書〉；又《穆參軍遺事》云：
「祥符二年，梁固榜登進士第。」）蘇舜欽〈哀穆先生文〉，稱其咸
平中舉進士得出身；《宋史》卷四四二本傳云：「（真宗）詔舉齊、
魯經行之士，脩預選，賜進士出身。」皆與脩自述不同，應以脩自

述為是。脩初得官泰州司理參軍，後官潁州文學參軍，故宋人皆以「穆參軍」稱之。明道元年卒（一○三二）。（《宋史》本傳謂明道中卒，蘇舜欽〈哀文〉及祖無擇〈河南穆公集序〉均稱明道元年卒。）脩為古文，也是極力學韓、柳，蘇舜欽稱他的古文「深峭宏大」，其實深峭不能如柳，宏大不能如韓，但較柳開為溫潤而不艱澀，止此而已。他不僅是韓柳文的追隨者，並且是韓、柳文集推銷者，有一故事，頗為有趣：穆伯長「老益家貧，家有唐本韓柳集，乃丐于所親厚者，得金募工鏤板印數百集，攜入京師相國寺，設肆鬻之。伯長坐其旁，有儒生數輩至其肆輒取閱，伯長奪取，怒視謂曰：『先輩能讀一篇，不失一句，當以一部為贈。』自是經年不售。」（《穆參軍遺事》）由此一傳聞故事，足見他是如何崇拜韓柳了。其時作古文者祖無擇、尹洙均得脩之傳授，脩死後，祖無擇曾為之編輯詩文集，序稱：「大凡有作，莫不要諸聖賢而立言，念諸仁義以為質」，這亦是對提倡「以文載道」的韓愈的崇拜。

尹洙（一○○一～一○四七），字師魯，河南人，少與兄源俱以儒學知名，舉進士，累官至起居舍人直龍圖閣。洙為人內剛外和，博學有識度，尤深於《春秋》。宋初柳開始為古文，洙與穆脩復振起之，為文簡而有法。卒年四十七。（歐陽修〈尹師魯墓誌銘〉，《宋史》卷二九五本傳）洙的古文以簡勝，這在當時還有一故事，宋僧文瑩《湘山野錄》卷中云：「錢思公（惟演）鎮洛，所辟僚屬盡一時俊彥。時河南以陪都之要，驛舍常闕，公大創一館，榜曰：『臨轅』。既成，命謝希深、尹師魯、歐陽公三人者各撰一記，曰：『奉諸君三日期，後日攀請水榭小飲，希示及。』三子相較角以成其文。文就出之相較。希深之文僅五百字，歐公之文五百餘字，獨師魯止用三百八十餘字而成，語簡事備，復典重有法。歐、謝二公縮

袖曰：『止以師魯之作納丞相可也，吾二人者當匿之。』丞相果召，
獨師魯獻文，二公辭以他事。思公曰：『何見忽之深，已礱三石奉
候。』不得已俱納之。然歐公終未伏在師魯之下，獨載酒往之，通
夕講摩。師魯曰：『大抵文字所忌者格弱字冗，諸君文格誠高，然
稍未至者字冗爾。』永叔奮然持此說，別作一記，更減師魯文二十
字而成之，尤完粹有法。師魯謂人曰：『歐九真一日千里也。』」
《邵氏聞見錄》亦有類似的記載，不具錄。足見歐陽修稱洙文「簡而
有法」，倒是真能知洙文者，但當時人不能了解，以為修有意抑洙
文，致修不得不有所辨明。（〈論尹師魯墓誌〉）清代金之俊〈讀尹
河南集〉云：「其文朴直緊嚴，果有當于簡，即碑銘書疏，或詳至數
千百言之多，皆精于理、核于事，而無靡詞、無溢氣，雖詳而仍不
害其為簡也。」（《金文通公集》卷一）今觀《河南集》，所作碑傳
文約有四十篇之多，是知洙文在當時為顯貴所重視如此。《四庫全
書總目提要》卷一五二云：「蓋有宋古文，（歐陽）修為巨擘，而洙
實開其先，故所作具有原本。自修文盛行，洙名轉為所掩。然洙文
具在，亦烏可盡沒其功也。」

　　王禹偁（九五四～一〇〇一），字元之，濟州鉅野人，世為農
家，太平興國八年進士，官至翰林學士，知制誥。屢以事謫郡守，
知蘄州時卒，年四十八。偁性剛直，遇事敢言，喜臧否人物，以直
躬行道為己任。其為文多涉規諷，以是頗為流俗所不容，故屢見擯
斥。（《宋史》卷二九三本傳）禹偁主張文以明道，卻不主張摹倣前
人，這在〈答張扶書〉說得很明白。他說：「夫文傳道而明心也，
古聖人不得已而為之也。」又說：「今為文而捨六經，又何法焉？若
弟取其《書》之所謂吊由靈，《易》之所謂朋合簪者，模其語而謂
之古，亦文之弊也。」（《小畜集》卷十八）禹偁的古文之所以不似

柳開、穆脩那樣生澀者，乃因不事摹倣的關係；再者禹偁本善駢驪文，因而他的古文於古雅簡淡之中又饒色澤，不像柳、穆那樣的枯槁無生氣。後來的桐城派古文，只取歐陽修、曾鞏、王安石及蘇氏父子，而不取禹偁者，或許沿襲茅鹿門的唐宋八家觀念，因而王禹偁以至蘇舜欽等，皆不被重視了。

蘇舜欽（約一〇〇八～一〇四八），字子美，其先梓州人，家開封。少慷慨有大志，狀貌怪偉。當天聖（仁宗年號）中，學者多病對偶，獨舜欽與穆脩好為古文歌詩，一時豪俊多從之游。景祐中進士，累遷集賢校理進奏院。舜欽娶宰相杜衍女，衍時與范仲淹、富弼在政府，多引用一時聞人，欲更張庶事。御史中丞王拱辰不便其所為，會進奏院祠神，舜欽與右班殿直劉巽用賣故紙公錢，召妓樂，宴賓客。拱辰諷其黨與劾奏舜欽等，舜欽等俱坐自盜除名，同時會者皆知名士，因緣得罪，被逐出四方者十餘人。拱辰自喜曰：「吾一舉網盡矣。」舜欽既放廢，寓居吳中。後為湖州長史卒。（《宋史》四四二本傳）歐陽修〈蘇氏文集序〉（《歐陽文忠公集》卷四一）謂「享年四十有一」，大概生於真宗祥符三年，卒於仁宗皇祐二年。歐陽修〈序〉云：「子美之齒少於予，而予學古文反在其後，天聖之間，予舉進士于有司，見時學者務以言語聲偶摘裂，號為時文，以相誇尚。而子美獨與其兄才翁及穆參軍伯長，作為古歌詩雜文，時人頗共非笑之，而子美不顧也。其後天子患時文之弊，下詔書諷勉學者以近古，由是其風漸息，而學者稍趨於古焉。獨子美為於舉世不為之時，其始終自守，不牽世俗趨舍，可謂特立之士也。」足見舜欽早已鄙視時文，具改變文體的決心，故甚為修所推挹。修〈序〉文又說：「故方其擯斥摧挫、流離窮厄之時，文章已自行于天下，雖其怨家仇人及嘗能出力而擠之死者，至其文章，則不能少毀

而揜蔽之也。」於此又可以看出舜欽文章之見重於當世。其散文風格，略似王禹偁，饒色澤而不枯澀；筆端時露才情，雜以感憤，往往信筆所至，不受前人拘束。

第三節　歐陽修、曾鞏

　　歐陽修（一○○七～一○七二），字永叔，廬陵人。四歲而孤，母鄭氏教之學，家貧，以荻畫地學書。天聖八年舉進士，調西京推官，入為館閣校勘。仁宗景祐三年，范仲淹以言事忤宰相落職，廷臣多論救，司諫高若訥獨以為當，修貽書責之，調訥不復知人間有羞恥事。以是坐貶夷陵令，修時年三十。慶曆三年知諫院，修論事切直，人視之如讎。慶曆五年，杜衍、韓琦、范仲淹、富弼等被指為朋黨罷，修慨然上書爭之。於是更遭邪黨之忌，誣陷之，左遷知制誥知滁州。明年，於州南豐山，建「豐樂亭」，又於州之西南琅琊山建「醉翁亭」，修時年才四十，已自號醉翁。至和元年遷翰林學士，俾修《唐書》，時年四十八。嘉祐六年五十五歲，參知政事，治平四年又以受人誣諂，求退為觀文學殿學士刑部尚書，時年六十一。熙寧五年卒，年六十六。諡文忠。修為人「天資剛勁，見義勇為，雖機穽在前，觸發之不顧。放逐流離，至于再三，志氣自若也。」（《宋史》卷三一九本傳）

　　修為古文，是中了進士以後，在洛陽為推官時，那時他二十五歲，與尹洙同在錢惟演的留守幕府，遂相與為古文。但修為古文的成就，卻非尹洙所能及，而前期的作家柳、穆輩更不能及，這也就是歷史家認為他是繼司馬遷、韓愈而起的古文巨匠的理由。歷史家視他為宋代的韓愈，而修自己也以韓愈自許，他學韓愈，能出之以變化而自成風格，所以在當時影響力極大。在修生前，蘇洵向他上

書說道：

> 執事之文，紆餘委備，往復百折，而條達疏暢，無所間斷，
> 氣盡語極，急言竭論，而容與閑易，無艱難勞苦之態。

修死後，洵子轍為作〈神道碑〉云：

> 公之於文，天材有餘，豐約中度，雍容俯仰，不大聲色而義
> 理自勝；短章大論，施無不可；有欲效之，不詭則俗，不淫
> 則陋，終不可及，是以獨步當世，求之古人，亦不可多得。

此外若王安石的〈祭文〉、吳充為修作的〈行狀〉，都論到修的文
章，這裏不必再舉出了。蘇氏父子的看法，大體相同，洵所說的
「紆餘委備，往復百折，而條達疏暢」，亦即其子所說的「豐約中
度，雍容俯仰」；修之古文，確具此種風格，而不同於韓愈者亦在
此。蘇轍又說「不大聲色」，我以為很可注意，這「聲色」二字是就
韓、歐兩家古文比較後而提出的。因為韓文大聲鏜鎝，不免有叫囂
之音，終不如歐文之「容與閑易」，有自然之美也。這位大古文家的
韻文，若詩若詞，都是自成風格的，這於後文再評述。

　　時以古文受知者有曾鞏。曾鞏（一○一九～一○八三），字子
固，建昌南豐人（今江西南豐縣治）。年甫冠，即名聞四方，歐陽
修見其文奇之。嘉祐二年進士第，歷越州通判，知齊州，徙襄州、
洪州，能體恤民間疾苦，多有政績。官至中書舍人，元豐六年卒，
年六十五。「為文章，上下馳騁，愈出而愈工，本原六經，斟酌於
司馬遷、韓愈，一時工作文詞者，鮮能過也。」（《宋史》卷三一九
本傳）按：鞏文雖不若修文「容與閑易」，而淳厚謹嚴，自是儒家氣
象。

第四節　王安石

　　王安石（一〇二一～一〇八六），字介甫，撫州臨川人（今江西省臨川縣）。少好讀書，一過目，終身不忘。二十二歲進士第，神宗熙寧二年四十九歲，參知政事，熙寧三年五十歲，同中書門下平章事，熙寧七年罷，知江寧府，八年復相，九年罷，判江寧府。元豐三年卒，年六十八。（《宋史》卷三二七本傳）安石是文學巨匠，同時又是傑出的政治家，他生於宋初百年之時，看出當時政治，因循舊俗，上下偷惰。自他參知政事時起，即提出具體的改革方案，神宗皇帝也非常信任他，無奈當時列朝正士無此識見，不能與之同調，且橫加反對。遂以引用非人，終致失敗。罷相後，寄居鍾山，晚年行跡，雖似蕭散，而實悲涼。

　　安石的詩文辭，皆有獨到的風格，其影響直至近世，他於文辭也有獨到的見解，如〈上人書〉云：

　　　　嘗謂文者，禮教治政云爾。其書諸策而傳之人，大體歸然而已。而曰：「言之不文，行之不遠」云者，徒謂辭之不可以已也，非聖人作文之本意也。自孔子之死久，韓子作，望聖人於百千年中，卓然也。獨子厚名與韓並，子厚非韓比也，然其文卒配韓以傳，亦豪傑可畏者也。韓子嘗語人以文矣，曰云云，子厚亦曰云云。疑二子者，徒語人以其辭耳，作文之本意，不如是其已也。孟子曰：「君子欲其自得之也，自得之，則居之安；居之安，則資之深；資之深，則取諸左右逢其原。」獨謂孟子之云爾，非直施於文而已，然亦可託以為作文之本意。且所謂文者，務為有補於世而已矣，所謂辭者，猶器之有刻鏤繪畫也。誠使巧且華，不必適用；誠使適用，亦不必巧且華。要之，以適用為本，以刻鏤繪畫為容而

　　已。不適用，非所以為器也；不為之容，其亦若是乎？否
　　也；然容亦未可已也，勿先之，其可也。某學文久，數挾此
　　說以自治，始欲書之策而傳之人，其試於事者，則有待矣。
　　其為是非邪？未能自定也。（《臨川先生文集》卷七七）

他以為文當以意為主，意是什麼？意就是禮教治政，這比抽象的
「道」還要具體些，雖然這還是文以載道的觀念。如果你有深切的禮
教治政的思想，當你以文表達時，自易收左右逢源之效，而這種文
也就能「有補於世」。至於「辭」呢，那只是「文」的外形色澤而
已，可也是少不了的。安石的古文，是以簡練而有勁氣為特色，這
是古今人所公認，而這種特色也就是古文的第一等境界。因為他是
篤行實踐的政治家，明辨是非，剖析得失，有如法家的嚴刻。當他
為文時，遵循論理的推展，不支蔓，不空泛，且不動情感，於是既
簡練而有勁氣。而他這種風格，正與他的見解相符合。

　　安石早年與曾鞏交情至厚，安石受知於歐陽修，即由鞏的紹
介。鞏與修書云：「鞏之友有王安石者，文甚古，行稱其文；雖已
得科名，然居今知安石者尚少也。彼誠自重，不願知於人，然如此
人，古今不常有，如今時所急，雖若常人千萬不害也，顧如安石，
此不可失也。」（《元豐類藁》卷十五〈再與歐陽舍人書〉）又與
安石書云：「鞏至金陵後，自宣化渡江來滁上，見歐陽先生，住且
二十日；今從泗上出，及舟船侍從以西。歐公悉見足下之文，愛嘆
誦寫，不勝其勤。……歐公甚欲一見足下，能作一來計否？胸中事
萬萬，非面不可道。……歐公更欲足下，少開廓其文，勿用造語及
模擬前人，請相度示及。歐云：『孟、韓文雖高，不必似之也，取
其自然耳。』」（《元豐類藁》卷十六〈與王介甫第一書〉）按：歐
陽修慶曆五年十月至滁州，慶曆八年徙知揚州。（據沈懋惪輯、華
孳享撰《增訂歐陽文忠公年譜》）安石則慶曆六年在京師，慶曆七年

調知鄞州。（據柯昌頤《王安石評傳》之年表與世系）曾鞏與安石書
云：「鞏此行至春方應得至京師也，時乞寓書慰區區。」又云：「餘
俟到京作書去。」玩其語意，安石已不在京師，當在鄞州，時安石
方二十七歲。據此，知安石早年古文，是學孟、韓兩家，故歐云：
「韓、孟文雖高，不必似之也。」

第五節　蘇氏父子

蘇洵（一〇〇九～一〇六六），字明允，眉州眉山人（今四川
眉縣治）。年二十七始發憤讀書。（歐陽修所作〈故霸州文安縣主簿
蘇君墓誌銘〉及《宋史》卷四四三，均謂二十七，惟洵〈上歐陽內
翰書〉云：「二十五始知讀書。」）歲餘舉進士第。又舉茂才異等
不中，悉焚所為文，閉戶讀書，遂通六經百家之說。下筆頃刻數千
言，其縱橫上下，出入馳驟，必造於深微。嘉祐年與二子軾、轍至
京師，歐陽修上其所著書二十二篇，既出，士大夫爭傳之，一時學
者競效蘇氏體。以霸州文安縣主簿與陳州項城縣令姚闢同修禮書，
為《太常因革禮》一百卷。治平三年卒，年五十八。

他所著的二十二篇，即〈幾策〉兩篇，〈權書〉十篇，〈衡論〉
十篇，這二十二篇，無疑問的，都是他的政治論文。因為他是有政
治懷抱的人，他不高談王道而論策略，藉論古人以喻時事，後人論
其文謂似《戰國策》者，即由於此。

洵長子軾（一〇三七～一一〇一），字子瞻。嘉祐二年與弟轍
及曾鞏進士第，年二十二歲。時歐陽修以禮部侍郎知貢舉，方欲改
革舉子為文磔裂詭異的風尚，得軾所作〈刑賞忠厚之至論〉，修驚
喜，欲冠多士，猶疑為其客曾鞏所為，抑置第二。修〈與梅聖俞書〉

云：「讀軾書，不覺汗出，快哉快哉！老夫當避路，放他出一頭地也，可喜可喜。」（《歐陽文忠公集》卷一四九）元豐二年，四十四歲，自徐州移知湖州，上表以謝。又以事不便民者，不敢言，以詩託諷，於是御史李定、舒亶、何正言〔臣〕*摭其表語，並媒孽所為詩，以為訕謗，逮赴臺獄，欲置之死。李定等人原是小人，遂藉此大興文字獄，並連及張方平、司馬光、范鎮、曾鞏等，欲盡置之於法。會吳充、章惇為營救，貶為黃州團練副使。軾到黃州，與田父野老相從溪山間，築室於東坡，自號「東坡居士」。元祐元年五十一歲，遷中書舍人，尋除翰林學士。四年，以論事為當軸所恨，恐不見容，請外放，知杭州。六年，召為翰林承旨，數月復以讒請外，出知潁州，時年五十六歲。七年，以兵部尚書召，兼侍讀，尋遷禮部尚書，端明殿學士。八年，出知定州。明年紹聖元年，五十九歲，御史論軾掌內外制時，所作詞命，以為譏斥先朝，貶寧遠節度副使，惠州安置。居三年，再貶瓊州別駕，居昌化，昌化故儋耳地，非人所居，藥餌皆無有。初僦官屋以居，有司猶謂不可，遂買地築室，儋人運甓畚助之。元符三年，六十五歲，移廉州，徙永州，旋提舉玉局觀，復朝奉郎。明年徽宗建中靖國元年，卒於常州，年六十六。軾自謂作文如行雲流水，初無定質，但常行於所當行，止於所不可不止；雖嬉笑怒罵之辭，皆可書而誦之。其體渾涵光芒，雄視百代，有文章以來，蓋亦鮮矣。（《宋史》卷三三八本傳）

　　軾弟蘇轍（一○三九～一一一二），字子由，年十九，與兄軾

---

* 何正言，「言」字誤，應為何正臣。《宋史》北京中華書局點校本，卷三三八，校勘記二：「卷三二九〈何正臣傳〉說：『為御史裏行，遂與李定、舒亶論蘇軾。』可見和李、舒同論蘇軾的當是何正臣。孔平仲《孔氏談苑》卷一也作何正臣。據改。」〔編者註〕

同登進士科，又同策制科，宰相以其言激切，置之下等，授商州軍事推官。元豐二年，坐兄軾以詩得罪，謫監筠州鹽酒稅。哲宗以祕書省校書郎召，元祐元年為右司諫，時年四十八歲。元祐二年，遷起居郎中書舍人。元祐四年為翰林學士，尋擢吏部尚書。出使契丹，還為御史中丞。元祐六年為尚書右丞，明年，進門下侍郎。紹聖初，落職知汝州，再責知袁州，未至，降秩試少府監分司南京筠州居住，三年，責化州別駕，雷州安置，移循州。徽宗即位，徙永州、岳州。蔡京當國時，居許州，以太中大夫致仕。築室於許，號「潁濱遺老」。政和二年卒，年七十四。轍性沉靜簡潔，為文汪洋澹泊，似其為人，不願人知之；而秀傑之氣，終不可掩，其高處殆與兄軾相近。（《宋史》卷三三九本傳，孫汝聰《蘇潁濱年譜》）轍性之沉靜簡潔，蓋得於佛理者甚大，自云：「昔予年四十有二，始居高安，有一二衲僧游，聽其言知萬法皆空，惟有此心不生不滅；以此居富貴處貧賤，二十餘年而心未嘗動。」（《欒城後集》卷十三〈潁濱遺老傳〉下）

　　陸游《老學庵筆記》卷八云：「建炎以來，尚蘇氏文章，學者翕然從之，而蜀士尤盛；亦有語曰：『蘇文熟，喫羊肉；蘇文生，喫菜羹。』」足見三蘇文章在南宋的影響。而影響後世最大者為蘇軾，其文，其詩，其詞，以至書法，皆自成宗派。按：軾的思想，以儒學的根柢，而雜以佛、老，故沖和簡澹，襟懷高曠，既不像司馬光、王安石之偏執，更不像道學家的拘謹，隨時都表現出一種寬博自然的氣象。一生受小人們迫害，元豐二年的詩案，幾被置之於死地；這以後屢起屢跌；都是因為不能與小人並立的關係。曾被貶到儋耳，地在海外，素極荒寒，疾病無醫藥，居處無房屋，而他處之泰然，從不作遷臣窮感之態。且不僅被迫害於生前，亦被迫害於

死後，如徽宗崇寧二年（一一○三）「乙亥，詔毀刊行《唐鑑》并三蘇、秦、黃等文集」，時蘇轍尚在。不僅毀版，而讀其集者也有罪。《梁谿漫志》卷七云：「宣和間，申禁東坡文字甚嚴，有士人竊攜坡集出城，為閽者所獲，執送有司。」雖然禁刊行，禁讀者，卻更加流傳。《曲洧舊聞》卷八云：「崇寧、大觀間，海外詩盛行，……朝廷雖嘗禁止，賞錢增至八十萬，禁愈嚴而傳愈多，往往以多相夸。士大夫不能誦坡詩，便自覺氣索，而人或謂之不韻。」足見當時君臣，雖以大力欲使其文章詩詞永絕人間，終不可能；而軾在當時影響力之大也就可知了。

第二章　宋詩

第一節　緒言

　　宋詩與唐詩，一如宋之古文與唐之古文一樣，吳之振說：「宋人之詩變化於唐，而出其所自得，皮毛落盡，精神獨存。」（《宋詩鈔・序》）這話是極為切實的，我們認為宋詩是唐詩的延續，也是這一理由。現在來看一看宋詩源流與唐詩的關係，方回《桐江集・送羅壽可詩序》云：

> 宋剗五代舊習，詩有白體、崑體、晚唐體。白體如李文正
> （昉）、徐常侍昆仲（鉉、鍇）、王元之（禹偁）、王漢謀；
> 崑體則有楊（億）、劉（筠）《西崑集》傳世，二宋（郊、
> 祁）、張乖崖（詠）、錢僖公（惟演）、丁崖州（謂）皆是；
> 晚唐體則有九僧（劍南希晝、金華保暹、南越文兆、天台行
> 肇、沃洲簡長、青城惟鳳、淮南惠崇、江東宇昭、峨嵋懷古）
> 最逼真。寇萊公（準）、魯三交、林和靖（逋）、魏仲先父子
> （野、閒）、潘逍遙（閬）、趙清獻（抃）之父，凡數十家，
> 深涵茂育，氣極勢盛。歐陽公（脩）出焉，一變為李太白、
> 韓昌黎之詩，蘇子美二難相為頡頏。梅聖俞（堯臣）則唐體
> 之出類者也，晚唐於是退舍。蘇長公（軾）踵歐公而起，王
> 半山（安石）備眾體，精絕句，古五言或三謝。獨黃雙井
> （庭堅）專尚少陵，秦（觀）、晁（補之）莫窺其藩。張文潛
> （耒）自然有唐風，別成一宗。惟呂居仁（本中）克肖陳後山

（師道），棄所學學雙井，黃致廣大，陳極精微，天下詩人北
面矣。立為江西派之說者，詮取或不盡然，胡致堂詆之。乃
後陳簡齋（與義）、曾文靖（幾）為渡江之巨擘。乾、淳以
來，尤（袤）、范（成大）、楊（萬里）、陸（游）、蕭（德
藻）其尤也。道學宗師，於書無所不通，於文無所不能；而
高古清勁，盡掃餘子，又有一朱文公（熹）。嘉定而降，稍
厭江西，永嘉四靈（趙師秀字靈秀、徐照號靈暉、徐璣號靈
淵、翁卷字靈舒，並永嘉人。）復為九僧，舊晚唐體非始於
此四人也。後生晚進不知顛末，靡然宗之，涉其波而不究其
源，日淺日下。然尚有餘杭二趙，上饒二泉（趙蕃字昌父，
號章泉；韓淲字仲正，號澗泉。）典刑未泯。今學詩者，不
於三千年間上溯下沿，窮探邃索，而徒追逐近世六、七十年
間之所偏，非區區所敢知也。*

方回詩學傾向於江西派，但此論尚平實，無偏見，頗得宋詩發展大
概。茲再舉宋犖《漫堂說詩》如下，以見前人所論大抵相同：

宋初，晏殊、錢惟演、楊億號「西崑體」。仁宗時，歐陽
修、梅堯臣、蘇舜欽謂之「歐、梅」，亦稱「蘇、梅」，諸
君皆學杜、韓；王安石稍後，亦學杜、韓。神宗時，蘇軾、
黃庭堅謂之「蘇、黃」；又黃與晁補之、張耒、陳師道、秦
觀、李廌稱「蘇門六君子」。庭堅別開「江西詩派」，為江西
初祖。南渡後，陸游學杜、蘇，號為大宗。又有范成大、尤
袤、陳與義、劉克莊諸人，大概杜、蘇之支分派別也。其後
有江湖、四靈、徐照、翁卷等，專攻晚唐五言，蓋卑卑不足
道。

此說與方回說並沒有什麼不同，足見宋詩與唐詩是一脈相傳，不能因朝代而劃分開來。又全祖望〈宋詩紀事序〉：

> 宋詩之始也，楊、劉諸公最著，所謂「西崑體」者也。……慶曆以後，歐、蘇、梅、王數公出，而宋詩一變。坡公之雄放，荊公之工練，並起有聲，而涪翁以崛奇之調，力追草堂，所謂「江西派」者，和之最盛，而宋詩又一變。建炎以後，東夫之瘦硬（蕭德藻）、誠齋之生澀（楊萬里）、放翁之輕圓（陸游）、石湖之精致（范成大），四壁並開。乃永嘉徐、趙諸公（趙師秀、徐照、徐璣、翁卷），以清虛便利之調行之，見賞於水心，則四靈派也，而宋詩又一變。嘉定以降，江湖小集盛行，多四靈之徒也。及宋亡，而方、謝之徒（方鳳、謝翱），相率為急迫危苦之音，而宋詩又一變。*

宋詩發達的幾個階段和每階段的重要作家，大抵如上述。同時宋詩與唐詩關係之不能分離，也是諸家所承認的。至於宋詩與唐詩有什麼不同，宋人嚴羽提出了他的看法，《滄浪詩話‧詩辨》云：

> 盛唐諸人，惟在興趣；羚羊掛角，無迹可求，故其妙處，透徹玲瓏，不可湊泊；如空中之音，相中之色，水中之月，鏡中之象，言有盡而意無窮。近代諸公，乃作奇特解會，遂以文字為詩，以才學為詩，以議論為詩；夫豈不工，終非古人之詩也，蓋於一唱三歎之音有所歉焉。

此所謂「以文字為詩」者，即後人所言宋詩的散文化；以「才學」、「議論」為詩者，即後人所說的宋詩尚理不尚情。以此作為宋詩不同於唐詩之處，固無不可，但不能拘泥於此說；因為唐詩之「言有盡

而意無窮」的「興趣」，不能說宋詩就沒有；相對的宋詩的說理與散文化亦不能說為唐詩所無，宋人所推崇的韓愈詩風便是如此。我以為「唐詩多以丰神情韻擅長，宋詩多以筋骨思理見勝」（錢鍾書《談藝錄・詩分唐宋》）這種看法，較嚴羽所說為合理。

　　宋人關於詩的作法甚為講求，而且過於唐人，雖然杜甫也說「老去漸於詩律細」，究不如宋人講求得精細，惟其過於精細，不免入於魔道。李東陽《麓堂詩話》云：

> 唐人不言詩法，詩法多出宋，而宋人於詩無所得。所謂法者，不過一字一句對偶雕琢之工，而天真興致，則未可與道。

正因過於講求詩法，往往為詩法所拘，如吳喬說：「宋人作詩極多蠢拙，而論詩過於苛細，止供識者一噱耳。」（《圍爐詩話》卷五）例如：

> 《石林詩話》云：「荊公詩用法甚嚴，尤精於對偶，嘗云：『用漢人語，止可以漢人語對，若參以異代語，便不相類。』；如『一水護田將綠遶，兩山排闥送青來』之類，皆漢人語也。此法惟公用之，不覺拘窘卑凡。如『周顒宅作阿蘭若，妻約身隨窣堵波』，皆以梵語對梵語，亦此類。嘗有人面稱公詩『自喜田園歸五柳，最嫌尸祝擾庚桑』之句，以為的對。公笑曰：『君但知柳對桑為的，然庚亦自是數。』蓋以十干數之也。」（《苕溪漁隱叢話》卷卅三引）

> 《隱居詩話》云：「黃庭堅喜作詩得名，好用南朝人語，專求古人未使之一、二奇字，綴葺而成詩，自以為工，其實所見之僻也。故句雖新奇，而氣乏渾厚。吾嘗作詩題其編後，略曰：『端求古人遺，琢削手不停；方其得璣羽，往往失鵬鯨。』蓋謂是也。」（《苕溪漁隱叢話》卷四八引）

（第六篇 宋代篇／第二章 宋詩 525）

王安石、黃庭堅兩位北宋大家，詩法「苛細」如此，影響所及可想而知。陳无己云：「荊公晚年詩傷工，魯直晚年詩傷奇。」（《苕溪漁隱叢話》卷四二）正坐「苛細」之病。再就宋人兩部論詩的專著，《滄浪詩話》與《詩人玉屑》便可以看出他們詩法「苛細」到如何程度。如果要說宋詩不同於唐詩處，像宋詩人對於藝術技巧過分的講求這一點，該是宋詩的特徵吧！

第二節　宋初詩風

據前引方回論宋初詩風，有白居易體、西崑體、晚唐體諸派別，其實影響較大的還是西崑體，因為西崑體的作者皆一時顯貴，而楊億不僅是西崑體的領袖也是當時文壇的領袖，如《宋史》本傳所云「當時文士咸賴其題品」，其聲勢之大，自可想像。所謂西崑者，由於《西崑酬唱集》而得名，億時為翰林學士左司諫，與其酬唱者為大理評事秘閣校理劉筠，太僕少卿直秘閣錢惟演，翰林學士李宗諤，著作佐郎直史館陳越，戶部員外郎直集賢院李維，工部員外郎直集賢院劉隲，樞密院直學士丁謂，駕部員外郎直秘閣刁衎，太常丞直集賢院任隨，樞密院直學士張詠，恩州刺史錢惟濟，秘閣校理監舒州靈仙觀舒雅，翰林學士晁迥，左司諫直史館崔遵度，右諫議大夫薛映，及劉秉等共十八人。（今本闕一人）億序云：

> 余景德（真宗）中，忝佐修書之任，得接群公之遊，時今紫
> 微錢君希聖，秘閣劉君子儀，並負懿文，尤精雅道，雕章麗
> 句，膾炙人口。予得以游其墻藩，而咨其模楷，二君成人之
> 美，不我遐棄，博約誘掖，寔之同聲。因以歷覽遺編，研味
> 前作，挹其芳潤，發於希慕，更迭唱和，互相切劘。而予以
> 固陋之姿，參訓（酬）繼之末，入蘭遊霧，雖獲益以居多；

> 觀海學山，嘆知量而中止。既恨其不至，又犯乎不韙；雖榮
> 於託驥，亦愧乎續貂；間然於茲，顏厚而已。凡五七言律詩
> 二百五十章，其屬而和者又十有五人，析為二卷。取玉山策
> 府之名，命之曰《西崑酬唱集》云爾。

這一《酬唱集》雖僅有二百五十章，卻有一種共同的風格。而這種風格，為歷來人所公認的是李商隱的餘緒。李詩的託喻深遠風骨雄健處，西崑作者並沒有去學，只往李詩的用事精巧、偶麗工整方面下功夫。正如前人所云：他們學李詩的「豐富藻麗，不作枯瘠語」耳。所以如此者，正因諸人身當宋初，承平無事，而又是文學侍從之臣，雍容華貴，既無所諷喻，更沒有個人的慷慨。如集中無題詩，只具商隱皮毛，而無深摯的感情；詠史詩惟鋪陳故實，而無識見。昔人稱楊億詠漢武帝「力通青海求龍種，死諱文成食馬肝」一聯，以為商隱也不能過，此只是披沙揀金之見；至於詠物寫景，僅較南朝宮體為溫潤安雅耳。

觀《西崑集》各詩，大都由楊億首倡，繼和者為劉筠、錢惟演，其他諸人並不是每題均有和作；是西崑倡導者，自是以楊億為主，劉筠、錢惟演輔之。億字大年，建州浦城人。《宋史》本傳謂「億天性穎悟，自幼及終，不離翰墨，文格雄健，才思敏捷……當時學者，翕然宗之。」筠字子儀，大名人。《宋史》本傳云：「筠，景德以來，居文翰之選，其文辭善對偶，尤工為詩，初為楊億所識拔，後遂與齊名，時號『楊劉』。」（並見《宋史》卷三○五）惟演字希聖，吳越王俶之子。《宋史》本傳謂其「文辭清麗，名與楊億、劉筠相上下。」（《宋史》卷三一七）於此可知三人在當時文學地位之高。顯然，三人有意振義山華縟的詩風，為趙宋新帝國妝點承平氣象，因之，這三人以外的十五個詩人，也不過居於附和的地位，未必是真心的商隱詩風追隨者；如其中的張詠只和作過〈館中新蟬〉

及〈鶴〉詩兩首，也就名列在《西崑酬唱集》中。詠字復之，自號乖崖。為人「剛方自任，為治尚嚴猛……慷慨好大言，樂為奇節。」（《宋史》卷二九三）《宋詩鈔·乖崖詩鈔》謂詠詩「雄健古淡，有氣骨，稱其為人。」今觀乖崖詩，確是如此，而他的這種風格，正與李商隱一派的詩風相反。尤以詠詩最見性情，或失之坦率，究竟不是藻飾雕繪一流之作可比。足見詠之隨楊、劉之後，偶擬商隱，乃一時興會，不能據以作為楊、劉同調；《西崑集》中其他作者，若能據其詩集比較觀之，一定還有與詠同樣情形的。下附張詠幾首選詩：

> 帝鄉三十年前別，江外相逢髮已衰；清論未窮行計速，為君臨水立多時。（〈送別王秘丞〉）

> 畫中曾見曲中聞，不是傷情即斷魂；北客南來心未穩，數聲相應在前村。（〈聞鷓鴣〉）

> 落花時節掩關初，請絕江城舊酒徒。滿屋煙霞春睡足，一簑風雨夜燈孤。易中有象閒消息，身外無求免歎吁。多謝崑僧頻見訪，欲迴流水又踟躕。（〈幽居〉）

當時詩人不學李商隱而學白居易的，如前引《桐江集》所述者，有李昉、徐鉉兄弟、王禹偁、王漢謀諸人，這幾個人中，當以王禹偁為主。《宋詩鈔·小畜集鈔·序》云：

> 元之詩學李、杜，故其〈贈朱巖詩〉云：「誰憐所好還同我，韓柳文章李杜詩。」學杜而未至，故其〈示子詩〉云：「本與樂天為後進，敢期子美是前身。」是時西崑之體方盛，元之獨開有宋風氣，於是歐陽文忠得以承流接響。

禹偁在當時確是提倡杜甫詩的，正想以杜甫的寫實精神，轉移五代

靡麗無實的詩風。他說「子美集開詩世界」,(《小畜集》卷九〈日長簡仲咸〉)這是他對於杜詩的認識,也就是他希望大宋開國以來詩的新世界。他曾感喟:「可憐詩道日已替,風騷委地何人收?」(《小畜集》卷十二〈還揚州許書記家集〉)為振起衰替的詩風,只有救之以杜甫的風格始能為功。但是,他自己的詩是學白居易的,在一首示子詩中自注道:「予自謫居,多看白公詩。」(卷九)大概他要從白居易而上溯杜甫,並非如《宋詩鈔》所謂「學杜而未至」。《彥周詩話》云:

> 本朝王元之詩可重,大抵語迫切而意雍容。如「身後聲名文集草,眼前衣食簿書堆」;又云:「澤畔騷人正憔悴,道旁山鬼謾揶揄」;大類樂天也。

按:禹偁〈答鄭褒書〉云:「吾學聖人之道,受明主之知,三掌制誥,一入翰林,以文章負天下之望。」(《小畜集》卷十八)像他這樣的地位,卻不容於當時庸俗的官僚環境,致屢被擯斥,故其詩出語迫切,原是性情的自然;又因其有深厚的修養,而無憤激之情的表現,故有雍容氣度。總之,在承五代文風卑弱的時會,而他於散文、於詩歌都能灌注以新的氣息,為後來作者開闢一新的道路,不可不說是宋初年文壇的豪傑之士。

> 馬穿山徑菊初黃,信馬悠悠野興長。萬壑有聲含晚籟,數峰無語立斜陽。棠梨葉落胭脂色,蕎麥花開白雪香。何事吟餘忽惆悵,村橋原樹似吾鄉。(〈村行〉)

> 滁民帶楚俗,下俚同巴音。歲稔又時安,春來恣歌吟。接臂轉若環,聚首叢如林。男女互相調,其詞非奔淫。修教不易俗,吾亦弗之禁。夜闌尚未闋,其樂何愔愔。用此散楚兵,子房謀計深。乃知國家事,成敗因人心。(〈唱山歌〉)

　　其時隱逸中的詩人，以林逋（九六七～一〇二八）最有高名。逋字君復，杭州錢塘人。少孤力學，不喜好章句，性恬淡好古，不趨榮利。家貧，往往衣食不足，初浪遊江淮甚久，歸隱杭州，結廬西湖之孤山，二十年足不及城市。卒年六十二，仁宗賜諡和靖先生。逋喜為詩，其詞澄浹峭特多奇句，既就藁，輒棄去，或謂何不錄以示後世，逋曰：「吾方晦迹林壑，且不欲以詩名一時，況後世乎？」然好事者，往往竊記之，今傳尚有三百餘篇。（《宋史》卷四五七〈隱逸〉上）

　　梅堯臣〈林和靖先生詩集序〉云：

> 其順物玩情為之詩，則平澹邃美，詠之令人忘百事也。其辭主乎靜正，不主乎刺譏，然後知趣尚博遠，寄適於詩爾。

堯臣是與逋同時的詩人，他對逋的批評，大可玩味。逋長住山林，寄興泉石，與人世幾完全隔絕，故希求靜正，不主諷喻。然其描寫山林，不如謝靈運之深杳；抒寫襟懷，不如陶淵明之高曠；總之，意度不夠廣博，雖體物尚能精細，而所表現的不過是山林枯槁之士的清苦之趣。觀其喜用事，工對仗，猶是晚唐習氣，故所作幾全是律體而無歌行。

> 底處憑闌思眇然，孤山塔後閣西偏。陰沈畫軸林間寺，零落棋枰葑上田。秋景有時飛獨鳥，夕陽無事起寒煙。遲留更愛吾廬近，祇待重來看雪天。（〈孤山寺端上人房寫望〉）

> 眾芳搖落獨暄妍，占盡風情向小園。疎影橫斜水清淺，暗香浮動月黃昏。霜禽欲下先偷眼，粉蝶如知合斷魂。幸有微吟可相狎，不須檀板共金尊。（〈山園小梅〉二首其一）

第三節　宋詩代表作家

一、歐陽修、梅堯臣、蘇舜欽

（一）歐陽修

　　歐陽修的詩，其成就一如他的散文一樣的偉大；他不僅遠紹盛唐、中唐的詩風而形成自家的風格，並且為後來的詩人開闢了一條新的道路。他才氣高，讀書博，有識見而氣度恢廓，故能縱橫揮寫，髣髴如項羽臨陣，具有無往而不利的氣概。看他同輩的詩人，若梅堯臣的酸寒，蘇舜欽的牢愁，便知他是如何傑出於當時了。他崇拜韓愈，並崇拜李白，又能融會兩家的精神，成為自己的面目。他有韓詩的氣格，而無其排奡，一歸之於敷愉；（《宋詩鈔》語）有李詩的飄逸，而無其空靈，一歸之於「平易疏暢」。（《石林詩話》卷上語）正如所謂「資談笑，助諧謔，敘人情，狀物態，一寓於詩，而曲盡其妙。」（《六一詩話》論韓愈語）尤以他那弘通卓越的議論，發而為詩，使詩的範圍不限於抒情敘事，他同時詩人如王安石、蘇軾，以及後來的詩人，都喜歡以詩說理，遂成為宋詩的一種特色，這不能不說是受到他的影響。其〈唐崇徽公主手痕和韓內翰〉云：

> 故鄉飛鳥尚啁啾，何況悲筯出塞愁。青塚埋魂知不返，翠崖遺跡為誰留？玉顏自古為身累，肉食何人與國謀？行路至今空歎息，巖花澗草自春秋。

此一律詩是寫唐太宗冊立僕固懷恩女為公主，以嫁吐蕃的故事。甚為葉夢得所激賞，他說：「『玉顏自古為身累，肉食何人與國謀。』此自是兩段大議論，而抑揚曲折，發見於七字之中，婉麗雄勝，字

字不失相對，雖崑體之工者，亦未易比；言意所會，要當如是，乃為至到。」(《石林詩話》卷上)後來朱熹也說：「以詩言之，是第一等好詩，以議論言之，是第一等議論。」(《朱子語類》卷一三九)作者將其思想通過感情，發為議論，方能如此「至到」。

　　《石林詩話》卷中云：「毘陵正素處士張子厚善書，余嘗於其家見歐陽文忠子棐以烏絲欄絹一軸，求子厚書文忠〈明妃曲〉兩篇，〈廬山高〉一篇。略云：『先公平日，未嘗矜大所為文，一日被酒，語棐曰：「吾〈廬山高〉，今人莫能為，惟李太白能之。〈明妃曲〉後篇，太白不能為，惟杜子美能之；至於前篇，則子美亦不能為，惟我能之也。」因欲別錄此三篇也。』」按：〈廬山高〉一詩是合李白、韓愈為一手，雜以《楚辭》句法，算是一種新的體製，然觀此詩氣勢奇橫，詞句生澀，頗近乎韓，卻不像李；究竟如何高妙，也很難說；修於此種創格，並沒有多作，全詩中只有這一首。雖說他頗自矜，可不能當他的代表作，《宋詩鈔》選詩標準較寬，卻沒有選錄這首，不能說無因罷。至於〈明妃曲〉兩篇自是絕唱。

> 胡人以鞍馬為家，射獵為俗。泉甘草美無常處，鳥驚獸駭爭馳逐。誰將漢女嫁胡兒，風沙無情貌如玉。身行不遇中國人，馬上自作思歸曲。推手為琵却手琶，胡人共聽亦咨嗟。玉顏流落死天涯，琵琶却傳來漢家。漢宮爭按新聲譜，遺恨已深聲更苦。纖纖女手生洞房，學得琵琶不下堂。不識黃雲出塞路，豈知此聲能斷腸。(〈明妃曲和王介甫作〉)

> 漢宮有佳人，天子初未識。一朝隨漢使，遠嫁單于國。絕色天下無，一失難再得。雖能殺畫工，於事竟何益。耳目所及尚如此，萬里安能制夷狄。漢計誠已拙，女色難自誇。明妃去時淚，灑向枝上花。狂風日暮起，飄泊落誰家？紅顏勝人

多薄命，莫怨春風當自嗟。(〈再和明妃曲〉)

後篇議論尚嫌著實，前篇不著議論而議論自出，自矜以為子美不能作者，也許是為此罷。總之，兩篇的識見和感情並極深厚；而流麗自然，意態層出，幾乎一句一轉，音節之美，更為動人。王昭君這一題材並不新穎，而首唱者為王安石，安石之作只限於個人升沉，所謂「人生失意無南北」的一方面；而歐陽修所作兩篇，立意卻在國家方面，將和親政策寫得怯懦與可恥，正因為如此，才能與安石並敵。由這一平凡題材，看兩雄之角逐，也是有趣味之事。

《臨漢隱居詩話》云：「予頃年嘗與王荊公評詩，余謂：『凡為詩，當使挹之而源不窮，咀之而味愈長，至如永叔之詩，才力敏邁，句亦雄健，但恨其少餘味耳。』」這批評很中肯，歐詩往往如此，沒有什麼餘味。這當是受韓愈「以文為詩」的影響。又《雪浪齋日記》云：「或疑六一居士詩，以為未盡妙，以質於子和，子和曰：六一詩只欲平易耳。」(《苕溪漁隱叢話》卷三十) 惟其以文為詩，所以平易。以文為詩固不是詩的正途，但為改變晚唐以來晦澀、浮豔詩風，以文為詩倒不失為對症之良藥。

> 窮山候至陽氣生，百物如與時節爭。官居荒涼草樹密，撩亂紅紫開繁英。花深葉暗耀朝日，日暖眾鳥皆嚶鳴。鳥言我豈解爾意，綿蠻但愛聲可聽。南窗睡多春正美，百舌未曉催天明。黃鸝顏色已可愛，舌端啞咤如嬌嬰。竹林靜啼青竹笋，深處不見惟聞聲。陂田遠郭白水滿，戴勝穀穀催春耕。誰謂鳴鳩拙無用，雄雌各自知陰晴。雨聲蕭蕭泥滑滑，草深苔綠無人行。獨有花上提葫蘆，勸我沽酒花前傾。其餘百種各嘲哳，異鄉殊俗難知名，我遭讒口身落此，每聞巧舌宜可憎。春到山城苦寂寞，把盞常恨無娉婷。花開鳥語輒自醉，醉與

花鳥為交朋。花能嫣然顧我笑，鳥勸我飲非無情。身閑酒美惜光景，惟恐鳥散花飄零。可笑靈均楚澤畔，離騷憔悴愁獨醒。（〈啼鳥〉）

（二）梅堯臣

梅堯臣（一〇〇二～一〇六〇），字聖俞，宣州宣城（今安徽宣城縣）人。家世能詩，至堯臣遂以詩聞。初錢惟演留守西京，特嗟賞之，引為忘年之友；在河南時，又受知於王曙，嘆曰：「二百年無此作矣。」大臣屢薦，謂宜在館閣，召試，賜進士出身。為國子監直講，累遷尚書都官員外郎，預修《唐書》。年五十九卒。（《宋史》卷四四三〈文苑五〉本傳。《宛陵集》附劉敞所作墓誌銘）《宋史》本傳云：

> 宋興，以詩名家，為世所傳如梅堯臣者，蓋少也。嘗語人曰：「凡詩，意新語工，得前人所未道者，斯為善矣。必能狀難寫之景，如在目前，含不盡之意，見於言外，然後為至也。」

「意新」是不蹈襲前人，「語工」始能盡情抒寫，這是他的詩創作的道路；惟其能夠如此，才能掃除五代浮靡的積習。他於五代積習是深惡痛絕的，他說：「邇來道頗喪，有作皆言空，烟雲寫形象，葩卉詠青紅。人事極諛諂，引古稱辨雄，經營唯切偶，榮利因被蒙。遂使世上人，只曰一藝充。以巧比戲弈，以聲喻鳴桐，嗟嗟一何陋，甘用無言終。」（《宛陵集》卷二七〈答韓三子華韓五持國韓六玉汝見贈述詩〉）由於他這樣大聲疾呼地指斥浮靡無實的詩風，更可以看出他那積極改變詩體的精神。

堯臣是詩世家，得名又早，他說：「我於文字無一精，少學五

言希李陵，當時巨公特推許，便將格力追西京。」（〈依韻答吳安勗太祝〉）足見他早年的時候，便想以西京格力挽五代頹風了。但西京究竟去他的時代甚遠，也未必合於他的性情，於是轉向平淡，他說：「因吟適情性，稍欲到平淡。」（〈依韻和晏相公〉）又說：「下言狂斐頗及古，陶韋比格吾不私。」（〈途中寄上尚書晏相公二十韻〉）是又以陶淵明、韋應物的平淡代西京的格調。雖說與陶、韋比格，其實近韋，故朱弁《風月堂詩話》卷上云：「聖俞少時專學韋蘇州。」再後又轉變而為韓愈的怪巧風格，這當是受歐陽修的影響。可是蟠屈之氣，詼詭之趣，終不及韓。歐陽修云：「聖俞嘗語余曰：『詩家雖率意，而造語亦難，若意新語工，得前人所未道者，斯為善也。必能狀難寫之景，如在目前；含不盡之意，見於言外，然後為至矣。』」（《六一詩話》）於此可見其寫詩的態度。然過於求新求工，往往以惡趣為詩，如「捫蝨得蚤」、〈八月九日晨興如廁有鴉啄蛆〉等題材，可謂入於詩的魔道。當時歐陽修以大力提倡韓愈的詩文，而又以韓愈自居，堯臣既以旗鼓與之應，卻不得不作韓門的孟郊了。修〈讀蟠桃詩寄子美〉云：「韓孟於文詞，兩雄力相當。……孟窮苦纍纍，韓富浩穰穰。……郊死不為島，聖俞發其藏。」堯臣謂子美云：「永叔自要作韓退之，強差我作孟郊。」（邵博《邵氏聞見後錄》）堯臣於詩中也說過：「歐陽今與韓相似，海水浩浩山嵬嵬，石君蘇君比盧籍，以我擬郊嗟困摧。」（〈依韻和永叔澄心堂紙答劉原甫〉）他另一首詩又說：「昔聞退之與東野，相與結交賤微時，孟不改貧韓漸貴，二人情契都不移。韓無驕矜孟無靦，直以道義為己知，我今與子亦似此，子亦不愧前人為。」（〈永叔寄詩八首并祭子漸文一首因采八詩之意警以為答〉）這一「郊寒」故事，證明他與歐陽修共同努力的方向，能建設性的改變了五代浮靡的詩風。若論他的才性與襟懷，既比不上韓，也比不上歐，但他能以平淡樸

質的風格，「陶暢酣適」，（《歐陽文忠公集‧書梅聖俞稿後》）一新當時人耳目，而影響後來者亦在此。

> 日擊收田鼓，時稱大有年。爛傾新釀酒，飽載下江船。女髻銀釵滿，童袍氈氎鮮。里胥休借問，不信有官權。（〈村豪〉）

> 南方窮山多野鳥，百種巧口乘春鳴。深林參天不見日，滿壑呼嘯誰識名。但依音響得其字，因與爾雅殊形聲。我昔曾有禽言詩，粗究一二啼嚎情。苦竹岡頭泥滑滑，君時最賞趣向精。餘篇亦各有思致，恨未與盡眾鳥評。君今山郡日無事，靜聽鳥語如交爭。提壺相與來勸飲，戴勝亦助能勸耕。我念此鳥頗有益，如欲使君勤以行。勸耕幸且強職事，勸飲亦冀無獨醒。杜鵑蜀魄哭歸去，小人懷土慎勿聽。城頭春鳩自謂拙，鵲巢輒處安得平。高寠喬木美毛羽，吚吭葉底無如鶯。口中調簧定何益，下啄蚯蚓孰曰清。自餘多類不足數，一一推本煩神靈。我居中土別無鳥，老鴉鸜鵒方縱橫。教雛叫噪日群集，豈有勸酒花下傾。願君切莫厭啼鳥，啼鳥於君無所營。（〈和歐陽永叔啼鳥十八韻〉）

> 淮闊州多忽有村，棘籬疏敗謾為門。寒雞得食自呼伴，老叟無衣猶抱孫。野艇鳥翹唯斷纜，枯桑水齧只危根。嗟哉生計一如此，謬入王民版籍論。（〈小村〉）

（三）蘇舜欽

　　蘇舜欽是古文家，又是詩人，與梅堯臣齊名，他們兩人雖是歐陽修倡言改革文體之際的兩大柱石；但是歐陽修對於兩人的成就，是不能有所上下的。《六一詩話》云：

　　聖俞、子美齊名於一時，而二家詩體特異。子美筆力豪儁，
以超邁橫絕為奇；聖俞覃思精微，以深遠閒淡為意。各極其
長，雖善論者不能優劣也。余嘗於〈水谷夜行〉詩略道其
一二云：「子美氣尤雄，萬竅號一噫，有時肆顛狂，醉墨洒
滂霈。譬如千里馬，已發不可殺。盈前盡珠璣，一一難揀
汰。梅翁事清切，石齒漱寒瀨。作詩三十年，視我猶後輩。
文詞愈清新，心意雖老大。有如妖韶女，老自有餘態。近詩
尤古硬，咀嚼苦難嘬。又如食橄欖，真味久愈在。蘇豪以氣
轢，舉世徒驚駭。梅窮獨我知，古貨今難賣。」語雖非工，
謂粗得其彷彿，然不能優劣之也。

　　修與兩人交情最厚，又是文學同道，所論兩人的風格極為確切。又
修〈答蘇子美離京見寄〉詩云：「其於詩最豪，奔放何縱橫。眾絃排
律呂，金石次第鳴。間以險絕句，非時震雷霆。」此詩見解與前論
正同。今讀蘇舜欽詩，就其年代觀之，自五代至宋初，以沉雄豪放
之詩風最為突出的，當推舜欽。若與稍後的蘇軾及同時代的歐陽修
相比，舜欽不免有所遜色，然以雄放振起五代以降的頹風，舜欽要
為巨擘。

　　雄放並非粗獷，必有才情有識見，才能有雄放的襟懷。舜欽在
宋仁宗朝是有政治遠見的，看他數上書論朝廷事，以及詩所表現對
於邊事的憂心，足知他不是一個尋常的詩人，只為了進奏院祠神，
賣故幣舉行宴會一案，一蹶不起；而所以有此遭遇的原因，由於他
背後有一群朝廷的正士，遂招致王拱辰輩藉此打擊的陰謀。如他寄
歐陽修自辨書，詞極憤激：

　　　舜欽年將四十矣，齒搖髮蒼，才為大理評事，廩祿所入，不
　　　足充衣食，性復不能與凶邪之人相就近。今得脫去仕籍，非

不幸也，自以所學教後生，作商賈於世，必未至餓死，故當緘口遠遁，不復更云。但以遭此構陷，累及他人，故憤懣之氣，不能自平。時復嶸岉於胸中，一夕三起，茫然天地間，無所赴愬。天子仁聖，必不容姦吏之如此，但舉朝無一言以辨之，此可悲也。（此書《蘇學士文集》未收，見費衮《梁谿漫志》卷八）

以他那樣才性的人，被小人踏擊如此，發而為詩，自有一種煩冤不平之氣。他的〈石曼卿詩集敘〉云：「詩之作與人生偕者也，人函愉樂悲鬱之氣，必舒於言，能者則傳之於律，[2]故其流行無窮，可以播而交鬼神也。」（見《蘇學士文集》）他將詩看作人生的反映，而他的人生又是一幕悲劇，故他的詩所流露出的情感，既沉鬱，亦復憤激，能盡情傾吐，無所顧忌，這就是他的豪放處。

老狐宅城隅，涵養體豐大。不知窟穴處，草木但掩藹。秋食承露禾，夏飲灌園派。暮夜出旁舍，雞畜遭橫害。晚登埠垠鳴，呼吸召百怪。或為嬰兒啼，或變豔婦態。不知幾十年，出處頗安泰。古語比社鼠，蓋亦有恃賴。邑中年少兒，耽獵若沈瘵。遠郊盡雉兔，近水殲鱗介。養犬號青鶻，逐獸馳不再。勇聞此老狐，取必將自快。縱犬索幽邃，張人作疆界。茲時頗窘急，迸出赤電駃。群小助呼嘆，奔馳數顛沛。所向不能入，有類狼失狽。鉤牙咋巨額，髓血相潰沫。喘叫遂死矣，爭觀若期會。何暇正丘首，腥臊滿蓬艾。數穴相穿通，城堞幾隳壞。久縱此凶妖，一旦果禍敗。皮為榻上藉，肉作盤中膾。觀此為之吟，書以為警戒。（〈獵狐篇〉）

2　涵芬樓印康熙本此句作「能者財之傳於律」。

秋半收穫登郊原，欹側小屋愁夕眠。是夜大風拔樹走，吹倒
南壁如崩山。夢中驚起但呼叫，病僕未動徒囂喧。驅令燃火
遍照燎，瓦甓狼藉滿我前。披衣抱枕欲避去，去此乃是曠野
田。況時風怒尚未息，直恐涇渭遭吹翻。露坐不免念禾黍，
必已刮刷無完根。六事不和暴風作，嘗聞洪範有此言。昔時
大風禾盡偃，上帝蓋直周公冤。方今天子至神聖，惟恐臣下
辜其恩。是何此風乃震作，吹盡秋實傷元元。有能返風起禾
者，亦足表異知所存。至誠皎潔固不昧，時雖今古同乾坤。
（〈大風〉）

浩蕩清淮天共流，長風萬里送歸舟。應愁晚泊喧卑地，吹入
滄溟始自由。（〈和淮上遇便風〉）

春陰垂野草青青，時有幽花一樹明。晚泊孤舟古祠下，滿川
風雨看潮生。（〈淮中晚泊犢頭〉）

江雲春重雨垂垂，索寞情懷送客歸；不憤東風促行棹，羨他
雙燕逆風飛。（〈送人還吳江道中作〉）

二、王安石

當王安石尚未認識歐陽修的時候，已是韓愈的崇拜者。他的
古文，歐陽修看了之後認為與愈太過相似，反勸他要「開廓」些才
好。他寫詩也是學韓，今集中還保存極似韓詩面目的作品；足見他
早年如何要以韓愈為榜樣，這免不了是受了他前輩的影響。他論文
要「有補於世」，這一觀念，可說與歐陽修同出於韓愈。所以他與
修一致的反對西崑體，他說：「劉、楊以其文詞染當世，學者迷其
端原，靡靡然窮日力以摹之，粉墨青朱，顛錯叢眩，無文章黼黻之
序，其序情藉事，不可考據也。」（《臨川先生文集》卷八四〈張刑

部詩序〉）但歐陽修崇拜李白，他卻不然。他說：「李白詩語迅快，無疏脫處；然其識見汙下，十句九句言婦人、酒耳。」（陳善《捫蝨新話・上集》）又王若虛《滹南詩話》卷一記荊公語：「李白歌詩豪放飄逸，人固莫及，然其格止於此而已，不知變也。至於杜甫，則發斂抑揚，疾徐縱橫，無施不可，蓋其緒密而思深，非淺近所能窺，斯其所以光掩前人，而後來無繼也。」歐陽修不大推崇杜甫，此也與安石異趣。宋代詩人提倡杜詩，要以安石為第一，也最為鏗鏘有力，其《臨川先生文集・老杜詩後集序》云：

> 予考古之詩，尤愛杜甫氏作者，其辭所從出，一莫知窮極，而病未能學也。世所傳已多，計尚有遺落，思得其完而觀之。然每一篇出，自然人知非人之所能為；而為之者，惟其甫也，輒能辨之。予之令鄞，客有授予古之詩，世所不傳者二百餘篇，觀之，予知非人之所能為，而為之實甫者，其文與意之著也。然甫之詩，其完見於今者，自予得之。世之學者，至乎甫而後為詩，不能至，要之不知詩焉爾。嗚呼！詩其難，惟有甫哉。

安石年廿七至廿九歲時為鄞縣令，現此序語氣在他為鄞縣令以前，他已經愛好杜甫詩了。他又有〈杜甫畫像〉詩，末云：「推公之心古亦少，願起公死從之游。」這真是五體投地的崇拜了。

雖然他是如此崇拜杜甫，他卻未能多接受杜甫偉大的寫實精神，其所注意者只是杜甫藝術技巧，如唐子西（《語錄》）、胡仔（《苕溪漁隱叢話》）等都說他能得杜甫之句法，即如他所傾倒於杜詩的「發斂抑揚、疾徐縱橫」，也只是形體之美。他儘管崇拜杜詩而不能識其大，與其說他學杜詩，不如說更接近韓愈些。他個性倔強，又無書不讀，作詩喜用一般人不常用的辭彙，音調也不取流轉

自如，喜歡用狹韻出硬語，處處可以看出他博學而逞才，因此說他更像韓愈。以他長詩為例，〈遊土山示蔡天啟〉、〈再用前韻寄蔡天啟〉、〈用前韻戲贈葉致遠直講〉三首詩皆是一百零四句的五言長詩，通押「棄」韻；又如〈和平甫舟中望九華山二首〉，皆是八十句的五言長詩，通押「鹽」韻，這些詩都是狹韻險語，顯然是學韓愈之伎倆；至如其「再三和韻」，又更勝韓愈了，由於他這樣和韻的作法，卻給後來詩人不好的影響。

《石林詩話》卷中云：「荊公詩用法甚嚴，尤精於對偶。嘗云：『用漢人語，止可以漢人語對，若參以異代語，便不相類』；如『一水護田將綠遶，兩山排闥送青來』之類，皆漢人語也。此法惟公用之，不覺拘窘卑凡。如『周顒宅作阿蘭若，婁約身隨窣堵波』，皆以梵語對梵語，亦此類。嘗有人面稱公詩『自喜田園歸五柳，但嫌尸祝擾庚桑』之句，以為的對。公笑曰：『君但知柳對桑為的，然庚亦自是數。』蓋以十干數之也。」（《苕溪漁隱叢話》卷三三引）又《雪浪齋日記》云：「荊公詩『草深留翠碧，花遠沒黃鸝。』人只知翠碧對黃鸝為精切，不知是四色也。又以武丘對文鷁，殺青對生白，苦吟對甘飲，飛瓊對弄玉，世皆不及其工。」（《苕溪漁隱叢話》卷三五引）按：對偶只是詩的技巧一部分，如過分講求，則有礙於情志的表現，這也給後來作者不好的影響。

至於用事，也是安石特別重視的，他說：「詩家病使事太多，蓋皆取其與題合者類之，如此乃是編事，雖工何益？若能自出己意，借事以相發明，情態畢出，則用事雖多，亦何所妨？」（《苕溪漁隱叢話》引《蔡寬夫詩話》）這是假藉故實寫自家懷抱的辦法，如單憑類書故實，堆砌成篇，這叫「編事」，安石的〈詳定試卷〉二首其二云：

　　童子常誇作賦工，暮年羞悔有揚雄。當時賜帛倡優等，今日

論才將相中。細甚客卿因筆墨，卑於爾雅注魚蟲。漢家故事
真當改，新咏知君勝弱翁。

這一首詩，毫不覺得其使事，而有議論、感情，都藉著使事表達出
來，尤以首聯道來如此沉重，抨擊當時考試制度又是如此激烈。

　　總之，由於安石過分講求遣辭練句與使事，以至和韻，開闢了
一條險仄道路，使後來詩人往往只知形式的技巧，疏略了向情志方
面發展。所以近人以為宋詩的形式主義傾向，卻是由他培養起來的。

　　安石的詩，用思深刻，是他的前輩詩人所不能及；他的修辭
技巧亦復如是。雖然這給後來作者不好的影響，在他個人詩作中卻
沒有因形式技巧而喪失內容。安石的詩學吸收前人最為廣博，大體
說來，始則韓愈，繼以杜甫，然後泛濫各家。由唐人而上溯六朝，
如〈歲晚〉一詩，自比謝靈運（《詩人玉屑》卷十七）；又〈次韻
約之謝惠詩〉之似陶淵明，足見其廣博。《石林詩話》中云：「王
荊公……後為群牧判官，從宋次道盡假唐人詩集，博觀而約取，晚
年始盡深婉不迫之趣。」按：安石為群牧判官在嘉祐元年，時年
三十六歲。觀他三十九歲時所作之〈明妃曲〉[3]以唐人風格而參以議
論，卻不是杜、韓面目了，據此可以證明在他四十歲的階段，他已
經不受杜、韓束縛。黃庭堅說：「荊公之詩，暮年方妙。」（《後山
詩話》）葉夢得說：「王荊公晚年詩律尤精嚴，造語用字，間不容
髮。然意與言會，言隨意遣，渾然天成，殆不見有牽率排比處。」
（《石林詩話》）按：安石詩集沒有編年，李壁箋注也未加考證其年
月，現在看來，大抵如《宋詩鈔》所說：「安石遣情世外，其悲壯
即寓閒澹之中」者，都是晚年之作。《宋詩鈔》又說：「獨是議論過
多，亦是一病耳」，這一點是他與歐陽修共同傾向，流風所及，遂

---

3 歐陽修《居士集》目錄〈明妃曲和王介甫〉原注嘉祐四年，安石時年三十九歲。

成為宋詩不同於唐詩特徵之一。這也不足為病，如一意學唐詩之空
靈，結果是空無所有，其實盛唐大家若李、杜等，又何嘗沒有議論
之處呢！

> 賤子昔在野，心哀此黔首。豐年不飽食，水旱尚何有。雖無
> 剽盜起，萬一且不久。特愁吏之為，十室災八九。原田敗粟
> 麥，欲訴嗟無賕。間關幸見省，笞扑隨其後。況是交冬春，
> 老弱就僵仆。州家閉倉庚，縣吏鞭租負。鄉鄰銖兩徵，坐逮
> 空南畝。取貲官一毫，奸桀已云富。彼昏方怡然，自謂民父
> 母。竭來佐荒郡，懍懍常慚疚。昔之心所哀，今也執其咎。
> 乘田聖所勉，況乃余之陋。內訟敢不勤，同憂在僚友。(〈感
> 事〉)

> 飄然羈旅尚無涯，一望西南百嘆嗟。江擁涕洟流入海，風吹
> 魂夢去還家。平生積慘應銷骨，今日殊鄉又見花。安得此身
> 如草樹，根株相守盡年華。(〈寄友人〉)

> 中年許國邯鄲夢，晚歲還家壙埌遊。南望青山知不遠，五湖
> 春草入扁舟。(〈中年〉)

> 白下長干一水間，竹雲新筍已斑斑。明朝若有扁舟興，落日
> 潮生尚可還。(〈招葉致遠〉)

> 隱隱西南月一鈎，春風落日澹如秋。房櫳半掩無人語，鼓角
> 聲中始欲愁。(〈送和甫至龍安暮歸〉)

> 荒煙涼雨助人悲，淚染衣巾不自知。除却春風沙際綠，一如
> 看汝過江時。(〈送和甫至龍安微雨因寄吳氏女子〉)

> 明妃初出漢宮時，淚濕春風鬢腳垂。低徊顧影無顏色，尚得

君王不自持。歸來却怪丹青手，入眼平生幾曾有。意態由來畫不成，當時枉殺毛延壽。一去心知更不歸，可憐著盡漢宮衣。寄聲欲問塞南事，只有年年鴻雁飛。家人萬里傳消息，好在氈城莫相憶。君不見，咫尺長門閉阿嬌，人生失意無南北。（〈明妃曲〉二首其一）

三、蘇軾（附張耒、秦觀）

（一）蘇軾

蘇軾〈亡兄子瞻端明墓誌銘〉曰：「初好賈誼、陸贄書，論古今治亂，不為空言。既而讀《莊子》，喟然嘆息曰：『吾昔有見於中，口未能言，今見《莊子》，得吾心矣。』乃出〈中庸論〉，其言微妙，皆古人所未喻。……後讀釋氏書，深悟實相，參之孔、老，博辯無礙，浩然不見其涯也。」由此可知蘇軾的人生修養，是具有儒家的現世思想，釋家的出世思想，以及老莊任性自然的思想。他融會了這些彼此不能相容的思想，而表現於生活，成為他整個人格。他在政治方面，剛正不屈，熱烈表現了儒家的積極精神，又因此屢經迫害，終於貶到海南，而他卻處之夷然，從沒有憂傷憔悴的情緒，由此可見他的修養之深厚。他這種修養反映於作品方面的是曠達襟懷，加以他那奔放天才與豐富感情所形成之豪放精神，都一起反映在詩歌方面。能曠達始能豪放，兩者不是相反而是相成的。

蘇轍又說「公詩本似李、杜，晚喜陶淵明」，這自然由於他那曠達與豪放性格的關係；至於晚年喜陶者，那是因為晚年豪氣漸除，更加曠達，自然要與淵明同道。陳師道說：「蘇詩始學劉禹錫，故多怨刺，學不可不慎也。」（《後山詩話》）陳師道曾親見蘇軾，其詩名也甚大，因此後人頗據此說以論蘇軾詩。按：要之詩人

風刺，原是本色，《三百篇》中刺詩尤多，以此譏蘇軾為「不慎」，
實不可解。以蘇軾才性，早年不滿現狀，時流露於詩歌之中，本是
自然的感情，豈因學劉禹錫才有怨刺？他早年可能學過劉禹錫，[4]但
與怨刺無關；後以李、杜為依歸，晚年則喜淵明，他學詩過程大概
如此。至於《後山詩話》說「晚學太白」，是不可信的，看他和陶詩
之勤，以及其他作品所表現的沖淡襟懷，便知他晚年是如何傾心於
陶了。[*]

　　蘇軾詩氣象之大，是歐陽修、王安石所不能及的，也只有李
白、杜甫足與之相比，這當然由於他豪放的性格，超人的天才，以
及博學等種種因素，才有如此成就。趙翼《甌北詩話》卷五云：

> 以文為詩，自昌黎始，至東坡益大放厥詞，別開生面，成一
> 代之大觀。今試平心讀之，大概才思洋溢，觸處生春，胸中
> 書卷繁富，又足以供其左旋右抽，無不如志。其尤不可及
> 者，天生健筆一枝，爽如哀黎，快如并剪，有必達之隱，無
> 難顯之情，此所以繼李、杜後為一大家也。而其不如李、杜
> 處亦在此。蓋李詩如高雲之游空，杜詩如喬嶽之矗天，蘇詩
> 如流水之行地。讀詩者於此處著眼，可得三家之真矣。

這也就是他自己說的：「如行雲流水，初無定質，但常行於所當行；
止於所不可不止。」那樣天機活潑，筆下無任何阻滯的情致，李白
而後也只有他了。《甌北詩話》卷五又說：

> 坡詩有云：「清詩要鍛鍊，方得鉛中銀」，然坡詩實不以鍛鍊
> 為工，其妙處在乎心地空明，自然流出，一似全不著力，而

---

4 如黃庭堅讀「掃地焚香閉閣眠」（〈南堂五首〉）一詩，以為是劉夢得所作，便是例
　證。（見《詩人玉屑》卷十七，引《王直方詩話》）
* 《後山詩話》原文為：蘇詩始學劉禹錫，故多怨刺，學不可不慎也。晚學太白，至其
　得意，則似之矣。然失於粗，以其得之易也。〔編者註〕

自然沁入心脾，此其獨絕也。

東坡大氣旋轉，雖不屑屑於句法、字法中別求新奇，而筆力
所到，自成創格。

才氣浩瀚的人，自不耐鍛鍊，吳可《藏海詩話》云：「東坡詩不無
精粗，當汰之；葉集之云：『不可，於其不齊不整中時見妙處為
佳。』」「不齊不整」，不特無損於作品的完整美，反而形成其美
感，正是蘇詩高處。沈德潛《說詩晬語》云：「蘇子瞻胸有洪爐，
金、銀、鉛、錫，皆歸鎔鑄，其筆之超曠，等於天馬脫羈，飛仙遊
戲，窮極變幻，而適如意中所欲出，韓文公後，又開一境界也。」
又如《彥周詩話》所說：「東坡詩不可指摘輕議，詞源如長江大河，
飄沙卷沫，枯槎束薪，蘭舟繡鷁，皆隨流矣。」蘇詩之所以氣象闊
大，也正由此。

《甌北詩話》卷五又說：「坡公熟於《莊》、《列》諸子及漢、
魏、晉、唐諸史，故隨所遇，輒有典故以供其援引，此非臨時檢書
者所能辦也。」這種鋪排典故的手法，是當時一般的風尚，如王安
石、黃庭堅莫不如此。以蘇之才，固然有許多用得很好，如朱弁說
他「入手便用，如街談巷說、鄙俚之言，一經坡手，似神仙點瓦礫
為黃金。」（《風月堂詩話》卷上）但借典故來表現，究竟不免受其
拖累，如施補華說「其運用典故，亦有隨筆拉雜，不甚貼切者。」
（《峴傭說詩》）

他還有同王安石相似處，即愛好和韻，以此逞才，毛病甚大。
王若虛說：「次韻實作者之大病也，詩道至宋人，已自衰弊，而又
專以此相尚；才識如東坡，亦不免波蕩而從之，集中次韻者幾三之
一，雖窮極技巧，傾動一時，而害於天全多矣。」（《滹南詩話》卷
二）施補華也說：「東坡五古，好和韻疊韻，欲以此見長，正以此見

拙，絪了好打，畢竟是絪。」（《峴傭說詩》）

　　蘇詩善用比譬，是一特色，也是他同時人所不能及。如〈百步洪〉第一篇云：「有如兔走鷹隼落，駿馬下注千丈坡，斷絃離柱箭脫手，飛電過隙珠翻荷。」《甌北詩話》卷五云：「形容水流迅駛，連用七喻，實古所未有。」又如〈石鼓歌〉，為形容古石刻文字之難辨識，用六種比譬。這種將歌詩語言形象化，原是《三百篇》重要手法之一，也是後來詩人常用手法；而蘇詩卻用得最多，宛轉自如，一點也沒有藻飾堆砌的痕跡。

> 春江欲入戶，雨勢來不已。小屋如漁舟，濛濛水雲裏。空庖煮寒菜，破竈燒溼葦。那知是寒食，但見烏銜紙。君門深九重，墳墓在萬里。也擬哭塗窮，死灰吹不起。（〈寒食雨〉二首其二）

> 風高月暗雲水黃，淮陰夜發朝山陽。山陽曉霧如細雨，炯炯初日寒無光。雲收霧卷已亭午，有風北來寒欲僵。忽驚飛電穿戶牖，迅駛不復容遮防。市人顛沛百賈亂，疾雷一聲如頹牆。使君來呼晚置酒，坐定已復日照廊。怳疑所見皆夢寐，百種變怪旋消亡。共言蛟龍厭舊穴，魚鱉隨徙空陂塘。愚儒無知守章句，論說黑白推何祥。惟有主人言可用，天寒欲雪飲此觴。（〈十月十六日記所見〉）

> 人生到處知何似，應似飛鴻踏雪泥。泥上偶然留指爪，鴻飛那復計東西。老僧已死成新塔，壞壁無由見舊題。往日崎嶇還記否，路長人困蹇驢嘶。（自注：往歲，馬死於二陵，騎驢至澠池。〈和子由澠池懷舊〉）

> 野水參差落漲痕，疏林敧倒出霜根。扁舟一櫂歸何處？家在

江南黃葉村。（〈書李世南所畫秋景〉二首其一）

餘生欲老海南村，帝遣巫陽招我魂。杳杳天低鶻沒處，青山一髮是中原。（〈澄邁驛通潮閣〉二首其二）

《宋史・文苑傳・黃庭堅傳》云：堅「與張耒、晁補之、秦觀俱游蘇軾門，天下稱為四學士。」蘇軾〈與李方叔四首〉云：「頃年於稠人中，驟得張、秦、黃、晁及方叔、履常，意謂天不愛寶，其獲蓋未艾也。比來經涉世故，間關四方，更欲求其似，邈不可得。」（《東坡續集》卷四）方叔是李廌的字，履常是陳師道的字，後遂有「蘇門六君子」之稱。而師道答李端叔詩云：「足下謂僕之文似兩蘇，人情喜於自伸，蔽於自知，至於擬之非其倫，譽之非其情，亦知避矣。兩公之門，有客四人。……僕自念不敢齒四士，而足下遽進僕於兩公之間，不亦怵乎？」（《陳後山集》卷九）據此看來，李廌曾欲拉陳師道入蘇門，師道卻不願接受。

（二）張耒

張耒，字文潛，楚州淮陰人。弱冠舉進士，歷官至直龍圖閣知潤州，坐元祐黨籍；崇寧初，復坐黨籍落職，主管明道宮。初耒於潁時，聞蘇軾訃，為舉哀行服，遂貶房州別駕，安置於黃，五年，得自便，居陳州。年六十一卒。（《宋史》卷四四四〈張耒傳〉）作詩晚歲務平淡，效白居易體，而樂府效張籍。「然近體工警不及白，而醞藉閒遠，別有神韻；樂府古詩，用意古雅，亦長慶為多耳。」（《宋詩鈔》）

小兒名阿几，眉目頗疎明。日來書案傍，學我讀書聲。男兒事業多，何必學讀書。自古奇男子，往往羞為儒。阿几笑謂爺，薄雲無密雨。看爺饑寒姿，兒豈合貴富？翁家破篋中，

惟有書與史。教兒不讀書，更欲作何事？（〈阿几〉）

秋日無遠暉，秋草無美姿。殘蛩弔白日，寒鳥悲空枝。時節
一如此，余出悵安歸？強歌不成音，還坐空涕垂。感動百慮
進，觸心遂紛披。棄捐勿復道，日暮眠吾帷。（〈秋感〉二首
其一）

塵壁蒼茫有舊題。十年重見一傷悲。野僧欲與論前事，自說
年多不復知。（《項城道中》）

春水長流鳥自飛，偶然相值不相知。請君試採中塘藕，苦道
心空却有絲。（〈偶題〉二首其二）

（三）秦觀

　　秦觀（一〇四九～一一〇〇），字少游，一字太虛，揚州高郵
人（今江蘇高郵縣）。少豪雋，慷慨溢於文辭。神宗元年進士，元
祐初，試以賢良方正薦於朝，除太學博士，校正祕書省書籍，遷
正字，兼國史院編修官。紹聖初，坐元祐黨籍，歷謫數州。徽宗
立，由編管雷州召還，至藤州（今廣西藤縣），出游華光亭卒。年
五十二[5]蘇軾始將秦觀詩介紹給王安石，安石以為「清新嫵麗，與
鮑、謝似之」，（《臨川先生文集》卷七三〈回蘇子瞻簡〉）呂居
仁云：「少游過嶺後詩，嚴重高古，自成一家。」（《宋詩鈔》引）
按：秦觀詩清麗高古，實兼而有之。觀生於王安石、蘇軾、黃庭堅
諸大詩人之間，要有所樹立，不能追隨任何一家，於是另闢途徑，
自成風格。秦觀詩雖深刻不如王，豪放不如蘇，生新不如黃，然獨
有的清麗，足與諸大家抗衡。至於晚年坐黨籍，編管在今之雷州半
島時諸作，確如呂居仁所言「嚴重高古」，如〈雷陽書事〉、〈海康

5《宋史·文苑傳》云五十三，今據《淮海先生年譜節要》。

書事〉諸作，皆樸質簡古，足見風骨，已非單以清麗取勝。

> 渺渺孤城白水環，舳艫人語夕霏間。林梢一抹青如畫，應是
> 淮流轉處山。（〈泗州東城晚望〉）

> 一夕輕雷落萬絲，霽光浮瓦碧參差。有情芍藥含春淚，無力
> 薔薇臥曉枝。（〈春日〉五首其二）

> 白髮坐鈞黨，南遷海瀕州。灌園以餬口，身自雜蒼頭。籬落
> 秋暑中，碧花蔓牽牛。誰知把鉏人，舊日東陵侯。（〈海康書
> 事〉十首其一）

四、黃庭堅（附江西詩派與呂本中、韓駒、陳師道、晁冲之、晁補之、陳與義）

（一）黃庭堅

　　黃庭堅（一○四五～一一○五），字魯直，號山谷道人，洪州分寧人（今江西修水縣）。治平四年廿三歲，舉進士。始蘇軾見其文，以為世久無此作，由是知名。元豐八年為校書郎，明年元祐元年除神宗實錄檢討官，逾年，遷著作郎加集賢校理。紹聖二年，章惇、蔡卞等論實錄多誣，庭堅對辭不屈，貶涪州別駕黔州安置，時年五十一歲。徽宗即位，放還。崇寧元年知太平州，到官九日，又坐元祐黨罷官，主洪州玉龍觀。次年，執政趙挺之輩指庭堅前在荊州作〈承天院記〉，為幸災謗國，遂羈管宜州（今廣西宜山縣），崇寧四年卒，得年六十一歲。（《宋史·文苑傳》、《黃山谷年譜》）

　　庭堅是江西詩派的開山祖，他的意見是值得注意的，雖然意見不多，卻也可看出他作詩的中心思想：

> 詩文不可鑿空彊作，待境而生，便自工耳。每作一篇，先立
> 大意，長篇須曲折三致意，乃可成章。（《苕溪漁隱叢話》卷
> 四七引）

作詩必先立意，這是任何詩人都有的認識；至於詩「待境而生」，這
要算是情感的觸發，用現在觀念來說，就是要有靈感才能作詩，靈
感之來是受外界刺激而生，那是勉強不來的。這種觀念也是任何詩
人皆然。他說：

> 老杜作詩，退之作文，無一字無來處，蓋後人讀書少，故謂
> 韓、杜自作此語耳。古之能為文章者，真能陶冶萬物，雖取
> 古人之陳言入於翰墨，如靈丹一粒，點鐵成金也。[6]

前者是就詩的內容而言，這是就詩的表現藝術而言，也就是屬於詩
的外型。遣詞造句要有來處，甚至化古人陳言作為己有，這種藝術
手法，王安石本優為之，不過庭堅特加強調而已。

　　庭堅的詞彙，曾被楊萬里所激賞，他說：「初學詩者，須學古
人好語，或兩字、或三字，如山谷〈猩猩毛筆〉*：『平生幾兩屐，
身後五車書』，『平生』二字出《論語》，『身後』二字，晉張翰
云：『使我有身後名』，『幾兩屐』，阮孚語，『五車書』，莊子言惠
施，此兩句乃四處合來。又『春雨春風花經眼，江北江南水拍天』，
『春風春雨』、『江北江南』，詩家常用，杜云『且看欲盡花經眼』，
退之云『海氣昏昏水拍天』，此以四字合三字，入口便成詩句，不至
生硬。要誦詩之多，擇字之精，始乎摘用，久而自出肺腑，縱橫出
沒，用亦可，不用亦可。」（《誠齋詩話》）這足以證明山谷「無一

6《豫章先生集》卷十九〈答洪駒父書〉。
* 即〈和答錢穆父詠猩猩毛筆〉：「愛酒醉魂在，能言機事疏。平生幾兩屐，身後五車
　書。物色看王會，勳勞在石渠，拔毛能濟世，端為謝楊朱。」〔編者註〕

字無來處」的說法。詩的詞彙原是表達作者情志的，若必須前人有過的才能用，那如何能表達詩人的情志？所以宋人也有對此不以為然的，魏泰說：「黃庭堅喜作詩得名，好用南朝人語，專求古人未使之事，又一二奇字，綴葺而成詩，自以為工，其實所見之僻也，故句雖新奇，而氣乏渾厚。吾嘗作詩題其編後，略云：『端求古人墨，琢抉手不停，方其拾璣羽，往往失鵬鯨。』蓋謂是也。」（《臨漢隱居詩話》）外型詞句雖雋美，內在卻空無所有，這便是拾得璣羽，失卻鵬鯨。

　　庭堅喜用事，也是前人所稱道的，他於辭藻必前人用過才敢用，那麼論及表現，也必得找前人典故而作自家的語言。這種用典的辦法，本是當時的風尚，如王安石、蘇軾都有此愛好，卻沒有像黃庭堅以為必須艱苦如此方成。如此，可謂失去作詩的意義；所幸他的天才高、學問博，總算開出一條崎嶇道路。他用事的技巧是多方面的，或隱或顯，或正或反，可說達到修辭最高的手法。因此為人所傾倒，如上面引楊萬里所稱許〈猩猩毛筆〉詩，呂本中也說能「曲盡其理」。（《呂氏童蒙訓》）可是，並非沒有相反意見，如王若虛說：「以予觀之，此乃俗子謎也，何足為詩哉？」（《滹南詩話》卷三）以現在眼光看來，能說不是謎語嗎？所以黃庭堅用事，可指摘處甚多，王若虛在他的《滹南詩話》中認為黃詩用事，往往失之於牽強不切，或無意味，或語意不明，或過分詭譎，甚至於剽竊古人。他說：「魯直於詩，或得一句而終無好對，或得一聯而卒不能成篇，或偶有得而未知可以贈誰，何嘗見古之作者如是哉？」（卷三）這只有不是江西社中人方能見之。

　　庭堅的聲律卻有他獨特之處，很可注意。張文潛（耒）云：「以聲律作詩，其末流也，而唐至今詩人謹守之；獨魯直一掃古今，出胸臆，破棄聲律，作五、七言，如金石未作，鐘磬聲和，渾然有

律呂外意。近來作詩者，頗有此體，然自吾魯直始也。」苕溪漁隱闢之，以為古詩不拘聲律，自唐至今詩人皆然，杜詩即有此體，並舉例證以見黃詩此體作法是從老杜所出，並不始於黃詩。《禁臠》云：「魯直換字對句法，……其法於當下平字處以仄字易之，欲其氣挺然不群，前此未有人作此體，獨魯直變之。」苕溪漁隱又闢之，以為仍出於杜，此即俗所謂拗句。（以上俱見《苕溪漁隱叢話》卷四七）惟黃詩有一種換韻法，三句一換，韻三疊而止，如〈觀伯時畫馬詩〉便是如此，苕溪漁隱云：「此格甚新，人少用之。」（《苕溪漁隱叢話》卷四八）

　　由於上述的用字、用事及韻律三點，便知黃詩句法如何；他所有手法，前人並非沒有，只是並不常用，正如他謂其兄所說：「庭堅筆老矣，始悟抉章摘句為難，要當於古人不到處留意，乃能聲出眾上。」（《優古堂詩話》引蔡絛《西清詩話》）為此，陳師道說他「過於出奇」，（《後山詩話》）薛雪說他「粗怪險僻」，（《一瓢詩話》）反而成為毛病。其實他自己也不以好奇為然，他說：「好作奇語，自是文章病，但當以理為主，理得而辭順，文章自然出群拔萃。」（《豫章先生文集》卷十九〈與王觀復書〉）只因才性好勝，必欲與前人異趣，不免明知而故犯之。

　　黃庭堅詩所以能傑出於一代的原因，並不是單靠他的形式主義，還在於他內在的精神。他在當時政治上雖沒有什麼表現，卻遭遇了重大的政治迫害，先是史禍，後是黨禍，尤以元祐朝的正人君子都被一網打盡，值此時會，他內心的悲憤抑鬱，自不同於常人。於是他運用生僻的詞彙，不習見的故實與拗折的聲律，形成渾然一體的格調，既盤曲，亦復奇橫，隱然有種煩冤不伸的沉痛。以他那樣講求外型技巧，若非有一種時代痛苦精神激盪其間，則無以成其偉大。

江湖吞天胸，蛟龍垂涎口。養軀無千金，特為親故厚。本心
非華軒，而與馬爭走。聘婦緝落毛，教兒樢蔥韭。衣食端須
幾，將老猶掣肘。安能詭隨人，曲折作杞柳。桓公甕盎癭，
楚國不龜手。生涯但如此，那問託婚友。久陰快夜晴，天文
若科斗。村南鬼火寒，村北風虎吼。野人驅雞豚，縛落堅纏
守。劉郎弓石八，猛氣厭（壓）馮婦。一試金僕姑，歸飲軟
臂酒。（〈乙未移舟出口〉）

我居北海君南海，寄雁傳書謝不能。桃李春風一杯酒，江湖
夜雨十年燈。持家但有四立壁，治病不蘄三折肱。想得讀書
頭已白，隔溪猿哭瘴溪藤。（〈寄黃幾復〉）

投荒萬死鬢毛斑，生入瞿塘灩澦關；未到江南先一笑，岳陽
樓上對君山。（〈雨中登岳陽樓望君七〉二首其一）

折脚鐺中同淡粥，曲腰桑下把離杯。知君不是南遷客，魑魅
無情須早回。（〈長沙留別〉）

阮籍醉睡不論婚，劉伶雞肋避尊拳。至今凜凜有生氣，飲酒
真成不愧天。（〈謝答聞善二兄九絕句〉其五）

（二）江西詩派與呂本中

黃庭堅影響所及有所謂「江西詩派」者，始於南宋的呂本中，
本中作〈江西詩社宗派圖〉，自庭堅以下，列陳師道、潘大臨、謝
逸、洪芻、饒節、僧祖可、徐俯、洪朋、林敏修、洪炎、汪革、李
錞、韓駒、李彭、晁冲之、江瑞本、楊符、謝邁、夏倪、林敏功、
潘大觀、何覬、王直方、僧善權、高荷共廿五人，以為法嗣。本中
〈序〉大略云：「元和以後至國朝，歌詩之作或傳者，多依效舊文，
未盡所趣，惟豫章始大，出而力振之，抑揚反覆，盡兼眾體，而後

學者同作並和，雖體制或異，要皆所傳者一，予故錄其名字以遺來者。」（趙彥衛《雲麓漫鈔》錄此序，文字小異）宗派圖出現後，在當時頗引人注意，因之有所謂《江西詩派》一三七卷，續派十三卷，（見宋陳振孫《直齋書錄解題》卷十五）又有呂本中《江西宗派詩集》一一五卷，曾紘《江西續宗派詩集》二卷。（見《宋史・藝文志》）兩書書名、卷數雖不同，當係一書或大同小異，也絕非呂本中、曾紘所編，這不過是書坊的伎倆而已。

張泰來《江西詩社宗派圖錄》云：「說者謂居仁作圖，既推山谷為宗派之祖，二十五人皆嗣公法者。今圖中所載，或師老杜，或師儲、韋，或師二蘇，師承非一家也。詩派獨宗江西，惟江西得而有之，何以或產於揚，或產於兗，或產於豫，或產於荊梁？似風土又不得而限之矣。」按：呂本中說「要皆所傳者一」，則是以黃詩風格為中心，而非以地域為範圍，既然如此，何以諸人師承並非一家？這不僅張泰來如此說，即南宋劉克莊〈江西詩派小序〉也有如此看法。再者，據劉克莊說，此二十五人中，有存姓名而無詩者，或有詩而無可取者，如此看來，本中此圖即有矛盾。

周紫芝《竹坡詩話》云：「呂舍人作〈江西宗派圖〉，自是雲門、臨濟始分矣」，他意思是說詩人從此也像禪宗一般有了派別，可是我以為本中作此圖，倒是受了禪門宗派觀的影響，出於一時興會，遂將黃庭堅奉為法門開山祖師，將與黃庭堅有關係的友朋親戚拉充法嗣，不管人家是否真學黃詩。范周士說：「呂公一日過書室，取案間書讀之，乃〈江西宗派圖〉也；公言：安得此書，切勿示人，乃少時戲作耳。」（《江西詩社宗派圖錄》跋語引）又曾季貍說：「東萊作〈江西宗派圖〉，本無詮次，後人妄以為有高下，非也。予嘗見東萊自言少時率意而作，不知流傳人間，甚悔其作矣。」（《艇齋詩話》）足知本中此圖是少年時所做，晚年猶有

悔意，並且指摘黃詩有「太光新太巧處」，（《呂氏童蒙訓》）這
與他早年「抑揚反覆，盡兼眾體」又背道而馳了。（《苕溪漁隱叢
話》卷四八）只因呂本中在當時詩名大，人品高，此書雖係少作，
一經流傳，便被人注意，因而有所激揚，其實是不值得重視的。

　　現在我們看列入宗派圖的二十五人，究竟有幾個是成功的作
家？胡仔說：「其間知名之士，有詩句傳於世，為時所稱道者，止
數人而已，其餘無聞焉，亦濫登其列。」（《苕溪漁隱叢話》卷四八）

（三）韓駒

　　韓駒，字子蒼，蜀仙井監人。嘗在許下從蘇轍學，遂名於時。
政和初，以獻頌補假將試郎，召試舍人院，賜進士出身，除祕書正
字。尋坐蘇氏黨禍，謫知分寧縣。召為著作郎。遷中書舍人，兼
修國史，權直學士院，復坐鄉黨曲學，卒於撫州。（《宋史・文苑
傳》、《宋詩鈔》）劉克莊云：「子蒼蜀人，學出蘇氏，與豫章不相
接，呂公強之入派，子蒼殊不樂。」（〈江西詩派小序〉）按：駒曾
云：「大率作文須學古人，學古人尚恐不至古人，況學今人哉，其
不至古人也必矣。」他所學的古人，是杜甫、韋應物、柳宗元，他
並且勸人讀這幾家詩。有人學蘇軾，他不贊成，那他更不會向黃庭
堅門下討生活了。（並見《詩人玉屑》卷五引〈室中語〉）劉克莊
又說：「其詩有磨淬剪截之功，終身改竄不已，有已寫寄人數年，
而追取更易一、二字者。」（〈江西詩派小序〉）雖然他極力刻意鍛
鍊，但出語自然，不顯雕削之痕。《宋詩鈔》說他：「密栗以幽，意
味老淡，直欲別作一家。」

> 天遣吾曹與世疎，那將窮技學黔驢。只今年少身多病，是處
> 愁深淚濺裾。此去不須論塞馬，向來猶有葬江魚。虛名只用
> 驚兒輩，要作生涯莫著書。（〈次韻留別南公〉）

君住江濱起畫樓，妾居海角送潮頭。潮中有妾相思淚，流到
樓前更不流。（〈十絕為亞卿作〉其五）

妾願為雲逐畫檣，君言十日看歸航。恐君回首高城隔，直倚
江樓過夕陽。（〈十絕為亞卿作〉其七）

（四）陳師道

陳師道（一○五三～一一○一），字履常，一字無己，彭城
人。少受業於曾鞏，元祐初以蘇軾等薦，為徐州教授，轉官太學博
士，以越境去南都訪蘇軾，改潁州教授。家素貧，或經日不炊。久
之，召為祕書省正字。元符三年卒，年四十九。師道與蔡京黨趙挺
之同為郭氏婿，素惡其人，適參加郊祀行禮，天寒甚無綿衣，妻借
於挺之家，師道不肯服，遂受寒病死。當章惇得勢的時候，想要見
他，卻為師道所拒，足見他是一個有風骨的詩人，以他與蘇軾的關
係，可知他雖不是元祐黨人，但是卻也接近。（《宋史・文苑傳・
陳師道傳》、魏衍《彭城陳先生集記》）

他〈答秦觀書〉云：「僕於詩，初無師法，然少好之，老而不
厭，數以千計。及一見黃豫章，盡焚稿而學焉。豫章以謂：『譬之
弈焉，弟子高師一著，僅能及之，爭先則後矣。』僕之詩，豫章之
詩（一作誨）也。豫章之學博矣，而得法於杜少陵。」（《後山集》
卷十三）惟因黃庭堅學杜，而他也學杜，是學庭堅之所學也。故云：
「學詩當以子美為師，有規矩，故可學……學杜不成，不失為工。」
（《後山集》卷二八）他同黃庭堅一樣，用力摹擬杜甫的句法，所不
如庭堅的，是往往有鑿痕。據葛立方言，有人以為後山詩只是點化
杜詩的語句，並舉了些例證，立方且為師道解說，此不過是讀杜詩
太熟，不覺出現在其筆下，並不能算是毛病。（《韻語陽秋》卷一）
後來王世貞尚言「點鐵成金」呢！（《藝苑卮言》卷四）在一個大詩

人作品中，最好避免如是傾向，他所以有這種毛病，則是他想做到「每下一俗言語」也「無字無來歷」的緣故。（陳長方《步里客談》卷下）加以他又主張：「寧拙毋巧，寧樸毋華，寧麤毋弱，寧僻毋俗」，（《後山集》卷二八）如此一來，他的詩語言就不免有些竭蹙寒窘了。

　　從內在精神看來，其胸襟之開闊，固然比不上庭堅，而情操高潔卻不在他之下。他儘管「嘆老嗟卑」，倒也不是由於個人升沉。他為顏長道作詩序，頗闡發詩可以怨之意義，他以為人有深情，始能為怨，「故人臣之罪莫大於不怨，不怨則忘其君，多怨則失其身。」這雖是論顏詩，其實是論自己之詩。他親蘇軾，拒章惇，甚至寧願凍死也不要穿趙挺之的衣服，便知他性格是如何剛直。有此個性，才能有關懷君國的熱情，以如此熱情為詩，自不怨於怨，而怨之可貴，也正在此。

> 去遠即相忘，歸近不可忍。兒女已在眼，眉目略不省。極喜不得語，淚盡方一哂。了知不是夢，忽忽心未穩。（〈示三子〉）

> 雞鳴人當行，犬鳴人當歸。秋來公事急，出處不待時。昨夜三尺雨，竈下已生泥。人言田家樂，爾苦人不知。（〈田家〉）

> 經時不出此同臨，小徑新摧草舊侵。欲傍江山看日落，不堪花鳥已春深。來牛去馬中年眼，朗月清風萬里心。故著連峰當極目，回看幽徑遶雙林。（〈和魏衍同登快哉亭〉）

> 春風永巷閉娉婷，長使青樓誤得名。不惜卷簾通一顧，怕君著眼未分明。（〈放歌行〉二首其一）

老覺山林可避人，正須麋鹿與同羣。却嫌鳥語猶多事，強管
陰晴報客聞。（〈即事〉）

（五）晁冲之

晁冲之，字叔用，初字用道，鉅野人，舉進士。少年生活甚
為豪放，在京師時，狎官妓李師師，也就是傳說宋徽宗喜愛的妓
女。冲之揮霍纏頭金，多至千萬，酒船歌板，賓從雜遝，風流名聲
傳於一時。紹聖初年，黨禍發生，正人君子都被羅織，晁家兄弟也
多有遭遇黨禍的，冲之見時事如此，遂飄然隱在具茨山下，從此過
著「遯世无悶」的生活。臨死時，燒了詩稿，說道：「是不足以成
吾名。」可是，使我們知道這樣一個豪放之士的，還賴這些沒有燒
盡的少數詩篇。他的同門友俞汝礪說他明於朝章國典，本是廟堂之
才。看他能豪放又能甘於寂寞了无沾滯的氣概，倒是一個有懷抱的
詩人。俞汝礪又說其詩「未嘗為悽怨危憤激烈愁苦之音」，其「於晦
明消長、用捨得失之際，未嘗不安而樂之者也。」（俞汝礪〈晁具茨
先生詩集序〉，《墨莊漫錄》、《宋詩鈔》）劉克莊亦言：「見其意度
沈闊，氣力寬餘，一洗前人窮餓酸辛之態。」又言其「激烈慷慨，
南渡後放翁可以繼之。」（《江西詩派小序》）又王士禎說：「叔用
《具茨集》寥寥無多，一鱗片甲，殆高出无咎之上，議者以為惟陸務
觀能髣髴之，非過論也。」（《古詩選・七言凡例》）呂居仁將冲之
列於江西詩派，而云：「眾人方學山谷詩時，晁叔用獨專學老杜。」
既與山谷同一師傳，何以置之山谷門下？實不可解。

北風吹我裳，夏潦漂我屋。牛羊踐我稼，雀鼠耗我穀。雪
寒墜我指，雨淫疾我腹。朝行桑榆間，秋序傷遠目。莫涉
水之涯，含沙中兩足。攬轡馬病黃，伏軾輿脫輻。陟山既
見虎，還舍乃對鵬。一沐三握髮，十飯九不肉。先生昔離

垢，居士今耐辱。飽聞戒畏塗，那知有沈陸。（〈紀愁〉）

男兒更老氣如虹，短鬢何嫌似斷蓬。欲問桃花借顏色，未甘
著笑向春風。（〈春日〉二首其一）

老去功名意轉疎，獨騎瘦馬取長途。孤村到曉猶燈火，知有
人家夜讀書。（〈夜行〉）

白下春泥尚未乾，汴流更待小潺湲。不知汝定成行不？寒食
今無數日間。（〈戲留次哀三十三弟頌之〉）

鎖門脫落封將盡，題壁污漫字不分。我亦嘗參諸弟子，往來
徒步拜公墳。（〈過陳無己墓〉）

（六）晁補之

　　晁補之，字无咎，與沖之為弟兄輩。年十七從父官杭州，以錢
塘山川風物之麗，作〈七述〉，以謁通判蘇軾，軾嘆曰：「吾可以閣
筆矣。」又稱其文博辯雋偉，由是知名，亦即蘇門四學士之一。舉
進士，累官至著作佐郎，坐修《神宗實錄》貶官。徽宗立，召還，
不久又以元祐黨貶。卒年五十八。（《宋史‧文苑傳》）補之詩不及
沖之，前人已有定論，胡仔謂其詩以樂府為長（《苕溪漁隱叢話》卷
五一）；王士禎賞其七言古詩（《古詩選》）。風格近蘇，能以豪快
勝，但缺乏蘊藉。

上馬笑屬君，歸期在十日。來時草白芽，歸時青鬱鬱。來
嗔馬蹄急，歸嗔馬蹄緩。人心自如此，馬蹄終不變。（〈上
馬〉）

錢塘江北百里餘，漲沙不復生菰蒲。沙田老桑出葉麤，江潮

打根根半枯。八月九月秋風惡，風高駕潮晚不落。鼓聲鼕鼕
櫓咿唔。爭湊富春城下泊。君家茅屋並城樓，不出山行不
記秋。越舶吳帆亦何故，今年明年來復去。（〈富春行贈范
振〉）

（七）陳與義

　　陳與義（一〇九〇～一一三八），字去非，洛陽人。登政和三
年上舍甲科，歷太學博士，擢符寶郎，尋謫監陳留酒稅。南渡後，
避亂襄、漢，轉湖、湘，踰嶺嶠。紹興元年至行在，遷中書舍人兼
掌內制，累官翰林學士知制誥，參知政事。卒年四十九。與義是南
宋初年的大詩人，天分高，用心也苦，「意不拔俗、語不驚人，不
輕出也。」（《宋史·文苑傳》、《宋詩鈔》）他說：「詩至老杜極
矣。東坡蘇公、山谷黃公奮乎數世之下，復出力振之，而詩之正統
不墜。……近世詩家知尊杜矣，至學蘇者乃指黃為強，而附黃者
亦謂蘇為肆；要必識蘇、黃之所不為，然後可以涉老杜之涯矣。」
（《簡齋集》引）以知他不僅以杜甫為宗，而且要避開蘇黃的道路。
他的表姪張嵲（巨山）為他作墓誌銘，說他的詩：「體物寓興，清邃
超特，紆餘閎肆，高舉橫厲，上下陶、謝、韋、柳之間。」（《後村
大全集》卷一七六）《宋史·文苑傳》據之入本傳。而嚴羽、方回輩
必要將他拉入江西詩派，實在無謂。（見《滄浪詩話》、《桐江集》）
　　按：張嵲與簡齋詩云：「韋柳儻可作，論詩應定交。」（《後
村大全集》卷一七六引）足見張嵲在與義生前，也這樣稱許過他。
讀他的詩，總覺得在亂離中少有激越之音，而多沖和閒澹之致，想
是先天性格如此，正是他的真處。大概他前期作品出入於陶、謝、
韋、柳之間；後值國難，奔波道路，才接近了杜甫。他在南宋初
年，要算是最為顯貴的詩人，可是他的詩並沒有反映出草創的偏安

局勢，更不像杜甫那樣注意到民間痛苦，也非完全沒有感受，只是不夠深刻，哀吟而不沉重。相反的，對於人生的閒適情致，卻有深切的體會，但畢竟是生活在喪亂中，雖閒適也略帶些苦味。

> 沙岸殘春雨，茅簷古鎮關。一時花帶淚，萬里客憑欄。日晚薔薇重，樓高燕子寒。惜無陶謝手，盡力破憂端。（〈雨〉）

> 廟堂無策可平戎，坐使甘泉照夕烽。初怪上都聞戰馬，豈知窮海看飛龍。孤臣霜髮三千丈，每歲煙花一萬重。稍喜長沙向延閣，疲兵敢犯犬羊鋒。（〈傷春〉）

> 虛庭散策晚涼生，斟酌星河亦喜晴。不記牆西有修竹，夜風還作雨來聲。（〈夏夜〉三首其二）

> 一自胡塵入漢關，十年伊洛路漫漫。青墩溪畔龍鍾客，獨立東風看牡丹。（〈牡丹〉）

五、陸游、楊萬里、劉克莊、范成大

（一）陸游

陸游（一一二五～一二一〇），字務觀，越州山陰之魯墟人。生於徽宗宣和七年，這一年徽宗因金兵大舉南侵，無力抵抗，遂傳位予其子，是為欽宗。欽宗即位第二年（一一二九）即同他的父親徽宗與家屬，一起被擄北去。游十二歲以後以蔭補登侍郎，名列第一，秦檜因他的孫子秦塤名居其次，遂一怒而罪及主司；明年禮部試，主事又將他名置前列，秦檜看了，公開黜之；因此，這一少年遂為秦檜所嫉妒。紹興廿三年禮部貢舉，秦檜要考試官陳阜卿將秦塤以第一名送部，可是陳阜卿秉公辦理，以游為第一，這一回秦檜

大怒，第二年應禮部試時，就被除名了，而陳阜卿也幾乎得禍，這一年陸游卅歲。在一個重視科舉年代，他的功名之途，秦檜成了他大大的剋星。明年，秦檜死。卅八歲時，孝宗即位，方被人推薦，召見賜進士出身，任檢討官；不久又因事被黜，出為通判。四十五歲以夔州通判入蜀，繼入四川宣撫使王炎幕。五十一歲時，范成大帥蜀辟為參議官，因為與范是文字交，也就不拘下屬禮法，卻又招致疏放批評，因自號放翁。五十四歲離蜀東歸，一共在四川住了九年，他以「劍南」名他的詩集；也就是紀念居蜀的一段生活。六十二歲知嚴州，六十五歲遷禮部郎中，兼實錄院檢討官，旋以口語被斥。從此十來年皆家居，七十八歲，詔起同修孝宗、光宗實錄及三朝史，次年書成，致仕。八十三歲封渭南伯，八十五歲卒，時為寧宗嘉定二年。（參《宋史・陸游傳》、《甌北詩話》、《陸放翁年譜》）

　　與陸游年代相接的僅劉克莊，他說：「近歲詩人，……惟放翁記問足以貫通，力量足以驅使，才思足以發越，氣魄足以陵暴，南渡而後，故當為一大宗。」同時他又極佩服陸詩的使事對偶，這些都在他的詩話中一再提出。（並見《後村先生大全集》卷一七四與卷一七九）南宋人所了解陸詩的偉大，似乎僅止於此，但此後數百年中對於陸詩的批評，又似乎反在劉克莊以下。至清乾嘉時代的趙翼，陸詩偉大處，才完全顯示出來。

　　　　放翁生於宣和，長於南渡，其出仕也，在紹興之末，和議久
　　　　成。即金海陵南侵潰歸，孝宗銳意出師，旋以宿州之敗，終
　　　　歸和議。其時朝廷之上，無不畫疆守盟，息事寧人為上策；
　　　　而放翁獨以復讎雪恥，長篇短詠，寓其悲憤。或疑書生習
　　　　氣，好為大言，借此為作詩地。今閱全集，始知非盡虛矯之
　　　　氣也。其〈跋周侍郎奏稿〉云：「南渡初，先君歸山陰，一

時賢公卿與先君遊者，言及靖康北狩，無不流涕哀慟。」又
〈跋傅給事帖〉云：「紹興中，士大夫言及國事，無不痛哭，
人人思殺賊。」是放翁十餘歲時，早已習聞先正之緒言，遂
如冰寒火熱之不可改易；且以《春秋》大義而論，亦莫有過
於是者，故終身守之不變。入蜀後，在宣撫使王炎幕下，經
臨南鄭，瞻望鄠、杜，志盛氣銳，真有唾手燕、雲之意，其
詩之言恢復者，十之五六。出蜀以後，猶十之三四。至七十
以後，正值開禧用兵，放翁方治東籬，日吟詠其間，不復論
兵事。……臨歿猶有「王師北定中原日，家祭無忘告乃翁」
之句，則放翁之素志可見矣。（《甌北詩話》卷六）

由此足知放翁的民族意識，早就生根在少年心中。加以他那
磊落襟懷，恢弘氣概，復仇雪恥的信念，更隨著年事增長而更加強
烈。以志士的心情，激發出悲憤激越的詩篇，不僅蒙羞的南宋沒有
第二人，就是在文學史上也是唯一足以喚醒民族之奮起的鼓吹手；
這也就是梁啟超所說的：「集中什九從軍樂，亙古男兒一放翁！」

他一生寫了一萬多首詩，在文學史上也是只此一家，這自然
由於他享有高年，但也見其寫作之勤與勇。他詩學的經歷，據趙翼
說：

放翁詩凡三變。宗派本出於杜，中年以後，則益自出機杼，
盡其才而後止。觀其〈答宋都曹〉詩云：「古詩三千篇，刪
去才十一；《詩》降為楚騷，猶足中六律。天未喪斯文，杜
老乃獨出；陵遲至元白，固已可憤嫉。」〈示子遹〉詩云：
「我初學詩日，但欲工藻繢。中年始少（稍）悟，漸欲窺宏
大。……數仞李杜牆，常恨欠領會。元白纔倚門，溫李真自
鄶。」此可見其宗尚之正，故雖挫籠萬有，窮極工巧，而

仍歸雅正，不落纖佻，此初境也。後又有〈自述〉一首云：
「我昔學詩未有得，殘餘未免從人乞。力孱氣餒心自知，妄取
虛名有慚色。四十從戎駐南鄭，酣宴軍中夜連日。打毬築場
一千步，閱馬列廄三萬匹。華燈縱博聲滿樓，寶釵豔舞光照
席。琵琶絃急冰雹亂，羯鼓手勻風雨疾。詩家三昧忽見前，
屈賈在眼元歷歷。天機雲錦用在我，剪裁妙處非刀尺。世
間才傑固不乏，秋毫未合天地隔。放翁老死何足論，〈廣陵
散〉絕還堪惜。」是放翁詩之宏肆，自從戎巴、蜀而境界又
一變。及乎晚年，則又造平淡，并從前求工見好之意，亦盡
消除，所謂「詩到無人愛處工」者，劉後村謂其「皮毛落盡」
矣，此又詩之一變也。（《甌北詩話》卷六）

　　關於藝術技巧方面，凡南宋大家所有的本領，他亦都有：如
使事精切，屬對工整，都是被後人所豔稱的。尤其是不纖巧，不尖
新，不為險語，而出語自然大方，看似輕易，別人卻無法做到。

今皇神武是周宣，誰賦南征北伐篇？四海一家天曆數，兩河
百郡宋山川。諸公尚守和親策，志士虛捐少壯年。京洛雪消
春又動，永昌陵上草芊芊。（〈感憤〉）

早歲那知世事艱，中原北望氣如山。樓船夜雪瓜洲渡，鐵馬
秋風大散關。塞上長城空自許，鏡中衰鬢已先斑。出師一表
真名世，千載誰堪伯仲間。（〈書憤〉）

山村病起帽圍寬，春盡江南尚薄寒。志士淒涼閒處老，名花
零落雨中看。斷香漠漠便支枕，芳草離離悔倚闌。收拾吟牋
停酒椀，年來觸事動憂端。（〈病起〉）

衣上征塵雜酒痕，遠遊無處不消魂。此身合是詩人未，細雨

騎驢入劍門。（〈劍門道中遇微雨〉）

斗帳重茵香霧重，膏粱那可共功名。三更騎報河冰合，鐵馬
何人從我行。（〈夜寒〉二首其二）

夢斷香銷四十年，沈園柳老不飛綿。此身行作稽山土，猶弔
遺蹤一泫然。（〈沈園〉二首其一）

城上斜陽畫角哀，沈園無復舊池臺。傷心橋下春波綠，曾是
驚鴻照影來。（〈沈園〉二首其二）

（二）楊萬里

　　楊萬里（一一二四～一二○六），字廷秀，吉州吉水人。紹興
二十四年及進士第。為永州零陵丞時，張浚勉以正心誠意之學，因
自題讀書之室曰：「誠齋」，並自號之。紹熙時，為江東轉運副使
權總領淮西江東軍馬錢糧，朝議欲行鐵錢於江南諸郡，萬里疏其不
便，不奉詔，忤宰相意，坐改官，不赴，乞祠。官至寶謨閣學士，
封開國男。開禧二年卒，年八十三。萬里自乞祠後，家居十五年，
皆韓侂冑當國的時候。侂冑專權日甚，萬里憂憤成疾，家人知其憂
國，凡邸吏之報時政者，皆不以告。忽族子自吉州郡來，告以侂冑
用兵事，遂慟哭，亟呼紙書曰：「韓侂冑姦臣，專權無上，動兵殘
民，謀危社稷。吾頭顱如許，報國無路，惟有孤憤！」又書十四言
別妻子，筆落而逝。（《宋史‧儒林傳‧楊萬里傳》）
　　他在當時與陸游齊名，又同是享有高年的詩人，著作也很多。
他的詩學歷程，他自己說得很清楚。誠齋《江湖集‧序》云：

予少作有詩千餘篇，至紹興壬午七月皆焚之，大概江西體
也。今所存曰《江湖集》者：蓋學後山及半山及唐人者也。

（《誠齋集》卷八十）

又誠齋《荊溪集・序》云：

> 予之詩學江西諸君子，既又學後山五字律，既又學半山老人
> 七字絕句，晚乃學絕句於唐人。學之愈力，作之愈寡……故
> 自淳熙丁酉之春，上暨壬午，止有五百八十二首，其寡蓋如
> 此。（《誠齋集》卷八十）

紹興壬午（一一六三）萬里卅九歲，是其卅九歲以前的詩，完全是
受江西詩派的影響。壬午以後至淳熙丁酉（一一七七）十五年中的
詩，又經過三個階段。他說：「予生好為詩，初好之，既而厭之。
至紹興壬午予詩始變，予乃喜，既而又厭之。至乾道庚寅（一一七
〇）予詩又變，至淳熙丁酉（一一七七），予詩又變。」（《誠齋集
・南海集序》卷八十）這樣初變、再變、三變，不外跟了後山、
半山及晚唐人走，尚未發現自己的道路。大徹大悟，卻在丁酉第二
年。他說：

> 戊戌（一一七六）三朝時節賜告少公事，是日即作詩，忽若
> 有寤，於是辭謝唐人及王、陳、江西諸君子，皆不敢學，而
> 後欣如也。試令兒輩操筆，予口占數首，則瀏瀏焉無復前日
> 之軋軋矣。自此每過午，吏散庭空，即攜一便面，步後園，
> 登古城，採擷杞菊，攀翻花竹，萬象畢來，獻予詩材，蓋麾
> 之不去，前者未讎，而後已迫，渙然未覺作詩之難也。蓋詩
> 人之病去體將有日矣，方是時不惟未覺作詩之難，亦未覺作
> 州之難也。明年二月晦，代者至，予合符而去，試彙其稾，
> 凡十有四月，而得詩四百九十三首。（《誠齋集・荊溪集序》
> 卷八十）

以十四個月的所得，幾乎等於以前十五年的總和，何以有如此的奇蹟？這就如同一個久被桎梏的人，忽爾自由了，手舞足蹈，也就任所欲為。他以前下筆時，總想到江西諸君子如何，或半山如何，或後山如何，這樣寫詩，自然免不了「軋軋」；一旦赤立大地，不受任何人的約束，自然能要如何便如何了。雖然，要想完全擺脫前人影響，也是不可能的，不過身上束縛沒有了，不用跟著人家亦步亦趨就是了；況且從前人學來的技巧，於寫（自己）詩之際，不能說沒有幫助。他放棄江西詩派的手法，不使事，不務艱澀，進一步大膽運用口語，盡量不用人云亦云的陳爛詞彙。求清新，求空靈，活潑自然，不守常格，這不能說不是江西詩風的反動。所以袁枚說：「誠齋一代作手，談何容易！後人嫌太雕刻，往往輕之，不知其天才高妙，絕類太白，瑕瑜不掩，正是此公真處。」（《隨園詩話》卷八）

　　他的詩多描寫自然，令人有真切的感覺，但也不免草率，這是由於下筆輕易的關係。就氣象沉雄以及國計民生的反映看來，那是不及陸游的，儘管如此，但不失為衝破江西詩派藩籬，另闢新境的作家。

> 田夫拋秧田婦接，小兒拔秧大兒插。笠是兜鍪簑是甲，雨從頭上濕到胛。喚渠朝餐歇半霎，低頭折腰只不答。秧根未牢蒔未匝，照管鵝兒與雛鴨。（〈插秧歌〉）

> 月子彎彎照幾州，幾家歡樂幾家愁。愁殺人來關月事，得休休處且休休。（〈竹枝歌〉七首其六）

> 風雨來從海外天，靈星海裡泊樓船，坐吟苦句斟愁酒，也是清明過一年。（〈清明日欲宿石門，未到而風雨大作，泊靈星小海〉六首其一）

　　　　一生行路竟如何？樂事還稀苦事多。知是風波欺客子，不知
　　　　客子犯風波。（同上題，其四）

（三）劉克莊

　　劉克莊（一一八七～一二六九），字潛夫，號後村，莆田人。
以蔭入仕。嘗作〈梅花詩〉，有錢唐書肆陳起者，好作詩，並結交
好些江湖詩人，因編印了一部《江湖集》發賣，《江湖集》中收了
劉克莊的〈梅花詩〉，被言官李知孝、梁成大等指為謗訕柄臣，克
莊因此坐罪，陳起因被發配。（《齊東野語》、《瀛奎律髓》、《浩然
雜詩》、《鶴林玉露》）他後來官做到龍圖閣直學士。咸淳五年卒，
八十三歲。生平見林希逸的克莊行狀，洪天的墓誌銘。（《後村大全
集》卷一九四）

　　當時詩壇有所謂「四靈派」者，他們不是顯貴，也不是有特
殊家世，卻都是永嘉人，又是好朋友，作詩更是同一途徑，不宗江
西，專尚晚唐。他們的出現雖在江西派末流之際，卻是理學極盛的
時代，理學並非不可入詩，但若不融化於作者情感中表現出來，那
麼雖具有詩的形式，卻率然無生意，算不得詩的。四靈主「清虛便
利之調」，出現在這個時代，自有其歷史意義。克莊說：

　　　　近世理學興而詩律壞，惟永嘉四靈，復為言苦吟，過於郊、
　　　　島，篇帙少而警策多。（《後村大全集》卷九八〈林子顯〉）

這幾句話很簡單，但說明了四靈為理學派詩人之反動，而他早年學
詩所以追隨四靈，大概也是為此。但四靈廊宇太小，又是酸苦之
音，久之也就厭倦了。他曾自道：

　　　　如永嘉詩人，極力馳驟，纔望見賈島、姚合之藩而已，余
　　　　詩亦然，十年前始自厭之。（《後村大全集》卷九四〈瓜圃

集〉）

此處的「永嘉詩人」即指四靈。他又說：

> 古詩出於情性，發必善；今詩出於記問博而已，自杜子美未
> 免此病；於是張籍、王建輩稍束起書袟，劃去繁縟，趨於切
> 近，世喜其簡便，競起效顰，遂為晚唐。體益下，去古益
> 遠，豈非資書以為詩，失之腐；捐書以為詩，失之野歟？
> （《後村大全集》卷九六〈韓隱君詩〉）

據此看來，他既不贊成江西派的掉書袟，也不贊成四靈之空疏；而
折衷於兩者之間，使事而不為所拘束，藉以免如四靈之空疏，故其
詩自有「清新獨到之處」，（《四庫全書總目提要》語）比楊萬里不
相上下，比陸游遠非所及。

> 行營面面設刁斗，帳門深深萬人守。將軍貴重不據鞍，夜夜
> 發兵防隘口。自言虜畏不敢犯，射麋捕鹿來行酒。更闌酒醒
> 山月落，綵縑百段支女樂。誰知營中血戰人，無錢得合金瘡
> 藥。（〈軍中樂〉）

> 戰地春來血尚流，殘烽缺堠滿淮頭。明時頗牧居深禁，若見
> 關山也自愁。（〈贈防江卒〉六首其五）

> 湖上秋風起櫂歌，萬株映柳更依荷。老來不作繁華夢，一樹
> 池邊已覺多。（〈芙蓉二絕〉其一）

（四）范成大

范成大（一一二六～一一九三），字致能，晚號石湖，吳郡
人。年廿九擢進士第，授戶曹監和劑局。四十歲官校書郎兼國史院

編修官,遷著作郎。四十五歲以資政殿大學士出使金國,歸除中書舍人。五十歲除敷文閣待制四川制置使,五十三歲以中大夫參知政事,僅兩月,為言者所論,乞祠。紹熙四年,六十八歲卒。(《宋史》卷三八六本傳)

成大的詩學,前人也有將他列入江西詩派的,其實不然,只是多少有點瓜蔓而已;《四庫全書總目提要》論之最為允實:

> 成大在南宋中葉,與尤袤、楊萬里、陸游齊名,袤集久佚……今以楊、陸二集相較,其才調之健,不及萬里,而亦無萬里之麤豪;氣象之闊,不及游,而亦無游之窠臼。初年吟詠,實沿溯中唐以下,觀第三卷〈夜宴曲〉下註曰:「以下二首效李賀」,〈樂神曲〉下註曰:「以下四首效王建」;已明明言之。其他如〈西山有單鵠行〉、〈河豚嘆〉則雜長慶之體,〈嘲里人新婚〉詩、〈春晚〉三首,〈隆師四圖〉諸作,則全為晚唐五代之音,其門徑皆可覆案。自官新安掾以後,骨力乃以漸而遒,蓋追溯蘇、黃遺法,而約以婉峭,自為一家,伯仲於楊、陸之間,固亦宜也。

他的氣象所以不如陸游,則由於他對於現實感受不足之故,他在當時總算是顯貴一流人物,可是國族屈辱之感,卻很少有所反映,這是造成他詩筆不能雄健的原因。惟其不能雄健,故溫潤有餘,而含蓄不足。又因為多少受了黃詩的沾染,不免有些澀,也就是《越縵堂詩話》所謂「槎枒拗澀」,如能像吃橄欖一般,能使人有回味之感則更佳,可惜並非如此。

他用農村生活及風俗作題材所寫的詩,倒是出色的,他不將農村生活作為隱遁者流的妝點,而是真能體會到農民的生活,雖不夠深刻,卻也能表現出農民的辛酸與喜悅,不能不說是難能而可貴。

除夜將闌曉星爛，糞掃堆頭打如願。杖敲灰起飛撲籬，不嫌
灰涴新節衣。老嫗當前再三祝，只要我家長富足。輕舟出商
重船歸，大牸引犢鷄哺兒。野繭可繅麥兩岐，短袱換卻長衫
衣。當年婢子挽不住，有耳猶能聞我語。但如我願不汝呼，
一任汝歸彭蠡湖。（〈打灰堆詞〉）

蝴蝶雙雙入菜花，日長無客到田家。鷄飛過籬犬吠竇，知有
行商來賣茶。

晝出耘田夜績麻，村莊兒女各當家。童孫未解供耕織，也傍
桑陰學種瓜。

朱門乞巧沸歡聲，田舍黃昏靜掩扃。男解牽牛女能織，不須
邀福渡河星。（以上並《四時田園雜興》）

六、姜夔 *

　　姜夔（一一五五～一二二一），字堯章，號白石道人，番陽
人。幼年隨父宦往來沔、鄂間幾廿年。淳熙間，識閩清蕭德藻，德
藻自謂四十年作詩，始得此友，因以兄之女妻之。夔在少年並以詞
名，能自製曲，初率意為長短句，然後協以律。寧宗慶元三年，進
〈大樂議〉及〈琴瑟考古圖〉於朝，論當時樂器歌詩之失，以時嫉其
能，不獲盡所議。夔雖是番陽人，而寄寓於杭州一帶，所交游皆當
世名士，如楊萬里、范成大、樓鑰、葉適、京鏜、謝深甫等。嘉定
十四年卒於西湖，年六十七。（據夏承燾《姜白石繫年》）

　　夔詩初學黃庭堅，自言：「三薰三沐師黃太史氏，居數年，一

---

* 此節討論姜夔之文字，原置於「宋代篇」之「第三章：宋詞」之中，然細察其內容，
　乃論析姜夔之詩說，與詞作無涉，故移置於此。〔編者註〕

語不敢吐，始大悟學即病，顧不若無所學之為得。」（《白石道人詩集‧自敘》）由於苦學前人，而悟出「學即病」，可算得證道之言。因而又說：「作者求於古人合，不若求與古人異，求與古人異，不若不求與古人合而不能不合，不求與古人異而不能不異。」（〈自敘二〉）前者是詩人造詣的共同高妙處，他說詩有四種高妙：「一曰理高妙，二曰意高妙，三曰想高妙，四曰自然高妙。」（〈詩說〉）任何一成功詩人，必具有此種境界，或全有或有其一二，這就是「不能不合」之理。後者是每一位詩人的時代感受與反應，絕無相同之可能，他說「一家之語，自有一家之風味」，這便是「不得不異」的道理。他悟出這種道理，所以要「無所學之為得」，而走向自由寫作的道路。

同時他也注意詩法，他說「不知詩病何由能詩，不觀詩法何由知病？」詩法之重要如此。詩法在內容方面是立意，「詩之不工，只是不精思耳，不思而作，雖多亦奚為？」惟有精思，才能有意，這是基本觀念。在形式方面則是表現手法，大篇有大篇的作法，小篇有小篇的方式，「僻事實用，熟事虛用，說理要簡切，說事要圓活，說景要微妙。」可是又不能說盡，要有含蓄，能使「句中有餘味，篇中有餘意」，那就是最為高妙了。這些皆為他的〈詩說〉中所論；〈詩說〉所言，其實並不精微，不過在宋代詩人中，他所提出的意見最為具體罷了！

夔最工小詩，能以神韻勝，卻不纖巧，故為後來的王士禛所欣賞，他說：「余於宋南渡後詩，自陸放翁之外，最喜姜夔堯章。」（《香祖筆記》）

> 萬里晴沙夕照西，此心唯有斷雲知；年年數盡秋風字，想見江南搖落時。（〈雁圖〉）

笠澤茫茫雁影微，玉峰重疊護雲衣；長橋寂寞春寒夜，只有詩人一舸歸。（〈除夜自石湖歸苕溪〉）

歸心已逐晚雲輕，又見越中長短亭；十里水邊山下路，桃花無數麥青青。（〈蕭山〉）

柳下軒窗枕水開，畫船忽載故人來；與君同過西城路，却指煙波獨自回。（〈湖上寓居雜詠〉）

老去無心聽管絃，病來杯酒不相便；人生難得秋前雨，乞我虛堂自在眠。（〈平甫見招不欲往〉）

第三章　宋詞

第一節　從選詞以配聲與由樂以定辭看詞的形成

詞是要歌唱的，有時還要配合舞蹈的，所以詞是隨著音樂歌舞而產生的。詞的產生與樂府辭之出現，可說是全無二致。沈約說：「始皆徒歌，既而被之弦管，又有因弦管金石，造歌以被之。」（《宋書・樂志一》）李延年在漢武帝朝採各地風謠以入樂府，便是最早的例證。後來元稹在他〈樂府古題序〉中，說得更為明確，如云：

> 採民甿者為謳、謠，備曲度者，總得謂之歌、曲、詞、調，斯皆由樂以定詞，非選調以配樂也。由詩而下九名（指其所作樂府詩九篇），皆屬事而作，雖題號不同，而悉謂之為詩可也；後之審樂者，往往采取其詞，度為歌曲，蓋選詞以配樂，非由樂以定詞也。（《元氏長慶集》卷二三）

他所標出的「由樂以定詞」與「選詞以配聲」二義，就發展的過程看，應是先有「選詞以配聲」，繼之「由樂以定詞」；樂府辭如此，詞亦若是。

南朝的清商曲及吳歌曲，都是先有辭而後有聲的；《樂府詩集》云：「有因歌而造聲者，若清商、吳聲諸曲，始皆徒歌，既而被之弦管是也。」（卷九十〈新樂府辭〉）按：因歌造聲，淵源甚久，漢武帝朝的趙、代、秦、楚之謳，皆是由徒歌而被之弦管的。又如《南史・后妃傳下・張貴妃傳》云：

後主每引賓客對貴妃等游宴，則使諸貴人及女學士與狎客共賦新詩，互相贈答，采其尤豔麗者以為曲調，被以新聲，選宮女有容色者以千百數，令習而歌之；分部迭進，持以相樂。其曲有〈玉樹後庭花〉、〈臨春樂〉等。

今觀陳後主的〈玉樹後庭花〉辭，通篇七言，顯係先有辭後有聲，否則，辭未必有如此的整齊；故王灼曰：「予因知後主詩，胥以配聲律，遂取一句為曲名。」（《碧雞漫志》卷五）至唐代，歌詩的風氣極盛，而所歌的大都是七言絕句。《碧雞漫志》卷一云：

唐時古意亦未全喪，〈竹枝〉、〈浪淘沙〉、〈拋毬樂〉、〈楊柳枝〉乃詩中絕句，而定為歌曲。故李太白〈清平調〉詞三章皆絕句，元、白諸詩亦為知音者協律作歌。

楊升菴《詞品》卷一云：

唐人絕句，多作樂府歌，而七言絕句隨名變腔，如〈水調歌頭〉、〈春鶯囀〉、〈胡渭川〉、〈小秦王〉、〈三台〉、〈清平調〉、〈陽關〉、〈雨淋鈴〉，皆是七言絕句而異其名，其腔調不可考矣。

變七言絕句為歌曲，自然的也變其腔調，因此歌的時候必須雜以「泛聲」，泛聲又名虛聲、和聲、纏聲。《苕溪漁隱叢話後集》卷三九云：

唐初歌辭，多是五言詩或七言詩，初無長短句。自中葉以後至五代，漸變成長短句，及本朝，則盡為此體。今所存止〈瑞鷓鴣〉、〈小秦王〉二闋是七言八句詩并七言絕句詩而已。〈瑞鷓鴣〉猶是依字易歌，若〈小秦王〉必須雜以虛聲乃可歌耳。

吳衡照《蓮子居詞話》卷一云：「《漁隱叢話》云：〈小秦王〉必雜以虛聲乃可歌，此即《樂府指迷》所謂教師唱家之有襯字，其中二十八字為正格，餘皆格外字，以取便於歌，如古樂府『妃呼豨』云云；凡七言絕皆然，不獨〈小秦王〉也。」以本詩文字為正格，餘皆格外字，這格外字就是虛聲，有此虛聲，才成腔調，其腔調在未成定形之前，虛聲或長或短，並不一致。以下是幾曲不同的形式，《花間集》卷二皇甫松〈採蓮子〉云：

> 菡萏香連十頃陂^{舉棹}，小姑貪戲採蓮遲^{年少}。晚來弄水船頭濕^{舉棹}，更脫紅裙裹鴨兒^{年少}。

這是最為簡單的形式，只於每句之下加添兩個和聲字。又《花間集》卷八孫光憲〈竹枝〉云：

> 門前香水^{竹枝}白蘋花^{女兒}，岸上無人^{竹枝}小艇斜^{女兒}。商女經過^{竹枝}江欲暮^{女兒}，散拋殘食^{竹枝}飼神鴉^{女兒}。

〈竹枝〉原是民間的歌，劉禹錫擬之成為七言絕句詩，現於句中句尾加添兩字虛聲，也許這將民歌形式還原了，可是這又變成詞了。又《花間集》卷七，顧夐〈楊柳枝〉云：

> 秋夜香閨思寂寥^{漏迢迢}，鴛幃羅幌麝煙銷^{燭光搖}。正憶玉郎遊蕩去^{無尋處}，更聞簾外雨瀟瀟^{滴芭蕉}。

這是句尾添三字和聲的形式，王灼《碧雞漫志》卷五云：「今黃鐘商有〈楊柳枝〉曲，仍是七言四句詩，與劉（禹錫）、白（居易）及五代諸子所製並同，但每句下各增三字一句，此乃唐時和聲，如〈竹枝〉、〈漁父〉今皆有和聲也。」按：〈竹枝〉的和聲與〈楊柳枝〉的和聲，兩者性質並不相同，前者「女兒」的和聲，除了聲音之外與本辭並無關聯，〈採蓮子〉也是如此；後者雖是和聲，卻與本辭合

意相關聯，將無意義的和聲變為有意義的實字，這樣便成為長短句的詞形式，若刪去和聲的實字，又是七言絕句了。此外敦煌本有一首〈楊柳枝〉，和聲、實字略有不同：

> 春去春來春復春，寒暑來頻；月去月盡月還新，又被老催人；只見庭前千歲月，長在長存；不見堂前百年人，盡總化微塵。（見《敦煌曲校錄》第一：普通雜曲）

這一首和聲實字為四五四五，與前一首和聲實字並為三字者不同，劉復《敦煌掇瑣》錄此調作〈楊柳樓平〉，傅惜華錄本作〈唐人平調歌〉；據此，大概同一〈楊柳枝〉曲，而調有不同，故和聲實字亦因之而異。又南宋朱敦儒有一首〈楊柳枝〉，已看不出七言絕句的痕跡了：

> 江南岸，柳枝。江北岸，柳枝。折盡行人無盡時，恨分離，柳枝。　酒一杯，柳枝。淚雙垂，柳枝。君到長安百事違，幾時歸，柳枝。

此外，如〈浪淘沙〉，唐人原作都是七言絕句，到了五代也就變作長短句了。再看五、七言律詩變成長短句的例證。《全唐五代詞》毛文錫〈醉花間〉云：

> 休相問，怕相問，相問還添恨；春水滿塘生；鸂鶒還相趁。
> 　昨夜雨霏霏，臨明寒一陣，偏憶戍樓人，久絕邊庭信。

又溫庭筠〈玉胡蝶〉云：

> 秋風淒切傷離，行客未歸時；塞外草先衰，江南雁到遲。
> 　芙蓉凋嫩臉，楊柳墮新眉；搖落使人悲，斷腸誰得知。

以上兩首，皆是將第一句變為六字，是此兩調非常顯明的由五言詩

轉變為詞。此外敦煌俗曲〈贊普子〉云：

> 本是蕃家將，年年在草頭。夏日披氈帳，冬天掛皮裘。　語
> 即令人難會，朝朝牧馬在荒丘。若不為拋沙塞，無因拜玉
> 樓。（《敦煌曲校錄》卷三）

這首俗曲的時代，很可能在五代以前，如將其中的「即」字、「牧
馬」之「馬」字，「在」、「為」等字，作為和聲看，便是一首五
言八句詩。足見詞的格律尚未定型時，就是當時民間歌唱的也是如
此。至於七言律詩則有晏幾道的〈鷓鴣天〉：

> 醉拍春衫惜舊香，天將離恨惱疏放；年年陌上生秋草，日日
> 樓中到夕陽。　雲渺渺，水茫茫。征人歸路許多長。相思本
> 是無憑語，莫向花箋費淚行。

這也是將八句詩改變了一句而成詞，從上面的例證，便知由整齊的
詩改變為長短調的詞之過程，而改變的動力是音樂。雖然，這不過
是詞的起源因素之一，此外尚有其他因素在。而所謂其他因素，與
上述的「選詞以配樂」相反，卻是「由樂以定詞」。元稹云：

> 在音聲者，因聲以度詞，審調以節唱。句度長短之數，聲韻
> 平上之差，莫不由之準度。而又別其琴瑟者為操、引，採民
> 吭者為謳、謠，備曲度者，……悉謂之為詩可也；後之審樂
> 者，往往采取其詞，度為歌曲，蓋選詞以配樂，非由樂以定
> 詞也。（〈樂府古題序〉）

這就是先有樂曲，後有樂詞，樂詞隨著樂曲的韻律而製作，如此文
學的形式就不可能整齊如詩，而長短句的詞之形式也就形成了。樂
工製曲初不為配樂以歌詞，猶之詩人作詩初不為以之入樂一樣；樂
工不能作詞，詩人不能製曲，本是各有專攻的。隋煬帝謂幸臣曰：

「多彈曲者，如人多讀書，讀書多則能撰書，彈曲多即能造曲，此理之然也。」（《隋書・音樂志下》）今觀《花間集》的曲調，見於《教坊記》中著錄的，幾占三分之二，至《花間集》以外之曲調而列之於《教坊記》中者，亦往往見之於北宋作家的詞集中，這些都是先有調後有詞的證明。按：《教坊記》作者，王國維據《唐書・宰相世系表》，以為其人當生於玄、肅二宗時，《教坊記》記事迄於開元。（《觀堂集林》卷十七〈唐寫本云謠集雜曲子跋〉）由此可知五代人辭調多沿自盛唐，至於什麼時候「由樂以定詞」呢？胡適之先生據曹植〈鼙舞詩序〉云：「依前曲，作新聲，以為即是後世的依譜填詞。」（《白話文學史》第五章）就古樂府辭而言可以說早在漢末；而詞的「倚聲」，很可能濫觴於隋唐之際，因為那時各種樂曲最為發達，有修養的文人及民間詩人以試作的態度依譜填詞，可說是自然之事。到了宋人便蔚然成風，王灼云：「江南某氏者，解音律，時時度曲，周美成與有瓜葛，每得一解，即為製詞，故周集中多新聲。」（《碧雞漫志》卷二）《宋史・文苑傳》說美成好音樂，能自度曲，據此看來有他山之助；至如姜白石的新聲，則純是出於自度的。

「選詞以配樂」，使整齊句法的詩，不得不變為長短句，「由樂以定詞」，則詞不得不成為長短句，這是以上所說明的詞的形式所形成的兩種原因。另，同時尚有一些不能忽略的因素：

（一）民歌：今詞調中的〈竹枝〉、〈採蓮子〉、〈漁歌子〉、〈南鄉子〉、〈南歌子〉、〈醉公子〉、〈河瀆神〉等，原是徒歌，韻律方面初無定型，一入樂後，則詞句與韻律便有了固定形式，而有修養的文人也就據此製作了。

（二）舞曲：隋唐兩代舞樂極盛，因之也是詞調形成來源之一，如〈遐方怨〉、〈南歌子〉、〈南鄉子〉、〈雙鸂子〉（宋之〈雙燕

兒〉）、〈浣溪沙〉、〈鳳歸雲〉等，皆屬舞曲，今敦煌卷子中尚有舞譜流傳下來，〈南歌子〉、〈南鄉子〉本是徒歌入樂，大概入樂以後又配合以舞，因而又成了舞曲。又劍器詞，是由劍器舞而產生，劍器舞是唐代一種複雜的樂舞。此外唐人酒令中，另有一種曰「拋打令」者，當筵歌舞，其曲曰〈拋打曲〉，如〈拋毬樂〉、〈調笑〉、〈楊柳枝〉、〈香毬〉、〈莫走〉、〈舞引〉、〈紅娘〉等皆是。「打」猶言舞，朱熹〈經世大訓〉云：「唐人俗舞，謂之打令」，以是知〈拋毬樂〉等調，原是唐之俗舞曲。

（三）外國樂舞：《隋書‧音樂志》云：「始開皇初定令，置七部樂：一曰國伎，二曰清商伎，三曰高麗伎，四曰天竺伎，五曰安國伎，六曰龜茲伎，七曰文康伎；又雜有疏勒、扶南、康國、百濟、突厥、新羅、倭國等伎。」「大業中，煬帝乃定清樂、西涼、龜茲、天竺、康國、疏勒、安國、高麗、禮畢，以為九部樂。」至唐太宗，去禮畢曲，增置讌樂、高昌伎為十部樂，足見隋唐兩代吸收外國樂之多，似已超過中土舊樂之上。又《樂府詩集》云：「開元中，又有〈涼州〉、〈綠腰〉、〈蘇合香〉、〈屈柘枝〉、〈團亂旋〉、〈甘州〉、〈回波樂〉、〈蘭陵王〉、〈春鶯囀〉、〈半社渠〉、〈借席烏夜啼〉之屬，謂之軟舞。〈大祁〉、〈阿連〉、〈劍器〉、〈胡旋〉、〈胡騰〉、〈阿遼〉、〈柘枝〉、〈黃鑻〉、〈拂菻〉、〈大渭州〉、〈達磨支〉之屬，謂之健舞。」（卷五三〈舞曲歌辭〉）這些舞曲中的一部分，也就是後來的詞調。今之〈菩薩蠻〉、〈甘州遍〉、〈甘州子〉、〈蘇幕遮〉、〈酒泉子〉等，皆是外國樂曲，故《舊唐書‧音樂志》云：「自開元已來，歌者雜用胡夷里巷之曲。」

由上所述，知道詞的形成，實有多種因素，要以受民間製作為最先，然後影響於有文學修養的文人，這同五言詩之形成受民歌影響是相同的道理。五言詩如此，長短句的詞如此，後來戲劇也是如

此，具此觀念才可以排除所謂「詞是詩之餘」觀念上的障礙。

　　詞體所以發生的原因已如上述，進一步要追問的，是詞的形成年代。通常以為始於唐末五代，前人也有上溯到六朝，朱弁《曲洧舊聞》云：「初起於唐人，而六代已濫觴矣。」楊慎《詞品》卷一云：

> 梁武帝〈江南弄〉云：「眾花雜色滿上林，舒芳耀彩垂輕陰，連手躞蹀舞春心。舞春心，臨歲腴，中人望，獨踟躕。」此詞絕妙。填詞起於唐人，而六朝已濫觴矣。

又云：「填詞必溯六朝，亦昔人探黃河窮源之意也。」近人也同意始於六朝的看法，惟例證卻與前人不同，前人以梁武帝〈江南弄〉為例，梁啟超〈詞之起源〉（《中國之美文及其歷史》）即據此立論；但〈江南弄〉雖是長短句，仍是吳歌的格調而不類後來的詞。不如近人以齊梁間釋寶誌的〈十二時誌〉為例，此曲分片換頭及韻律，與後來的詞無分別：

> 雞鳴丑，一顆明珠圓已久。內外推尋覓總無，境上施為渾大有。　不見聞，又無手，世界壞時終不朽。未了之人聽一言：只這如今誰動口？

寶誌此曲見於《苕溪漁隱叢話後集》卷三七，《叢話》云「誌公歿于天監十三年（五一四）」，是詞的雛形在五世紀末期便已出現了。

　　其次是隋仁壽元年（六〇一）牛弘等的〈上壽歌辭〉，見《隋書·音樂志》中。三言四句、五言二句，以七言一句承之；又大業八年（六一二）隋煬帝伐高麗，隋煬帝及王冑各有〈紀遼東〉兩首，其形製更像後來的詞。故王灼《碧雞漫志》卷一云：「蓋隋以來，今之所謂曲子者漸興，至唐稍盛。」張炎《詞源》卷下云：「粵

自隋唐以來，聲詩間為長短句。」足見宋人也以為詞的源流不始於唐而在唐以前了。

初唐有〈回波樂〉，盛唐有李白〈菩薩蠻〉、〈憶秦娥〉，玄宗的〈好時光〉；中唐有韋應物〈三臺〉和〈調笑〉、張志和〈漁父〉、王建〈宮中調笑〉、劉禹錫〈憶江南〉、〈瀟湘神〉、白居易〈花非花〉、〈憶江南〉、〈宴桃源〉、〈長相思〉；以上各調都是長短句，可是作者不多，作品也少；而極盛時代，卻在晚唐五代。惟因晚唐以前作者、作品過少，不免引起後人懷疑，以為詞的起源應以晚唐為是，於是連帶的如盛唐李白所作也覺得不可能。這一疑問，如果沒有近世敦煌新資料出現，恐怕難以解答。敦煌出現的詞共有五百四十五首，（據《全唐五代詞彙編》之《敦煌曲校錄》）多出舊有五代詞三分之一，不可說不多。這一大批作品，作者都是民間詞人，因此沒有留下姓氏，非同晚唐五代顯貴作家可比；故所表現的都是樸質真實的人間生活，匹夫匹婦的情感，比不上晚唐五代顯貴詞人所描寫的豪華生活與浪漫情調。這些無名的民間詞人，年代雖無法考定，但不能據此認為其中沒有盛唐之作品；龍沐勛論〈詞體之演進〉云：

> 開元天寶間，一般民間所感痛苦者，為徵兵戍邊一事。盛唐詩人，如王昌齡輩之所咨嗟詠歎，作為詩歌者，大抵征夫征婦之怨情為多。……《雲謠集》雜曲子其曲詞中所表現之情緒，乃往往與盛唐詩人之閨怨、從軍行等題相契合，則其詞或當為開元天寶間作品。……詞俱樸拙，務鋪敘，少含蓄之趣，亦足為初期作品技術未精之證。且三十首中，除怨征夫遠去，獨守空閨之作外，其他亦為一般兒女相思之詞，無憂生念亂之情，亦無何等高尚思想。其為當世民間流行之歌曲，或出於安史之亂前，戍卒之遠向西陲者，攜以同去，故

　　　　得存於敦煌石室。

作者姓氏雖不可知，作品年代卻非不可知，以是近人假定《雲謠集》
中諸作，以為在唐玄宗安祿山之亂以前，不是無因的。

　　李唐是詩的時代，其原因由於進士科、制科都重詩賦，使當時
文士不得不嘔心瀝血於此道，作為功名利祿之臺階，是唐之詩學，
有強力的政治與社會支柱，而詞卻沒有這種優勢。故初唐至中唐這
一大段時間，詞只能自由的生長茁壯於民間，既無助於功名利祿之
爭取，自不免被當時文士所冷落。今敦煌一地便出現如此多量作
品，便知詞在當時民間是如何的流行；到了晚唐五代，這種民間流
行已久的新形式，才被文士們普遍接受，這也是《雲謠集》之風格
終不同於花間派的主因；儘管如此，「雲謠派」卻彌補了詞史前期的
一段空白。

　　晚唐五代的文士所以愛好這種新形式詞的原因，大致可以說是
由於伎樂關係，故這一段時期詞的內容，是淫樂生活的寫照，未嘗
有情志抒寫之作。《花間集‧序》云：

　　　　鏤玉雕瓊，擬化工而迴巧；裁花剪葉，奪春豔以爭鮮。是以
　　　　唱雲謠則金母詞清；把霞醴則穆王心醉。名高白雪，聲聲而
　　　　自合鸞歌；響遏青雲，字字而偏諧鳳律。楊柳大堤之句，樂
　　　　府相傳；芙蓉曲渚之篇，豪家自製。莫不爭高門下，三千玳
　　　　瑁之簪；競富樽前，數十珊瑚之樹。則有綺筵公子，繡幌佳
　　　　人，遞葉葉之花箋，文抽麗錦；舉纖纖之玉指，拍按香檀。
　　　　不無清絕之詞，用助嬌嬈之態。自南朝之宮體，扇北里之娼
　　　　風。何止言之不文，所謂秀而不實。有唐已降，率土之濱。
　　　　家家之香徑春風，寧尋越豔；處處之紅樓夜月，自鎖嫦娥。
　　　　在明皇朝，則有李太白應制〈清平樂〉詞四首。近代溫飛卿
　　　　復有《金荃集》。邇來作者，無愧前人。

這是很明白的說出《花間》詞的社會背景，由於豪家伎樂之盛，文士們就在這樣的淫侈生活中，依據民間俗曲形式，寫出詩以外的一種新詞體。出於文士之手的綺豔之作，由佳人按拍而歌，嬌嬈而舞，這自非民間俗曲可比；加之以伎樂相競，文士以辭采相勝，也就蔚然成風了。

第二節　唐五代詞

一、花間派

趙崇祚編的《花間集》，自溫庭筠起共有十八家，作品五百首，從晚唐到五代一世紀詞的菁華，可謂皆收羅在此書。這十八家作品雖各有面目，卻都具有一種共同的綺麗風格。他們寫出的都是供伎女歌詠之辭，所反映的都是同一類豪華生活。這十八家除極少數人之外，又都是前後蜀的顯貴，在當時西蜀割據情形下，君臣上下生活極其奢靡，伎樂之盛尚在南唐之上。所以這些作品都以綺麗勝。同時晚唐詩風已競為綺麗，而民間長短句亦復如是。陳暘云：「唐末俗樂，盛傳民間，然篇無定句，句無定字，又間以優雜荒〔美〕艷之文，閭巷諧隱之事。」（《樂書》卷一五七）這又是「花間派」從正統文學與民間文學所接受的影響。

（一）溫庭筠

花間派領袖作者溫庭筠，他是與李商隱齊名的詩人。詞有《金荃》、《握蘭》兩集，今皆不傳。今存詞七十首，（此為《全唐五代詞彙編》所收之數）《花間集》收六十六首。既有兩部詞集，其詞作數量必然不少，是今存之七十首，比起晚唐作者要算是多的，而較之其全部作品，要算是少的。晚唐詩人中接受這種新形式的詞，

而成就之大、作品之多，當推溫庭筠為第一人。他落拓一生，於晚
唐詩人中，可說是最為失意者。他不修邊幅，愛好玩樂，經常與公
卿家無賴子弟賭博飲酒，甚至狂遊狎邪，醉酒犯夜，被人打得臉破
齒折，因之不齒於士行。他又善於鼓琴、吹笛，有絲即彈，有孔便
吹，不論樂器好壞。（《詞林紀事》引《桐薪》語）＊像他這樣，真
是天生的浪漫，其作品與生活正相配合。與他時代相近的孫光憲說
他「才思豔麗」（《北夢瑣言》），後人批評他的詞風終不脫「豔麗」
二字，然其高處卻又遠非豔麗二字得以盡之。周濟《介存齋論詞雜
著》云：

> 詞有高下之別，有輕重之別，飛卿下語鎮紙，端己揭響入
> 雲，可謂極兩者之能事。

> 皋文（張惠言）曰：飛卿之詞，深美閎約，信然。飛卿醞釀
> 最深，故其言不怒不懾，備剛柔之氣。鍼縷之密，南宋人始
> 露痕迹，《花間》極有渾厚氣象。如飛卿則神理超越，不復
> 可以迹象求矣；然細繹之，正字字有脈絡。

所謂「下語鎮紙」者，便是沉著不浮，儘管描寫的對象是北里妖
姬，作者卻沒有狎邪蕩子的輕浮氣息。他以濃豔色彩繪出一種高華
境界，一點也沒有予人傅粉施朱的感受。每篇都能給人一完整意
象，並且有一種令人無可奈何的淡淡哀愁，甚至不必成篇，即一
句、兩句中也能予人淒迷之感。如「滿宮明月梨花白」、「玉纖彈處
真珠落」、「孤廟對寒潮，西陵風雨兩瀟瀟」、「玉爐香，紅燭淚，
偏照畫堂秋思」等句，吾人讀來，能不為之惘惘？這也就是周濟說
的「神理超越」處。至於「不可以迹象求之」，俞平伯《讀詞偶得》

＊ 錄其原文如下：「溫飛卿貌甚陋，號溫鍾馗，不稱才名。最善鼓琴吹笛，云有絲即
　彈，有孔即吹，不必柯亭、爨桐也。」〔編者註〕

解釋得很清楚：

> 飛卿之詞，每截取可以調和的諸印象而雜置一處，聽其自然
> 融合，在讀者心眼中仁者見仁，知者見知，不必問其脈絡神
> 理如何如何，而脈絡神理按之儼然自在。譬之雙美，異地相
> 逢，一朝綰合，柔情美景並入毫端，固未易以迹象求也。

此外可注意者，他有兩首〈新添聲楊柳枝〉，乃完全摹倣民歌：

> 一尺深紅蒙麴塵，天生舊物不如新；合歡桃核終堪恨，裏許元
> 來別有人。（〈新添聲楊柳枝〉其一）

> 井底點燈深燭伊，共郎長行莫圍碁；玲瓏骰子安紅豆，入骨相
> 思知不知。（〈新添聲楊柳枝〉其二）

這兩首的詞彙、雙關語以及寫法，完全是民歌的，因此可以知道當
時的大詞人與民歌之間的緊密關係。

　　張惠言評溫庭筠詞為「深美閎約」，前人多以為然，惟近人王
國維《人間詞話》云：「余謂此四字惟馮正中足以當之，劉融齋謂飛
卿精妙絕人，[7]差近之耳。」王氏論詞以境界為主，以此評溫、馮兩
家，溫的境界實不及馮的「深」與「閎」。要知這是由於兩人身世
不同之故，溫之落拓，馮之顯貴，是兩人對現實生活之感受，不能
無別。我們可以這樣看：溫雖不及馮之深、閎，但溫與蜀中詞人相
比，要算是深、閎的，猶之馮延巳與李後主相比，卻又有遜色了。

> 梳洗罷，獨倚望江樓。過盡千帆皆不是，斜暉脈脈水悠悠，
> 腸斷白蘋洲。（〈夢江南〉其二）

---

7 見劉熙載《藝概》卷四：妙字一作豔。

磧南沙上驚雁起，飛雪千里。玉連環，金鏃箭，年年征戰。畫樓離恨錦屏空，杏花紅。(〈蕃女怨〉其二)

小山重疊金明滅，鬢雲欲度香腮雪。懶起畫蛾眉，弄妝梳洗遲。　照花前後鏡，花面交相映。新帖繡羅襦，雙雙金鷓鴣。(〈菩薩蠻〉其一)

銅鼓賽神來，滿庭幡蓋徘徊。水村江浦過風雷，楚山如畫烟開。　離別櫓聲空蕭索，玉容惆悵妝薄。青麥燕飛落落，捲簾愁對珠閣。(〈河瀆神〉其三)

(二) 韋莊

與溫庭筠齊名的韋莊，晚年入蜀後才顯貴起來。早年身經亂離，漂泊江南各地，可是生活卻甚為浪漫。〈憶昔〉詩云：

昔年曾向五陵遊，子夜歌清月滿樓。銀燭樹前長似晝，露桃花裡不知秋。西園公子名無忌，南國佳人號莫愁。今日亂離俱是夢，夕陽惟見水東流。

還有一首絕句，名〈古離別〉，又作〈多情〉：

一生風月供惆悵，到處煙花恨別離；止竟多情何處好，少年長抱少年悲。

由此可以看出這位大詞人的生活背景。他的詞今存五十四首，《花間集》收有四十七首。陳廷焯《白雨齋詞話》云：

韋端己詞似直而紆，似達而鬱，最為詞中勝境。

這八個字的評語，甚是精確。所謂「似直而紆」，正是韋詞的特色，其不同於溫庭筠者也在此。蜀中詞人多受庭筠影響，大都豔麗，韋

卻不以此取勝，正是他獨到之處。如〈思帝鄉〉一詞云：

> 春日遊，杏花吹滿頭。陌上誰家年少，足風流？妾擬將身嫁與，一生休，縱被無情棄，不能羞。

這種手法，顯然是受當時民間俗曲影響，試看敦煌俗曲，便知他是如何吸收民間的格調了。這不過是其一，其他諸詞也往往流露出民間氣息。

　　至於說到「似達而鬱」，這又是他生活反映。他晚年在西川，雖說顯貴，卻彌補不了昔年離亂的遭遇，而西川又非故土，故時有念亂離鄉之感。如頗為後人聚訟之〈菩薩蠻〉，或云其客江南時所作的，或以其在洛陽時所為，或言在蜀中所作——所言江南，實指蜀中——張惠言即如此說，(《詞選》)細玩詞意，似較為可信。而這詞第一首說「勸我早歸家，綠窗人似花」，其意是羈旅異地，不如早歸；第二首因欲歸不得，則言「未老莫還鄉，還鄉須斷腸」，尚存一點希望；第三首因還鄉已無可能，則說「此度見花枝，白頭誓不歸」，出語決絕，意卻悲涼；第四首則絕望之後，強作達觀，「遇酒且呵呵，人生能幾何」；最後一首說「洛陽城裡春光好，洛陽才子他鄉老」，是故鄉雖好，只是歸去不得，也只有甘心終老異鄉。俞平伯說：「端己此詞，表面上看是故鄉之思，骨子裡可說是故國之思。」「又不僅有故國之思也，且兼有興亡治亂之感焉。」(《讀詞偶得》)

> 四月十七，正是去年今日，別君時，忍淚佯低面，含羞半斂眉。　不知魂已斷，空有夢相隨。除卻天邊月，沒人知。(〈女冠子〉)

> 春愁南陌，故國音書隔。細雨霏霏梨花白，燕拂畫簾金額。

　　盡日相望王孫，塵滿衣上淚痕，誰向橋邊吹笛，駐馬西望銷魂。（〈清平樂〉）

　　記得那年花下，深夜，初識謝娘時，水堂西面畫簾垂，攜手暗相期。　惆悵曉鶯殘月，相別，從此隔音塵，如今俱是異鄉人，相見更無因。（〈荷葉杯〉）

　　獨上小樓春欲暮，愁望玉關芳草路。消息斷，不逢人，卻斂細眉歸繡戶。　坐看落花空歎息，羅袂溼斑紅淚滴，千山萬水不曾行，魂夢欲教何處覓。（〈木蘭花〉）

　　詞史上初期兩大作家的風格，大致如上所述。現錄吾友鄭騫〈溫庭筠、韋莊與詞的創始〉一文中的一段，作為兩家的比較：

　　溫詞濃麗，韋詞疏淡；溫詞含蓄，韋詞痛快。溫詞所寫是人類對於宇宙人生所同具的感覺與印象，韋詞所寫則是他個人的離合悲歡。用《人間詞話》的說法來講：溫詞是造境，韋詞是寫境；溫詞是無我之境，韋詞是有我之境。用普通話來解釋：溫詞是客觀的描摹，韋詞是主觀的抒寫。從各方面來看，溫韋的作風都是對立的。溫詞各種特質是婉約派的出發點，因為這些特質所表現出來的風格是深厚、茂密、精美、靜穆，這都是婉約派的好處。韋詞的各種特質則是豪放派的出發點，因為這些特質所表現的風格是顯豁、清利、樸素、生動，這都是豪放派的好處。後來婉約豪放兩派作家，其規模氣象自然非溫韋兩家所能籠罩，而溫韋詞為此兩種作風之始，則是可以斷言的。

（三）皇甫松

　　《花間集》排在溫庭筠之後的皇甫松，字子奇，為湜之子。（《詞林紀事》、《全唐詩》六函第四冊）《新唐書・藝文志》小說家類著錄「劉軻牛羊日曆」下注云：「牛僧孺、楊虞卿事，檀欒子皇甫松序。」按：《牛羊日曆》為李德裕黨誣牛僧孺之書，松既為之序，是松亦可能為李黨。黃昇云「松為僧孺之甥」（《詞林紀事》引）當非事實。《全唐詩》收松詩十三首，詞十八首，而〈采蓮子〉兩首、〈拋毬樂〉兩首、〈怨回紇〉兩首，詩詞兩部分並收入，又〈浪淘沙〉兩首、〈楊柳枝〉兩首，本是詞，卻收入詩中，《全唐詩》當未加細勘，以致於抵觸如此。《花間集》收松詞十一首，近人輯《全唐五代詞》共為廿二首。

　　松的詞風以溫婉勝，而色澤也不濃麗，似乎有意摹擬民間的格調，卻也能清新自然，如〈竹枝詞〉、〈采蓮子〉等，極有俗曲之風致。他作則婉轉淒清，惟廊宇不夠廣闊，自非溫詞可比。

　　灘頭細草接疏林，浪惡罾船半欲沉。宿鷺眠鷗飛舊浦，去年沙嘴是江心。（〈浪淘沙〉其一）

　　蠻歌豆蔻北人愁，蒲雨杉風野艇秋；浪起鵁鶄眠不得，寒沙細細入江流。（〈浪淘沙〉其二）

　　蘭爐落，屏上暗紅蕉，閑夢江南梅熟日，夜船吹笛雨蕭蕭，人語驛邊橋。（〈夢江南〉其一）

　　樓上寢，殘月下簾旌，夢見秣陵惆悵事，桃花柳絮滿江城，雙髻坐吹笙。（〈夢江南〉其二）

（四）孫光憲

　　《花間集》收詞之多僅次於溫庭筠者為孫光憲，憲字孟文，貴平人（今四川仁壽縣），後唐時為陵州判官，旋避地江陵。高季興據荊南，為掌書記，歷官荊南節度副使檢校祕書少監兼御史中丞。後勸季興、孫繼沖歸宋。[8]宋太祖授以黃州刺史。乾德末年（九六七）卒。光憲性嗜經籍，聚書凡數千卷，或親自抄寫，孜孜校讎，老而不廢，自號葆光子。所著書有《荊臺集》、《橘齋集》、《鞏湖編玩》、《北夢瑣言》、《蠶書》等。

　　光憲詞今存八十二首，《花間集》收六十一首，《花間集》輯於後蜀孟昶廣政三年（九四〇年，歐陽炯序），是他的詞在他死前二十多年已經流行於蜀中。《花間集》所稱「少監」者，是其在荊南所居之官；觀《花間》收其詞如此之多，是知其影響蜀中詞人之大。

　　光憲詞明淨有致，不為淒迷之境，而自然天真，看似輕易，卻極有風趣。廊宇亦較廣闊，題材由刻畫男女風情，推展至弔古傷今，是能於溫韋外別樹一格者。

> 如何？遣情情更多。永日水堂簾下，斂羞蛾。六幅羅裙窣地，微行曳碧波。看盡滿池疎雨，打團荷。（〈思帝鄉〉）

> 空磧無邊，萬里陽關道路。馬蕭蕭，人去去。隴雲愁。　香貂舊製戎衣窄。胡霜千里白。綺羅心，魂夢隔，上高樓。（〈酒泉子〉）

8　宋初周羽翀《三楚新錄》卷三〈高季興傳〉云：「有孫光憲者，本成都人也。旅游江陵，方圖進取，從誨（高季興子）辟之，用為掌書記，自是凡牋奏書檄，皆出其手。……光憲每患兵戈之際，書籍不備，遇發使諸道，未嘗不厚賫金帛購求焉。於是三年間收書及數萬卷。然自負文學，常怏怏如不得志。又嘗慕史氏之作，自恨諸侯幕府不足展其才力。……及王師至，……繼沖大懼，乃不得出郊迎，……蓋光憲之謀也。」

石城依舊空江國，故宮春色。七尺青絲芳草綠，絕世難得。

玉英凋落盡，更何人識？野棠如織。只是教人添怨憶，悵望無極。（〈後庭花〉）

渚蓮枯，宮樹老，長洲廢苑蕭條。想像玉人空處所，月明獨上溪橋。　經春初敗秋風起。紅蘭綠蕙愁死。一片風流傷心地，魂銷目斷西子。（〈思越人〉）

（五）歐陽炯

為《花間集》作序的歐陽炯（八九六～九七一），華陽人（今四川成都縣），少事王衍為中書舍人。同光中蜀平，隨衍至洛陽。孟知祥鎮蜀復入蜀，知祥僭號，以為中書舍人，旋拜翰林學士，歷官門下侍郎兼戶部尚書平章事。後隨孟昶歸宋，充翰林學士。宋太祖四年卒，年七十六。炯性坦率，善長笛。（《宋史》卷四七九，炯字作迥）

《宋史》說他「好為歌詩，雖多而不工，掌誥命亦非所長」，然他的詞學，卻是當行，即如《花間集》序文，於詞學的發展與演變，晚唐五代的特色，都說得極為精要。《蓉城集》曰：「歐陽炯首敘《花間集》者，『每言愁苦之音易好，歡愉之語難工。』其詞大抵婉約清和，不欲強作愁思者也。」（《古今詞話》卷上引）而他卻工於「歡愉之語」，如「相見休言有淚珠」一首，極大膽，極色情，但不輕浮。今存詞四十八首，《花間集》收十七首。

相見休言有淚珠，酒闌重得敘歡娛。鳳屏鴛枕宿金鋪。　蘭麝細香聞喘息，綺羅纖縷見肌膚，此時還恨薄情無？（〈浣溪沙〉）

暖日閑窗映碧紗，小池春水浸晴霞。數樹海棠紅欲盡，爭

忍，玉閨深掩過年華。　獨凭繡床方寸亂，腸斷，淚珠穿破臉邊花。鄰舍女郎相借問，音信，教人羞道未還家。（〈定風波〉）

見好花顏色，爭笑東風，雙臉上，晚妝同。閑小樓深閣，春景重重。三五夜，偏有恨，月明中。　情未已，信曾通。滿衣猶自染檀紅。恨不如雙燕，飛舞簾櫳。春欲暮，殘絮盡，柳條空。（〈獻衷心〉）

（六）顧敻

　　顧敻，字、籍均不詳。前蜀通正時，以小臣給事內庭，久之，擢茂州刺史；後事孟知祥，累遷至太尉。（《詞林考鑑》）今存詞五十五首，即《花間集》所收者。《栩莊漫記》云：「顧詞濃麗，實近溫尉。其〈荷葉杯〉諸詞，以質樸之句，寫入骨之情，雖云豔詞，乃為別調。要之，其大體固以飛卿為宗也。」況周頤亦云：「顧敻豔詞，多質樸語，妙在分際恰合。」又云：「五代豔詞之上駟矣。」且言：「顧太尉詞，工緻麗密，時復清疏。以豔之神與骨為清，其豔乃入神入骨；其體格如宋畫院工筆折枝小幀，非元人設色所及。」（《餐櫻廡詞話》）

春盡小庭花落，寂寞，凭檻斂雙眉，忍教成病憶佳期，知摩知，知摩知。（〈荷葉杯〉其一）

歌發誰家筵上？寥亮，別恨正悠悠，蘭釭背帳月當樓，愁摩愁，愁摩愁。（〈荷葉杯〉其二）

弱柳好花盡折，晴陌，陌上少年郎，滿身蘭麝撲人香，狂摩狂，狂摩狂。（〈荷葉杯〉其三）

記得那時相見，瞻顫，鬢亂四肢柔，泥人無語不抬頭，羞摩羞，羞摩羞。（〈荷葉杯〉其四）

永夜拋人何處去？絕來音，香閣掩，眉斂，月將沉，爭忍不相尋？怨孤衾，換我心、為你心，始知相憶深。（〈訴衷情〉）

露白蟾明又到秋，佳期幽會兩悠悠，夢牽情役幾時休？　記得泥人微斂黛，無言斜倚小書樓，暗思前事不勝愁。（〈浣溪沙〉）

（七）李珣

李珣，籍梓州（今四川三台），其先波斯人。事蜀主王衍，妹為衍昭儀，亦能詞。蜀亡不仕，有感慨之音。（《古今詞話》卷上引《茅亭客話》）常製〈浣溪沙〉詞，有「早為不逢巫峽夜（夜字，一作夢），那堪虛度錦江春」，詞家互相傳誦。所著有《瓊瑤集》。（《十國春秋》卷四四）今存詞五十四首，《花間集》收三十七首。按：珣詞並不以豔麗勝，頗能抒寫情志，自然明淨，故況周頤說他：「清疏之筆，下開北宋人體格。」（《餐櫻廡詞話》）

古廟依青嶂，行宮枕碧流。水聲山色鎖妝樓，往事思悠悠。
　雲雨朝還暮，煙花春復秋，啼猿何必近孤舟，行客自多愁。（〈巫山一段雲〉）

楚山青，湘水淥，春風澹蕩看不足。草芊芊，花簇簇，漁艇棹歌相續。　信浮沈，無管束，釣迴乘月歸灣曲。酒盈斟，雲滿屋，不見人間榮辱。（〈漁歌子〉）

志在煙霞慕隱淪，功成歸看五湖春，一葉舟中吟復醉，雲

水，此時方認自由身。　花鳥為鄰鷗作侶，深處，經年不見
市朝人。已得希夷微妙旨，潛喜，荷衣蕙帶絕纖塵。（〈定風
波〉）

（八）牛嶠、牛希濟

　　牛嶠，字松卿，一字延峰，隴西（今甘肅隴西縣）人，牛僧孺
之後。博學有文，以歌詩著名。唐僖宗乾符五年登進士第，歷官拾
遺、補闕、校書郎。王建以節度使鎮西川，辟為判官，及開國，拜
給事中。有集三十卷，歌詩三卷，今俱佚。（《十國春秋》卷四四）
今存詞三十三首，即《花間集》所收。

　　東風急。惜別花時手頻執，羅幃愁獨入。馬嘶殘雨春蕪濕，
　　倚門立，寄語薄情郎，粉香和淚泣。（〈望江怨〉）

　　自從南浦別，愁見丁香結，近來情轉深，憶鴛衾。　幾度將
　　書託烟雁，淚盈襟，淚盈襟，禮月求天，願君知我心。（〈感
　　恩多〉）

　　嶠兄子希濟，後主時累官翰林學士、御史中丞，蜀亡，降後
唐，拜為雍州節度副使。（《詞林紀事》）今存詞十四首，《花間集》
收十一首。

　　春山煙欲收，天澹稀星小，殘月臉邊明，別淚臨清曉。　語
　　已多，情未了，迴首猶重道，記得綠羅裙，處處憐芳草。
　　（〈生查子〉）

　　江繞黃陵春廟閑，嬌鶯獨語關關，滿庭重疊綠苔斑。陰雲無
　　事，四散自歸山。　簫鼓聲稀香爐冷，月娥斂盡彎環，風流
　　皆道勝人間，須知狂客，判（一作拚）死為紅顏。（〈臨江

仙〉）

（九）鹿虔扆

鹿虔扆，字、籍均不詳。孟蜀時，登進士第，累官為學士。廣
政間，出為永泰軍節度使，進檢校太尉，加太保（《詞林考鑑》卷
五）。《樂府紀聞》說他「國亡不仕，詞多感慨之音」；尤為倪瓚所
稱，瓚云：「鹿公高節，偶爾寄情倚聲，而曲折盡變，有無限感慨
淋漓處。」（《歷代詩餘》卷一一三引）今存詞惟《花間》所錄六
首。

> 金鎖重門荒苑靜，綺窗愁對秋空。翠華一去寂無蹤。玉樓歌
> 吹，聲斷已隨風。　煙月不知人事改，夜闌還照深宮。藕花
> 相向野塘中，暗傷亡國，清露泣香紅。（〈臨江仙〉）

二、《花間》之擴大

（一）李煜（附李璟）

南唐後主李煜，字重光，初名從嘉，號鍾隱；又號鍾山隱士、
鍾峰隱居、鍾峰隱者、鍾峰白蓮居士、蓮峰居士。中主璟第六子。
生於南唐烈祖李昇昇元元年（九三七），宋太祖建隆二年（九六一）
嗣帝位，時年二十五歲。宋太祖開寶八年（九七五），國亡降宋，在
位十五年。宋太宗太平興國三年（九七八）被毒死，時年四十二歲。

煜貌廣顙隆準，駢齒，一目有重瞳，風神灑落，有塵外意。好
儒術，嘗從容語近臣曰：「卿輩從公之暇，莫若為學為文，為學為
文莫若討論六籍，游先王之道義，不成不失為古儒也。今之為學，
所宗者小說，所尚者刀筆，故發言奮藻，則在古人之下風，以是故
也。」工書，傳鍾王撥鐙法，續羊欣筆陣圖。善畫翎毛，墨竹尤清

爽不凡。洞曉音律，精別雅鄭，凡度曲莫不精絕。南唐李氏皆信佛法，至後主尤甚，既命境內崇修佛寺，又於禁中廣署僧尼精舍，多聚徒眾，與后頂僧伽帽，衣袈裟，誦佛經，拜跪頓顙，至生瘤贅，當時建康城中僧徒多至數千人，皆供給以廩米繒帛。以是性好寬恕，好生戒殺，威令不素著。（《五代史》卷六二，〈南唐後主年譜〉）

　　後主一生過的是極端矛盾的生活，身為國君，不以理國治民為事，卻栖心清遠，愛好藝文，具超世之概。如所作詩云：「背世反能厭俗客，偶緣猶未忘多情」；「誰能役役塵中累，貪合魚龍搆強名」；「賴問空門知氣味，不然煩惱萬塗侵」；（以上並見《全唐詩》）這真是山林隱逸的襟懷，豈是國君的氣度？所以當大軍圍城時，猶言：「我平生喜耽佛學，其於世味淡如也。」（《釣磯立談》）沈謙說得好：「後主疏於治國，在詞中猶不失南面王」，（《填詞雜說》）失之於彼，得之於此，若非身為一個亡國之君，他的詞不會這般沉鬱，境界不會如此之大。

　　後主詞雖與「花間派」同一時代，而風格卻大為懸殊，花間不過是「扇北里之倡風」，後主詞則是寫宇宙人生之感觸、亡國之悲痛；兩者的境界之廣狹不可並論。前人評後主詞者極多，要以王國維《人間詞話》所論最為深刻：

　　　詞至李後主而眼界始大，感慨遂深，遂變伶工之詞而為士大夫之詞。周介存（濟）置諸溫、韋之下，可謂顛倒黑白矣。「自是人生長恨水長東」、「流水落花春去也，天上人間」，《金荃》、《浣花》，能有此氣象耶？

　　　詞人者，不失其赤子之心者也。故生於深宮之中，長於婦人之手，是後主為人君所短處，亦即為詞人所長處。

客觀之詩人，不可不多閱世。閱世愈深，則材料愈豐富，愈變化，《水滸傳》、《紅樓夢》之作者是也。主觀之詩人，不必多閱世。閱世愈淺，則性情愈真，李後主是也。

尼采謂：「一切文學，余愛以血書者。」後主之詞，真所謂以血書者也。宋道君皇帝〈燕山亭〉詞亦略似之；然道君不過自道身世之戚，後主則儼有釋迦、基督擔荷人類罪惡之意，其大小固不同矣。

唐五代之詞，有句而無篇。南宋名家之詞，有篇而無句。有篇有句，唯李後主降宋後之作，及永叔、子瞻、少游、美成、稼軒數人而已。

後主確乎是一個主觀詩人，他自有他的精神生活，無奈他的精神生活禁不起殘酷的現實打擊，只有以血淚寫出他內心之悲感，他了解這是人生不可填補之缺陷，所以不怨天尤人地擔當起這份痛苦。因而使以豔情為主的小詞，居然反映出人生最高境界，進而成就此一文體之偉大。周濟說他是「麤服亂頭，不掩國色」；（《介存齋論詞雜著》）周之琦又說他是「天籟也，恐非人力所及。」（《詞評》）要知他煩冤莫訴，如鯁在喉，但求吐出為快，豈屑於如西蜀詞人以刻畫美人為工？

春花秋月何時了，往事知多少。小樓昨夜又東風，故國不堪回首月明中。　雕闌玉砌應猶在，只是朱顏改。問君能有幾多愁，恰似一江春水向東流。（〈虞美人〉）

林花謝了春紅，太匆匆。無奈朝來寒雨，晚來風。　胭脂淚，相留醉，幾時重。自是人生長恨水長東。（〈烏夜啼〉）

往事只堪哀，對景難排，秋風庭院蘚侵階。一任珠簾閒不
捲，終日誰來。　金瑣（劍）已沈埋，壯氣蒿萊。晚涼天淨
月華開，想得玉樓瑤殿影，空照秦淮。（〈浪淘沙〉）

簾外雨潺潺，春意闌珊，羅衾不耐五更寒。夢裡不知身是
客，一晌貪歡。　獨自莫凭闌，無限江山，別時容易見時
難，流水落花春去也，天上人間。（〈浪淘沙〉）

李煜父中主璟（九一六～九六一），字伯玉，本名景通，改名
瑤，後名璟，先主昇長子。生而音容閒雅，眉目若畫，尚清潔，多
才藝，好學而能詩。二十二歲時先主受吳禪，二十八歲時先主卒嗣
位，在位十九年，卒年四十六歲。（《五代史》卷六二）《釣磯立談》
謂璟「時時作為歌詩，皆出入風騷，士人傳以為玩，服其新麗。」
今世以南唐二主並稱，而璟詞流傳極少。

手卷真珠上玉鉤，依前春恨鎖重樓，風裏落花誰是主，思悠
悠。　青鳥不傳雲外信，丁香空結雨中愁，回首綠波三楚
暮，接天流。（〈攤破浣溪沙〉）

菡萏香銷翠葉殘，西風愁起綠波間。還與韶光共憔悴，不堪
看。　細雨夢回雞塞遠，小樓吹徹玉笙寒。多少淚珠無限
恨，倚闌干。（〈攤破浣溪沙〉）

(二) 馮延巳

馮延巳（通作己，應作巳。九○三～九六○）又名延嗣，字正
中，廣陵人（今江蘇省江都縣）。事南唐嗣主李璟，與宋齊丘為黨，
曾三度為相。卒年五十八歲，諡忠肅。與馮延巳同朝之孫忌曾面斥
之曰「諂媚險詐」，與嗣主為「聲色狗馬之友」；而宋初人陳彭年

《江南別錄・李璟傳》云：「馮延巳自元帥掌書記為翰林學士承旨，延魯自水部員外郎為中書舍人，延魯急於趨進，欲以功名圖重位，乃興建州之役；延巳曰：『士以文行飾身，忠信事上，何用行險以要祿？』」是延巳為人，未若孫忌所言之甚。又《釣磯立談》云：「叟聞長老說：『馮延巳之為人，亦有可喜處。其學問淵博，文章穎發，辨說縱橫，如傾懸河暴而〔雨〕，聽之不覺膝席之屢前，使人忘寢與食。』」是其才情文藝可知。工詩，雖貴老且不廢，今悉不存。（馬令及陸游《南唐書》本傳，夏承燾《馮正中年譜》）今存詞有《陽春集》一卷，惟有若干首是可疑的，見《唐五代詞校記》。

　　陳世脩《陽春集・序》云：「思深辭麗，均律調新，真清奇飄逸之才也。」按：延巳本是乘時取富貴一流人物，然觀其所為詞，對於人生的觀照，又不同於一般庸俗的富貴之士；如此人物，亂世中本就少見，陳世脩說他「思深」，是因為他有不同於流俗之處；又因為他能「思深」，所以境界能大。王國維《人間詞話》云：

　　　馮正中詞雖不失五代風格，而堂廡特大，開北宋一代風氣。

雖然，其廊廡之大，究非李後主可比，但在五代一般詞人中，要以延巳為首屈一指；至云直接影響北宋詞人，則後主又比不上馮正中了，以後主之沉鬱勃發，一片天機，後人無法摹擬；後者抒寫情志，卻有跡可尋，使得後人得有所依循。

　　　小堂深靜無人到，滿院春風，惆悵牆東，一樹櫻桃帶雨紅。
　　　　愁心似醉兼如病，欲語還慵，日暮疏鐘，雙燕歸棲畫閣中。（〈采桑子〉）

　　　細雨溼流光，芳草年年與恨長。煙鎖鳳樓無限事，茫茫，鸞鏡鴛衾兩斷腸。　魂夢任悠揚，睡起楊花滿繡床。薄倖不來

門半掩，斜陽，負你殘春淚幾行。（〈南鄉子〉）

春日宴，綠酒一杯歌一遍，再拜陳三願：一願郎君千歲，二願妾身常健，三願如同梁上燕，歲歲長相見。（〈長命女〉）

坐對高樓千萬山，雁飛秋色滿闌干。燒殘紅燭暮雲合，飄盡碧梧金井寒。咫尺人千里，猶憶笙歌昨夜歡。（〈拋毬樂〉）

今日相逢花未發，正是去年，別離時節。東風吹第有花開，恁時須約卻重來。　重來不怕花堪折，祇怕明年，花發人離別。別離若向百花時，東風彈淚有誰知？（〈憶江南〉）

第三節　敦煌《雲謠集》

敦煌《雲謠集》的發現，是詞史上一件大事，使吾人對於詞之發展年代，不得不改觀。惟因傳統的觀念都認為詞的起源早不過五代，於是對於這部最早的詞集，有謂輯錄於唐末，與《花間集》成書年代相接近的；有謂唐無慢詞，此書應在北宋柳耆卿之後的；這些都是未能放棄成見的看法。張爾田與龍沐勛書云：

《雲謠集》本無年號，即決其出於宋初，而寫詞之人未必即作詞之人，安知非傳錄唐人舊詞乎？若謂其中多慢詞，定為北宋人作者，則唐杜牧之已有〈八六子〉慢詞矣。大抵唐時慢詞，皆樂工肄習，文士少為之者。故今所見五代人詞多小令。至宋，而文士始有填慢詞者，不得謂唐時教坊無慢詞也。……《雲謠集》曲牌名，早見之於唐崔令欽《教坊記》，《樂章集》不過偶與之同耳。柳詞作風固與《雲謠集》相近，謂柳詞即從唐人此種詞格蛻化而來則可，謂《雲謠集》與柳

　　　　詞同時似不可。

張氏此說，甚為平實。《雲謠集》詞三十三首，共有十三調，（《全唐五代詞彙編》本）而調名見於《教坊記》中者竟有十二調。《教坊記》作者為玄、肅二宗時人，《教坊記》記事訖於開元年間，（王國維〈唐寫本雲謠集雜曲子跋〉）是《教坊記》中曲調之創始，當在開元以前。至於作辭年代，可能晚於創調之時，但因辭而製調，也不無可能。

　　龍沐勛曾就《雲謠集》中的〈鳳歸雲〉第一二四首及〈洞仙歌〉之二首，〈破陣子〉第二三四首的內容，推定《雲謠》詞是開元、天寶年間的作品。曲調既不能晚於開元，曲詞內容又與開、天詩人同一情緒，兩者相互印證，是《雲謠集》的作品年代，絕非晚唐而在盛唐，使我們不再囿於傳統看法。

　　這裡尚有一問題，即《雲謠集》詞的長句不特與後來五代或北宋詞的字數不同，並且同調而不止一首的字數也不一致。這頗使後來學者迷惑，不免各有解說。要知大凡文體之演進，總是漸至於精嚴，終至成為定型。若以既成定型之觀念回看初期現象，自然有所不合。有的說是由於唐律之寬，有的說由於詞在初期尚不能律定；有的說由於歌者減字偷聲；有的說由於音譜之有別在辭句上遂形成別體；這些都可說是原因之一，但若執一以為是，不免違背文體演進的原理。所以對此一問題的理解，不妨採取多元的角度。

　　《雲謠》與《花間》這兩部詞集，儘管文體相同，而兩者本質卻大不相同。《花間集》作者都是有高度修養的文士，同時又是顯貴；《雲謠集》的作者身分與文學修養，是不能與之相提並論；因此《雲謠》詞雖時有華麗辭藻，究竟仍具有濃厚的民間氣息。《雲謠集》只有三十三首，但敦煌所發現的與《雲謠》詞風格相似者，卻數倍於《雲謠》，即使作品年代稍晚，但不能不承認它們是一系的作品，我

們不妨合併稱之為「雲謠派」。

　　雲謠派極具寫實精神，其所表現者皆真情流露，故能樸質而自然，真摯而動人，雖然其寄託並不深遠，想像也不甚豐富，要知出於民間作者之手，往往皆是如此，以其不事雕琢，反而天真可愛。

　　　綠窗獨坐，修得君書。征衣裁縫了，遠寄邊隅。想你（一作得）為君貪苦戰，不憚崎嶇。終朝沙磧裏，只憑三尺，勇戰奸愚。　豈知紅臉，淚滴如珠。枉把金釵卜，卦卦皆虛。魂夢天涯無暫歇，枕上長噓。待公卿回故里，容顏憔悴，彼此何如。（〈鳳歸雲〉）

　　　兒家本是：累代簪纓，父兄皆是，佐國良臣。幼年生於閨閣，洞房深，訓習禮儀足，三從四德，針指分明。　娉得良人，為國願長征。爭名定難，未有歸程。徒勞公子肝腸斷，謾生心。妾身如松柏，守志強過，曾女堅貞。（〈鳳歸雲〉）

　　　年少征夫軍帖，書名年復年。為覓封侯酬壯志，攜劍彎弓沙磧邊。拋人如斷絃。　迢遞可知閨閣，吞聲忍淚孤眠。春去春來庭樹老，早晚王師歸卻還，免教心怨天。（〈破陣子〉）

　　　叵耐靈鵲多瞞語。送喜何曾有憑據；幾度飛來活捉取。鎖上金籠休共語。　比擬好心來送喜，誰知鎖我金籠裏。願他征夫早歸來，騰身卻放我向青雲裏。（〈鵲踏枝〉）

這幾首都是在反映唐代對外用兵之際，閨中思婦的感情，第一首人生感觸最深，即使功成歸來，而彼此也就老去了；第二首所表現為堅貞情操；第三首是希望戰事結束，解除兵役也就得以團圓；第四首上片是征婦口吻，下片是喜鵲口吻，寫法甚為奇特。這些感情，都是精神所感受的自由，主觀的抒寫，吐辭直抒，在傳統文人眼

中，或許會感到直率；而其感情卻溫厚而不激越。此外，尚有一首不完整的出於征夫口吻的作品：「十四十五上戰場，手執長槍，低頭淚落吃糧，步步近刀槍。昨夜馬驚轡斷，惆悵無人遮攔。」（《敦煌掇瑣》）這種寫法確實直率，可是真實而沉痛。至於男女戀情之作，也不似花間派蕩子倡婦的情調，大都真切動人。如：

> 蓮臉柳眉羞暈，青絲罷攏雲。煖日和風花帶媚，畫閣雕梁燕語新，捲簾恨去人。　　寂寞長垂珠淚，焚香禱盡靈神。應是瀟湘紅粉戀，不念當初羅帳恩，拋兒虛度春。（〈破陣子〉）

> 珠淚紛紛濕綺羅。少年公子負恩多。當初姊姊分明道，莫把真心過與他。子細思量著，淡薄知聞（「知聞」應言朋友）解好麼？（〈拋毬樂〉）

> 枕前發盡千般願：要休且待青山爛。水面上秤錘浮。直待黃河徹底枯。　　白日參辰現，北斗迴南面。休即未能休，且待三更見日頭。（〈菩薩蠻〉）

> 悔嫁風流壻，風流無準憑。攀花折柳得人憎。夜夜歸來沉醉，千聲喚不應。　　回覷簾前月，鴛鴦帳裏燈，分明照見負心人，問道些須心事，搖頭道不曾。（〈南歌子〉）

第四節　宋詞作家

一、晏殊、晏幾道

　　晏殊（九九一～一○五五），字同叔，撫州臨川人。幼孤獨學，七歲能文，以神童薦，賜同進士出身，真宗朝歷官至翰林學士。仁宗天聖五年，以刑部侍郎知宋州，大興學校，於應天書院延

范仲淹掌教，殊嘗宿學中，訓告學者，皆有法度，以是培養人才頗
多。明道元年為參知政事，遷尚書左丞，時年四十歲。慶曆二年自
樞密使加同平章事，四年罷相，時年五十四歲。皇祐五年自永興軍
徙知河陽兼西京留守，遷兵部尚書，封臨淄公；明年以病歸京師，
又明年病卒，年六十五歲，時為仁宗至和二年。殊體貌清瘦，不喜
食肉，自奉若寒士，性真率，人畏其剛峻悁急（《宋史》卷三一一本
傳；夏承燾《二晏年譜》）著有《珠玉詞》一卷。葉夢得《避暑錄
話》卷下云：

> 晏元獻公雖早富貴，而奉養極約，惟喜賓客，未嘗一日不燕
> 飲。而盤饌皆不預辨，客至旋營之。頃有蘇丞相子容嘗在公
> 幕府，見每有佳客必留，但人設一空案一杯，既命酒，果實
> 蔬茹漸至，亦必以歌樂相佐，談笑雜出；數行之後，案上已
> 燦然矣。稍闌，即罷遣歌樂，曰：「汝曹呈藝已徧，吾當呈
> 藝。」乃具筆札，相與賦詩，率以為常。前輩風流，未之有
> 比。

這是他的文學生活，也就是他的精神生活，不然，以他那樣嚴肅的
性格，未必能寫出如是清麗的作品。《四庫全書總目提要》云：「殊
賦性剛峻，語特婉麗。」（卷一九八）有了葉夢得對他的生活紀錄，
自不難了解他之所以成為大詞人的原因了。至於殊詞的源流，沿自
南唐，尤近馮延巳。馮煦《蒿菴論詞》云：

> 詞至南唐，二主作於上，正中和於下，詣微造極，得未曾
> 有，宋初諸家，靡不祖述二主，憲章正中；譬之歐、虞、
> 褚、薛之書，皆出逸少。晏同叔去五代未遠，馨烈所扇，得
> 之最先。故左宮右徵，和婉而明麗，為北宋倚聲家初祖。劉
> 攽《中山詩話》謂：「元獻喜馮延巳歌詞，其所自作，亦不

減延巳。」信然。

晏殊究竟是富貴中人，沒有李後主那樣國破家亡的遭遇，所以他喜歡馮延巳，而得之於延巳者亦甚多。他所透露的感情，是人生淡淡哀愁，似淺實深，令人有無可奈何之感；因此他所體會的境界，高華之中，往往有寂寞淒清的情味。

> 一向年光有限身，等閒離別易銷魂，酒筵歌席莫辭頻。　滿目山河空念遠，落花風雨更傷春，不如憐取眼前人。（《浣溪沙》）

> 金風細細，葉葉梧桐墜。綠酒初嘗人易醉，一枕小窗濃睡。　紫薇朱槿花殘，斜陽卻照闌干。雙燕欲歸時節，銀屏昨夜微寒。（〈清平樂〉）

> 綠楊芳草長亭路，年少拋人容易去，樓頭殘夢五更鐘，花低離情三月雨。　無情不似多情苦，一寸還成千萬縷，天涯地角有窮時，只有相思無盡處。（〈玉樓春〉）

殊第七子幾道（一○三○～一一○六），字叔原，號小山。自仕太常太祝及監潁昌鎮後，即未出仕。住在京師先人的賜第中，過著文酒歌妓的生活，著有《小山詞》一卷。約生於仁宗天聖八年，卒於徽宗崇寧五年。（夏承燾《二晏年譜》）他的生平雖未留下詳細資料，黃庭堅的〈小山集序〉，足提供我們對於這位大詞人的認識：

> 晏叔原，臨淄公之莫子也。磊隗權奇，踈於顧忌，文章翰墨，自立規摹，常欲軒輊人，而不受世之輕重。諸公雖愛之，而又以小謹望之，遂陸沈於下位。……乃獨嬉弄於樂府之餘，而寓以詩人句法，清壯頓挫，能動搖人心，士大夫傳之，以為有臨淄之風爾，罕能味其言也。余嘗論：「叔

原固人英也，其癡亦自絕人。」愛叔原者皆憫而問其目，曰：「仕宦之連蹇而不能一傍貴人之門，是一癡也；論文自有體，不肯一作新進士語，此又一癡也；費資千百萬，家人寒飢而面有孺子之色，此又一癡也；人百負之而不恨，已信人終不疑其欺己，此又一癡也。」乃共以為然。雖若此，至其樂府，可謂狹邪之大雅，豪士之鼓吹，其合者高唐、洛神之流，其下者豈減桃葉、團扇哉。（《豫章黃先生文集》卷十六）

黃庭堅將這位貴公子的性格與生活描寫得很真實，既侘傺又矜貴，既孤傲亦復豪縱。這是他的文學背景，同時也是他的詩人生活，我們有了這樣的認識，自易了解他的作品。惟其如此，使他對於人生的體驗，既深刻又悲涼。以這種心情寫作，即使游於狹邪，也自有他感情的真實表現。他自己說：「作五七字語，期以自娛，不獨敘其懷，兼寫一時杯酒間聞見，所同遊者意中事。」又說：「追維往昔過從飲酒之人，或壠木已長，或病不偶，考其篇中所紀悲歡合離之事，如幻如電，如昨夢前塵，但能掩卷憮然，感光陰之易遷，嘆境緣之無實也。」（今本《小山詞》跋語）他所表現的這些感情，也是人們所共有的情感，故能「動搖人心」。

夢後樓臺高鎖，酒醒簾幕低垂，去年春恨卻來時，落花人獨立，微雨燕雙飛。　記得小蘋初見，兩重心字羅衣。琵琶絃上說相思。當時明月在，曾照彩雲歸。（〈臨江仙〉）

天邊金掌露成霜，雲隨雁字長，綠杯紅袖趁重陽，人情似故鄉。　蘭佩紫，菊簪黃，殷勤理舊狂，欲將沈醉換悲涼，清歌莫斷腸。（〈阮郎歸〉）

墜雨已辭雲，流水難歸浦，遺恨幾時休，心抵秋蓮苦。　忍
淚不能歌，試託哀絃語，絃語願相逢，知有相逢否。（〈生查
子〉）

二、歐陽修

　　歐陽修有詞三卷，即《文忠公集》所謂近體樂府者。此為修之
同鄉羅泌所編定。泌之修詞後記謂修詞有「《平山集》盛傳於世，
曾慥《雅詞》不盡收也，今定為三卷。」按：曾慥《樂府雅詞》成
書於紹興丙寅，即高宗紹興十六年。慥輯《雅詞》所以不盡收《平
山集》的原因，據慥云：「當時小人或作豔曲，謬為公詞，今悉刪
除。」是《平山集》所收，有真有偽，頗為淆雜，因修詞生前無定
本，《平山集》有如《醉翁琴趣》，同是出於書坊之手，不過「平山
堂本」成書較早，而且「盛傳於世」。至光宗紹熙二年，孫謙益等開
始編校《歐陽修全集》，羅泌參與其事，因《平山集》之淆雜不能據
之入全集，而有重行整理之必要，這是可以想像得到的羅泌編定歐
詞的動機。後來「汲古閣」編《六十名家詞》，其中《六一詞》即據
羅本；但其將羅本三卷合為一卷，又將羅本〈後記〉作為〈題詞〉，
又刪去其末段，殊為不倫。

　　今《平山集》已不可復見，羅泌本所不同於平山堂本的，惟有
一點可知，羅泌校記云：「其甚淺近者，前輩多謂劉煇偽作，故削
之。」雖然如此，羅泌卻未能將歐詞中混淆者完全澄清。其〈後記〉
末段云：

　　　元豐中崔公度跋馮延巳《陽春錄》，謂皆延巳親筆，其間有
　　　誤入《六一詞》者，近世《桐汭志》、《新安志》亦記其事。
　　　今觀延巳之詞，往往自與唐《花門（間）集》、《尊前集》相
　　　混，而柳三變詞亦雜《平山集》中。則此三卷，或甚浮豔

　　者，殆非公之少作，疑以傳疑可也。

「其甚淺近者」固是偽作，其「甚浮豔者」看來也未必是修所作；此
與曾慥所說小人謬託是相同意思。雖不免有存心維護之意，但從另
一方面看來，修一生樹敵甚多，當時仇人偽託文字，影射醜詆者一
定不少。如有人告他私通外甥女，本是極不堪的誣陷，而錢惟演竟
藉「江南柳」一詞加以附會，不僅輕薄，且甚惡毒。（錢世昭《錢氏
私誌》）惟演「出於勛貴，文辭清麗」，（《宋史》本傳語）歐陽修
早年曾為其幕僚，且對修如此，其他人更可想而知了。

　　關於劉煇偽作之說，後來陳振孫頗不以為然，他說：「世傳煇
既黜於歐陽公，怨憤造謗，為猥褻之詞。今觀楊傑志煇墓，……蓋
篤厚之士也，肯以一試之淹，而為此憸薄之事哉？」（《直齋書錄解
題》卷十七）於是《六一詞》的解題云：「亦有鄙褻之語一二廁其
中，當是仇人無名子所為也。」（《直齋書錄解題》卷二一）

　　歐陽修與晏殊兩家詞可說是同源，都與馮延巳有關；兩人性格
也很相似，都是剛峻豪放；惟歐詞更深於殊，源於修的一生遭遇，
每多挫折，憂讒畏譏，困而思之愈深所致。而其剛峻的另一面，則
是熱烈的情感，因之不免與物有情，卻又不能輕於發洩，只有偶於
詞中透露出來。又因其生性豪放，即使沉重的情感，往往表現得極
自然而無酸寒之態。乍一讀過，似乎無甚悲苦之感，可是稍一玩
味，其悲苦之情頗能動人心魄。至於詞中的男女情懷，也是事實，
羅泌的〈後記〉亦未嘗為之諱。其言：

　　　情動於中而形於言，人之常也。《詩三百篇》如俟城隅、望
　　　復關、摽梅實、贈芍葉之類，聖人未嘗刪焉；陶淵明〈閒情〉
　　　一賦，豈害其為達，而梁昭明以為「白玉微瑕」，何也？公
　　　性至剛，而與物有情，蓋嘗致意於詩，為之本義，溫柔寬

厚，所得深矣，吟詠之餘，溢為歌詞。

羅泌此論，既通達亦深刻。歐陽修在當時雖以韓文公自命，究非道學家風範，他的生活並不拘謹，卻頗燦爛，他的詞表現了他內心之真實，提供我們進一步了解全部的歐陽修。尤以他那熱切的情感，人生哀樂的體會，更是擴大了五代後詞的境界。

> 群芳過後西湖好，狼籍殘紅。飛絮濛濛，垂柳闌干盡日風。
> 　笙歌散盡游人去，始覺春空。垂下簾櫳，雙燕歸來細雨中。（〈采桑子〉）

> 庭院深深深幾許。楊柳堆煙，簾幕無重數。玉勒雕鞍游冶處，樓高不見章臺路。　雨橫風狂三月暮。門掩黃昏，無計留春住。淚眼問花花不語，亂紅飛過鞦韆去。（〈蝶戀花〉）

> 幾日行雲何處去。忘了歸來，不道春將暮。百草千花寒食路，香車繫在誰家樹。　淚眼倚樓頻獨語。雙燕來時，陌上相逢否。撩亂春愁如柳絮，依依夢還無尋處。（〈蝶戀花〉）

> 去年元夜時，花市燈如晝。月到柳梢頭，人約黃昏後。　今年元夜時，月與燈依舊。不見去年人，淚滿春衫袖。（〈生查子〉）

三、張先

張先（九九〇～一〇七八），字子野，烏程人（今浙江吳興縣）。仁宗天聖八年登進士，時年四十一歲。歷官宿州掾，知吳江縣，嘉禾判官，永興軍通判，知渝州、虢州，以都官郎中致仕，致仕時已七十多歲。生於淳化元年，卒於元豐元年，得年八十九歲。他所交遊的詞人中，晏殊小他一歲，歐陽修小他十七歲，蘇東坡小

他四十六歲，晏、歐並先卒，在當時詞人中，可算是最為長壽的。其為人善戲謔，有風味，至老不衰。八十餘歲視聽尚精健，猶有聲妓，此老風調，可以想見。（夏承燾《張子野年譜》）他的性格大約是曠達的，頗能自得其樂的過著他詞人的生活，因此從他的詞作中，並看不出嘆老嗟卑的情緒；如他有名的「雲破月來花弄影」一詞，詞題云：「時為嘉禾小倅，以病眠不赴府會」，在這樣的情形下，寫出那樣的詞，但知流連光景，毫無身世牢愁。身非顯貴，無關天下憂樂，而自由自在的周旋在歌舞群中，企尊紅袖，舞榭歌樓，靈感多從此中得來，正是都會詩人本色。

李端叔云：「子野詞才不足而情有餘。」（《詞林紀事》引）蔡伯世說：「子野詩勝乎情」，（《歷代詩餘‧詞話》卷一一四）兩人看法適為相左；吾則同意蔡說，以子野如此曠達性格，到處留情，自是常事，而在人生體驗方面，究不能如晏氏父子、歐陽修等之深切。至其作風，實開宋人聲色，無《花間》之穠摯，而賦多興少，然清新流麗，能移人情。

> 雙蝶繡羅裙，東池宴，初相見，朱粉不深勻，閒花淡淡春。
> 　細看諸處好，人人道，柳腰身，昨日亂山昏，來時衣上雲。（〈醉垂鞭〉）

> 錦筵紅，羅幕翠，侍宴美人姝麗，十五六，解憐才，勸人深酒杯。　黛眉長，檀口小，耳畔向人輕道：柳陰曲，是兒家。門前紅杏花。（〈更漏子〉）

> 牡丹含露真珠顆，美人折向簾前過，含笑問檀郎：花強妾貌強？　檀郎故相惱，剛道花枝好。花若勝如奴，花還解語無？（〈菩薩蠻〉）

姜夔（存目）*

四、柳永

柳永，字耆卿，初名三變，字景莊，崇安人（今福建崇安縣）。永生平《宋史》無傳，宋人筆記以葉夢得所記較詳，其《避暑錄話》卷下云：

> 柳永，字耆卿。為舉子時，多游狹邪，善為歌辭，教坊樂工，每得新腔，必求永為辭，始行於世，於是聲傳一時。初舉進士登科為睦州掾，舊初任官薦舉法，不限成考。永到官，郡將知其名，與監司連薦之，物議喧然。及代還，至銓，有摘以言者，遂不得調。自是詔初任官須滿考乃得薦舉，自永始。永初為〈上元辭〉，有「樂府兩籍神僊，梨園四部管弦」之句，傳禁中，多稱之。後因秋晚張樂，有使作〈醉蓬萊〉辭以獻，語不稱旨，仁宗亦疑有欲為之地者，因置不問。永亦善為他文辭，而偶先以是得名，始悔為己累。後改名三變，而終不能救，擇術不可不慎。余仕丹徒，嘗見一西夏歸明官云：「凡有井水飲處，即能歌柳詞」，言其傳之廣也。永終屯田員外郎。死旅，殯潤州僧寺，王和甫為守時，求其後不得，乃為出錢葬之。

按：吳曾云：「初進士，柳三變好為淫冶謳歌之曲，傳播四方，嘗有〈鶴沖天〉詞：『忍把浮名，換了淺斟低唱。』及臨軒放榜，特落之。曰：『且去淺斟低唱，何要浮名？』」（《能改齋漫錄》卷十六）

---

* 按：據臺先生手稿，姜夔原附於此（張先之後柳永之前），此與年代次序編排體例不符，應為錯簡故；又，細察內容，此文並非對詞作的討論，反為姜夔〈詩說〉之分析，因此將之移至宋詩單元；此處但存目誌之。〔編者註〕

此應是文人渲染的傳說，未必可信，臨放榜時削除，無此可能，況既被斥逐，何以後又能進士及第？又按：永獻〈醉蓬萊〉詞，語不稱旨一事，王闢之所述較詳，其《澠水燕談錄》卷八云：

> 皇祐中，久困選調，入內都知史某愛其才，而憐其潦倒。會教坊進新曲〈醉蓬萊〉，時司天臺奏：「老人星見」；史乘仁宗之悅，以耆卿應制。耆卿方冀進用，欣然走筆，甚自得意，詞名〈醉蓬萊慢〉。比進呈，上見首有「漸」字，色若不悅。讀至「宸游鳳輦何處」，乃與御製〈真宗挽詞〉暗合，上慘然。又讀至「太液波翻」曰：「何不言『波澄』？」乃擲之於地。永自此不復進用。

至於葉夢得言永「後改名三變」，則非事實，陳振孫〈樂章集解題〉云：「後乃更名永。」（《直齋書錄解題》卷二一）吾友鄭騫云：「耆卿有兄三復、三接，皆工文，號柳氏三絕。可知三變係自幼命名，非後改者，不能弟兄皆改名也。」（《詞選》）總之，他這個人有極高的文學藝術天才與愛好，早年在這方面就有很深的修養，因此混跡於歌姬、樂師之間，為之製作歌曲，將個人愛好與生活打成一片；故他未中進士以前，便已聲傳一時。雖然這在官僚社會中，不是文士應有的生活態度，而在他卻真實地過著文學藝術的生活。這種生活孕育了他的靈感，充實了他的作品，卻毀壞了官僚社會中屬於他的前程，只能自我解嘲說：「何須論得喪，才子詞人，自是白衣卿相。」（〈鶴沖天〉）

永所著詞名《樂章集》，以彊村叢書本為最佳。永之生卒年，據吾友鄭騫云：「約生於真宗初年，卒於仁宗末年。」與他同時代的大詞人有晏殊父子、歐陽修、張先，以及較他年輕的蘇軾，可是他獨以俚俗見稱。趙令畤《侯鯖錄》記東坡語：「世言柳耆卿曲俗，非

也；如〈八聲甘州〉云：『霜風淒緊，關河冷落，殘照當樓。』此語於詩句，不減唐人高處。」按：此語又見《復齋漫錄》，以為是晁无咎所說；但趙令時是東坡之友，因與東坡交遊，曾被牽入黨籍，是趙令時記似較為可信。由於東坡言「世言柳耆卿曲俗」一語，便知柳永詞在當時評價；而東坡也不過是摘句欣賞，於整體風格之評價，也就難說。

南宋人對於柳永更無好評，如陳振孫說他詞格不高，其人不足道＊；（《直齋書錄解題》卷二一）而抨擊最力的莫過於王灼，如云：「淺近卑俗，自成一體，不知書者尤好之。予嘗以比都下富兒，雖脫村野，而聲態可憎。」又斥之為「野狐涎」。（《碧雞漫志》卷二）王灼於永詞，要算是深惡痛絕了。永詞所以俚，要以他描寫男女私情無甚含蓄為主因。關於此，當時有一故事：「柳三變既以調忤仁廟，吏部不放（一作敢）改官，三變不能堪，詣政府，晏公曰：『賢俊作曲子麼？』三變曰：『祇如相公亦作曲子。』公曰：『殊雖作曲子，不會（一作曾）道：「綠線慵拈伴伊坐。」』柳遂退。」（張舜民《畫墁錄》）晏殊此一觀感，不僅足以代表當時一般人的意見，也正說明了後世一大部分的批評。如張炎《詞源》曰：「柳詞亦自批風抹月中來。風月二字，在我發揮；柳詞則為風月驅使耳。」張炎為詞學當行，猶不免懷此成見。

按：柳永身處時代的詞風，正承五代遺緒，作者又都是朝中顯貴，是雖末日之光，猶能照耀當世。而永詞所走的路徑，不是五代的作風，卻是五代以前民間曲子的風格。初期俗曲經過五代作家之手，如《花間集》諸人，一變民間作風為高華綺豔，遂成為有修養文士的新體製；至北宋有晏殊、歐陽修等為之後勁；南宋詞家更趨

＊ 茲錄原文如下：「格固不高，而音律諧婉，語意妥帖，承平氣象形容曲盡，尤工於羈旅行役；若其人則不足道也。」〔編者註〕

於典重藻繪。是南北宋大家皆與柳永異趣，此永詞愈流行民間，愈不為（士人）重視的原因。於是永詞在兩宋殊無好評，宋以後真知其價值的也不多，大都以為他的詞是韻不勝、格不高。至近代詞家對於永詞看法，才大大改變了前人的偏見，這是由於敦煌俗曲發現之後，使人了解柳永不隨時尚，倔強的走他自家愛好的道路；而一向被五代詞風隱蔽的視線，也就豁然開朗。況周頤說：「柳屯田《樂章集》為正體之一。」（《蕙風詞話》卷三）雖沒有說明柳詞何以為正體之理由；要之，不外是敦煌俗曲的發現，證明了柳詞淵源，而以歷史觀念來評價柳詞風格。

　　柳永雖是走早期民間俗曲的途徑，他畢竟是有天才、有學養的文人，而不是民間作家；他吸取民間抒寫手法，以及民間生動之語言，不屑於露瀝膏馥，堆砌金粉，當代顯貴作家的詞風，似乎都不在他眼下，這可以看出他的才氣。又因為他落拓於江湖，生活方面有豐富經驗，遂寫出個人失意的牢愁，歡場之哀樂，也寫出供人玩樂的女性之悲涼；此外，他更寫出都會的繁華。《合璧事類》云：「范蜀公少與柳耆卿同年，愛其才美，聞作《樂章》，嘆曰：『謬其用心。』」謝事之後，親舊間盛唱柳詞，復嘆曰：『仁廟四十二年太平，吾身為史官二十年，不能贊述，而耆卿能盡形容之。』」（《宋人軼事彙編》卷十引）這一記錄頗有意義，他確乎有意無意的歌頌出仁宗朝的承平氣象；兩宋詞人篇章中，能反映都會之繁榮，要以柳詞數量為最多。

> 黃金榜上，偶失龍頭望。明代暫遺賢，如何向？未遂風雲便，爭不恣狂蕩？何須論得喪，才子詞人，自是白衣卿相。
> 　　煙花巷陌，依約丹青屏障。幸有意中人，堪尋訪。且恁偎紅翠，風流事、平生暢。青春都一餉（晌）。忍把浮名，換了淺斟低唱。（《鶴沖天》）

對瀟瀟、暮雨灑江天，一番洗清秋。漸霜風淒慘，關河冷
落，殘照當樓。是處紅衰翠減，苒苒物華休。惟有長江水，
無語東流。　　不忍登高臨遠，望故鄉渺邈，歸思難收。嘆年
來踪迹，何事苦淹留。想佳人、妝樓顒望，誤幾回、天際識
歸舟。爭知我、倚闌干處，正恁凝愁。（〈八聲甘州〉）

望處雨收雲斷，憑闌悄悄，目送秋光。晚景蕭疏，堪動宋玉
悲涼。水風輕、蘋花漸老，月露冷、梧葉飄黃。遣情傷，故
人何在，烟水茫茫。　　難忘。文期酒會，幾孤（辜）風月，
屢變星霜。海闊山遙，未知何處是瀟湘。念雙燕、難憑遠
信，指暮天、空識歸航。黯相望。斷鴻聲裏，立盡斜陽。
（〈玉蝴蝶〉）*

五、蘇軾

　　東坡的詞，一如他的詩、文、書、畫，共具有一種雄肆俊爽的
風格，這是由於他那明淨人格與曠達人生觀，以是在他的文學藝術
方面，無往而不流露他那無遮的本色。他在世俗的眼中看來，幾乎
是超人的才性。

　　東坡時代的詞人，其能夠自立的，都脫不了唐末五代的餘緒，
獨東坡最為傑出。在詞發展方面看，唐末五代的路子似乎已到盡
頭，必須別闢新路，況以東坡才性，也非因循前賢的格局。雖如
此，東坡卻不被時人所了解，蘇門的陳師道便是如此：

退之以文為詩，子瞻以詩為詞，如教坊雷大使之舞，雖極天
下之工，要非本色。今代詞手，惟秦七、黃九爾。（《後山詩

---

* 臺先生手稿未列例詞，此三闋為編者所徵引。〔編者註〕

　話》)

只知秦七、黃九為本色,而不知蘇詞為創新。南宋魏慶之云:「余
謂後山之言過矣,子瞻佳詞最多,其間傑出者……皆絕去筆墨畦逕
間,直造古人不到處。真可使人一唱而三嘆;若謂以詩為詞,是大
不然。」(《詩人玉屑》卷二一〈詩餘〉)陳師道只知詞以唐末五代
為極則,以此為標準來衡量蘇詞,故雖工而非本色,顯示他只知歷
史的因襲而不知歷史的演變;而《詩人玉屑》就呈現相對的意見。
王若虛的《滹南遺老集》卷三九〈詩話〉云:

> 陳後山謂子瞻以詩為詞,大是妄論,而世皆信之;獨茅荊產
> 辨其不然,謂公詞為古今第一,今翰林趙公亦云:「此與人
> 意暗同。」蓋詩詞只是一理,不容異觀。自世之末作,習為
> 纖豔柔脆,以投流俗之好,高人勝士,亦或以是相勝,而日
> 趨于委靡;遂謂其體當然,而不知流弊之至此也。

王說「詩詞只是一理」,從大處著眼,這是值得注意的。因為詞之與
詩,儘管有其不同,而兩者的內在精神,則是不容分開,而詩歌與
散文就截然不同了。這一問題,前人亦有討論。清初吳喬《答萬季
埜詩問》,萬季埜問「詩與文之辨」,答曰:「二者意豈有異,唯是
體制辭語不同耳。意喻之米,文喻之炊而為飯;詩喻之釀而為酒。
飯不變米形,酒形質盡變。噉飯則飽,可以養生,可以盡年,為人
事之正道;飲酒則醉,憂者以樂,喜者以悲,有不知其所以然者。」
(《清詩話》)吳喬之意,不難理解;即散文出於理性,詩歌由於感
情,這是兩者最大分野。王灼對於有人認為蘇詞是長短句中詩,他
頗不以為然的說:「詩與樂府同出,豈當分異?」(《碧雞漫志》卷
二)這也就是王若虛所言「詩詞只是一理」,而詩與詞不能強分,更
為明顯。蘇軾將詩所能表現境界——過去詞不能表現的———一表

現於詞，正是大手筆的本領。如〈水調歌頭〉、〈念奴嬌〉諸作，不特非唐末五代人所能，也非同時詞人所能到，這正是詞的新境界、新風格。胡寅云：「眉山蘇氏，一洗綺羅香澤之態，擺脫綢繆宛轉之度，使人登高望遠，舉首高歌，而逸懷浩氣，超乎塵垢之外，自是《花間》為皂隸，而柳氏為輿台矣。」（〈酒邊詞序〉）可是拘於唐末五代之傳統觀念者，以為雖工而不算本色，謬說流傳，直至《四庫全書總目提要》猶謂蘇詞為「別格」。

　　關於蘇軾詞協律與否的問題，這與所謂「以詩為詞」有連屬關係，既「以詩為詞」，則詞的音律自然放寬了。晁補之言：「居士詞，人謂多不諧音律，然橫放傑出，自是曲子內縛不住者。」（《復齋漫錄》引）補之是蘇門四學士之一，可知在蘇軾當時即有人談到他對協律的問題，後來李易安也有同樣的批評；亦有為之辨明者，如陸游以為蘇軾既能歌，詞亦可歌，但豪放不喜裁翦以就聲律耳。（《渭南文集》）沈義父更舉蘇軾所作〈哨遍〉、〈楊花水龍吟〉兩詞，以證蘇軾未嘗不叶音律。（《樂府指迷》）按：〈哨遍・自序〉：「取〈歸去來辭〉，稍加隱括，使就聲律，以遺毅夫，使家僮歌之。」又〈水調歌頭・自序〉：「建安章質夫家善琵琶者，乞為歌詞。余久不作，特取退之詞，稍加隱括，使就聲律，以遺之云。」又元豐五年謫居黃州，夢扁舟渡江中流，作〈水龍吟・自序〉云：「閭丘大夫孝終公顯嘗守黃州，作棲霞樓，為郡中勝絕。元豐五年，余謫居於黃。正月十七日，夢扁舟渡江，中流回望，樓中歌樂雜作。舟中人言：公顯方會客也。覺而異之，乃作此詞。蓋越調鼓笛慢。」又〈翻香令〉一調，據舊注云：「老人自製腔名。」據此，可以證明他作詞未嘗不注意聲律，但陸游說他不喜裁翦以就聲律，也是事實；可是將詞與音樂分離這一趨勢，完全歸之於他，則非全然合理。李清照《詞評》云：

> 逮至本朝，禮樂文武大備。又涵養百餘年，始有柳屯田永
> 者，變舊聲作新聲，出《樂章集》，大得聲稱于世，雖協音
> 律，而辭語塵下。……至晏元獻、歐陽永叔、蘇子瞻，學際
> 天人，作為小歌詞，直如酌蠡水于大海，然皆句讀不葺之詩
> 爾，又往往不協音律。（《詩人玉屑》卷二一引）

是知歐陽修、晏殊與蘇軾同為「往往不協音律」者，而問題也就在
此。詞在五代由俗曲而被有修養的文人所提倡，是詞的文學地位升
高，這一時期詞的本身還有賴於歌舞、音樂相配合。到了北宋初
年，詞的文體更被當時文士所喜愛，不僅以之描繪綺羅、抒寫情
志，詞的內容放寬了，也就有意無意的與音樂分離了，這是必然的
使詞趨向於又一個新的階段。與蘇軾同時代的柳永，他是精於音律
的，從他的眼光看蘇詞，一定認為是外道；不過若能以另一種文學
眼光看蘇詞，以長短句的形式，抒寫時代的感觸、人生的哀樂，倒
比詩的形式自由多了。由此，我們了解詞在北宋因自然演變，有堅
守音律的，亦有放寬音律的，即使作者個人往往也同時具有此兩種
作法，並一直延續至後來各時代。

> 莫聽穿林打葉聲，何妨吟嘯且徐行。竹杖芒鞋輕勝馬，誰
> 怕！一簑煙雨任平生。　料峭春風吹酒醒，微冷，山頭斜照
> 卻相迎。回首向來蕭瑟處，歸去，也無風雨也無晴。（〈定風
> 波〉三月七日，沙湖道中遇雨，雨具先去；同行皆狼狽，余
> 獨不覺，已而遂晴，故作此詞。）

> 明月如霜，好風如水，清景無限。曲港跳魚，圓荷瀉露，寂
> 寞無人見。紞如三鼓，鏗然一葉，黯黯夢雲驚斷。夜茫茫，
> 重尋無處，覺來小園行遍。　天涯倦客，山中歸路，望斷故
> 園心眼。燕子樓空，佳人何在，空鎖樓中燕。古今如夢，何

曾夢覺，但有舊歡新怨。異時對，黃樓夜景，為余浩嘆。（〈永遇樂〉公舊注云：夜宿燕子樓夢盼盼，因作此詞。一云：徐州夢覺，北登燕子樓作。）

有情風、萬里卷潮來，無情送潮歸。問錢塘江上，西興浦口，幾度斜暉。不用思量今古，俯仰昔人非。誰似東坡老，白首忘機。　記取西湖西畔，正暮山好處，空翠煙霏。算詩人相得，如我與君稀。約他年、東還海道，願謝公、雅志莫相違。西州路，不應回首，為我沾衣。（〈八聲甘州〉寄參寥子）*

六、賀鑄

賀鑄（一〇五二～一一二五），字方回，衛州人。自言先世為越州人，故號「鏡湖遺老」。身長七尺，面鐵色，眉目聳拔。喜談當世事，可否不稍假借，雖貴要權傾一時，少不中意，極口詆之無遺辭，人以為近俠。生平尚氣使酒，不得美官，悒悒不得志，以承議郎致仕，晚年退居吳下，家藏書萬餘卷，手自校讎，無一字誤。以家貧，貸子錢自給。宣和七年卒於常州僧舍，年七十四。他同時的作家，蘇軾長他十七歲，黃庭堅長他七歲，秦觀長他三歲，而他長周邦彥四歲，長程俱廿六歲，程俱作墓誌銘云：「政和間，余居吳，方回疾，要余曰：死以銘諉公矣。」是足見鑄與程俱交情之深。而程俱也確乎了解鑄之為人：

方回為人，蓋有不可解者：方回少時，俠氣蓋一座，馳馬走狗，飲酒如長鯨；然遇空無有時，俛首北窗下，作牛毛小

---

* 臺先生手稿未列例詞，此三闋為編者所徵引。〔編者註〕

> 楷，雌黃不去手，反如寒苦一書生。方回儀觀甚偉，如羽人
> 劍客；然戲為長短句，皆雍容妙麗，極幽閒思怨之情。方回
> 忼慨感激，其言理財治劇之方，亹亹有緒，似非無意於世
> 者；然遇軒裳角逐之會，常如怯夫處女，余以為不可解此
> 也。(《北山小集・賀方回詩序》)

> 方回豪爽精悍，書無所不讀，哆口踈眉目，面鐵色，與人語
> 不少降色詞，喜面刺人短，遇貴勢不肯為從諛；然為吏極謹
> 細，在笈庫，常手自會計，其於室蟊漏、逆姦欺，無遺察；
> 治戎器，堅利為諸路第一；為巡檢，日夜行所部，歲裁一再
> 過家，盜不得發；攝臨城令，三日決滯獄數百，邑人駭嘆；
> 監兩郡，狡吏不得措其私；蓋仕無大小不苟，要使人不能
> 欺；而用不極其才老。(〈墓誌〉)

觀程俱的敘述，賀鑄的性格原是外豪放而內嚴謹，能文學而又長於
吏治的人。豪放與嚴謹，文學與吏治，往往是矛盾的，而鑄竟能兼
而有之。故程俱又說：「觀其抗髒任氣；若無顧忌者，然臨仕進之
會，常如臨不測淵，齟齬視不敢前，竟疾走不顧；其慮患乃如此，
與蹈汙險徼幸不為明日計者殊科。」(〈墓誌〉)他所以不能得志於
仕宦，未始不是由於這種矛盾性格，雖然，文學卻是他成功的另一
面。

　　陸游云：鑄「詩文皆高，不獨工長短句。」(《老學庵筆記》卷
八)今詩僅存一部分，文已全失。程俱所作〈墓誌〉云：「樂府辭
五百首，今只存二百八十四闋。」(以上悉據《宋史》卷四四三〈文
苑傳〉及夏承燾《賀方回年譜》)

　　賀鑄詞的風格，後世人的看法頗不一致。我以為他兩位朋友
的批評，甚值得注意。程俱說：「戲為長短句，皆雍容妙麗，極幽

閒思怨之情。」張耒為他的詞作序，特標出「盛麗」與「妖冶」，
「幽潔」與「悲壯」四點。按：「盛麗」與「妖冶」，鑄固優為之，
但也是好些詞人共有的手法；惟穠麗之中而具有「幽閒思怨」的情
調，才是鑄詞的特色。鑄詞善用比興，寄託頗深，由於他的才情與
遭遇，觸緒便發，故幽怨之情，隨處可見；至於悲壯處，往往以含
蓄出之，並不奔放，這也就是他不同於別人的地方。可是因過分穠
麗，又喜歡吸收前人的辭彙，使他的幽怨悲壯之情不夠顯明，致後
人有「拾人牙慧」（劉體仁《七頌堂詞繹》）與「惜少真味」（王國
維《人間詞話》）的譏刺。

　　賀鑄的辭彙，確乎喜掇拾前人。《宋史》本傳說他：「尤長於
度曲，掇拾人所棄遺，少加檃括，皆為新奇。嘗言吾筆端驅使李商
隱、溫庭筠，常奔命不暇。」[9]王銍《默記》說：「賀方回遍讀唐人
遺集，取其意以為詩詞。」張炎《詞源》說：「賀方回、吳夢窗皆
善於鍊字面，多於溫庭筠、李長吉詩中來。」近人夏承燾說：「賀
詞用唐人詩句幾十二三，其太平時之〈晚雲高〉、〈愛孤雲〉、〈替
人愁〉諸闋，皆逕襲杜牧詩全首，不特多用溫、李字面也。」（《賀
方回年譜》）據此看來，鑄將前人的詞彙變作自家的語言，甚至改變
前人全首的詩以為詞，這在他好像是樂得將現成材料隨手拈來，製
成一件新奇的東西似的，故不以為是「拾人牙慧」；反而以此自矜
他的本領，前人以此稱許他，一如本傳所言。按：這樣的詞彙運用
手法，不僅賀鑄如此，周邦彥、吳文英也是如此，推想當時及以後
的歷朝詞人，都免不了如此。就我所知現在的作詞家，往往還從李
賀、李商隱、溫庭筠諸人詩中掇拾字面，尋找靈感。這種手法在賀
鑄等看來也許以為是化陳為新的手法，姑勿論這種手法已開了後來
熟辭濫調的風氣，即使才如賀鑄，猶不免「拾人牙慧」之譏，故嚴

9　鑄語又見葉夢得《建業集》卷八〈賀鑄傳〉，應即《宋史》所本。

格說來，這種手法實非寫作的上乘。

> 西津海鶻舟，徑度滄江雨，雙艣本無情，鴉軋如人語。　揮
> 金陌上郎，化石山頭婦，何物繫君心？三歲扶床女。（〈生查
> 子〉陌上郎）

> 楊柳回塘，鴛鴦別浦，綠萍漲斷蓮舟路；斷無蜂蝶慕幽香，
> 紅衣脫盡芳心苦。　返照迎潮，行雲帶雨，依依似與騷人
> 語：當年不肯嫁春風，無端卻被秋風誤。（〈踏莎行〉芳心
> 苦）

> 城下路，凄風露，今人犁田古人墓；岸頭沙，帶蒹葭，漫漫
> 昔時，流水今人家；黃埃赤日長安道，倦客無漿馬無草；開
> 函關，掩函關，千古如何，不見一人閒。　六國擾，三秦
> 掃，初謂商山遺四老；馳單車，致緘書，裂荷焚芰、接武曳
> 長裾。高流端得酒中趣，深入醉鄉安穩處；生忘形，死忘
> 名，誰論二豪初不數劉伶。（〈小梅花〉將進酒）

七、周邦彥

周邦彥（一〇五六～一一二一），字美成，號清真，錢塘人。
神宗二年入都為太學生，六年進〈汴都賦〉，受命為太學正，時年廿
八歲。歷官內外，皆非顯達，晚以祕書監，進徽閣待制，提舉大晟
府。出知順昌府，徙處州。罷官，卒於南京，年六十六。周邦彥著
作除今存《片玉詞》外，有《清真先生文集》二四卷，《清真雜著》
三卷，《操縵集》五卷，今皆不存。

《宋史》本傳謂邦彥「博涉百家之書」，《宋都事略》謂其「涉
獵書史」，觀其著作之多，可知他是一個博學的詞人。可是他的為
人卻有些放浪不羈，本傳說他「疎雋少檢，不為州里推重」，這在他

的詞中也可看出，流連歌樓與倡伎廝混，離情別緒，往往而有。因此有種種傳說韻事，如王明清《揮麈錄》、張端義《貴耳集》、周密《浩然齋雅談》諸書所記，皆非事實；所以有許多韻事流傳之因，大概因為他的詞在南宋太流行的關係，於是被人因詞作中情事，加以附會。

王國維說他：「於熙寧、元祐兩黨，均無依附，其於東坡為故人子弟，哲宗初，東坡起謫籍、掌兩制，時先生尚留京師，不聞有往復之跡。……晚年稍顯達，亦循資格得之。其於蔡氏亦非絕無交際，蓋文人脫略於權勢，無所趨避，……攻媿委順之言，殆為篤論者已。」（樓鑰〈清真先生文集序〉云：蓋其學道退然，委順知命。）王氏此說，甚為精確。在昔文人以仕宦為職業的君權時代，奔逐權勢，原是官僚常態，但也既有不隨俗取富貴，也無甚政治懷抱，雖生活於仕宦場中，而性情卻別有所寄託，邦彥便是這般性格的人。所以樓鑰說他「學道退然，委順知命。」同時又是「樂府流傳，風流自命」；前者是他的處世態度，後者是他感情真處，惟其能退然委順，才能娛情於樂府，他在樂府中表現的哀樂，才是他生活中真實的一面。他的詞沒有一首是與他同時文人有關係的，而他同時文人也不見有誰對他的詞有過批評，像他這種不與時人通聲氣，近乎孤傲的態度，也就可以看出他是如何退然自足了。

邦彥的《片玉詞》，南宋有兩家注本，先有曹杓注，已不傳；繼為陳元龍集注，即今《彊村叢書》所收朱祖謀所校；由此可知邦彥詞在南宋的影響，故沈義父說：「凡作詞當以清真為主。」（《樂府指迷》卷一）至於邦彥的詞風，且看宋人的批評：

（清真詞）多用唐人詩語，隱括入律，渾然天成；長誦尤善鋪敘，富豔精工；詞人之甲乙也。（陳振孫《直齋書錄解題》卷二一）

> 美成負一代詞名，所作之詞，渾厚和雅，善於融化詩句，而
> 於音譜，且間有未諧，可見其難矣。
>
> 美成詞只當看他渾成處，於軟媚中有氣魄，採唐詩融化如自
> 己者，乃其所長，惜乎意趣卻不高遠。（並見張炎《詞源》）

美成之「富豔精工」與「渾厚和雅」，為宋以來所公認，惟張炎所謂
「於軟媚中有氣魄」一語，頗有意思，我以為最好用陳廷焯的批評
來下註腳，他說：「其妙處，亦不外沈鬱頓挫，頓挫則有姿態，沈
鬱則極深厚。」（《白雨齋詞話》卷一）是即「軟媚」由於有姿態，
「氣魄」由於能深厚，此二點看似平常，卻不容易打成一片。他的手
法長於敘述，尤能運之以吞吐頓挫，往往淺語亦深，使人有往復纏
綿的感受。

　　張炎又批評他「意趣卻不高遠」，這一點不見後人談及，直至
近世王國維始有類似見解，他說「美成深遠之致，不及歐、秦。」
（《人間詞話》）後來王氏撰《清真先生遺事》，於《人間詞話》語又
加以修正云：「惟張叔夏病其意趣不高遠，然北宋人如歐蘇秦黃，
高則高矣，至精工博大殊不逮先生。」按：王氏此說，以為邦彥意
趣雖不甚高遠，卻自有他「精工博大」處；何謂「精工博大」？以
其能「有常人之境界」故，王氏說：「境界有二：『有詩人之境界，
有常人之境界。詩人之境界惟詩人能感之而能寫之，故讀其詩者，
亦高舉遠慕，有遺世之意；而亦有得有不得，且得之者亦各有深淺
焉。若夫悲歡離合、羈旅行役之感，常人皆能感之，而惟詩人能寫
之；故其入於人者至深，而行於世者也尤廣。先生（周邦彥）之詞
屬於第二種為多。』」按：王氏所揭出的「常人之境界」，確能說明
邦彥詞的特徵，但以此為「精工」可也，以此為「博大」，似嫌不
足，他未曾反映出當代之明暗，也不曾有深刻的人生觀照。邦彥原

是溫柔敦厚的性格，恬靜而不豪放，多情而不蕩逸，故他所表現之情感境界，是沖和、中庸的，亦即所謂「哀而不傷，樂而不淫」的一種情感。他這種情感是個人的，也是人人共有的，一個詩人能將他所感受體驗的，真切的寫出來，因而激起讀者的同感，也就不失其偉大。

邦彥精於音律，晚年提舉大晟樂府，自然是以專家身分任樂官的關係。於是運之於詞，吞吐頓挫，更加渾成。當時任職大晟樂府的如万俟詠、田為皆能詞而佳，也是由於能通音律的關係，不過要以邦彥為巨擘。尤以「所製諸調，不獨音之平仄宜遵，即仄字中上去入三音，亦不容相混，所謂分別節度，深契微茫」者。（《四庫全書總目提要》語）惟王灼《碧雞漫志》卷二，謂邦彥新聲，出於江南某氏，此事王國維《清真先生遺事》也曾論及，其云：「樓忠簡（鑰）謂先生妙解音律，惟王晦叔《碧雞漫志》謂：『江南某氏者解音律，時時度曲，周美成與有瓜葛，每得一解，即為製詞，故周集中多新聲。』則集中新曲，非盡自度。然顧曲名堂，不能自己，固非不知音者。故先生之詞，文字之外，須兼味其音律。惟詞中所注宮調，不出教坊十八調之外，則其音非大晟樂府之新聲，而為隋唐以來之燕樂，固可知也。今其聲雖亡，讀其詞者，猶覺拗怒之中，自饒和婉，曼聲促節，繁會相宜，清濁抑揚，轆轤交往，兩宋之間，一人而已。」按：《宋史・樂志》所載燕樂廿八調，教坊所奏者凡十八調，邦彥新曲曾註明者，為十八調中的十三調，故王氏云「不出教坊十八調之外」。（以上參考王國維《清真先生遺事》）

柳陰直，煙裏絲絲弄碧。隋堤上，曾見幾番，拂水飄綿送行色。登臨望故國，誰識，京華倦客？長亭路，年去歲來，應折柔條過千尺。　閒尋舊蹤跡，又酒趁哀弦，燈照離席。梨花榆火催寒食，愁一箭風快，半篙波暖，回頭迢遞便數驛，

望人在天北。　悽惻，恨堆積，漸別浦縈迴，津堠岑寂。斜陽冉冉春無極，念月榭攜手，露橋聞笛，沈思前事，似夢裏，淚暗滴。（〈蘭陵王〉柳）

暗柳啼鴉，單衣佇立，小簾朱戶。桐花半畝，靜鎖一庭愁雨。灑空階，夜闌未休，故人剪燭西窗語。似楚江暝宿，風燈零亂，少年羈旅。　遲暮、嬉游處，正店舍無煙，禁城百五。旗亭喚酒，付與高陽儔侶。想東園、桃李自春，小唇秀靨今在否？到歸時、定有殘英，待客攜樽俎。（〈瑣窗寒〉）

葉下斜陽照水，捲輕浪、沈沈千里。橋上酸風射眸子，立多時，看黃昏，燈火市。　古屋寒窗底，聽幾片、井桐飛墜。不戀單衾再三起，有誰知，為蕭娘，書一紙。（〈夜游宮〉）

八、黃庭堅

黃庭堅的詞與秦觀的詞是齊名的。陳師道說：「今代詞手，惟秦七、黃九耳，唐諸人不逮也。」（《後山詩話》）師道雖這樣說，後來不以為然者眾，總以為黃比不上秦。庭堅的詞，若就正統發展觀念看，如秦詞之由晚唐演變而來，那庭堅的詞確乎不能同秦觀相提並論。可是兩人道路不同，不能以同一尺度衡量。這位倔強的詩人，既不願跟人家後面走，也不願走大家都走之路，而自有其獨特風格。他要「以俗為雅，以故為新，百戰百勝，如孫吳之兵。……此詩人之奇也。」（《山谷詩集注》卷十二〈再次韻楊明叔四首詩序〉）他作詩如此，作詞也是如此。能將民間俚語加以提煉，而不失其雅，又能化腐朽為神奇，即是他所走之路，這是要大膽與功力的，此外天才也是不可少的。

暮雨濛階砌。漏漸移，轉添寂寞，點點心如碎。怨你又戀你，恨你惜你。畢竟教人怎生是？　前歡算未已，奈向如今愁無計，為伊聰俊，銷得人憔悴。這裏語睡裏，夢裏心裏，一向無言但垂淚。（〈歸田樂引〉）

新來曾被眼奚搐，不甘伏，怎拘束？似夢還真，煩亂損心曲，見面暫時還不見，看不足，惜不足。　不成歡笑不成哭，戲人目，遠山蹙，有分看伊，無分共伊宿，一貫一文蹺十貫，千不足，萬不足。（〈江城子〉）

像這樣的作法，在當時詞壇，可說是大膽而突出，也可以說開後來散曲小令的作法。

劉熙載說：「黃山谷詞用意深至」（《藝概》卷一），沈曾植說黃詞「刻摯」，（《菌閣瑣談》）兩人看法頗一致。以庭堅之才與人生體驗，他之寫詞，不必用獅子搏兔的力量，自有其深至之處，這也是他不同於蘇、秦而有他特殊地位之故。所以雖運用俚語，不諱褻譚，猶有獨到的境界。可是後人欣賞他的，不是俚語之作，而是氣質高雅的傳統風格之作：

萬里黔中一漏天，屋居終日似乘船；及至重陽天也霽，催醉，鬼門關外蜀江前。　莫笑老翁猶氣岸。君看，幾人黃菊上華顛；戲馬臺南追兩謝，馳射，風流猶拍古人肩。（〈定風波〉）

黃菊枝頭生曉寒，人生莫放酒杯乾，風前橫笛斜吹雨，醉裏簪花倒著冠。　身健在，且加餐，舞裙歌板盡清歡，黃花白髮相牽挽，付與時人冷眼看。（〈鷓鴣天〉其二：坐中有眉山隱客史應之和前韻，即席答之。）

九、秦觀

　　秦觀（一○四九～一一○○），字太虛，揚州高郵人（今江蘇高郵縣）。少豪雋，慷慨溢於文詞，好大而見奇，讀兵家書，與己意合。初見蘇軾於揚州，時年廿六歲。元豐八年，卅七歲，登進士第。慕馬少游之為人，改字少游。元祐三年，四十歲，以蘇軾薦應制科，進策論，為忌者所中傷，引疾而歸，不得與試。五年，入京師，任祕書省校對。八年，四十五歲，以正字改宣德郎，遷國史院編修官。紹聖元年，四十六歲，坐黨籍，出為杭州通判。以御史劉拯論其增損《實錄》，貶處州酒稅。使者承風望旨，候伺過失，既而無所得，則以謁告寫佛書為罪，削秩徙郴州，繼編管橫州，又徙雷州。元符三年召還，途經藤州（今廣西藤縣），八月十二日，因醉臥華光亭，忽索水飲，水至，笑視之而卒，年五十二歲。觀死後，徽宗崇寧元年，詔立黨人碑，觀名列其中，明年詔毀觀等文集。（《宋史》四四四卷本傳，秦瀛《重編秦淮海年譜節要》，錢大昕〈秦譜跋〉。）

　　秦觀能詩能文，而為其詞所掩，不僅於此，他還是有政治才略之人，如他的〈國論〉、〈主術〉、〈朋黨〉、〈人才〉、〈法律〉、〈財用〉、〈兵法〉、〈邊防〉等十九篇，皆是有關國家治平的重要問題；又論漢唐人物二十篇，也不像史論家奇詭矯激的習氣，皆閎通平實，如黃庭堅所云：「少游五十策，其言明且清，筆墨深關鍵，開闔見日星。」（〈晚泊長沙示秦處度范元實用寄明略和父韻五首〉）庭堅此詩作於秦觀死後，並非一時譽揚之辭，足見其傾倒之誠。所謂「其言明且清」者，殆以為觀之策議，皆切實可行，不是蹈空之說。可是，他這些策論雖因應舉賢良而進呈，卻為「同進所忌」，（《淮海集》卷十〈與鮮于學士書語〉）引病而去，其有關國是的議論也就如石沉大海，沒有反應了。觀之一生嶒嶝，終死道路，只因

不合結識蘇氏兄弟以及黃庭堅一流人物，於是不得不名列黨籍，甘
心承受黨禍了。試看他給蘇軾的〈別子瞻〉詩云：「人生異趣各有
求，繫風捕影衹懷憂。我獨不願萬戶侯，惟願一識蘇徐州。徐州英
偉非人力，世有高名擅區域。珠樹三株詎可攀？玉海千尋真莫測。
一昨秋風動遠情，便憶鱸魚訪洞庭。芝蘭不獨庭中秀，松柏仍當雪
後青。故人持節過鄉縣，教以東來償所願。天上麒麟昔漫聞，河東
鸑鷟今纔見。不將俗物礙天真，北斗已南能幾人。」蘇軾的（〈次
韻秦觀秀才見贈秦與孫莘老李公擇甚熟將入京應舉〉）和詩云：「故
人坐上見君文，謂是古人吁莫測。新詩說盡萬物情，硬黃小字臨黃
庭。故人已去君未到，空吟河畔草青青。誰謂他鄉各異縣，天遣君
來破吾願。一聞君語識君心，短李髯孫眼中見。江湖放浪久全真，
忽然一鳴驚倒人。縱橫所值無不可，知君不怕新書新。」（並見《淮
海集》卷四）這是兩人初次相見之詩，從此一心契合，生死不渝。
秦觀的性格，沖和恬靜，似不像蘇、黃之凌厲傲岸；然其意志之堅
定，則是隨處可見的。一再貶謫窮荒，而無怨無悔，此種精神與
蘇、黃了無異致。如其〈無題〉詩云：

> 君子有常度，所遭能自如。不與死生變，豈為憂患渝。西伯
> 囚演易，馬遷罪成書。性剛趣和樂，淺淺非丈夫。（《淮海後
> 集》卷一）

秦觀與蘇、黃同以堅貞性格，承受士大夫悲劇之命運，而他們
生命的存在又都寄託於文學的寫作。秦觀的詞之能傑出於一代者，
正由其生命的熱力，發而為哀樂的歌聲。觀雖是蘇門學士，但他的
詞卻未受蘇軾影響，況周頤云：「少游自闢蹊徑，卓然名家，蓋其
天分高，故能抽秘騁妍於尋常擩染之外。」（《蕙風詞話》卷二）他
的詞不如蘇詞豪放，襟懷也不如蘇軾高曠，然婉麗與情韻，則非蘇

詞所及。清陳廷焯云：

> 秦少游自是作手，近開美成，導其先路，遠祖溫、韋，取其
> 神不襲其貌，詞至是乃一變焉。然變而不失其正，遂令議者
> 不病其變，而轉覺有不得不變者。後人動稱秦柳，柳之視
> 秦，為之奴隸而不足者，何可相提並論哉！

> 少游詞最深厚，最沈著。（俱見《白雨齋詞話》卷一）

他以為秦詞的風格是從溫、韋變化而出的，而變得又極其自然，使
人感到有不得不變之勢，這確乎能夠參透秦詞的真諦。要知欲由
溫、韋一變而成為自家風格的作家，不是無人，惟往往能入而不能
出，尤其是緊接晚唐的北宋初年作家。秦觀之所以成功，天資功
力固屬重要，而他的深摯情懷，與用世才情，處無可奈何之境，不
自覺的將身世之感，流露於「淺斟低唱」之中，故言外每多淒惋之
音，所謂「深厚」、「沈著」者，亦即在此。蘇軾曾舉「消魂當此
際」一語，謂秦學柳永，（見《花菴詞選》卷二）後人因之將秦、柳
並論，陳廷焯大以為不可，未免有意抑柳，要知柳詞自有其高處，
其雄渾之作，又非秦觀所及。

> 山抹微雲，天黏衰草，畫角聲斷譙門；暫停征棹，聊共引離
> 尊。多少蓬萊舊事，空回首、烟靄紛紛；斜陽外，寒鴉萬
> 點，流水繞孤村。　銷魂、當此際，香囊暗解，羅帶輕分；
> 謾贏得青樓、薄倖名存。此去何時見也，襟袖上、空惹啼
> 痕。傷情處，高城望斷，燈火已黃昏。（〈滿庭芳〉其一）

> 湘天風雨破寒初，深沈庭院虛，麗譙吹罷小單于，迢迢清夜
> 徂。　鄉夢斷，旅魂孤，崢嶸歲又除；衡陽猶有雁傳書，郴
> 陽和雁無。（〈阮郎歸〉其四）

落紅鋪徑水平池，弄晴小雨霏霏，杏園憔悴杜鵑啼，無奈春歸。　柳外畫樓獨上，憑闌手撚花枝，放花無語對斜暉，此恨誰知。（〈畫堂春〉）

十、朱敦儒

朱敦儒（約一○八○～一一七五，據胡適《詞選・朱敦儒小傳》），字希真，河南人。布衣時即有朝野之望。靖康中，召至京師，將處以學官，朱敦儒辭曰：「麋鹿之性，自樂閒曠，爵祿非所願也。」固辭還山。高宗即位，召之又辭，避亂南雄州。紹興時受詔，賜進士出身；為祕書省正字，遷兩浙東路提點刑獄，諫官劾以與李光交通罷官。十九年上疏請歸，許之。秦檜喜獎用詩人，以文飾太平，秦檜子熺也好詩，於是先用敦儒子為刪定官，後除敦儒為鴻臚少卿，秦檜死，敦儒也就廢黜了。當時人謂敦儒老懷舐犢之情而畏竄逐，所以晚節不終。（《宋史》卷四四五）按：李光與秦檜不合，甚受秦檜迫害，敦儒既因光黨去官，自不免遭受與光同樣命運，他有一首〈卜算子〉云：

旅雁向南飛，風雨群初失，饑渴辛勤兩翅垂，獨下寒汀立。
　　鷗鷺苦難親，矰繳憂相逼，雲海茫茫無處歸，誰聽哀鳴急。

這首詞的寫作時間雖不可考，看那憂心煎迫的情形，很可能是寫被劾去官的心情。後來秦檜父子誘之以祿位，使藉以苟全，也就招致「晚節不終」的譏刺。

他大概生於神宗元豐初年，死於孝宗淳熙初年。這位老壽的詞人，從承平到喪亂，再過了一段南宋前期安定的生活。所以他的詞以沖和恬淡風格為人所稱，然當時君國的屈辱，權貴的專橫，他也非無動於衷；〈水調歌頭對月有感〉云：

天宇著垂象，日月共回旋。因何明月，偏被指點古來傳。浪語修成七寶，漫說霓裳九奏，阿姊最嬋娟。憤激書青奏，伏願聽臣言。　詔六丁，驅狡兔，屏癡蟾。移根老桂，種在歷歷白榆邊。深鎖廣寒宮殿，不許姮娥歌舞，按次守星躔，永使無虧缺，長對月團圓。

這首詞是極直率地寫出了他的憤慨，朝政的昏憒，小人的誤國，恢復中原的想望。又如〈水龍吟〉云：「回首妖氛未掃，問人間、英雄何處。奇謀報國，可憐無用，塵昏白羽。鐵鎖橫江，錦帆衝浪，孫郎良苦。但愁敲桂櫂，悲吟梁父，淚流如雨。」又〈蘇幕遮〉云：「有奇才，無用處。壯節飄零，受盡人間苦。」像他這樣激越的感情，足以與辛稼軒、陸放翁比迹。所以王鵬運說：「希真詞於名理禪機均有悟入；而憂時念亂，忠憤之致，觸感而生。」（〈四印齋樵歌跋〉）不過就他全部作品看來，大都是所謂「名理禪機」之作，而忠憤之情只是有時而發。這大既因為他本就是沖和恬淡的一流人，加以身經亂離，閱歷愈深，世情愈淡。如他的〈念奴嬌〉云：

老來可喜，是歷徧人間，諳知物外，看透虛空，將恨海愁山，一時接碎。免被花迷，不為酒困，到處惺惺地。飽來覓睡，睡起逢場作戲。　休說古往今來，乃翁心裏，沒許多般事：也不蘄仙不佞佛，不學棲棲孔子，懶共賢爭；從教他笑，如此只如此，雜劇打了，戲衫脫與獃底。

這正是他真實寫照。以這樣的襟懷寫作，自然飄逸閒淡，而悲憤心情往往流露於樂天情趣之中；這在當時作家，要算是一種新境界。至於所謂「名理禪機」卻不深刻，只不過是門面語而已。

堪笑一場顛倒夢，元來恰似浮雲；塵勞何事最相親，今朝忙

到夜，過臘又逢春。 流水滔滔無住處，飛光忽忽西沈；世間誰是百年人，簡中須著眼，認取自家身。（〈臨江仙〉）

登臨何處自銷憂，直北看揚州，朱雀橋邊晚市，石頭城下新秋。 昔人何在，悲涼故國，寂寞潮頭，簡是一場春夢，長江不住東流。（〈朝中措〉）

十一、辛棄疾

　　辛棄疾，字幼安，原字坦夫，自號稼軒居士。棄疾生時為宋高宗紹興十年（一一四〇），時女真族瘋狂入侵，華北中原皆在鐵騎蹂躪之下。會金主完顏亮死，中原豪傑並起抗金，棄疾即投入忠義軍領袖耿京的幕府，為掌書記，即勸京決策南歸。紹興卅二年（一一六二），京令棄疾奉表歸宋，不幸未及覆命，京被其叛將張安國所殺，降了金人。棄疾乃與義軍將領直趨金營，縛了安國，率領忠義人馬，獻俘行在。這時他才廿三歲，後來他追念少時的戲作云：「壯歲旌旗擁萬夫，錦襜突騎渡江初」，（〈鷓鴣天〉）我們可以想像這位少年是怎樣「雄姿英發」的人物。

　　孝宗乾道元年（一一六五）是他南歸後的第三年，他作了〈美芹十論〉獻給孝宗。先是孝宗意欲恢復，起用張浚主持兵事，旋因符離一戰，敗於金人，立即退縮，乃議講和。辛棄疾〈十論〉，認為不能因一時挫敗，便要屈膝向人。其前三篇分析敵情不足懼，後七篇則暢論充實國力，積極備戰的方略。可是這位少年志士，議論雖然精闢，卻未被採納，孝宗仍舊甘心作他的「大宋侄皇帝」。乾道五年（一一六九），大敗金人於采石磯的英雄虞允文作了宰相，棄疾想將抗金大業，寄託於這位抗金的英雄，次年向允文獻九議，可是依舊沒有反應，後來他有詞云：「卻將萬字平戎策，換得東家種樹書。」指的便是這兩次獻書的事。

　　南歸後，浮沉下僚，有十年之久，孝宗初年他開始顯達，皆為地方首長，其宦跡則在江西、福建、兩湖等地，屢起屢跌，如在兩浙西路提點刑獄時，監察御史王藺劾他「用錢如泥沙，殺人如草芥」；後任福州提點刑獄兼安撫使，諫官又劾他：「殘酷貪饕，姦贓狼籍」；落職以後，御史中丞何澹又劾他：「殘酷裒斂，掩帑藏為私家之物，席捲福州，為之一空。」以他那樣英雄氣概的人，生活失節，用錢過當，不是不可能的。但是他任方面之寄，體恤民隱，勇於掃除弊政，也倒為人民作了不少事。

　　寧宗嘉泰四年（一二〇四），韓侂冑定議伐金，起用棄疾，韓侂冑先是極端排斥棄疾，這時只是利用他的威望，藉資號召。果然，陸游極為興奮地寫詩送他，比之為管仲、蕭何，劉宰致書歡迎他，比之為張良、諸葛亮，足見他在愛國人士的心目中，是如何重要。可是他沒有等韓侂冑失敗，也就因被人攻擊落職，開禧三年（一二〇七），他便死了。（以上參考《宋史》卷四〇一，鄧廣銘《稼軒詞編年箋注》）

　　從他的平生抱負，看他一生的遭遇，不能不說是懷著悲憤寂寞的心情終老。先是被冷落，後來雖是方面大吏，卻非他的志願，以「氣吞萬里如虎」的人物，要他去作料理民事的「循吏」，雖說他亦有幹練之才，究竟非其所長。這主要的原因，不外南朝君臣在秦檜和議以後，希圖苟安，不能容許再有如岳飛一流人物。朱熹曾說：

　　辛幼安亦是箇人才，豈有使不得之理！但明賞罰，則彼自服矣。今日所以用之者，彼之所短，更不問之；視其過當為害者，皆不之卹，及至廢置，又不敢收拾而用之。

　　問：「陳亮可用否？」曰：「朝廷賞罰明，此等人皆可用。如辛幼安亦是一帥材，但方其縱恣時，更無一人敢道它，略不

警策之。及至如今一坐坐了，又更不問著，便如終廢。此人
作帥，亦有勝它人處，但當明賞罰以用之耳。」（以上並見
《朱子語類》卷一三二〈中興至今日人物下〉）

朱熹指斥了怯懦的朝廷，對他這一位「帥材」之不能用、不善用、
不敢用，同時也為國家惋惜，這樣人才實是被糟蹋了。

　　從另一方面看，若辛幼安真得為朝廷所用，則文學史上可能
就要失去這樣一位偉大的詞人。他的詞可以說「前無古人，後無來
者」；儘管有些人以種種不同的眼光去衡量他，都無法掩蔽他的光
芒。他在這方面的成就，不待身後便論定了。當他四十九歲時，門
人范開為他的詞集作序云：

　　器大者聲必閎，志高者意必遠。知夫聲與意之本原，則知歌
　　詞之所自出。是蓋不容有意於作為，而其發越著見於聲音言
　　意之表者，則亦隨其所蓄之淺深，有不能不爾者存焉耳。世
　　言稼軒居士辛公之詞似東坡，非有意於學坡也，自其發於所
　　蓄者言之，則不能不坡若也。……雖然公一世之豪，以氣節
　　自負，以功業自許，方將斂藏其用以事清曠，果何意於歌詞
　　哉，直陶寫之具耳。故其詞之為體，如張樂洞庭之野，無首
　　尾，不主故常；又如春雲浮空，卷舒起滅，隨所變態，無非
　　可觀，意不在於作詞，而其氣之所充，蓄之所發，詞自不能
　　不爾也。其詞固有清而麗，婉而嫵媚，此又坡詞之所無，而
　　公之詞所獨也。

他死後，則有詩人劉克莊的〈辛稼軒集序云〉：

　　世之知公者，誦其詩詞，而以前輩謂有井水處皆倡柳詞，余
　　謂耆卿直留連光景歌詠太平爾；公所作，大聲鞺鞳，小聲鏗

　　鉤，橫絕六合，掃空萬古，自有蒼生以來所無，其穠纖綿密
　　者，亦不在小晏、秦郎之下。(《後村大全集》卷九八)

上面引的兩家評語，都能從大處著眼，肯定他在詞史上崇高的地
位，雖千百年後，也不能否定他們的看法；正如日月經天，誰也不
能掩其光輝一般。至於當時人說他的風格似東坡，後人亦頗有類似
看法，他們二人的豪情勝概，確乎相同，但是兩人的時代不同，襟
懷不同，彼此人生觀也就大大不同。以東坡之樂天知命，與辛棄疾
之操干陁海的猛士，自然不能並論，這在詩人中有如陶潛與劉琨之
異趣一樣。

　　棄疾的藝術技巧，也是值得注意的，在詞彙方面，則驅使
《莊》、〈騷〉、經史，在格調方面，則囊括五代、北宋諸家，凡別
人所不能、甚至設想所不及，他則如彈丸在手，宛轉自如。他於此
道，可以說是以獅子搏兔之力為之，英雄失意，只有將他的天才與
熱情，寄託於長短句中，一吐其鬱抑。故能「斂雄心，抗高調，變
溫婉，成悲涼。」(周濟〈宋四家詞選目錄序論〉)

　　綠樹聽鵜鴂，更那堪、鷓鴣聲住，杜鵑聲切；啼到春歸無尋
　　處，苦恨芳菲都歇；算未抵、人間離別，馬上琵琶關塞黑，
　　更長門、翠輦辭金闕，看燕燕，送歸妾。　　將軍百戰身名
　　裂，向河梁，回頭萬里，故人長絕；易水蕭蕭西風冷，滿座
　　衣冠似雪，正壯士、悲歌未徹；啼鳥還知如許恨，料不啼清
　　淚長啼血，誰共我，醉明月。(〈賀新郎〉別茂嘉十二弟。鵜
　　鴂杜鵑實兩種，見離騷補註)

　　楚天千里清秋，水隨天去秋無際，遙岑遠目，獻愁供恨，玉
　　簪螺髻；落日樓頭，斷鴻聲裏，江南游子，把吳鉤看了，欄
　　干拍遍，無人會，登臨意。　　休說鱸魚堪膾。盡西風，季鷹

歸未？求田問舍，怕應羞見，劉郎才氣；可惜流年，憂愁風雨，樹猶如此。倩何人喚取，紅巾翠袖，搵英雄淚。（〈水龍吟〉登建康賞心亭）

春日平原薺菜花，新耕雨後落群鴉，多情白髮春無奈，晚日青帘酒易賒。　閒意態，細生涯，牛欄西畔有桑麻；青裙縞袂誰家女，去趁蠶生看外家。（〈鷓鴣天〉春日即事，題毛村酒壚）

少年不識愁滋味，愛上層樓。愛上層樓。為賦新詞強說愁。　而今識盡愁滋味，欲說還休。欲說還休。卻道天涼好箇秋。（〈醜奴兒〉）

第七篇

金元篇

第一章　女真族統治下的漢語文學——諸宮調

第一節　金人漢化北劇轉盛

　　金人原是落後的女真族，其部落始隸屬於遼，漸漸強大起來，於十二世紀初舉兵滅了遼國，接著南侵，又以兩年的時間滅了北宋，統治了廣大的黃河流域。雖然以驃悍的武力控制了歷史文化悠久的中原，可是卻沒有自己的文字。《金史・文藝列傳・序》云：

> 金初，未有文字，世祖以來，漸立條教。太祖既興，得遼舊人用之，使介往復，其言己文。

又《金史》卷六六〈勗傳〉云：

> 女真[1]初無文字，及破遼，獲契丹、漢人，始通契丹、漢字，於是諸子皆學之。……女直既未有文字，亦未嘗有記錄，故祖宗事皆不載。

女真族的社會結構也不過剛走向農業生產階段，一旦以武力征服中原地區後，文字的工具，自然極其需要，於是先借用契丹文字，再進而創製自己的文字。《金史》卷七三〈完顏希尹傳〉云：

> 金人初無文字，國勢日強，與鄰國交好，迺用契丹字。太祖命希尹撰本國字，備制度。希尹乃依倣漢人楷字，因契丹字

1　金人避契丹主興宗宗真諱，寫「真」作「直」。

制度，合本國語，製女直字。天輔三年八月字書成，太祖大
悅，命頒行之。……

其後熙宗亦製女直字，與希尹所製字俱行用，希尹所撰謂之
女直大字，熙宗所撰謂之小字。

文字的形成與運用，是民族文化的累積，不是短時間所能為功的。
這一點金之君臣也曾了解，《金史·選舉志一》云：

上（世宗）曰：「……女直字創製日近，義理未如漢字深
奧，恐為後人議論。」丞相守道曰：「漢文字恐初亦未必能
如此，由歷代聖賢漸加修舉也。」

雖然如此，為訓練本族統治中原漢民族，不得不積極推行女真文
字。又因沒有自家的歷史文化，於是翻譯五經，設女真字學校，以
教授其族類，並為女真族舉行選舉諸科。〈選舉志一〉云：

遼起唐季，頗用唐進士法取人，然仕於其國者，考其致身之
所自，進士纔十之二三耳。金承遼後，凡事欲軼遼世，故進
士科目兼採唐、宋之法而增損之；其及第出身，視前代特
重，而法亦密焉。若夫以策論進士取其國人，而用女直文字
以為程文。斯蓋就其所長以收其用，又欲行其國字，使人通
習而不廢耳。

但以落後民族統治歷史文化悠久的中原漢民族，不得不採用唐、宋
科舉之法，〈選舉志一〉云：

太宗天會元年十一月，時以急欲得漢士以撫輯新附，初無定
數，亦無定期。

又〈太宗本紀〉天會五年詔曰：

> 河北、河東郡縣職員多闕，宜開貢舉取士，以安新民。其南
> 北進士，各以所業試之。

金主襲唐、宋科舉制度，也不過以之籠絡漢人，但人數少而文化落
後的金人，究竟禁不住漢文化的薰染。有「小堯舜」之稱的金世宗
不特能了解漢文化，並且以之教化其族人。如：

> （大定）十六年，……上與親王、宰執、從官從容論古今興廢
> 事曰：「經籍之興，其來久矣，垂教後世，無不盡善。」

> （大定）二十三年，……九月……譯經所進所譯《易》、
> 《書》、《論語》、《孟子》、《老子》、《揚子》、《文中
> 子》、《劉子》及《新唐書》。上謂宰臣曰：「朕所以令譯五
> 經者，正欲女直人知仁義道德所在耳。」命頒行之。（俱見
> 《金史・世宗本紀》）

以是世宗諸子，頗有漢化者。如：

> 越王永功，本名宋葛，又名廣孫。……勇健絕人，涉書史，
> 好法書名畫。

> （永功子）璹，本名壽孫。……博學有俊才，喜為詩，工真
> 草書。……日以講誦吟詠為事，時時潛與士大夫唱酬。……
> 與文士趙秉文、楊雲翼、雷淵、元好問、李汾、王飛伯輩交
> 善。……平生詩文甚多，自刪其詩，存三百首，樂府一百
> 首，號《如菴小藁》。

> 豫王永成，本名鶴野，又曰婁室，母昭儀梁氏。永成風姿奇
> 偉，博學善屬文，世宗尤愛重之。……永成自幼喜讀書，晚
> 年所學益醇，每暇日引文士相與切磋。……有文集行於世

　　云。（俱見《金史・世宗諸子列傳》）

中國的經子文學乃至藝術，諸王都能傾心接受，於此可見。至於樂
府歌曲，亦皆漢風。《金史》卷七〈世宗本紀〉中：

　　（大定）十三年，……今之燕飲音樂，皆習漢風，蓋以備禮
　　也，非朕心所好。

　　（同年）上御睿思殿，命歌者歌女直詞，顧謂皇太子及諸王
　　曰：「朕思先朝所行之事，未嘗暫忘，故時聽此詞，亦欲令
　　汝輩知之；汝輩自幼惟習漢人風俗，不知女直純實之風。」

為備禮制而習漢風，足見其本身之無禮制，不得不向漢人學習。而
世宗特歌女真詞以糾正皇太子及諸王，顯然漢風之樂府歌曲早已普
遍於宮廷了。《雲麓漫鈔》卷十云：「金虜官制，有文班、武班，若
醫、卜、倡優，謂之雜班。每宴集，伶人進，曰雜班上。」據《金
史・樂志・散樂》云：「皇統二年宰臣奏：『自古並無伶人赴朝參
之例，所有教坊人員，只宜聽候宣喚，不合同百寮赴起居。』從
之。」此伶人赴朝參，即是雜班。觀此，優伶在宮廷中活動已不是
偶然的事。〈后妃傳〉：

　　（金章宗元妃李氏），勢位熏赫，與皇后侔矣。一日，章宗宴
　　宮中，優人璹瑁頭者戲于前，或問：「上國有何符瑞？」優
　　曰：「汝不聞鳳皇見乎？」其人曰：「知之而未聞其詳。」優
　　曰：「其飛有四，所應亦異；若嚮上飛，則風雨順時；嚮下
　　飛，則五穀豐登；嚮外飛，則四國來朝；嚮裏飛，則加官進
　　祿。」上笑而罷。

按：優人打諢，原是宋雜劇演出時，隨時應機、滑稽取笑的言語，
然可知金宮廷中有雜劇之演出。證以金章宗「禁伶人不得以歷代帝

王為戲及稱萬歲，犯者以不應為事重法科」。（見《金史·章宗本紀》及〈樂志〉）〈樂志〉將此禁令繫諸「散樂」類，是雜劇必為當時散樂之一。又〈佞幸傳〉云：

> 張仲軻，幼名牛兒，市井無賴，說傳奇小說，雜以俳優詼諧語為業，海陵引之左右，以資戲笑。

按：所謂傳奇者，原是雜劇諸宮調之通稱；張仲軻之「說傳奇小說」，必非搬演雜劇而是弦索彈唱者。況諸宮調是金人的新體製，張仲軻輩將此種傳奇輸入宮廷，應是必然的事。

　　觀陶九成《輟耕錄》卷二五著錄金院本名目有六百九十種之多，足見金人樂曲之盛，其詞除諸宮調猶存外，餘皆不存。這麼多的曲目，也未必純是金時所創製，王國維云：「其中與宋官本雜劇同名者，或猶是北宋之作，亦未可知。然宋、金之間，戲劇之交通頗易，如雜班之名，由北而入南，唱賺之作，由南而入北；（唱賺始於紹興間，然《董西廂》中亦多用之。）又如演蔡中郎事者，則南有負鼓盲翁之唱，而院本名目中亦有《蔡伯喈》一本；可知當時戲曲流傳，不以國土限也。」（《宋元戲曲史》第六章〈金院本名目〉）王氏此說，甚為精當。尤以中原舊有的雜劇，金人坐享其成，再發展為院本、為諸宮調。故姚華云：「雜劇一科，且為詞話開山，傳奇導源，授受相承，皆宗北宋。徽欽既降，宋徒而南，金據於北，北劇入金轉盛。」（《曲海一勺·明詩第三》）推尋北劇轉盛的原因，殆由金人本身一無所有，一旦入據中原，只有接受，並無排拒。其發展與創造，仍是漢人的力量，漢語的活動，竟使金人加強漢化，雖欲阻止亦不可能。

第二節　諸宮調的體製

　　明胡應麟論〈董解元西廂諸宮調〉云:「《西廂記》雖出唐人〈鶯鶯傳〉,實本金董解元,董曲今尚行世,精工巧麗,備極才情;而字字本色,言言古意,當是古今傳奇鼻祖,金人一代文獻盡此矣。」(《少室山房筆叢‧辛部‧莊嶽委談下》)金一代文學,確乎不是詩詞散文,而是諸宮調,諸宮調的體製可說是上承唐宋詞曲,融會創新,為北曲的支派,彈詞的祖先。

　　諸宮調體製的創始,並不始於金代,據前人所記,要早在北宋,王灼云:「熙豐、元祐間,兗州張山人以詼諧獨步京師,時出一兩解。澤州孔三傳者,前創諸宮調古傳,士大夫皆能誦之。」(《碧雞漫志》卷二)又耐得翁云:「諸宮調本京師孔三傳編撰傳奇靈怪,入曲說唱。」(《都城紀勝》)又吳自牧云:「說唱諸宮調,昨汴京有孔三傳,編成傳奇靈怪,入曲說唱。今杭城有女流熊保保及後輩女童,皆效此說唱,亦精於上鼓板無二也。」*(《夢粱錄》卷二十)此皆南宋人記北宋孔三傳之為諸宮調說唱名家,就此看來,孔三傳諸宮調所說唱的,不外是「傳奇靈怪」,未必如《董西廂》那樣的長編故事;早期的諸宮調的內容與形式,大概以「傳奇靈怪」各自起落的故事為主。吳自牧說,南宋臨安孔三傳派的諸宮調也頗流行,並有以此知名的,如女流熊保保等。但所說唱的諸宮調,卻沒有流傳下來,反不如說書人的話本,至今還可以看到。若《水滸傳》五十一回裡白秀英說唱的「豫章城雙漸趕蘇卿」──《董西廂》引辭作「雙漸豫章城」,一個故事,自起自落,這大概便是孔三傳及熊保保等所表演的吧?

---

*此句鄭振鐸亦如此句讀。當代學者傅林祥註之《夢粱錄‧武林舊事》(濟南:山東友誼出版社,二〇〇一年)則讀為:「今杭城有女流熊保保及後輩女童皆效此,說唱亦精,於上鼓板無二也。」備誌參考〔編者註〕

　　諸宮調雖經南宋人認為孔三傳所首創，但一新文體的形成，必然要經過一段孕育的時間，尤其出自民間的作品，絕不是經一、二人之創造，便能風行起來的。因此，敦煌變文發現後，近代學者多以為它是諸宮調的遠祖。如鄭振鐸〈宋金元諸宮調考〉說：

> 諸宮調的祖禰是「變文」，但其母系卻是唐宋詞與「大曲」等。他是承襲了「變文」的體製而引入了宋、金流行的「歌曲」的唱調的。諸宮調是敘事體的「說唱調」，以一種特殊的文體，即應用了「韻文」與「散文」的二種體製組織而成的文體，來敘述一件故事的。

單就說唱一體這點來看，諸宮調確與變文相似，但諸宮調所唱有宮調格律的限制，變文卻沒有，這就相差很遠了。因而有所謂承變文的形式引入以流行歌曲，這一說有些牽強，不是自然的演變。

　　但敦煌詞曲中，卻保存了與諸宮調有關的文獻；敦煌發現的唐代詞曲，有五百餘首，其中有演故事而作代言體者，與諸宮調極為相似。如〈鳳歸雲〉兩首云：

> 幸因今日，得覲嬌娥。眉如初月，目引橫波。素胸未消殘雪，透輕羅，□□□□□，未含碎玉，雲鬢婆娑。　東鄰有女，相料實難過。羅衣掩袂，行步逶迤。逢人問語羞無力，態嬌多。錦衣公子見，垂鞭立馬，腸斷知麼？

> 兒家本是，累代簪纓。父兄皆是，左國良臣。幼年生於閨閣，洞房深。訓習禮儀足，三從四德，針指分明。　娉得良人，為國願長征。爭名定難，未有歸程，徒勞公子肝腸斷，謾生心。妾身如松柏，守志強過，曾女堅貞。（以上兩曲並

　　據《全唐五代詞彙編》本*）

任中敏《敦煌曲初探・後記》云：「〈鳳歸雲〉二首，先問、後
答。問雖非完全代言，而末語『腸斷知麼？』卻是代言。至於次首
之答，不但完全代言，且用語體，極合舞臺對白之用。以現有資料
言，此乃我國歌辭中，最合劇辭條件，而時代最早之一首，殊為難
得！」按：此兩曲固合於劇辭條件，而與諸宮調詞亦頗切合，這倒
算得諸宮調的遠祖了。又如〈南歌子〉兩首云：

　　斜倚朱簾立，情事共誰親？分明面上指痕新，羅帶同心誰
　　綰？甚人踏破裙？　蟬鬢因何亂？金釵為甚分？紅妝垂淚憶
　　何君？分明殿前實說，莫沉吟。

　　自從君去後，無心戀別人；夢中面上指痕新，羅帶同心自
　　綰，被猻兒踏破裙。　蟬鬢朱簾亂，金釵舊股分，紅妝垂淚
　　哭郎君；信是南山松柏，無心戀別人。

這是問答代言體。任中敏說：「不僅一問一答，且詠故事：問者窮
迫，而答者婉陳，情事可按。此體最明，雖亦入小曲，但在明為劇
曲發達之餘波，自不足重視；若在唐代，劇曲尚未十分發達，其形
式、地位，自覺有異。二辭當時可能入歌舞戲，入陸參軍，入俗
講，佐以說白，或其他辭體，以供講唱。」（《敦煌曲初探》第五章
〈雜考與臆說・體裁〉）按：這兩首曲詞，若佐以說白，再擴充以其
他曲調，豈不更切合於諸宮調？

　　此外，敦煌曲有〈十二時〉「普勸四眾，依教施行」曲，
一百三十四首，（《全唐五代詞彙編》下）任中敏認為這是「必兼講

---

* 臺先生於此章所引用之敦煌曲詞來自楊家駱主編《全唐五代詞彙編》（臺北：世界書
　局，一九六二年）的下編《敦煌曲校錄》，校錄者為任中敏（二北）。

唱」的，他就本曲舉出五點證明，皆極確實。（見《敦煌曲初探》第五章〈雜考與臆說‧體裁〉）這說明了唐代有唱曲與說白並用的一種形式，可是雖有一百三十四首之多，每篇只是一個曲調，沒有用幾個曲調組合成套的。這只是宋趙德麟譜〈鶯鶯傳〉的〈蝶戀花〉的直接淵源，而與諸宮調也有相當的關係。

由上面的例證看來，唐代民間歌曲與諸宮調的關係較深，而與變文的關係卻較淺。今再舉幾首敦煌曲如下，看看他的風格是不是與諸宮調近似？

憶昔笄年，未省離合，生長深閨院。閑凭著繡床，時拈金針，擬貌舞鳳飛鸞，對妝臺重整嬉恣面。自身兒算料，豈教人見，又被良媒，苦出言詞相誘炫。　每道說水際鴛鴦，惟指梁間雙燕。被父母將兒匹配，便認多生宿姻眷。一旦娉得狂夫，攻書業拋妾求名宦。縱然選得，一時朝要，榮華爭穩便。（〈傾杯樂〉）

結草城樓不忘恩，些些言語莫生嗔。比死共君緣外客，悉安存。　百鳥相依投林宿，道逢枯草再迎春。路上共君先下拜，如若傷蛇口含真。（〈浣溪沙〉）

繡簾前，美人睡，庭前猧子頻頻吠。雅奴白：玉郎至，扶下驊騮沉醉。　出屏幃，正雲起，鶯啼濕盡相思淚。共別人，好說我不是，你莫辜天負地。（〈魚歌子〉）

今世共你如魚水，是前世因緣，兩情準擬過千年，轉轉計較難，教汝獨自孤眠。　每見庭前雙飛燕，他家好自然，夢魂往往到君邊，心穿石也穿，愁甚不團圓。（〈送征衣〉）

自唐代民間歌曲發現以後，我們不得不謂諸宮調是遠紹唐民間

歌曲的一脈。那何以宋代不見此種風格的作品而獨盛於金呢？這是
因為兩宋文人詞盛行，使此種民間風格為之所掩的緣故。北宋詞人
唯一的作者，便是有井水處即能歌其詞的柳永，他吸取了唐民間歌
曲的風格，使之深刻與渾成，自成一大家。北宋詞直接承受五代的
文人詞風，冷落了唐民間歌曲。至金人鐵蹄踏入中原，正統文人詞
風因之沒落，民間歌曲反而抬頭，於是而有《劉知遠》及《董解元
西廂記》一類作品出現。

　　諸宮調體製，是採用不同的宮調與曲調，合成一組，間以說
白，以之講唱某一故事，儘管故事本身如何錯綜曲折，都可以將它
表達出來。這樣將說故事與唱曲合而為一，便是諸宮調的特徵。

　　今諸宮調存在的，僅有《董解元西廂記》、《劉知遠》、《天寶
遺事》三種。《劉知遠》是殘卷，《天寶遺事》不特晚在元中葉，並
且散見於《雍熙樂府》、《太和正音譜》等曲選中，唯有《董解元西
廂記》是最為完整的了。

　　元鍾嗣成《錄鬼簿》卷上「前輩名公樂章傳於世者」首列董解
元，云：「金章宗時人，以其創始，故列諸首云。」按：解元是當
時讀書人通稱，鍾嗣成著錄時，除知其年代外，已不知其名字了。
明朱權《太和正音譜》云董「仕於金，始製此曲」者，未必有據，
或者誤信他真是「解元」，因以為「仕於金」。董在當時大概是民
間詞人，又精於教坊樂曲者，故能用「會真記」故事，寫成如此偉
大的詩篇。惟其是民間詞人，並不想以他的名字和他的作品，並傳
於世，他所要獲得的，不過是衣食之資而已。所以這位大作家流傳
民間的，只是「董解元」的稱呼，猶如宋代講史家之武書生、穆書
生、戴書生，或許貢士、王貢士、張解元、陳進士、劉進士等的稱
呼一樣。(《武林舊事》卷六〈諸色伎藝人〉條)

　　《董西廂》對於宮調曲調的運用，近人統計者不止一人，而以吾

友鄭騫先生的〈董書所用宮調曲調總目〉[2]最為精確。據他的統計，《董西廂》總共使用了十五宮調，一百二十九曲調。

《劉知遠》所使用的宮調曲調與《董西廂》不過略有不同而已。馮沅君說：「如果進一步考察，則劉、董間也有異點在，凡三：《劉知遠》多用個商角，《董西廂》多用個羽調，此其一。《劉知遠》有歇指調，《董西廂》則否，此其二。《劉知遠》不用小石調與黃鍾調，《董西廂》卻用此二種，此其三。在這三點中，凡是董有劉無的還不必十分注意，因為《劉知遠》是個殘本，也許在散佚的一部份內有羽調、小石調，或黃鍾調。」[3]

至於《董西廂》曲調的來源，鄭先生亦有統計：出於唐曲者二十章，出於宋大曲者六章，出於詞調者三十八章，出於賺詞者兩章，來源不詳者七十章。（〈董西廂與詞及南北曲的關係〉附錄二）據此，足知「董解元」這位作者，對於舊有曲調的吸收是如何地廣博了。

關於諸宮調的音樂歌唱實況，已無較早的資料足供參考。惟明人張元長的《筆談》卷五云：「《董解元西廂記》，……曾見之盧兵部許，一人援絃，數十人合坐，分諸色目而遞歌之，為之磨唱。……趙長白云：『一人自唱』，非也。」青木正兒說：「此為明代之唱法，雖不可以之斷其必有宋金之遺風，然以限於歌者嗓力察之，昔時當亦如張氏所述用複唱式者。果如是，則在唱法上，可辨認諸宮調亦不類元曲，而唱賺反近之。」（《中國近世戲曲史》第三章〈南北曲之分歧〉）按：張氏所記雖是明代諸宮調的歌唱形式，與明代以前的歌唱形式，應不會有何不同。民間的藝術，代代相傳，往往能保存很久，不因朝代更易有什麼大改變。如《董西廂》那樣

---

2 臺灣大學《文史哲學報》第二期〈董西廂與詞及南北曲的關係〉附錄一。
3 馮沅君《古劇說彙・天寶遺事輯本題記》（商務印書館出版，一九四七年）。

大的場面，關節複雜，人物眾多，說唱時，決不是一、兩人所能辦的，勢必分工合作，才能收到良好的效果。況生、旦、淨、丑等人物的音聲，也必如後世的伶工各有專長才成。因此，我們可以從明人的紀錄，藉知金諸宮調歌唱的大概了。

第三節　今存的《劉知遠》與《董解元西廂記》

現有的諸宮調《劉知遠》殘卷與《董解元西廂記》，雖同是金代的作品，而產生的社會背景與文學技巧，卻大有懸殊，茲分別述之。

《劉知遠》殘卷係俄人柯智洛夫於一九○七至一九○九年間，發掘張掖黑水故城所獲得的。在此以前，明、清從無人提及，不似《董解元西廂記》之喧騰人口。始介紹《劉知遠》的為日人青木正兒〈劉知遠諸宮調考〉，他認為《劉知遠》的體例，猶具原始的形式，其寫作期要較《董解元西廂記》為古；就曲牌考之，《劉知遠》亦遠較《董西廂》為單純，不如《董西廂》之複雜；又《劉知遠》的押韻法，類宋詞而不類元曲，亦可為古制之一端。馮沅君〈天寶遺事輯本題記〉也說：「商角即林鍾角，為宋教坊棄置不用的十宮調之一。歇指雖見於宋教坊十八調內，然金元以來都不用它，原因它後來併入雙調了。《劉知遠》中既然保存著宋金所不用或罕用的宮調，它顯然是《董西廂》的前輩。」就文辭來看，《劉知遠》的樸拙，亦非《董西廂》的熟練風華可比，是今所存金代的二諸宮調，其產生的時代是有相當距離的。

《劉知遠》是以知遠與其妻李三娘為題材的，合為十二折的說唱諸宮調，今僅存五折，其目次為：

知遠走慕家莊沙佗村入舍第一

　　知遠別三娘太原投事第二

　　知遠充軍三娘剪髮生少主第三

　　知遠投三娘與洪義廝打第十一

　　君臣弟兄子母夫婦團圓第十二

全篇雖失去過半，其故事大概為知遠由貧賤到發跡，位至九州安撫使，夫婦、兄弟、子母團圓止。可是篇中稱之為「潛龍」，李翁見其臥在槐樹下，「紫霧紅光，睹金龍寶珠，到移時由（猶）有景像」，以為「久後是一個潛龍帝王」；又李三娘見金蛇入知遠臥房，紅光紫霧籠罩其身；又知遠臥在草屋，李洪義放火欲將其燒死，忽平白下雨。這樣誇張帝王靈異，卻沒有描寫知遠為皇帝的情形，最後交代道：「貴人忿發，一身榮顯，把妻兒還取到得團圓。那慈母和弟兄，卻重會面。後顯跡，口稱朕，坐昇金殿。」據此看來，編製粗鄙，關節疏漏，針縫不密，真正出於民間作者之手，還保留了原始性的諸宮調，與《董解元西廂記》相比，藝術高下，實不可同日而語。

　　《董西廂》雖是以元稹〈鶯鶯傳〉為題材，事實上他改變了〈鶯鶯傳〉的故事，增加了人物，誇張了情節，又將原有的人物賦以新的造型，使之有聲有色。〈鶯鶯傳〉不過是三千字的短篇，《董西廂》卻長達五萬字，其中人物情節，自然大不相同。《夢粱錄》卷二十「小說講經史」條，分有「煙粉」、「撲刀扞棒」、「發跡變泰」等類，《董西廂》三者兼而有之，〈鶯鶯傳〉只是「煙粉」而已。

　　《董西廂》的內容，可以分作前後兩大部分，後者才是張生與鶯鶯的戀愛故事，前者則是由〈鶯鶯傳〉的一小段敷演出的。如〈鶯鶯傳〉云：

　　　張生遊於蒲，蒲之東十餘里，有僧舍曰普救寺，張生寓焉。

> 適有崔氏孀婦，將歸長安，路出於蒲，亦止茲寺。崔氏婦，
> 鄭女也，張出於鄭，緒其親，乃異派之從母。是歲，渾瑊薨
> 於蒲。有中人丁文雅，不善於軍，軍人因喪而擾，大掠蒲
> 人。崔氏之家，財產甚厚，多奴僕，旅寓惶駭，不知所托。
> 先是，張與蒲將之黨有善，請吏護之，遂不及於難。十餘
> 日，廉使杜確將天子命以總戎節，令於軍，軍由是戢。鄭厚
> 張之德甚，因飾饌以命張，中堂宴之。復謂張曰：「姨之孤
> 嫠未亡，提攜幼稚，不幸屬師徒大潰，實不保其身；弱子幼
> 女，猶君之生，豈可比常恩哉！今俾以仁兄禮奉見，冀所以
> 報恩也。」

這〈鶯鶯傳〉的敘事不及三百字，《董西廂》卻敷演成全書三分之一
的篇幅。〈鶯鶯傳〉說崔氏婦為張生異派之從母，《董西廂》無此瓜
葛，止說張生是「西洛名儒」，名珙，字君瑞，父為禮部尚書。按：
宋王楙《野客叢書》卷二九云「唐有張君瑞遇崔氏女於蒲」，此殆是
《董西廂》的依據，但未言張生名珙，可能因瑞字而名珙。〈鶯鶯傳〉
未言崔氏家世，《董西廂》卻說崔婦為故相之妻，鶯鶯乃其幼女。至
如夫人設醮之事，張生藉此為其先父作份功德，皆非〈鶯鶯傳〉中
所有。〈鶯鶯傳〉僅述丁文雅軍大掠蒲人，張與蒲將之黨有善，救
了崔家。而《董西廂》不特創造了賊軍大將孫飛虎，並創造了一位
曾經以盜掠為生的法聰和尚，有此兩人，才有一番極為熱烈的大戰
場面。這一場戰爭場面，寫了四、五千字，此即小說科的「撲刀扞
棒」也。〈鶯鶯傳〉說：「十餘日，廉使杜確將天子命以總戎節，令
於軍，軍由是戢。」這只是說：蒲州軍亂，由杜確弭平之，與張生
並無關係。可是《董西廂》中杜確為白馬將軍，是張生好友，不特
解了普救寺之圍，並且成就了張生與鶯鶯的婚姻，是一重要人物。
《董西廂》普救寺中的法本、法聰、法悟、智深諸和尚，都是〈鶯鶯

傳〉所沒有的。

　　凡所創造的人物，都有繪聲繪色的描寫，試看他用詞曲的形式寫粗豪的人物是怎樣的：

> 【仙呂調】【繡帶兒】不會看經，不會禮懺，不清不淨，只有天來大膽。一雙乖（怪）眼，果是殺人不斬（不眨眼）。自受了佛家戒，手中鐵棒，經年不磨被塵暗。腰間戒刀，是舊時斬虎誅龍劍，一從殺害的眾生厭，掛於壁上，久不曾拈。
>
> 　頑羊角靶盡塵緘，生澀了雪刃霜尖。高呼「僧行（和尚們），有誰隨俺？但請無慮，不管有分毫失賺。」心口自思念，戒刀舉，今日開齋，鐵棒有打鑿。立於廊下，其時遂把諸僧點：「擒搜好漢每兀誰敢？」待要斬賊降眾，大喊故是不險。
>
> 【尾】開門但助我一聲喊，戒刀舉把群賊來斬，送齋時做一頓饅頭餡。
>
> 【雙調】【文如錦】細端詳，見法聰生得擒搜相，刁厥精神，蹺蹊模樣；牛腳闊，虎腰長。帶三尺戒刀，提一條鐵棒，一疋戰馬，似敲了牙的活象。偏能軟纏，只不披著介冑，八尺堂堂，好雄強，似出家的子路，削了髮的金剛。　從者諸人二百餘，一簡簡器械不類尋常。生得眼腦甌摳，人材猛浪。或拿著切菜刀、捍麵杖，把法鼓擂得鳴，打得齋鐘響。著綾幡做甲，把缽盂做頭盔戴著頂上，幾簡髭頭的行者，著鐵褐直裰，走離僧房，騁無量，道「俺咱情願，苦戰沙場」。
>
> 【尾】這每取經後，不肯隨三藏，肩擔著掃帚藤杖，簇捧著簡殺人和尚。

　　這將法聰描寫得真像《水滸傳》中的魯智深，但用韻文寫來，

更是難得。寫叛將孫飛虎也非常英勇，與法聰正是對手。寫白馬將
軍杜確，卻另是一種寫法：

> 【鶻打兔】愛騎一疋白戰馬，如彪虎。使一柄大刀，冠絕今
> 古。扶社稷，清寰宇；宰天下，安邦國。為主存忠，願削平
> 禍亂，開疆展土。　自古有的英雄，這將軍，皆不許。壓著
> 一萬箇孟賁，五千箇呂布。楚項籍，蜀關羽，秦白起，燕孫
> 武；若比這箇將軍，兵書戰策，索拜做師父。
>
> 【尾】文章賈、馬豈是大儒，智略孫、龐是真下愚，英武笑
> 韓、彭不丈夫。

這所引的，只算得他那淋漓大筆之一例而已，他刻畫人物，大都能
極精細，極深刻，內心外形，兼得其美。

〈鶯鶯傳〉中，崔夫人不是重要的人物，在《董西廂》裡她卻是
張生與鶯鶯的婚姻阻力，尤其是她那貴夫人的架子，性格既庸懦又
自私，使女兒的婚姻一錯再錯。紅娘在〈鶯鶯傳〉中為張生劃策，
並投書遞簡，已是相當重要的人物，但在《董西廂》裡，更美慧有
機智，鶯鶯事發後，在老夫人嚴責之下，居然侃侃而說，力主將鶯
鶯嫁給張生，使夫人不得不服，而有「賢哉紅娘之論」的贊許。後
來王實甫《西廂記》裡，紅娘更成了極有聲色的人物，實本之《董
西廂》。

特別值得注意的，〈鶯鶯傳〉與《董西廂》雖同一故事，而所
表現的主題思想，卻大不相同。〈鶯鶯傳〉充分的暴露了士大夫階層
輕視女性地位、玩弄女性愛情的觀念，所謂「始亂之，終棄之」，不
以為恥，且故為自己解說云：

> 大凡天之所命尤物也，不妖其身，必妖於人。使崔氏子遇合

富貴，乘寵嬌，不為雲，不為雨，為蛟為螭*，吾不知其變化
矣。昔殷之辛，周之幽，據百萬之國，其勢甚厚，然而一女
子敗之；潰其眾，屠其身，至今為天下僇笑。予之德不足以
勝妖孽，是用忍情。

這一番不能甚解的大道理，不過要掩飾內心的慚愧不安，結果卻是
欲蓋彌彰。其實，這也是男性中心社會一般的心理，如〈霍小玉傳〉
的李益，何嘗不是如此？至於《董西廂》所表現的思想，正與之相
反，他可算是純情的歌頌者。張生為相思而「病染沉痾」，而懸樑自
盡，獲得鶯鶯了，又發跡了，無端老夫人突將鶯鶯許給了她的姪兒
鄭恒，木已成舟，無法挽回。鶯鶯覓死，張生也要與之並命，因法
聰設策，兩人私奔到蒲州太守杜確處，得杜確之助，終成了眷屬，
「從此趁了文君深願，酬了相如素志」。折磨越多，越見兩心堅貞，
這當然是作者立意之所在。作者更不像後來高明寫《琵琶記》，使蔡
伯喈及第後，又作了牛丞相的女婿，然後一妻一妾雍容禮讓的庸俗
思想。相形之下，董解元的《西廂記》更值得贊許。

　　最後，拿《劉知遠》與《董西廂》對看，前者雖說是出於講
史，卻有極濃厚的泥土氣息，所表現的完全是農民意識，所反映的
是動盪時代農業社會中種種不同的人物。《董西廂》所表現的是另外
一個極端，是傳統的士大夫思想，兩性的愛慕固然衝破了禮法的藩
籬，但他們的婚姻還是建築在門第功名的基礎上。

---

* 此據《太平廣記》本，「不為雲，不為雨，為蛟為螭」句，汪辟疆校為：「不為雲為
雨，則為蛟為螭。」〔編者註〕

第二章　南戲

第一節　南戲的發生

「南戲」又名「戲文」者，以別於北曲雜劇；又名「溫州雜劇」者，則就起源的地域而言。明祝允明「猥談」云：

> 南戲出於宣和之後，南渡之際，謂之「溫州雜劇」。予見舊牒，其時有趙閎夫榜禁，頗述名目，如《趙貞女》、《蔡二郎》等，亦不甚多。

這是說：南戲發生的時代在北宋末、南宋初，發生的地域在溫州。而明徐渭的《南詞敘錄》云：

> 南戲始於宋光宗朝，永嘉人所作《趙貞女》、《王魁》二種實首之。……或云：宣和間已濫觴，甚盛行則自南渡，號曰「永嘉雜劇」，又曰「鶻伶聲嗽」。其曲則宋人詞而益以里巷歌謠，不叶宮調，故士大夫罕有留意者。

徐渭說始於光宗朝，比前一說要晚六、七十年，而他所引的另一說又要比前一說稍早。至於發源的地域，兩說並相同。據今所殘存的戲文看來：一、曲中方言並不很多，不像北曲中夾雜了許多北方語；二、戲的故事極普遍，看不出有特殊的地域性；三、有若干戲與北曲相同。唯一的一點是用溫州一帶方音唱的，所謂「鶻伶聲嗽」，大概就是形容溫州一帶的方音吧。

錢南揚《宋元南戲百一錄・總說》第二節〈起原和沿革〉云：

> 南戲，最初當然是溫州一地民間的戲劇，《趙貞女》的內容
> 雖不可知，而《王魁》卻還有幾支曲文流傳，看來已是出于
> 文人之手，決非最初的民間的作品。在《王魁》以前，怎樣
> 會以「宋人詞而益以里巷歌謠」，漸漸變成這種繁複的文學
> 方式，其間一定經過相當的醞釀期間，毫無疑義的。《王魁》
> 既是光宗時的作品，我們上溯至宣和間，這七八十年當他是
> 醞釀時期，也不算長久。所以「宣和間已濫觴」的話，是可
> 信的。

他這一說，看來頗為合理，而我所懷疑的是：《王魁》未必是光宗時
期的作品，祝允明的《猥談》，就沒有提到《王魁》劇本，又無其他
旁證；我們只能說《王魁》是溫州戲在臨安極盛時的劇本，不能確
定是光宗時的產品。

　　追溯南戲的形成，我以為與北宋唱詞的風氣有直接關係。詞在
唐末以至北宋都是唱的，即詞的體製，本是配合歌唱和音樂的。如
柳永的詞，有井水處便見傳唱，足見北宋唱詞的風氣是如何普遍的
了。由這種風氣發展下去，有趙令時用一支詞調描寫一個故事，如
他那十二首〈蝶戀花〉即敘述〈鶯鶯傳〉的故事。這在當時固然很
新奇，但只是依據本傳故事用歌詞重演而已，並不能如後來作家加
以敷演，使故事更為生動曲折；雖然，這已使單調的詞向故事描寫
發展，前進了一大步。再發展下去，到了宣和年間，有用不同的宮
調來演述一個故事的戲文，這也是很自然的發展。不過這種新體戲
劇的嘗試，必是先由民間作者開始的，再經一段時間，才得以被有
修養的文士所欣賞，乃至加入寫作陣容。

　　南戲既是從唱詞的風氣演變而成的，又怎麼成為溫州的產品
呢？按：北宋末年，金人深入的時候，沿海地帶的溫州，應是江浙
人士認為最安全的地方，宋高宗也曾逃至溫州，溫州並一度成為戰

時的行都，可想像這一海濱城市頓時有了不正常的繁榮。尤其當時有資格逃難的人，皆非尋常百姓，他們將詞的歌唱帶到這海濱城市，並發現了地方音調的價值，漸漸有了文士參加。於是，北宋以來詞的歌唱與溫州方言歌詞合流，以此搬演故事，藝術既因之提高，欣賞者也由里巷民眾而進入上層人士，再向外推展，偏安的首都臨安也流行起來，溫州腔的戲劇更風靡一時。

　　我所以有以上的假定者，就是因為南戲與詞的關係太密切了，溫州一海濱城市，即使他本來就有很好的戲劇，也不可能有如今所流傳的與詞只有一間之別的戲曲，它必得吸收外來的影響，才能有那樣的成就。王國維《宋元戲曲史》第十四章：〈南戲之淵源及時代〉據沈璟的《南九宮譜》統計出的宮調，他的結論認為多出於古曲：

> 出於大曲者二十四。出於唐宋詞者一百九十。出於金諸宮調者十三。出於南宋唱賺者十。同於元雜劇曲名者十有三。其有古詞曲所未見，而可知其出於古者如左……以上十八章，其為古曲或自古曲出，蓋無可疑。

試看南戲的形成，可以說完全建立在唐、宋詞之上，如此廣博地吸收古曲，豈是某一城市文化所能勝任的？近人錢南的《宋元南戲百一錄》、馮沅君夫婦的《南戲拾遺》等書，將沉埋多年的戲文，爬梳整理後提供出來。看這些作品，詞彙氣息，完全是從唐、宋詞出來的。所以王國維說：「南戲之淵源於宋，殆無可疑。……然其淵源所自，或反古於元雜劇。」（《宋元戲曲史》第十四章〈南戲之淵源及時代〉）明人騷隱居士《衡曲麈談》、王驥德《曲律》、沈德符《顧曲雜言》諸書，皆以為南戲是從元雜劇演變而成的，實未考其淵源，致有此誤。

　　南戲既發源於溫州，它是什麼時候流入臨安的，錢南揚說：

「大概在南渡前後，南戲已流傳到行在——杭州，經了文人的參加，貴族的提倡，于是南戲大行。」（《宋元南戲百一錄・總說》第二節〈起原和沿革〉）我以為南戲流傳到臨安，不在南渡以前，而在偏安政權穩定了以後。因為溫州調的南劇，必得有了相當高度的藝術，才能在臨安立足，同時，南戲到了臨安也才更加發達起來，如今存的《張協狀元》、《小孫屠》、《宦門子弟錯立身》三劇，都是當時書會所編的，要不是此劇在臨安受大眾欣賞，書會不可能請些「才人」來編溫州調的戲詞的。

元統一中國後，南戲並未因宋亡而淪滅，不特與元雜劇並存，甚至與元雜劇成了互相消長之勢。《南詞敘錄》云：

> 元初，北方雜劇流入南徼，一時靡然向風，宋詞*遂絕，而南戲亦衰。順帝朝，忽又親南而疏北，作者蝟興，語多鄙**下，不若北之有名人題詠也。

錢南揚云：「看《小孫屠》與《宦門子弟錯立身》下的注語，則杭州書會雖一面在編製雜劇，而一面仍在編製南戲；《宦門子弟錯立身》中，王金榜數說時行的南戲，多至二十九本。」（《宋元南戲百一錄・總說》第二節〈起原和沿革〉）北方雜劇流入南徼而未能奪南戲之席的原因很簡單，南戲早在臨安有了深厚的基礎，宋雖亡了，而南戲的觀眾猶存，只是多了另一體製的北方雜劇，為江浙人民增加一種新的趣味，所以有互相消長之勢。到了《琵琶記》、《拜月記》、《荊釵記》、《殺狗記》、《白兔記》等劇出現，南戲達到最高的藝術境界。明太祖看了《琵琶記》也得說：「五經四書，布帛菽粟也，家家皆有；高明《琵琶記》，如山珍海錯，富貴家不可無。……

---

*「宋」字原缺，「詞」原作「辭」，據清人姚燮《今樂考證》引文補改。〔編者註〕
**「鄙」字原缺，據《今樂考證》引文補。〔編者註〕

由是日令優人進演。」（《南詞敘錄》）看來南戲直接影響了明一代的傳奇，不是偶然的事。

第二節　南戲的體製

元雜劇與南戲的體製，相同處極少，大抵南戲體製較元雜劇限制為少，作者運用曲調頗為自由，而又沒有折數的規定及限制，使作者不致受限於過多的約束，而能從容抒寫，這於戲劇藝術，不能不說是好的現象。至其特徵，約有下述幾點：

一、題目：徐渭《南詞敘錄》云：「開場下白詩四句，以總一故事之大綱。今人內房念誦以應副末，非也。」按：《永樂大典》本《小孫屠》首為：

> 小孫屠：古杭書會編撰。

> 題目：李瓊梅設計麗春園，孫必貴（應作達）相會成夫婦。朱邦傑識法明犯法，遭盆吊沒興小孫屠。

又《永樂大典》本《宦門子弟錯立身》首為：

> 宦門子弟錯立身：古杭才人新編。

> 題目：衝州撞府粧旦色，走南投北俏郎君。庚家行院學踏鸞，宦門子弟錯立身。

又《永樂大典》本《張協狀元》首為：

> 題目：張秀才應舉往長安，王貧女古廟受飢寒。呆小二村調風月，*莽強人大鬧五雞山。

---

* 此句原本即脫去一字，僅存七字，與其他三句皆八字者異。王季思主編之《金元戲曲》校訂作「呆小二村沙調風月」，可資參考。〔編者註〕

以上三種，皆是南宋臨安流行的劇本，在今存的南戲中要算是最早的了，並有四句詩的題目，說明劇情，一如徐渭所說。又前兩劇題目的第四句即為本戲的劇名，元雜劇則分「題目」、「正名」各為兩句，皆列為劇末，而本戲劇名為正名的第二句，此與南戲略同。

　　二、開場白：據《永樂大典》本南戲三種，題目後接著是開場白，注為「末白」，當是說白而非唱；說白詞為一首或兩首，亦不限詞調，如《宦門子弟錯立身》為〈鷓鴣天〉一首，《小孫屠》及《張協狀元》，則一為〈滿庭芳〉，一為〈水調歌頭〉，內容都是對觀眾說的，說白詞兩首者，前一首不外說人生當及時行樂，後一首則是介紹演出之內容。若只有一首之說白詞，只是介紹本戲之內容了。時代較晚的《琵琶記》，第一齣便標明「副末開場」，用詞兩首，前一首說白後，加以問答科白，然後引起下首的戲文大意。

　　三、分齣：元雜劇分場為折，南戲分場為齣，元雜劇每一劇通分四折為原則，而南戲每劇分齣無定型；如《琵琶記》四十三齣，《拜月亭》四十齣，《白兔記》三十三齣，《殺狗記》三十三齣。《永樂大典》本的《張協狀元》、《小孫屠》、《宦門子弟錯立身》只有場面而不分齣。錢南揚據此，以為：「南戲的分齣，正是明人任意刪改的一端，本來原是不分齣的。」（《宋元南戲百一錄・總說》第三節〈結構〉）按：既是任意刪改的，何以元末明初的南戲都叫做齣，而能如此地劃一呢？錢氏此說很難令人相信。

　　四、元雜劇每折限一人唱一宮調，南戲卻無此限制，王國維曰：「一劇無一定之折數，一折（南戲中謂之一齣）無一定之宮調；且不獨以數色合唱一折，并有以數色合唱一曲，而各色皆有白有唱者。此則南戲之一大進步，而不得不大書特書以表之者也。」（《宋元戲曲史》第十四章〈南戲之淵源及時代〉）青木正兒云：「第一，唱者非如雜劇限於一人者，各種腳色皆為之，余私呼之為複唱。此

中復有『獨唱』（此為余假定之名）、『接唱』、『同唱』（此二者見
《小孫屠》）、『合唱』（各本均見此名）之別。『獨唱』為一人唱畢
一曲。『接唱』為他人承一人唱後而唱，換言之，以二人以上分擔唱
一曲也。『同唱』為二人以上同聲唱一曲者。『合唱』，一曲之上幾
句甲唱之，下兩三句則甲、乙合唱，復由乙唱同腔異詞之上幾句，
而由甲乙合唱與前曲相同之下兩三句。三人以上時亦準此。而合唱
之處，反覆用同一文句之點，猶如西洋樂之合唱。此外有併用『接
唱』、『合唱』者，余名之為『接合唱』。南戲之複唱法，概可以此
五種包括之。」（《中國近世戲曲史》第三章〈南北曲之分歧〉）

　　五、腳色：南戲腳色名稱與元雜劇並不相同，《南詞敘錄》云：

生：即男子之稱。史有董生、魯生，樂府有劉生之屬。

旦：宋伎上場，皆以樂器之類置籃中，擔之以出，號曰「花
擔」，今陝西猶然。後省文為「旦」。或曰：「小歌能殺虎，
如伎以小物害人也。」未必然。

外：生之外又一生也，或謂之小生；外旦、小外，後人益之。

貼：旦之外貼一旦也。

丑：以墨粉塗面，其形甚醜，今省文作「丑」。

淨：此字不可解。或曰：「其面不淨，故反言之。」予意：
即古「參軍」二字，合而訛之耳。優中最尊。其手皮帽，有
兩手形，因明皇奉黃旛綽首而起。

末：優中之少者為之，故居其末。手執搧爪（爪當作瓜），
起於後唐莊宗，古謂之蒼鶻，言能擊物也。

> 北劇不然，生曰末泥，亦曰正末：外曰孛老；末曰外；淨
> 曰俠（律蛇切，小兒也），亦曰淨，亦曰邦老；老旦曰卜兒
> （外兒也，省文作卜）；其他或直稱名。

錢南揚云：《敘錄》「所舉腳色名目，正與現存三種戲文合。考
《武林舊事》卷四『乾淳教坊樂部』所記雜劇色劉景長以下六十六
人，其中有註明所扮腳色者，計有次淨、次末、副末、裝旦等。卷
六，『諸色伎藝人』所記雜扮鐵刷湯以下二十六人，則又有旦。與
南戲對比，獨不見生、外、貼、丑之名，或此四者起原稍後罷？」
（《宋元南戲百一錄·總說》第三節〈結構〉）

六、雜用北曲：青木正兒云：「然自元中葉起雜用北曲之風，
稱之為『南北合腔』或『南北合套』，《小孫屠》戲文已用此法。」
（《中國近世戲曲史》第三章〈南北曲之分歧〉）錢南揚云：「在南
戲中，因排場的變換，偶然插入一兩支北曲，在曲律上是毫無問題
的。現在就拿北劇來講，誰都知道北劇是純粹的北曲，然而也間有
南曲夾雜其中。」（《宋元南戲百一錄·總說》第三節〈結構〉）看
來這種南北的綜合，不過偶然以此增加場面的效果，不能算作合流
的進展。

據以上看來，南戲的格調結構，比雜劇作法的限制，要寬得
多了。卓珂月云：「夫北曲之道，聲止於三，齣止於四，音必分陰
陽，喉必用旦末，他如楔子、務頭、襯字、打科、鄉談、俚諢之
類，其難百倍於南。」（焦循《劇說》卷四引卓珂月作〈孟子塞《殘
唐再創》雜劇小引〉）由於約束少，作者始能稍自由地抒寫，舞臺的
排場也多有變化，南戲在元代，能與雜劇並馳的原因，這一點甚為
重要。

第三節　南戲北曲相互的關係

　　南北戲劇在題材方面，往往有許多共同點，這當然表示了南北戲劇的相互影響；如果我們有資料可知某一南戲在北戲之前，或某一南戲在北劇之後，便可知誰是抄襲者了。只因南北戲劇作者多出於民間，大都為迎合觀眾愛好的庸俗心理，互相抄襲題材，不是有意識的創造。我們自不能一味崇信其文學價值，還得了解它卑弱的一面。茲據《宋元南戲百一錄》及《南戲拾遺》兩書，將南北劇彼此相同的題材，表列如下，便可一目瞭然了。

南戲	元雜劇
《燕鴛爭春詐妮子調風月》	關漢卿有《詐妮子調風月》（《古今雜劇三十種》）
《風流王煥賀憐憐》	無名氏有《逞風流王煥百花亭》（《元曲選》）
《董秀英花月東牆記》	白樸有《董秀英花月東牆記》（《錄鬼簿》）
《崔鶯鶯西廂記》	王實父（甫）有《崔鶯鶯待月西廂記》四本，關漢卿續作一本
《朱買臣休妻記》	庾天錫有《會稽山買臣負薪》一本（《錄鬼簿》）；無名氏有《朱太守風雪漁樵記》（《元曲選》）
《裴少俊牆頭馬上》	白樸有《裴少俊牆頭馬上》（《元曲選》）
《趙普進梅諫》	王實父（甫）有《趙光普進梅諫》一本，又梁進之一本，均見《錄鬼簿》。
《崔君瑞江天暮雪》	《曲海總目提要》卷二，北劇《臨江驛瀟湘夜雨》下云：「崔女驛中遇雨，正臨湘江，故曰『瀟湘雨』。後人仿此作《江天雪》，改崔通曰崔君瑞，張商英曰蘇尚書云。」
《冤家債主》	鄭廷玉有《看錢奴買冤家債主》（《元曲選》）

南戲	元雜劇
《崔護覓水》	白樸有《崔護謁漿》一本，又尚仲賢一本，均見《錄鬼簿》。

以上據錢南揚《宋元南戲百一錄》。[4]

南戲	元雜劇
《子父夢欒城驛》	鄭廷玉有《子父夢秋夜欒城驛》（《錄鬼簿》）
《王仙客》	無名氏有《王仙客》，見《九宮正始》【滴滴金】第六格附注。[*]
《王母蟠桃會》	鍾嗣成有《蟠桃會》（《錄鬼簿》朱士凱序）
《王陵》	顧仲清有《陵母伏劍》雜劇（《錄鬼簿》）
《玉清菴》	無名氏有《玉清菴錯送鴛鴦被》（《元曲選》）
《李亞仙》	石君寶有《李亞仙花酒曲江池》（《元曲選》）
《哀娘怨》	彭伯威有《四不知月夜京娘怨》（《錄鬼簿》）
《金童玉女》	賈仲名有《鐵拐李度金童玉女》（《元曲選》）
《鬼子揭鉢》	吳昌齡有《鬼子母揭鉢記》（《錄鬼簿》）
《浣紗女》	關漢卿有《姑蘇台范蠡進西施》（《錄鬼簿》）
《祝英台》	白樸有《祝英台死嫁梁山伯》（《錄鬼簿》）
《留鞋記》	曾瑞卿有《王月英元夜留鞋記》（《元曲選》）
《梅竹姻緣》	關漢卿有《荒墳梅竹鬼團圓》（《錄鬼簿》）

4　錢南揚《宋元南戲百一錄》（臺北：古亭書屋，一九六九年）。
*　《九宮正始》於【滴滴金】第六格附注云：「元時先有失名《王仙客》本，後又有平原、白壽之《無雙傳》。」〔編者註〕

南戲	元雜劇
《淮陰記》（《十大功勞》、《登壇拜爵》）	武漢臣有《窮韓信登壇拜將》（《錄鬼簿》）
《章台柳》	鍾嗣成有《章台柳》（《錄鬼簿》朱士凱〈序〉）
《陶學士》	戴善夫有《陶學士醉寫風光好》（《元曲選》）
《貂蟬女》	無名氏有《錦雲堂暗定連環計》
《張瓊蓮》	《南戲拾遺》本劇考以為：此劇情節與楊顯之雜劇《臨江驛瀟湘秋夜雨》近似。
《崔懷寶》	鄭光祖有《崔懷寶月夜聞箏》（《錄鬼簿》）；金院本有《月夜聞箏》，見《輟耕錄》。
《無雙傳》	無名氏有《無雙傳》，見《九宮正始》【滴滴金】第六格附注。
《詩酒紅梨花》	張壽卿有《謝金蓮詩酒紅梨花》（《元曲選》）；金院本有《紅梨花》，見《輟耕錄》。
《韓彩雲》	王實甫有《韓彩雲絲竹芙蓉亭》（《錄鬼簿》）

以上據陸侃如、馮沅君《南戲拾遺》[5]。

第四節　南戲作品及其文學價值

王驥德《曲律》卷三〈雜論〉云：「南北二調，天若限之，北之沈雄，南之柔婉，可畫地而知也；北人工篇章，南人工句字；工篇章，故以氣骨勝；工句字，故以色澤勝。」南北曲的風格不同，確乎如此。北曲的廊宇廣，它所表現的是人生的多面，社會的群象，故重篇章；南曲的廊宇狹，所表現的不能廣，故重字句而以色

---

5 陸侃如、馮沅君《南戲拾遺》（臺北：古亭書屋，一九六九年）。

澤勝。但既是戲劇,關節排場比字句色澤更為重要,宋、元南戲今所知的篇目雖多,但存在於今的殘曲多於全篇者,正是由於過分「工句字」的關係。其鴻篇巨製不能如雜劇之多者,亦由於此種原因。

南戲作品,過去所稱者惟《琵琶記》與《荊》、《劉》、《拜》、《殺》五種,近世於《永樂大典》殘本中發現《小孫屠》、《張協狀元》、《宦門子弟錯立身》三種,實南戲史上年代最早的新資料。茲分別述之,至於明人之作則從略:

一、《小孫屠》:古杭書會編撰。元蕭德祥有同名之作,《錄鬼簿》卷下云:「蕭德祥,名天瑞,杭州人。以醫為業,號復齋。凡古文俱隸括為南曲,街市盛行。又有南曲戲文等。」按:德祥很可能即當時書會中人而編撰《小孫屠》者,又因書會編撰易受愛好者注意,因而略去了原編者的姓名。青木正兒說:「蕭氏與《錄鬼簿》之編者為同時——至順年間——之人,因之苟視此種戲文為元中葉以後之作亦無不可。且其曲中既用南北合腔,可知其非元中葉以前之作矣。」(《中國近世戲曲史》第五章〈復興期內之南戲〉)據此,蕭德祥是永樂本《小孫屠》的作者,應無可疑。

《小孫屠》的故事是說:小孫屠之兄娶妓女為妻,妻復與其舊情人縣吏通姦,先後謀死婢女及小孫屠,終因東嶽神及包龍圖之故,此案乃得大白。這顯然是從公案小說來的,並無甚新奇,它所要表現的是,娼妓不可為妻室,及惡吏之可怕,一般百姓只能仰賴神明與清官。雖說是庸俗的思想,卻是人民無可奈何的控訴。至其文字的拙劣,安排的疏慢,實與其內容同樣的幼稚。

二、《宦門子弟錯立身》:據《錄鬼簿》之註錄,有兩個人編過此劇:一是「李直夫,女直(應作「真」)人」;又一人是「趙文殷,彰德人,教坊色長。」按:《太和正音譜》作趙文敬。此兩

人都列在前輩已死的作家類，應是元初年間人。趙著下註明「次本」，當是另編的意思。此兩本皆與今本無關，即青木正兒所說：「蓋《大典》本之南曲戲文當為此類北曲雜劇之翻作，亦似元中葉以後之作。」（《中國近世戲曲史》第五章〈復興期內之南戲〉）本劇故事為：河南府同知之子，迷戀女優，不容於其父，遂與女優流落四方，演院本為生，後被其父發現，許兩人結為夫婦。這戲只有六場，南戲的小品，故事單純而緊湊，其中並含有二十九種劇名，給後人提供了考證的資料。據本戲中所述，當時可將優人叫到家中演唱，那麼像這樣短的戲文，也許就是專供人叫到家中演唱的罷？

　　三、《張協狀元》：本戲名曾見《宦門子弟錯立身》中。本戲開場詞說：「《狀元張協傳》前回曾演，汝輩搬成；這番書會，要奪魁名，占斷東甌盛事。」看來本戲文也許就是所謂「後本」。故事為張協由西川上汴京應舉，途經五雞山遇盜，投身古廟中。鄰廟一貧女看護之，有李姓老夫婦為張協作伐，使成夫妻。後張協上京應試，中了狀元，遊街。有樞密使王德用之女欲嫁之，協不受，王女抑鬱病死。既而協授梓州僉判，又途經五雞山，遇故妻山間採茶，協嫌其微賤，揮劍斷其臂而去。適王德用任梓州通判，為張協上司，亦路經五雞山，見廟中貧女，美而負傷，收為寄女，到了梓州，遂稱之為己女，使嫁張協。本劇故事離奇，繁冗淺浮，藝術價值尚不如《宦門子弟錯立身》。

　　青木正兒對永樂本三戲文的批評，極為中肯，為便於參考，附之於後：

　　　　三種中，《小孫屠》、《宦門子弟錯立身》為短篇，曲多白少，《張協》為長篇，科白多，冗漫使人生倦。三種曲辭，都平凡少力，多不足觀。關目佳者，雖往往有之，然排場之法幼稚，而不知運用方法。如以文學的價值論之，與北曲雜

劇直有霄壤之差。觀乎此，元代南戲之為北劇壓倒不振者，
非偶然也。於此益見《琵琶記》、《拜月亭》之有價值。明人
多以《琵琶記》為南戲中興之祖，良有以哉。（《中國近世戲
曲史》第五章〈復興期內之南戲〉）

第三章　元雜劇

第一節　元雜劇的時代背景

　　元世祖統一中國以後，貪歛殘暴，實是中國歷史極黑暗的時期。趙翼《廿二史劄記》卷三十「元世祖嗜利黷武」條云：

> 統計中統至元三十餘年，無歲不用兵。當其初，視宋為敵國，恐不能必克，尚有慎重之意，遣使議和。及既平宋，遂視戰勝攻取為常事，幾欲盡天所覆，悉主悉臣，以稱雄於千古。甫定域中，即規海外。初以驕兵圖勝，繼以憤兵致敗，猶不覺悟，思再奮天威，迄崩而後止；此其好大喜功，窮兵黷武，至老而不悔者也。由是二者觀之，內用聚歛之臣，視民財如土苴，外興無名之師，戕民命如草芥，以常理而論，有一於此，即足以喪國亡身。

又同卷「元初諸將多掠人為私戶」條：

> 元初起兵朔漠，尚以畜牧為業，故諸將多掠人戶為奴，課以游牧之事，其本俗然也。及取中原，亦以掠人為事，并有欲空中原之地以為牧場者。……而尤莫甚於阿爾哈雅（舊名阿里海涯）豪占之多。〈張雄飛傳〉：阿爾哈雅行省荊湖，以降民三千八百戶，沒入為家奴，自置吏治之，歲收其租賦，有司莫敢問。雄飛為宣撫司，奏之，乃詔還籍為民。〈世祖本紀〉：至元十七年，詔籍阿爾哈雅等所俘三萬二千餘人，

並赦為民。十九年，御史臺又言：阿爾哈雅占降民為奴，而以為征討所得，有旨降民還之有司；征討所得，籍其數賜臣下。宋子貞又以阿爾哈雅所庇逃民千人，清出屯田，可見其所占之戶以千萬計。蓋自破襄、樊後，巴延領大兵趨杭州，留阿爾哈雅平湖、廣之未附者。兵權在握，乘勢營私，故恣行俘掠，且庇逃民、占降民，無不據為己有，遂至如此之多。

阿爾哈雅之所以如此暴虐人民，則因蒙古猶有奴隸制度的緣故，如《元史·刑法志·雜記類》就有「諸奴婢背主」、「諸告獲逃奴者」、「諸逃奴拒捕」等法律。這一落後民族，以牧畜為生，本來就畜養奴隸為其生產勞力，當其入侵中國時，中原人民亦重受其荼毒。茲舉一例，以見一斑，《元史·儒學列傳》云：

趙復，字仁甫，德安人也。太宗乙未歲，命太子闊出帥師伐宋，德安以嘗逆戰，其民數十萬，皆俘戮無遺。時楊惟中行中書省軍前，姚樞奉詔即軍中求儒、道、釋、醫、卜士，凡儒生掛俘籍者，輒脫之以歸。復在其中，樞與之言，信奇士，以九族俱殘，不欲北，因與樞訣。樞恐其自裁，留帳中共宿。既覺，月色皓然，惟寢衣在。遽馳馬周號積屍間，無有也。行及水際，則見復已被髮徒跣，仰天而號，欲投水而未入。樞曉以徒死無益；「汝存，則子孫或可以傳緒百世；隨吾而北，必可無他。」復強從之。先是，南北道絕，載籍不相通；至是，復以所記程、朱所著諸經傳註，盡錄以付樞。自復至燕，學子從者百餘人。

趙復是將程朱之學帶到北方的第一人，這位「九族俱殘」的理學家，要不是遇到姚樞，程朱之學恐怕不會在北方植根了。可是德安未拔以前先破襄陽，當時主將本欲盡坑襄陽人民，經樞力爭之後，

僅能促數人逃入竹林中免死，足見姚樞所能救脫的是極少數，更何況後來大軍四出，姚樞也並非一直都在軍中，足見趙復真是幸運。因此推想，當那野蠻的游牧民族大軍入侵整個中國時，該有多少讀書人不是死於白刃，便是淪為奴隸。而隱身於雜劇寫作的，總是劫餘之生，尤其那些雜劇的初期作家。

　　游牧民族的蒙古人是沒有文字的，有吐蕃薩斯嘉人名帕克斯巴者，早年結識了忽必烈，後來忽必烈就要他為蒙古創製文字。《元史・釋老列傳・帝師帕克斯巴傳》云：

> 中統元年，世祖即位，尊為國師，授以玉印，命製蒙古新字。字成上之，其字僅千餘，其母凡四十有一，其相關紐而成字者，則有韻關之法；其以二合、三合、四合而成字者，則有語韻之法；而大要則以諧聲為宗也。

先是政府公文皆是借用畏吾文字，自蒙古新字製成，至元六年頒行天下；中統元年到至元六年，也達十年之久。

　　元主不重儒術，有了文字後，欲知漢事，皆憑譯文，朝臣通漢文的亦極少。元之君臣不重視漢文，猶之不重視漢人一樣。他將當時各民分為四等：

　　（一）蒙古人，又曰國人。

　　（二）色目人，又曰諸國人，即西域諸國人；《輟耕錄》謂色目三十一種，實則二十種上下。[6]

　　（三）漢人，即黃河流域亡金之中國人。

　　（四）南人，即宋治下之中國人，亦即亡宋之中國人。錢大昕《十駕齋養新錄》卷九「趙世延、楊朵兒只皆色目」條云：「漢人、南人之分，以宋、金疆域為斷，江浙、湖廣、江西三行省為南人，

---

6 參箭內亘《元代蒙漢色目待遇考》。

河南省唯江北、淮南諸路為南人。」

　　箭內亙曰：「自武宗以後，南人與漢人同受排斥。英宗之世，
惟不許選用南人。要之元代三階級中，最下位為漢人；而漢人中之
南人，尤受冷遇，以其為最後降蒙古者故也。」*唯其如此，呻吟於
異族暴政下的漢民族，雜劇成為他們精神之所寄。由於今日所存雜
劇甚多，作者又都是漢人，毫無疑問的，雜劇是被廣大漢民族所倡
導支持，而影響於蒙古人、色目人。關於這一問題，吉川幸次郎在
他的《元雜劇研究》第一章〈元雜劇的聽眾〉中，討論至為詳細，
茲分別介紹於下：

> 雜劇的聽眾，第一是平民。這一點可以從作品本身發現出
> 來；因為雜劇所用的語言是俗語，所寫的事情也大都是屬於
> 市井的，或即使故事跟市井無關，也都附帶著市井的感情。
> 除了作品本身外，也可以在當時的文獻裏面，找出這個見解
> 的證據。

按：今存約六百種元人雜劇，大部分的劇情都是屬於小市民或農民
階層的，吉川氏認為雜劇的聽眾為平民，是絕對正確的。《元史‧
刑法志‧禁令》云：「諸民間子弟，不務生業，輒於城市坊鎮，演
唱詞話，教習雜戲，聚眾淫謔，並禁治之。」這一禁令的意義：一
是民間青年人因演戲而不事生產工作。二是敗壞風俗，要不是戲劇
流行民間過分的普遍，朝廷不會列諸禁令的。又云：「諸亂製詞曲
為譏議者，流。」這一禁令文字，看來頗不具體，但可以從多方陷
人於罪；因為「詞曲」兩字可以包括雜劇，「譏議」兩字不是私人對
象而是朝政。就常情推測之，當時一定有以雜劇或其他詞曲形式而

譏議朝政的，因而有此禁令。是禁令文字越廣泛，越見當時文網之密。再次為第二種聽眾：

> 雜劇的第二種聽眾，可說是蒙古的朝廷。這一點是向來的學者所公認的，而事實上也的確如此。關於蒙古早期的天子，即從太祖到憲宗諸帝，他們愛好雜劇到如何程度，現在沒有文獻可以徵實，而且，那個時代雜劇是否已經發生，還是一個不能解決的疑問。不過，當時雜劇前身的「院本」已經存在，那麼，我們如果稍加推想，也許可以說當時的蒙古天子已是中國戲劇的愛好者了。蒙古以北方民族而接觸中國文化，對於中國各種事物抱著莫大的好奇心，而最容易滿足這種好奇心的，第一可能便是音樂。因為，儘管他們不能瞭解歌辭的意義，但音樂本身具有迷人的旋律，足以使人陶醉其中而產生嗜好。這從我們自己欣賞泰國或爪哇歌曲的經驗，很容易推想出來。

> 除了上面常識上的推理之外，還有一個理由，可以幫助我們推想元初諸帝是愛好戲劇的；那就是金朝宮廷愛好戲劇的風習，可能也傳給了蒙古的朝廷。

吉川氏認為蒙古主也是雜劇的愛好者，他所舉的論證雖然很多，卻都不是直接的證據，以他那樣的勤博，竟找不到直接的證據，足見這一看法的基礎，並不堅定。他除了常識的推論外，唯一的理由是從金朝宮廷愛好此道，推測其可能影響於蒙古朝廷。要知蒙古君臣是不能與金國君臣同日而語的，因為金自太宗以後，即傾心漢化，蒙古諸君則無興趣於漢化，此歷史家已有言之者。趙翼《廿二史劄記》卷三十「元漢人多作蒙古名」云：

> 至元六年，以帝師帕克斯巴（舊名八思巴）所創蒙古新字，
> 凡降詔皆用之。……順帝至元中，禁漢人、南人勿學蒙古、
> 畏吾字書（〈本紀〉），許有壬力爭止之（〈有壬傳〉）。此尤
> 是漢人通習國語之明證；惟其通習，故漢人多有以蒙古語為
> 名者，亦一時風會使然也。金則國族人多有漢名，元則漢人
> 多有蒙古名，兩代習尚各不同。蓋金自太祖開國，其與遼往
> 復書詞，即募有才學者為之，已重漢文。至熙宗以後，無有
> 不通漢文者。熙宗嘗讀《尚書》，及夜觀《遼史》，自悔少時
> 失學；海陵才思雄橫，章宗詞藻綿麗，至今猶傳播人口。有
> 元一代諸君，惟知以蒙古文字為重，直欲令天下臣民皆習蒙
> 古語，通蒙古文，然後便於奏對，故人多學之；既學之，則
> 即以為名耳。

在這樣蒙古諸君以其國書為本位的情形下，如何能夠欣賞雜劇？即使一時陶醉於雜劇的音樂，也絕不會成為嗜好。因為雜劇是綜合音樂、歌詞、舞臺技巧三者的藝術，對此成為嗜好者，必須能體會它的歌詞之美，了解它的說白的機智和動作的巧妙，單憑音樂的感受，總不免有隔靴搔癢之感。試看為王國維所輕的《優語錄》，其中有諷刺金章宗元妃李氏之事者，而元則完全沒有此類記錄，這不失為元宮廷未嘗愛好漢人戲劇的旁證。再就雜劇所表現的內容，凡歷史故事、市民情調、農業社會的諸相，皆為漢民族的傳統，都不能與游牧民族的思想與趣味相配合，如果為元之君臣所欣賞，雜劇的內容多少會與這暴橫的游牧民族的思想與趣味有所融合。

　　蒙古風俗，每年六月吉日舉行「詐馬宴」，皇帝在上都多倫親自參與御宴，「諸坊奏大樂，陳百戲」。吉川氏謂：「我們想像之中，這段長時間所陳的『百戲』裡面，可能便含有雜劇前身的某些戲劇形式，以及後來成熟了的雜劇本身。」（《元雜劇研究》第一章

〈元雜劇的聽眾〉）按：「詐馬宴」既是蒙古傳統的風格，必定是保守性的，任何民族——尤其落後民族，都有他的大紀念日，這一天所陳的「百戲」，應是他這一民族古老的一套，絕不會與雜劇形式相關的。因為雜劇是漢民族的藝術，它所承受的影響，有宋之大曲、金之諸宮調。果如吉川氏所想像，雜劇成為來自荒漠民族蒙古人的藝術了。

吉川氏所說雜劇的聽眾之第三種人：

> 以上，我舉出平民和宮廷為雜劇的主要聽眾。其實，雜劇的聽眾並不止上舉兩種，還有一種便是當時的智識階級，即中國所謂「士人」。一般說來，由於雜劇產生於市井之間，所以比較有教養的人士，都抱著不屑一顧的態度。有些近代的文學史家，甚至想根據這一點來估定雜劇的價值。不過事實上並不盡如此。前面說過，中國的戲劇是當民眾的娛樂而產生的，然而到了雜劇時代，戲劇不但是民眾的娛樂，同時也變成士人的娛樂了。雜劇的能夠興隆發達，首先得力於民眾的愛好和宮廷的支持，但智識階級的扶助也是一個很大的原因。尤其是雜劇之所以能有那樣高的文學價值，智識階級所給予的作用是不能忽略的。

吉川氏關於這第三種人的看法，是正確的，除了「宮廷的支持」不能成立，上文已經討論過了。不過我們得補充一點意見：雜劇的基本支持者——民眾，不是游牧的蒙古人或色目人，而是漢人，因為漢人具有本身的文化傳統，才能對雜劇有所愛好，猶如今之皮黃戲，欣賞者也只有中國人，即有通中國語文的外國人，對之也不會發生興趣的。皮黃戲本來是民間的娛樂，漸漸被知識階級所接受，有的為之陶醉，有的為之編劇，促其改進發展，因而蔚成大國。雜

劇從形成到發展，也是如此。看今所存的雜劇，有極高度的文學價值，也有極淺薄無聊的，這就是雜劇的文野之別；但無論其文野，都是漢人（包括所謂南人）文學藝術。再就事實看，廣大的中國土地與人民，雖然被蒙古所統治，但蒙古人少而漢人多，漢人生息於自己的土地上，游樂於自己的戲劇，這是極自然的現象。至於當時知識分子對於雜劇，在欣賞之外更從事劇本的寫作，大概有多種原因：一是亡金遺民，不甘蒙古族的統治，遂寄情於雜劇；二是有修養的文人，嗜好雜劇，因而弄筆寫作；三是寄生市井，寫作雜劇，以謀生活。不論這些知識分子屬於那一類，大都是南方或北方的漢人。

總之，女真族統治了華北，文學有諸宮調；蒙古族統治了中國，文學有雜劇，諸宮調與雜劇都是承受前代的影響而形成的新文體，是國土雖被異族占領，而文學卻不因異族的控制而停止茁長發展。

第二節　元雜劇所承受的影響

一、宋雜劇

「雜劇」在宋初屬教坊樂，《宋史‧樂志》云：

> 宋初循舊制，置教坊，凡四部。其後平荊南，得樂工三十二人；平西川，得一百三十九人；平江南，得十六人；平太原，得十九人；餘藩臣所貢者八十三人；又太宗藩邸有七十一人。由是，四方執藝之精者，皆在籍中。每春秋聖節三大宴：其第一、皇帝升坐，宰相進酒，庭中吹觱栗，以眾樂和之。……第十、雜劇罷，皇帝起更衣。……第十五、雜劇。

按：此大宴的音樂有十九個節目，而雜劇居其二。又同書云：

　　崇德殿宴契丹使，惟無後場雜劇及女弟子舞隊。

又同書云：

　　真宗不喜鄭聲，而或為雜詞，未嘗宣布于外。

又同書「雲韶部」有「雜劇用傀儡」一語，按：孟元老《東京夢華錄》卷五「京瓦伎藝」條云：「般雜劇杖頭傀儡任小三，每日五更頭回小雜劇，差晚看不及矣；懸絲傀儡張金線、李外寧，藥發傀儡張臻妙。」又耐得翁《都城紀勝》云：「弄懸絲傀儡，起於陳平六奇解圍。杖頭傀儡、水傀儡、肉傀儡，以小兒後生輩為之。凡傀儡敷演煙粉靈怪故事，鐵騎公案之類，其話本或如雜劇，或如崖詞，大抵多虛少實，如巨靈神、失姬大仙之類是也。」據此，「雜劇用傀儡」者，是必如耐得翁所說「以小兒後生輩為之」的傀儡雜劇。真宗所喜的，應是此類。

　　因此，兩宋雜劇，極為盛行。周密《武林舊事》卷十所記官本雜劇段數有二百八十本之多。王國維云：「就此二百八十本精密考之，則其用大曲者一百有三，用法曲者四，用諸宮調者二，用普通詞調者三十有五。」(《宋元戲曲史》第五章〈宋官本雜劇段數〉)又據王氏《宋元戲曲史》第七章〈古劇之結構〉云：

　　蓋古人雜劇，非瓦舍所演，則於讌集用之。瓦舍所演者技藝甚多，不止雜劇一種；而讌集時所以娛耳目者，雜劇之外，亦尚有種種技藝。觀《宋史・樂志》、《東京夢華錄》、《夢梁錄》、《武林舊事》所載天子大宴禮節可知。即以雜劇言，其種類亦不一，正雜劇之前，有豔段，其後散段謂之雜扮。二者皆較正雜劇為簡易。此種簡易之劇，當以滑稽

戲、競技、游戲充之，故此等亦時冒雜劇之名，此在後世猶
然。……至正雜劇之數，每次所演，亦復不多。《東京夢華
錄》謂：「雜劇入場，一場兩段。」《夢粱錄》亦云：「次做
正雜劇，通名兩段。」《武林舊事》（卷一）所載：「天基聖
節排當樂次」，亦皇帝初坐進雜劇二段，再坐復進二段。此
可以例其餘矣。

這樣看來，宋之雜劇原有宮廷與民間之別，其表演段數又有繁簡之
不同。至於雜劇表演，歌唱、說白、動作三者合一，再配以鼓板，
扇子也是道具之一。歌唱之詞已不可考，說白大都以詼諧而含有諷
刺的意義為主。洪邁《夷堅志・支志乙》卷四「優伶箴戲」條云：

俳優侏儒，固伎之最下且賤者，然亦能因戲語而箴諷時政，
有合於古矇誦工諫之義，世目為雜劇者是已。崇寧初，斥遠
元祐忠賢，禁錮學術，凡偶涉其時所為所行，無論大小，一
切不得志。伶者對御為戲，推一參軍作宰相，據坐，宣揚朝
政之美。一僧乞給公憑遊方，視其戒牒，則元祐三年者，立
塗毀之，而加以冠巾。一道士失亡度牒，問其披載時，亦元
祐也，剝其羽衣，使為民。一士人以元祐五年獲薦，當免
舉，禮部不為引用，來自言，即押送所屬屏斥。已而主管
宅庫者附耳語曰：「今日於左藏庫請得相公料錢一千貫，盡
是元祐錢，合取鈞旨。」其人俯首久之，曰：「從後門搬入
去。」副者舉所持梃抶其背曰：「你做到宰相，元來也只好
錢。」是時至尊亦解顏。

這一段說白確有意義，既暴露了當時黨禁之密，又諷刺了宰相之要
錢，宋人記錄這一類的事實頗多，大抵都是宮廷雜劇的優語。

至於瓦舍所演的，自然同宮廷所演的不同，然其面貌究竟如

何，則不見文獻記錄；現有宋人繪畫兩幅，不失為雜劇的寫實作品，可以藉以略知當時民間雜劇表演的情形：

（一）三角支架扁鼓一（今叫作單），鼓上放一鼓棒及拍板，鼓前一女子，腰繫花巾，巾插一蕉扇，已裂成兩半，上書「末色」兩字。對面另一女子，頭繫裏巾，披黃衫，甚寬大，似作男子裝，左旁一竹笠，笠連木棒一枝，棒上繫繩索，此裝扮之男子，似為農人。兩人對揖，若有所語狀。

（二）扁鼓旁一有鬚老人，短衣，背插一扇，已裂為兩半，左手執鼓棒。對面另一男子，戴高帽，著長袍，袍上掛滿了圓圓的眼睛，帽上除插一圓睛外，並繪有圓睛。腰繫一箱，似為藥箱，箱上繪一大圓睛。兩人並躬身，老人右手指眼，作患目疾求醫狀，對方右手若作語狀。*

第一圖女子既是末泥角色，扮男裝者不是副淨便是副末，這兩女子，當然是以說唱雜劇為專業的。另一圖，則是江湖賣藥者以扮演雜劇作宣傳，這兩人所搬演的，也應是一淨一末。這兩圖所表現的，正是瓦舍極簡易的雜劇了；當然，瓦舍中不是沒有四、五人的大場面。大概雜劇的搬演，故事有繁有簡，角色可多可少，多則四、五人，少則兩人也就可以了，因時因地，大有伸縮性；而以此為職業的，人力、物力充實的，可作大場面的表演；否則，可作小場面的表演。至於吸引觀眾，無論大小場面，就看本身的技術了。如果故事新穎，唱做說白俱佳，就是小場面，也不會沒有觀眾，這是可以想像的。

---

* 此二圖，一般稱前者為「雜劇圖」，後者為「眼藥酸」，皆為冊頁，絹本設色，北京故宮博物館收藏。〔編者註〕

二、金院本

陶宗儀曰：「院本、雜劇，其實一也；國朝，院本、雜劇始釐而二之。」（《輟耕錄》卷二五「院本名目」）按：院本、雜劇兩者的內容與體製，就今所知者大抵相同；雜劇所表演的地方，上至宮廷，下至瓦舍，欣賞它的是上為天子，下為平民；院本所表演的地方，只在行院中。《太和正音譜》曰：「院本者，行院之本也。」欣賞它的只限於平民，這便是兩者大不相同處，「院本」與「雜劇」之所以分立，也就在此。什麼是「行院」呢？朱居易《元劇俗語方言例釋》「行院（衖衕）」條云：

> 妓女，妓院，一作衖衕，音近意同。亦指伶人。
>
> 《兩世姻緣》劇一折【混江龍】曲：「我不比等閒行院，煞教我占場兒住老麗春園。」
>
> 元本《替殺妻》雜劇一折【青哥兒】曲：「嫂嫂，你是個良人良人宅眷，不是小末小末行院。」
>
> 《錯立身》戲文【麻郎兒么】*曲：「我是宦門子弟，也做的你行院人家女婿。」
>
> 朱庭玉【一支花】〈妓門庭〉**套：「端的不曾見兀的般真衖衕，雖是個女流輩，然住在花街柳陌小末的誰及。」

據明翟灝《通俗編》引吳任《字彙補》云：「俗謂樂人曰衖衕，衖衕

---

* 錢南揚校注本，此首曲牌應為【天淨沙】。若依原鈔本《錯立身》戲文，此曲在【麻郎兒】曲牌之下，「么」字當為朱氏添入，誤。〔編者註〕
**此套應為【梁州第七】套，而非【一枝花】。元刊《太平樂府》無題名，首句作「真行院」。明《雍熙樂府》題〈妓門庭〉，末句作「小可的誰及」。〔編者註〕

與行院同。」「術術」應是金、元人方言。據此，知「行院」原是當時倡伎樂人集中之地，故王國維云：「行院者，大抵金、元人謂倡伎所居，其所演唱之本，即謂之院本云爾。」(《宋元戲曲史》第六章〈金院本名目〉) 按：金、元雖以異族統治中國，他們的政制習俗，往往襲自於宋，即如「行院」，便不是金人所舊有。葉玉華的〈院本考〉曰：

> 第行院之興起，則早在宋世，隸屬獄官。宋朱彧《萍洲可談》(《墨海金壺》本卷三) 云：「倡婦，州郡隸獄官以伴女囚。近世擇姿首，習歌舞，迎送使客，侍宴好，謂之弟子，其魁謂之行首。」據此，倡婦隸獄官管轄，本為官妓。元劇敘述行院每經官府呼命承應曰「喚官身」，更有「上廳行首」名目，殆亦宋世遺風。《萍洲可談》謂「擇姿首，習歌舞侍宴，興於近世。」《四庫提要》稱：「彧之父服官元豐中，以直龍圖閣歷知萊、潤諸州，紹聖中嘗奉使遼，後為廣州帥。……是書多述其父之所見聞。」是則行院呼喚官身之制，起於北宋末年。*

據此，我們了解行院中的倡伎樂人，其來源是不同的，即窮人以此為職業的是一種，出於官伎者是一種，因為「行院」成為倡伎樂人的代名詞了，官伎也以此稱之，「行首」的名稱也就是從「行院」而來的。推想官伎與職業性的娼伎，應該有所分別的，即官妓歌舞該是以「送迎使客侍宴好」為主，職業的則是供一般民眾遊樂的。官妓平日是否也是聚集在行院之中呢？尚無文獻可考。可是妓女做場並不一定要在行院中，如《宦門子弟錯立身》云：

---

* 葉玉華《院本考》見北京大學研究院文科研究所油印論文之十五，一九三七年。〔編者註〕

外：「六兒，我如今在此悶倦，你與我去叫大行院來，做些
院本解悶。」

豪門富室將行院伎樂，叫到家中演做，本是自然的事，今之「堂會」
不就是如此嗎？再者，行院妓女也不一定得一直拘守在某一處，他
們的居處是流動性的，如《水滸傳》第二十七回張青向武松敘述其
吩咐渾家之語曰：

第二等，是江湖上行院妓女之人：他們是衝州撞府，逢場作
戲，陪了多少小心得來的錢物。若還結果了他，那廝們你我
相傳，去戲臺上說得我等江湖上好漢不英雄。

又朱有燉《姚源景》雜劇云：

卜云：你如今嫁了李咬兒，伴幾箇唱的，城裡官長家，鄉裡
趕賽處，覓衣飯，卻不好？

又劉兌《嬌紅記》雜劇云：

孤云：你到這裏沒什麼管待，叫了幾個行院，動些樂器，飲
杯酒咱。

由這些事實看來，便知「行院」在當時社會是怎樣的情形了，雖然
他們沒有走進宮廷，但其出入豪門富室是顯而易見的。金、元時
代，「行院」樂人有了這樣廣博的社會基礎，陶宗儀的《輟耕錄》著
錄院本目錄至六百九十種之多，已是不足為奇的。

《輟耕錄》卷二五之「院本名目」，據云是偶得之，想是有興趣
於院本者所輯錄，王國維《宋元戲曲史》第六章謂：「此院本名目之
為金人所作，蓋無可疑。」並舉出四項證據證明出於金人。鄭振鐸
的《中國文學史》第四十六章〈雜劇的鼎盛〉卻有不同意見：

在其中，我們相信必有一部分的戲曲真正在內。但決不會如王國維諸人所相信的，認為全部皆是戲曲。九成的《輟耕錄》作於至正丙午（公元一三六六年），自稱「偶得院本名目，用載於此，以資博識者之一覽。」則此目並非他自己之所錄的。錄此目者似當為元代中葉前後的人。王國維氏將此種院本皆作為金代的產物，似誤。這些院本產生的時代當極為複雜。有的很古遠的東西，當作於北宋前後，如「和曲院本」的一部分。但大多數的時代，則當在金末元初。

這裏所提出的幾點，頗值得注意。第一，這六百九十種，如星象名、果子名、草名等二十餘種，一望可知其非戲劇，倒像六朝人的詠物詩；又如背鼓千字文，變龍千字文等六種，也不像戲曲；王國維云：「在後世南曲賓白中，猶時遇之。」（《宋元戲曲史》第六章）總之，這麼多種，沒有一種存在的，只有存疑了。第二，院本產本的複雜性，如「上皇院本」《壺春堂》、《太湖石》等十四種，顯然都是唱說宋徽宗的事，金人未必以此為題材，若以此出於南宋民間，倒很有可能。又如《王安石》，或與宋話本《拗相公》有關；又如《赤壁鏖兵》，或與南宋說三分有關；據此看來，以此名目，認為全是金人院本，似無可能。第三，關於「院本名目」作者，鄭氏不相信王國維以為金人所作之說，而以為是元中葉前後人所作。王氏所提出之論證是這樣的：

> 此「院本名目」之為金人所作，蓋無可疑。《輟耕錄》云：「金有雜劇、院本、諸宮調。院本、雜劇，其實一也。國朝，院本、雜劇，始釐而二之。」今此目之與官本雜劇段數同名者十餘種，而一謂之雜劇，一謂之院本，足明其為金之院本，而非元之院本，一證也。中有《金皇聖德》一本，明為

> 金人之所作，而非宋、元人之作，二證也。如〈水龍吟〉、
> 〈雙聲疊韻〉等之以曲調名者，其曲僅見於董《西廂》，而不
> 見於元曲，三證也。與宋官本雜劇名列相同，足證其為同時
> 之作，四證也。（《宋元戲曲史》第六章）

王氏以院本名目與宋雜劇目同者十餘種為元以前未釐分之證，然安
知此十餘種在宋目為雜劇，而在金、元實為院本，法曲、諸宮調之
為院本，即其例證。其次，《金皇聖德》一本，固明為金人之作，
然「上皇院本」決非金人而是宋人之作。再次，〈水龍吟〉、〈雙聲
疊韻〉，雖為董《西廂》所曾用之曲調，院本復用之，以證其同為
金人，固無不合，然元人亦何嘗不可襲用之？最後，以院本名目與
宋官本雜劇名例相同，證為同時人之作，又安知非後人仿宋官本雜
劇名例而為院本名目？總之，王氏不外要證明此院本名目為金人所
作，要知民間作品流傳，往往無確定的時間範圍，院本既暢行於金
代，謂此目多為金人產品，固屬事實，而吸收宋人之作及容納元人
所作，也是事實所容許。王氏提出四證之後也說：「其中與宋官本
雜劇同名者，或猶是北宋之作，亦未可知。」又說：「如演蔡中郎
事者，則南有負鼓盲翁之唱，而院本名目中亦有《蔡伯喈》一本；
可知當時戲曲流傳，不以國土限也。」是王氏也以為此名目中有宋
人的作品了。再者，陶宗儀在「院本名目」前一段話，雖與戲曲有
關，然與本目無關。大概是不能確知此目出於何時的原因。為此種
種理由，我們只能認為此目編輯者，不是金人而是元人，但也不必
認為必然是元之中葉人。

至於宋雜劇與金院本兩者的形式、腳色、戲目之相同，青木正
兒的《南北戲曲源流考》之〈南北戲曲的起源〉說得極為明白：

（一）段數：《都城紀勝》曰：「雜劇……先做尋常熟事一

段，名曰豔段。次做正雜劇，通名為兩段。……雜扮或名雜
旺，又名技和，乃雜劇之散段。」則雜劇是先有豔段，次
有正雜劇，而雜扮者，據《夢梁錄》是在「雜劇之後的散
段」，當是散演於正雜劇之後可想。然則雜劇是有豔段（一
段）——正雜劇（兩段）——雜扮（一段）總共四段而成
的。後來元的雜劇，成為四折定形的體，實由這點萌芽，但
那所演各段的內容，無互相連絡而已。

金的院本，也略和這兒相同。《輟耕錄》曰：「又有豔段，
亦院本之意，但差簡耳。取其如火易明而易滅」云。按：豔
如豔，其音相通。……可是有沒有和「雜扮」相當呢？雖然
未見明文，但是查「院本名目」，可以察出它有相當的關於
雜扮的內容。在《都城紀要》有說明曰：「雜扮者，……多
是假裝山東和河北人，以博一笑。今之打和鼓、撚梢子、散
耍皆是也。」這是一種丑戲，且有兼雜藝的。然則在「院本
名目」中，可以看做這類的常常有了。即如那屬於「衝撞引
首」、「打略拴搐」、「諸雜砌」三門的，大率相近罷。……
至於院本之後，有沒有散段呢？尚未能知。

（二）腳色：即關於俳優的職業。《都城紀勝》關於雜劇曰：
「雜劇中末泥為長，每四人或五人為一場。……末泥色主張，
引戲色分付，副淨色發喬，副末色打諢。又或添一人裝孤。」
關於院本的，《輟耕錄》所載曰：「院本則五人。一曰副
淨，……一曰副末，……一曰引戲，一曰末泥，一曰孤裝。」
兩者的名目間，互相一致。

青木氏復依據《呂洞賓雜劇》中院本一段，觀其結構大略為末泥、

付末、付淨、捷譏（捷譏即「引戲」之別名）四腳色同時登場，先由捷譏開頭（即《都城紀勝》所謂「引戲色分付」），然後末泥、付末順序發言。觀此可知院本腳色的各人職責，和《都城紀勝》所謂雜劇腳色的職掌，大體是一致的。

　　（三）戲目：「官本雜劇段數」和「院本名目」，其中戲目相類似的，當亦不少，茲略示如左：（甲）其名既相一致，可推想是一戲的。如《燒花新水》等八本，雜劇與院本名目相同。（乙）名目互有連絡，可認得是一類的戲者，如雜劇《普天樂打三教》、院本《集賢賓打三教》等。（丙）可認出備有一樣性質的。「院本名目」中，有諸雜院爨一門，錄一百七十本。官本雜劇錄有四十三本。院本有以「孤」、「酸」、「旦」為名者，官本雜劇亦有以此為名的。（本段乃節錄全文）

關於院本與官本雜劇的差異點，青木氏認為官本雜劇採大曲一〇三本，院本僅有十六本，據這樣的現象看來，或者南宋雜劇偏於保守古典。再就院本名目推測其內容，院本較官本雜劇進步得多。

　　胡應麟《莊嶽委談》下（《少室山房筆叢》卷四一）云：「元院本無生旦者，院本僅供調笑，如唐弄參軍之類，與歌曲無大相關也。」此雖云元人院本以供調笑為主，推想金人亦當如此。按：元王德信《麗春堂》雜劇云：「也會做院本，也會唱雜劇。」《宦門子弟錯立身》戲文云：「只嫁個做院本的」；演院本叫「做」而不叫「唱」，演雜劇才叫「唱」而不說「做」，這是見於元明雜劇中的。何以叫「做」？因有動作表演的意思。惟其如此，才能供人調笑。這樣看來，院本的特色便是供調笑了。如：

　　教坊馳名，梨園上班，院本詼諧，宮粧樣範。（《太平樂府》喬夢符【越調・鬥鵪鶉】〈題歌妓〉）

動人的傀儡怎生學，笑人的院本其實俏。(《雍熙樂府》【雙調・新水令】〈燈詞〉)

看戲臺上，卻做笑樂院本。(百二十回本《水滸傳》第五十一回「插翅虎枷打白秀英，美髯公誤失小衙內」)

那時粉頭已上臺做笑樂院本。(《水滸傳》第一百四回「段家莊重招新女婿，房山寨雙併舊強人」)

「笑樂院本」，又做「耍樂院本」，明沈德符《萬曆野獲編》云：「如《小尼下山》、《園林午夢》、《皮匠參禪》等劇，俱太單薄。僅可供笑謔，亦教坊耍樂院本之類耳。」以知院本所做者，專在供人笑樂，由元到明，皆是如此。

此外，院本還有一特徵，即腳色搽面，亦即柯丹邱謂元雜劇中之「靚」，為「傅粉墨獻笑供諂者；粉白黛綠，古謂之靚粧，今俗訛為淨。」金院本的搽面，或如今說雙簧的白粉勾臉，再影響元雜劇，於是形成近代民間戲劇的臉譜。金末人杜善夫（仁傑）《莊家不識勾欄》*云：

【六煞】見一箇人手撐著椽做的門，高聲的叫：「請，請！」道：「遲來的滿了，無處停坐。」說道：「前截兒院本調風月，背後么末敷演劉耍和。」

【四煞】一箇女孩兒轉了幾遭，不多時引出一火。中間里一箇央人貨，裹著枚皂頭巾，頂門上插一管筆，滿臉石灰，更著些黑道兒抹。

又《宦門子弟錯立身》戲文云：

---

* 引自《朝野新聲太平樂府》卷九，套數四【耍孩兒】。〔編者註〕

> （末白）不嫁做雜劇的，只嫁個院本的。（生唱）【調笑令】
> 我這䨇體不番梨格樣，全學賈校尉，趂搶嘴臉天生會，偏宜
> 扶（當作抹）土搽灰，打一聲哨土響半日，一會道牙牙小來
> 來胡為。

又朱有燉《復落娼》雜劇云：

> 踏䨇的著兩件彩繡時衣，捷譏的辦官員穿靴戴帽，付淨的取
> 歡笑抹土搽灰。

據此，院本副淨總是搽面的，這種搽面也極簡單，白粉黑道兒而
已。想像搽面創始的動機，不外增加調笑的效果，以之取悅觀眾，
到元人雜劇可能即已進步許多了。

第三節　元雜劇的體製

宋雜劇、金院本只是中國戲劇發展過程中的產品，還算不了
戲劇，真正戲劇形成之時在金末元初，也就是我們現在要討論的元
雜劇的體製。元雜劇是歌詞、語言、動作、音樂四者綜合的舞臺藝
術，以文學的觀念看元雜劇，只限於文詞，但不能不知這種文詞所
受的舞臺限制，也就是說這種文體是為表演和音樂伴奏而寫成的。

元雜劇正常的結構，每一劇分四折，「折」猶今戲劇之「場」，
四折即四場；宋雜劇分豔段（一段）、正雜劇（兩段）、雜扮（一
段）共四段，元雜劇的四折便是受此影響而形成的。這種四折的分
法還有一個主要因素即時間，大概四折戲演完了，觀眾的興趣便滿
足了，而其時間也不可能再多了。

四折之外，或加楔子。王國維曰：「《說文》六：『楔，櫼
也。』今木工於兩木間有不固處，則斫木札入之，謂之楔子，

亦謂之襯。雜劇之楔子亦然，四折之外，意有未盡，則以楔子足
之。……元劇楔子，或在前，或在各折之間，大抵用【仙呂賞花時】
或【端正好】二曲，唯《西廂記》第二劇中之楔子，則用【正宮端
正好】全套，與一折等，其實亦楔子也。除楔子計之，仍為四折。」
（《宋元戲曲史》第十一章〈元劇之結構〉）

　　正常的四折體製外，也有六折的，如：張時起的《賽花月秋千
記》便是，此劇今已不存，見《錄鬼簿》所記。此外，《西廂記》
雖為二十折，實為五劇構成。又有以卷計的，如：吳昌齡的《西遊
記》，《也是園書目》著錄四卷，曹寅《棟亭書目》著錄六卷，明凌
濛初《西廂記》「凡例十則」之第四則云有六本，則是以每本為一
卷。凌氏又云：「王實甫《破窯記》、《麗春園》、《販茶船》、《進
梅諫》、《于公高門》，各有二本。關漢卿《破窯記》、《澆花旦》
亦有二本。」此必與《西廂記》同一體例。（《宋元戲曲史》第十一
章〈元劇之結構〉）

　　元人雜劇以歌曲為主，它的歌曲是一折只限於一宮調之曲，
適與諸宮調相反，這大概由於舞臺的歌唱、科白與時間的關係，宮
調不能不有所限制。其次，舞臺腳色的語言，即所謂賓白，明單
宇《菊坡叢語》（《續說郛》卷十九）曰：「北曲中有全賓全白，兩
人對說曰賓，一人自說曰白。」元雜劇雖以歌曲為主，劇中的賓白
仍是非常重要的，因為每一劇的主題必藉一故事表現出來，故事的
情節不是歌詞能完整表達出來的，必須濟之以賓白；最早說唱體的
變文，便是如此。不過，劇中的賓白，居於次要的地位，它必須簡
鍊而生動，切合劇情，才能與歌詞相映成趣。可是，賓白的作者問
題，卻有不同的看法，如明王驥德《曲律》卷三〈雜論〉云：

　　　元人諸劇，為曲皆佳，而白則猥鄙俚褻，不似文人口肠，蓋
　　　由當時皆教坊樂工，先撰成間架說白，卻命供奉詞臣作曲，

> 謂之填詞。凡樂工所撰,士流恥為更改,故事款多悖理,辭
> 句多不通,不似今作南曲者,盡出一手,要不得為諸君子疵
> 也。

如王驥德的觀念:元劇之作,先由樂工撰成間架說白,然後呈諸皇
帝,再由皇帝命詞臣填曲。是每劇的故事構成,皆出於樂工,又得
通過皇帝寓目,今所存那麼多的元劇,都是經過這樣的過程,有此
可能嗎?我想王驥德的說法,不僅沒有根據而且荒唐,明臧懋循在
他的《元曲選》序文中又說:

> 或謂:元取士有填詞科,若今括帖然,取給風簷寸晷之下,
> 故一時名士,雖馬致遠、喬夢符輩,至第四折往往彊弩之末
> 矣。或又謂:主司所定題目外,止曲名及韻耳。其賓白則演
> 劇時,伶人自為之,故多鄙俚蹈襲之語。或又謂:《西廂》
> 亦五雜劇,皆出詞人手裁,不可增減一字,故為諸曲之冠。
> 此皆予所不辯。

據此說法,元雜劇又成為考試的產物了。劇中的題目,則是主司考
試所定,臧懋循所依據的或人之言,實在太不可信了。清梁玉繩
《瞥記》卷七云:「世傳元人以詞曲取士,考《元史‧選舉志》及
《元典章》皆無其事。」故王國維說:「填詞取士說之妄,今不必
辨。至謂賓白為伶人自為,其說亦頗難通。元劇之詞,大抵曲白相
生;苟不兼作白,則曲亦無從作,此最易明之理也。」(《宋元戲曲
史》第十一章〈元劇之結構〉)故事情節原是戲劇的主幹,若文士只
作詞曲而不寫賓白,必然要失去情節的連貫性。也許前人覺得曲文
太雅,賓白太俗,因以為一劇之成必出於兩種人之手,即文士與伶
工。要知一劇表演於舞臺上,能使不同文化階層的人共同欣賞,就
在賓白與歌唱,以收相互闡發之效。試看明人傳奇的賓白,往往有

極鄙俗淫褻的，還不是出於有修養的詞人？

　　雖然如此，我們卻不能誤信臧懋循《元曲選》中的賓白，因為它的賓白不是原來面目。保存原來面目未經增刪的，唯有《元刊雜劇三十種》。這三十種中，完全沒有賓白的只有《關張雙赴西蜀夢》、《楚昭王疏者下船》、《冤報冤趙氏孤兒》三種。這三種何以沒有賓白？也許刊出時漏抄，也許本來就沒有，目前尚無法確定。此外二十七種都有賓白，只是或多或少不同而已。如《尉遲恭三奪槊》、《死生交范張雞黍》僅有極少的賓白。此三十種與《元曲選》重複的有十三種，兩相比勘，《元曲選》的每種賓白均較多，顯然經過後人增補；至於曲文之異同，則可置不論。據此看來，劇作者之於賓白，總是不多著筆墨，以簡要為主，絕不似《元曲選》中賓白那樣的繁冗重複。也許曲作者將曲寫成後，某些情節處須加賓白的即交伶工為之，也不是沒有可能，但絕不是奉命作曲或應題填詞的。至於劇本上演的時候，伶工為求舞臺效果，將賓白增刪改竄，更是可能。因此，《元曲選》中的賓白，未必出於一人之手了。

　　元劇腳色中，末、旦主唱，為當場正色。正末而外，有沖末、外末、二末、小末等，都是副腳色而有白無唱的。正旦而外，有老旦、大旦、小旦、旦俠、色旦、搽旦、外旦、貼旦等。元《青樓集》：「凡妓以墨點破其面者為花旦」，是花旦因勾臉得名。搽旦，大概由金院本「抹土搽灰」而來，青木正兒引元楊顯之《酷寒亭》雜劇：「搽的那粉，青處青，紫處紫，白處白，黑處黑，恰便似成精的五色花花鬼」為證。（《元人雜劇序說》第二章〈雜劇之組織〉）色旦、搽旦，亦即色旦。元劇中所謂「外」者，即外旦、外末之省，猶貼旦之省為「貼」，「貼」者，非本職而兼為之者的意思。王國維曰：「曰沖，曰外，曰貼，均係一義；謂於正色之外，又加某色以充之也。此外見於元劇者：以年齡言，則有若孛老、卜

兒、俫兒，以地位職業言，則有若孤、細酸、伴哥、禾旦、曳剌、
邦老，皆有某色以扮之；而其自身則非腳色之名，與宋、金之腳色
無異也。」（《宋元戲曲史》第十一章〈元劇之結構〉）

　　元劇的宮調，王國維據《中原音韻》所著錄的三百三十五章
（章即曲），統計出：出於大曲者十一，出於唐宋詞者七十有五，出
於諸宮調者二十八，是元劇襲用古曲者一百有十。此外，尚有十曲
雖不見於宋詞，但亦可知其為宋曲。（《宋元戲曲史》第八章〈元雜
劇之淵源〉）按：《太和正音譜》所錄，與《中原音韻》全同。陶
宗儀《輟耕錄》卷二七所錄為一百三十章，固少於《中原音韻》；
而《元曲選》附錄《陶九成論曲》所錄為五百一十六章，比《中原
音韻》多出三百八十一章，比所著《輟耕錄》多出三百八十六章，
是《陶九成論曲》並不出於《輟耕錄》，觀《元曲選》所錄的九成說
明，係合《輟耕錄》的「院本名目」與「雜劇名目」兩段文字而成
的，或者《輟耕錄》成書以後，又得到許多曲調，因另寫成此目。
茲將《中原音韻》、《輟耕錄》、《陶九成論曲》三書宮調目，列表
於後：

《中原音韻》	《輟耕錄》	《元曲選》、《陶九成論曲》	備註
黃鍾宮二十四章	黃鍾宮十五章	黃鍾宮三十三章	王國維《宋元戲曲史》第八章〈元雜劇之淵源〉所引，據《輟耕錄》
正宮二十五章	正宮廿五章	正宮五十四章	
大石調二十一章	大石調十九章	大石調三十五章	
小石調五章			
仙呂四十二章	仙呂三十六章	仙呂六十一章	
中呂三十二章	中呂三十八章	中呂七十三章	
南呂二十一章	南呂二十章	南呂三十九章	
雙調一百章	雙調六十一章	雙調一百三十三章	
越調三十五章		越調三十八章	
商調十六章	商調十六章	商調五十章	
商角調六章			
般涉調八章			
三百三十五章	二百三十章	五百一十六章	

元劇十二宮調在聲音上所表現的情趣，今已不可知，《元曲選》附錄《燕南芝庵論曲》曾有說明，今錄之，以備參考：

> 凡聲音各應律呂，分六宮十一調。唱【仙呂宮】宜清新緜邈；【南呂宮】宜感歎傷悲；【中呂宮】宜高下閃賺；【黃鍾宮】宜富貴纏綿；【正宮】宜惆悵雄壯，……【大石調】宜風流醞藉；【小石調】宜旖旎嫵媚，……【般涉調】宜拾掇坑塹，……【商角調】宜悲傷婉轉；【雙調】宜健捷激裊；【商調】宜悽愴怨慕，……【越調】宜淘寫冷笑。

文字描寫的十二宮調聲音是如此的，周德清《中原音韻》中所記的也是如此。至於每一宮調所用諸曲，也是一定的配合，大抵不出大曲、唐宋詞或諸宮調的用法，足見元劇所承受歷史的影響。

第四節　元雜劇所反映的思想與社會生活

從元劇看當時的社會生活，這一問題，文學史家多有說法，大抵皆從正面歷史著眼，今為避免重複，擬從另一角度觀察。元一代文學之所以以雜劇為代表者，即由於游牧民族一旦入主中國，施其野蠻的統治，摧毀了一千餘年的中國正統文學，剩下的只有算作民間文學的雜劇。雜劇雖有歷史的傳承，但不是正統文體的詩歌散文，只是樂府的一脈而已。由這一脈發展成為中國文學史上的新體，要沒有這一新體的形成，中國文學史真被蒙古人切斷了。至於這一體如何能有那樣輝煌的成就，則是由於無數漢人的滋潤培植。因此，我們可以說：元劇是異族統治漢人的社會文化現象，元劇所表現的正是漢人被野蠻控制下的心聲。這心聲所表現的不單是痛苦的呻吟，還堅強的保守了漢人文化的傳統。所以說：雜劇本身便是蒙古統治下，漢人社會生活的證明。以下討論元劇內涵的思想與情

感。

　　明初涵虛子朱權作《太和正音譜》，分雜劇為十二科：「一曰神仙道化，二曰隱居樂道（又曰林泉丘壑），三曰披袍秉笏，四曰忠臣烈士，五曰孝義廉節，六曰叱奸罵讒，七曰逐臣孤子，八曰鏺刀趕棒，九曰風花雪月，十曰悲歡離合，十一曰煙花粉黛，十二曰神頭鬼面。」這十二科，頗足以代表雜劇時代的分類，其內在的思想，地道的是漢民族的而不是蒙古人的。它所反映的，不是一個游牧民族所能了解的，只有漢民族才能了解其中的意義，因為那些只屬於漢民族的傳統。以下分別觀之：

一、神仙道化

　　道教是唐、宋兩代君主所大致都崇信的，雖然並非每一位君主皆絕對虔誠。到了元代，全真教丘處機受太祖忽必烈的重視，因而道教也頗盛行。但元劇的神仙道化故事之興盛，卻不是由於此種關係。如吳昌齡的《唐三藏西天取經》，先有金院本的《唐三藏》；史九敬先的《花間四友莊周夢》，先有金院本的《莊周夢》。其次是八仙的故事，這是唐以後一直流傳在民間的，尤其是呂洞賓的故事。雜劇中馬致遠的《黃粱夢》出於唐沈既濟的《枕中記》；馬致遠的《岳陽樓》出於所傳〈洞賓詩〉：「獨自行時獨自坐，無限時人不識我；唯有城南老樹精，分明知道神仙過。」民間附會並將之演成故事；元劇神仙或釋家的故事，大抵都是前人傳說，並不反映元代的道教活動。

二、隱居樂道（林泉丘壑）

　　今存元劇的這類作品極少。林泉丘壑，原是隱者的生活，在中國史上歷代都有這種人物。儒家思想主張：得志則大行其道，不得

志則為龍為蛇，是兩千年來知識分子的生活態度；尤其身處亂世之時，有血性的知識分子，往往甘心隱處泉石之間，對於世間富貴，皆以不屑的態度視之。元劇家定有不少以此種生活作題材，藉以表現自家的襟懷。如：宮天挺《嚴子陵垂釣七里灘》第一折：

> 【混江龍】……自開基啟運，立國安邦；坐籌幃幄，竭力疆場；百十萬陣，三五千場；滿身矢鏃，遍體金瘡；尸橫草野，鴉啄人腸。未曾立兩行墨蹟在史書中，卻早臥一丘新土在邙山上。咱人這富貴如蝸牛角半痕涎沫，功名似飛螢尾一點光芒。

第四折【鴛鴦煞】云：

> 九經三史文書冊，壓著一千場國破山河改。富貴榮華，草芥塵埃。^{唱道}祿重官高，銜是禍害；鳳閣龍樓，包著成敗。您那裏是舜殿堯階，嚴光，則是跳出了十萬丈風波是非海！

這種「遯世無悶」的思想，也是中國史上的隱者共同的風概，所以有這種思想而表現於行為的，自然是由於現實社會的感觸而形成的。元劇中這樣的作品，今存者雖不多，而涵虛子特為分作一科，其對於這類作品的尊重可知，而他所看到的這類作品，或許要比今日所存的多。

三、披袍秉笏

原注即「君臣雜劇」。這當是以歷史上君臣相處的故事為主，故別於「忠臣烈士」。如：羅本的《龍虎風雲會》，以趙匡胤「陳橋兵變」前後之事為題材，蓋即此類。又如：楊梓《敬德不伏老》，始以唐太宗功臣宴席上，怒毆宗室李道宗，貶居田莊。後復起用往征

高麗，奏凱還朝。這當亦屬此科。推想當時，以歷史上君臣故事為題材的劇本，為數必多。

四、忠臣烈士

這一科是以歷史上可歌可泣的故事為主，也是最能吸引觀眾的。但這些都是漢民族歷史上的偉烈，不是元人所能欣賞的；至如無名氏的《昊天塔孟良盜骨》，是以抗契丹陣亡的英雄楊業為題材的；又如孔學詩的《地藏王證東窗事犯》，是以秦檜害岳飛為題材的；楊業、岳飛同是漢民族的英雄，在元代而有此類題材，可想見作者的民族意識了。

五、孝義廉節

這是漢人傳統的德行，中國即使沒有讀過書的人，都會明白這些道理，可以說已在漢人心裏生了根的。蒙古人的本性，不能說沒有這些，但絕不能如漢人以此為做人之本。元劇中以孝義廉節為題材的，極為廣泛，這裏用不著舉例了。至如《小張屠焚兒救母》，其故事大要為：小張屠向東嶽廟許願，將他的兒子投入醮盆焚之，以乞母命，結果焚的是惡人王員外之兒。由於閻羅王知情，罰了王員外，救了小張屠的兒子。這種倫理與神道交纏的故事，實為一般愚夫愚婦所樂道，因而劇作家取為題材，藉以宣揚教道。

六、叱奸罵讒

這一科與「忠臣烈士」似可列為同類，因忠臣烈士多是叱奸罵讒之人，而另立一科的原因，固由姦讒小人誤國之可惡，同時也因為此種題材在當時雜劇中為數不少的原故，但今存的雜劇中卻極少

見。也許這類雜劇不外敷衍史事，使民間觀眾一時快意，而無藝術價值，因之也就散失了。有如今皮黃劇之《禰衡罵曹》、《賀后罵殿》等，不能不算作「叱奸罵讒」，但這種劇只憑演唱音樂的效果，博得觀眾的欣賞，其唱詞實無可觀，一旦失去演唱的機會，單憑唱詞而欲流傳後世，則是很難的。

七、逐臣孤子

這一科與「忠臣烈士」也有連帶關係，這種人的遭遇極為令人同情，如李壽卿的《伍員吹簫》，即應屬於這一科，但在今存的元劇中，這一類的題材也極少。

八、鐵刀趕棒

按：這一科是沿襲宋人說書家的名稱，見吳自牧《夢粱錄》卷二十。今存元劇寫水滸人物如：關勝、許寧、花榮（《爭報恩》）、魯智深（《黃花峪》）、李逵（《雙獻功》等劇）等以勇猛打鬥勝者，當屬這一類，故耐得翁《都城紀勝》又稱作「搏刀趕棒」。

九、風花雪月

按：石君寶《金錢記》雜劇第三折云：「本是些風花雪月，都做了笞杖徒流。」《金錢記》是寫唐明皇時長安府尹王輔女以金錢贈秀才韓翃私定終身，被輔發現，欲聲翃罪。幸翃被擢為狀元，授翰林學士，由明皇命李太白宣旨，令王女與韓翃結為婚姻。據此，良家婦女的愛情故事，應屬於這一類。

十、悲歡離合

這是以人生意外的遭遇而演成的悲歡故事為題材，如馬致遠的《青衫淚》、張國賓的《合汗記》，皆屬此類：此類在元劇中較多，故事關節，往往落入俗套。

十一、煙花粉黛

原注：「即花旦雜劇」。所謂花旦者，《青樓記》云：「凡妓以墨點破其面者為花旦。」又周憲王《香囊怨》雜劇第一折云：「（末白）都不要，只索大姐做個花旦雜劇。（旦唱）【寄生草】有一個寄恨向銀箏怨，有一個志賞在金線池，有一個崔鶯鶯待月西廂記，有一個王月英元夜留鞋記，有一個蘇小卿月夜販茶船，有一個呂雲英風月玉匣記。」羅錦堂曰：「此劇中所述各本，現存者僅《金線池》、《西廂記》、《留鞋記》三劇。《金線池》主角為妓女杜蕊娘。《西廂記》中若干折之主角為崔鶯鶯之侍婢紅娘，《留鞋記》主角王月英，乃賣胭脂之女子，身分低微。《販茶船》劇雖不傳，然其主角蘇小卿，見於明梅禹金纂《青泥蓮花記》卷七，亦妓女也。」（《現存元人雜劇本事考》第三章〈現存元人雜劇之分類〉）據此，這一科中的女性與「風花雪月」科是有分別的，即「煙花粉黛」中的皆是身分低賤的女子，「風花雪月」中的則是良家婦女。

十二、神頭鬼面

原註：「即神佛雜劇」，現存元人雜劇，此類作品極少，大概由於當時的舞臺簡陋，不能演出複雜場面的神鬼幻境，故作品不多。

以上是明初朱權提出的雜劇十二科。朱權不只直承元代，他的十二科之分，也必是上承前代而稍加整理的，例如其中有五科並注

即某某，是知他這十二科不是按照己意來分的。朱權的十二科外，尚有元末人夏伯和的《青樓記》中所錄的五種，除「駕頭雜劇」一種不知其內容外，其他若「閨怨雜劇」、「花旦雜劇」、「綠林雜劇」、「軟末泥」四種，都已包括在十二科之內。按：朱權的十二科，純據元劇題材而分，不因腳色而分，如「花旦」、「軟末泥」之類，這更證明了朱權的十二科是依據當時流行的科類而經過一番整理的。

近人青木正兒的《元人雜劇序說》第二章，對於元劇的分類也有所討論。羅錦堂的《現存元人雜劇本事考》第三章，又重新分為：一、歷史劇，二、社會劇，三、家庭劇，四、戀愛劇，五、風情劇，六、仕隱劇，七、道釋劇，八、神怪劇等類。這是用現代的觀念分類的，化繁為簡，如凡以歷史人物為題材的，都歸之於歷史劇，不像十二科的分法，有些互相牽連，甚至有些劇，屬之甲類可，屬之乙類也可，難得精確。可是我以為十二科雖不夠精確，而對於劇作者所要表現的中心思想，卻甚明白而具體，所以我依據這十二科來看元劇的思想與社會生活。如十二科中的「林泉丘壑」、「披袍秉笏」、「忠臣烈士」、「孝義廉節」、「叱奸罵讒」、「逐臣孤子」六科，都可以「歷史劇」包括之，但是極多數的漢人，他們所要求的歷史人物之典型形象，則以十二科的分法最為具體。如「忠臣烈士」、「叱奸罵讒」、「逐臣孤子」都是悲劇型的，這又反映了當時漢民族精神之所在。

總之，十二科內在的思想與情感，都是漢民族的，可知蒙古人雖統治了廣大的中國土地，而中國人的思想與情感都寄託於戲曲中，元雜劇之所以能成為有元一代文學的代表，也正由於此一原因。

附　錄

中國文學史方法論

中國文學史方法論

　　文學史之作，不外乎以歷史為經，以作家作品為緯，故文學史的方法應注意研究作家、分析作品。至於如何研究與分析，則非單純方法所能詳辨。

第一講　中國原有之文學方法要籍分類

　　中國原有之文學研究方法，綜其大要，可分四項：一、流別，二、體製，三、作法，四、批評。流別者，即溯源法，為某體出於某時代某篇，某作家出於某時代某家是也。體製者，即運用辨別文體之方法，藉此進求作品之淵源，以及各體作法之不同也。作法者，即就詩文之體製而言其詞藻、格律之運用也。批評者，即評衡作家或作品之得失也。古人之文學方法，大抵如此，其大弊則為：一、太偏重形式而忽略內容；二、不注意文學與社會之關係；三、不注意作者之文學環境及心理之發展。茲將此類之書籍分類列表為下，亦可見其大概焉。

　　　　魏曹丕《典論・論文》：分奏議、書論、銘誄、詩賦為四
　　　　　　　　科。
　　　　晉陸機〈文賦〉：分詩、賦、碑、誄、銘、箴、頌、論、
　　　　　　　　奏、說等類。
　　　　梁劉勰《文心雕龍》：分詩、樂府、賦等二十類。
　　　　梁蕭統《文選》：分詩、賦、騷等二十九類。（自序說明甚
　　　　　　　　詳）

晉摯虞《文章流別》：分文體為十一類：頌、賦、詩、七、
　　　　　　　　　　　　箴、銘、誄、哀辭、解嘲、碑、圖讖。
梁任昉《文章緣起》：（《隋書‧經籍志》云：「有錄無
　　　　　　　　　　　書」；《唐志》云：「張續補」）分
　　　　　　　　　　　八十四類。
宋陳騤《文則》：論文章體式，該括諸家，但皆以六經為準
　　　　　　　　則。
明黃任《六藝流別》：自序補摯書而作，取漢、魏以下詩
　　　　　　　　　　　文，以六經統之。
（不知作者）《文章精意》：論文多本六經，兼及源流得失。
宋初李昉、徐鉉《文苑英華》：一千卷，分二十二類，三百
　　　　　　　　　　　　　　　一十六子目。

明吳訥《文章辨體》：內集分四十九體，外集分五體。
明徐師曾《文體明辨》：取吳書加損益，分一百零一目，外
　　　　　　　　　　　　集二十六目。
明賀復徵《文章辨體彙選》：分體為一百三十二類，每體引
　　　　　　　　　　　　　　《文心雕龍》及吳、徐之說，間
　　　　　　　　　　　　　　以己意。
清王之績《鐵立文起》：分文體為一百四十一種，大略本
　　　　　　　　　　　　吳、徐兩書，間以己意。

清姚鼐《古文辭類纂》：分十三類，論辯、序跋、奏議、書
　　　　　　　　　　　　說、贈序、詔令、傳狀、碑誌、雜
　　　　　　　　　　　　記、箴銘、頌贊、辭賦、哀祭。
清儲欣《八家文類選》：分奏疏、論著、書狀、序記、記
　　　　　　　　　　　事、詞章六門，內分三十一類。
清曾國藩《經史百家雜鈔》：分著述、告語、記事三門，內
　　　　　　　　　　　　　分十一類。
吳曾祺《涵芬樓文鈔》：分十三類，與姚書同，內分子目為
　　　　　　　　　　　一百十三種。
李兆洛《駢體文抄》：分卅類，本諸《文心雕龍》。

宋呂祖謙《古文關鍵》：取韓、柳、歐、蘇諸家文，標舉命
　　　　　　　　　　　意布局之處，並論看文作文之法。
宋樓昉《崇古文訣》：昉受業於謙，此書大略為呂書所選，
　　　　　　　　　　惟推闡加密。
宋真德秀《文章正宗》：分辭令、議論、敘事、詩歌四類，
　　　　　　　　　　　取《左傳》、《國語》以下至唐末之
　　　　　　　　　　　文，持論極嚴；顧亭林稱所選詩，
　　　　　　　　　　　一掃千古之陋，歸之正旨，然病其
　　　　　　　　　　　以理為宗，不得詩人之趣。
宋謝枋得《文章軌範》：取漢、晉、唐、宋之文為六卷，前
　　　　　　　　　　　二卷題為「放膽文」，後四卷題為
　　　　　　　　　　　「小心文」，有圈點評著。
明唐順之《文編》：取周迄宋之文，分體排編，大體以真德
　　　　　　　　　秀《文章正宗》為稿本；自序謂：「不
　　　　　　　　　能無文，即不能無法，是編者文之工
　　　　　　　　　匠，法之至也。」

元潘昂霄《金石例》：述銘誌之始，及金石文體，以韓愈文
　　　　　　　　　　為例，兼及雜文格調。
明王行《墓銘舉例》：分墓志銘書法為：諱、字、姓氏、鄉
　　　　　　　　　　邑、族書等十二事，以韓、柳、歐、
　　　　　　　　　　蘇等十五家碑志為例。
清初黃宗羲《金石文例》：分金石例為十六則，後附〈論文
　　　　　　　　　　管見〉九則，〈自序〉言補潘書
　　　　　　　　　　之闕。

宋林越《少陵詩格》：是書每首標明格名，如所謂接項格、
　　　　　　　　　　交股格、開合格、雙蹄格、單蹄格等。
宋釋惠洪《天廚禁臠》：分舉詩格，以唐、宋詩為式。
元范德機《詩學禁臠》：分詩法為十五格，每格舉唐詩一首
　　　　　　　　　　為例。
　　　　《木天禁語》：其大綱分篇法、句法、字法、氣
　　　　　　　　　　象、家數、音節，謂之六關。
明胡震亨《唐音癸籤》：專論唐詩，分法微（論格律、字
　　　　　　　　　　句、聲調）、評彙、樂府、詁箋等
　　　　　　　　　　七類。
明皇甫汸《解頤新語》：說詩分敘論、述事、考證、詮藻、
　　　　　　　　　　矜賞等八門。
明梁橋《冰川詩式》：分詩法為定體、練句、貞韻、審聲、
　　　　　　　　　　研幾、綜賾六門。
明張之象《楚範》：分詩法為辨體、解題、發端、造句、麗
　　　　　　　　　　詞、叶韻、助詞等十二編。
明陳雲式《詩膾》：分詩法為二十四類。

明徐秦《詩談》：專取明詩，各為品目。

清郎廷槐《師友詩傳錄》、劉大勤《續錄》：郎、劉二人皆學詩於王士禎，是書述漁洋詩說甚詳。

清趙執信《聲調譜》：是書以唐、宋人詩為例，排其平仄聲調。

（不知作者）《詩法源流》：分為上生下格、抑揚格、接頂格、交股格、纖腰格、雙蹄格等三十三格。

唐孟棨《本事詩》：唐代詩人佚事。

宋計有功《唐詩紀事》：紀本事，兼詳其世系爵里。

清厲鶚《宋詩紀事》

清陳衍《元詩紀事》

清陳田《明詩紀事》

唐司空圖《詩品》：分詩為雄渾、沖淡、纖濃、沈著等二十四品。

清馬榮祖《文頌》：上卷寫體製作法，下卷寫詩之妙境。

清魏謙升《二十四品賦》

清袁枚《續詩品》：不標妙境，專述苦心。

清顧翰《兼補詩品》

《文心雕龍・宗經》
- 《易》：論說、辭序
- 《書》：詔、策、章奏
- 《詩》：賦、頌、歌、讚
- 《禮》：銘、誄、箴、祝
- 《春秋》：記、傳、移、檄

《顏氏家訓・文章篇》與《文心雕龍》同

《經史百家雜鈔》
- （一）著述：論著、辭賦、序跋
- （二）告語：詔令、奏議、書牘、哀祭
- （三）記載：傳誌、敘記、典志、雜記

本之於真德秀《文章正宗》：（一）辭令、（二）議論、（三）敘事、（四）詩歌

《古文辭類纂》
- （一）論辨（原於諸子）
- （二）序跋（《易・繫辭》）
- （三）奏議（《尚書》）
- （四）書說（周公之告召公、列國大夫，或面相告語或為書相遺）
- （五）贈言（古人贈言之義，老子曰：「君子贈人以言。」）
- （六）詔令（《尚書》之誓、誥）
- （七）傳狀（原於史氏）
- （八）碑誌（原本於《詩》，歌頌功德之義）
- （九）雜記（碑文之屬，碑主稱頌，記則紀其大小事）
- （十）箴銘（三代已有其體，聖賢所以自戒警之義）
- （十一）頌贊（亦《詩・頌》之流，不必施之於金石也）
- （十二）辭賦（〈風〉、〈雅〉之變體）
- （十三）哀祭（《詩》有頌，〈風〉有〈黃鳥〉，皆其原也）

第二講　形式的研究：體製、意境、詞藻

本講所研究的，不是文學的各種形式之為何，而是就形式去研究作品的內容、作家的淵源。

一、體製

體製之所以形成，是由內容決定的。有人以為形式決定內容，未免因果倒置。內容便是作家的思想，而思想的形成有兩個原動力：（一）作家所屬社會之文化發展程度；（二）作家所屬社會間的相互關係影響於作家生活環境。

形式便是作家將他自己所接觸到的、所意識到的，用文字組合成的形式表現出來，故形式是供作家思想驅使的，而不是以形式來創造作品的。

作家為表現其某種思想，於是擇定適合其思想的某種形式。那麼對於形式的創造，也是作家特別注意的，因形式如不適合內容，作家的思想是不能表現出來的。故文學形式的功用，為形成文學作品唯一的手段，所以形式是有美術價值的。

作家每喜摹前人體製，文學研究者於作品之體製，宜加以注意，進而亦可知作家所受之影響。今舉例以明之：

〈離騷〉屈原　〈反離騷〉揚雄

〈九歌〉〈九章〉屈原《九辯》宋玉〈九思〉王逸〈九懷〉王褒〈九歎〉劉向〈九愍〉陸雲〈九愁〉曹植

> ・晉陸雲〈九愍序〉云：「昔屈原放逐而〈離騷〉之辭興。自今及古，文雅之士，莫不以其情而玩其辭而表意焉，遂廁作者之末而述〈九愍〉。」

〈七諫〉東方朔〈七發〉枚乘〈七激〉傅毅〈七辯〉張衡〈七依〉
崔駰〈七啟〉曹植〈七命〉張景陽

- 宋朱熹《楚辭辯證》卷上云:「〈七諫〉、〈九懷〉、〈九歎〉、〈九思〉雖為騷體,然其詞氣平緩,意不深切,如無所疾痛,而強為呻吟者。」
- 明顧炎武《日知錄》卷二一云:「近代文章之病,全在摹仿,即使逼肖古人,已非極詣,況遺其神理得其皮毛者乎?⋯⋯效《楚辭》者必不如《楚辭》,效〈七發〉者必不如〈七發〉。蓋其意中先有一人在前,既恐失之,而其筆力復不能自遂,此壽陵餘子學步邯鄲之說也。」
- 宋葉少蘊《石林詩話》卷下:「嘗怪兩漢間所作騷文,未嘗有新語,直是句句規模屈、宋,但換字不同耳。」

　　蘇綽,《北史》卷六三。晉季文章浮華,周文因命綽仿〈周書〉
〈大誥〉 〈大誥〉為〈大誥〉,自是之後文筆皆依此體。大誥者,陳大道以誥天下也。

- 綽作純摹〈周書〉之〈大誥〉、〈康誥〉、〈酒誥〉、〈召誥〉、〈洛誥〉體製。
- 黃侃謂之勦襲,明七子之復古即此類。

〈四愁〉張衡	〈擬四愁〉張載	〈擬四愁〉傅玄
我所思兮在太山，	我所思兮在南巢，	我所思兮在瀛洲， 願為雙鵠戲中流， 牽牛織女期在秋。
欲往從之梁父艱， 側身東望涕霑翰。	欲往從之巫山高。 登崖遠望涕泗交， 我之懷矣心傷勞。	山高水深路無由， 愍余不遘嬰殷憂。
美人贈我金錯刀， 何以報之英瓊瑤， 路遠莫致倚逍遙，	佳人遺我筒中布， 何以贈之流黃素。 願因飄風超遠路，	佳人貽我明月珠， 何以要之比目魚。 海廣無舟悵勞劬， 寄言飛龍天馬駒， 風起雲披飛龍逝。 驚波滔天馬不儮，
何為懷憂心煩勞。	終然莫致增想慕。	何為多念心憂世。

- 嚴羽《滄浪詩話》所謂「以愁名者」。
- 清沈德潛曰：「〈五噫〉、〈四愁〉，如何擬得？後人擬者，畫西施之貌耳。」（《古詩源》卷二）
- 唐劉知幾《史通・模擬篇》云：「蓋模擬之道，厥途有二：一曰貌同而心異，二曰貌異而心同。」「其所擬者，非如圖畫之寫真，鎔鑄之象物，以此而似也；其所為似者，取其道術相會，義理互同，若斯而已。」
「蓋貌異而心同者，模擬之上也；貌同而心異者，模擬之下也。」

二、意境

意境者，即由作品中看出的生活與情緒也。此似乎屬於作品的

內容問題，但由內容表現出來的，仍是屬於形式的。例如吾人讀某詩，便知其受某人影響，或接近某人，至於作者之社會背景為何，生活環境為何，往往不及知道。但是意境所以形成的，是由於作品內在的精神反映出的。

例：

〈歸園田居〉 　　　　　　　　　　　　　　　　　陶潛

> 種豆南山下，草盛豆苗稀，晨興理荒穢，帶月荷鋤歸。道狹草木長，夕露沾我衣，衣沾不足惜，但使願無違。

- 宋周紫芝《竹坡詩話》：「士大夫學淵明作詩，往往故為平淡之語，而不知淵明制作之妙，已在其中矣。」
- 宋嚴羽云：「淵明之詩，質而自然。」(《滄浪詩話·詩評》)

〈雜詩·陶徵君田居〉 嚴羽云：「擬古惟江文通最長，擬淵明似淵明」 　江淹

> 種苗在東皋，苗生滿阡陌。陶詩「種豆南山下，草盛豆苗稀」雖有荷鉏倦，濁酒聊自適。陶詩「濁酒聊可恃」日暮巾柴車，路闇光已夕「日入室中闇」；歸人望煙火，稚子候簷隙。〈歸去來辭〉曰：「稚子候門」問君亦何為，百年會有役。但願桑麻成「但使願無違」，蠶月得紡績陶詩：「相見無雜言，但道桑麻長」。素心正如此「聞多素心人」，開徑望三益。

〈移居〉二首其二 　　　　　　　　　　　　　　　　陶潛

> 春秋多佳日，登高賦新詩。過門更相呼，有酒斟酌之。農務各自歸，閒暇輒相思，相思則披衣，言笑無厭時。此理將不勝，無為忽去茲。衣食當須紀，力耕不吾欺。

- 《木天禁語·家數》云：「陶、韋含蓄優游，學者不察，失于迂闊。」

・《白石道人詩說》:「陶淵明天資既高,趣詣又遠,故其詩散而莊,澹而腴,斷不容作邯鄲步也。」

〈贈裴十迪〉　　　　　　　　　　　　　王維

風景日夕佳陶詩「今日天氣佳」,與君賦新詩,澹然望遠空,如意方支頤「氣和天惟澄,班坐依遠流」。春風動百草,蘭蕙生我籬;曖曖日暖閨,田家來致詞。欣欣春還皋,澹澹水生陂「淡淡水生波」。桃李雖未開,蕤萼滿其枝。請君理還策,敢告將農時。

〈與蘇武詩〉三首其一、其三　　　　　　李陵

良時不再至,離別在須臾,屏營衢路側,執手野踟躕,仰視浮雲馳,奄忽互相踰,風波一失所,各在天一隅,長當從此別,且復立斯須,欲因晨風發,送子以賤軀。

攜手上河梁,遊子暮何之,徘徊蹊路側,恨恨不能辭。行人難久留,各言長相思,安知非日月,弦望自有時,努力崇明德,皓首以為期。

〈雜體三十首・李都尉陵從軍〉　　　　　江淹

樽酒送征人,踟躕在親宴;日暮浮雲滋,握手淚如霰。悠悠清川水,嘉魴得所薦。我在萬里,結髮不相見。袖中有短書,願寄雙飛燕。

擬陶詩之意境者,蓋注意於陶詩表現出的:酒趣,田園,農事,沖淡,曠達,自然,含蓄;有時靜觀萬物,有時與萬物同化。

擬詩從意境入手,而能得其神韻者:今以謝靈運、江淹為例。

　　謝有〈擬魏太子鄴中集詩〉八首：

　　　王粲：家本秦川貴公子孫，遭亂流寓，自傷情多。
　　　陳琳：袁本初書記之士，故述喪亂事多。
　　　徐幹：少無宦情，有箕穎之心，故仕世多素辭。

就各人身世際遇而擬其詩，絕非摹倣體裁可比。

　　江文通有〈雜體〉三十首，擬二十九人之詩，作法極似謝康樂之擬詩。嚴羽《滄浪詩話》云：「擬古惟江文通最長，擬淵明似淵明，擬康樂似康樂，擬左思似左思，擬郭璞似郭璞，獨擬李都尉一首，不似西漢耳。」

　　文通又有〈效阮公詩〉十五首，阮詩〈詠懷〉，其旨淵遠，屬辭之妙，不可蹤跡，故江文通一再摹其意境。顏延之〈五君詠〉云：「寓辭類託諷」，江擬之作，亦頗得其神似也。

　　古人往往有擬古之作，此種擬古雖屬意境之摹倣，實則抒寫個人之憂憤，如何晏〈擬古〉是也。《名士傳》云：「是時曹爽輔政，識者慮有危機，晏有重名，與魏姻戚，內雖懷憂而無復退也。」詩云：

　　　鴻鵠比翼游，群飛戲太清。常恐入網羅，憂禍一旦并，豈若
　　　集五湖，順流唼浮萍，永寧曠中懷，何為怵惕驚。

按：此詩僅言「擬古」者，即擬古詩象徵之意境也。

　　由文章之意境，以窺其淵源，其方法亦如讀詩。今舉例如下：

　　　韓愈〈進學解〉似東方朔〈答客難〉。
　　　　　〈送窮文〉似揚雄〈逐貧賦〉。（以上見葉夢得《避暑詩
　　　　　話》、馬永卿《嬾真子》）
　　　　　〈獲麟解〉似《史記・老子傳》（王楙《野客叢書》）。

> 歐陽修〈本論〉似〈原道〉。
> 　〈上范司諫書〉似〈諫臣論〉。
> 　〈書梅聖俞詩稿〉似〈送孟東野序〉。
> 　〈縱囚論〉、〈怪竹辨〉斷句似〈原人〉。
> 　〈祭吳長文〉似〈祭薛中丞文〉。
> 　〈弔石曼卿〉似〈祭田橫文〉。

　　明王鏊（字濟之，吳縣人）《震澤長語・文章》云：「韓師孟，人讀韓文不見其為孟也；歐學韓，不覺其為韓也。若拘拘規效，如邯鄲之學步，里人之效顰，則陋矣。」

三、詞藻

　　文章如離開詞藻，即不能成為文學。蓋文章者，乃字句組合而成的。故吾人研究文學作品，詞藻亦極應注意。然各作家均有其特殊之詞藻，不可粗忽過去。常言某詩非某人所作，某句非某人所有，其所以能鑒別者，不僅關乎句法，其詞藻亦大有關係也。茲舉數例，以推其餘：

> 莊子：「以謬悠之說，荒唐之言，無端崖之辭。」
> 　　　「以巵言為曼衍，以重言為真，以寓言為廣。」
> 屈原：香草、美人、神活、古帝王。
> 陶潛：酒、桑、麻、菊花。
> 謝靈運：山水草木。
> 李白：酒、美人、俠客、神仙。
> 岑參：風雪，沙漠。
> 蘇軾：佛語。

在散文上看來，兩漢文字樸厚，魏、晉典雅，六朝華麗，唐、

宋平淡^{韓愈、}_{歐陽修}。

　　作者喜用之詞藻：（一）作者生活之反映；（二）作者以此表現其情緒。

句法例

二字、三字成言者

> 君人者，將禍是務去，而速之，無乃不可乎？弗聽，其子厚與州吁游，禁之，不可。桓公立，乃老。（《左傳隱公三年・石碏諫寵州吁》）
>
> 麾下壯士騎從者八百餘人，直夜潰圍南出，馳走。平明，漢軍乃覺之。（《史記・項羽本紀》）
>
> 魏其者，沾沾自喜耳，多易，難以為相。持重，遂不用。（《史記・魏其武安侯列傳》）
>
> 解姊子負解之勢，與人飲，使之釂，非其任，彊必灌之，人怒……（《史記・游俠列傳》）

西漢偶文對偶不美，於此可見。

> 昔者荊軻慕燕丹之義，白虹貫日，太子畏之；衛先生為秦畫長平之事，太白食昴，昭王疑之。（鄒陽〈獄中上書〉）
>
> 蓋聞明者遠見於未萌，而智者避危於無形。（司馬相如〈諫獵〉）
>
> 故地之美者善養禾，君之仁者善養士。雷震之所擊無不摧折者，萬鈞之所壓無不靡滅者。（賈山〈至言〉）

　　西漢大抵皆單行之語，不雜駢儷之詞，或以氣盛，或出雄語，言辭簡直，故句法貴短。

　　東漢論辯，往往以單行之語，運排偶之詞，而句法較長，即研鍊者，亦以四字成一語。

魏代之文，由簡趨繁，雅重詞華，往往以兩句成一意，如：

> 以犬羊之質，服虎豹之文，無眾星之明，假日月之光。（魏文帝〈與吳質書〉）
>
> 《春秋》之成，莫能損益；《呂氏》、《淮南》，自值千金。（楊修〈答臨淄侯牋〉）

魏文有上四下六，或下四上六者，或上下皆四而成對偶，已開四六之體。如：

> 德非陳平，門無結駟之跡；學非楊雄，堂無好事之容。（應璩〈與曹長思書〉）

第三講　作家的文學環境研究

各時代作者的作風之形成，與其文學的環境，非常有關係。因為每一個作者，不能赤地獨立，當其幼年時代，往往就受了前人影響，或讀了前人作品，而發生一種熱烈的欣慕與摹倣；[1]或讀了前人的作品，在不知不覺之間，轉移其傾向；迨其技術漸成，則受其所處時文學之風氣，以及有權威作者之薰染，於是決定其派別與傾向。

作者因其文學環境而受之影響，可分為三種：一、作品內容；二、作品形式；三、文字表現法。例如六朝文學，就其作品輪廓看來，內容多老、莊、佛家之談，及兒女之情或刻畫風月；形式上，詩則五言，文則駢儷。文字則詞藻盛而喜用典。其所以如此者，蓋整個文學風氣使之然也。

茲就作者文學環境分為三類，舉例如下：

一、作者與其時代風氣之關係

（一）建安七子：孔融、陳琳、王粲、徐幹、阮瑀、應瑒、劉楨七子雖體有所專，然文重行氣，詩尚聲調，至於用字鑄詞，極盡雕鍊，其傾向則一也。

（二）魏竹林七賢：山濤、阮籍、嵇康、向秀、劉伶、阮咸、王戎，其思想為標榜老、莊，破壞禮法。

（三）梁簡文帝時代與諸文士競作豔詞，號為「宮體」。

（四）陳後主與江總諸狎客，賦詩酬答，豔麗者被以新聲，使宮女歌之，故所作皆綺麗輕浮。

1　如歐陽修年少時得韓愈文稿，刻意摹之。

（五）初唐四傑：王勃、楊炯、盧照鄰、駱賓王詞旨華麗，固緣陳、隋之遺；而其意象老境，正是初唐特色。蓋四傑地位，上則結束六朝，下則創造新體，此杜甫所謂「當時體」也。

二、作者與其家庭之關係

司馬談與司馬遷；劉向與劉歆；班彪、班固、班昭；蔡邕、蔡文姬；曹操、曹丕、曹植；蕭衍、蕭統、蕭綱、蕭繹；阮瑀、阮籍；李璟、李煜。

《史記》：司馬談、司馬遷。

《漢書》：班彪、班固。

《梁書》《陳書》：（陳代）姚察、姚思廉。

《南史》《北史》：李大師、李延壽。

《北齊書》：（齊代）李德林、李百藥。

三、作者與朋友之關係

（一）韓昌黎與柳子厚、孟東野、李賀、賈島。[2][*] 韓勸賈島棄為文，後舉進士。

（二）白居易與元稹、劉禹錫。

樂天戲微之云：「僕與足下二十年來為文友詩敵，幸也亦不幸也；吟詠性情，播揚名聲，其適遺形，其樂忘老，幸也。然江南士女語才子者，多云元、白，以子之故，使僕不得獨步於吳、越間，此亦不幸也。今垂老，復遇夢得，得非重不

---

2 韓詩：「孟郊死葬北邙山，日月星辰頓覺閑。天恐文章中斷絕，再生賈島在人間。」
* 按：臺先生所註此詩可能引自《唐詩紀事》卷四十；《全唐詩》卷十二有收，題為：「贈賈島」。宋代蘇軾認為此詩應非韓愈所作，可參錢仲聯集釋《韓昌黎詩繫年集釋》卷十二（上海：上海古籍出版社，一九九四年），頁一二八八。即使如此，此詩亦有助於說明韓、孟、賈之關係，推測臺先生引註之用意為此。〔編者註〕

　　幸也？」（白居易〈劉白唱和集解〉）

（三）劉禹錫與柳子厚。
（四）杜牧與張祜。

第四講　社會環境

一、家世與生活

(一)世家

　　王粲，山陽人，祖父皆為漢三公。年少受知於蔡邕，故謝靈運稱為：「秦川貴公子孫，遭亂流寓，自傷情多。」今觀其〈登樓賦〉及〈七哀詩〉，深足以表現以貴公子而流落亂世之悲哀。

　　謝靈運，陽夏人，在晉襲封康樂公，宋受禪，降爵為侯。有〈述祖德詩〉。其後興兵反宋，有「韓亡子房奮，秦帝魯連恥」詩句。

(二)平民

　　司馬相如，蜀郡成都人。

　　杜甫，襄陽人；少貧，寄食於人。

　　歐陽修，家貧不能得紙筆，以荻畫地學書，稍長，借書鄰里。

(三)居地

　　屈原於《楚辭》，如與《三百篇》較，即可見其因地域之關係，而影響於文學之內容與形式也。其後如南北朝文風之不同，[3]南北曲之各異。

　　但據地域觀察作者，應注意兩點：1.作者因地域關係而得之於先天者，即作者之氣質是也。2.作者所受於鄉先達之流風餘韻，而決定其傾向者也。

---

3 《北史‧文苑傳‧序》：「江左宮商發越，貴於清綺；河朔詞義貞剛，重乎氣質。氣質則理勝其詞，清綺則文過其意。」

（四）境遇

1. 達官：如元微之、晏殊、歐陽修。

作者如生於富貴，其作品多華貴、雍容，了無寒畯之氣；詩歌之聲音，亦必和靜而不急迫。寒士多憔悴枯槁，局促不伸，如孟郊。

2. 飄泊：如王粲之依劉表、杜甫。

3. 竄逐

柳子厚遠竄柳州，涉履蠻瘴，內心感鬱皆寓於詩文之中。
劉禹錫屢遭貶謫，偃蹇以終。當其斥貶朗州司馬，州接夜郎諸夷，喜巫鬼，每祠歌〈竹枝〉，禹錫傚之。如不被貶謫，當無此體。

4. 刑辱

司馬被刑，其悲憤之情，悉寓之於文。如揚游俠者，蓋感於當時「重義氣然諾」之不易得也。[4]

二、政治階段

（一）太平時代

例：漢武帝時天下正承平，天子既好文學，文學之士濟濟列於朝廷，如司馬相如、朱買臣、嚴安、東方朔，皆被親幸，於是辭賦蔚然為一代之宗。唐初有四傑，雖宏麗壯闊，而不脫六朝詞藻與駢儷之風格。後有陳子昂出，脫洗六朝而開風雅之正，直到玄宗西幸

4　序遊俠者，蓋嘆無朱家之倫，不能脫己於禍也；述貨殖者，蓋自傷家貧不能贖罪也。

以前。其中詞臣輩出，[5]或詞酒娛樂，或望風希寵，倖進之風，於是大盛。

（二）紛亂時代

例：東漢末年，及魏晉之際，其時作者，亦多哀時感世之作，如描寫戰爭與人民之困苦，均極痛切。降及南北朝，此種反映亂世生活之作品，非常之多。即如唐之杜甫，早年尚在盛時，迨祿山作亂，詩之內容，於是乎大變。

（三）國祚交替

例：文人生於易代之際，至為難處，蓋忠於故國，則有生命之危（孔融、禰衡之死即因不助曹操、心有漢室之故）；若驟奉新朝，心亦有所不安。故此時文人著作，或語辭晦澀，寄意深遠（如阮籍〈詠懷〉之作）；或激昂慷慨，悲不勝情（如劉琨之詩，庾子山之〈哀江南賦〉）。

宋末文人有張炎、汪元量、謝皋羽、林景熙、鄭思肖諸人。金有元遺山，趙甌北稱其律詩可歌可泣。明有侯方域、魏禧、吳梅村諸人。

（四）文士所屬之政治關係

此就文士所屬之派別而言：1.附屬大臣，成立部黨，如漢末清流是也；2.從事廢立，而作革命運動者是也。

例：西漢末劉歆以宗室為王莽國師，揚雄上〈劇秦美新〉而為王莽夫夫。

魏初太子未立時，曹丕有吳質等為之羽翼，曹植有丁儀、楊修為之羽翼。後太祖以修交關諸侯，乃收殺之。臨死謂故人曰：「我

5　如宋之問、沈佺期。

固自以死之晚也。」其意以為坐曹植也。及丕立為太子，乃治儀
罪，欲儀自裁，不能，對夏侯尚叩頭求哀，尚為之涕泣而不能救。

　　宋范曄與孔熙先謀廢武帝，擁立彭城王義康，未成，被殺。

　　唐初駱賓王助徐敬業舉兵討武則天。

　　宋、明文人所屬政治之黨派，尤為顯著。

三、社會形態

　　（一）制度：徵兵，徭役，納稅。

　　（二）生活：士大夫生活，貴族生活，貧民生活。

　　（三）貧富貴賤之階級。

第五講　傳記的研究

作品與作者人格因果的聯繫：作者因為是作品的創造者，所以我們研究作品，不能只顧作品的本身，還得要注意作者的人格，因此我們對於作者的傳記要特別注意。有了作者的傳記，我們可以按照年月的程序，確定作者生活中所發生的事態，以及這種事態與作品之關係。

一、文士自作的傳記

（一）〈太史公自序〉，此序先述司馬氏之族系，繼述其著作之意，終述其著作之體例。

班固《漢書・敘傳》，亦係仿〈太史公自序〉之作法。

此類多偏於作者之家世及其著述之緣由。[6]

（二）王充《論衡・自紀》，由其世系，說到本身生活，從出生到七十歲，全部生活皆見於〈自紀〉，而文章述作，亦詳加述說。

此類自紀乃個人全部之傳記。

（三）曹丕《典論・自敘》，專述生活，旁及學問，如讀書、騎馬、射箭、擊劍、下棋、著書。

劉孝標自比跡馮敬通，有三同四異：

馮敬通	劉孝標	馮與劉之異	劉
亮節慷慨	仝	更始時手握兵符	終身戚戚
遇明主被斥	仝	有子官成名立	伯道無兒
家有忌妻	仝	老而益壯	身多病疾

6《宋書・沈約自序》不類自傳，頗似世家作法。

馮敬通	劉孝標	馮與劉之異	劉
		名垂後世	湮沒無聞

（以上見《梁書・劉峻傳》）

汪中〈自序〉與劉孝標比其異同，為四同五異，體殊特出。

劉峻與汪中之同者四	異者五	
	劉峻	汪中
幼年貧賤	生長將家	衰宗零替
家有悍妻	兩事英主	簪筆傭書
終身戚戚	高蹈遺世	卑棲塵俗
夙嬰羸疾	身淪道顯	數窮覆瓿
	履道貞吉	天讒司令

唐劉知幾〈自序〉，比同於揚子雲者四，異者一；較之馮、劉與汪尤
為具體。

二、史家文士傳記

　　司馬遷《史記》，為屈原、賈誼、司馬相如作傳，此蓋史家為
文士作傳之始。逮范曄《後漢書》，創製〈文苑列傳〉，於是史家相
衍，文士遂得列於歷代正史。後之文學史家，乃以此為重要之參考
資料。其作法乃將文人一生撮其大要，述其境遇，附以重要作品，
如屈原之〈漁父〉，賈誼之〈弔屈原〉。沈約《宋書》謝靈運、顏延
之兩傳，獨為一卷，其於一代大作者之注意，可以知矣；至〈謝靈
運傳〉中之〈山居賦〉，並其自注載入，例尤特殊。惟史家拘於史
例，對於文士之全部生活，不能備述耳。

三、私家文士傳記

　　私家所製文士傳記，態度雖與史家異，作法仍衍自史家，其不同處，私家傳述較為詳細耳。如蕭統之〈陶淵明傳〉，其家世、生活、朋友、出處、死年，均能述及；又如韓愈之〈柳子厚墓誌銘〉亦如是。此種傳記有益於文學史家之研究者實大。惟文體中之傳記、事狀、墓誌銘、神道碑，四體作法雖不盡相同，然皆注意於死者全部生活，特於應詳、應略處，費加斟酌耳。

　　一向研究文士生活者，頗不注意文士的全部生活，如唐沙門慧立所作的〈三藏法師傳〉，在中國的文士傳中是沒有的；雖有《東坡事類》那種編纂形式，但不能算是全部的傳記。元辛文房撰有《唐才子傳》，頗似佛家的《高僧傳》，但異常簡略，不能從其中來看作者的全部生活。[7]

---

7 可參考之書，例：阮元《國史儒林文苑傳》、錢林《文獻徵存錄》、錢儀吉《碑傳集》一百六十四卷、繆荃孫《續碑傳集》八十六卷、李元度《國朝先正事略》等。

第六講　年譜的研究

　　白居易有自撰之年譜，已佚，此蓋為最早之年譜。宋元豐七年呂大防撰《韓吏部文公集年譜》、《杜工部年譜》各一卷，於是南宋學者，多受其影響。久則作者益多，而方法亦密。惟舊有之年譜有兩種，一係附於作者詩文集後面的，一係離作者詩文集而獨立的。

　　附見的年譜，以簡單為主，注重譜主事蹟，少引譜主原文，因為讀者要想知道譜主詳細的一切，就可隨手檢閱作者的詩文了，所以此種附見的年譜，用不著繁引譜主的原文。（如清丁晏《陳思王年譜》附見於《曹集詮評》；宋吳仁傑的《陶靖節年譜》附見於《陶詩彙注》；呂大防的《杜工部年譜》附見於《杜詩集註》。）

　　獨立的年譜，其作法適與附見年譜相反，越詳越佳，不宜簡略，但有流行極廣之作品，又應從略，去取之間頗費匠心。所以如此者，或因本集繁重，讀者不能畢讀；或因本集不普遍，非人人所能看見，故將其重要事蹟和著作，錄入譜內，按年排比，使讀者一目瞭然。（宋方崧卿《韓柳年譜》；趙翼的《陸放翁年譜》；清顧棟高的《司馬溫公年譜》、《王安石年譜》）

一、年譜的考訂法

　　年譜的考訂極不容易，不僅要讀譜主的全部著作，並且要研究譜主的家族、朋友、社會種種的關係。應注意者，計有數點：（一）譜主的事蹟太少，那麼只有將譜主的事蹟散見於羣書者，鉤稽出來，定其歷史性之程度，分其年代之次序，考其因果之關係，然後始能按年排比。（二）譜主的事蹟過多者，那麼最重要的是特殊的鑑別力，這種鑑別力，不是憑主觀的，是作者將譜主的事蹟，分門別類逐一考訂，以最客觀的方法，決其去取。（三）舊有記載的錯誤，

凡關於年代之錯誤者，最好將各種事蹟歸納起來，然後詳加考訂，自能辨其錯誤。若關於觀察之錯誤，那麼應根據於當時之政治、社會所有環境，加意考訂之。

二、年譜的體例

上面所講的是從譜主的著作入手，現在所講的是關於譜主社會環境及文學環境，茲分數點觀察：

(一) 時代背景

例如杜甫的年譜，最重要的兩個階段，便是天寶十四年安祿山之亂以前是一個階段；玄宗西幸、肅宗即位是一個階段。在這兩個階段中，政治、社會有了很大的變化，而杜甫的作品，自然也因之而不同，所以在這一點上我們得加以注意。再如白居易的年譜，我們得注意到他的諷諭詩之所以發生的時代背景，有些他自己已說出，如：「憶昨元和初，忝備諫官位，是時兵革後，生民正憔悴。但傷民病痛，不識時忌諱，遂作秦中吟，一吟悲一事。」（〈傷唐衢二首〉其二）其餘關於社會的、政治的、制度的，均應顧及，方能使讀者由作家的年譜就可以知道作者的作風了。李義山生當李德裕、牛僧孺黨爭劇烈之際，依違兩黨之間，以至當時鄙其詭蕩無行；如作義山年譜不能說明當時黨爭始末，又安能了解其身世耶？蘇東坡生當王安石施行新法而清流群起反對之時，若製作東坡年譜，尤應將當時政治背景一一註明。

王鳴盛序馮浩註義山詩云：「蓋義山為人，史氏所稱與後儒所辨，均為未得其中。注之者倘非貫穿新、舊《唐書》，博觀唐、宋人紀載，參伍其黨局之本末，反覆於當時將相大臣除拜之先後，節鎮叛服不常之情形，年經月緯，了然於胸，則惡能得要領哉？」

梁啟超《史學研究法》論年譜云：「文學家和時勢的關係，有濃有淡；須要依照濃淡來記載時事詳略，這是年譜學的原則。」又云：「我們應該觀察譜主是怎樣的人，和時事有何等的關係，纔可以定年譜裏時事的成分和種類。」

（二）記載人物和文章

前人作年譜，只知注意譜主的家族，至於譜主的師友親故，及同時代有關一代文化者，向不知注意。為了譜主文學環境之釐清，我們得將與譜主有關係的人物在譜中注出。此種人物或係譜主師友，或係譜主並不相識而與一時代文學有關係者，作者均應酌斟註明。（胡適《章實齋年譜》可參考）至於記載文章，若果是單行的年譜，那麼譜主的重要文章，非得記載不可；但是譜主全部作品，都應當注意到：不能偏於某一方面。若記載過多，跡似編年的詩文，又非年譜所宜。

（三）批評與附錄

做年譜亦有加以批評的，如蔡上翔的《王荊公年譜考略》，胡適的《章實齋年譜》，都有批評。按：歷史的原則，應持純粹客觀的態度，不應有主觀的批評，如不得已，不妨用附注法或按語法。關於附錄：有附著作的，有附錄雜事的（即年載不分的），有附嘉言懿行的，有附師友錄的。

第七講　作品的研究

一、題目

　　中國文學作品的題目，作者本人是異常注意的，可是研究者一向不注意到這一層。這問題和人生一樣複雜，據英國 W. H. Hudson 的 *An Introduction to the Study of Literature* 將它分作五大類；現在略參其意，分作數項；

　　（一）作者本身獨有的經驗——外部和內心生活的一切。

　　（二）作者對於一般的經驗——生、死、罪惡、命運、及作者對於本身民族的希望。

　　（三）人與人的關係——社會生活和朋友生活。

　　（四）作者與自然界的關係——山、水、花、鳥……等。

　　（五）作者體裁的選擇——如擬古或擬某人體，是即採其表現法或詞藻描寫法。

　　例一：時代的分析

　　建安時代的作者多喜用樂府題目，如：

	曹操	曹丕	曹叡	曹植	王粲	陳琳	繆襲
詩		19		50		3	1
樂府	24	23	13	66	7	1	12

　　建安時期樂府詩之所以發達的關係，吾人應注意者為：（一）樂府與五言詩的關係；（二）樂府的表現法為建安詩人所運用的關係。

例二：作者一人的分析（以陶淵明為例）

贈和（抒情的）	〈和戴主簿〉 〈和劉柴桑〉 〈酬劉柴桑〉 〈和郭主簿〉 〈於王撫軍座送客〉 〈與殷晉安別〉 〈贈羊長史〉 〈和張常侍〉 〈和胡西曹〉 〈贈長沙公族祖〉 〈酬丁柴桑〉 〈答龐參軍〉 〈問來使〉* 〈示周掾祖謝〉 〈怨詩楚調示龐主簿鄧治中〉 〈聯句〉
生活（抒情的）	〈命子〉 〈責子〉 〈九日閒居〉 〈九月九日〉 〈飲酒二十首〉 〈止酒〉 〈述酒〉 〈連雨獨飲〉 〈歸園田居〉 〈懷古田舍〉 〈還舊居〉 〈移居〉 〈穫早稻〉 〈於下潠田舍穫〉 〈有會而作〉 〈停雲〉 〈蜡日〉 〈四時〉 〈乞食〉

---

* 宋湯漢注以為此詩蓋晚唐人因太白〈感秋詩〉而偽為之，非陶淵明詩。參丁福保《陶淵明詩箋注》（臺北：藝文印書館，一九八九年），卷二〈問來使〉詩注，頁五十二。〔編者註〕

	〈遇火〉 〈與從弟敬遠〉 〈悲從弟仲德〉
游蹤	〈時運〉 〈遊斜川〉 〈諸人共遊周家墓柏下〉 〈還江陵夜行塗口〉 〈經錢溪〉 〈經曲阿〉
詠古寫意	〈榮木〉 〈擬古〉 〈雜詩〉 〈詠貧士〉 〈詠二疏〉 〈詠三良〉 〈詠荊軻〉 〈讀山海經〉 〈擬挽歌〉
哲思	〈形影神三首〉：〈形贈影〉 〈影答形〉 〈神釋〉

二、內在的思想

文學的作品是由形式和內容兩個條件組合而成的，換言之，現在所要研究的是：作家為什麼有他的作品產生？而這種作品與作家內心的生活有什麼聯繫？茲分數點觀察：

（一）顯示的

詩有六義，曰風、賦、比、興、雅、頌。風者，諷刺也。風，〈詩大序〉《正義》云：「詩者，人志之所適也；雖有所適，猶未發口，蘊藏在心，謂之為志；發見於言，乃名為詩。言作詩者，所以舒心志憤懣，而卒成於歌詠，故〈虞書〉謂之：『詩言志也』。」劉

彥和云：「人稟七情，應物斯感，感物吟志，莫非自然。」由此可知古人對於詩的見解了。至於所謂作品中顯示的思想，便是作者心中的感想。《詩經》中，此類作品極多，如：

〈邶風・擊鼓〉風戰爭也。

〈魏風・伐檀〉風士大夫不勞動也。

〈魏風・碩鼠〉風賦稅之繁重也。

〈王風・兔爰〉風政治之混亂也。

上面數例，都是顯明諷諭當時政治社會的形態。

《楚辭》屈原諸作多寫志抒情，宋玉則多諷諭，其最顯著者為〈風賦〉，以「風」為主題，由諸侯之風，說出平民生活之痛苦。後之作者，多受其影響。

唐代詩人，尤喜諷諭之作，如白居易所作諷諭詩，集中特標一類，並每首均說明為何而作。

(二)暗示的。本類計有兩種：(甲)潛意識的，(乙)比喻的。

所謂(甲)種，係潛在作者內心深處，作者於有意無意間表現於作品中。如吾人讀屈原〈離騷〉，一向均謂為忠君愛國的思想，這是機械的看法，不能深知〈離騷〉的價值，因為文學不是這麼簡單。可是吾人也不能否認他的忠君愛國思想，不過除了這種思想以外，尚有人生的哀感，世情的冷漠，這種種皆是組合成他的作品的成分。至於〈天問〉，通篇反語，對於一切懷疑、失望、反抗，然在潛意識所表現出來的，正是對於一切的熱情與執著。阮籍詩於魏、晉間獨成風格，其意旨之深，殊不能以常情測之。顏延年云：「阮在晉文代，常慮禍患，故發此詠耳。」又云：「嗣宗身仕亂朝，常恐罹謗遇禍，因茲發詠，故每有憂生之嗟，雖志在刺譏，而文多隱避，百代之下，難以情測，故粗明大意，略其幽旨。」此種作品，讀者必須由作者的生活與時代的關係，反復推求，方能得其旨趣所得亦

當在可解與不可解之間，其具體之思想，絕非外人所能知矣。葉水心云陳同甫（陳亮）：「有長短句四卷，每一章成，輒自歎曰：『平生經濟之懷，略已陳矣。』」（《水心文集》卷二九〈書龍川集後〉）

至於象徵的，在詩詞中極多，所謂「比」是也。茲舉數例如下：

> 深耕概種，立苗欲疏，非其種者，鋤而去之。（朱虛侯*〈耕田歌〉）

> 種桑長江邊，三年望當採。枝條始欲茂，忽值山河改；柯葉自摧折，根株浮滄海。春蠶既無食，寒衣欲誰待？本不植高原，今日復何悔？（陶淵明〈擬古〉九首其九；宋劉侯詩：「城上草，植根非不高，所恨風霜蚤。」）

> 鴻鵠高飛，一舉千里；羽翼已就，橫絕四海，橫絕四海，又可奈何；雖有矰徽，將安所施？（〈鴻鵠歌〉；漢高帝欲主趙王如意，不得，對戚夫人為楚歌。）

> 昭君不慣胡沙遠，但暗憶、江南江北。想佩環、月下歸來，化作此花幽獨。（姜夔〈疏影：石湖詠梅〉）

三、內在的情緒研究

〈毛詩大序〉云：「情動於中而形于言」為詩，《漢書‧翼奉傳》：「詩之為學，性情而已。」白居易論詩：「詩者根情、苗言、華聲、實義。」

劉彥和云：「人稟七情，應物斯感」（《文心雕龍‧明詩》）。

---

* 朱虛侯劉章，見《史記》卷五二。〔編者註〕

七情者：喜、怒、哀、樂、愛、惡、欲；其所發生者，蓋感於現實生活之環境也。西洋文學批評家分情為八種：「愛」、「敬」、「歎美」、「歡喜」為高尚的情緒，「憎惡」、「憤慨」、「恐怖」、「悲哀」為與前四種相反的情緒。事實上，此八種情緒，均有高尚卑下之別。英國文卻斯德（C. T. Winchester）分情感為五：

（一）情感的合理或適宜視作品所給與的情緒健全與否而為標準，如吾人讀〈長恨歌傳〉，雖哀婉動人，究係創意之作，非人生真實之遇合。又如讀《西遊記》或《封神演義》，雖能激動讀者一時緊張之情緒，決非人間之真實。中國封建社會中之佳人才子，每發無病之呻吟，均感情之不健全也。[8]

（二）情感的活躍或有力視作品怎樣能使讀者感動、刺激、興奮，以此為中心作觀察之標準。如陶潛閑適之作風，能令人神往；劉越石之慷慨激昂，令人奮發。又如吾人讀李陵〈答蘇武書〉，司馬遷〈報任少卿書〉，每令讀者情不自勝、慷慨有餘悲。總之，作者情感豐富始能活躍，感動讀者始為有力。

（三）情緒的繼續或真實這是檢查作品的情感是否統一或真實，長篇詩歌或小說戲曲，每易有此毛病，所謂真實或繼續，是有聯繫的關係，蓋不真實即不能統一，不統一即不能真實。如讀元微之的〈鶯鶯傳〉，通篇皆纏綿婉轉，末則忽發議論，情感便不統一矣。

（四）情緒的範圍或變化這是看作品的情緒範圍的大小，蓋作者天才有大小，故情緒的範圍亦有大小；天才大者，感情錯綜變化，故範圍也比常人大。文學史上常有偏於一體、不能悉備者，其情感之範圍固小，亦天才有以限之也。屈原的《楚辭》，司馬遷的文章，杜甫、白居易的詩，蘇東坡、辛幼安的詞，天才既大，感情範圍亦

---

8 漢武帝好游獵，司馬相如上〈上林賦〉，侈靡過實，反啟漢武淫靡之思；好神仙，又上〈大人賦〉，漢武因有飄飄凌雲氣、游天地之間意。

大。漢竇玄妻〈古怨歌〉:「熒熒白兔,東走西顧;衣不如新,人不如故。」此歌之情感,純屬於個人之範圍;若楚人謠云:「楚雖三戶,亡秦必楚」,其情感則屬於整個民族的,其範圍之大,實非前歌可比。王國維《人間詞話》云:「境界有大小,不以是而分優劣,『細雨魚兒出,微風燕子斜』,何遽不若『落日照大旗,馬鳴風蕭蕭』(均杜甫詩)?『寶簾閑掛小銀鉤』,何遽不若『霧失樓台,月迷津渡』(均秦觀詞)也?」

(五)情緒的階級或性質　這是觀察作品的情緒是怎樣的。漢詩:「昔為倡家女,今為蕩子婦,蕩子行不歸,空牀難獨守。」王國維不視為淫詞者,以其真也;然此種情感,若與王昭君的〈怨詩〉,班婕妤的〈怨歌〉,秦嘉〈贈婦詩〉相比,自有高尚淺俗之別。作者每有閑適、悲憤、感傷諸種不同之情緒,即可徵其性質不同也。

四、文字表現法的研究

吾人研究作品的文字表現法,略分為三項:(一)描述法,(二)表情法,(三)聲韻法。最重要者,作者所採用的表現法,與其作品內容聯繫的關係。

(一)描述法

1.直喻法:以顯明之一事物比他事物,此法在古詩中常用之,如班婕妤「新裂齊紈素」、古詩之「冉冉孤生竹」,便是。
2.隱喻法:將比喻之意隱藏不露,使讀者正面看可以,反面看也可以,如朱虛侯〈耕田歌〉。莊子寓言,即係此類。
3.假定法:先以假定,後始證其可否。戰國時縱橫家,多此類。
4.諷喻法:比喻、諷刺,兩意並用。如曹植〈七步詩〉。孟子文多此類。

（二）表情法

1. 擬人法：「淚眼問花花不語，亂紅飛過秋千去。」是將無情物視作有情物，即「以我觀物，故物皆著我之顏色」也。
2. 誇張法：加重描寫，注意辭藻，如漢人辭賦、六朝人詩，多用此法。如「振衣千仞岡，濯足萬里流」。
3. 對偶法
4. 複疊法：〈毛詩序〉云：「言之不足，故嗟嘆之；嗟嘆之不足，故永歌之。」因情感濃重，重疊其辭句以宣發之。此法十五國風中常用之。
5. 疊字法：雙聲疊韻之用於詩文是也。
6. 詠歎法
7. 音調法

（三）聲韻法

中國文章從後漢以降，每重行氣，因為「文以氣為主」說，於是文章重聲調；所謂抑揚頓挫，所謂陰柔陽剛，為一般論文之法則；至於詩、詞、曲則有一定之韻律式，其式尤繁。然吾人應注意者，為聲調韻律與作品之聯繫關係。因為在詩文中，多有以聲音勝者，故關係頗大。

阮元〈文韻說〉：「八代不押韻之文，其中奇偶相生，頓挫抑揚，詠歎聲情，皆有合乎宮羽者；《詩》、《騷》而後，莫不皆然。」聲韻之辨別，始於魏、晉。宋沈約製《四聲譜》，自謂入神之作。沈氏而降，文士皆泥於機械之韻律而不能自救，於是庸矣。

（四）風格 *

　　風格者，即劉彥和所謂風骨是也。風即作品之內容，骨即作品之辭藻。彥和云：「怊悵述情，必始於風；沈吟鋪辭，莫先於骨。」

　　雄健：《詩品》：「積健為雄」，利在理直氣壯，跌宕縱橫。文如《左》、《孟》，詩如李、杜，詞如蘇、辛。

　　富麗：情思豐茂，才藻充溢，然多隸事為主，如漢代辭賦，六朝駢儷，晚唐溫、李之詩。

　　沉鬱：雄健者利在吐，沉鬱者利在時。大抵作品感慨身世，俯仰古今。如屈原、賈誼、司馬遷、杜甫諸人。

　　雋逸：作者天機沖淡，始能雋逸。如魏、晉人散文、淵明之詩。

　　清新：詞無塵濁，是以謂清；意出獨創，斯之謂新。文如曹丕、柳宗元；詩如謝靈運、庾信、王維。

　　平淡：不矜才使氣，不取巧求工，於平淡中有至味。如歐陽修、曾鞏之文，淵明、林和靖之詩。

　　悲壯

　　奇詭：不循常格，辭意奇特，如李賀之詩，孫樵之文。

---

* 臺先生生前文言「文字表現法」為三項，但此處自標目為第四項。可能是後加而不及更動前文。〔編者註〕